ANDREAS ESCHBACH

Das Jesus-Video

Weitere Titel des Autors:

Ins fahle Herz des Sommers
Die Abschaffung des Todes
Der schlauste Mann der Welt
Freiheitsgeld
Eines Menschen Flügel
NSA – Nationales Sicherheits-Amt
Teufelsgold
Der Jesus-Deal
Das Jesus-Video
Todesengel
Herr aller Dinge
Ausgebrannt
Ein König für Deutschland
Exponentialdrift
Eine Billion Dollar
Der Letzte seiner Art
Der Nobelpreis
Eine unberührte Welt
Kelwitts Stern
Solarstation
Die Haarteppichknüpfer
Quest
Eine Trillion Euro

Zusammen mit Verena Themsen:
Perry Rhodan – Die falsche Welt

Über den Autor:

Andreas Eschbach, geboren 1959 in Ulm, schreibt seit seinem 12. Lebensjahr. Bekannt wurde er vor allem durch den Thriller DAS JESUS-VIDEO, gefolgt von Bestsellern wie EINE BILLION DOLLAR. Seine hochspannenden Thriller bestechen immer wieder durch die gekonnte Verarbeitung aktueller Themen wie Automatisierung der Arbeit und bedingungsloses Grundeinkommen in FREIHEITSGELD oder Ressourcenknappheit in AUSGEBRANNT. Sein Roman NSA – NATIONALES SICHERHEITS-AMT befasst sich mit der brisanten Frage: Was wäre, wenn es im Dritten Reich bereits Computer und das Internet gegeben hätte – und die totale Überwachung? In DAS FAHLE HERZ DES SOMMERS richtet er sein Augenmerk auf mögliche Folgen des Klimawandels.

Andreas Eschbach

DAS JESUS-VIDEO

Roman

Lübbe

Dieses Buch wurde vermittelt durch die Literarische Agentur

Thomas Schlück GmbH, 30827 Garbsen.

Schanzenstraße 6 – 20, 51063 Köln, Deutschland
Bei Fragen zur Produktsicherheit wenden Sie sich bitte an:
Produktsicherheit@bastei-luebbe.de

Titelillustration: Kim Hoang, Guter Punkt, unter Verwendung von
Motiven von © shutterstock und thinkstock
Umschlaggestaltung: Guter Punkt, München
Satz: Urban SatzKonzept, Düsseldorf
Gesetzt aus der Baskerville
Druck und Verarbeitung: GGP Media GmbH, Pößneck
Printed in Gemany

ISBN: 978-3-404-17035-7

11 12 10

Sie finden uns im Internet unter
luebbe.de
Bitte beachten Sie auch: lesejury.de

1

Seit er wusste, dass er berühmt werden würde, wartete er auf sie. Dass sie so schnell kamen, erstaunte ihn, aber es überraschte ihn nicht.

Zuerst war da nur eine Staubwolke, in weiter Ferne. Er nahm sie gleichsam aus dem Augenwinkel wahr, sah dann hoch und überlegte, ob ihm seine erwartungsvoll gespannten Nerven einen Streich spielten. Wahrscheinlich. Fahrzeuge wirbelten solche Staubwolken auf, wenn sie über die steinige Piste fuhren, die etwa eine Meile südwestlich des Lagers verlief. Aber das war sicher nur wieder ein Lastwagen, der in das nahe gelegene Dorf wollte. Wahrscheinlich hatte es nichts zu bedeuten. Nicht das, was er erwartete.

Er wandte sich wieder den wenigen Quadratzentimetern Erde zu, die er seit einer Stunde mit einem Borstenpinsel bearbeitete. Es war heiß. Sie hatten Juni, und schon in den Morgenstunden stiegen die Temperaturen auf achtundzwanzig Grad und mehr. Danach vermied es jeder, auf ein Thermometer zu schauen. Es hatte seit Wochen nicht mehr geregnet, was für die Arbeit natürlich gut war, aber die oberste Schicht des Erdreichs verwandelte sich dadurch in feinen, widerlichen Staub, den der leiseste Windhauch mit sich forttrug, den sie atmeten, aßen, mit sich in ihre Zelte und Feldbetten trugen und bis zum Ende der Ausgrabungsarbeiten nicht mehr richtig loswerden würden. Zusammen mit Schweiß bildete er eine dünne, schmierige Schicht, gegen die die wasserarmen Tröpfelduschen, die sie hier im Lager verwendeten, keine Chance hatten.

Ja, er musste sich eingestehen, dass er wartete. Dass etwas in ihm bebte vor Ungeduld. Dass er nur arbeitete, um sich davon abzulenken. Die Münze, auf die er vorhin gestoßen war, als er an einer vielversprechenden Stelle behutsam mit bloßen Händen das Erdreich beiseite geräumt hatte, war ein Schekel aus dem Jüdischen Krieg, eine wertvolle geprägte Silbermünze, die eine Blume mit drei Blütenkelchen zeigte und entlang des Randes eine Aufschrift in der alten hebräischen Schrift aufwies. Mit seinem Pinsel hatte er sie so weit gereinigt, dass sie fotografiert und dann ins Grabungsbuch eingetragen werden konnte. Normalerweise hätte ihn ein solcher Fund in Hochstimmung versetzt. Nur während einer sehr kurzen Periode der römischen Besatzungszeit hatten die Juden Silbermünzen mit hohen Werten geprägt, nämlich in der Zeit des jüdischen Aufstands, der im Jahr 66 begonnen und im Jahr 70 von römischen Truppen niedergeschlagen worden war. Damals war der Große Tempel zerstört worden, und die jüdische Vertreibung hatte ihren Anfang genommen. Die Münze war ein weiterer Fund, der eine präzise Datierung der Gräber erlaubte, die sie freilegten.

Aber er war mit seinen Gedanken woanders. Bei dem Fund vom Vortag. Er hatte ihn nicht selber gemacht – einer der Ausgrabungshelfer, ein junger Student aus den Vereinigten Staaten, war darauf gestoßen –, aber er war der Einzige, dem seine Bedeutung klar war. Ihn schauderte, wenn er daran dachte. Noch nie zuvor waren Archäologen auf ein so brisantes Fundstück gestoßen, ein Artefakt, das buchstäblich die Grundfesten der Zivilisation erschüttern konnte.

Die Staubwolke kam näher, hatte jetzt die Abzweigung passiert und, anstatt zum Dorf weiterzufahren, die Richtung auf das Lager eingeschlagen. Charles Wilford-Smith legte den Pinsel auf das aufgeschlagene Grabungsbuch, zwischen dessen Seiten der Sand knisterte, und stand auf.

Die Landschaft ringsum irritierte ihn jedes Mal. Stumpfes, ödes Land erstreckte sich in kargen Wellen ringsumher, vegetationslos bis auf vereinzelte dürre Halme, die im Schatten größerer Steine wuchsen. Sie verliehen der Ebene zumindest einen grünen Schimmer, bis sie am Horizont in graue, alte Hügel überging, von deren ursprünglicher Höhe viel abgetragen worden war von einem Wind, der ungezählte Jahrtausende geweht hatte und immer noch wehte. Trotzdem hatte man kein Gefühl von Weite. Man fühlte sich im Gegenteil wie unter einem Brennglas. Als könne man es körperlich spüren, wie die Geschichte von mindestens drei großen Kulturen sich in diesem Land bündelte. Jeder Stein, jeder dürre Krüppelstrauch schien mit Erinnerungen an blutige Dramen und gnadenlose Verfolgungen getränkt zu sein, ferne Echos der Stimmen biblischer Propheten schienen noch von den Bergen widerzuhallen, und die Inbrunst zahlloser Gebete schien den Körper zu durchdringen wie radioaktive Strahlung.

Bedächtig nahm er den breitkrempigen Sonnenhut ab, den er stets bei der Arbeit trug. Er war so etwas wie sein Markenzeichen geworden, unfreiwillig, und die Jahre hatten ihre Spuren darauf hinterlassen. Er zog ein Taschentuch hervor, das einmal weiß gewesen war, wischte sich damit über die Stirn und dann über den Schädel, auf dem das altersgraue Haar seit Jahrzehnten auf dem Rückzug war.

»Shimon«, sagte er halblaut.

Aus dem benachbarten Erdloch kam der Kopf eines Mannes, der um die fünfzig sein mochte, ein rundes Vollmondgesicht mit krausem dunklem Haar und starkem Bartwuchs. Die Augen blinzelten geistesabwesend. Sie hatten bis gerade eben in eine zweitausend Jahre zurückliegende Zeit geblickt und stellten sich nur mühsam zurück auf die Gegenwart ein. »Was gibt's?«

Er deutete auf die näherkommende Staubwolke. »Wir bekommen Besuch.« Mittlerweile erkannte man das Fahrzeug, eine lang gezogene dunkle Limousine, die eindeutig nicht für derartige Schotterpisten gebaut war. Die Sonne tanzte glitzernd auf den Chromleisten rund um die verdunkelten Scheiben, wenn der Wagen durch eines der zahllosen Schlaglöcher fuhr und dann schaukelte wie ein Küstenwachboot in schwerem Seegang.

»Besuch?« Shimon erhob sich schwerfällig und schaute zu dem Fahrzeug hinüber. »Wer kann das sein?«

»Hoher Besuch.«

»Jemand von der Regierung?«

»Noch höher vermutlich.« Er setzte den Sonnenhut wieder auf und stopfte das Tuch zurück in seine Hosentasche. »Unser Geldgeber.«

»Ah!« Shimon Bar-Lev sah ihn an. Sie arbeiteten seit fast zwanzig Jahren zusammen. »Areal 14, nicht wahr? Das will er sich ansehen. Und was ist mit uns? Willst du ewig ein Geheimnis daraus machen, was du und dieser – wie heißt er?«

»Foxx«, erwiderte Wilford-Smith geduldig. Shimons schlechtes Gedächtnis für die Namen lebender Personen war legendär. »Stephen Foxx.«

»Ja, genau. Was du und dieser Foxx gefunden habt?«

»Nein, natürlich nicht.«

»Aber der Mann in der Limousine dort erfährt es vor mir?«

»Ja. Glaub mir, Shimon, wenn du es erst weißt, wirst du verstehen, warum ich mich so anstelle.«

Shimon knurrte etwas Unverständliches. Er wirkte dabei wie ein trotziges Kind.

Wilford-Smith sah sich um. Satellitenbilder hatten ihn auf die Spur dieser Siedlung gebracht, die um die Zeitenwende herumbewohnt gewesen war. Aufgrund dieser Bilder hatten sie neunzehn auszugrabende Areale bestimmt. Innerhalb jedes Areals waren sie nach einem Gittersystem vorgegangen, wobei

Quadrate von fünf mal fünf Metern freigelegt wurden. Das auf der Oberfläche markierte Gitter blieb dabei stehen und bildete zwischen den ausgegrabenen Quadraten ein Schnittprofil von einem Meter Breite, das es dem Ausgräber erlaubte, alle Details einem festen Bezugssystem zuzuordnen. Das war die traditionelle Methode, die sich in aller Welt bewährt hatte. Und natürlich waren die Gitter – die »Katzenstege«, wie man sie nannte – die Zugangswege zu allen Grabungsstellen, manchmal wie ein System schmaler Brücken über Abgründe.

Von den neunzehn Arealen wurden vorerst nur die fünf vielversprechendsten bearbeitet. Das hieß, seit gestern sechs. Er hatte die Arbeiten am Areal 14 einstellen lassen und die Hilfskräfte stattdessen damit beginnen lassen, die obersten Schichten von Areal 3 abzutragen. Über dem Fundort stand jetzt ein großes weißes Zelt, das nachts von zwei grimmigen jungen Männern mit geladenen Maschinenpistolen bewacht wurde. Diese Männer gehörten einem in Tel Aviv angesiedelten Sicherheitsdienst an und waren keine anderthalb Stunden nach seinem Telefonat mit dem Mann aufgetaucht, der jetzt aller Voraussicht nach in der schwarzen Limousine saß.

Natürlich gab es Gerüchte. Er konnte es förmlich brummen hören, wenn er zwischen den Ausgräbern hindurchging. Die meisten waren Volontäre, freiwillige junge Hilfskräfte aus aller Welt, die ihnen die *Israel Antiquities Authority* in Jerusalem vermittelte. Für ein lächerliches Entgelt und das Gefühl von Abenteuer nahmen sie es auf sich, täglich früh aufzustehen und den ganzen Tag körbeweise Erde und Steine zu schleppen. Nun beobachteten sie ihn aus den Augenwinkeln und fragten sich, was hier eigentlich vorging.

»Vielleicht ist es am besten, wenn wir alle Arbeiten für heute einstellen«, überlegte er halblaut. »Die Leute sollen sich ausruhen.«

Shimon sah ihn entgeistert an. »Aufhören? Aber es ist noch nicht einmal drei Uhr!«

»Ich weiß.«

»Was soll das? Es gibt so viel zu tun. Sie haben gerade angefangen mit dem neuen Areal, und ...«

Er spürte, wie seine Stimme einen unduldsamen Klang bekam. »Shimon – das sind lauter junge Leute, intelligent, strotzend vor Energie und so neugierig, dass sie fast platzen. Es ist mir egal, wie du es anstellst, aber keiner von denen kommt mir heute Abend in die Nähe von Areal 14, *alright?*«

Der andere sah ihn lange an, und wie immer stellte sich jenes gegenseitige Verstehen ein, das sie beide als magisch empfanden. *»Alright«*, sagte Shimon dann. Es klang wie ein Versprechen. Es *war* ein Versprechen.

Er seufzte, stieg mühsam aus der Grabungsstelle hinauf auf den schmalen Steg des ursprünglichen Bodens. Drüben an Areal 3 standen sie schon. Junge Männer hauptsächlich, nur einige wenige, heftig umworbene Frauen dazwischen. Sie beobachteten den schwarzen Wagen, der jetzt langsam, beinahe unschlüssig über den Parkplatz rollte, und dann wieder ihn. Er glaubte ihre Blicke auf der Haut zu spüren, während er gelassenen Schrittes auf das lose abgegrenzte Geviert zuging, in dem die Autos abgestellt waren. Zumindest hoffte er, dass es gelassen aussah und nicht einfach gebrechlich. Seit er die Siebzig überschritten hatte, fielen ihm die Klagen seines Vaters wieder ein, der siebenundachtzig geworden war und seine Familie die letzten siebzehn Jahre seines Lebens über den, wie er es zu nennen pflegte, *fortschreitenden Zerfall* seines Körpers keinen Tag im Unklaren gelassen hatte.

Der schwarze Wagen war zum Stehen gekommen. Gelbes Nummernschild, also ein israelischer Wagen. Wo um alles in der Welt bekam man in Israel so ein Auto? Er staunte immer wieder, was Geld auszurichten vermochte.

Offenbar warteten sie im vermutlich angenehm klimatisierten Inneren. Als er den Wagen erreicht hatte, stieg der Chauffeur aus, ein Koloss von einem Mann, breitschultrig, militärisch kurz geschnittene Haare, in eine ebenfalls beinahe militärisch aussehende Uniform gekleidet, einen Revolver unübersehbar im Schulterhalfter. Sicher war er hauptberuflich Bodyguard und nur nebenbei Chauffeur, denn die Art, wie er den Wagenschlag öffnete, wirkte linkisch und einstudiert.

Der Mann, der dem Fond der Limousine entstieg, war nicht nur reich und mächtig, er sah auch so aus. Er trug einen perfekt sitzenden dunkelblauen Anzug, der in dieser Umgebung völlig deplatziert gewirkt hätte, wäre er von jemand anderem getragen worden. John Kaun aber, jeder Zoll unumschränkter Herrscher über ein weltweites Firmenkonsortium, war es gewohnt, dass sich die Umgebung nach ihm richtete, nicht umgekehrt. Irgendwie schien das auch für Wüstenlandschaften, archäologische Grabungsstätten und hochsommerliche Temperaturen zu gelten.

Sie begrüßten einander mit der gebotenen Höflichkeit. Sie waren einander erst zweimal begegnet – das erste Mal, als es um die Frage der finanziellen Unterstützung der Ausgrabungen ging, dann noch einmal, als in New York eine Ausstellung von Funden aus der Zeit des Königs Salomo eröffnet worden war. Zu behaupten, dass sie einander leiden konnten, wäre übertrieben gewesen. Es war wohl eher so, dass jeder den anderen als notwendiges Übel betrachtete.

»Sie haben es also geschafft«, sagte John Kaun dann und ließ dabei seinen Blick über die Gegend schweifen. Es war faszinierend, ihm dabei zuzusehen – man hatte den Eindruck, dass diese Augen imstande waren, die zur Verfügung stehenden optischen Informationen buchstäblich anzusaugen, die Umgebung förmlich leer zu schauen. Man erwartete, dass die

Berge sich diesen Augen entgegenwölbten oder dass die Farbe aus ihnen schwand, irgendetwas in der Art. »Sie haben etwas gefunden, das mehr sein wird als eine Fußnote in einem archäologischen Lexikon.«

»So sieht es aus«, nickte Charles Wilford-Smith.

»Heinrich Schliemann hat Troja gefunden. John Carter das Grab des Tut-Ench-Amun. Und Charles Wilford-Smith ...« Zum ersten Mal schimmerten hinter der Maske des Mächtigen menschliche Regungen hindurch. »Ich muss gestehen, dass ich es kaum erwarten kann«, erklärte er. »Den ganzen Flug über habe ich an nichts anderes gedacht.«

Charles Wilford-Smith wies einladend in Richtung Zelt, das einmal ein Ausrüstungsgegenstand der britischen Armee gewesen war. »Was immer Sie sich vorgestellt haben«, sagte er dabei, »die Wirklichkeit übertrifft es.«

2

Die erste Grabungskampagne war für einen Zeitraum von fünf Monaten geplant, beginnend im Mai. Die Leitung lag in den Händen des Verfassers, während Dr. SHIMON BAR-LEV für die Dokumentation verantwortlich zeichnete. Vorarbeiter war RAFI BANYAMANI. Wegen der Ausdehnung des Grabungsfeldes wurden zeitweise bis zu einhundertneunzehn freiwillige Grabungshelfer beschäftigt.

Prof. Charles Wilford-Smith
Bericht über die Ausgrabungen bei Bet Hamesh

Das Telefon klingelte kurz vor dem Abendessen.

Lydia Eisenhardt kam beim zweiten Läuten aus der Küche und wischte sich die Hände an der Küchenschürze ab, ehe sie abnahm. Es war noch ein Telefon mit einer altmodischen Wählscheibe und einem schweren, massiven Hörer, das im dunklen Hausflur an der Wand hing und einen zwang, alle Telefonate zwischen den an der Garderobe aufgehängten Mänteln und dem mit den bunten Gummistiefeln der Kinder vollgestopften Schuhregal zu führen. Sie hatten es vom Vorbesitzer des Hauses übernommen, der vierzig Jahre hier gelebt hatte, und beschlossen, es zu behalten.

»Eisenhardt?«

Eine glockenklare Stimme war am anderen Ende, die mit einem deutlichen amerikanischen Akzent ein fließendes Deutsch sprach. »Hier ist das Büro von John Kaun, Susan Miller am Apparat. Kann ich bitte Herrn Peter Eisenhardt sprechen?«

»Einen Moment, ich hole ihn. Sie rufen sicher aus dem Ausland an?«

»Aus New York, ja.«

Lydia nickte sich im Garderobenspiegel beeindruckt zu. Ihr Mann erhielt viele Anrufe, aber das war neu. »Ich beeile mich.«

Sie legte den Hörer beiseite, eilte zur Treppe, die in den ersten Stock hinaufführte, und stieg rasch einige Stufen hoch. »Peter?«

»Ja!?«, kam es hinter der Tür des Arbeitszimmers hervor.

»Telefon für dich!« Und, betonter: *»New York!«*

Manchen Worten scheint ein Zauber innezuwohnen. *New York* gehörte zu diesen Worten. Für einen Schriftsteller war New York das, was für einen Schauspieler Hollywood war – der Mittelpunkt der Welt, der künstlerische Olymp, der begehrte, bewunderte, gefürchtete, verachtete Ort, an dem und nur an dem eine Karriere ihren Höhepunkt finden konnte.

New York! Das konnte nur heißen: Doubleday. Oder Random House. Oder Simon & Schuster. Oder Alfred Knopf. Oder Time Warner ... Das konnte nur heißen, dass es geklappt hatte mit dem lang ersehnten Verkauf der Übersetzungsrechte seiner Bücher in die Vereinigten Staaten ...

Jetzt nur nicht durchdrehen. Peter Eisenhardt schaute auf dem großen Bogen Packpapier umher, der vor ihm an der Wand hinter dem Schreibtisch hing, übersät mit dicken und dünnen Pfeilen, seltsamen Symbolen, Namen, wild durcheinander gekritzelten Notizen, aufgeklebten Zetteln und Zeitschriftenfotos. Der Entwurf seines neuen Romans, an dem er gerade arbeitete. Zumindest dieser Entwurf, drei Mal anderthalb Meter groß, war ein Kunstwerk, dachte er manchmal. Jetzt dachte er nur: New York!

»Ich komme!«

Er war außer Atem, als er das Telefon erreichte, und hatte keine Ahnung, ob das nun gut war oder schlecht. Lydia stand gespannt lauschend in der Tür zur Küche, aus der es nach Essig und Basilikum und frisch geraspelten Gurken roch.

»Peter Eisenhardt«, meldete er sich und betrachtete sich dabei im Spiegel. Er war immer noch ziemlich schlank, trotz seiner vorwiegend sitzenden Lebensweise, nur sein Haar begann sich bedenklich zu lichten. Wie würde sich das machen auf dem Umschlag eines amerikanischen Taschenbuches?

»Guten Tag, Herr Eisenhardt«, hörte er tatsächlich die Stimme einer Amerikanerin, die erstaunlich gut Deutsch sprach. »Mein Name ist Susan Miller, ich bin die Sekretärin von John Kaun. Ist Ihnen dieser Name ein Begriff?«

Kaun? John Kaun? Er stutzte. Hoffentlich war das niemand, den nicht zu kennen ein K.-o.-Kriterium war. »Ehrlich gesagt, nein. Sollte er mir denn ein Begriff sein?«

»Mister Kaun ist der Vorstandsvorsitzende von Kaun Enterprises, einer Holdinggesellschaft, der unter anderem die Fernsehgesellschaft N. E. W., *News and Entertainment Worldwide*, gehört ...«

»Der Konkurrent von CNN?« Im nächsten Augenblick hätte er sich die Zunge abbeißen können für diesen Einwurf.

»Mmmh, ja. Wir arbeiten daran, Nummer eins zu werden.«

Wirklich blöd. »Schön«, meinte Eisenhardt lahm.

»Unter anderem«, fuhr die Stimme fort, »gehört zu Kaun Enterprises auch der deutsche Verlag, der Ihre Romane veröffentlicht ...«

»Ah«, machte Eisenhardt. Das hatte er nicht gewusst. Erstaunlich.

»Mister Kaun lässt Ihnen ausrichten, dass er sehr stolz ist, Ihre Werke zu veröffentlichen. Er lässt Sie fragen, ob er Sie für einige Tage engagieren kann.«

»Engagieren?«, echote Peter Eisenhardt. »Sie meinen, für einige Lesungen? Eine Lesereise?« Das war fast so gut wie ein Rechteverkauf. Dazu hätte er jetzt unbändige Lust: ein paar Tage in die USA reisen, um ein umworbener Gast auf dem Anwesen eines Multimillionärs zu sein, Mittelpunkt eines literarischen Abends in einem dieser sagenumwobenen exklusiven New Yorker Clubs, umringt von Angehörigen des alten Geldadels, die stolz darauf waren, noch ein wenig Deutsch zu verstehen ...

»Nicht direkt eine Lesereise«, korrigierte ihn die Stimme am anderen Ende der Leitung behutsam. »Mister Kaun möchte Ihren Science-Fiction-Verstand engagieren. Ihre schriftstellerische Fantasie.«

»Meine schriftstellerische Fantasie? Und wozu braucht er die?«

»Das weiß ich nicht. Ich bin ermächtigt, Ihnen ein Honorar von zweitausend Dollar pro Tag anzubieten, zuzüglich aller Spesen selbstverständlich.«

Peter Eisenhardt sah seine Frau mit großen Augen an, sie schaute mit großen Augen zurück. »Zweitausend Dollar pro Tag?« Wie stand eigentlich der Dollar gerade? »Und an wie viele Tage dachte Mister Kaun?«

»Mindestens eine Woche, wahrscheinlich mehr. Und Sie müssten morgen anreisen.«

»Morgen schon?«

»Ja. Das ist Bedingung.«

Lydia hatte erst geschluckt, aber jetzt machte sie mit beiden Händen das Daumen-Hoch-Zeichen. Sie konnten das

Geld gerade gut gebrauchen. Ein längst fälliger Vorschuss kam und kam nicht, und eine der Zeitschriften, für die Eisenhardt ab und zu des Geldes wegen schrieb, hatte einen Artikel abgelehnt, in den er verdammt viel Zeit investiert hatte.

»Und Sie wissen nicht, was ich dafür tun soll, für diese zweitausend Dollar pro Tag?«, vergewisserte sich Peter Eisenhardt noch einmal misstrauisch.

»Nein, leider nicht. Aber die Vereinbarung, die ich Ihnen zufaxen soll für den Fall, dass Sie zusagen, ist unser Formvertrag für Berater. Ich nehme also an, dass er möchte, dass Sie ihn in irgendeiner Angelegenheit beraten.«

Peter Eisenhardt atmete tief durch, tauschte noch einen Blick mit seiner Frau, die ihm ermutigend zunickte. Und, jawohl, er verspürte Abenteuerlust. Warum nicht? Wieder einmal in die Welt hinausziehen, Frau und Kinder für eine Weile zurücklassen ... »Also gut«, sagte er.

»Okay«, sagte die Frau und klang erleichtert. Wahrscheinlich, überlegte Eisenhardt grimmig, hat sie schon eine ganze Liste von Autoren durchtelefoniert, die alle keine Zeit oder keine Lust haben, weil sie mit Schreiben mehr verdienen als das, was sie als Beraterhonorar anzubieten hatte.

»Ich werde für Sie ein Ticket am Flughafen Frankfurt hinterlegen lassen«, fuhr die Stimme geschäftig fort. »Sie brauchen nur Ihren Reisepass. Sie müssen morgen früh bis spätestens acht Uhr dreißig dort sein. Direkt am Schalter der El Al. Es ist wichtig, dass Sie pünktlich sind.«

»*El Al?*«

»Wegen der Sicherheitskontrollen. Die Maschine fliegt um zehn Uhr, und wenn Sie später als acht Uhr dreißig am Schalter sind, können Sie nicht mitfliegen.«

Eisenhardt wunderte sich immer noch. »Sagten Sie eben *El Al?*«

»Oh!«, machte sie. Diesmal schien sie wirklich verlegen zu sein. »*I'm very sorry.* Ich vergaß zu sagen, dass Mister Kaun gegenwärtig in Israel ist. Er möchte, dass Sie nach Israel kommen.«

3

Vgl. zum Folgenden den Plan der Ausgrabungsfelder, Abb. I.3, und den Plan der Schnitte, Abb. I.4a–s, sowie den Plan der Baureste (Abb. I.5).

Insgesamt wurden aufgrund der in Kap. I.2 erwähnten Satellitenfotos (siehe Anhang C.3) neunzehn Ausgrabungsareale bestimmt, von denen die fünf vielversprechendsten, nämlich die Areale 14, 9, 2, 7 und 16 (genannt in der vorgesehenen Reihenfolge), für die erste Ausgrabungskampagne ausgewählt wurden. Wie schon erwähnt, wurden die Arbeiten an Areal 14 vorzeitig eingestellt zugunsten von Areal 3 (hierzu: Kap. II.1).

Prof. Charles Wilford-Smith
Bericht über die Ausgrabungen bei Bet Hamesh

Das sah aus wie eine ziemlich große Sache. Eher wie ein Einmarsch als wie ein Besuch. Der Sattelschlepper setzte gerade den Dritten von insgesamt fünf lang gezogenen, silberglänzenden Wohnwagen auf dem Gelände neben Areal 14 ab, und die Zahl der einheitlich gekleideten, beinahe uniformierten Helfer nahm stündlich zu. Ein paar von ihnen waren damit beschäftigt, eine Art Zaun zu errichten rund um das Gelände, auf dem die Wohnwagen standen. Etwas abseits hatten sie ein Stromaggregat aufgestellt, einen dunklen, kantigen Kasten, den man weithin wummern hörte und von dem dicke Stromkabel quer über das Gelände zu den Wohnwagen liefen und zu dem großen Zelt, das über der Fundstelle auf Areal 14 errichtet worden war.

»Eine ganze Menge von denen tragen Waffen«, sagte Judith, die das Treiben mit zusammengekniffenen Augen verfolgte.

»Mmh«, machte Stephen Foxx kauend. Die belegten Brote, die sie zu den Pausen erhielten, wurden mit jedem Tag schlechter. Es wurde Zeit, dass er mal mit den beiden Jungs sprach, die für die Verpflegung zuständig waren. Oder sich etwas ausdachte, wie er sich selbst verpflegen konnte. Vielleicht gab es in dem Dorf, von dem immer die Rede war, Möglichkeiten. Dort musste es ja Läden geben, womöglich so etwas wie einen Supermarkt.

»Ich frage mich, was das alles soll. Die richten sich ein. Das sind doch Wohnwagen, oder?«

Foxx nickte. »Klar. Wer sich in so einem Wagen kutschieren lässt, übernachtet nicht in einem simplen Zelt.«

»Mich wundert, dass so einer überhaupt hier übernachtet.«

»Mich auch.« Er griff nach seiner Wasserflasche, spülte den faden Geschmack des Brotes mit lauwarmem, abgestandenem Wasser hinab. Ein zweifelhafter Tausch. »Wegen heute Abend übrigens – das wird nicht zufällig eine religiöse Familienfeier oder so etwas in der Art?«

Judith schüttelte kurz den Kopf, ohne den Blick von den Bauarbeiten zu wenden. »Ach was.«

»Ich muss also kein Käppchen tragen oder meine Schuhe ausziehen?«

»Da du kein Jude bist, musst du sowieso kein Käppchen tragen.«

»Wie steht's mit Gebeten?«

»Hör auf. Wir bummeln einfach ein bisschen durch Tel Aviv und gehen dann essen. Yehoshuah kennt den Wirt, und wir kriegen den besten Tisch, das ist alles. – Ich frage mich, wer der Typ in dem Anzug ist!«

»Er heißt John Kaun.«

»Was?« Jetzt sah sie ihn an. Nicht schlecht. Stephen Foxx mochte es, wenn sie ihn ansah mit ihren glutvollen schwarzen Augen. Judith Menez war die Schwester von Yehoshuah Menez, einem archäologischen Assistenten am Rockefeller Museum von Jerusalem, den er über das Internet kennengelernt und der ihm die Volontärsstelle bei dieser Ausgrabung verschafft hatte. Vor allem aber war sie gertenschlank, mit Ausnahme der Körperregionen, bei denen das von Nachteil gewesen wäre, hatte lange schwarze Locken, eine atemberaubende Hakennase und ein beeindruckendes Temperament, und es war wirklich höchste Zeit, dass er sie mal ins Bett kriegte. Bis jetzt allerdings schien sie noch nicht einmal bemerkt zu haben, dass er sie unaufhörlich anbaggerte, oder wenn, dann verstand sie es jedenfalls hervorragend, das zu ignorieren.

»John Kaun«, wiederholte Stephen. »Der Besitzer und Vorstandsvorsitzende von Kaun Enterprises. Das Wichtigste, was ihm gehört, ist der Fernsehsender N. E. W., mit dem er seit Jahren versucht, CNN den Platz auf dem Nachrichtenmarkt streitig zu machen.«

Sie schien beeindruckt. »Das klingt nach ziemlich viel Geld.«

»Kaun hat seine erste Million gemacht, als er zweiundzwanzig war. Manche nennen ihn auch Johngis Khan, wegen seiner, hmm, rabiaten Geschäftsmethoden. Er ist zweiundvierzig und einer der reichsten Männer der Vereinigten Staaten.« Foxx überlegte einen Moment, ob es an dieser Stelle taktisch klug war, zu erwähnen, dass *er* seine erste Million bereits mit knapp neunzehn gemacht hatte. Besser nicht. Das hätte geklungen, als wolle er angeben. Natürlich wollte er das, aber wenn man richtig angeben wollte, durfte es nicht angeberisch klingen. »Und er finanziert diese Ausgrabung hier.«

Ihre Augen wurden noch größer. »Wirklich? Woher weißt du das?«

»Ich lese die richtigen Zeitungen.«

»Du liest die richtigen Zeitungen, na klar.«

Stephen Cornelius Foxx, zweiundzwanzig, stammte aus Maine im Nordosten der USA. Er war schlank, beinahe drahtig, etwas zu klein, verglichen mit dem Durchschnitt, was er jedoch durch eine gerade Haltung und selbstsicheres Auftreten zu kompensieren wusste, und trug eine dünnrandige, sehr intellektuell aussehende Brille. An wissenschaftlichen Forschungsprojekten in aller Welt teilzunehmen war sein Hobby. Er hatte schon auf Island Vögel beringt, in Brasilien Ameisenarten gezählt, in Afrika vergleichende Studien über die Wirksamkeit verschiedener Bewässerungssysteme am Rand der Sahelzone betrieben und in Montana mitgeholfen, Saurierknochen auszugraben. Stephen Foxx war das jüngste Mitglied, das die altehrwürdige New Yorker *Explorer's Society*, die seit jeher Ausgrabungen, Urwaldexpeditionen und andere Forschungsvorhaben in aller Welt mit Geld und Hilfspersonal unterstützte, jemals in ihre Reihen aufgenommen hatte. Und zwar als *zahlendes* Mitglied wie alle anderen auch. Nur deshalb nahm man ihn für voll, und so wollte er es.

Noch nie war er vor etwas zurückgeschreckt, das er sich zu tun vorgenommen hatte, nur weil er nach landläufiger Meinung nicht das richtige Alter dafür gehabt hätte. Er hatte recht früh begriffen, welche Rolle Geld im Leben spielte: Geld war das Hilfsmittel, das einem erlaubte, das Leben zu führen, das man führen wollte. Wer Geld hatte, konnte tun, was er wollte – wer kein Geld hatte, musste das tun, was andere wollten. Also war es besser, Geld zu haben.

So hatte er früh begonnen, sich mit Computern zu beschäftigen, aber nicht aus einem Spieltrieb wie die meisten Computerfreaks, sondern weil er spürte, dass damit am leichtesten das Geld zu verdienen war, das es ihm erlauben würde, das Leben zu führen, das er führen wollte: vor allem ein *interessantes* Leben.

Mit sechzehn hatte er das Kunststück fertig gebracht, ein Unternehmen seiner Heimatstadt, das mit Autozubehörteilen handelte, davon zu überzeugen, dass er imstande war, ihnen ein maßgeschneidertes EDV-Verwaltungssystem zu erstellen, das besser funktionieren würde als das, das sie bisher hatten, und das auf den Computern laufen würde, die sie bereits besaßen – und ein Jahr später nahm er tatsächlich einen Scheck in Empfang über eine Summe, deren Höhe sogar seinem Vater, der Rechtsanwalt war und gewohnt, schmerzhaft hohe Rechnungen zu stellen und bezahlt zu bekommen, Respekt abnötigte.

Der Kniff bei diesem Mammutunternehmen war gewesen, dass Stephen Foxx tatsächlich nur die präzisen Spezifikationen für das EDV-System geschrieben hatte, programmiert hatten die einzelnen Bestandteile dagegen Programmierer in Indien, allesamt Studenten der Informatik, die er per Internet angeworben und von denen er keinen Einzigen je zu Gesicht bekommen hatte. Alles war über die Datennetze abgewickelt worden, zu der Zeit noch eine komplizierte Angelegenheit für Insider: Er hatte die detaillierte Beschreibung eines Funktionsbausteins nach Indien übermittelt, der betreffende Partner hatte danach das entsprechende Programm entwickelt und den Programmcode auf demselben Weg zurückgeschickt. Stephen hatte lediglich die einzelnen Komponenten zu einem Gesamtsystem zusammensetzen und, nach eingehenden Funktionstests, bei seinem Auftraggeber auf dessen – zum Glück schon fix und fertig vorhandenen – Computern installieren müssen.

Das hatte wunderbar funktioniert, vor allem deshalb, weil die Qualität der Programme, die er von seinen indischen Partnern erhalten hatte, alles übertroffen hatte, was er in seinem Umfeld gewohnt war. Fehlerfrei, sozusagen. Der komplizierteste Teil des ganzen Unternehmens war am Ende gewesen, das ihnen zustehende Geld von amerikanischen auf indische Banken zu transferieren – eine Prozedur, die Stephen noch fünfmal wiederholte, weil er das Programm danach noch an fünf weitere Firmen verkaufte. Nicht nur er, auch seine indischen Subunternehmer waren auf diese Weise zu reichen Leuten geworden, und heute hatten die meisten von ihnen eigene Software-Unternehmen, die für Auftraggeber aus aller Welt tätig waren. In Indien programmieren zu lassen war für viele westliche Firmen inzwischen gang und gäbe.

Stephen verspürte nicht den Drang, nach der Million nun nach der Milliarde zu streben. Was in jemandem wie John Kaun vorging, konnte er wohl versuchen sich vorzustellen, nachvollziehen konnte er es nicht. Er hatte ganz normal die High School abgeschlossen, studierte Volkswirtschaft an einer relativ unbekannten, gemütlichen kleinen Universität, fuhr mit einem knallroten Porsche umher und schleppte nach Kräften die heißesten Mädchen ab. Auf seinem Geld ruhte er sich mehr oder weniger aus. Er hatte es so investiert, dass die Erträge daraus seinen Lebensstil zum größten Teil finanzierten, und wie es aussah, würde er Zeit seines Lebens nicht mehr gezwungen sein, zu arbeiten. Dafür, fand er, hatten sich die stressigen anderthalb Jahre gelohnt.

Und mindestens einmal im Jahr verschwand er in die weite Welt. Normale Reisen hatte er, seit er denken konnte, verabscheut: Irgendwohin zu fahren, um sich »die Gegend« oder »die Sehenswürdigkeiten« anzuschauen, war ihm immer ausgesprochen sinnlos vorgekommen. Die Leute, die das taten, gaben für gewöhnlich damit an, nette Restaurants auf Sri Lanka zu kennen oder schon einmal um die Pyramiden herumgeritten zu sein, aber wenn man dann hartnäckig blieb und weiterfragte, dann stellte sich heraus, dass sie in ihrer Heimatstadt nur ihre Stammkneipe kannten und nicht einmal wussten, wegen welcher Sehenswürdigkeiten eine Menge Leute, die genau dem gleichen Snobismus frönten, aus aller Welt angereist kamen, womöglich sogar aus Sri Lanka. Nein, so nicht. Stephen Foxx interessierte sich für die Welt, aber wenn er irgendwohin reiste, dann wollte er dort etwas Sinnvolles zu tun haben. Und dafür konnte er sich nichts Faszinierenderes vorstellen, als an Ausgrabungen teilzunehmen, an zoologischen Beobachtungscamps oder botanischen Expeditionen in den Regenwald. Seit er von der *Explorer's Society* erfahren hatte und davon, dass es möglich war, als Laie an derartigen Unternehmungen teilzunehmen, war ihm klar gewesen, was er wollte.

Natürlich war das fast immer mit harter körperlicher Arbeit, unkomfortablen Lebensbedingungen und stupiden Tätigkeiten verbunden. Da waren Tausende von Larven zu zählen, waren dutzendweise Körbe voller Erde, Schutt und Steine zu schleppen, wurde man von Moskitos gestochen und musste in durchnässten, stinkenden Zelten schlafen. Aber das war Teil des Abenteuers. Er hätte nicht mit den Wissenschaftlern tauschen mögen, die natürlich die anspruchsvolleren Dinge taten, die die Theorien entwickelten und Aufsätze verfassten und den Hilfskräften die Anweisungen gaben, denn das hätte in der Konsequenz bedeutet, dass er ein naturwissenschaftliches Fach studieren und sein ganzes Leben lang dieselbe Art von Arbeit hätte tun müssen. Und das klang alles andere als interessant. Das klang ausgesprochen langweilig.

»Meinst du, sie wollen einen Film drehen über unsere Ausgrabungen?«, fragte Judith. Von weitem winkte ihnen Rafi zu, der die Arbeiten an Areal 3 leitete. Die Frühstückspause war vorbei.

»Ich weiß nicht«, erwiderte Stephen. »Ich glaub's eigentlich nicht. Ich glaube nicht, dass der Vorstandsvorsitzende kommt, um einen Film zu drehen.«

»Aber es hat etwas mit dem Fund zu tun. Über den du nicht reden willst.«

»Davon kann man, glaube ich, ausgehen.«

»Und was glaubst du, was los ist?«

»Ich glaube«, sagte Stephen Foxx, nahm die Brille ab und wischte mit dem Handrücken über die Augenbrauen, die nass waren von Schweiß, »ich glaube, dass ein Mord passiert ist.«

4

Es folgt nun die eingehende Auswertung der Stratigrafie. Stratigrafische Elemente, wie Schichten und Grubenwände, sind mit Nummern (Ziffern), Baureste mit Buchstaben versehen und an den entsprechenden Stellen in die stratigrafische Darstellung eingefügt. Zur stratigrafischen Einordnung der Keramikfunde in Kap. III–9, siehe Kap. XII.

Die Nummerierung und Schematisierung der Stratigrafie basiert auf der von HARRIS publizierten Methode (HARRIS 1979, 81–91, vgl. auch FRANKEN 1984, 86–90). An einigen Stellen deckt der Vereinfachung wegen eine einzige Nummer eine ganze Anhäufung von Ablagerungen ab.

Prof. Charles Wilford-Smith
Bericht über die Ausgrabungen bei Bet Hamesh

Der Schalter der El Al ist aus Sicherheitsgründen abseits der Haupthalle in einem separaten Gang untergebracht. Peter Eisenhardt hatte ihn fast in letzter Minute erreicht und stand jetzt mit einem ziemlich unbehaglichen Gefühl unter lauter Menschen, wie er sie bisher nur in den Abendnachrichten gesehen hatte. Orthodoxe Juden mit langen Schläfenlocken und ganz in Schwarz gekleidet standen neben gleichmütig dreinschauenden Palästinensern, die das unverkennbare Kopftuch trugen, das Jassir Arafat populär gemacht hatte. Sie ignorierten sich gegenseitig nach Kräften. Züchtig in lange Gewänder und Kopftücher gehüllte Frauen warteten in einer Reihe mit ganz ähnlich gekleideten Franziskanermönchen.

Dazwischen, nicht ganz so auffällig, geduldeten sich ganz normale Männer und Frauen jeden Alters und Standes, großmütterliche Damen und vornehme ältere Herren, die erwartungsvoll einen weißen Sommerhut aufhatten, obwohl es früh am Morgen und der Himmel in Frankfurt bedeckt war; blasse, stämmige Männer in speckig glänzenden Anzügen, die schwere Plastiktaschen schleppten und sich leise in einer Sprache unterhielten, die für Eisenhardts Ohren wie Russisch klang. Und es ging sehr langsam voran.

»Warum reisen Sie nach Israel?«, wollte die Dame der israelischen Sicherheitsbehörde wissen, ein hünenhaftes Weib, das ihn dabei so argwöhnisch musterte, als verdächtige sie ihn krimineller Absichten.

»Aus, ähm, beruflichen Gründen.« Warum machte ihn diese Frage eigentlich so nervös? Er fingerte das Fax aus New York aus der Tasche. »Ich habe einen Beraterauftrag.«

Sie studierte das Fax eingehend. Das war hier keine Formsache, das war richtig ernst. So hatte er das noch nie bei einer Flugreise erlebt. Die würden eher den Flug verspätet starten lassen, als bei den Kontrollen großzügig über unklare Punkte hinwegzugehen, und das hatte sicher einen guten Grund. Eisenhardt musste an die Flugzeugentführungen denken, die er, meist eher nebenbei, mitbekommen hatte. Viele gute Gründe.

Da hatte er sich ja auf was eingelassen, meine Güte. Sie las das Fax ein zweites Mal, den ganzen vierseitigen Vertrag in überaus juristischem Englisch, und nahm nebenbei den Hörer ihres Telefons ab, wählte eine Nummer, ohne hinzusehen, und sprach mit jemandem in einer kehligen Sprache, die wohl Hebräisch sein musste. Schließlich gab sie ihm das Papier zurück und nickte, kringelte eine Unterschrift auf ein Formular und gab den Weg frei. »In Ordnung«, sagte sie und richtete ihr geballtes Misstrauen auf den nächsten in der

Reihe, den sie bis zum Beweis des Gegenteils ebenfalls wie einen mutmaßlichen Terroristen behandeln würde.

Warum reisen Sie nach Israel? Eine verdammt gute Frage. Er, ein mäßig erfolgreicher Schriftsteller! Als Berater eines millionenschweren Mediengiganten! Verrückt. Äußerst dubios. Der wahre Grund, erkannte er plötzlich, war, dass er mit den Ratenzahlungen für das Haus im Rückstand war. Weil der Verlag nicht zahlte, der um zwei Ecken herum eben dem Mann gehörte, der ihn engagiert hatte.

Sie saß da, wo er sie hinhaben wollte: auf dem Rand seines Feldbetts. Dummerweise war sie jedoch angezogen und er halb nackt.

Stephen hatte geduscht. Wobei die Duschen diese Bezeichnung kaum verdienten – aus ehrfurchtsgebietend aussehenden Duschköpfen sonderten sie nur einen schwach tröpfelnden Strahl ab. Jeder im Lager beklagte sich ständig darüber, dass die Duschen nicht imstande seien, den allgegenwärtigen Staub abzuspülen. Jeder wusste auch, dass es keinen Zweck hatte, sich zu beklagen, weil sich die Duschen bis zum Ende der Grabungszeit nicht verändern würden. Stephen schaffte es mit einem simplen Trick, den er bei den Bewässerungsexperten in Afrika gelernt hatte, sich den Staub trotzdem praktisch vollständig abzuwaschen: indem er einen Schwamm benutzte. Er hatte mit diesem Tipp auch nicht hinter dem Berg gehalten, aber soweit er mitbekam, zogen es die meisten immer noch vor, sich zu beklagen.

»Du bist der einzige Mensch, den ich kenne, der in einem archäologischen Ausgrabungslager ein Jackett dabei hat«, meinte Judith.

»Ich habe auch noch jede Menge andere außergewöhnliche Eigenschaften«, erwiderte Stephen, der noch dabei war, sich die Haare trocken zu rubbeln und mit einem groben Kamm in Form zu bringen. Es tat gut, den Tag hinter sich und einen angenehmen Abend vor sich zu wissen. Auch die körperliche Anstrengung tat gut, brachte ihn in Form und ließ ihn seinen Körper besser spüren.

Die Ausgrabungshelfer wohnten in einigermaßen geräumigen Zelten aus schwerem weißem Segeltuch, die so wirkten, als seien sie von einem Afrikafeldzug der britischen Armee übrig geblieben. Vielleicht waren sie das sogar. Die meisten Zelte waren doppelt belegt; Stephen hatte es jedoch arrangieren können, ein Zelt für sich allein bewohnen zu dürfen, indem er das Gerücht in die Welt setzte, er schnarche nachts fürchterlich und neige überdies dazu, zu schlafwandeln und sich bei der Rückkehr öfter im Bett zu irren – das wollte dann doch keiner riskieren. Infolgedessen hatte er genug Platz, neben Tisch und Stuhl eine übersichtliche Kleiderstange und einen großen Spiegel aufzustellen.

»Irgendwann erfahr ich es ja doch«, wiederholte sie mindestens zum fünften Mal. Es ging immer noch um den Fund, den er gemacht hatte und der, wie es schien, die ganze Unruhe ausgelöst hatte.

»Du erfährst es heute Abend«, sagte Stephen und stieg in seine Hosen. Judith sah ihm ungerührt zu. Sie war vorhin einfach ins Zelt gekommen, während er in der Unterhose dagestanden war, hatte sich auf sein Bett gesetzt und angefangen, ihn wegen des Fundes zu löchern. »Das ist eine lange Geschichte. Wenn ich sie dir erzähle, muss ich sie Yehoshuah noch einmal erzählen, und das ist mir zu viel.«

»Du willst es nur spannend machen.«

»Klar. Das auch. Wann kommt dein Bruder?«

»In einer halben Stunde.«

Sie hatte etwas Raues an sich. Was daran liegen mochte, dass sie mit ihren zwanzig Jahren bereits ihre zwei Jahre Wehrdienst in der israelischen Armee hinter sich hatte. Mit einem gewissen Schaudern hatte Stephen zur Kenntnis genommen, dass dieses langbeinige, rassige Geschöpf imstande war, einen Panzer zu fahren, in Feuergefechte mit *Intifada*-Leuten verwickelt gewesen war und ein zerlegtes Maschinengewehr mit verbundenen Augen in weniger als einer Minute zusammenbauen konnte. Während er die Armee nur aus Filmen kannte.

»Sollen wir nicht doch mit meinem Auto fahren? Und ihn in Tel Aviv treffen?« Er deutete mit einer Kopfbewegung auf sein Mobiltelefon, das auf dem Tisch lag.

»Den erreichst du jetzt nicht mehr. Der steht schon im Jerusalemer Berufsverkehr.«

»Also gut.« Er zog sein Hemd zurecht, sein Lieblingshemd aus einer raffinierten Mischung von Leinen, Baumwolle und verschiedenen Kunstfasern, das ihn auf alle seine Expeditionen begleitete. Für sich getragen sah es leger aus, zusammen mit dem Jackett elegant, und es ließ sich zur Not auch mit kaltem Wasser und Seife reinigen und wirkte trotzdem immer, als sei es weiß. Es stammte aus einem exklusiven kleinen Laden in New York, auf den ihn jemand aus der *Explorer's Society* hingewiesen hatte, ein Mann, der inzwischen auf die achtzig zuging und bei jeder Gelegenheit erzählte, wie er in seiner Jugend die Welt per Fahrrad umradelt hatte.

Dann schlüpfte er in das Jackett. Noch so ein Stück, nach dem er lange hatte suchen müssen. Es war leicht, kühlte in heißen Gegenden und wärmte in kalten, ließ sich im Gepäck eng zusammenrollen, ohne zu knittern, und passte farblich praktisch zu allem. Ganz billig war es natürlich nicht gewesen. Aber er hatte es sich zur Regel gemacht, niemals irgendwohin zu reisen, ohne die Möglichkeit zu haben, sich geschmackvoll und businesslike zu kleiden. Er hatte sogar ein paar Krawatten in seinem rustikal aussehenden Seesack; die hatte Judith nur noch nicht gesehen, sonst hätte sie sich darüber sicher auch lustig gemacht. Aber seiner Erfahrung nach war nichts so hilfreich für ein selbstsicheres Auftreten wie das Wissen, korrekt gekleidet zu sein. Wenn man es mit Menschen zu tun hatte, konnte eine Krawatte genauso entscheidend sein wie ein Revolver in einer Konfrontation mit einem Tiger.

Judith war aufgestanden und an den Zelteingang getreten. Die tief stehende Sonne warf einen breiten, warmen Lichtstrahl quer durch das Zelt, über das Feldbett und den staubigen Boden aus festgetrampelter Erde, als sie die Plane beiseite schob. »Da kommt ein Taxi, glaube ich.«

»Mmmh«, machte Stephen, während er sich die Schuhe band. Die bekam man natürlich nie sauber in einer solchen Umgebung. Und aufräumen musste er auch mal wieder; aus den Augenwinkeln sah er, dass unter dem Bett immer noch der Fundkasten lag, den er gestern benutzt hatte, ein flacher, rechteckiger Kasten aus stumpfem Eisenblech mit einem teilbaren Klappdeckel, in den man bei der Arbeit an Fundstellen die beiseite geräumte Erde tat, um sie später sorgfältig zu sieben. Manchmal wurden kleine, aber wichtige Fundstücke – einzelne Zähne, kleine Knochen, Teile von Schmuck – am Ausgrabungsort übersehen und erst beim Sieben gefunden.

Aber all das hatte Zeit bis morgen. Er steckte Brieftasche und Mobiltelefon ein und überprüfte, ob er genug Bargeld in der Tasche trug.

»Die scheinen doch einen Film drehen zu wollen«, meinte Judith. »Das da ist doch eine Filmkamera, oder?«

»Was?« Stephen trat hinter sie, schaute über ihre Schulter und genoss es, die Wärme ihrer Wange zu fühlen, die kaum einen Zentimeter von der seinen entfernt war. Sie roch aufregend, ohne dass er hätte sagen können, wonach.

»Das Ding da auf dem dreibeinigen Gestell. Vor dem Zelt.«

Stephen starrte das Ding an, das tatsächlich eine Kamera war, wie man sie für Kinoproduktionen verwendete. Zwei von Kauns Leuten waren damit beschäftigt, sie auf einem stabilen Stativ festzuschrauben. »Merkwürdig«, sagte er.

»Die wollen einen Film drehen, ich sag es doch.«

Stephen schüttelte langsam den Kopf. »Das kann ich mir nicht vorstellen. Ich kann mir nicht vorstellen, dass Johngis Khan anreist, wenn es nur darum geht, einen Film über eine archäologische Ausgrabung zu drehen.«

Allmählich bezweifelte er selber, ob er wirklich verstand, was da eigentlich vorging. Wenn er hinübersah auf das Areal 14, die fünf loderrot in der Abendsonne glänzenden Wohnwagen und die seltsam gesichtslos durcheinander wuselnden Männer in ihren N. E. W.-Overalls, dann fühlte er sich ausgeschlossen, an den Rand der Ereignisse gedrängt. Das da drüben sah fast so aus wie in diesen Filmen, wenn jemand etwas Epochales entdeckte – einen Außerirdischen, einen Urzeitmenschen – und dann »Wissenschaftler« einfielen wie die Heuschrecken, alles abriegelten, Schutzzäune und Abdeckungen errichteten und überall ihre Messinstrumente aufstellten.

Er ließ die Ereignisse noch einmal vor seinem inneren Auge vorbeiziehen. Den gestrigen Tag. Den Fund. Seine Theorie darüber. Wenn er jetzt darüber nachdachte, kam sie ihm nicht mehr so einleuchtend vor. Irgendetwas daran war falsch. Das, was geschah, passte nicht dazu. Vielleicht ganz gut, wenn er das Ganze heute Abend mit Judith und ihrem Bruder noch einmal durchgehen konnte.

Sein Sitznachbar im Flugzeug erkannte ihn, als unten gerade die Alpen vorbeizogen. »Entschuldigen Sie, aber sind Sie nicht der Schriftsteller Peter Eisenhardt?«, sprach er jenen wonnevollen Satz aus, den alle nicht übermäßig bekannten Schriftsteller lieben wie die Namen ihrer Kinder.

Ja, gab Peter Eisenhardt zu, der sei er.

»Ich habe ein paar Ihrer Bücher gelesen«, sagte der Mann und nannte die Titel von zwei Romanen, die leider beide von anderen Autoren stammten. »Haben mir sehr gut gefallen, wirklich.«

Eisenhardt lächelte gequält. »Freut mich zu hören.«

Er stellte sich vor als Uri Liebermann, Journalist und als Auslandskorrespondent mehrerer israelischer Zeitungen in Deutschland tätig. Er lebe in Bonn, reise aber einmal im Monat nach Hause zu Frau und Kindern, die für einen Auslandsaufenthalt nicht zu gewinnen seien. »Und warum reisen Sie nach Israel?«, wollte er wissen. »Machen Sie eine Lesereise? Oder Urlaub?«

Peter Eisenhardt verneinte die Lesereise, und einen Urlaub würde er gleichfalls nicht ohne Familie unternehmen wollen.

»Ah«, schlussfolgerte der lebhafte Auslandskorrespondent, der knapp über vierzig sein mochte und seine hohe Stirn durch einen ausgeprägten, geradezu preußischen Oberlippenbart auszugleichen suchte, »dann betreiben Sie Recherchen?«

»So ungefähr«, räumte Eisenhardt ein.

»Heißt das, Ihr nächster Roman spielt womöglich in Israel?«

»Möglicherweise.« Ein dickes Notizbuch war natürlich, wie immer, wenn er verreiste, das Erste gewesen, was er eingepackt hatte. Es gab einen Teil seines Hirns, der sich längst verselbstständigt zu haben schien und permanent Ausschau hielt nach ungewöhnlichen Schauplätzen, unbekannten Redewendungen, interessanten Personen und Begebenheiten, und diese Beobachtungen wollten zu Papier gebracht und später in Romanen verwertet werden. Von daher konnte man diese Möglichkeit nicht ausschließen.

»Großartig, großartig«, freute sich der Journalist und begann, in seinem Handgepäck zu wühlen. »Sagen Sie, darf ich ein Foto von Ihnen machen? Ich würde gerne eine kleine Meldung bringen in einer der Zeitungen, für die ich arbeite; irgendwas in der Art, ›der bekannte deutsche Schriftsteller Peter Eisenhardt bereist zurzeit Israel‹, ich meine, das ist schließlich auch in Ihrem Interesse?«

»Gern.«

Und so ließ Peter Eisenhardt sich fotografieren, lächelte so gewinnend wie möglich, und nach dem dritten Blitz war Uri Liebermann zufrieden. Stolz demonstrierte er danach seine Kamera, ein brandneues Modell mit einem flachen Monitor auf der Rückwand, auf dem man das geschossene Bild in beinahe Originalgröße begutachten konnte, ehe man es auf der kleinen *Optical Disc* im Inneren abspeicherte. »Voll digital«, erklärte er. »Und sehen Sie, hier an der Seite? Hier kann ich ein serielles Kabel einstecken und die Bilder direkt in jeden handelsüblichen PC übertragen. Schon fantastisch, was heutzutage möglich ist, was? Aber es kommt noch besser.«

Er zog ein flaches Gerät hervor, das aussah wie ein Mobiltelefon, klappte es jedoch zu Eisenhardts Verblüffung der Länge nach auf und hielt einen winzigen Computer in der Hand, komplett mit einer zierlichen Tastatur und einem schmalen LCD-Bildschirm. »Jetzt müssen wir uns mal ein bisschen klein und unauffällig machen, denn die haben das nicht so gern, wenn man in einem Flugzeug mit diesen Dingern hantiert. Aber ich muss Ihnen das jetzt einfach demonstrieren. Ich schreibe hier also meine Meldung, mühsam zwar, aber es geht ganz gut – meine Finger scheinen irgendwie schmaler zu werden, seit ich dieses Teil habe, bemerkenswert, was? Also, was schreiben wir – ›Bekannter deutscher Schriftsteller besucht Israel‹. Das ist die Überschrift. Dann ein bisschen Blabla; ich schätze, ich kriege nicht mehr als zehn, zwölf Zeilen, aber zusammen mit dem Bild ...« In Gedanken schien er schon sein Honorar auszurechnen. Konzentriert tippte er einen kurzen Text; Eisenhardt schaute ihm über die Schulter, aber der Journalist arbeitete mit einer hebräischen Textverarbeitung, sodass Eisenhardt nicht erkennen konnte, was er schrieb. Den Zusammenhang zwischen den lateinisch beschrifteten Tasten und dem hebräischen Alphabet schien Liebermann auswendig zu beherrschen, und es war faszinierend, die Textzeilen von rechts nach links wandern zu sehen anstatt umgekehrt, wie der Schriftsteller es gewohnt war.

»So«, machte er schließlich. »Nun laden wir das Bild dazu ...« Er zog ein kleines Kabel aus seiner anscheinend universell ausgestatteten Umhängetasche hervor, stöpselte es in die Kamera, drückte hier ein paar Knöpfe und ein paar Tasten auf seinem Mobiltelefon-PC, wartete ein paar Augenblicke und zog das Kabel zufrieden wieder ab. »Fertig. Normalerweise könnte ich das jetzt komplett aus der Hand versenden, direkt in den Hauptcomputer meiner Redaktion, aber hier an Bord geht das natürlich nicht; wahrscheinlich würden wir abstürzen oder, noch schlimmer, versehentlich in Libyen landen, haha! Aber ich frage die Stewardess, ob ich die Telefonanlage des Flugzeugs verwenden kann, normalerweise ist das kein Problem. Moment ...«

Eisenhardt sah ihm verblüfft nach, wie er mit einem anderen Kabel und seinem PC in der Hand nach vorn marschierte und hinter dem Vorhang zur Bordküche begann, auf eine der Stewardessen einzureden. Dann verschwanden beide, und eine Weile geschah nichts.

Eisenhardt sah aus dem Fenster. Wolkenfetzen zogen vorbei. Das da unten, war das die Toscana? Oder erst die

Po-Ebene? Ein grünbraunes Mosaik von Feldern, dazwischen spinnendünn Straßen und Wege. Und dunkel schimmernd das Meer.

Uri Liebermann kehrte grinsend zurück. »Na, wer sagt's denn. Es hat geklappt. Wenn Sie Glück haben, sehen Sie sich schon in der Zeitung, wenn wir landen ... Nein, das ist übertrieben. Es kommt in der Abendausgabe. Wenn Sie in Ihr Hotel kommen, schauen Sie mal die hebräischen Zeitungen dort durch.«

»Sie machen Witze.«

»Nein, ehrlich! Gut, normalerweise hätte ich es mit dieser Meldung nicht so eilig gehabt. Klar. Aber wenn etwas Dramatisches passiert, in Bonn sich ein Minister negativ über Israel äußert – ich tippe seine Worte direkt hier in meine kleine Wunderbox, drücke auf den Knopf, und wenn es optimal läuft, liegt die Zeitung mit meinem Bericht vier Stunden später in Israel an den Kiosken.«

»Vier Stunden?«

»Vier Stunden. Und wir reden von einer ganz normalen Nachricht, wohlgemerkt. Wenn etwas wirklich Wichtiges passiert, geht es noch schneller.«

»Unvorstellbar.« Eisenhardt war ehrlich beeindruckt.

»Prüfen Sie's nach.«

»Ganz bestimmt. Auch wenn ich den Aufwand, ehrlich gesagt, ziemlich verrückt finde.«

Liebermann lachte. »Willkommen in Israel! Glauben Sie mir, die Israelis sind völlig *meshuga*, was Nachrichten anbelangt. Sie hören ständig Radio, schauen jeden Abend die Nachrichten im Fernsehen, meistens auch noch die im Jordanischen, im Ägyptischen und im Syrischen, und lesen dreimal am Tag Zeitung. Und nicht nur die Juden, die Palästinenser genauso. Und man redet ständig über die schlechten Nachrichten, regt sich auf, jede Menge Leute kriegen Herzanfälle davon. Es ist eine Manie; das können Sie sich gar nicht vorstellen. Das ist Israel!«

Das war also Israel. Der Flughafen David Ben Gurion sah auf den ersten Blick aus wie jeder x-beliebige Flughafen in irgendeinem Mittelmeerland: groß, lichtdurchflutet, heiß und voller Menschen. Auf den zweiten Blick fielen Eisenhardt die Beschriftungen auf, die durchgehend dreisprachig gehalten
52 waren, in Hebräisch, Englisch und Arabisch, die Soldaten überall, die wachsam eine Hand auf der umgehängten Maschinenpistole hatten. Irgendwann war Liebermann verschwunden, und Eisenhardt ließ sich im Menschenstrom mittreiben, durch die Nerven aufreibend gründlichen Kontrollen, die in seinem Koffer absolutes Chaos hinterließen, und schließlich hinaus aus dem Flughafengebäude unter den wolkenlosen Himmel Tel Avivs. Hinter Absperrgittern drängten sich Menschen, die jedes Gesicht mit spannungsvoller Erwartung studierten. Ab und zu gab es Aufschreie, und dann lagen sich Wartende und Neuankömmlinge über das Gitter hinweg in den Armen, hörte man *Shalom* oder *Salam alaikum*, Lachen und Weinen. Eisenhardt kam sich etwas verloren vor.

Dann entdeckte er ein Pappschild, das jemand hinter den Reihen der Wartenden über die Köpfe hielt, mit seinem Namen darauf, wenn auch ohne das d-t am Schluss: nur Eisenhart. Er ging darauf zu. Der Mann, der das Schild hielt, war ein verschrumpelter alter Mann, der eine schäbige graue Hose von der Art trug, wie sie in den 60er Jahren einmal modern gewesen sein musste, und dazu ein unaussprechlich scheußliches buntes Hemd mit ausgeprägten Schweißflecken unter den Achseln.

Als Eisenhardt sich zu erkennen gab, nickte der Mann ohne besondere Begeisterung, nuschelte seinen Namen, den Eisenhardt nicht verstand, und erklärte, er sei beauftragt, ihn zu Mister Kaun zu bringen. Er sprach Deutsch mit einem harten, osteuropäisch klingenden Akzent, und aus der Nähe sah er noch älter aus als vorhin.

Eisenhardt folgte ihm über den Parkplatz des Flughafens zu einem Taxi. Auf dem Armaturenbrett klebte ein Aufkleber, der die polnische Flagge zeigte.

»Sie kommen aus Polen?«, fragte Eisenhardt, als sie über breite Straßen durch eine wüstenartige Landschaft kurvten und der Flughafen hinter ihnen zurückblieb.

»Ja. Aus Krakau. Aber das ist lange her.«

»Sie sprechen gut Deutsch.«

Das Gesicht des Fahrers blieb unbewegt. »Das habe ich im KZ gelernt.«

Eisenhardt schluckte unbehaglich, und es fiel ihm nichts ein, was er darauf hätte sagen können. Er sah aus dem Fenster. Das war also Israel.

5

Nach dem Abtragen der soeben erwähnten, 2 m starken oberen Schicht erreichte man die Höhe +/– 0.00 m. Auf diesem Niveau wurde das Ausgrabungsgelände in ein 5 × 5-m-Gitter mit 1-m-Schnitten eingeteilt, wobei die Gitterlinien der Nord-Süd-Achse folgten (siehe Abb. II.29).

Im nördlichen Teil erfolgte die Grabung zwischen F.20 und F.13 (Feld GL; Abb. II.30 – siehe hierzu Fotos im Anhang H) in einem ersten Arbeitsgang. Im Schnitt zwischen F.20 und F.19 zeigte sich eine in ostwestlicher Richtung verlaufende Mauerflucht aus behauenen Steinen, die eine Begrenzung der Friedhofsanlage darzustellen scheint (w).

Prof. Charles Wilford-Smith
Bericht über die Ausgrabungen bei Bet Hamesh

Stephen und Judith schlenderten zwischen den Zelten der Grabungshelfer zum Parkplatz hinunter. Das Taxi war inzwischen vor den Wohnwagen zum Stehen gekommen, und der kleine weiße Mitsubishi von Judiths Bruder rumpelte eben von der erbarmungswürdigen Schotterstraße herunter. Yehoshuah winkte ihnen schon durch die Windschutzscheibe zu.

»Pünktlich, dass man die Uhr nach ihm stellen könnte«, meinte Judith. »Ich frage mich, wie er das immer schafft.«

»Hmm«, machte Stephen. Zwei Männer stiegen aus dem Taxi aus, ein blasser Mann Ende dreißig mit leichtem Bauchansatz und schütter werdendem Haar, der sich ratlos umsah, als wisse er nicht so recht, wie er hierher geraten sei, und der Fahrer, ein gebückter alter Mann, der derweil einen Koffer und eine Umhängetasche aus dem Kofferraum wuchtete. Und der Neuankömmling schien etwas Besonderes zu sein, denn sowohl Professor Wilford-Smith als auch John Kaun ließen sich blicken und kamen ihm entgegen, um ihn zu begrüßen.

Yehoshuah bremste knirschend unmittelbar vor ihnen, sprang aus dem Auto und reichte Stephen quer über das staubige Autodach hinweg die Hand. Er war ein großer, schlaksiger Mann mit dem krausen dunklen Haar der *Sabras*, der in Israel geborenen Juden. »Schön, dich mal wieder zu sehen. Na, gut eingelebt hier? Wie ich höre, hast du ja schon die ersten Aufsehen erregenden Funde gemacht.«

»Ja«, meinte Stephen geistesabwesend und deutete mit einem Kopfnicken zum Taxi hinüber. »Sag mal, weißt du, wer das ist?«

Yehoshuah starrte mit geradezu peinlicher Direktheit in die angegebene Richtung. Als Detektiv wäre er eine Pleite gewesen. »Nein, keine Ahnung. Wieso fragst du?«

»Ich kenne das Gesicht irgendwoher. Ich komme bloß nicht darauf, woher.«

Judith warf ihm einen forschenden Blick zu, sagte aber nichts.

»Okay«, sagte Stephen. »Vielleicht komm ich noch drauf. Lasst uns fahren.«

Sie stiegen ein, Judith auf den Rücksitz. Yehoshuah ließ den Motor an und schaltete das Radio ein, in dem ein Sprecher auf Hebräisch etwas verlas, was dem Klang nach Nachrichten sein mochten. Stephen sah noch einmal zu dem Mann hinüber, der einen bemerkenswert schlecht sitzenden Anzug trug und gerade aufmerksam nickend zuhörte, während Professor Wilford-Smith ihm mit seiner typisch britisch anmutenden sparsamen Gestik etwas zu erklären schien. Er kannte diesen Mann, hatte sein Gesicht schon einmal irgendwo gesehen, aber wo? Normalerweise konnte er sich auf sein Personengedächtnis verlassen, und es irritierte ihn, dass es ihn diesmal im Stich zu lassen schien. Begegnet war er ihm noch nie, daran hätte er sich erinnert. Er hatte dieses Gesicht irgendwo abgebildet gesehen. Egal, dachte er, als der Wagen anfuhr. Es würde ihm irgendwann einfallen, wenn es wichtig war.

Peter Eisenhardt nickte zu allem, was ihm der Professor in jenem behäbigen, unweigerlich blasiert und hochnäsig wirkenden Englisch der britischen Oberklasse erklärte. Manche Ausdrücke verstand er nicht so recht, sein Englisch war reichlich eingerostet inzwischen! Eine Ausgrabungsstätte war das hier also. Darum sah wohl alles so vorläufig und unordentlich aus. Eisenhardt hatte zuerst an ein Trainingscamp irgendwelcher Rebellenmilizen gedacht, dann an Außendreharbeiten eines Spielfilms.

Die Fahrt war enorm irritierend gewesen. Sie waren auf der Straße von Tel Aviv nach Jerusalem unterwegs gewesen, als der Fahrer urplötzlich, an einer völlig unscheinbaren Einmündung, während hinten ein Sportwagen drängelte und hupte und ihnen auf der Gegenfahrbahn ein Tanklastzug entgegengedonnert kam, abbog auf eine Katastrophe von Schotterpiste, die über Kilometer hinweg ins Niemandsland zu führen schien. Und während sie so dahinrüttelten und der alte Mann leise auf Polnisch etwas vor sich hinmurmelte, das wie Flüche und Verwünschungen klang, wuchsen in Eisenhardts Vorstellung die wildesten Fantasien. Von Räubern und Wegelagerern und Strauchdieben, von einem üblen Komplott, und ihm fiel siedendheiß ein, dass er keinerlei Adresse hatte zurücklassen können, weil niemand gewusst hatte, wohin in Israel ihn dieser sagenhafte John Kaun eigentlich bestellt hatte. Er sah sich schon elend im Straßengraben liegen, ermordet und ausgeraubt, womöglich die Schreibhand abgehackt, weil er in einem seiner Bücher versehentlich etwas geschrieben hatte, das ihm irgendeine fanatische Religionsgemeinschaft als böswillige Gotteslästerung ankreidete. Und Uri Liebermann würde herbeieilen, seine handliche Mobiltelefon-PCR-Kombination zücken und die nächste Schlagzeile, den nächsten Bericht eintippen. Der dann vermutlich schon in der Morgenausgabe erscheinen würde.

Irgendwann, als die Straße schon weit zurücklag und ringsum nur noch flache, steinübersäte Berge zu sehen waren, fügte er sich schließlich in sein Schicksal, wagte es, wieder zu atmen und die angespannten Schultern sinken zu lassen. Der alte Mann sah eigentlich nicht aus wie ein Fanatiker, wenn er es recht bedachte. Er schien sich hauptsächlich darüber Sorgen zu machen, wie sein Taxi die Fahrt über die schlaglochreiche Strecke überstehen würde.

Dann waren sie noch einmal abgebogen und auf das Lager zugefahren, dessen Zelte und Fahrzeuge in der sinkenden Sonne lange, wunderliche Schatten warfen.

Gerade als der Professor von den freiwilligen Ausgrabungshelfern sprach und der Rolle, die sie für die Archäologie in Israel spielten, stiegen zwei davon, ein Junge und ein Mädchen, in das weiße Auto, das irgendwann hinter ihnen aufgetaucht und immer näher herangekommen war. Was die Fantasie des Schriftstellers natürlich noch einmal angeheizt hatte. Der junge Mann schaute neugierig zu ihnen herüber, als sie losfuhren.

»Bei aller wissenschaftlichen Neugier und allem Engagement«, kommentierte der weißhaarige Archäologe, »bleiben es natürlich junge Leute. Ich nehme an, sie fahren nach Tel Aviv in eine der Diskotheken.«

Eisenhardt nickte verstehend. Obwohl er auf die vierzig zuging, kam es ihm noch immer befremdlich vor, von anderen als »jungen Leuten« zu sprechen in einem Ton, als gehöre er selber nicht mehr dazu.

John Kaun, der sich nach der ersten Begrüßung kurz zurückgezogen hatte, um einem Mitarbeiter *sotto voce* eine Reihe von Anweisungen zu erteilen, stieß wieder zu ihnen, seine Selbstsicherheit wie eine Bugwelle vor sich herschiebend. Er war nicht der Mann, irgendwo danebenzustehen und zuzuhören, das war unmissverständlich. Wem immer er sich zuwandte, musste ihn als den Mittelpunkt des Gesprächs akzeptieren, oder er machte sich einen Feind. Einen mächtigen, gefährlichen Feind. Das Auftreten des Medienmagnaten war mehr als selbstsicher, es war auf eine Weise aggressiv, die klarmachte, dass dieser Mann die Welt erobern wollte, mehr noch, erobern *würde.* Eisenhardt begriff plötzlich mit unvermuteter Klarheit, was der Begriff des »Killerinstinktes« bedeutete, von dem er bisweilen gelesen hatte. Dieser Mann hatte einen Killerinstinkt. Selbst die zuvorkommende Art, die er Eisenhardt gegenüber an den Tag legte, wirkte wohlberechnet; sie signalisierte auf eine subtile Weise gleichzeitig, dass er besser bereitwilliges Wohlverhalten an den Tag legte, denn mit genau der gleichen Berechnung würde Kaun ihn zerquetschen, wenn es notwendig oder seinen Zwecken dienlicher sein würde.

»Ich hoffe, Sie vergeben mir, dass ich noch nichts von Ihnen gelesen habe«, meinte er mit einem Lächeln, an dem seine Augen nicht beteiligt waren. »Leider verstehe ich kein Deutsch. Aber ich habe mir den Inhalt Ihrer Romane erzählen lassen. Und es klang sehr interessant.«

Und zu Eisenhardts Verblüffung gab der Vorstandsvorsitzende eine kurze, prägnante Zusammenfassung jedes einzelnen Romans wieder, besser, als er das selber gekonnt hätte.

»Wirklich schade, dass ich sie nicht lesen kann«, schloss er. »Wenn wir dieses Abenteuer hier – erfolgreich, hoffentlich – abgeschlossen haben, werde ich dem Verlag vorschlagen, eine englische Lizenzausgabe herauszubringen, was halten Sie davon?«

»Oh«, konnte Eisenhardt nur nach Luft schnappen. »Ich denke ... das wäre großartig.« Das waren ja überaus interessante Perspektiven! Dumpf begriff er zwar, dass der Mann das womöglich nur gesagt hatte, um ihn zu ködern, um ihn zu motivieren, seine bestmögliche Leistung zu erbringen, bei was auch immer er hier tun sollte ... Aber bei Gott, das hatte er geschafft!

»Ich könnte mir vorstellen«, fuhr Kaun fort, »dass Sie sich seit dem Anruf meiner Sekretärin fragen, wozu Sie hier sind und was ich von Ihnen will.«

Eisenhardt nickte. »Ja. Richtig.«

»Ich will Sie nicht mehr lange auf die Folter spannen. Dass ich es bis jetzt musste, hatte seinen Grund darin, dass wir es hier mit einer Angelegenheit zu tun haben, die vorläufig strengste Geheimhaltung erfordert. Meine Sekretärin weiß also wirklich nicht, worum es geht.« Ein Haifischlächeln zuckte über seinen schmallippigen Mund.

»Ich verstehe.« Ewigkeiten, seit er eine Unterhaltung auf Englisch bestritten hatte. Zum Glück verstand er den Amerikaner ziemlich gut, und große Redebeiträge schien man ja vorläufig nicht von ihm zu erwarten.

»Was ich brauchte, um es geradeheraus zu sagen, war ein Science-Fiction-Schriftsteller. Ein Science-Fiction-*Mind*, um genau zu sein. Und da Sie einer der Besten auf Ihrem Gebiet sind, war unsere Wahl klar. Ich freue mich aufrichtig, dass Sie es einrichten konnten.«

Peter Eisenhardt verzog das Gesicht zu einem schmerzhaften Grinsen. Das war jetzt doch etwas deftig, und es zeigte, dass Kaun von Science-Fiction absolut keine Ahnung haben konnte.

»Sehen Sie, ich bin Geschäftsmann. Kaufmann. Ein Buchhalter, im Grunde. Ohne mir schmeicheln zu wollen, ist es wohl doch so, dass ich nicht dahin gelangt wäre, wo ich heute bin, wenn ich nicht ein gewisses Talent zum Geschäftsmann hätte. Nun lebt ein Geschäftsmann aber von seinem Realitätssinn, und ein Übermaß an Fantasie kann ziemlich gefährlich werden – man sieht Chancen, wo keine sind, malt sich Risiken größer aus, als sie sind – kurzum, ein guter Geschäftsmann ist ein ziemlich trockener Bursche. Wie Sie an mir sehen, richtig? Umgekehrt nun ein Schriftsteller, erst recht, wenn er Science-Fiction schreibt. Hätte er einen ausgeprägten Realitätssinn, würde er zuallererst überhaupt nicht anfangen zu schreiben, weil die Chancen, je veröffentlicht zu werden, geringer sind als die, die ein Schneeball in der Hölle hat. Auf dem Gebiet der Fantasie dagegen muss er ein Riese sein, ein Künstler, ein wahrer Artist; er muss sich im Reich des Unmöglichen, Widersinnigen, Absurden bewegen können wie in seinem Zuhause, muss den abwegigsten Gedankengängen konsequent folgen, muss Zeit und Raum gebieten, alle Regeln brechen, wenn es notwendig ist, nichts darf ihm unmöglich scheinen.«

Er sah Eisenhardt eindringlich an. »So jemanden brauche ich hier. Denn Professor Wilford-Smith hat hier vorgestern etwas entdeckt, das mir sämtliche Gehirnwindungen verknotet, wenn ich länger darüber nachdenke.«

Yehoshuah war völlig ausgelassen während der Fahrt, sang mit, wenn Lieder im Radio gespielt wurden, die sich für Stephens Ohren wie eine krude Mischung aus amerikanischem Rock 'n' Roll und orientalischen Melodien anhörten, und erklärte immer wieder: »In Jerusalem kannst du nur beten. In

Haifa kannst du nur schuften. Aber in Tel Aviv kannst du *leben!*«

Seine erwartungsvolle Vorfreude war ansteckend. Stephen lehnte sich genüsslich zurück und ließ die Eindrücke auf sich einströmen, die abendliche Stimmung über der Landschaft, die niedrige Silhouette der Stadt, die sich gegen die tief über dem Meer stehende Sonne wie ein Scherenschnitt abhob. Zusammen mit zahllosen anderen Autos hupten sie sich den Weg ins Zentrum frei, gestikulierten aus heruntergekurbelten Fenstern, wenn es nicht voranging, schoben sich durch Quergassen und schmale Straßen. Stephen sah sich um, verrenkte sich fast den Hals; sah planlos aufeinander getürmte, schmutzig braune Häuser, wie man sie nur in heißen Ländern bauen kann, mit Flachdächern oder Dachterrassen, auf denen sich Wäsche an Leinen blähte oder, Symbole der Neuzeit, Sonnenkollektoren sich schräg dem Himmel darboten wie falsch aufgestellte schwarze Liegestühle, und darüber einen wild wuchernden Wald wahnwitziger Fernsehantennen, deren Empfängerdipole in alle Himmelsrichtungen wiesen. Er sah halbfertige Garagen, die voller Baumaterial lagen oder mit verrostetem Alteisen zugestellt waren, während die Autos daneben auf kargem, sandigem Niemandsland standen, zwischen dem bröckeligen Straßenrand, verstümmelten Dattelpalmen und der maschendrahtbewehrten Umzäunung des nächsten Grundstücks. Seit er in Tel Aviv gelandet und von Yehoshuah zum Ausgrabungslager gebracht worden war, war Stephen nicht mehr hier gewesen, und damals hatten ihn die neuen Eindrücke zu sehr überwältigt, als dass sie hätten haften bleiben können.

»Lasst uns den Dizengoff Boulevard rauf und runter laufen«, schlug Yehoshuah vor. »Und dann zum alten Hafen gehen; ich hab uns einen Tisch reservieren lassen in einem traumhaften Fischrestaurant. Stephen, magst du Fisch?«

»Ich esse alles«, entgegnete Stephen. »Hauptsache, es schmeckt mir.«

Sie fanden einen Parkplatz am Straßenrand und marschierten los, und mit jedem Schritt schienen sie tiefer einzudringen in eine Bannmeile der Sinnlichkeit, in ein vibrierendes Kraftfeld gieriger Lebenslust. Es roch nach wildem Jasmin und nach Bougainvillea, die auf den leeren Grundstücken wucherten, die immer wieder zwischen den Häuserreihen auftauchten wie ausgeschlagene Zähne in einem Gebiß. Es roch nach Abgasen und nach Orangenblüten, es stank stechend nach Benzin und doch im Grunde nur salzig feucht nach Meer; lähmend und schwül kroch der heiße Atem des Meeres durch die Straßen und versprach durchgeschwitzte Hemden und Schlaflosigkeit.

Je näher sie dem Zentrum kamen, desto wilder wurde die Mischung verschiedenster Baustile. Niedrige Villen, die aussahen, als wären sie direkt aus Wien oder Salzburg hierher versetzt worden, wurden überschattet von protzigen Hochhäusern, die wiederum umringt waren von mehrstöckigen, meersalzzerfressenen Anwesen im Bauhaus-Stil. Palmen säumten die Straßenränder oder intensiv duftende Eukalyptusbäume – und Menschen.

Menschen, wohin das Auge schaute. Vornehm gekleidet oder lässig modern flanierten sie die Boulevards auf und ab, saßen in den Straßencafés und Bars, von denen es Tausende zu geben schien, oder einfach, Bierdosen in der Hand, auf den Kotflügeln geparkter Autos, redeten durcheinander, gestikulierten, flirteten, lasen Zeitung oder schauten sich einfach nur um. Yehoshuah, Judith und Stephen ließen sich treiben, an hell erleuchteten Schaufenstern vorbei, in denen amerikanische Konfektionsmode ausgestellt war und hektische Videoclips über Bildschirme flimmerten, im Slalom um Tische herum, auf denen Backgammon gespielt wurde, und

Stephen musste grinsen, als er das Restaurant einer Imbisskette namens »MacDavid«, entdeckte. Sie fanden den Weg zum Strand, wanderten die Strandpromenade entlang und lauschten dem Stakkato der Holzschläger, die für ein anscheinend sehr populäres Ballspiel Verwendung fanden, dem Rauschen der Wogen und den unverständlichen, aufgeregt klingenden Lautsprecherdurchsagen der Badeaufseher. In einer Strandkneipe tranken sie einen Cappuccino und aßen Wassermelone mit salzigem Schafskäse, und Yehoshuah erzählte Judith, wie er und Stephen sich kennengelernt hatten.

»Zuerst war er nur ein Name unter einer Message in einem Usenet-Forum. Nicht einmal ein Name – eine E-Mail-Adresse. So was wie *stephen-komisches rundes Zeichen-MRT-Punkt-Maine-Punkt-COM.*«

»Und du warst *ymenez-komisches rundes Zeichen-Rockfelf-Punkt-IL-Punkt-EDU*«, grinste Stephen.

Judith furchte die Stirn. »Was ist ein Usenet-Forum?«

»Oh! Hallo! Willkommen im zwanzigsten Jahrhundert, liebes Schwesterlein. Schon mal was vom Internet gehört? Also – man verbindet sich von seinem Computer zu Hause über ein Modem und einen Telefonanschluss mit einem Gewirr Millionen anderer Computer. Irgendwo in diesem Gewirr – und das Schöne ist, dass man nicht wissen muss, wo; das Gewirr weiß das von selbst – gibt es eine Art Schwarzes Brett, Tausende davon, jedes zu einem anderen Thema. Dort kann man die Mitteilungen lesen, die andere hinterlassen haben, und bei Bedarf seinen eigenen Senf dazugeben. Und damit es besser klingt, nennt man so ein Schwarzes Brett *Usenet-Forum.* Unseres beschäftigte sich mit Archäologie. Ich hatte etwas über die Arbeiten bei uns am Rockefeller-Institut geschrieben, und Stephen meldete sich darauf und fragte, ob das stimmt, dass man als freiwilliger Helfer bei Ausgrabungen dabei sein kann. Was ist, Stephen, bereust du es schon?«

Es kam Stephen so vor, als beobachte Judith seine Reaktion auf diese Frage besonders aufmerksam. Ob das etwas zu bedeuten hatte? Vielleicht war es aber auch nur Wunschdenken. »Was sollte ich bereuen? Es war ein Wendepunkt in meinem Leben.«

Yehoshuah beugte sich zu Judith hinüber, nahm sie gestikulierend in Beschlag. »Zuerst war er nur ein Name, ein paar komische Zeichen auf dem Bildschirm. So unreal wie ein Computerspiel. Schön, wir diskutierten miteinander – aber wer weiß, es hätte ja irgend so ein schlaues Programm in irgendeinem Labor sein können, das nur so tut, als sei es ein Mensch? Aber dann kam ein Brief an, mit einer amerikanischen Briefmarke, abgestempelt im Bundesstaat Maine. Allmählich begann ich zu glauben, dass es ihn möglicherweise tatsächlich geben konnte, als wirkliche Person. Und eines Tages rief er einfach an! Schock! Dieser Name aus meinem Computer sprach zu mir, eine richtige Stimme, breites amerikanisches Englisch! Nannte mir ein Datum, eine Uhrzeit, eine Flugnummer! Ganz ehrlich – so richtig geglaubt habe ich es erst, als er dann vor mir stand mit seinem Seesack.«

Stephen lächelte. Viel Zeit hatten sie nicht gehabt; Yehoshuah hatte ihn gleich darauf zum Lager hinausgefahren, und am nächsten Tag war es in aller Frühe bereits losgegangen.

»Ihr Männer mit euren Computern«, meinte Judith bloß, drehte sich dann zu dem Mann am Nachbartisch um, der seine Zeitung groß und breit auseinander gefaltet hatte, sodass eine der Ecken dauernd dicht vor ihrem linken Auge umherzuckte, und ließ ein paar knatternde Sätze auf Hebräisch los, die ihn veranlassten, mit seiner Zeitung kleinlaut das Weite zu suchen.

Dann zogen sie weiter, zurück auf den Boulevard, der immer orientalischer anmutete, je weiter sie nach Süden kamen, nach Kebab und gerösteten Nüssen roch, sie mit schwermütigen Melodien umhüllte, die in winzigen dunklen Kaschemmen aus kleinen, billigen Transistorradios drangen. Irgendwann, als es schon dunkel war und Stephen beim Anblick der Leuchtreklamen an Las Vegas denken musste, erreichten sie den Hafen – »wusstest du, dass Jaffa der älteste Handelshafen der Welt ist, Stephen? König Salomon hat ihn erbaut, wirklich wahr!« – und das Restaurant, das Yehoshuah ausgesucht hatte. Sie mussten noch ein bisschen warten, bis ihre Plätze geräumt, die Teller abgetragen und der Tisch neu gedeckt war, dann durften sie sich endlich setzen und die Speisekarten in Empfang nehmen wie wertvolle Urkunden. Die Luft war zum Schneiden dick, der Geräuschpegel, den die dicht an dicht sitzenden Gäste verursachten, ohrenbetäubend.

»Ziemlich beliebt«, meinte Stephen.

»Was sagst du?«

»Ich sagte, das scheint ein ziemlich beliebter Platz zu sein hier«, wiederholte Stephen schreiend.

»Ja«, nickte Yehoshuah. »Man muss vier Tage im Voraus reservieren.«

Sie bestellten bei einem Kellner, der zwar so etwas wie einen Frack trug, aber eine alles andere als vornehme Hektik an den Tag legte und es beinahe nicht erwarten konnte, dass sie endlich alle ihre Wünsche geäußert hatten und er weiterhetzen durfte. Eine junge Frau, ebenfalls sichtlich im Stress, kam und stellte ihnen mit fahrigen Bewegungen den Aperitif hin, drei große Sherrys. Und Judith hörte nicht auf, nachzubohren, was denn nun gewesen sei mit dem Fund und dass er versprochen hätte, es zu erzählen, heute Abend, sodass Stephen schließlich nachgab und anfing, obwohl er die Gelegenheit alles andere als passend fand.

»Areal 14 war die Nekropole der Siedlung, der Friedhof«, erklärte er zu Yehoshuah gewandt, der zwar öfter mit Professor Wilford-Smith zu tun gehabt hatte, aber die Einzelheiten dieser Fundstätte nicht so genau kannte. »Das wusste man schon von den Satellitenbildern her. Es war also klar, dass wir es mit jeder Menge Gräber zu tun haben würden. Jeder Helfer hatte ein Grab zu bearbeiten, und meines war das Letzte in einer ganzen Reihe und lag außerdem schon in einem eigenen Quadranten. Ich hockte also allein in meiner Grube, hörte die anderen auf der anderen Seite des Walls sich unterhalten, lachen und gackern und pinselte an den Knochen herum, die da allmählich aus dem Erdreich kamen, nachdem wir die ganzen Steine der eingestürzten Gruftdecken weggeräumt hatten. Vorgestern gegen elf war das. Als die Welt noch in Ordnung war.«

Die beiden Geschwister hatten sich weit vorgebeugt, genau wie er auch, und von weitem musste es ziemlich merkwürdig aussehen, wie sie da ihre Köpfe zusammensteckten. Stephen nahm einen Schluck von dem Sherry.

»Mach's nicht so spannend«, forderte ihn Judith auf.

»Ich muss es nicht spannend machen. Spannend ist es von selber. Als ich ungeduldig wurde und eine Handvoll Erdreich neben dem linken Oberarmknochen mit bloßen Händen wegschaufeln wollte, um schneller voranzukommen, stieß ich auf einen Widerstand. Mein Gott, ich hätte es beinahe kaputtgemacht. Eine Grabbeigabe.«

»Oh«, machte Yehoshuah mit Kennermiene. »Und was genau?«

»Ein flacher Beutel aus einem Material, das ich für Leinen halten würde. Ziemlich gut erhalten, rundum zugenäht, und vielleicht so groß.« Er deutete die Größe mit den Fingern an. »Etwa so groß wie ein Taschenbuch.«

»Und?«, fragte Judith.

»Nun«, fuhr Stephen fort, »ich war neugierig, was darin war. Also habe ich ihn aufgeschnitten.«

»Du hast ihn aufgeschnitten?«

»Ja.«

»Einfach so?«

»Einfach so. Mit meinem Schweizer Taschenmesser. An einer Seite.«

»Unfassbar«, stöhnte Yehoshuah fassungslos. »Das ist ja Übelste ... Das ist ja geradezu eine archäologische Todsünde!«

»Was war darin?«, wollte Judith wissen.

Stephen griff nach seinem Sherryglas, stürzte den Rest, der noch darin war, hinunter, stülpte dann die Lippen vor und zog sie wieder ein, sah hinauf an die Decke und dann von einem zum anderen. »Das glaubt ihr mir nie«, sagte er dann.

6

Im Repertoire der Hellenistisch-Römischen Zeit ist die ganze Zeitspanne dieser beiden Epochen durch Gefäßtypen belegt. Die Kochtöpfe E–1 und E–2 sind dem 1. Jh. v. Chr. und 1. Jh. n. Chr. zuzuweisen, wobei E–1 ab Ende des 1. Jh. v. Chr. belegt ist (siehe LAPP 1961, 190:Typ 72.2; TUSHINGHAM 1985, 56; fig.22:28,29; 23:5; 24:7, 17, 18), E-2 aber schon früher in diesem Jahrhundert aufzutreten scheint.

Prof. Charles Wilford-Smith
Bericht über die Ausgrabungen bei Bet Hamesh

Sie gingen auf das weiße Zelt zu, John Kaun voraus, wie ein Hausherr, der Gäste durch sein Anwesen führt. Es stand am Rande eines Gebietes, das aussah wie ein Schachbrett quadratischer Löcher im Boden, manche nur angedeutet, andere tief und gründlich ausgehoben. Das Zelt war, wie es schien, über einem der Löcher errichtet worden, und an jeder Ecke standen Wachposten, entschlossen dreinblickende junge Männer, die gedrungene schwarze, gefährlich aussehende Maschinenpistolen umhängen hatten und sich misstrauisch umsahen, als erwarteten sie jeden Augenblick den Überfall einer ganzen Armee.

Eisenhardt schwitzte. Er fragte sich, wie der Industrielle es in seinem dunkelblauen Zweireiher aushielt, die Krawatte korrekt gebunden und mit einer dezenten goldenen Nadel festgesteckt. Immerhin hatte auch er etwas von dem allgegenwärtigen gelben Staub auf den Schuhen und an den

Hosenbeinen, schien also kein ganz übernatürliches Wesen zu sein.

Der Professor hielt sich, leicht gebückt, hinter ihm. Wie alt er wohl sein mochte? Bestimmt über siebzig, so weiß, wie sein Haar schimmerte. Eisenhardt versuchte sich vorzustellen, aus welchem Grund man sich in dem Alter noch durch den Boden fremder Länder wühlte, anstatt friedlich zu Hause zu sitzen und Rosen zu züchten. Man hätte ihn sich als Rosenzüchter hervorragend vorstellen können. Statt dessen lebte er hier in dieser Wüste, seit wer weiß wie vielen Jahren, von der er, Eisenhardt, schon nach einer halben Stunde die Nase voll hatte.

Kaun griff nach der Zeltplane, schlug sie zurück und hielt sie fest, um Eisenhardt und Wilford-Smith den Vortritt zu lassen. »Vorsicht«, sagte er, als der Schriftsteller den Eingang passierte, »es geht abwärts.«

Im Inneren des Zeltes war das Licht gedämpfter, weicher. Und die stickige Schwüle brachte einen fast um. Eisenhardt blieb stehen, um sich zu orientieren. Das Zelt stand tatsächlich exakt über einer der quadratischen Gruben, und zwar einer der tief ausgehobenen. Sie mochte an die fünf Meter im Quadrat messen. Unmittelbar vor seinen Fußspitzen war eine Art Treppe ins Erdreich gegraben worden, mit großen, unregelmäßig hohen Stufen. An einer Stelle hatte jemand ein Brett eingefügt und mit Steinen befestigt. Eisenhardt begann vorsichtig mit dem Abstieg auf den etwa zwei Meter tiefer gelegenen Boden der Ausgrabungsstätte.

Irgendjemand, wahrscheinlich Kaun, betätigte einen Schalter, und vier an der Zeltdecke befestigte Lampen, die Eisenhardt bis zu diesem Augenblick noch nicht bemerkt hatte, flammten auf und tauchten das Areal in gleißend helles Licht. Eisenhardt blieb einen Moment stehen und schaute sich noch einmal um. Wie lange mochte es gedauert haben, allein dieses

Loch zu graben? Und ringsum hatten sie Dutzende solcher Ausschachtungen in den Boden getrieben.

Die Wände steckten voller großer Steine und wirkten, als könne ein einziges lautes Wort sie zum Einsturz bringen. Der Boden war flach, festgetreten und sandig, und in dem Eck gegenüber hatte man etwas mit einer dunkelblauen Plastikfolie abgedeckt.

Das große Geheimnis.

Der Fund, der Gehirnwindungen verknoten konnte.

Einen Moment lang spürte Eisenhardt, dass er Angst hatte – einfach, weil er in einem fremden Land war, in einer fremden Umgebung, weil der mächtige Vorstandsvorsitzende eines mächtigen Konzerns etwas von ihm erwartete, von dem er nicht einmal wusste, was es war, geschweige denn, ob er es würde vollbringen können. Diese Angst hatte von jeder Zelle seines Körpers Besitz ergriffen, leise, undramatisch, aber unerbittlich, ließ ihn jeden Schritt voller Anspannung tun, ließ ihn die Schachtwände ansehen und bedrohlich finden. Angst. Sie war ein alter Begleiter. Vielleicht der Grund, warum er schrieb, anstatt Abenteuer zu erleben. An seine Kindheit erinnerte er sich als an eine aufregende, ekstatische Zeit voller Wunder und Entdeckungen. Aber eines Tages war die Angst da gewesen, und er war nicht mehr hinausgegangen, sondern war zu Hause geblieben und hatte angefangen zu schreiben.

Er atmete tief durch, spürte dem Atem nach, während er ausströmte. Er hatte entdeckt, dass es unmöglich war, Angst zu haben in dem einen, winzigen Moment, in dem die Ausatmung beendet, die Lunge leer war. Manchmal war diese Sekunde sein Fenster in die wirkliche Welt, in die Welt, wie sie aussah ohne die Angst in seinen Augen, seiner Netzhaut, seinen Nervenfasern. Und jetzt, in diesem Moment, spürte er, dass jenseits der Angst wieder diese kindliche, erregte Freude war, als wäre sie nie weg gewesen.

»Kommen Sie«, sagte Kaun. Seine Augen funkelten vielversprechend. »Hier herüber. Ziehen Sie die Plane beiseite.«

»Bitte behutsam«, setzte Wilford-Smith ruhig hinzu.

Im Grunde war die Grube nicht anders als ein großes Zimmer, dessen Decke fehlte und durch eine Zeltkuppel ersetzt worden war. Eisenhardt folgte der Aufforderung des Medienmagnaten, griff nach einem Ende der Plane und hob sie vorsichtig an.

Darunter lag ein Skelett.

Es sah nicht ganz genau so aus wie das Skelett aus dem Biologieunterricht. Die bleichen Teile dieses Skeletts lagen schief durcheinander, als hätte ein großes Gewicht den toten Körper platt gedrückt. Eisenhardt dachte an die Erdschichten, die abgetragen worden waren; wahrscheinlich war genau das passiert. Die Knochen wirkten glatt und porös; er hatte Hemmungen, sie anzufassen. Aber er ging, nachdem er die Plastikfolie beiseite gelegt hatte, in die Hocke und starrte fasziniert in die leeren Augenhöhlen des bemerkenswert gut erhaltenen Schädels. Das war also einmal ein Mensch gewesen.

»Wie gesagt«, wiederholte der Professor in seiner langsamen, höfliche Unaufdringlichkeit verbreitenden Sprechweise, was er vorhin schon einmal erklärt hatte, »dieses Grab ist ziemlich genau zweitausend Jahre alt. Die ganze Siedlung ist, soweit wir das heute sagen können, spätestens im Jahr 90 aufgegeben worden, und damals bestand sie nicht länger als etwa zweihundert Jahre.«

»Ich verstehe«, nickte Eisenhardt und fragte sich, was denn nun das große Geheimnis sein sollte. Das war ein Skelett, schön. Damit musste man rechnen, wenn man zweitausend Jahre alte Friedhöfe ausgrub. Eine Menge kahler Knochen, ungefähr anatomisch korrekt auffindbar, daneben ein paar Grabbeigaben, wie dieser flache Leinenbeutel neben dem Brustbein …

»Genau«, nickte John Kaun. »Schauen Sie sich den einmal genauer an.«

Eisenhardt kniff die Augen zusammen. Der Beutel war rechteckig, etwas größer als eine flache Hand, und schien aus einer Art Sackleinen gemacht worden zu sein, das ausgedörrt und brüchig wirkte. Darunter schimmerte etwas Helles durch.

Kaun stand über ihm, die Arme erwartungsvoll vor der Brust verschränkt. Er schien es zu genießen, ihm dabei zuzusehen, wie er im Dunkeln tappte. »Öffnen Sie den Beutel«, forderte er.

»Öffnen?«, vergewisserte sich Eisenhardt.

»Ja. Er ist an der rechten Seite offen.«

Anschauen war eine Sache, aber anfassen ... In Museen hatte er sich darauf trimmen lassen, niemals etwas anzufassen, schon gar nicht, wenn man wusste, dass es Tausende von Jahren alt oder besonders empfindlich war oder beides. Eisenhardt streckte die Hand aus, zuckte fast zusammen, als er mit den auf mirakulöse Weise übersensibel gewordenen Fingerspitzen das Material des Beutels berührte, holzige, kratzige Fasern, die unter seiner Berührung nachgaben, indem sie zu Staub zerbröselten. Aber der Beutel war tatsächlich an der rechten Seite aufgetrennt worden, und so behutsam wie möglich hob er den Stoff hoch.

Darunter fand er einen weiteren Beutel aus einem seltsam glatten, milchigen Material, das aussah wie Perlmutt und sich anfühlte wie Plastik.

»Haben Sie so etwas schon einmal gesehen?«, fragte Kaun neugierig.

Eisenhardt schüttelte langsam den Kopf. »Ich glaube nicht. Oder sollte ich?«

Kaun lachte leise. Etwas in seiner Stimme vibrierte, als halte er eine innere Anspannung nicht mehr lange durch. »Ich glaube doch, dass Sie so etwas schon einmal gesehen haben. Übrigens ist auch dieser Beutel an der rechten Seite offen – schauen Sie hinein!«

Warum bebten seine Hände jetzt? Was sollte das Ganze? Seine Finger glitten so vorsichtig darüber, als absolviere er eine Prüfung zum diplomierten Taschendieb. Es fühlte sich an wie Kunststoff. Im Licht der Deckenstrahler, die hell und heiß wie die Sonne herabbrannten, war da tatsächlich eine Öffnung, an der rechten Seite und an der Oberen, die aussah wie ein Schnitt mit einem Messer. Eisenhardt fasste die freie Ecke und hob sie sacht an.

Er hörte den Professor einatmen. Er spürte den Medienzaren die Luft anhalten. Und er starrte auf das, was da zum Vorschein gekommen war. Er hätte nicht sagen können, was er eigentlich zu finden erwartet hatte, aber das jedenfalls nicht. Ganz und gar nicht. Was er sah, war etwas so Unerwartetes, dass sein Hirn Ewigkeiten zu brauchen schien, bis es die Signale, die seine Augen lieferten, korrekt interpretiert hatte.

Vereinfacht gesagt: Er konnte nicht glauben, was er sah.

Es war die Bedienungsanleitung einer SONY-Videokamera.

Stephen hob in einer entschuldigenden Geste die Hände. »Tut mir leid, aber das ist die Wahrheit. Ich bin dagesessen wie ein Idiot, habe darauf gestarrt und gewartet, dass es sich in Luft auflöst. Dass es sich als Fata Morgana herausstellt, als Hitzschlag, als was weiß ich. Aber das Ding löste sich nicht auf. Es war da, so wirklich wie diese Speisekarten.«

»Eine *Bedienungsanleitung?*« Judith starrte ihn an, ihr Gesicht ein einziger Ausdruck des Unglaubens. »Für eine *Videokamera?!*«

»Einen Sony MR–01 Camcorder. Und darunter stand ›US-Version‹. Ich meine, ich glaube nicht, dass das eine übliche Grabbeigabe im Jahre 50 nach Christus war.«

Der Kellner kam mit ihren drei Tellern. Sein Gesicht glänzte, so sehr schwitzte er, und jemand schien ihn zu jagen, jedenfalls keuchte er, als stünde er am Rande des Zusammenbruchs. Die drei taten ihre Köpfe auseinander, sodass er servieren konnte, was er wortlos tat, um dann wieder im Gewühl unterzutauchen.

»Zuerst dachte ich, jemand spielt mir einen Streich«, fuhr Stephen fort, während er nach Messer und Gabel griff. Er hatte schon wieder vergessen, wie das geheißen hatte, was da vor ihm lag, aber es sah gut aus und roch verführerisch. »Wirklich, das war sogar das Erste, was ich dachte. Wenn du jetzt hochschaust, sagte ich mir, dann schauen sie schon über den Rand der Grube, feixen und kichern und warten nur, dass sie dein belemmertes Gesicht zu sehen kriegen. Aber dann schaute ich hoch – und da war niemand.«

Yehoshuah schüttelte fassungslos den Kopf, während er seinen Fisch abhäutete und das Fleisch von den Gräten trennte, so bedächtig, als arbeite er an einem archäologischen Fund. »Und dann?«

»Ich habe nachgedacht. Wirklich lange. Ich schätze, ich bin eine geschlagene Stunde da in meinem Loch gesessen und habe nichts getan als nachzudenken. Aber schließlich ist mir auch nichts Besseres eingefallen, als den Professor zu informieren.« Stephen nahm einen Bissen und kaute. Es schmeckte so gut, wie es roch. Wirklich ein Tipp, dieses Lokal. »Und seine Reaktion finde ich bemerkenswert.«

»Oha«, machte Yehoshuah.

»Er schaut sich den Fund lange an, ohne etwas zu sagen. Dann sagt er leise zu mir, ich solle vorläufig niemandem davon erzählen. ›Niemandem!‹ sagt er gleich zweimal und schaut mir ernst und eindringlich in die Augen. Und dann schickt er mich zu Pierre, dem solle ich helfen. Pierre, der nur Französisch spricht. Und alles, was ich an Französisch beherrsche, ist *Oui* und *Non* und *Voulez-vous coucher avec moi?* Ich meine, wie finde ich das?«

Judith kicherte. Soviel Französisch beherrschte sie anscheinend auch. »Und jetzt verrätst du uns doch alles.«

Stephen machte eine wegwerfende Handbewegung. »Ach, so was hat mich noch nie gekratzt; da kennt er mich einfach schlecht. Ich meine, er schickt mich weg, lässt über dem Schacht ein Zelt aufbauen, geht telefonieren, und am nächsten Tag taucht der Hauptsponsor der Ausgrabung auf, fällt mit einem ganzen Schwarm von Leuten ein wie Attila der Hunne – was hat das alles zu bedeuten? Glaubt er, ich höre auf, mich das zu fragen?«

»Und was *glaubst* du, dass es bedeutet?«, fragte Yehoshuah.

»Also, eines ist klar: ein Toter, dem man die Bedienungsanleitung eines Camcorders mit ins Grab gibt, war auf keinen Fall ein Jude der Zeitenwende«, schlussfolgerte Stephen. »Ich denke, er wurde erst vor kurzem ermordet und dort vergraben.«

Yehoshuah riss entsetzt die Augen auf. »Meine Güte. Glaubst du wirklich?«

»Sicher bin ich mir nicht. Aber es könnte eine Erklärung sein.«

Judith furchte nachdenklich ihre Stirn. »Aber warum sollte der Mörder seinem Opfer ausgerechnet diese Bedienungsanleitung ins Grab geben?«

»Es muss ein entscheidendes Indiz sein. Ein verräterisches Beweisstück.«

»Aber wenn es verräterisch war, hätte er sie verbrennen können. Oder woanders vergraben. Das Grab seines Opfers war der denkbar schlechteste Platz dafür. Dort war sie doch so verräterisch wie nirgendwo anders. Stell dir vor, sie wäre nicht da gewesen – jeder hätte den Toten für einen normalen archäologischen Fund gehalten.« Hinter Judith begann schon wieder jemand, seine Zeitung raumgreifend auszubreiten. Diesmal kratzte die Oberkante des hebräischen Blattes an ihrem Hinterkopf, was sie jedoch noch nicht zu bemerken schien.

»Du hast vorhin gesagt, der Tote lag in der Nekropole«, fügte Yehoshuah nachdenklich hinzu. »In einer Reihe mit den anderen Gräbern.«

»Ja.«

»Das heißt, der Mörder muss schon vor vielen Jahren von dieser Siedlung gewusst haben, oder?«

»Ah«, machte Stephen, »und das, obwohl sie erst letztes Jahr auf Satellitenbildern entdeckt wurde. Richtig.«

»Genau. Das ist seltsam.«

»Wenn ich eine Leiche vergraben wollte«, warf Judith grimmig ein und fuhr sich über das Haar, verfehlte aber die Zeitung um Haaresbreite, »dann wäre eine unentdeckte archäologische Fundstätte doch der denkbar dümmste Platz, oder? Ich meine, wenn ich jemanden umgebracht habe, dann will ich doch, dass man ihn möglichst nie wieder findet.«

Stephen starrte an ihr vorbei, auf die mit hebräischen Schriftzeichen bedruckte Zeitungsseite, auf der, obwohl er kein Wort Hebräisch lesen konnte, irgendetwas seine Aufmerksamkeit erregt hatte. Oder war es der Mann, der sie in dem dämmrigen Kneipenlicht zu lesen versuchte? »Vielleicht *wollte* der Mörder, dass die Leiche gefunden wird«, überlegte er laut. »Und er wollte auch, dass man sie sofort als Mordopfer identifiziert. Und noch etwas – John Kaun ist da draußen mit seinen Leuten. Nicht die Kriminalpolizei. Was hat das zu bedeuten?«

Judith tastete wieder über ihre kohlenschwarze Lockenpracht, und diesmal bekam sie die Zeitung zu fassen, fuhr zornentflammt herum und schrie den Mann an, auf Hebräisch, aber es war nicht schwer zu erraten, was sie so wütend machte. Stephen grinste, als der andere, ein schmächtiger bebrillter Mann mit einem mächtigen Schnauzbart, unter vielen erschrocken vorgebrachten Entschuldigungen seine Zeitung umständlich zusammenzufalten begann.

Und da entdeckte er plötzlich, was ihm vorhin aufgefallen war.

»Judith!«

Sie sah ihn irritiert an. Er stand auf, beugte sich über den Tisch, ohne darauf zu achten, dass er dabei den Salzstreuer und die Vase mit den Plastikblumen umstieß, und griff nach der Zeitung. »Dieses Foto!«, rief er, packte fester zu, entriss dem Mann die Zeitung und legte sie vor Judith hin. »Was steht da? In der Bildunterschrift?«

»Stephen? Was soll das?«

Er pochte mit dem Zeigefinger auf das Foto. »Das ist der Mann, der mit dem Taxi kam. Als wir gerade abfuhren. Was steht da?«

»Welcher Mann?«

Stephen bohrte seinen Blick in den ihren. »Lies einfach, was da steht. Tu es einfach.«

»Stephen, welchen Mann meinst du?«

»Du machst mich wahnsinnig«, knurrte Stephen. »Yehoshuah, du. Was steht da, um Gottes willen?«

Yehoshuah beugte sich verblüfft, aber folgsam über das Zeitungsfoto, das offenbar in einem Flugzeug aufgenommen worden war. »Peter Eisenhardt, der bekannte deutsche Schriftsteller, reist zurzeit durch Israel, um Recherchen für seinen nächsten Roman ...«

»Peter Eisenhardt!«, rief Stephen aus. »Genau. Danke!« Er

zog ihm die Zeitung wieder weg und reichte sie dem Besitzer zurück, der der Szene mit offenkundiger Verständnislosigkeit gefolgt war.

»Als wir im Lager abfuhren, stand da ein Taxi, das kurz vor dir kam«, sagte er, zu Yehoshuah gewandt. »Und ich fragte dich noch, wer der Mann sei, erinnerst du dich?«

Yehoshuah nickte.

»Ich wusste, dass ich dieses Gesicht schon einmal auf einer Fotografie gesehen hatte, aber der Groschen wollte einfach nicht fallen, wer das ist. Jetzt weiß ich es.« Einer der Teilnehmer der Brasilienexpedition war ein Deutscher gewesen, der zwei Taschenbuchausgaben von Romanen Peter Eisenhardts im Gepäck gehabt hatte. Auf den Umschlagrückseiten war der Autor abgebildet gewesen.

»Ja, und?«, fragte Judith stirnrunzelnd. »Mir sagt der Name nichts, tut mir leid.«

Stephen lehnte sich in seinem Stuhl zurück, und für einen Augenblick schien die Geräuschkulisse des Lokals um ihn herum hochzubranden, eine Flutwelle aus Stimmen in den verschiedensten Sprachen, aus Gläserklirren, Lachen und Kratzen von Besteck auf Geschirr. Ein wahnwitziger Gedanke schoss durch sein Gehirn, ein absolut wahnwitziger Gedanke ...

»In Deutschland«, sagte Stephen langsam, »ist er ein relativ bekannter Science-Fiction-Schriftsteller.«

Judith sah ihn an, er erwiderte den Blick. Stephen Foxx liebte wahnwitzige Gedanken. Das ganze Leben, das er führte, verdankte er einem anderen wahnwitzigen Gedanken. Aber dieser – schlug alles ...

»Vielleicht«, überlegte sie, »will dieser John Kaun einen seiner Romane verfilmen. Und da beide gerade in Israel sind, haben sie ein Treffen vereinbart ...«

Stephen schüttelte den Kopf, ganz langsam, fast unmerklich. »Kaun ist Nachrichtenmann. Filme interessieren ihn nicht. Er hat noch nie einen Film produziert.«

»Na schön, Mister Schlaumeier. Dann nicht. Dann sag du, was es bedeutet.«

»Ich weiß es nicht.«

»Science-Fiction, sagst du?«, grübelte Yehoshuah.

Stephen brummte nur. In seinem Hirn kochte es. Er starrte auf seinen halb leer gegessenen Teller hinab und hatte keinen Hunger mehr. Science-Fiction. Genau. »Können wir bitte machen, dass wir so schnell wie möglich hier rauskommen?«, bat er matt.

Sie ließen die Straßen hinter sich, in denen aus dem einen Restaurant die Klänge eines Jazzpianos drangen und aus dem nächsten das Weinen einer elektrischen Gitarre, die einen Bauchtanz begleitete, und es hatte etwas von einer Flucht an sich. Stephen marschierte vorneweg, ohne zu wissen, wohin es ging. In seinem Hirn kochte es noch immer.

»Stephen?«, hörte er Judith hinter sich. »Ist alles in Ordnung?«

Er zog sein Mobiltelefon aus der Tasche und schaltete es ein. »Alles in Ordnung. Alles bestens. Ich muss nur mal in Ruhe telefonieren.«

»Telefonieren?«

An einer massiven Steinmauer, die bestimmt Tausende von Jahren alt war, blieb er stehen und begann zu wählen. Das dunkle Wasser des Hafenbeckens manschte gluckernd gegen die Mole, die schwarzen Umrisse von Schiffen waren zu erahnen, und es war still. Die beiden holten ihn ein.

»Wen rufst du an?«, wollte Yehoshuah wissen.

»SONY.«

»SONY?«

Stephen hielt inne. »Würdet ihr beide bitte aufhören, alles zu wiederholen, was ich sage? Ich rufe die Firma SONY an, jawohl. Ich will alles über diese Videokamera wissen, was es zu wissen gibt.«

»Um diese Zeit?«

»In Japan ist es jetzt gerade« – er sah auf die Armbanduhr – »kurz vor elf Uhr vormittags.«

»Du rufst in *Japan* an?« Yehoshuah rang sichtlich um seine Fassung.

»Das sagte ich, glaube ich. Ja. SONY ist eine japanische Firma.«

Judith musterte ihn wie jemanden, bei dem man sich nicht sicher ist, ob er gerade überschnappt oder einen nur zum Narren halten will. »Und die Nummer von SONY, Japan, weißt du natürlich auswendig?«

Stephen hob sein winziges schwarzes Mobiltelefon hoch, als halte er eine Trumpfkarte in der Hand. »Es zahlt sich einfach aus, beim richtigen Service Provider zu sein, auch wenn es eine Kleinigkeit mehr kostet. Wenn ich mit jemandem sprechen will, dessen Nummer ich nicht kenne, kann ich eine Vermittlungsstelle anrufen, die rund um die Uhr besetzt ist und alle Telefonbücher der Welt besitzt. Alles klar?«

Sie setzte noch einmal an, etwas zu sagen, ließ es aber dann bleiben und nickte nur.

Er begann noch einmal zu wählen. Eine Frauenstimme meldete sich, so frisch und fröhlich, als sei der hellste Morgen. Dort, wo sie saß, war vielleicht auch heller Morgen. Er nannte seinen Wunsch – »SONY, Japan, und dort möglichst jemanden vom Vertrieb, der englisch spricht« –, worauf sie ein munteres »Einen Augenblick bitte!«, zwitscherte und ihn in die Warteschleife legte.

Judith wechselte einen Blick mit ihrem Bruder. »Ich komme mir so altmodisch vor«, murmelte sie.

Sie warteten. Das würde kein ganz billiger Spaß werden.

»Guten Tag«, hörten sie Stephen schließlich sagen, und er bemühte sich, langsam und deutlich zu sprechen. Wahrscheinlich sprach die Person am anderen Ende der Verbindung kein besonders Vertrauen erweckendes Englisch. »Mein Name ist Foxx, und ich rufe aus Israel an. Israel, ja. Im Nahen Osten. Ja. Zwischen Ägypten und Syrien ... Palästina, genau.«

Yehoshuah verzog das Gesicht.

»Ich interessiere mich für Ihren Camcorder MR-01. Ich würde gerne wissen, ob es irgendwo in Israel einen Händler gibt, bei dem ich mir das Gerät anschauen könnte.« Eine Pause. »MR-01, ja.« Noch eine Pause, länger diesmal. »Nein, ganz bestimmt. MR-01. M wie Madagaskar, R wie Rio. Strich, null, eins. Ja.«

Sie sahen Stephens Augen größer werden, je länger er zuhörte. Seine Stimme klang seltsam verändert, als er wieder sprach. »Ah. Ich verstehe. Ach so. Ja. Da kann man nichts machen. Ja, vielen Dank. Vielen Dank für die Auskunft. Doch, Sie haben mir sehr geholfen. Vielen Dank.«

Das Piepsen, mit dem er die Verbindung unterbrach, klang kläglich. Dann stand er da, starrte mit leeren Augen auf das Telefon, dann hinüber an den Strand, an dessen südlichem Ende sich eine kleine Party gebildet hatte. Aus einem tragbaren Cassettenrecorder ertönte leise Musik, die nur fetzenweise herübergetragen wurde, und dunkle, schlanke Gestalten tanzten dazu, manche von ihnen im Wasser.

»Und?«, brach Judith schließlich das Schweigen.

Stephen brachte ein kurzes, freudloses Lachen zustande. »Science-Fiction«, sagte er, schaute wieder sein Telefon an, schaltete es aus und schob es zurück in die Tasche. »Science-Fiction.«

»Könntest du bitte etwas deutlicher werden? Was hat er gesagt?«

Stephen atmete geräuschvoll aus und ließ den Blick über das weite, nachtschwarze Hafenbecken gleiten.

»Der SONY-Camcorder MR–01«, sagte er, »ist noch in der Entwicklung. Er wird frühestens in drei Jahren auf den Markt kommen. Im Augenblick existiert er nur auf dem Reißbrett.«

7

Münze 47: Site 98, Strat. JE 14/6, Per.30; Ph.83. Gewicht AE 2.53 g. – Claudius (AD 51–64), Jahr 14; judäischer Prokurator: Antonius Felix. – Referenz: MESHORER 232. – Zeitliche Zuordnung: 54 n.Chr.

Prof. Charles Wilford-Smith
Bericht über die Ausgrabungen bei Bet Hamesh

»Nun?« fragte der Besitzer des zweitgrößten Nachrichtennetzwerks der Welt triumphierend. »Was halten Sie davon?«

Eisenhardt stand mühsam auf. Sein rechtes Bein kribbelte ein wenig, offenbar hatte er sich in der Hocke die Blutzufuhr abgedrückt, ohne es zu merken. »Schwer zu sagen«, meinte er zögernd. »Sieht aus wie ein seltsamer Scherz.«

»Angenommen, es ist kein Scherz?«

»Was könnte es denn sonst sein?« Der Schriftsteller massierte mit einer Hand seinen Oberschenkel. »Sie sagten doch, einer Ihrer freiwilligen Helfer hat das gefunden. Warum denken Sie, dass das stimmt?«

John Kaun warf dem Professor einen auffordernden Blick zu. »Erzählen Sie ihm, was wir über die Datierung des Fundes wissen.«

»Wir können«, begann der, »davon ausgehen, dass die Schicht, in der das Skelett gefunden wurde, unverletzt war. Mit anderen Worten, es kann ausgeschlossen werden, dass der Tote nachträglich hier eingegraben wurde. Es kommt relativ oft vor, wie Sie sich vorstellen können, dass ein Friedhof an einer Stelle angelegt wird, an der Jahrhunderte zuvor schon einmal einer war – vor allem in einem Land, das schon so lange besiedelt wird wie dieses. Darauf muss man achten, wenn man Ausgrabungen macht, weil man sonst Funde den falschen Epochen zuordnen würde, und es gibt bestimmte, sehr sichere Zeichen, an denen man so etwas erkennen kann. Hier war das, wie gesagt, nicht der Fall – die Schicht war unverletzt, und aufgrund zahlreicher Münzen, Keramikscherben, Gräserpollen und Holzstücke, die eine Zuordnung über das Jahresringmuster erlauben, lässt sie sich auch eindeutig datieren. Mit anderen Worten, es steht fest, dass das Skelett zweitausend Jahre lang vergraben lag.«

»Das Skelett«, nickte Eisenhardt. »Aber um das geht es ja nicht. Es geht um diesen Beutel.«

»Nun, der lag unmittelbar daneben.«

»Als Sie ihn sahen. Lag er auch daneben, als das Skelett ausgegraben wurde?«

»Ich kann Ihnen Fasern aus dem Material der äußeren Beutelhülle unter dem Mikroskop zeigen. Sie stammen von einer Pflanzenart, die hier seit fünfzehnhundert Jahren nicht mehr heimisch ist.«

»Aber vielleicht woanders?«

»Zudem ist der Stoff unverkennbar sehr alt.«

»In Ordnung. Wer hat den Beutel geöffnet?«

»Das war Mister Foxx. Der junge Mann, der ihn gefunden hat.«

»Ist das üblich, dass Ihre Hilfskräfte Fundstücke beschädigen?«

»Nein, natürlich nicht. Ich habe ihn auch gerügt.«

»Aber es wäre denkbar, dass er den Inhalt des Beutels ausgetauscht hat.«

»Denkbar, ja. Aber warum hätte er das tun sollen?«

»Um Ihnen einen Streich zu spielen.«

Wilford-Smith schüttelte den Kopf. »Er ist nicht die Art Mensch, der anderen Streiche spielt.«

»In Ordnung.« Der Schriftsteller sah von einem zum anderen. »Was genau wollen Sie, dass ich jetzt tue? Ich habe das Gefühl, dass Sie schon eine Theorie haben, und die besteht anscheinend nicht darin, das hier für einen Betrug zu halten. Vielleicht sagen Sie mir erst einmal, was Sie darüber denken.«

Kaun mischte sich wieder ein. »Wir denken, dass kein Betrug im Spiel ist. Ich schlage vor, ich zähle Ihnen alles auf, was wir momentan als gesichert annehmen, und sage Ihnen dann, welchen Schluss wir daraus ziehen. Und Sie sagen uns dann, was Sie davon halten.«

»Das klingt sinnvoll.«

»Erstens«, zählte der Medienzar auf, wobei er den ersten Finger der rechten Hand abspreizte und begann, auf und ab zu gehen, »die Schicht, in der das Skelett gefunden wurde, ist zweitausend Jahre alt und bei der Ausgrabung unverletzt gewesen. Zweitens, der Beutel besteht aus einem Material, das hierzulande vor zweitausend Jahren verwendet wurde, heute aber nirgendwo mehr zu finden ist. Drittens, das Material des zweiten Beutels ist eindeutig Plastikfolie; es scheint sich durch einen noch unbekannten Einfluss verfärbt zu haben. Viertens, auch das Papier, auf das die Betriebsanleitung gedruckt ist, scheint sehr alt zu sein, so seltsam sich das anhört. Wir werden veranlassen, dass alle Materialien – Stoff, Papier, Knochen – mithilfe der Radiokarbonmethode datiert werden; das wird jedoch noch einige Zeit dauern.«

»Übrigens haben wir«, fügte der Professor hinzu, »in den Zähnen des Schädels Amalgamfüllungen entdeckt. Für Zahnfüllungen wurde Amalgam erstmals 1847 in Frankreich verwendet.«

»Eine verloren gegangene Erfindung?«

»Nein. Der Tote hat zwei fachmännisch ausgebohrte und verplombte, ansonsten aber eine Menge grässlich kariöser Zähne; viele fehlen auch. Wenn es im Jahr 50 einen so fortschrittlichen Zahnarzt gegeben hätte, wäre er wieder hingegangen.«

Eisenhardt atmete seufzend aus, verschränkte die Arme hinter dem Rücken, ging ein paar Schritte, drehte dann wieder um und ging denselben Weg zurück, blieb vor dem Grab stehen und sah auf die halb freigelegten Knochen hinab. Es roch nach heißem Staub. Der Schädel glänzte im Licht der Deckenlampen, nur die Augenhöhlen warfen dunkle Schatten.

»Sie denken, es ist ein Zeitreisender, nicht wahr?«

Einen Herzschlag lang Stille, dann hörte er John Kaun auflachen.

»Sehen Sie?«, rief der dem Professor zu. »Was habe ich gesagt? Für einen Science-Fiction-Schriftsteller ist das ein Kinderspiel. Wo wir uns die Köpfe heiß denken, schaut er einmal hin und – zack, weiß er, was los ist!« Er klatschte in die Hände wie ein Kind, aber nicht einmal das sah lächerlich aus bei ihm, sondern bedrohlich. Eisenhardt spürte, wie sich etwas in seinem Magen verkrampfte.

»Das ist also Ihre archäologische Sensation«, meinte er. »Das Skelett eines Zeitreisenden.«

Kaun hielt inne.

»Nein«, sagte er, in einem Tonfall, als werde ihm jetzt erst klar, dass Eisenhardt das Wichtigste noch gar nicht verstanden hatte. »Das ist noch nicht die Sensation.«

»Sondern?«

»Überlegen Sie doch«, forderte der Mann im dunkelblauen Anzug ihn auf. »Ein Zeitreisender. Mit einer Videokamera.«

Eisenhardt starrte ihn an. Er begriff.

»Oh, mein Gott«, entfuhr es ihm.

Kaun lächelte wölfisch. »Ja ... was kann der wohl gewollt haben vor zweitausend Jahren?«

Sie suchten den Weg zurück zu Yehoshuahs Wagen, und unwillkürlich gingen sie schnell, als sei jemand hinter ihnen her.

»Vergesst alles, was wir über einen Mord gesagt haben«, sagte Stephen. »Das war kein Mord.«

»Sondern?«

»Der Tote ist tatsächlich vor zweitausend Jahren gestorben, beigesetzt worden, und wir haben ihn wieder ausgegraben.«

»Und der Beutel? Mit der Bedienungsanleitung?«

»Auch.«

Was war das für eine Stadt, in der es um halb zwei Uhr früh Straßen gab, die von Autos verstopft waren? Stephen blieb stehen, starrte auf das Chaos und drehte sich dann zu seinen Begleitern um. »Meine Theorie klingt vollkommen wahnsinnig, aber sie erklärt alles. Passt auf: In nächster Zukunft wird jemand entdecken, wie man Zeitreisen bewerkstelligen kann. Frühestens in drei Jahren, vielleicht etwas später, aber jedenfalls zu einer Zeit, zu der dieser SONY MR-01 der beste Camcorder sein wird, den man für Geld kaufen kann. Jemand kauft den nämlich und reist damit zweitausend Jahre in die Vergangenheit. Aus irgendeinem Grund gelingt es ihm aber nicht mehr, zurück in seine Zeit zu kommen. Also muss er dort bleiben, unter den Menschen damals leben, bis er eines Tages stirbt. Er wird beigesetzt, und jemand legt ihm den Beutel mit der in Folie eingeschweißten Bedienungsanleitung ins Grab, ohne zu wissen, um was es sich dabei eigentlich handelt. Und wir haben ihn wieder ausgegraben – ein paar Jahre, bevor er seine Reise antreten wird!«

Er sah in zwei Gesichter, deren Unterkiefer langsam abwärts sanken.

»Das hieße ja«, meinte Judith schließlich, »dass derjenige, dessen Skelett dort liegt, noch irgendwo *lebt?*«

»Genau.«

Yehoshuah wirkte ausgesprochen verdattert. »Dann müssen wir ihn finden! Ihn warnen!«

»Und dann?«

»Damit er die Reise nicht antritt.«

»Dann finden wir ihn aber nicht«, hielt seine Schwester ihm vor. »Und wenn wir ihn nicht finden, kommen wir überhaupt nicht auf die Idee, ihn zu warnen. Und da wir ihn nicht warnen, tritt er die Reise doch an. Also finden wir ihn doch.« Sie lachte glockenhell vor Begeisterung. »Vielleicht bin ich doch nicht so altmodisch!«

»Das ist wirklich eine wahnsinnige Theorie!«, wandte sich Yehoshuah klagend an Stephen. »Mir wird ganz dumm im Kopf, wenn ich anfange, darüber nachzudenken.«

Sie setzten sich wieder in Bewegung. Aus einer Reihe von Klapptüren strömten plötzlich Leute ins Freie, und erst nach einer Weile begriff Stephen, dass da eine Kinovorstellung zu Ende gegangen sein musste. Sie drängelten sich zwischen den hupenden, stinkenden Autos hindurch auf die andere Straßenseite und bogen auf Yehoshuahs Geheiß in eine ruhigere, düstere Querstraße ab.

»Es geht nicht darum, den Mann zu warnen«, meinte Stephen. »Ich könnte mir vorstellen, dass er sogar wusste, dass er nicht zurückkehren würde. Vielleicht funktioniert die Zeitreise nur in eine Richtung, und vielleicht hat er das in Kauf genommen.«

»Aber wer würde so etwas tun?«, fragte Yehoshuah.

»Na, hört mal! Für dieses Motiv?«

»Welches Motiv?«

Er blieb stehen und sah sie fassungslos an. »Welches Motiv? Ich kann zweitausend Jahre in die Vergangenheit reisen. Ich weiß, ich werde nicht zurückkehren, aber ich kann die beste Videokamera mitnehmen, die es gibt. Was werde ich wohl filmen?«

Immer noch zwei Mienen völliger Verständnislosigkeit. Bis es Stephen schließlich dämmerte.

»Verdammt noch mal«, murmelte er. »Klar. Ihr seid Juden. Logisch ...«

Er atmete tief durch. »Also, nochmal. Denkt dran, der Mann, der in die Vergangenheit reist, nimmt die US-Version der Bedienungsanleitung mit. Nicht die Japanische, nicht die Hebräische. Wahrscheinlich wird er also Amerikaner sein. Und für einen Amerikaner, der es auf sich nimmt, zweitausend Jahre in die Vergangenheit zu reisen und nicht zurückzukehren, kann es in der ganzen damaligen Welt nur ein interessantes Motiv geben – Jesus von Nazareth. Jesus Christus.«

Für die Dauer eines Herzschlags hatte er das Gefühl, aus sich herauszutreten, sich selbst da stehen zu sehen in einer schmalen, dämmrigen Straße in Tel Aviv, das Echo seiner Worte von den stillen Häusern ringsum widerhallen zu spüren. Dann war es wieder vorbei. Er blinzelte. Was sagte er da?

»Stimmt«, sagte Judith nachdenklich. »Der hat damals gelebt.«

»Ja. Die Zeitrechnung beruht darauf.« Dann fiel ihm ein, dass die jüdische Kultur eine eigene Zeitrechnung hatte; dass man danach inzwischen ungefähr das Jahr 5760 schrieb. Aber selbst die Verwaltung des Staates Israel richtete sich nach dem christlichen Kalender. Auf Anhieb fiel ihm kein Staat der Welt ein, der sich nicht danach richtete. Ja, man konnte mit Fug und Recht sagen, dass die Zeitrechnung darauf beruhte.

Stephen spürte, wie seine Handflächen feucht wurden. Ein

Schaudern kroch über seinen Rücken, in seinen Nacken. Das Brodeln in seinen Gedanken hatte aufgehört und war einer kristallinen Klarheit gewichen, die ihm fast den Atem raubte.

»John Kaun«, fuhr er fort, mit einer Stimme, die sich seltsam belegt anfühlte, »hat genau die gleiche Theorie aufgestellt. Deshalb ist er hier. Er sagt sich, dass irgendwo noch die Kamera sein muss, verpackt und versiegelt, um zwei Jahrtausende zu überdauern – und in der Kamera das Videoband.«

Er sah Judith langsam, verstehend, nicken. Er sah Yehoshuahs Gesicht im Licht der Straßenlaternen, und es sah bleich aus. Alles war klar. Die Teile des Puzzles hatten zueinander gefunden. Die Worte fielen wie die Dominosteine am Ende einer Kette.

»Dieses Video will er haben«, sagte er.

8

Die Beschaffenheit der Wandung mancher Gefäßtypen wurde untersucht, indem Stücke der Gefäßfragmente abgebrochen und in einem elektrisch geheizten, oxidierenden Ofen neu gebrannt wurden, wobei die Proben eine Stunde lang der Höchsttemperatur, 800–900 °C für eisenzeitliche-byz./fr.-arabische und 1000 °C für mittelalterliche und spätere Keramik, ausgesetzt wurden. Durch die Oxidierung erhält die Scherbe meist eine hellere Farbe, und es werden Magerungszutaten sowie Überzüge besser sichtbar. Eventuelle Zerstörungen der Scherbe durch die hohen Temperaturen geben einen Einblick in die ursprünglichen Brenntemperaturen (vgl. Kap III.5–1).

Prof. Charles Wilford-Smith
Bericht über die Ausgrabungen bei Bet Hamesh

John Kauns Wohnwagen konnte nicht anders als mit dem Wort »standesgemäß« beschrieben werden. Den größten Teil davon nahm ein luxuriöses Arbeitszimmer ein, dessen Wände mit dunklem Holz getäfelt und dessen Boden mit knöcheltiefem grauem Teppich ausgelegt war, auf dem ihre staubigen Schuhe Schmutzspuren hinterließen, deren Anblick regelrecht schmerzte. Ein gewaltiger Mahagoni-Schreibtisch, auf dem eine jener Messinglampen mit grünem Schirm stand, wie sie Eisenhardt bisher nur in amerikanischen Spielfilmen gesehen hatte, dominierte den Raum. Hinter dem mächtigen schwarzen Ledersessel hing ein Ölgemälde, das teuer aussah und es wahrscheinlich auch war, auf einem Beistelltisch stand ein Computer, auf dessen Bildschirm sich das Firmensignet der Kaun Enterprises langsam drehte, und daneben eine ganze Batterie von Telefonen. Eisenhardt musste an die Antennen denken, die ihm auf dem Dach des Wohnwagens aufgefallen waren, darunter eine große Antennenschüssel, die wahrscheinlich imstande war, direkt mit einem Fernmeldesatelliten zu kommunizieren. John Kaun mochte fernab seines Hauptquartiers in der einsamsten Ödnis sitzen, er tat jedenfalls, was technisch heutzutage machbar war, um seine Firma im Griff zu behalten.

Und das Beste war: Der Raum war angenehm kühl.

»Was möchten Sie trinken?«, fragte der Industrielle und öffnete einen Kühlschrank, prall gefüllt mit Flaschen, in denen Flüssigkeiten in allen Farben verheißungsvoll schimmerten. »Canadian Whisky für Sie, Professor?«

»Ja, bitte«, seufzte Wilford-Smith und ließ sich in einen der Polstersessel sinken. Er sah müde aus.

»Sie, Mister Eisenhardt?«

Der Schriftsteller zögerte. Er trank selten Alkohol, weniger aus gesundheitlichen oder prinzipiellen Beweggründen als aus dem simplen Grund, dass er sich danach meistens weniger wohl fühlte als davor. Alkohol war für ihn etwas, das beeinträchtigte. Im besten Fall machte es ihn schläfrig. »Haben Sie etwas ohne Alkohol?«, fragte er.

Kaun sah ihn an mit einem Blick, in dem Eisenhardt eine irritierte Missbilligung zu lesen glaubte. Als habe er gegen ungeschriebene Regeln verstoßen. Sei ein Spielverderber. Aber er fragte, ohne eine Miene zu verziehen: »Was möchten Sie? Eine Cola? Ein Ginger Ale? Ein Perrier?«

»Cola wäre großartig.«

Kaun reichte ihnen ihre Gläser, mischte sich selbst dann einen etwas aufwendigeren Drink und nahm damit hinter seinem Schreibtisch Platz. Unwillkürlich erwartete Eisenhardt, der Vorstandsvorsitzende würde sich ein wenig recken und strecken, den Krawattenknoten lockern und sich dann entspannt zurücklehnen, doch Kaun nippte nur kurz an seinem Glas, beugte sich vor und fasste den Schriftsteller ins Auge.

»Was denken Sie über die Sache?«, wollte er wissen.

»Hmm«, machte Eisenhardt und suchte nach Worten. Schon in seiner täglichen Arbeit fiel ihm das nicht leicht; auf Englisch war es doppelt so schwer. »Wie soll ich sagen? Irgendwie habe ich das Gefühl, versehentlich in einen Indiana-Jones-Film geraten zu sein.«

So etwas wie ein Lächeln zuckte über das Gesicht des Medienzaren, aber er sagte nichts.

»Sind Sie sicher, dass Sie nicht doch einem Betrug aufsitzen?«, fragte Eisenhardt. »Denken Sie an die Hitlertagebücher.«

»Das war das Erste, woran ich dachte. Aber von Joseph Goebbels gibt es Tagebücher, und die sind echt.« Kaun warf einen Blick auf seine Armbanduhr, die flach, golden und unerhört kostbar aussah. »Mittlerweile müssten die Materialproben in dem Labor in Chicago eingetroffen sein, das ihr Alter nach der Radiokarbonmethode bestimmen wird. Wenn sich herausstellt, dass das Papier zweitausend Jahre alt ist, dann kann es keine andere Erklärung dafür geben, als dass jemand eine Zeitreise gemacht hat. Da stimmen Sie mir doch zu, oder?«

»Ja.«

»Es gibt diese Kamera. Da bin ich mir sicher. Und ich bin mir auch sicher, dass sie noch gut erhalten ist.«

Eisenhardt hatte endlich die Worte für einen Einwand zusammen, der ihm schon eine Weile durch den Kopf ging. »Haben Sie schon überlegt, ob ein Videoband, das zweitausend Jahre lang vergraben war, überhaupt noch irgendeine Aufnahme enthalten *kann*? Eine Videoaufnahme ist eine magnetische Aufzeichnung. Im Lauf der Zeit müsste die Magnetisierung nachlassen. Nach zweitausend Jahren dürfte praktisch nur noch Rauschen übrig sein.«

»Richtig«, nickte Kaun. »Das war das Erste, was ich geprüft habe. Ich habe mit Wissenschaftlern von der NASA gesprochen, die Funksignale auswerten von Raumsonden, die so weit entfernte Planeten wie Uranus oder Neptun fotografieren. Diese Leute haben ein ganz ähnliches Problem, nämlich, die schwachen Signale dieser Sonden aus dem kosmischen Rauschen herauszufiltern. Nun, an den kristallklaren Bildern, die sie liefern, sehen Sie, was sie fertig bringen. Es wird vielleicht eine Weile dauern und eine Menge Rechenzeit auf teuren Hochleistungscomputern kosten, aber man wird die Aufnahme von diesem Videoband wieder sichtbar machen können, egal wie alt sie ist.«

»Ah«, machte Eisenhardt verblüfft. Ja, das klang plausibel.

»Natürlich habe ich nichts von einem Zeitreisenden gesagt«, fügte Kaun hinzu. Jetzt lehnte er sich tatsächlich zurück, das Glas mit beiden Händen vor seiner Brust haltend. Die Flüssigkeit darin schimmerte honigfarben. »Ich stelle mir vor, dass er mit einem Verbündeten zusammengearbeitet hat …«, er hielt inne und korrigierte sich dann: »Er *wird* mit einem Verbündeten zusammenarbeiten. Sehen Sie? Das ist es, was ich meine. Es dreht einem das Hirn durch die Mangel, darüber nachzudenken. Deshalb brauche ich Sie, Mister Eisenhardt. Sie haben eine Menge Geschichten über Zeitreisen geschrieben; das heißt, Sie haben in Ihrer Fantasie die Probleme schon durchdacht, mit denen wir es jetzt in der Realität zu tun haben.«

Eisenhardt nickte zögernd.

»Also – er wird mit einer zweiten Person zusammenarbei ten. Sie werden ausmachen, wo er die Kamera verstecken soll. Dann reist der eine in die Vergangenheit, der andere geht einfach zu dem vereinbarten Ort und findet dort die Aufnahmen, die der andere ... gemacht hat? Gemacht haben wird? Das ist doch richtig gedacht, oder?«

»Ja.«

»Praktisch im gleichen Moment.«

»Wenn alles geklappt hat«, schränkte Eisenhardt ein. Er merkte, dass er müde wurde. Einmal über alles schlafen; morgen früh würde alles anders aussehen. Dann würden ihm vielleicht auch ein paar Ideen kommen, die der mächtige, anscheinend unermüdliche Firmenboss noch nicht gehabt hatte.

»Es wird alles geklappt haben. Man reist nicht in die Vergangenheit, ohne alle menschenmöglichen Vorkehrungen zu treffen. Diese Kamera liegt am vereinbarten Ort. Die Frage ist nur, wo. Was haben die beiden vereinbart? Oder, von mir aus, was werden die beiden vereinbaren? Denken Sie sich in den Zeitreisenden ein, Eisenhardt, erraten Sie seine Gedanken. Sie sind Schriftsteller – es ist Ihr Job, sich in andere Personen einzufühlen. Finden Sie heraus, was er denken wird. Finden Sie heraus, wo die Kamera ist.«

Kauns Stimme hatte sich verändert, während er das gesagt hatte, hatte einen scharfen, fordernden, metallischen Klang bekommen. Eisenhardt starrte den Mann an und fühlte Panik in sich aufsteigen wie eine glühende Hand, die aus seinen Gedärmen nach seiner Kehle griff. Da war er wieder zu spüren, der wirkliche John Kaun, der sich jetzt die ganze Zeit hinter einer Maske aus Umgänglichkeit verborgen gehalten hatte. Und der wirkliche John Kaun war ein Raubtier, das einen blauen Anzug trug.

Er warf einen nervösen Blick hinüber zu Wilford-Smith, aber der Professor hatte sein Whiskyglas leer und starrte vor sich hin mit Augen, die jeden Augenblick zufallen würden. »Das ist, äh, im Moment alles etwas viel für mich. Die Reise, dieser Fund ... Aber ich werde darüber nachdenken.«

»Sie haben Zeit. Nicht unbegrenzt, aber Sie haben Zeit.«

»Ich werde recherchieren müssen. Ich brauche Zugang zu einer großen Bibliothek.«

Kaun nickte, als habe er das nicht anders erwartet. Er wandte sich mit einer raschen Bewegung zur Seite, die den beunruhigenden Eindruck verstärkte, dass er niemals zu ermüden schien, nahm einen der Telefonhörer ab, wählte eine zweistellige Nummer und sagte, als sich jemand meldete, nur: »Kommen Sie bitte herüber.« Dann legte er auf.

»Sie bekommen den Wohnwagen nebenan«, sagte er dann. »Dort haben Sie einen voll ausgestatteten Arbeitsraum zur Verfügung. Ansonsten ...« Vom Eingang her war ein Geräusch zu hören, dann öffnete sich die Tür, und ein Mann trat ein, den Eisenhardt bis jetzt noch nicht gesehen hatte. Der Professor schreckte hoch, und so, wie er den Eintretenden anstarrte, schien er ihn auch noch nie gesehen zu haben.

»Meine Herren, ich darf Ihnen Mister Ryan vorstellen. Er ist Chef meiner Sicherheitsabteilung und wird sich von nun an um alles kümmern. Ryan, das ist Professor Wilford-Smith, der Leiter der Ausgrabung, und Mister Eisenhardt, der Schriftsteller.«

»Sehr erfreut«, sagte der Mann mit einer tiefen, dunklen Stimme.

Er war groß, mindestens hundertneunzig Zentimeter, und wirkte stahlhart und durchtrainiert. Ein Elitesoldat, der keine Uniform trug, nur einen schlichten kakifarbenen Overall. Sein Händedruck war kühl, knapp, sachlich. Das Haar trug er so kurz geschoren, dass man nur vermuten konnte, welche Farbe es hatte, und die Augen in seinem ausdruckslosen Gesicht waren die wasserklarsten hellblauen Augen, die Eisenhardt jemals in seinem Leben gesehen hatte. Wie alt mochte dieser Ryan sein? Auf eine eigentümliche Weise schien er alterslos; hätte genauso gut achtundzwanzig wie achtundfünfzig Jahre alt sein können.

»Ryan«, fuhr Kaun mit Blick auf Eisenhardt fort, »wird Ihnen jedes Buch besorgen, das Sie benötigen. Er wird Ihnen überhaupt alles besorgen, was Sie brauchen. Er wird Sie in jede Bibliothek des Landes fahren oder fahren lassen, wenn Sie es wünschen. Was auch immer Ihnen einfällt, das unsere Suche beschleunigen könnte, sagen Sie es ihm.«

Eisenhardt nickte, einigermaßen verblüfft, und warf Ryan einen scheuen Blick zu, den dieser reglos erwiderte.

»Und, Mister Eisenhardt, ich meine das so, wie ich es sage. Was auch immer Ihnen einfällt.«

»Ja.«

»Es ist nicht Ihre Aufgabe, sich Gedanken darüber zu machen, ob Sie ihn überfordern oder nicht.«

»Ich verstehe.«

»Sollte ich«, begann Kaun noch einmal und sah den Schriftsteller mit dunkel glimmenden Tigeraugen an, »feststellen, dass Sie auf irgendeine Ressource verzichtet haben, nur weil Sie sie nicht zur Verfügung hatten, sondern danach hätten fragen müssen und es nicht getan haben – dann würden Sie eine Seite an mir erleben, die Ihnen, ich verspreche es Ihnen, nicht gefallen würde.«

Oha. Eisenhardt schluckte unbehaglich, nickte dann. Die Flitterwochen waren vorüber. Und Kaun war nicht dorthin gekommen, wo er sich befand, weil er so gut Krawatten binden konnte.

»Im Übrigen«, fuhr der Milliardär fort, während er sich nach vorn beugte, die Unterarme auf die lederne Schreibunterlage seines Schreibtischs gestützt, die Fingerspitzen beider Hände gegeneinander gelegt, »werden wir von nun an Sicherheitsmaßnahmen treffen. Dieser Ort ist zu schützen. Und unerfreuliche Pannen, wie zum Beispiel, dass dieser

Foxx ausgerechnet heute Abend in irgendwelche Diskotheken fahren muss, darf es auch nicht mehr geben.«

Der Professor stemmte sich in dem Ledersessel hoch und fühlte sich bemüßigt, Partei zu ergreifen. »Mister Kaun, ich versichere Ihnen ... Stephen Foxx ist ein junger Mann, und er hat ein Auge auf dieses Mädchen geworfen. Es ist doch ganz natürlich, dass er mit ihr ausgehen möchte. Der Mann, der die beiden abholte, ist ihr Bruder. Ich kenne ihn gut; er arbeitet als Assistent am Rockefeller Museum in Jerusalem.«

Kaun musterte den Archäologen wie ein ekliges Insekt. »Wir hätten vielleicht Fragen an ihn gehabt.«

»Aber die können wir ihm doch morgen noch stellen.«

»Wir hätten sie ihm aber auch heute Abend stellen können und weniger Zeit verloren.«

Eisenhardt runzelte die Stirn. Was hatte dieser Mann für Vorstellungen, wie man ein solches Problem lösen konnte? Mit simpler, gewalttätiger Arithmetik nach dem Motto: »Was, Leonardo da Vinci braucht sechs Monate, um die Mona Lisa zu malen? Gebt ihm fünfundzwanzig Mitarbeiter, dann schafft er es in einer Woche!«?

»Mein Gott«, seufzte Wilford-Smith und ließ sich wieder zurücksinken. Der Ledersessel schien seine hagere Gestalt förmlich zu verschlucken. »Er ist ein freier Mann. Ich kann ihm doch nicht vorschreiben, was er außerhalb der Arbeitszeit tun oder lassen soll.«

»Das müssen Sie auch nicht«, sagte Kaun. »Das werden wir von nun an tun.«

Der Wissenschaftler blickte ihn mürrisch an. »Was soll das heißen?«

»Wir werden eine Nachrichtensperre verhängen. Ich will nicht, dass unsere Entdeckung vorzeitig bekannt wird und eine Art Goldrausch losbricht, weil jeder im Land nach dieser Kamera sucht.«

»Und wie wollen Sie das machen? Die meisten meiner Mitarbeiter sind freiwillige ...«

»Das ist mir egal«, versetzte Kaun scharf.

Es ließ sie zusammenzucken, als hätte er mit der Faust auf den Tisch geschlagen, und dass es dieser Geste nicht bedurft hatte, machte es nur noch eindrucksvoller.

»Sie machen sich noch nicht wirklich klar, womit wir es hier zu tun haben«, fuhr Kaun fort und sah von einem zum anderen, als könne er es so in ihre offensichtlich verständnislosen Hirne hämmern. »Sie denken einfach, es ist eine Sensation. Sie denken, deswegen bin ich dahinter her – weil es die größte Sensation aller Zeiten ist. Die sensationellste Schlagzeile, die es je gegeben hat. Der sensationellste Fund, seit Archäologie betrieben wird. Eine Revolution in der Physik. Was dieses Videoband *wirklich* bedeutet, haben Sie alle überhaupt noch nicht begriffen.«

Die Worte schienen einige Sekunden abwartend im Raum zu hängen und dann von dem dicken Teppichboden und den mahagonigetäfelten Wänden aufgesogen zu werden. Niemand atmete mehr. Jeder im Raum hing an Kauns Lippen. Er schien es zu genießen.

»Was«, fragte er leise, beinahe flüsternd, »glauben Sie, kann man von der katholischen Kirche bekommen für ein Videoband, das die Auferstehung Jesu Christi beweist?«

Er machte eine Pause.

»Oder«, setzte er dann mit einem dünnlippigen Lächeln hinzu, »das sie *widerlegt*?«

Die Scheinwerfer des Autos stachen durch die Nacht, tasteten über den grauen Asphalt der Straße, die durch die Dunkelheit führte und auf der verblüffend viel Verkehr unterwegs war dafür, dass es gegen zwei Uhr morgens war. Sie sprachen nicht viel, hingen ihren Gedanken nach, und abgesehen vom Dröhnen des Motors herrschte eine eigenartig benommene Stille im Wagen.

Diesmal saß Stephen auf dem Rücksitz. Irgendwann auf halbem Weg beugte er sich nach vorn, stützte sich mit den Armen auf den Lehnen ab und streckte den Kopf zwischen den beiden Vordersitzen vor. »Yehoshuah?«

»Mmmh?«

»Ihr habt im Rockefeller Museum doch verschiedene Laboratorien, um archäologische Fundstücke zu untersuchen.«

»Ja.«

»Hast du nicht mal erwähnt, dass ihr auch alte Papiere untersucht?«

»Papyri. Nicht Papiere. Mehrzahl von Papyrus.«

»Papyrus, verstehe. Das Zeug aus Schilf.«

»Nicht aus Schilf. Papyrus wurde aus dem Mark der Papyrus-Staude hergestellt, lateinisch *cyperus papyrus.* Ein Riedgras.«

»Aber es ist etwas anderes als Papier.«

»Genau.«

Stephen nickte. Ein Lastwagen donnerte auf der Gegenfahrbahn vorbei. Am Straßenrand blitzte für einen Moment ein Straßenschild auf, auf dem jemand die hebräische und die englische Beschriftung mit schwarzer Farbe übersprüht hatte, sodass nur noch die arabischen Schriftzeichen lesbar waren.

»Angenommen, der Professor will die Bedienungsanleitung untersuchen. Was glaubst du, wo er das am besten tun kann?«

»Bei uns.«

»Bei euch? Ich denke, ihr könnt nur Papyri untersuchen?«

»Das ist das, was wir tun. Aber wir könnten genauso gut Papier restaurieren. Das ist sogar einfacher als die Restauration von Papyrus. Bisher ist bloß noch nie jemand mit altem Papier angekommen.«

»Und warum nicht?«

»Weil in geschichtlicher Zeit im gesamten Mittelmeerraum ausschließlich Papyrus als Schreibmaterial verwendet wurde.«

»Aber du könntest auch Papier restaurieren?«

»Klar.«

»Brüchige Blätter so behandeln, dass man sie gefahrlos umblättern kann?«

»Sicher.«

»Verblasste Schrift wieder sichtbar machen?«

»Ohne weiteres.«

»Gut«, sagte Stephen. »Das ist gut.«

Jetzt mischte sich Judith ein. Sie drehte sich auf ihrem Sitz herum, sodass sie Stephen von der Seite anschauen konnte. Das Misstrauen in ihrem Gesicht war im schwachen Glimmlicht der Armaturen mehr zu erahnen als zu erkennen. »Du interessierst dich doch nicht einfach nur für Yehoshuahs Arbeit, oder?«

Stephen ließ den Kopf vornüber sinken, als sei er ihm urplötzlich zu schwer geworden, und brummelte: »Nein, ich interessiere mich nicht einfach nur für Yehoshuahs Arbeit.«

»Sondern?«

»Ich habe etwas vergessen.«

»Du hast ... was?«

»Ich habe etwas vergessen. Vergessen zu erzählen, meine ich. – Yehoshuah, bitte schau wenigstens du auf die Straße!« Das Auto hatte angefangen, beunruhigende Schlangenlinien zu fahren, als Yehoshuah genau wie seine Schwester den Kopf gedreht hatte, um Stephen misstrauisch in Augenschein zu nehmen.

»Vergessen?« Judith glaubte ihm kein Wort.

Stephen seufzte. »Ich habe es wirklich vergessen. Ich habe es vergessen zu sagen, als ich dem Professor meinen Fund zeigte, und als ich euch die Geschichte erzählte, habe ich es schon wieder vergessen. Es ist wirklich seltsam.«

»Und? Willst du wenigstens jetzt damit herausrücken?«

Stephen sah von einem zum anderen. Judiths Augen glitzerten ahnungsvoll und begehrenswert im Dunkeln, sahen aus wie zwei tiefe dunkle Seen. Yehoshuah starrte voraus auf die Straße, und er wirkte angespannt, als könne er eine weitere aufregende Story ungefähr so gut brauchen wie ein akut Herzkranker einen Steuernachzahlungsbescheid.

Aber dies war ein Abenteuer. Abenteuer und Adrenalin sind nun einmal untrennbar miteinander verbunden. Und, hey, Yehoshuah war ein Israeli, ein wehrhafter Bewohner eines bedrohten Landes, und er musste Stress so gewöhnt sein wie ein New Yorker Börsenmakler. Stephen beschloss, keine Rücksicht zu nehmen. Vielleicht lag es ja einfach nur an der seltsamen Beleuchtung, dass Yehoshuah so gestresst wirkte.

»In dem Plastikbeutel«, begann er, »war nicht nur die Bedienungsanleitung.«

Judith gab einen erstickten Laut von sich. »Ich hab's geahnt.«

»Ich hab das wirklich vergessen zu sagen«, beteuerte Stephen. »Einfach vergessen. Vielleicht will es mein Unterbewusstsein geheim halten, ich weiß es nicht.«

»Lass mich raten, was noch darin war. Eine Landkarte. Mit einem Kreuz darauf.«

»Nein. Nur ein paar zusammengefaltete, bröckelige Stücke Papier.«

Yehoshuah stöhnte. »Bröckelig!«

»Ja. Das war das Erste, was ich sah, als ich den Plastikbeutel aufgeschlitzt hatte. Wahnwitzig, wie ich ohnehin drauf war, habe ich die Papiere mit der Pinzette herausgezogen. Und dann tauchte das Firmenlogo von SONY auf ... Ich weiß nicht, warum, aber das wischte irgendwie alles weg. Da war kein Raum mehr für Gedanken an die anderen Papierstücke.«

»Und wo sind sie jetzt, die anderen Papierstücke, die bröckeligen? Im Papierkorb?«

»Nein, ich hab sie einfach in meinen Fundkasten gelegt, oben auf die Erde, die ich bis dahin zusammengefegt hatte. Und der Fundkasten steht immer noch unter meinem Bett.«

»Na großartig«, sagte Judith.

»Der Professor wird nicht gerade begeistert sein, wenn du erst jetzt damit ankommst«, meinte Yehoshuah kopfschüttelnd. »Und nach dem, was du über diesen John Kaun erzählt hast ... Ich weiß nicht. Du solltest noch ein bisschen an der Geschichte feilen, glaube ich. Ich meine, damit er dir nicht einfach den Kopf herunterreißt.«

Ein Schlagloch erschütterte den Wagen, beanspruchte die Federung gerade stark genug, um ein deutliches Rucken hervorzurufen und ein Geräusch. *Tsa-dang.* Yehoshuah ging vom Gas. Noch ein Schlagloch. *Tsa-dang. Tsa-dang.*

Stephen atmete langsam ein und aus und spürte den Schwingungen des Wagens nach. Er leckte sich über die Lippen, ehe er wieder zum Sprechen ansetzte.

»Ich habe nicht vor, etwas von den Papieren zu sagen. Weder Kaun noch dem Professor.«

Tsa-dang.

Er bildete sich ein, durch die Motorgeräusche hindurch zu hören, wie sich Judiths Nackenhaare knisternd aufrichteten.

Tsa-dang.

»Stephen, so habe ich das nicht gemeint«, brachte Yehoshuah schließlich mühsam heraus. »Ich meine, nur weil du die Papiere vergessen hast ... im ersten Schreck ... Das wird man dir schon nachsehen. Wirklich, das hätte jedem passieren können. Das ist kein Grund, jetzt alles zu verschweigen. Die Papiere könnten Notizen des Toten sein, vielleicht sein Tagebuch! Und wenn er tatsächlich ein Zeitreisender war … dann enthalten sie womöglich einen Hinweis auf den Ort, an dem die Kamera verborgen ist!«

Stephen nickte grinsend. »Eben.«

»Ja, aber …« Yehoshuah drehte den Kopf, sah Stephen voller Entsetzen von der Seite an. »Damit behinderst du doch …«

»Yehoshuah, bitte! Die Straße! Wenn du uns jetzt in den Abgrund fährst, dann landen die Papiere tatsächlich noch auf dem Müll anstatt in deinem Labor.«

»Ja, ja. Wieso in meinem Labor?«

Judith gab ein grunzendes Geräusch von sich. »Er will sie auf eigene Faust untersuchen!«, sagte sie ungeduldig. »Stephen Foxx, der tollkühne Abenteurer, will allen zuvorkommen.«

Yehoshuah konnte den Blick nicht mehr auf der Straße halten. »Stimmt das, Stephen?«

Das Auto fuhr Schlangenlinien über die Schlaglochstrecke. Stephen seufzte. Wenigstens kam ihnen im Augenblick niemand entgegen. »Überleg doch mal. Warum, glaubst du, ist John Kaun hier? Um einem bedeutenden archäologischen Fund hinterherzujagen? Weil er seine Leidenschaft für die Geschichtswissenschaften entdeckt hat? Yehoshuah – Kaun ist ein Geschäftsmann, und seine einzige Leidenschaft ist Profit. Ich weiß, du verfolgst solche Zeitungsmeldungen nicht, aber ich: Eigentlich hätte er heute in Melbourne, Australien sein sollen, um Verhandlungen über den Kauf der größten australischen Zeitungskette zu führen. Er muss es abgesagt haben. Und wenn jemand wie John Kaun so einen Termin absagt, dann wittert er anderswo mehr Profit.«

»Na und? Er will das Video finden und der erste sein, der es im Fernsehen zeigt. Soll er doch – was ist dagegen einzuwenden?«

»Nichts.«

»Und angenommen, du findest das Video vor ihm – was willst *du* damit machen?«

»Da wird mir schon etwas einfallen. Verlass dich darauf.«

Judith warf trocken ein: »Ich habe das Gefühl, du willst dir vor allem beweisen, dass du verdammt schlau bist. Schlauer als jeder andere, selbst wenn er John Kaun heißt und Herrscher über Milliarden Dollar ist.«

»Unsinn«, gab Stephen zurück, allerdings nicht sehr entschieden. Was sie gesagt hatte, hatte den unangenehmen Beigeschmack von Wahrheit. Er war sich seiner Motive selber nicht so ganz sicher, aber sie lag mit ihrem Gefühl jedenfalls nicht allzu weit daneben.

Aber, verdammt noch mal, er war nun mal ein ziemlich schlaues Kerlchen, und er war es immer gewesen. Und hier war dieser John Kaun, den die Wirtschaftspresse seit Jahren zum absoluten Wunderknaben hochstilisierte, zu einer angeblich absolut anbetungswürdigen Mischung aus erbarmungsloser Intelligenz und gewalttätiger Durchsetzungsfähigkeit. Dieser Mann, so wurden die Gazetten in aller Welt nicht müde zu verkünden, ist der Prototyp des Managers des kommenden Jahrtausends. Wann, wenn überhaupt, würde in seinem Leben diese Gelegenheit wiederkehren: sich mit einem solch interessanten Mann in einem Wettbewerb zu messen?

Er musterte Yehoshuah von der Seite, der jetzt endlich wieder auf die Straße sah, die glatt und schwarz durch felsige Hügel schnitt. Wie auch immer, im Augenblick war wohl so etwas wie Führungsfähigkeit gefragt. Auf keinen Fall konnte er es ganz alleine schaffen; er musste Yehoshuah auf seine Seite bringen. Und Judith auch.

Ganz abgesehen davon, dass er sie endlich in sein Bett bringen musste.

»Hör mal«, begann er wieder und musste sich räuspern, »wir brauchen das nicht so kompliziert zu machen. Lass uns die Papiere erst einmal auf eigene Faust untersuchen – wenn wir wissen, was darauf steht, können wir immer noch entscheiden, was wir tun.«

Yehoshuah wiegte den Kopf. »Ich weiß nicht.«

»Was weißt du nicht?«

»Wir – das heißt ich. Das meinst du doch. Ich soll die Papiere restaurieren. Ich hab das gelernt, okay, aber ich habe keine große Erfahrung damit. Was, wenn ich etwas falsch mache? Etwas beschädige?«

»Warum solltest du etwas falsch machen?«

»Irgendetwas kann immer schiefgehen.«

Stephen zögerte. Jetzt hatte er nur noch einen Trumpf, und den musste er so wirkungsvoll wie möglich ausspielen.

»Eins ist euch doch hoffentlich klar«, begann er und sah zwischen Judith und ihrem Bruder hin und her. »Wenn wir die Papiere aus der Hand geben, sind wir raus aus dem Spiel. Dann kriegen wir nichts mehr mit, keiner fragt uns, keiner sagt uns was. Kurzum, dann war's das.«

Judith machte große Augen. Yehoshuah stieß geräuschvoll die Luft aus, was beinahe wie ein Pfeifen klang. Er hatte sie, alle beide.

»Und?«, fragte er schulterzuckend und betont harmlos. »Will das irgendjemand hier?«

Das Lager lag dunkel und still am Fuß des Bergkamms, wie immer. An den Zelten der Wachmannschaften, die Kaun mitgebracht hatte, hingen ein paar gedämpfte Lampen, in deren Schein undeutliche Bewegungen zu sehen waren.

»Also, morgen Abend«, wiederholte Stephen, während er ausstieg.

»Morgen Abend beginnt der Sabbat«, sagte Yehoshuah, der immer noch nicht recht glücklich aussah.

»Werd jetzt bloß nicht zum Frömmler, okay?« Stephen ließ die Wagentür zufallen und trat neben Judith. Gemeinsam verfolgten sie, wie der Wagen ihres Bruders so leise wie möglich davonrollte. Das lauteste Geräusch war das der Reifen, die über das Geröll knirschten. Es schien von den Bergen widerzuhallen, aber wahrscheinlich bildeten sie sich das nur ein.

Dann war das Auto nur noch ein Lichtpunkt in der Ferne. Über ihnen wölbte sich ein Nachthimmel voller Sterne wie ein Blick in die Schatztruhe einer Kaiserin, als sie sich langsam auf den Weg zu den Zelten machten. Stephen legte seinen Arm um ihre Schultern, und sie schüttelte ihn nicht ab, lehnte sich sogar leicht gegen ihn. Ihr Haar roch nach Wüste und Orient, nach geheimnisvollen Spezereien aus den schmalsten Gassen des Basars. Er konnte das Spiel ihrer Muskeln unter ihrer Haut spüren, während sie sich gemeinsam den Weg suchten, was es ihm erleichterte, seine Hand beiläufig von der Schulter herab auf ihren Oberarm und schließlich um ihre Taille gleiten zu lassen. Es waren feste, trainierte Muskeln, was ihm das Gefühl gab, eine Tigerin im Arm zu halten. Wahrscheinlich würde sie ihn beim Sex zerquetschen.

»Halt!«, stoppte sie eine metallische Stimme.

Sie blieben überrascht stehen. Aus dem Dunkel trat ein Mann auf sie zu, den sie beide noch nie gesehen hatten. Er war groß und schlank, trug einen khakibraunen Overall ohne Abzeichen oder Namensschild, hatte das Haar kurz geschoren wie ein Sträfling oder ein Marine-Soldat und auffallend blaue Augen, die sie beide musterten, als seien es tatsächlich nur Abdeckblenden für zwei eingebaute Röntgengeräte. Er trug eine große Handlampe, die er einschaltete, um ihnen ins Gesicht zu leuchten. »Wer sind Sie?«

Stephen blinzelte verärgert. »Gegenfrage: Wer sind *Sie?*«

Die blauen Augen verengten sich zu schmalen Schlitzen. »Für diese Art Witze ist es zu spät in der Nacht, junger Freund. Sagen Sie mir Ihre Namen und was Sie hier wollen.«

»Stephen Foxx und Judith Menez. Wir sind Grabungshelfer. Und wir wollen einfach nur zu unseren Zelten, weil es, wie Sie ganz richtig bemerkten, schon ziemlich spät ist.«

»Können Sie sich ausweisen?«

»Ob ich mich ...? Nein, kann ich nicht.«

Judith hatte ihren Ausweis dabei und im Handumdrehen gezückt. Der Mann mit den blauen Augen studierte ihn aufmerksam und verglich den Namen mit den Namen auf einer Liste, die er aus einer der zahllosen weiten Taschen seines Overalls zog, ehe er ihn mit einem Nicken zurückreichte.

»Schön«, meinte Stephen bissig, »und was geschieht mit mir? Werden Sie mich jetzt verhaften? Oder lieber gleich erschießen?«

»Keine Aufregung.« Der Mann sah hinüber zu dem Zelt über dem Fundort und winkte, einer der Wachposten solle herüberkommen. Sofort erlosch eine der glimmenden Zigaretten, und gleich darauf trat einer der Männer, die Maschinenpistole locker über der Schulter hängend, aus dem Dunkel.

»Probleme, Sir?«

Der Mann mit den blauen Augen deutete auf Stephen. »Kennst du diesen Jungen?«

Der Wachposten nickte. »Ja, Sir. Das ist einer der Grabungshelfer.«

»Weißt du, wie er heißt?«

»Foxx, soweit ich weiß, Sir.«

»Okay. Danke.«

Der Posten nickte kurz und zackig, dann verschwand er wieder aus dem Lichtkegel der Handlampe. Der Mann in dem Overall musterte Stephen noch einmal von oben bis unten, dann nickte er gnädig und gab den Weg frei. »Sie können passieren.«

»Oh, danke schön«, knurrte Stephen gereizt.

Die romantische Atmosphäre war restlos verflogen. Sie stapften nebeneinander weiter, hinauf zu den Zelten, auf Armeslänge Abstand. Dumpfes Schweigen lag auf ihnen wie ein dickes Tuch.

»Demnächst verhängen sie wahrscheinlich Ausgangssperre«, meinte Stephen nach einer Weile.

»Mmh«, machte Judith nur.

Es würde wieder nicht klappen. Der Zwischenfall hatte alles verdorben. Stephen spürte einen hilflosen Zorn auf den Mann, der in seinem khakifarbenen Overall jene Art von physischer Überlegenheit ausgestrahlt hatte, der mit aller Schlauheit der Welt nicht beizukommen war. Es würde nichts bringen, den Mann morgen früh zur Rede zu stellen. Im besten Fall würde er sich eine blutige Nase holen, weiter nichts.

Sie erreichten die Zelte, blieben stehen. Stephen stellte sich vor sie, legte noch einmal die Arme um sie, ohne Hoffnung, damit noch irgendetwas zu bewegen. Er wurde das Gefühl nicht los, versagt zu haben, so oft er sich auch sagte, dass er nichts dafür konnte.

Sie sah ihm in die Augen. Er erwiderte den Blick, fasziniert von ihren tunnelschwarzen Pupillen, die groß und offen waren in der Dunkelheit und den Blick in ein unbekanntes Land freizugeben schienen.

Vielleicht, durchfuhr es ihn, konnte ein Überraschungsangriff die verfahrene Situation retten. Damit hatte er einmal den schnellsten Aufriss seines Lebens gelandet. Er war zu einer großen Party eingeladen gewesen und noch keine dreißig Sekunden zur Tür hereingewesen, als ihm eine ungemein begehrenswerte Frau über den Weg gelaufen war, zu der er aus einem tollkühnen Gefühl heraus statt einer Begrüßung dreist gesagt hatte: »Wollen Sie mit mir schlafen?« Sie hatte ihn erstaunt angesehen und, ohne lange zu überlegen, Ja gesagt. Und weitere sechzig Sekunden später waren sie wieder zur Türe draußen gewesen, und erst am nächsten Morgen war er dazu gekommen, sie nach ihrem Namen zu fragen.

Faserige Wolken schoben sich vor die schmale Sichel des Mondes.

»Es hat eine Zeit gegeben«, sagte Judith plötzlich, »da bin ich mit jedem Mann ins Bett gegangen, der mir gefallen hat, ohne zu zögern. Aber das bringt nichts. Das reicht nicht als Grund.«

Stephen räusperte sich. »Soll das heißen, wir sind uns zu spät begegnet?«

Sie schien ihm nicht zuzuhören. »Ich suche nach einer Art von Beziehung, die etwas bedeutet. Die wirklich ist. Verstehst du?«

»Ja, klar. Wie wäre es, wenn du morgen weitersuchen würdest?«

Judith lächelte zerstreut, hauchte ihm einen sanften Kuss auf die Lippen und löste sich aus seinen Armen. Er sah ihr nach, wie sie zu ihrem Zelt hinüberging, das das vorletzte in einer Reihe gleichartiger Zelte war, und wartete, dass sie sich noch einmal umdrehte, ihm zuwinkte, ihm bedeutete, ihr zu folgen, irgendetwas in der Art. Aber sie sah sich nicht einmal mehr um, schritt nur stolz und begehrenswert über den mondhellen Geröllboden und verschwand schließlich.

Stephen spürte dem Sandelholzgeschmack ihres Kusses nach, und sein Hirn rotierte wie eine durchgehende Dampfturbine. Vielleicht wartet sie nur darauf, dass du ihr nachgehst, flüsterte die Stimme eines kleinen Teufelchens. Dass du

Leidenschaft an der Schwelle zum Wahnsinn zeigst. Vielleicht, vielleicht ...

Dann fiel ihm ein, dass sie ihr Zelt ohnehin mit einer anderen Ausgrabungshelferin teilte, einer allzeit ernst dreinblickenden Skandinavierin, die mindestens vierzig sein musste. Alles völliger Blödsinn. Er ging in sein Zelt, zog sich aus und schlüpfte ins Bett. Und überhaupt war er total müde. Ganz und gar nicht in Form für eine sexuelle Premiere. Vor allem, da es in aller Frühe wieder losgehen würde. In ein paar Stunden, um genau zu sein. Höchste Zeit, dass er eine Mütze voll Schlaf bekam ...

Dann, kurz vor dem Einschlafen, fiel es ihm wieder ein. Richtig, da war doch noch etwas gewesen. Er fuhr noch einmal hoch, griff nach der Taschenlampe und leuchtete unter sein Bett.

Der graue, flache Stahlkasten war noch da.

9

Mittlerweile gilt als gesichert, dass es in Jerusalem und Umgebung in herodianischer Zeit ein stark entwickeltes Handwerk zur Herstellung steinerner Gefäße gegeben hat. Sie sind aus Kalkstein, der im Gebiet östlich von Jerusalem gebrochen wurde, verfertigt, wobei anscheinend zwei Verfahren zur Anwendung kamen: entweder das Abdrehen auf einer Drehbank aus ungefähr zylindrisch zugehauenen Steinblöcken oder die Meißelung von Hand.

Prof. Charles Wilford-Smith
Bericht über die Ausgrabungen bei Bet Hamesh

Peter Eisenhardt erwachte abrupt, wälzte sich herum mit dem alarmierenden Gefühl, nicht zu Hause zu sein, sondern in der Fremde, in einem fremden Bett, in einem falschen Bett, sah rotglimmende Digitalziffern, die acht Minuten nach fünf Uhr anzeigten, und da fiel es ihm wieder ein. Richtig. Er war in Israel, in der Wüste, in einem großen Wohnwagen, den er ganz für sich allein hatte. Nebenan, in einem ganz ähnlichen Wohnwagen, schlief ein Multimillionär, der von ihm erwartete, dass er ein verdammt kniffliges Rätsel löste. Und er hatte keine blasse Ahnung, wie er das anstellen sollte.

Der Schriftsteller setzte sich auf. Aus Erfahrung wusste er, dass es keinen Zweck hatte, noch einmal zu versuchen, einzuschlafen. In fremden Betten erwachte er in der ersten Nacht grundsätzlich um fünf Uhr und schlief nicht wieder ein; das war eine persönliche Marotte, die er hatte, seit er denken konnte. Schon als Kind, zu Besuch bei einer Tante oder Großmutter, war er morgens um fünf aufgewacht, um dann heimlich die ganze fremde Wohnung zu durchstreifen, dem schweigenden Treiben der Aquariumsfische zuzusehen oder aus dem Fenster auf die Straße zu schauen, den morgendlichen Verkehr zu beobachten, manchmal im Schein von Straßenlampen, die auf die Dämmerung warteten.

Außerdem war dieses Bett eine Zumutung. Es sah luxuriös aus, und der Preis war sicher auch luxuriös gewesen, aber es war entsetzlich weich: Man legte sich hinein und hatte das Gefühl, in einem Berg Watte zu versinken, in eine tiefe Kuhle, die dazu gedacht war, die Rückenmuskulatur zu verspannen und das Rückgrat zu deformieren. Dementsprechend gerädert fühlte er sich auch.

Es war schon hell. Eisenhardt schob den Sichtschutz vor dem Fenster einen Spaltbreit auf, um einen Blick hinauszuwerfen. Nichts rührte sich, soweit er sehen konnte. Man sah nur Steine und Zelte im eigenartig klaren Licht der gerade aufgegangenen Sonne. Und aufmerksam dreinblickende Wachposten an dem weißen Zelt über der ominösen Fundstelle.

Er stand auf, schlüpfte in Morgenmantel und Hausschuhe und schlurfte hinüber in das, was wohl eine Teeküche sein sollte: kühl, weiß, nüchtern; ungefähr so anheimelnd wie ein Operationssaal. Die eigenartige schwarze Maschine neben der Spüle, der einzige Gegenstand im Raum, der nicht weiß oder verchromt war, war vermutlich ein Kaffeeautomat. Hinter einer der Schranktüren fand er Kaffeetassen, alle einzeln in entsprechende Fassungen gesteckt und so gegen Herausfallen während der Fahrt gesichert. Er stellte eine davon unter die Ausgusstülle, drückte versuchsweise auf die große flache Taste an der Vorderseite, und sofort glühte ein kleines rotes Lämpchen auf wie das Auge eines Drachen, den er aus dem Schlaf geweckt hatte, und im Inneren des Apparats begann es zu surren und zu gluckern. Und es begann, nach Kaffee zu riechen.

Mit einer Tasse wohltuenden Kaffees in der Hand setzte er seinen Rundgang fort. Da war das Besprechungszimmer. Es beanspruchte die halbe Wagenlänge und bot genug Platz für einen langen weißen Tisch, um den herum mindestens zehn Leute Platz fanden. So viele Stühle standen zumindest darum herum, und sie kamen einander noch nicht in die Quere. Ein Flipchart war aufgestellt, ein Overheadprojektor stand zusammengeklappt an einem Ende des Tischs, und ein großer Filmprojektor am Ende des Raums ließ Eisenhardt Überlegungen darüber anstellen, wofür dieser Wohnwagen, den Kaun ja sicherlich irgendwo in Israel gemietet haben musste, hauptsächlich eingesetzt werden mochte: für aufwendige Außenaufnahmen bei Filmdreharbeiten? Saß hier normalerweise das Produktionsteam und sichtete die Aufnahmen des Tages? Schliefen normalerweise Regisseure oder Produzenten in seinem Bett? Wenn ja, dann musste es auffallend viele Regisseure mit Bandscheibenschäden in Israel geben.

An der dem Filmprojektor gegenüberliegenden Schmalseite gab es Schiebetüren, wahrscheinlich um von vornherein Konflikte mit der Projektionsleinwand zu vermeiden, die aus der Decke herabgelassen werden konnte. Der Schriftsteller lugte neugierig in die Schränke dahinter. Er fand ein Telefon, ansonsten eine Menge Bücher, geschichtliche Nachschlagewerke, allesamt in Englisch. Na ja. Gut gemeint. Aber ohne Wörterbuch würde er damit nicht viel anfangen können.

Er wandte sich wieder dem Flipchart zu. Ein ganz neuer, dicker Block besten Papiers war aufgespannt. Filzstifte lagen bereit. Aus alter Gewohnheit probierte er sie alle aus, indem er kleine Striche in eine Ecke malte.

Zu Hause benutzte er auch oft Flipchartpapier, wenn er die Einfälle zu seinen Romanen ausarbeitete, weil es so schön groß war und genug Entfaltungsraum bot, aber zu einem Ständer dafür hatte er es bisher noch nicht gebracht. Er pflegte die Blätter auf die Tür zu kleben oder auf die Fensterscheibe und dann mit einem üblicherweise widerspenstigen Farbstift davor zu stehen und nach und nach ein wildes Geflecht von Notizen, Pfeilen, Ideen und Skizzen zu entwickeln. Besonders im Winter war es beinahe schmerzhaft, dies an der Fensterscheibe zu tun; die Kälte kroch durch das Glas und das Papier in die Fingerknöchel, bis sie weh taten, und stoppte so den Strom der Gedanken.

Er zog sich einen der Stühle heran – ein massiv aussehender Freischwinger aus verchromtem Stahlrohr und schwarzem Leder –, setzte sich darauf und starrte das leere Papier an. Nippte an seinem Kaffee. So machte er es immer. Das leere Papier anstarren und warten, was geschah. Warten, dass sich Leere in seinem Kopf ausbreitete und schließlich neue, frische, unerwartete Gedanken auftauchten, weil sie jetzt endlich Platz hatten dafür.

Erstaunlich, wie kühl es war. Ihn fröstelte beinahe in seinem dünnen Schlafanzug, trotz des Morgenmantels und des Kaffees.

Wieso bin ich hier? In dem Augenblick, in dem ihm diese Frage kam, erkannte er, dass sie schon die ganze Zeit da gewesen war, ungestellt, aber fühlbar, alles überschattend, was er getan hatte. Das Gefühl, der richtige Mann am richtigen Platz zu sein, wollte und wollte sich einfach nicht einstellen, so sehr ihm das dieser dynamische Multimillionär auch versucht hatte einzureden und so sehr er sich das auch Selbst einzureden versuchte, während er durch diesen luxuriösen Wohnwagen wanderte, luxuriös zumindest im Vergleich zu den Zelten, mit denen die Teilnehmer der Ausgrabung größtenteils vorlieb nehmen mussten. Wieso war ausgerechnet er hier, unter all den Menschen, die jemand wie John Kaun hätte rufen können? Wieso er, ein unbedeutender Schriftsteller – und nicht ein ganzes Team von Wissenschaftlern, von Historikern, Geologen, Archäologen, Physikern, eine ganze Herde Nobelpreisträger?

Alles nur aus Gründen der Geheimhaltung? Das konnte nicht der Grund sein. Auch eine ganze Horde von Wissenschaftlern konnte zum Stillschweigen vergattert werden; das Atombombenprojekt der Amerikaner gegen Ende des Zweiten Weltkriegs hatte es bewiesen.

Vielleicht kamen die alle noch? Die Entdeckung der fossilen Gebrauchsanleitung war erst drei Tage her. Der durchschnittliche hochkarätige Wissenschaftler mochte so leicht und schnell nicht abkömmlich sein.

Peter Eisenhardt spürte den charakteristischen Klick in seinem Kopf, in seinen Gedanken, den er kannte von den Momenten, in denen sich Dinge aus ihrem gewohnten, althergebrachten Zusammenhang lösten und sich in einen neuen, unerwarteten, meistens größeren Zusammenhang neu einordneten.

John Kaun erwartete überhaupt nicht von ihm, dass er die Frage allein beantwortete! Alles, was er erwartete, war, dass er ihm einen guten Vorschlag machte, wie er zu einer Antwort gelangen konnte. Und dieser Vorschlag mochte durchaus darin bestehen, ihm eine Liste von Wissenschaftlern vorzulegen, die auf dieses bizarre Problem angesetzt werden konnten.

Ein wohliges, warmes Gefühl breitete sich in seinem Bauch aus. Es kam nicht vom Kaffee, jedenfalls nicht allein. Es kam daher, dass sich diese veränderte Sicht der Dinge *richtig* anfühlte. Und vor allem, dass er sich wohl damit fühlen konnte. Vielleicht war er doch der richtige Mann am richtigen

Ort, wirklich und wahrhaftig. Und so unglaublich es klingen mochte, John Kaun hatte das eher gewusst als er selber. Eisenhardt glaubte sich zu erinnern, einmal flüchtig in einen Fernsehbericht geschaut zu haben über eben diesen John Kaun, der jetzt im Wohnwagen nebenan schlief, und dass darin die Rede davon gewesen war, dass Kaun ein besonderes Talent dafür habe, die richtigen Mitarbeiter für die richtigen Arbeiten zu finden und sie ihren Anlagen und Talenten entsprechend einzusetzen.

»Wer bin ich, dass ich mit dem Fernsehen streite?«, murmelte er und schmeckte dem Sarkasmus der Worte auf seinen Lippen nach.

Genau, das war es. Er stand am Anfang. Seine Aufgabe war es, dieses überaus bizarre Problem nach allen Richtungen zu durchdenken und herauszufinden, wie man es am besten angehen konnte. Und dafür war er tatsächlich der Richtige. Denn nichts anderes tat er, wenn er einen Roman konzipierte. Der einzige Unterschied mochte sein, dass er auch das Problem, in das er seine Figuren hineinstellte, selber schuf, aber von da an war im Grunde alles Problemlösung.

Interessanter Gedanke. Womöglich ließ sich daraus eine ganz neue Theorie des Geschichtenerzählens konstruieren. Wobei er sich hüten würde, dergleichen zu tun; schon in seiner Schulzeit hatte er festgestellt, dass nichts den Quell, aus dem das Schreiben floss, mehr beeinträchtigte als Literaturwissenschaft in jedweder Form.

Er starrte wieder auf das leere Blatt. Auf die kurzen Striche im rechten oberen Eck. Rot, grün, blau, schwarz. Der Schwarze war etwas verwackelt. Der Rote war ziemlich kurz. Unglaublich, welche Vielzahl von Mustern man in vier farbigen Strichen nebeneinander entdecken konnte, wenn man nur lange genug darauf starrte!

Seufzend stand er wieder auf, ging zurück in die schmale

Teeküche und entlockte dem Automaten eine zweite Tasse Kaffee. Während er Zucker und Milch dazugab und umrührte, stellte er verblüfft fest, dass er einfach nicht glauben konnte, dass so etwas wie eine Zeitreise tatsächlich möglich sein sollte.

Das war irritierend. Er starrte in die Tasse, in den gleichförmig rotierenden Kaffee, und schüttelte schließlich mit einem verblüfften Kichern den Kopf. Unglaublich. Er hatte zwei Romane geschrieben, deren Handlung auf Zeitreisen beruhte, und eine Menge Kurzgeschichten, in denen Menschen sich in die Vergangenheit, in die Zukunft, in parallele Zeiten oder in umgedrehte Zeitströme begaben – er sollte sich geradezu *verpflichtet* fühlen, an die Möglichkeit von Zeitreisen zu glauben.

Aber er tat es nicht. Es widerstrebte ihm zutiefst. In Erzählungen, okay, das war etwas anderes. Aber nicht in Wirklichkeit. In Erzählungen und Romanen konnte er Morde begehen, Frauen verführen, hochkarätige Staatsgeheimnisse ausspionieren und dabei mutig ganzen Legionen von Gegnern entgegentreten, siegreich meistens. In Wirklichkeit hatte er Hemmungen, auch nur Fliegen zu erschlagen (die in ihrer Wohnung im Sommer eine wahre Plage sein konnten; trotzdem versuchte er immer, sie lebend zum Fenster hinauszubefördern). In Wirklichkeit war er seiner Frau treu, froh, dass sie ihn erwählt hatte, und ansonsten immer noch so unsicher im Umgang mit dem anderen Geschlecht wie eh und je. Und der mutigste Kampf gegen irgendwelche Widersacher, an den er sich erinnern konnte, war gewesen, als er einer Politesse mit bebenden Händen den eben ausgestellten Strafzettel hingehalten und darauf verwiesen hatte, dass die Parkuhr defekt war, an der sein Auto stand. Und er hatte sich ihrem dämlichen Einwand, dass er dann nicht an dieser Uhr hätte parken dürfen, so vehement entgegengesetzt, dass sie schließlich das Strafmandat an sich genommen und es zerrissen hatte.

Zeitreise. Was für ein Unsinn. Er nahm die Kaffeetasse, pilgerte zurück an den Konferenztisch, nahm den schwarzen Filzstift und schrieb mit großen, quietschenden Buchstaben in die Mitte des Blattes:

ZEITREISE??

Dann malte er einen Kringel darum herum, zog einen Pfeil davon weg schräg nach rechts oben und schrieb an dessen Ende: *möglich?* Von da aus ein weiterer Pfeil, und: *Dominik fragen!* Wie alle Science-Fiction-Autoren hatte er seine wissenschaftlichen Berater – Freunde, die sich in den Gebieten, die für seine Geschichten wichtig waren, *wirklich* auskannten –, und Dominik war unter diesen das Allroundgenie, die alleswissende Quelle, jemand, der auf jede Frage eine fundierte Antwort wusste oder in extremen Fällen einem zumindest sagen konnte, wer in dieser Angelegenheit die zu befragende Kapazität war. Wenn es eine wissenschaftliche Widerlegung der Zeitreise gab, dann wusste Dominik davon. Er *liebte* diese ganzen Wissensgebiete, die dem gesunden Menschenverstand unzugänglich waren – Quantenphysik, die Relativitätstheorie, all das Zeug.

Ein weiterer Pfeil, diesmal von dem zentralen Kringel nach schräg rechts unten: *andere Erklärungen?*

Hier stand er nun eine ganze Weile reglos, nur am Ende des Filzstiftes kauend. Er hatte ganz vergessen, dass da draußen eine wirkliche Ausgrabung stattfand, dass er am Abend zuvor wirklich in ein ausgeschachtetes Loch hinabgestiegen war und im Inneren eines uralt aussehenden Leinenbeutels eine ebenfalls uralt aussehende Plastikhülle gefunden hatte. Die

Wirklichkeit war verschwunden, vollkommen unwesentlich geworden, hatte die Bühne geräumt für abstrakte Konstellationen, für dramatische Elemente, für Bausteine von Geschichten, die sich in einem wilden Tanz zu immer neuen Mustern und Abläufen anordneten.

Es gibt eine ganz eigene Kategorie von Kriminalgeschichten, die alle dasselbe Thema haben: Jemand ist ermordet worden, in einem von innen verschlossenen Raum, aus dem es keine Fluchtmöglichkeit gibt. Und jede dieser Kriminalgeschichten liefert eine ganz eigene, raffinierte Erklärung dafür, wie der Mord hatte passieren und der Mörder aus dem Raum hatte entkommen können, wobei die Raffinesse dieser Erklärung den Reiz der Erzählung ausmacht. In ungefähr diesen Kategorien dachte Peter Eisenhardt jetzt.

Aus diesem Blickwinkel betrachtet, war die Geschichte von der zweitausend Jahre alten Videokamera und der Zeitreise löchriger als ein Nudelsieb. Der Einzige, der die angeblich eindeutig auf die Zeitenwende datierbare Fundstätte unversehrt gesehen hatte, war dieser junge Mann, den er noch nicht kennengelernt hatte. Allenfalls der Professor. Nicht einmal Kaun hatte einen Beweis dafür, dass die Datierung richtig war. Deswegen hatte er Proben in ein amerikanisches Labor geschickt, um ihr Alter nach der Radiokarbonmethode feststellen zu lassen, die als absolut unbestechlich galt.

Aber angenommen, jemand hatte einen Weg gefunden, die Radiokarbonmethode zu überlisten? Eisenhardt kritzelte Pfeile, Kringel und Fragezeichen und schrieb: *Fälschung? C–14?*

Wie mochte eine solche Fälschung zu bewerkstelligen sein? Eisenhardt versuchte, sich in Erinnerung zu rufen, was er über die Radiokarbonmethode wusste. Er hatte sich für einen Roman einmal darüber informiert, aber das war lange her.

Also, wie war das? Ein lebender Organismus – zum Beispiel die Pflanze, aus deren Zellstoff das Papier für die Bedienungsanleitung hergestellt worden war – stand in permanentem Austausch mit der Umgebung. Unter anderem nahm er ständig Kohlenstoff auf und gab ihn in anderer Form wieder ab. Der springende Punkt war, dass ein bestimmter Teil des Kohlenstoffs nicht aus den normalen Kohlenstoff-12-Atomen, sondern aus Kohlenstoff-14-Atomen besteht, die leicht radioaktiv sind. Deshalb nannte man die Radiokarbonmethode manchmal auch C-14-Analyse.

Und wie weiter? Zu Hause hätte er jetzt seine alten Aufzeichnungen hervorziehen können. Aber er glaubte sich zu erinnern, wie es weiterging: Der Organismus stirbt. Von dem Moment an lagert er keinen weiteren Kohlenstoff mehr ein. Die Kohlenstoff-14-Atome, die in dem toten Gewebe enthalten sind, zerfallen langsam, aber gleichmäßig. Ihr Anteil am gesamten Kohlenstoff nimmt im Lauf der Zeit also ab – und zwar unabhängig davon, ob der tote Organismus versteinert, vergraben, mumifiziert oder sonst wie zugerichtet wird. Radioaktiver Zerfall bleibt von all dem unbeeinflusst – deshalb kann aus dem Verhältnis der beiden Arten von Kohlenstoff zuverlässig das Alter des betreffenden toten Organismus bestimmt werden.

Eisenhardt rieb sich die Schläfen. Das musste er noch einmal nachprüfen, aber wenn es so war, dass der Anteil an Kohlenstoff 14 im Lauf der Zeit *ab*nahm, hatte es jedenfalls keinen Sinn, einen Fund etwa mit radioaktiven Strahlen zu bombardieren. Im äußersten Fall würde es gelingen, ihn *jünger* datieren zu lassen als er tatsächlich war. Das machte hier keinen Sinn. Umgekehrt – man hätte eine Methode gebraucht, den radioaktiven Zerfall zu *beschleunigen*. Doch so etwas gab es nicht. Und wenn jemand eine solche Methode erfunden hatte, würde er sie auf radioaktiven Müll anwenden und sich einen goldenen Hintern damit verdienen, anstatt dubiose Beweisstücke zu fälschen.

Trotzdem. Eisenhardt stand weiter da, kaute weiter am hinteren Ende des schwarzen Filzstiftes, als habe er die Hoffnung auf ein ordentliches Frühstück schon aufgegeben, und starrte weiter auf das große Blatt Papier mit den Fragezeichen darauf. Trotzdem. Konnte das die Antwort sein? Die Wahrheit hinter allem? Führte hier jemand ein groß angelegtes Betrugsmanöver durch, und war er, Peter Eisenhardt, aus irgendwelchen unvorstellbaren Gründen ein Teil davon?

Diese Idee ließ sein Herz schneller schlagen. Normalerweise war das ein angenehmes Gefühl, hieß es doch, dass er ein atemberaubendes Thema aufgespürt hatte, eines, das sein Blut in Wallung zu bringen imstande war und den Fluss des Schreibens in Bewegung. Aber das hier – unvermittelt kam ihm seine Situation wieder zu Bewusstsein, kehrte die ausgeblendete Realität zurück, der Wohnwagen, das Lager, die Schritte über Steine draußen, das erste Geschirrklappern aus dem Küchenzelt –, das hier war kein Roman. Er war allein, ungeschützt, ausgeliefert. Und er war nur ein schwacher, ungeschickter Schriftsteller, nicht James Bond.

Wenn das ein Betrugsmanöver war, wer steckte dahinter? Kaun? Der junge Mann, der die Leinentasche gefunden haben wollte? Und wenn, was hatte er davon?

Wie von selbst glitten seine Gedanken wieder in die Schienen kriminalistischen Denkens, die er aus Detektivgeschichten kannte. Wie waren die drei Voraussetzungen, die erfüllt sein mussten, um eine Tat plausibel zu machen? Möglichkeit, Gelegenheit – und Motiv.

Motiv. Oha.

Eisenhardt starrte blicklos vor sich hin. Dann legte er den Filzstift zurück in die Ablage, trennte das oberste Blatt des Flipchartblockes ab und riss es in kleine Stücke, bis er nur noch handtellergroße Schnipsel übrig hatte, die er in den Mülleimer der Küche warf.

Was er herausfinden musste, war, welche wissenschaftliche Reputation Professor Wilford-Smith genoss – ob er einen Ruf zu verlieren hatte oder einen zu gewinnen. Und er wusste auch schon, wen er fragen würde.

10

Auf der Nordseite hat die Grube (512) eine graue Schicht (513) und eine Mauer (n) und auf der Südseite eine Anhäufung von vier Schichten (514)–(517) durchdrungen, von denen die zweitoberste eine ca. 0.07 m starke weiße Mörtelschicht (515) ist und die unterste (517) teilweise die Füllung einer weiteren Grube (518) bildet.

Prof. Charles Wilford-Smith
Bericht über die Ausgrabungen bei Bet Hamesh

Kaun erwachte und fühlte sich schwer, unendlich schwer, mehr wie ein Sack, der mit dickem, stinkendem Torf gefüllt war, als wie ein menschliches Wesen. Jeden Morgen fühlte er sich so. Der Morgen hatte sich für ihn zum schlimmsten Teil des Tages entwickelt, zu einer Phase, vor der er schon am Abend zuvor Angst hatte. Jeden Morgen fühlte er sich noch schwerer, noch träger, noch müder als je zuvor. Eines Tages würde er morgens aufwachen und es nicht mehr schaffen, sich überhaupt in Bewegung zu setzen.

Das kam natürlich von den ganzen Pillen, die er schluckte. Wie hatte er seinem Arzt gegenüber gewitzelt? »Ist doch gut, eine große träge Masse zu haben. Wenn man sich dann einmal in Bewegung gesetzt hat, kann einen nichts mehr stoppen. Das ist das Geheimnis meines Erfolges!« Natürlich hatte der gute Doktor Leuven nur mühsam grinsen können. Wahrscheinlich war er ein zu guter Arzt, um sich solche Eskapaden seiner Schutzbefohlenen einzig unter finanziellen Aspekten anschauen zu können. Kaun konnte das nicht beurteilen. Für ihn war wichtig, dass Leuven ihm alles verschrieb, was er brauchte, und dass er den Mund hielt. Vor allem, dass er den Mund hielt.

O mein Gott. Also, auf ein Neues. Er schaffte es, seine Hand in Bewegung zu setzen, immerhin ein Anfang, sie den Nachttisch erreichen zu lassen, und dort lag die Schachtel. Ein kleines Kästchen aus Silber, belegt mit Perlmutt. Das musste schon sein für jemanden in seiner Stellung. Wenn schon die Pillen darin ärgerlich billig waren.

Er widerstand der Versuchung, mehr als die drei zu nehmen, die Doktor Leuven ihm erlaubt hatte, schluckte sie ohne Wasser hinunter und wartete dann, dass sie ihre segensreiche Wirkung entfalteten. Ihn in Bewegung zu setzen. Das mit der trägen Masse war nur zur Hälfte ein Witz. Kinetische Energie, daran glaubte er tatsächlich. Das war das Geheimnis erfolgreicher Führung: man musste schneller sein als die anderen, schneller und vor allem unbeirrbarer. Man musste kinetische Energie haben. Man musste jeden und alles überfahren, wenn es erforderlich war, und man musste auch so *wirken*, als könne man jederzeit jeden und alles überfahren. Nur das verschaffte einem Respekt. Erfolgreiche Menschenführung war, in einem Satz, eine Frage purer Wucht.

Er konnte spüren, wie die Tabletten wirkten. Ein warmes Gefühl wanderte durch seinen Körper, vertrieb die Schwere, ließ alles leicht und beweglich werden, nahm den Schleier von seinen Augen und löste den dumpfen Druck im Kopf in Wohlbefinden auf. Fantastische Pillen. Was Doktor Leuven nur dagegen einzuwenden haben mochte?

Als er endlich auf dem Bettrand saß, merkte er, wie immer, dass das gute Gefühl eine sehr flüchtige, trügerische Angelegenheit war. Es würde noch eine Weile dauern, ehe er sich wirklich wohlfühlen konnte. Nur gut, dass er allein war. Seine Frau hätte ihm jetzt nur eine lange Liste immer gleicher Vorwürfe und verächtlicher Bemerkungen in die Ohren gekeift, bis hin zum Siedepunkt, wenn er das Gefühl bekam, dass sein Kopf jeden Augenblick platzen und er sie entweder schlagen oder selber gehen musste. Meistens ging er, und in letzter Zeit entdeckte er zusehends, wie angenehm es war, ohne sie durch die Welt zu reisen. Das Einzige, was ihn wirklich ärgerte, war, dass er sich selber die Schuld daran zuzuschreiben hatte – als er sie geheiratet hatte, hatte er im Grunde nur darauf geachtet, wie sie auf Fotos neben ihm aussah, hatte nur in Kategorien von »standesgemäß« und »die Frau an der Seite des Gewinners« gedacht … Was für ein Klischee! Was für ein *Bullshit!* Jedes Mal, wenn er zurückkehrte in die riesige Villa, die sie gekauft hatten, auf Coney Island natürlich, mit Pferdeställen und einer Menge Garagen und ungezählten Zimmern und Sälen, fühlte er sich wie ein Fremder, wie ein Ehemann-Darsteller. Sie hatte alles so lange vollgestopft mit unzähligen sündhaft teuren Kinkerlitzchen, bis endlich ihr sehnlichster Traum in Erfüllung gegangen war, die einzige wirkliche, aufrichtige Sehnsucht in ihrem flachen Leben: das angeblich bedeutendste amerikanische Inneneinrichtermagazin hatte ihrem Haus eine zwölfseitige Reportage gewidmet. Zwölf Seiten! Alle in Farbe! Das war dann monatelang peinlicher Gesprächsstoff auf all den dummen Partys gewesen, die sie ausrichtete, mit all den dummen Leuten, die sie von irgendwoher anschleppte.

Er schleppte sich ins Bad, riss den Wasserhahn auf und hielt den Kopf direkt unter das kalte Wasser. Flüchtig dachte er an die Kosten, die es verursachte, hier, mitten in der Wüste und in einem Wohnwagen, solche Mengen eiskalten Wassers zu verbrauchen, aber das Pochen in seinem Schädel ließ nach davon, und das war das Einzige, was zählte.

Das war sein Leben. Er hasste jede Einzelheit daran, mit Ausnahme seines Büros und seiner Firma. Er hatte sich in den letzten Monaten oft gefragt, ob das nicht vielleicht das wahre Geheimnis erfolgreicher Männer war: zu wissen, dass zu Hause eine unerträgliche Frau auf sie wartete, und demzufolge leichten Herzens lange im Büro zu bleiben und endlos zu arbeiten, weil das immer noch besser war als jeder andere Aspekt in ihrem Leben.

Aber natürlich gehörte es zu den ungeschriebenen Gesetzen der Kreise, die sich für die oberen hielten, jederzeit den Anschein zu erwecken, eine erfüllte Ehe zu führen und überhaupt *völlig* glücklich zu sein, in der festen Überzeugung natürlich, alles Glück sich selber, den eigenen Anstrengungen und Leistungen zu verdanken. Da war niemand, den er hätte fragen können, ob seine böse Vermutung zutraf.

Nun, im Augenblick war er jedenfalls hier, Tausende von wunderbaren Meilen von zu Hause entfernt. Er nahm den Rasierapparat zur Hand und unterzog sein dunkles, stoppeliges Kinn einer Rasur, die so gründlich war wie seine Verträge. Währenddessen verschwanden auch die dunklen Ringe unter seinen Augen, als wären sie nur Schatten gewesen. Allmählich kam er näher, der wahre Beginn des Tages.

Danach kämmte er sich überaus sorgfältig, schnitt hier und da ein vorwitziges Haar ab und überprüfte seine Haut auf Unreinheiten. Täuschte er sich, oder sah er da schon einen Hauch natürlicher Sonnenbräune? Um so besser, das sparte Zeit im Solarium. Er griff nach dem bereitliegenden Hemd. Zu Hause hatte er einen Butler, aber das war auch nur ein Spleen seiner Frau gewesen; er brauchte so etwas nicht, kam gut alleine zurecht. Das Zuknöpfen des Hemdes ging gut, schnell und sicher. Ja, er kam allmählich in Bewegung, wie eine Dampflokomotive, sieben Tonnen Stahl auf

Rädern, zuerst fast nicht von der Stelle zu bewegen, aber einmal in Fahrt, unaufhaltsam. Pure Wucht. Reine kinetische Energie.

Den richtigen Anzug wählte er mit sehr viel Bedacht. Was Kleidung anbelangte, war ihm das Teuerste gerade gut genug. Dass eine hochwertige Garderobe das wichtigste Argument im Geschäftsleben war, davon war er überzeugt wie von nichts sonst. Man musste zeigen, dass man dazugehörte, dass man einer derjenigen war, die nach ganz oben gehörten – egal, ob man schon da war oder erst dorthin wollte. Wenn man viel Geld haben wollte, dann musste man auch so aussehen, als verdiene man es.

Damit hatte seine derzeitige Popularität in den Medien begonnen: Eine Zeitschrift, die vorgab, ein Wirtschaftsjournal zu sein, hatte ihn zum »bestgekleideten Manager des Jahres« gekürt. Ohne dass er überhaupt davon gewusst hatte. In Wirklichkeit verkaufte dieses Magazin nur bunte Märchen aus der Welt der Reichen und Mächtigen an männliche Träumer und eine Menge Anzeigenfläche an Hersteller von überteuerten Hemden und fürchterlichen Herrenparfüms (mit Namen wie *Wall Street* oder *Success*). Aber in der Folge waren andere Publikationen auf ihn aufmerksam geworden, die Berichte waren größer, länger und enthusiastischer geworden, und seit einiger Zeit hatte er zunehmend das Gefühl, sich anstrengen zu müssen, dem beeindruckenden Bild, das die Öffentlichkeit sich von ihm gemacht hatte, gerecht zu werden. Und erkannte mehr und mehr, dass das eine Aufholjagd war, die er niemals gewinnen konnte.

Die unangenehme Wahrheit, die unglaublicherweise all diesen Pressefritzen bisher entgangen war, bestand darin, dass das Paradepferd seines Konzerns, die N.E.W. *News and Entertainment Worldwide Corporation*, keinen nennenswerten Gewinn abwarf. Mitunter schlidderte sie haarscharf an den roten Zahlen vorbei, und jedes Jahr verwendete er einen beträchtlichen Teil seiner kostbaren Zeit darauf, die Geschäftsberichte so aufwendig und einfallsreich zu gestalten, dass sich die erniedrigenden Zahlen der Bilanz darin verstecken ließen, ohne den Tatbestand des Betruges zu erfüllen. Und bisher hatte es auch noch niemand gemerkt. Geblendet von seinem Image strömten ihm immer noch mehr Investoren zu, als ihn enttäuscht verließen. Er arbeitete, kämpfte und lebte einzig auf dieses Ziel hin: den Durchbruch zu schaffen, den Umkehrpunkt zu durchstoßen und das Vertrauen seiner Geldgeber in bare Münze umzuwandeln.

Das hieß: durchhalten. Noch stand sein Imperium auf tönernen Füßen. Das mahnende Beispiel, das ihm immer vor Augen stand – so sehr, dass er sich allen Ernstes schon überlegt hatte, ein Bild des Mannes auf seinem Schreibtisch aufzustellen –, war das Schicksal eines längst vergessenen Immobilientycoons der achtziger Jahre, ein Mann namens Donald Trump, der jahrelang von den Medien als Wirtschaftswunderknabe und Erfolgsmensch hochgejubelt worden war, so lange, bis er es selber geglaubt hatte und leichtsinnig geworden war. Manche sagten später auch »größenwahnsinnig« dazu, und viele von denen, die das sagten, hatten zu denen gehört, die ihn beklatscht hatten, als er noch ganz oben zu stehen schien. Sein Sturz war schnell und grausam gewesen – Banken hatten ihre Kreditzusagen zurückgenommen, Investoren waren ausgestiegen, Projekte gescheitert – und er war sehr, sehr tief gefallen, war fast völlig von der Bildfläche verschwunden.

Einem ähnlichen Schicksal wollte John Kaun um jeden Preis entgehen. Und die Fratze der völligen Pleite grinste ihm jeden Morgen im Spiegel entgegen. Er lebte auf großem Fuß, führte das Leben eines Millionärs und musste es führen, um die Geschäfte zu machen, die er machen musste. Aber dabei lebte er im Vorgriff auf Gewinne, die er erst zu machen hoffte. Falls irgendetwas geschehen sollte, das ihn aus der Bahn warf, dann würde er als Mann mit Millionenschulden dastehen und den Rest seines Lebens auf der Flucht vor gnadenlosen Gläubigern sein. So einfach war das. Im Grunde, unter dem Strich, hatte er noch nichts erreicht im Leben. Sein New Yorker Chauffeur, der vor zwei Monaten die Hypothek für sein Häuschen auf Staten Island abbezahlt hatte, war besser gestellt als er.

Das alles überragende Vorbild, der große Gegner, die unangefochtene Nummer eins war natürlich CNN, die *Cable Network News* des ebenso prominenten Unternehmers Ted Turner. Der, wie Kaun zähneknirschend verfolgt hatte, die Schauspielerin Jane Fonda geheiratet hatte und womöglich wirklich glücklich war. Der Durchbruch für CNN war mit dem Golfkrieg gekommen, die große Stunde der Live-Reporter mit den Satellitentelefonen, die aus der Hauptstadt des Feindes berichteten, exklusiv, live und aufregend, und alle anderen Nachrichtensender waren gezwungen, ihre Bilder, Berichte und Stellungnahmen zu übernehmen. Das war Ted Turners Sternstunde gewesen, und er hatte sie genutzt, weiß Gott hatte er das. Er hatte CNN zu einem Begriff gemacht, der heute populärer war als das einstmals so anerkannte Kürzel BBC, hatte seine Dauernachrichtensendung in alle Kabelnetze der Welt katapultiert, und was immer auch geschehen mochte, der Mann war aus dem Pantheon der großen Unternehmer nicht mehr wegzudenken.

N. E. W. war dagegen ein winziges Licht, noch nicht einmal Nummer zwei, sondern im Mittelfeld unter »ferner liefen«. Streng geheime Umfragen hatten ergeben, dass zwar annähernd ein Drittel der amerikanischen Bevölkerung das Kürzel N. E. W. kannte, wusste, dass es sich dabei um einen Fernsehsender handelte – manche wussten sogar, dass N. E. W. weltweit über Satellit zu empfangen war –, aber nicht einmal zwei Prozent erkannten das N. E. W.-Logo, wenn man es ihnen zeigte. Was hieß, dass die meisten von N. E. W. gehört, es aber noch nie gesehen hatten, denn das Logo stand beinahe permanent auf dem Bildschirm. Was wiederum hieß, dass die meisten N. E. W. nur aus Berichten über ihn, John Kaun, kannten. N. E. W. und John Kaun, das gehörte zusammen. Was zumindest nicht schlecht war. Besser jedenfalls, als wenn – was Kaun bis jetzt trickreich zu verhindern gewusst hatte – bekannt geworden wäre, dass die einzige Firma seines Konzerns, die wirklich Geld verdiente, echtes und gutes Geld und für ihre Verhältnisse viel davon, eine Fabrik für Kartoffelchips in Oklahoma war.

Die Sache mit dem Videoband, so unerwartet, verwirrend und überraschend sie über ihn hereingebrochen war, schien ihm zunehmend als *die* Chance, das Ruder herumzureißen. Sein persönliches Äquivalent zum Golfkrieg Ted Turners. Wenn er es schaffte, etwas aus diesem Fund zu machen, dann konnte er nächstes Jahr als Nummer eins dastehen.

Was für eine Kette seltsamer Fügungen und Zufälle! Die Bitte, die Ausgrabungen des britischen Professors zu finanzieren, war über einige Ecken an ihn herangetragen und mit dem unüberhörbaren Unterton vorgebracht worden, dass etliche seiner Investoren, die selber jüdischer Abstammung waren, dieses Engagement im Heiligen Land mit Wohlwollen zur Kenntnis nehmen würden. Obwohl das allein schon ein ausreichend starkes Argument gewesen war, hatte er darin außerdem eine relativ preisgünstige Möglichkeit gesehen, unauffällig einen Fuß in Israel zu halten – jederzeit unter dem Vorwand, Dokumentationen über die Grabungsarbeiten zu machen, Filmreporter hinschicken zu können, und wenn sie dann »zufällig« noch Bilder des einen oder anderen Palästinenseraufstandes einfingen, nun, so spielte das Leben, oder?

Und nun das.

Fertig angezogen, die Schuhe glänzend, das Brusttuch dezent, aber korrekt gezupft, betrachtete er sich im Spiegel. Ja. So konnte er auf den Fernsehschirmen der Welt erscheinen, mit einer höheren Einschaltquote, als sie die Mondlandung erzielt hatte, der Boxkampf zwischen Cassius Clay und Joe Frazier oder die Beisetzungsfeierlichkeiten nach dem tragischen Unfalltod von Lady Diana, der Prinzessin von Wales (noch so eine unglückliche Ehe, durchfuhr es ihn).

Meine Damen und Herren, sah er sich mit gut einstudiertem Understatement sagen, N. E. W. *schätzt sich glücklich, Ihnen heute – exklusiv – ein außergewöhnliches Filmdokument präsentieren zu können. Sehen Sie im Anschluss, erstmals im Fernsehen, die authentische Videoaufzeichnung der Bergpredigt von Jesus Christus.* Oder des Einzugs in Jerusalem. Oder der Kreuzigung. Was auch immer, es war für eine Einschaltquote von hundert Prozent gut. Wenn er mit diesen Worten auf dem Bildschirm erschien, dann konnten alle anderen Sender ihre Programme genauso gut abschalten. *Da Jesus Christus aramäisch spricht, haben wir seine Ansprache englisch untertitelt.* Bei Gott – was für eine Sensation!

Genug geträumt. Noch hatte er das Video nicht.

Und es zu finden war möglicherweise schwieriger, als irgendjemand sich das vorstellen konnte.

Sie hatten nicht einmal einen unbezweifelbaren Beweis dafür, dass es dieses Video überhaupt gab. Oder noch gab. Und selbst wenn, dann konnte es buchstäblich überall in Israel vergraben sein. Vielleicht dauerte es Jahre oder Jahrzehnte, bis es gefunden wurde. Und wenn etwas über den Fund nach außen sickerte – wenn es sich lange hinzog, würde das unvermeidlich passieren – dann mochte es irgendein Viehhirte oder Bauarbeiter sein, der schließlich den entscheidenden Fund machte.

Kaun starrte immer noch auf sein Spiegelbild, direkt in sein eigenes Gesicht, das sich zu einer düsteren Miene verzogen hatte. Jeder Tag, den er hier in der Wüste verbrachte, kostete ihn Unsummen. Ganz zu schweigen von den Schwierigkeiten, die an allen Ecken und Enden seines verletzlichen Imperiums entstanden, weil er nicht da war, um auf alles aufzupassen. Sollte sich die Suche länger hinziehen, musste er zumindest ein- oder zweimal pro Woche nach New York zurückfliegen und sich in seinem Büro sehen lassen. Es war ein Risiko, ein enormes Risiko.

Er setzte einige Hoffnungen auf den deutschen Schriftsteller. Bis jetzt hatte der zwar noch nicht viel gesagt, aber das wäre vielleicht auch etwas zu viel erwartet gewesen, gleich am Ankunftstag. Aber die Romane Eisenhardts, hatte er sich berichten lassen, galten als durchdacht und originell, einige hatten sogar Preise gewonnen, und vor allem ging es darin oft um Zeitreisen. Doch, er hatte das Gefühl, dass der Schriftsteller kreative Ansätze liefern würde.

Trotzdem würde er weitere Spezialisten hinzuziehen. Möglichst wenige natürlich, um das Unglück nicht herauszufordern, aber doch so viele, dass sie rasch über das amateurhafte Stadium hinausgelangten, in dem sich die Suche zurzeit befand. Er musste sich diesbezüglich einmal mit dem Professor unterhalten, am besten gleich beim Frühstück.

Im Grunde war ihm im Augenblick auch noch unklar, wie er das Videoband, sollte er es demnächst in Händen halten, tatsächlich optimal verwerten konnte. Gut, er konnte es senden, exklusiv über seinen eigenen Sender und mit gigantischem Werbeaufwand angekündigt. Aber selbstverständlich würde es als allererstes mächtige Kontroversen geben, ob das Video echt war, ob es echt sein *konnte*, und das würde die Darbietung in gewisser Weise entwerten. Im besten Fall würden sich Heerscharen von Gelehrten darauf stürzen und jahrelang das Für und Wider diskutieren und im Grunde niemals zu einem eindeutigen Schluss gelangen, so ähnlich wie im Fall des Grabtuchs von Turin, das angeblich das Grabtuch Christi gewesen sein sollte. Das wurde seit fünfzig Jahren untersucht, und jeder sagte etwas anderes: Für die einen war es ohne den Schatten eines Zweifels echt, für die anderen eine raffinierte Fälschung aus einem nicht allzu weit zurückliegenden Jahrhundert.

Und im schlimmsten Fall, dachte Kaun, würde die Sensation einfach verpuffen, wie damals mit dem Film, der angeblich die Vivisektion eines außerirdischen Leichnams zeigen sollte, stattgefunden und aufgezeichnet angeblich in den frühen Fünfzigern in den Vereinigten Staaten. Die Ufo-Gläubigen hatten sich bestätigt gesehen, die Skeptiker allerhand Gründe gefunden, warum der Film eine Fälschung sein musste – und so war niemand auch nur einen Millimeter von seinen Überzeugungen abgewichen. Was würde da erst mit einem Videofilm geschehen, der behauptete, vor zweitausend Jahren aufgenommen worden zu sein?

Kaun ging in die kleine, angenehm funktional eingerichtete Teeküche und ließ den ersten Kaffee des Tages in eine Tasse einlaufen, die Erste von mindestens zwanzig.

In der Besprechung gestern Abend hatte er geblufft. So getan, als habe er sich schon genauestens überlegt, was er mit dem Video machen würde. Die Idee, es an den Vatikan zu verkaufen, war ihm spontan gekommen, mehr oder weniger in dem Moment, in dem er sie ausgesprochen hatte. Das war unerhört wichtig in diesem Job: sich Unsicherheiten niemals anmerken zu lassen, spontane Gedanken so zu formulieren, dass die anderen den Eindruck bekamen, man habe sich alles längst gründlich überlegt und sei überhaupt schon viel weiter als jeder andere – und sie dabei so vorzubringen, dass einen nachher niemand darauf festnageln konnte, wenn es sich herausstellen sollte, dass man danebengelegen hatte. In dieser Kunst, das musste er sich immer wieder selber attestieren, hatte er es in den zurückliegenden Jahren zu einer gewissen Meisterschaft gebracht.

Aber vielleicht, überlegte er und nippte an dem schwarzen, intensiven Gebräu, war das gar keine so üble Idee. Mehr Geld konnte er mindestens genauso gut brauchen wie mehr Popularität, vor allem, weil es sich dabei endlich einmal nicht mehr um Investorengelder handeln würde, die er eines Tages wieder zurückzahlen würde müssen, sondern um richtiges, gutes, eigenes Geld. Die Entscheidung war also in hohem Maß abhängig von dem gebotenen Preis, und das war etwas, das er prüfen lassen musste, am besten sofort: was *hatte* die katholische Kirche eigentlich, was von Wert war?

Er schob den Sichtschutz an einem der Fenster im Büro beiseite und sah hinaus auf die Wüste, über der schon so früh am Morgen die Hitze flirrte, den Kaffeebecher in der Hand. Er konnte einen Reporter auf diese Sache ansetzen. Besser noch einen Anwalt. Spontan hatte er die Vorstellung enormer Kunstschätze, die sich im Besitz des Heiligen Stuhls befanden und die sicher auch auf einem völlig atheistischen Kunstmarkt erstaunliche Verkaufspreise erzielen würden. Kunstwerke, ja, und Grundstücke. Die katholische Kirche musste über ein unermessliches Immobilienvermögen verfügen – all die Kirchen, Klöster, Kapellen und Pfarreien, überall in der Welt. Und das waren vorwiegend beste Lagen, meistens mitten in den Zentren der Städte.

Ein flüchtiges Lächeln huschte über sein Gesicht. Ein Tauschgeschäft. Das Video gegen die Grundstücke der Kirchenbauten. Und er, John Kaun, würde von Stund an Miete kassieren, oder Pacht, von ihm aus, und das bis zum Jüngsten Tag.

Hoho! Was für ein Geschäft! Eine Menge Leute aus seinem

Bekanntenkreis kamen ihm in den Sinn, die seiner Einschätzung nach glattweg tot umfallen würden, wenn sie das erfuhren. Einer, weil er sich für gut katholisch hielt, die anderen schlicht vor Neid.

Und da, aus heiterem Himmel, sozusagen wie eine göttliche Eingebung, kam ihm der Gedanke. Wischte die albernen Tagträume vom Tisch. Trat auf und breitete sich aus und fühlte sich gut an. *Wahr.* John Kaun schob den Sichtschutz wieder zu und konzentrierte sich ganz auf diesen Gedanken. *Es war besser, zu verhandeln, solange das Video noch nicht gefunden war.* Er wälzte diesen Einfall in seinen Gedanken hin und her und spürte jenes elektrisierende Gefühl, das sich immer einstellte, wenn er einer wirklich heißen Sache auf der Spur war.

Solange das Band noch nicht gefunden war, konnte noch »alles« darauf sein. Solange konnte sich noch die Fantasie eines eventuellen Käufers austoben. Vielleicht bekamen es die Kirchenleute mit der Angst, es könnte zeigen, dass Jesus nicht tot gewesen war, als man ihn vom Kreuz genommen hatte. Oder, dass der Auferstandene ein Doppelgänger gewesen war. Alles war möglich – solange das Band noch nicht gefunden war.

In Wirklichkeit mochte das Band alles Mögliche zeigen. Vielleicht überhaupt nichts. Oder vielleicht nur Belangloses. Womöglich eine gänzlich unbekannte Ansprache Jesu, die nicht einmal anhand der Bibel verifizierbar war. Kurzum, das eigentliche Videoband mochte sich als vollkommen banal und unverkäuflich herausstellen.

Kaun lächelte, und jetzt war es jenes Haifischlächeln, das ihn so berühmt gemacht hatte. Genau das würde er tun: Frühzeitig in Verhandlungen einsteigen, Begehrlichkeiten wecken, Ängste schüren – und daraus dann Positionen sichern. Bis dahin hatte er den Beutel und die Anleitung der Videokamera und eine Menge guter Argumente. Das war es, was er zu Geld machen würde. Seine Anwälte würden eine Menge zu tun bekommen.

Er lächelte und setzte sich in Bewegung, auf seinen Schreibtisch zu. Es war soweit. Der Tag hatte begonnen.

11

Einige der Begräbnisstätten konnten in die Zeit der Hasmonäer und die des Herodes datiert werden, die Übrigen sind späteren Datums. Die damals typischen Familiengräber wurden in Fels gehauen und bildeten unterirdische »loculi« (»Begräbnisplätze«); für gewöhnlich bestanden sie aus einer oder mehreren Grabkammern, in deren Wände Nischen für die Ossuarien (»kokhim«, d. h. Beinkisten) eingelassen waren oder Bänke unter überwölbten Vertiefungen (»arcosolia«). Nachdem der Leichnam eines Toten vollständig verwest war, pflegte man die Knochen in einem Ossuarium zu sammeln, das dann in einer Wandnische auf das Gesims gestellt wurde. Aus der Tatsache, dass die Knochen des Toten von 14/F.31 unberührt geblieben sind, kann daher tatsächlich gefolgert werden, dass er keiner Familie und keinem anderen Verwandtschaftsverbund angehörte.

Prof. Charles Wilford-Smith
Bericht über die Ausgrabungen bei Bet Hamesh

Der nervtötende Summlaut schien mitten in seinem Ohr zu entstehen. Stephen Foxx stemmte mühsam die Augen auf, fuhr mit der Hand unter sein Kopfkissen, zog den Wecker, der die Form und Abmessungen einer Kreditkarte hatte, hervor und schaltete ihn ab. Konnte das wahr sein? Wie lange hatte er geschlafen – zehn Minuten? Hatte er überhaupt geschlafen, oder war er betäubt worden? Betäubt und dann ausgiebig verprügelt?

Der Anblick des Zeltdachs über sich erinnerte ihn an die

Ausgrabung, die Ausgrabung ließ ihn an die Ereignisse der letzten Tage denken, und von dieser Erinnerung schienen elektrische Entladungen auszugehen, die alle Müdigkeit schlagartig aus den Zellen seines Körpers vertrieben. Der Kasten! Der Brief! Mit einem Ruck saß er aufrecht und griff unter das Bett, um den Fundkasten hervorzuziehen. Der verbeulte Stahlblechdeckel schepperte leise, als er ihn abnahm, und da lagen die Papiere immer noch. In dem dämmrigen Tageslicht, das in das Innere des Zeltes sickerte, sahen sie noch krümeliger und hoffnungsloser aus als am Abend zuvor. Unvorstellbar, dass diese Blätter zweitausend Jahre in der Erde überdauert hatten. Ohne die Plastikhülle wäre längst nichts mehr von ihnen übrig gewesen. Stephen musste an die Berge von Plastiktüten und Joghurtbechern denken, die überall auf der Welt in Mülldeponien lagerten, und schauderte bei dem Gedanken an deren Unzerstörbarkeit.

Ob das wirklich der Brief eines unbekannten Zeitreisenden war? Man sah nichts, keinerlei Schriftzeichen. Das musste nichts bedeuten; nach so langer Zeit mochte die Schrift verblasst sein und sich erst unter ultraviolettem Licht oder im Röntgenbild offenbaren. Aber welchen Grund konnte dieser hypothetische Zeitreisende gehabt haben, einen solchen Brief zu schreiben?

Stephen Foxx saß da, starrte auf die grauen, bröseligen Artefakte hinab und spürte, wie seine Überlegungen gegen eine Wand liefen.

Wie war das abgelaufen? Oder, besser gesagt, wie *würde* das ablaufen? An irgendeinem Tag in einigen Jahren würde der Unbekannte, ausgerüstet mit einer Videokamera, die Zeitreise antreten. Zweitausend Jahre in die Vergangenheit, ohne die Möglichkeit einer Rückkehr. Er würde seine Aufnahmen machen, die Kamera konservieren und an einem Ort deponieren, der mit seinen Helfern in der Zukunft – seiner Gegenwart – abgesprochen war, und dann sein Leben in der Vergangenheit beschließen. Seine Helfer aber brauchten einfach nur die Zeitmaschine abzuschalten, hinüberzuspazieren zu dem abgesprochenen Felsbrocken und die Kamera auszugraben, die sie gerade eben in eine Jahrtausende entfernte Vergangenheit geschickt hatten.

Welchen Grund sollte der Zeitreisende in diesem Arrangement gehabt haben, einen Brief zu schreiben? Darüber musste man einmal gründlich nachdenken.

Die der Windseite des Lagers zugewandte Seite des Zelts wölbte sich mit einem sanften Knistern nach innen. Durch einen kleinen Spalt am Boden schimmerte helles Licht herein. Draußen begann der Tag.

Hmm. Stephen setzte den Deckel zurück auf den Kasten. Er musste dringend herausfinden, was auf diesen Papieren geschrieben stand. Höchst dringend.

Vielleicht war es ein Brief an die Helfer, der berichtete, dass das Unternehmen schiefgegangen war.

Rafi tat, was jeden Morgen seine erste Aufgabe war: Er stellte Fundkästen bereit, für jeden Grabungshelfer einen, sorgfältig geleert und ausgefegt. Den Rest des Tages würde er mit einer Handvoll Helfer unter dem weitgespannten Zeltdach sitzen, den Sand und die Erde aus den noch nicht geleerten Fundkästen sieben und alle Funde – Zahnsplitter, Pflanzenfasern, winzige Tonscherben und dergleichen – sorgfältig sichten, auf Karteikarten vermerken und in kleine Plastiktüten sortieren, die zusammen mit den Karteikarten abgeheftet wurden. Um die Funde eindeutig den Grabungsplätzen zuordnen zu können, bekam jeder Helfer einen Zettel, den er zuunterst in seinen Fundkasten legte und auf dem sein Name stand, das Tagesdatum, die genaue Bezeichnung des Grabungsareals und eine laufende Nummer, die in einem dicken Logbuch vermerkt wurde. Diese Zettel vorzubereiten war Rafis zweite Aufgabe an jedem Morgen; eine Aufgabe, die volle Konzentration erforderte, damit sich keine Fehler einschlichen. Deshalb war es ihm nicht sonderlich angenehm, dass Professor Wilford-Smith ausgerechnet jetzt hier herumstehen musste, als habe er überhaupt nichts anderes zu tun.

»Ah ja. Mmmh. So. Aha.« Der Professor stand über die letzten Notizen gebeugt, hob ab und zu eines der Plastiktütchen gegen das Licht und legte es mit sinnierendem Nicken wieder an seine ursprüngliche Stelle. Rafi versuchte, sich auf das Ausfüllen der Zettel zu konzentrieren, aber das wunderlich wirkende Gebrabbel des Grabungsleiters irritierte ihn ziemlich.

»Wird ein heißer Tag heute, was, Rafi?«, rief Wilford-Smith plötzlich.

»Ja, Sir.« Rafi versah einen weiteren Zettel mit einer Nummer, die er sofort auf einer der sonnengegerbten Seiten des Logbuchs vermerkte.

»Nicht wahr? Ein heißer Tag, ja. Eigentlich ist ja jeder Tag heiß um diese Jahreszeit.«

»Das stimmt, Sir.« Nun den Namen des Grabungshelfers eintragen, und den Grabungsplatz, für den er eingeteilt war. Und sich nicht durcheinander bringen lassen.

»Und sonst? Alles in Ordnung?«

»Alles in Ordnung.« Nächster Zettel. Die Helfer würden demnächst kommen, und dann musste alles bereitliegen.

»Und Sie halten Schritt mit den Ausgrabungen?« Wilford-Smith kam weiter herangeschlurft, beugte sich über das Klemmbrett mit der Liste der ausstehenden Fundkästen.

Rafi nickte, füllte auch diesen Zettel aus und schob ihn in die Mappe zu den anderen. »Im Großen und Ganzen ja.«

»Schön.« Der Professor nahm die Liste genauer in Augenschein, tippte mit dem Finger auf die oberste Nummer, die Rafi schon ein paar Tage lang immer wieder übertragen hatte. »1304? Das ist aber doch schon eine ganze Weile her?«

»Das ist von Dienstag, Sir. Der Fundkasten von Stephen Foxx. Sie wissen schon – Areal 14.«

»Ach so.« Professor Wilford-Smith starrte die hingekritzelte Zahl nachdenklich an. Überaus nachdenklich. Als fiele es ihm schwer, sich zu erinnern, was es mit Areal 14 auf sich hatte. »Foxx, sagen Sie? Und er hat seinen Kasten noch nicht zurückgegeben?«

»Nein. Ich habe nichts gesagt, weil ich dachte, Sie hätten angeordnet …«

»O ja, natürlich.« Der weißhaarige Mann mit dem unvermeidlichen Lederhut nickte. »Richtig. Das ist in Ordnung so. Ja, natürlich.« Er nickte, immer noch tief in Gedanken versunken. Zerstreut eben. Seine Finger trommelten einen Moment lang Marschrhythmen auf das Klemmbrett, dann nickte er ihm geistesabwesend zu und machte sich davon, leicht gebeugt gehend wie immer, in Richtung Wohnwagenburg der Neuankömmlinge.

Rafi sah ihm eine Weile verwundert nach, dann zuckte er mit den Schultern und füllte den nächsten Begleitzettel aus.

Das Telefon auf dem Nachttisch von Enrico Basso, Rechtsanwalt und Interessenvertreter der Kaun Enterprises Holding Inc. für Italien, klingelte kurz vor sechs Uhr früh und riss seinen Besitzer aus einem überaus angenehmen Traum, in dem eine idyllische Palmeninsel und mehrere nur mit Blumenkränzen bekleidete junge Mädchen eine Rolle gespielt hatten. Die von dunklen Locken umkränzten Gesichter lösten sich auf, das Meeresrauschen entpuppte sich als das Dröhnen des morgendlichen römischen Berufsverkehrs, und entsprechend schlecht gelaunt wälzte sich der Anwalt herum, um nach dem aufdringlichen Hörer zu greifen.

»Pronto«, knurrte er missmutig.

Eine Sekunde später saß er aufrecht im Bett und wechselte von der italienischen zur englischen Sprache. »Oh, *Sie* sind es ... Guten Morgen, Sir, womit kann ich Ihnen ... Ja, natürlich ...«

Von irgendwo unter den zerwühlten Kissen kam das schlaftrunkene Gesicht seiner Frau zum Vorschein. Aus trägen Augen beobachtete sie ihren Gatten, wie dieser minutenlang der Stimme aus dem Telefonhörer zuhörte und wie dabei sein Unterkiefer immer weiter nach unten sank.

»Si«, sagte Enrico Basso schließlich, »aber das wird eine gewisse Zeit dauern, *naturalmente* ...«

Das Keifen der Telefonhörerstimme schien an Schärfe zuzunehmen. Basso begann, unwillig den Kopf zu schütteln.

»Aber das ist nicht so einfach!«, unterbrach er den Anrufer dann. »Das Wochenende steht vor der Tür, und ...«

Wozu redete er eigentlich? Hörte ihm dieser Mensch überhaupt zu?

»Ja. *Capito.* Ich werde tun, was ich kann. Ich melde mich morgen. *Addio.*« Enrico Basso hängte ein und ließ sich zurück in die Kissen sinken. An Schlaf war nicht mehr zu denken. Jetzt bereute er es, vor vier Wochen das Rauchen aufgegeben und demzufolge keine Zigaretten auf dem Nachttisch zu haben.

»Wer war das, Enrico?«

»John Kaun.«

»Und welche Firma will er diesmal kaufen?«

»Die katholische Kirche.«

»Was?« Sie setzte sich auf. »Was redest du da?«

Der Anwalt schlug die Decke zurück und suchte nach seinen Hausschuhen. »Er will wissen, was die katholische Kirche wert ist. Was sie besitzt, an Immobilien, an liquiden Mitteln, an Investitionen, an sonstigem Vermögen. Was für einen Cashflow sie hat. Stell dir vor, das hat er gefragt – was für einen Cashflow die *katholische Kirche* hat!« Er schüttelte den Kopf. »Keine Ahnung, wozu er das wissen will. Es klingt wirklich so, als wolle er sie kaufen.«

Diesmal fand das Treffen in Eisenhardts Wohncontainer statt. Wie ein Triumvirat, dachte der Schriftsteller, als Kaun und Wilford-Smith gemeinsam hereinkamen.

Kaun trat wie immer auf, als seien mindestens zehn Fernsehkameras auf ihn gerichtet, dynamisch, wie aus dem Ei gepellt und geradezu berstend vor Ungeduld und Entschlusskraft. Der Professor dagegen wirkte betulich und gebrechlich und benahm sich, als ginge ihn das Ganze im Grunde nichts an. Er trat sich sorgfältig die Schuhe ab, schloss die Tür hinter ihnen und betrat den Besprechungsraum, als Kaun schon breitbeinig am Tisch saß.

»Soll ich Kaffee machen?«, fragte Eisenhardt.

Der Industriemagnat machte eine unwillige, wegwerfende Handbewegung. »Ach was. Lassen Sie uns zur Sache kommen. Was haben Sie sich überlegt?«

»Okay.« Eisenhardt wandte sich seinen großen Papierbögen und den Stichworten zu, die er darauf vermerkt hatte. Er atmete tief durch und spürte plötzlich, dass er sich unter Druck fühlte. Jetzt galt es. Wenn er jetzt nur Gesichtspunkte brachte, die den beiden auch schon eingefallen waren, würde er heute Abend wahrscheinlich bereits wieder in einem Flugzeug nach Hause sitzen.

»Ich, ähm, habe einige Punkte aufgeschrieben, an denen man ansetzen könnte«, begann er. Pause. Niemand sagte etwas, alles lauschte. Verdammt, er war so etwas nicht gewohnt. Das war ja beinahe eine Prüfungssituation. Er griff nach einem der

Filzstifte und deutete damit auf das oberste Stichwort. »Zeitreise. Was weiß man heute über die Möglichkeit oder Unmöglichkeit von Zeitreisen? Finden zurzeit irgendwo auf der Welt Forschungen statt, die zu einer Entdeckung führen könnten, die Zeitreisen ermöglicht? Das wäre ein Punkt, zu dem ich in meiner Eigenschaft als Science-Fiction-Schriftsteller relativ unverdächtig Nachforschungen anstellen könnte.« Er musterte Kaun, dessen Brauen sich unwillig furchten.

»Haben Sie solche Nachforschungen noch nie unternommen?«, fragte er.

»Nein.«

»Aber Sie haben doch schon etliche Romane geschrieben, in denen es um Zeitreisen geht.«

Eisenhardt nickte. »Das ist richtig. Aber das kann man tun, ohne sich um physikalische Gesetze zu kümmern. Eigentlich dachte ich bisher sogar, man kann das *nur* tun, wenn man sich nicht um physikalische Gesetze kümmert.«

Kaun dachte einen Moment nach, sagte aber nichts dazu. Statt dessen fragte er: »Wen wollen Sie fragen? Und was nützen uns diese Informationen im Endeffekt?« Die Fragen kamen wie Peitschenhiebe.

»Den Anfang würde ich bei einem Wissenschaftsjournalisten machen, mit dem ich eng befreundet bin. Er ist es gewohnt, dass ich ihm die seltsamsten Fragen stelle, und er hat einen unvergleichlichen Überblick über die Szene der aktuellen Wissenschaft, weiß, wer wo woran forscht und so weiter. Wenn ich über diesen Weg gehe, wird niemand etwas anderes denken, als dass ich Informationen für einen neuen Roman sammle.«

»Und der Nutzen?«

»Wenn wir wüssten, wann der Zeitreisende starten wird und welche physikalischen Randbedingungen für die Zeitreise gelten, dann könnten wir weitreichende Schlüsse aus unserem Fund ziehen. Bis jetzt gehen wir davon aus, dass die Zeitreise irgendwann erfunden werden wird, solange es die Firma SONY noch gibt, und dass sie nur in einer Richtung funktioniert, nämlich in Richtung Vergangenheit. Angenommen, es würde sich herausstellen, dass Zeitreisen grundsätzlich in beide Richtungen funktionieren *müssen* – dann wüssten wir, dass der Tote dort begraben liegt, weil das Unternehmen schiefgegangen ist.«

Die Miene des Unternehmers verfinsterte sich. Derlei Hypothesen waren ihm sichtlich zuwider. »Okay. Und weiter?«

»Weiter«, fuhr der Schriftsteller fort, »sollten wir versuchen, den Toten selbst zu identifizieren. Wenn es sich bei ihm tatsächlich um einen Menschen dieses Jahrhunderts handelt, kann man vielleicht anhand der Knochendaten oder der zahnärztlichen Befunde herausfinden, wer es ist.«

»Und dann?«

»Behalten wir ihn im Auge.«

Kaun schnaubte unwillig. »Diese Identifizierungsversuche laufen bereits, bis jetzt allerdings ohne Ergebnis. Gut, wir müssen behutsam vorgehen, damit niemand Verdacht schöpft, aber ich habe nicht das Gefühl, dass uns das weiterbringen wird.«

Eisenhardt sah ihn forschend an. »Haben Sie schon einmal überlegt, dass möglicherweise Sie es sein werden, der ihn in die Vergangenheit schickt?«

»Ich?« Das hatte gesessen. Der Rückflug heute Abend war gestrichen, soviel stand fest. Die Augen des Medienmagnaten wurden immer größer, und man konnte förmlich sehen, wie sich seine Gedanken durch unwegsames, noch nie zuvor betretenes Gelände wühlten. »Sie meinen, dass ich ...? Ah. Das könnte sein, nicht wahr? Nein, das habe ich noch nicht überlegt. Stimmt.« Das hatte ihn wirklich verblüfft. Er lächelte sogar, und mit viel Fantasie konnte man so etwas wie Anerkennung in diesem Lächeln entdecken.

Der Professor runzelte die Stirn. »Das habe ich jetzt nicht verstanden.«

»Momentan«, erklärte Eisenhardt, »glauben wir, dass wir jetzt ein paar Tage scharf nachdenken werden, dann an der richtigen Stelle graben und dort die Kamera finden. Aber vielleicht wird es anders laufen. Vielleicht führen uns unsere jetzigen Nachforschungen auf die Spur eines bestimmten Forschungsprojekts, oder wir finden den künftigen Zeitreisenden – und in ein paar Jahren werden *wir* es sein, mit denen er sich verabredet. *Wir* werden mit ihm den Ort ausmachen, an dem er die Kamera verbergen soll, damit sie zwei Jahrtausende überdauert. *Wir* werden das Team sein, das seine Reise in die Vergangenheit steuert.«

Der Archäologe nickte. »Eine interessante Hypothese.«

»Der nächste Ansatzpunkt«, fuhr Eisenhardt fort, sich nun zunehmend sicherer fühlend, und tippte auf das dritte Stichwort. »Die Kamera. Wir brauchen mehr Informationen über die Kamera selbst. Wir sollten die Anleitung untersuchen – vielleicht finden wir eine eingedruckte Jahreszahl, irgendwelche Notizen, sonstige interessante Informationen. Dann sollten wir vom Hersteller alles anfordern, was es an technischen Informationen über die Kamera gibt.«

»Das habe ich bereits getan«, erklärte Kaun. »Ich habe heute Morgen mit SONY in Tokio telefoniert. Die Kamera ist noch in der Entwicklung und soll frühestens in drei Jahren auf den Markt kommen.«

»Ah.« Eisenhardt spürte einen eigenartigen Schauder über seinen Rücken laufen. »So bald schon.«

»Dabei habe ich ein paar interessante Dinge erfahren«, fuhr Kaun mit grimmig zusammengekniffenen Augenbrauen fort. »Der MR–01-Camcorder wird auf einer völlig neuartigen

Technologie basieren, bei der die Videoaufzeichnung nicht mehr auf einem Magnetband, sondern in einer Art Kristallscheibe erfolgt, die ein Vielfaches des Fassungsvermögens eines Bandes aufweisen wird. Eine Videocassette des neuen Typs wird eine Aufzeichnungsdauer von annähernd zwölf Stunden haben, und anders als bei einem Band, das man hin- und herspulen muss, wird man freien Zugriff auf die gesamte Aufzeichnung haben, ähnlich wie bei der Festplatte eines Computers oder einer CD-ROM.«

Eisenhardt nickte. »Was ist mit der Haltbarkeit der Aufzeichnung?«, fragte er.

»Das ist der erste interessante Punkt. Laut SONY wird die neue Technologie, die sie MR nennen – ich habe vergessen, wofür das die Abkürzung sein soll –, zwar nur die einmalige Aufnahme erlauben, ähnlich einem herkömmlichen Film, diese Aufnahme wird dafür aber zeitlich nahezu unbegrenzt haltbar sein. Mindestens zehntausend Mal stabiler als herkömmliche Bandaufnahmen, hieß es.«

»Also das ideale Gerät für das Vorhaben des Zeitreisenden«, meinte Eisenhardt.

»Offensichtlich.« Kaun beugte sich gewichtig nach vorn, die Ellbogen auf dem Konferenztisch abstützend. »Der zweite interessante Punkt ist, dass sich der Mann, mit dem ich gesprochen habe, höchst neugierig zeigte, woher ich die Projektbezeichnung einer Kamera kannte, über die SONY noch keinerlei Informationen veröffentlicht hat.«

»Kann ich mir vorstellen.«

»Kaum. Wortwörtlich sagte er nämlich: ›Sie sind heute schon der Zweite, der nach der MR-01 fragt.‹«

Eisenhardt hob abwehrend die Hände. »Ich war es nicht. SONY direkt anzurufen war mir ohne Rücksprache mit Ihnen zu heikel.«

»Ich weiß«, nickte der Mann in dem maßgeschneiderten

blauen Anzug. »Unsere Telefonprotokolle waren das Erste, was ich danach geprüft habe. Sie haben gestern nur einmal telefoniert, mit Ihrer Frau.«

Eisenhardt schluckte. Diese Art des Überwachtwerdens war ihm neu. Und unheimlich.

»Wieso gestern?«, fragte er verwirrt.

»Als ich heute Morgen bei SONY anrief, war es in Tokio kurz vor elf Uhr vormittags. Der Mann sagte mir, der erste Anruf sei kurz nach neun Uhr morgens gewesen. Das heißt, hier in Israel war es gestern Abend, kurz nach elf.«

Professor Wilford-Smith starrte nachdenklich auf die blanke weiße Tischplatte. »Um diese Zeit sind wir noch zusammengesessen«, stellte er fest.

»Sehr richtig«, meinte Kaun grimmig. »Deswegen möchte ich jetzt endlich wissen, was dieser Stephen Foxx eigentlich die ganze Zeit treibt.«

12

Die Bestattung der Knochen in Ossuarien war in jener Zeit eine bevorzugte jüdische Sitte. Die Ossuarien waren aus Stein und hatten die Form rechteckiger Kisten, die herkömmliche Verzierungen trugen, niemals aber Darstellungen von Menschen. Oft waren die Namen der Toten auf einer der Seiten eingemeißelt. Die in hebräischer, aramäischer oder griechischer Sprache verfassten Inschriften enthalten oft noch zusätzliche Angaben; tatsächlich stellen die zahlreichen Grabinschriften, die man in einer ausgedehnten Nekropole findet, geradezu eine sozialgeschichtliche Enzyklopädie der schon damals oft sehr heterogenen Bevölkerung Palästinas dar.

Prof. Charles Wilford-Smith
Bericht über die Ausgrabungen bei Bet Hamesh

Stephen Foxx saß auf seinem wackeligen Klappstuhl an dem nicht weniger wackeligen Klapptisch in seinem Zelt und starrte missmutig auf den Bildschirm seines Laptops, dessen kühle technische Anmutung einen sonderbaren Gegensatz zu seiner rustikalen Umgebung bildete. Neben dem Computer stand das Frühstückstablett, das er unter den grimmigen Blicken der Köche entführt hatte. Es war aus zerbeultem und verschrammtem Blech, genau wie die Teller darauf, der Becher, in dem eine seltsame, angeblich kaffeeähnliche Flüssigkeit bei jedem Tastendruck überzuschwappen drohte, und sogar das Besteck – alles hatte das Flair von ausrangierten Armeebeständen. Er wollte den Morgen nutzen, um noch einige Dinge zu erledigen, die erledigt werden mussten.

Wie zum Beispiel dieses Fax. Stephen begann jeden Tag damit, sein Mobiltelefon an den Computer zu stöpseln, um die im Internet eventuell auf ihn wartende elektronische Post abzuholen. Der größte Teil dieser E-Mails wurde von seinem anderen Computer erzeugt, der zu Hause stand, rund um die Uhr lief und Faxsendungen entgegennahm. Wenn jemand ein Fax an Stephens Faxnummer schickte, dann landete es zuerst auf der Festplatte seines Computers, wo es auch bis zu seiner Rückkehr bleiben würde; darüber hinaus verwandelte ein automatisch ablaufender Prozess das Fax jedoch in eine E-Mail, die ebenso automatisch an Stephens Internet-Adresse verschickt wurde, sodass er sie von überall auf der Welt empfangen konnte. Auf diese Weise blieb er erreichbar, und wie das Fax zeigte, das er gerade zum wiederholten Mal studierte, war das ganz gut so.

Es stammte von einer Firma, der er vor fünf oder sechs Monaten Informationsmaterial über sein Softwaresystem geschickt hatte. Mehr aus einer spontanen Eingebung heraus – er hatte in der Mensa der Universität in der Schlange jemanden hinter sich erzählen hören, dass sein Vater dort arbeite und dass es ständig Klagen über die Computeranlage gäbe. Noch am gleichen Nachmittag hatte er seine kleine Broschüre ausgedruckt, einen kleinen Brief auf seinem durchaus eindrucksvollen Geschäftsbriefpapier dazu geschrieben, das Ganze eingetütet und abgeschickt und vergessen.

Und nun hatten sie sich gemeldet. Man plane eine Erneuerung der gesamten Datenverarbeitung, und ob er zunächst weiteres Informationsmaterial schicken könne. Ein ganzer Katalog eingehender Fragen war angehängt. Man bat um schnellstmögliche Antwort.

Was die Angelegenheit so merkwürdig machte, war, dass die Firma einen Großhandel mit Videoausrüstungen aller Art betrieb.

»Das Thema verfolgt mich«, murmelte Stephen.

Er trank einen Schluck Kaffee – am Tassenrand hatte sich schon Flugsand abgesetzt, der unangenehm zwischen den Zähnen knirschte – und dachte nach. Das Fax war Donnerstagnachmittag bei ihm eingegangen, nach Ostküstenzeit. Die Zeitverschiebung eingerechnet, war es gerade sechs oder sieben Stunden alt. Das Wochenende stand bevor, das hieß, es war vertretbar, sich zumindest bis morgen Zeit zu lassen, wenn Sabbatruhe war und er die nötige Muße hatte. Außerdem würde er sich direkt auf seinem Computer zu Hause einklinken müssen, um einige umfangreiche Dateien mit Bildern und Grafiken zu holen, und da er dafür eine transatlantische Telefonverbindung brauchte, konnte er empfindlich Geld sparen, wenn er die günstigste Uhrzeit dafür abwartete. Und wenn er sich beeilte, konnte er sein Antwortfax dann auch gleich absenden, direkt aus seinem Laptop heraus.

Er griff nach dem letzten Stück Erdnussbutterbrot, hob, während er es aß, den Teller hoch, schüttelte die Brotkrümel auf den Boden und stellte ihn dann auf dem zweiten Teller ab. Eigentlich hatte er ja etwas ganz anderes vorgehabt, als sich um Geschäfte zu kümmern. Ausgerechnet Großhandel mit Videoausrüstungen! Das beschäftigte ihn. Er würde seine indischen Kompagnons fragen müssen, ob sie für die Anpassungen zur Verfügung standen, die fraglos erforderlich sein würden, um ein System, das auf die Bedürfnisse des Reifengroßhandels hin entwickelt worden war, an die eines Videotechnikgroßhandels anzupassen. Das würde zum Glück mit ein paar simplen E-Mails erledigt sein. Aber Video, ausgerechnet.

Sollte er überhaupt reagieren? Er hatte genug Geld. Er konnte die ganze Angelegenheit genauso gut auf sich beruhen lassen.

»Blödsinn«, grummelte er und zog die Kabelverbindung zwischen dem Computer und dem Telefon heraus. Darüber konnte er ein andermal nachdenken. Einmal darüber schlafen, das war das beste. Es ärgerte ihn, dass ihm dieser eigenartige Zufall so im Kopf herumging.

Die Schar der Ausgrabungshelfer unterbrach ihr Frühstück nicht, als Professor Wilford-Smith sich dem Küchenzelt näherte, aber der Geräuschpegel der Gespräche sank, und fast jeder warf einen neugierigen Blick in seine Richtung. Seit dem geheimnisvollen Fund in Areal 14 kursierten die fantastischsten Gerüchte. Etwas Militärisches sei gefunden worden, wollten die einen wissen. Nein, man sei auf einen großen Schatz gestoßen, vermuteten andere. Nur die Anwesenheit der amerikanischen Fernsehleute wollte in keine der Theorien so recht hineinpassen.

»David«, winkte der Ausgrabungsleiter den Küchenchef zu sich heran, einen jungen Mann mit wildem Kraushaar und einem stets grimmig dreinblickenden Gesicht.

»Professor?«

»Ich suche Foxx«, erklärte Wilford-Smith und ließ seinen Blick suchend über die vollbesetzten Tischreihen außerhalb des Zeltes wandern. »Hast du ihn zufällig gesehen?«

»Er war da. Hat sein Tablett vollgeladen, als ob er am Verhungern wäre, und ist wieder hinauf damit zu den Zelten.« Es wurde nicht gern gesehen, wenn Geschirr den Einflussbereich der Küche verließ, weil es dazu neigte, nicht wieder in diesen zurückzukehren, sondern in irgendwelchen Gesteinsspalten zu verschwinden und selber zu Fundgut künftiger Archäologen zu werden.

»Kannst du jemanden raufschicken und ihm sagen, dass ich ihn sprechen will?«

»Kein Problem. Jetzt sofort?«

»Ja, bitte. Er soll zu den Wohnwagen kommen, dem Zweiten von hier aus.«

»Wird erledigt.«

Stephen warf das Kabel zurück in seine Reisetasche und holte eine CD-Hülle heraus. Das war es, was er eigentlich neben dem Frühstück her hatte machen wollen: ein wenig recherchieren. Die CD, die er der kleinen Klappschachtel entnahm und in das Laufwerk seines Computers legte, enthielt die gesamte ENCYCLOPAEDIA BRITANNICA.

Als kleiner Junge hatte er immer ehrfürchtig zu den über dreißig mächtigen, ledergebundenen Bänden aufgeschaut, die im Arbeitszimmer seines Vaters in einem eigens dafür bestimmten Regal residierten. Ab und zu hatte er darin blättern dürfen, und es war für ihn lange Zeit ausgemachte Sache gewesen, dass die Britannica alles enthielt, was es überhaupt zu wissen gab. Auch als er später entdeckte, dass dem keineswegs so war, dass selbst die ausführlichsten, tief schürfenden Artikel der Britannica ellenlange Verweise auf weiterführende Literatur enthielten, behielt er dennoch die Angewohnheit bei, wann immer er etwas wissen wollte oder musste, seine Nachforschungen in diesen Büchern zu beginnen.

Der Schlitten des Laufwerks schloss sich mit einem schabenden Geräusch, und dann war das leise Surren zu hören, mit dem die silberglänzende Scheibe auf die richtige Umdrehungszahl beschleunigt wurde. Stephen rief das zugehörige Suchprogramm auf und hielt dann inne.

Suche nach Stichwort: stand da, und ein fadendünner Strich blinkte abwartend in dem entsprechenden Eingabefeld.

Stephen zögerte.

Das war gar nicht so einfach. Erinnerungen an seine Kindheit tauchten plötzlich auf – an Sonntage, an blühende Wiesen und Sträucher und an die Enttäuschung, feine Kleider tragen zu müssen und nicht draußen herumtoben zu dürfen; an langweilige, unverständliche, nicht enden wollende Kirchenbesuche, nach denen man noch ewig auf dem Kirchenvorplatz herumstehen musste, während die Erwachsenen sich unterhielten und in einem fort lächelten und auf falsche Weise freundlich waren zu Leuten, über die sie zu Hause schlecht redeten. Und dann waren da Mitschüler und Nachbarskinder, die ebenfalls bei ihren Eltern standen und auch fein herausgeputzt waren und ganz merkwürdig fremd aussahen.

Er starrte die dunklen Tasten seines Computers an, als sehe er sie zum ersten Mal. Da war das J. Damit musste er beginnen. Was war daran so schwierig?

Jesus Christus, tippte er und hielt wieder inne.

Etwas Schweres, Düsteres schien sich im Inneren seines Körpers zu verdichten. Es fühlte sich bedrohlich an, schwarz und bedrohlich. Und wieder Erinnerungen. An ein gewaltiges, hoch über dem kleinen Stephen aufragendes Kreuz, an dem eine übermenschlich große Gestalt hing und mit schmerzverzerrtem Gesicht auf ihn herabsah. An vage Ermahnungen, die angsteinflößend unverständlich blieben, als er sie sich anhören und dazu nicken musste; erst viel später, als er zum ersten Mal ein Mädchen küsste, kamen sie wie schreckliche innere Stimmen wieder zum Vorschein, als hätten sie all die Jahre auf diesen Moment gelauert, wie Zeitbomben auf dem Meeresgrund seines Unterbewusstseins.

Er hieb auf die Eingabetaste, und das CD-ROM-Laufwerk begann zu surren. Stichworte wurden auf dem Schirm aufgelistet, eine schier endlose Zahl davon.

Jesus Christus oder Jesus von Galiläa oder Jesus von Nazareth. Es folgte eine Liste verwandter Gebiete, unterteilt in verschiedene Sachgebiete: *Biblische Literatur. Doktrin und Glauben. Leben. Kunst. Ritus und Verehrung. Theologische und philosophische Interpretationen. Siehe auch: Christentum, Neues Testament.*

Einen Herzschlag lang hatte er das Gefühl, neben sich selbst zu treten und sich selbst zu betrachten, wie er da saß und eine Stichwortliste auf dem Bildschirm eines Computers studierte. Die bloße Beschreibung dieses Geräts hätte dreißig Jahre zuvor als reine Fantasterei gegolten. Und doch stand es jetzt wirklich und wahrhaftig auf einem Tisch in einem stickigen kleinen Zelt, das in einer der ödesten Gegenden Israels aufgeschlagen worden war, des Landes, in dem sich vor zweitausend Jahren einige Ereignisse zugetragen hatten oder auch nicht, je nachdem, wem man glaubte – Ereignisse, die für manche Menschen fromme Märchen waren, nicht glaubwürdiger als die Erlebnisse von Alice im Wunderland, für andere dagegen unumstößliche Wahrheit und von immenser Bedeutung für ihr Leben und den Sinn des gesamten Universums. Und er musste lachen, so absurd kam ihm diese Situation vor.

Kirchen und religiöse Gruppen. Christliche Wissenschaft. Dualistische christliche Sekten. Mennoniten. Mormonen. Östliche Orthodoxie. Protestantismus. Römischer Katholizismus.

Das, wonach er suchte, war im Grunde ebenso fantastisch. Eine Kamera finden zu wollen, die möglicherweise eine Aufzeichnung von Ereignissen enthielt, die sich vor zweitausend Jahren abgespielt hatten – manchen Leuten wäre schon die Erwähnung dieser Absicht Grund genug gewesen, seinen Geisteszustand ernsthaft in Frage zu stellen. Aber fantastische Dinge passierten. Ein Wissenschaftler bewies, dass Maschinen, die schwerer waren als Luft, niemals würden fliegen können – und seine Urenkel kauften im Supermarkt Kiwis, die mit Flugzeugen aus Neuseeland kamen. Die gesamte gegenwärtige Zivilisation war lebensnotwendig angewiesen auf Dinge, deren bloße Idee der jeweils vorangegangenen Generation als Hirngespinst gegolten hatte.

Erst einmal einen Überblick verschaffen. Er bewegte den Mauszeiger auf das eine oder andere Stichwort, klickte und überflog den Text, der daraufhin auftauchte. Unglaublich viel Text. Und jede Menge weiterer Verweise. Das Thema wurde mit einer Ausführlichkeit behandelt, für die das Wort »erschöpfend« genau der richtige Ausdruck zu sein versprach, und es schien die gesamte abendländische Kultur zu durchdringen wie ein Schimmelpilz.

Und es war dennoch alles andere als leicht, sich diesem Thema zu nähern. Hier handelte es sich nicht um irgendeine Ameisenart, nicht um irgendeinen hebräischen König – er versuchte, etwas über einen Mann in Erfahrung zu bringen, von dem man ihm in jungen, wehrlosen Jahren eingehämmert hatte, er sei der leibliche Sohn Gottes, des Gottes, der das Universum, die Sterne am Nachthimmel, die Kernteilchen und den genetischen Code und überhaupt alles geschaffen hatte, was es gab. Dieser Gott, hatte man ihm weiter eingeschärft, habe aus tiefer Liebe zu ihm, Stephen Foxx, und allen anderen Menschen seinen eigenen Sohn in die Hände römischer Henker gegeben, weil dies aus Gründen, die Stephen nie wirklich verstanden hatte, erforderlich war, um ihm seine Sünden vergeben zu können. Und er müsse dies *glauben*; müsse allen Einflüsterungen seines Verstandes widerstehen, der zwar ebenfalls gottgegeben war, sich aber dennoch mit zunehmendem Alter angesichts dieser hanebüchenen Logik querstellte, und *glauben*; müsse *glauben* oder der ewigen Verdammnis anheimfallen, Sohn Gottes hin oder her.

Und so weiter, und so weiter. Er hatte eine Weile gefragt, aber die Antworten waren unbefriedigend gewesen, und als er anfing zu diskutieren, musste er feststellen, dass die, die ihm die Antworten zu geben sich für befugt hielten, nicht bereit waren zu diskutieren – denn sie *wussten* bereits, weil sie *glaubten*, und wann immer er auf einen Widerspruch hinwies, hieb man ihm wie eine Keule das Argument über den Schädel, es ginge nicht darum, zu zweifeln, sondern darum, zu glauben. Und irgendwann hatte er aufgehört, in dem Sammelsurium kruder Denkzumutungen einen verborgenen Sinn finden zu wollen, den es seinem Gefühl nach einfach nicht gab. Religion war nichts, das irgendetwas zu tun hatte mit dem wirklichen Leben oder mit dem Universum, das er außerhalb seiner selbst vorfand. Er fand staunenswerte Wunder unter dem Okular eines Mikroskops oder beim Blick durch ein Teleskop, und verglichen damit schien ihm das religiöse Weltverständnis kleinkariert und beschränkt. So verschwand die Religion aus seinem Leben, wie zuvor der Glaube an den Weihnachtsmann, an Elfen und Trolle und an den Klapperstorch aus seinem Leben verschwunden waren.

Aber, wie er jetzt spürte, eben nicht wirklich. *Er hatte Angst!* Eine kalte, erbarmungslose Hand schien nach seinen Eingeweiden zu greifen, und eine modrige Stimme hauchte in seinen Gedanken: *Was, wenn es doch alles wahr ist? Was, wenn nun doch die Hölle auf dich wartet, weil du vom Glauben abgefallen bist?* Die Stimme eines untoten Inquisitors, verwesend seit den Tagen der Hexenverfolgung und keine Ruhe findend, solange es Ketzer gab.

Stephen lehnte sich zurück, schloss die Augen und holte tief Luft. Dann hob er den Kopf, hielt sich mit dem Blick an der lichtgrauen Zeltleinwand fest und wartete, bis die Panik abgeklungen war. Unheimlich.

Draußen hörte er Schritte herankommen, auf sein Zelt zu. Sie waren ihm geradezu willkommen. Die Realität kümmerte sich um ihn, ließ ihn nicht allein im Treibsand albtraumhafter Erinnerungen versinken. Das fand er sehr aufmerksam von der Realität.

Es war einer der Küchenhelfer, ein magerer, dunkelhäutiger Junge, der nicht besonders gut Englisch sprach. »Der Professor will dich sprechen. Du sollst sofort kommen. Und du sollst dein Geschirr abgeben vorher.«

Stephen nickte grinsend. Argumentieren hatte keinen

Zweck, der Junge sagte nur sein Sprüchlein auf. »Okay«, sagte er also. »Ich komme sofort. Und ich gebe mein Geschirr ab.«

Der Junge musterte ihn unsicher, offensichtlich unschlüssig, ob Stephen ihn zum Narren halten wollte. Erst als er sah, wie Stephen seinen Computer abschaltete, war er zufrieden und ging.

Judith saß beim Frühstück, später als sonst und ziemlich verschlafen, und dachte über Stephen nach. Sie hatten sich bei der Essensausgabe getroffen, aber er hatte sie nur kurz gegrüßt, als sei weiter nichts gewesen, und sich dann mit der Bemerkung, noch zu tun zu haben, mitsamt seinem üppig beladenen Tablett davongemacht. Seither saß sie hier, allein, und frühstückte in Zeitlupe, während ringsum die anderen Helfer kamen und gingen und sich die Frühstückszeit allmählich dem Ende zuneigte.

Wie war denn das gewesen? Gestern Abend hatte es doch mächtig geknistert zwischen ihnen, oder täuschte sie ihre Erinnerung? Sie waren eng umschlungen gegangen, und es hatte nicht viel gefehlt, und sie wäre ihm in sein Zelt gefolgt. Was wäre dann heute Morgen gewesen? Wenn sie tatsächlich mit ihm geschlafen hätte? Sie wurde den Verdacht nicht los, dass er dann auch etwas ganz Dringendes zu erledigen gehabt hätte.

Jetzt sah sie ihn oben mit seinem Tablett auf dem Rückweg. Er wanderte zwischen den Zeltreihen hindurch, schien einen Abstecher zu ihrem Zelt zu machen. Glaubte er etwa, sie dort zu finden? Sie verstand nicht, was in diesem Mann vorging. Er war attraktiv, natürlich, und sie mochte ihn, ohne Zweifel. Irgendwie jedenfalls. Doch, ja, sie mochte ihn. Er war immer beschäftigt, aber wenigstens war er kein lascher

Faulpelz wie viele Männer, die sie kennengelernt hatte und die im Grunde damit zufrieden gewesen wären, ihr Leben lang mit ihren Freunden in Cafés zu hocken und große Sprüche zu klopfen. Bei denen wäre ihre Rolle die der braven Frau gewesen, die zu Hause hockte und die Kinder und den Haushalt versorgte. Stephen verfolgte, was immer er gerade vorhatte, mit einer unbändigen Energie, die rings um ihn Funken sprühte.

Auch erotische Funken. Sie sah, wie sein Kopf wieder hinter ihrem Zelt zum Vorschein kam, und wünschte sich, sie wäre oben gewesen. Hätte seinen Besuch erwartet. Nur um zu erfahren, was er vorgehabt hatte mit ihr. Denn er hatte immer irgendetwas vor. Er machte niemals etwas ohne Grund, und meistens dachte er um mehrere Ecken herum, mehr jedenfalls als jeder andere, den Judith kannte. Zum ersten Mal bewunderte sie jemanden wegen seines rasiermesserscharfen Verstandes.

Sie mochte, wie er sich bewegte. Sie verfolgte ihn, wie er die Anhöhe herunterkam mit seinem Tablett, beobachtete ihn, wie er es zurückgab an der Theke. Der Küchenchef schien etwas daran auszusetzen zu haben – hielt ihm vermutlich die übliche Standpauke, dass es nicht erlaubt war, Geschirr mit in die Zelte zu nehmen –, und Stephen argumentierte dagegen, sein übliches siegesgewisses Lächeln auf dem Gesicht. Sie mochte, wie er sich bewegte, ja. Sie hatte viele entsetzlich gescheite Jungs kennengelernt auf der Schule, aber das waren bebrillte, ungeschickte Knaben gewesen, bei denen die Intelligenz auf Kosten der übrigen Körpersubstanz zu etwas Abnormem herangewuchert zu sein schien. Bei Stephen dagegen waren Körper und Geist eine harmonische Einheit. Nicht, dass er besonders sportlich zu sein schien – wahrscheinlich hätte sie ihn in jeder beliebigen sportlichen Disziplin schlagen können –, aber er war mit sich selbst in Übereinstimmung, strahlte eine manchmal enervierende Selbstsicherheit aus.

Aber Liebe war für ihn eben Nebensache. Nicht, weil er sie nicht sah, während er auf die silbern schimmernden Wohnwagen zuging. Nein, es war mit Händen zu greifen, dass er kein Mann auf der Suche nach einer Partnerin war. Liebe bedeutete für ihn im Augenblick eigentlich Sex, und vielleicht etwas Sympathie. Freundschaft, im besten Fall.

Man schien ihn bei den Wohnwagen zu erwarten. Einer der Männer, die mit ihren Uniformen wie Invasoren wirkten, hielt ihn an, fragte ihn etwas, nickte dann und wies ihm den Weg. Stephen ging auf einen der Wohnwagen zu, den zweiten, von der Küche her gesehen, öffnete die Tür und verschwand darin.

Sie war einmal genauso gewesen. Im ganzen Land lebten Männer, deren Herzen sie gebrochen hatte. Die Armee, die für die meisten Wehrpflichtigen das größte Eheanbahnungsinstitut Israels darstellte, war für sie eine einzige lange Party gewesen. Zum ersten Mal der elterlichen Aufsicht zuverlässig entronnen, hatte sie sich einfach nur ausgetobt, und wenn ihr einer von Liebe und Heiraten und Kinderkriegen angefangen hatte, hatte sie nur lauthals gelacht. Ziemlich gemein war sie teilweise gewesen, wenn sie heute zurückdachte.

Aber da war ein Sehnen nach etwas anderem. Sie konnte es nicht genauer beschreiben, und sie hatte manchmal das Gefühl, dass es niemand außer ihr verstand. Vielleicht machte sie sich auch nur etwas vor. Vielleicht hasste sie es, immer so stark zu erscheinen, dass sie in keinem Mann mehr Beschützerinstinkte zu wecken vermochte. Vielleicht wollte sie sich einfach nur einmal fallen lassen und als Frau fühlen können. Aber nein, das war es auch nicht. Sie sehnte sich nach einer Beziehung, die sie zwar nur unvollkommen beschreiben konnte – aber sie war sich sicher, dass sie sie erkennen würde, wenn sie ihr begegnete. Und sie war entschlossen, nicht eher aufzuhören zu suchen.

Stephen war es nicht. Er war attraktiv, sie mochte ihn, und wahrscheinlich war er auch das, was man eine »gute Partie« nannte, wenngleich ihr das nicht so viel bedeutete. Aber es war unfair, von ihm zu verlangen, sich zu ändern. Wenn sie ihn nicht so akzeptieren konnte, wie er war, dann blieb ihr nur, weiterzusuchen.

»Kannst du nicht morgen weitersuchen?«, hatte Stephen gefragt, und wenn sie jetzt daran dachte, bekam sie ganz weiche Knie. Wie hatte sie ihn nur zurückweisen können? Was war schon dabei, eine Rast einzulegen auf einer Suche, die wahrscheinlich noch lange dauern würde? Wenn er sie in diesem Augenblick gefragt hätte, sie hätte alles liegen und stehen lassen und wäre mit ihm gegangen.

Aber er war nicht da, sie zu fragen. Statt dessen stieg die Sonne höher, und es wurde Zeit, den letzten Kaffee auszutrinken und sich an die Arbeit zu machen.

Gerade als sie aufstehen wollte, fiel ihr Blick auf den Mann, der aus dem Schatten der Wohnwagen getreten war und mit langsamen, bedächtigen Schritten die Anhöhe zu den Zelten hinaufging. Der Mann, der sie gestern Abend aufgehalten hatte. Der Mann mit dem militärischen Kurzhaarschnitt und den blauen Röntgenaugen. Er ging geradewegs hinauf zu den Zelten, und Judith mochte die Art, wie er ging, ganz und gar nicht.

Sie kannte diese Art wiegenden Schrittes. So gingen Männer, die den schwarzen Gürtel einer fernöstlichen Kampfsportart hatten und nach unglaublich vielen Jahren unglaublich harten Trainings kaum noch laufen konnten vor Selbstvertrauen. *Sieh her,* sagte diese Art zu gehen, *wie gefährlich ich bin! Probier's doch, mich anzugreifen – du wirst schon sehen, was du davon hast.*

Was wollte dieser Mann dort, wo er hinging?

Judith räumte hastig Teller und Tasse auf ihr Tablett und schaffte alles zur Rückgabetheke. Aus dem Schatten des Küchenzeltes heraus beobachtete sie, wohin der Mann ging.

Er stieg hinauf bis zur obersten Zeltreihe, wandte sich dann nach rechts und schien die Zelte abzuzählen.

Dann verschwand er in Stephens Zelt.

13

Das stratigrafische Prinzip, also die Einsicht, dass eine Ausgrabung auf vertikale Profilschnitte angewiesen ist, wenn sie ihre Ergebnisse auf ein einigermaßen verlässliches Fundament relativer Chronologie abstützen will, ist heute in der Archäologie Palästinas/Israels unumstritten. Bekanntlich muss man jedoch zwischen »Ablagerungsschicht« und »Stratum« unterscheiden. Ein Stratum ist nicht identisch mit einer Schicht, sondern ist deren theoretische Entsprechung im Rahmen der wissenschaftlichen Auswertung einer Grabung. Die Schichten sind dagegen die objektiv vorhandenen Elemente z. B. eines Tells.

Prof. Charles Wilford-Smith
Bericht über die Ausgrabungen bei Bet Hamesh

Es sollte wohl harmlos aussehen, aber der ganze Raum war gefüllt mit Spannung. Sie saßen um einen großen weißen, blankpolierten Besprechungstisch herum und blickten ihn an wie eine Musterungskommission, die argwöhnt, es mit einem raffinierten Simulanten zu tun zu haben. Und in gewisser Weise war er das auch. Ihm war klar, dass das jetzt das längst fällige, hochnotpeinliche Verhör werden würde, und Stephen Foxx war entschlossen, sich nicht in die Karten schauen zu lassen.

Er schloss artig die dünne Türe hinter sich, warf einen flüchtigen Blick auf John Kaun, der am raumgreifendsten von allen Dreien dasaß, breitbeinig, die manikürten Hände weit über die Tischplatte ausgestreckt, den Kopf lauernd auf die

Schultern herabgezogen, warf einen noch flüchtigeren Blick auf den dritten Mann, in dem er den deutschen Schriftsteller Peter Eisenhardt erkannt zu haben glaubte, und sah dann den Professor an. »Sie wollten mich sprechen?«

»*Ich* wollte Sie sprechen«, dröhnte Kaun sofort, das Gespräch an sich reißend. »Ich wollte *unbedingt* den jungen Mann kennenlernen, der diese überaus geheimnisvolle Entdeckung gemacht hat.« Er stand auf, reckte die Hand quer über den Tisch. »Mein Name ist John Kaun; ich habe die Ehre, diese Ausgrabung finanziell zu unterstützen.«

Ach so. Die scheißfreundliche Platte war aufgelegt. Stephen ergriff die dargebotene Hand und neigte den Kopf, Bescheidenheit zur Schau stellend. »Stephen Foxx. Ich fühle mich geehrt, Mister Kaun, aber leider muss ich zugeben, nur zufällig am richtigen Ort gewesen zu sein. Es ist in keiner Weise mein Verdienst.«

»Ich glaube, Sie sind zu bescheiden, Stephen. Darf ich Sie übrigens bekannt machen mit Peter Eisenhardt? Mister Eisenhardt ist ein deutscher Schriftsteller, der hier Stoff für seinen nächsten Roman sammelt. Aber nehmen Sie doch Platz.«

Und so saßen sie dann, und für einen Moment herrschte gespannte Stille. Stephen sah sich rasch um. Ein bemerkenswert kühler Raum, sowohl, was die Innenausstattung, als auch, was die Temperatur anbelangte. Wichtigster Einrichtungsgegenstand schien ein Flipchart-Ständer zu sein, von dessen Block schon etliche Blätter voll gekritzelt und nach hinten umgeschlagen worden waren, sodass man sie nicht lesen konnte. Das aktuell sichtbare Blatt war noch weiß und unberührt.

Kaun, der sich wieder genauso breitbeinig wie vorhin hingesetzt hatte, beugte sich gewichtig über die Tischplatte, die Hände ineinander gefaltet, und fasste Stephen ins Auge. Stephen spürte, wie sich seine Nackenhaare aufrichteten unter diesem Blick.

»Stephen«, begann der Industrielle schließlich, »mich würde interessieren, welche Meinung Sie sich über Ihren Fund gebildet haben.«

Foxx spielte den Überraschten. »Ich?«, vergewisserte er sich. »Was ich darüber denke?«

»Ja.«

Er durfte es nicht übertreiben. Er war sich nicht sicher, wie gut er als Schauspieler war. Nicht so sicher, wie er sich war, dass John Kaun sich ausgezeichnet auf das Einschätzen von Menschen verstand. Den ahnungslosen Dummkopf würde ihm niemand abnehmen.

»Ich fürchte, ich kann da nur ein paar ziemlich haltlose Spekulationen bieten«, äußerte Foxx schließlich mit betontem Zögern. »Man macht sich natürlich seine Gedanken, klar, aber ... im Grunde weiß ich nicht, was ich davon halten soll.«

»Was *denken* Sie?«, beharrte Kaun.

»Hmm. Wie soll ich sagen? Das, was da in dem Grab lag, sah aus wie ein Anleitungsheft für eine Videokamera, noch in der zugehörigen Plastiktasche. Ich meine, das kann logischerweise nicht aus biblischer Zeit stammen, die Frage ist also, was hat es dort zu suchen? Aber das weiß ich auch nicht.«

»Irgendeine Hypothese?«

»Ich fürchte, nein.«

Die drei Männer hingen förmlich an seinen Lippen. Und er musste den bemühten, fantasielosen Ausgrabungshelfer spielen, der das nicht wahrnahm.

»Haben Sie gesehen, von welchem Hersteller die Anleitung stammte?«, wollte Kaun wissen.

»Von SONY.«

»Haben Sie einmal daran gedacht, die Firma SONY in dieser Angelegenheit anzurufen?«

Stephen atmete tief ein und spürte, wie sein Herz anfing, stärker zu schlagen. Kaun wusste irgendetwas, deswegen fragte er. Er fragte nicht einfach aufs Geratewohl. Nicht Johngis Khan, der Manager des nächsten Jahrtausends.

Hier half nur die Flucht nach vorn. Und jetzt musste ihm etwas Plausibles einfallen, es musste ihm schnell einfallen, und es musste, sobald es ihm eingefallen war, so klingen, als ging es ihm schon die ganze Zeit so durch den Kopf.

»Ja«, nickte Stephen also und machte ein ausdrucksloses Gesicht. »Tatsächlich habe ich gestern Abend mit SONY telefoniert.«

»Wann genau gestern Abend?«

»Kurz vor Mitternacht, glaube ich.« Er machte große Augen. »Wieso, ist das wichtig?«

»Möglicherweise. Wo genau haben Sie angerufen?«

Foxx zuckte mit den Schultern. »Das weiß man ja nie so genau bei den heutigen Telefonanlagen. Das war irgend so eine kostenlose Servicenummer – das heißt, ich hoffe, dass sie kostenlos war –, Sie wissen schon, vierundzwanzig Stunden pro Tag für unsere Kunden – und dann wurde ich endlos weiterverbunden, bis ich mit jemandem sprach, der den Kameratyp kannte.« Er nickte, als sei das seine größte Sorge. »Es war ein ziemlich langes Gespräch, alles in allem. Ich hoffe wirklich, dass solche Nummern auch kostenlos sind, wenn man mit einem Mobiltelefon anruft. Wissen Sie das zufällig?«

Innerlich bebte er. Die Story war riskant. In Wahrheit kannte er keine derartige Telefonnummer von SONY, und er war sich nicht sicher, ob die Firma überhaupt einen derartigen Service unterhielt. Wenn Kaun auf die Idee kam, ihn nach der Nummer zu fragen, würde er ins Schwitzen kommen.

»*Warum* haben Sie dort angerufen?«, bohrte Kaun weiter, Stephens Gegenfrage ignorierend.

»Aus Neugier. Ich wollte wissen, was für eine Art Kamera das eigentlich ist. Ich kenne mich einigermaßen aus, aber von dem Typ hatte ich noch nie gehört.« Er bemühte sich, nicht zu zögern, als er hinzusetzte: »Was kein Wunder war, denn wie man mir sagte, ist die Kamera zu der Anleitung überhaupt noch nicht auf dem Markt.«

Jemand schnaubte. Kaun hob, kaum sichtbar, die Augenbrauen. Die Karte schien gut gespielt gewesen zu sein. Er hatte bewiesen, dass er ein offenherziger, vertrauenswürdiger Mitarbeiter war, und er hatte nichts verraten, was sie nicht ohnehin gewusst hatten.

»Was schließen Sie daraus?«, fragte Kaun.

»Keine Ahnung.«

»Ihre kühnste Vermutung?«

»Hmm …« Foxx tat, als ziere er sich, in Wirklichkeit kramte er in den Hypothesen, die er erwogen hatte, ehe ihm in dem Gespräch mit Judith und Yehoshuah der entscheidende Geistesblitz gekommen war. »Ich kenne solche Geschichten wirklich nur aus dem Fernsehen, deswegen müssen Sie mir verzeihen, wenn ich völligen Unsinn reden sollte – aber ich könnte mir vorstellen, dass es sich hier irgendwie um Industriespionage dreht. Vielleicht wurden irgendwelche Daten über einen Prototyp der Kamera gestohlen, was weiß ich. Aber schon, wenn Sie mich als Nächstes fragen, was die Anleitung dann in dem Grab macht, muss ich passen. Ich weiß nur, dass sie in einer Ausgrabung jedenfalls nichts zu suchen hat.«

Kaun musterte ihn einen Moment, nickte dann. Er wechselte kurze Blicke mit den anderen beiden, die ebenfalls zufrieden nickten. Sie waren alle zufrieden. Zufrieden, weil sie überzeugt waren, ihr fantastisches Geheimnis nach wie vor für sich allein zu haben.

Ryan ließ die Zeltbahn langsam wieder hinter sich zugleiten. Das Licht der vormittäglichen Sonne draußen war hell genug, um durch den Zeltstoff zu dringen. Er sah ein einzelnes Feldbett, das wieder ordentlich herzurichten der Bewohner des Zeltes nicht für nötig gehalten hatte. Decke und Laken hingen bis auf den staubigen Boden hinab, der einfach aus festgetretener Erde bestand. Daneben eine Kleiderstange, an der mehrere Bügel mit Kleidungsstücken aufgehängt waren, und ein Spiegel. Der Mann mit den ausdruckslosen, wasserblauen Augen pfiff leise durch die Zähne, ohne dass seine Augen an Ausdruckslosigkeit eingebüßt hätten. So großzügig wohnte sonst niemand im Lager der Grabungshelfer, soviel hatte er bereits mitbekommen. So großzügig wohnte nicht einmal er selber.

Dann stand da noch ein schmaler weißer Klapptisch aus Metall und Plastik, und darauf lag ein zusammengeklappter Notebook-PC. Einfach so. Angst, das wertvolle Gerät könne ihm gestohlen werden, schien sein Besitzer nicht zu haben. Und auch keine Angst, dass sich in seiner Abwesenheit jemand daran zu schaffen machen könnte.

Genau das war es nämlich, was Ryan zu tun beabsichtigte. Er setzte sich auf den Klappstuhl, der schräg vor dem Tisch stand, sorgfältig darauf achtend, ihn nicht zu bewegen, breitete seine Hände aus wie zu einer beschwörenden Geste und musterte den kleinen Computer genau. Stand er irgendwie besonders ausgerichtet? War irgendwo ein Haar, ein Streichholzsplitter oder ein Stück Papier eingeklemmt, das später verraten würde, dass jemand an dem Gerät gewesen war? Ryan sah nichts dergleichen, und er klappte den Deckel hoch, der zugleich den Bildschirm enthielt. Jetzt konnte es natürlich sein, dass auf dem Computer selbst ein Programm installiert war, das jeden einzelnen Einschaltvorgang mit Datum und Uhrzeit in eine verborgene Datei protokollierte. Aber

Ryan kannte sich mit solchen Sicherungsmaßnahmen aus; er wusste, wo er danach zu suchen hatte und wie er die entsprechenden Einträge löschen konnte, sodass nach menschlichem Ermessen später nichts verraten würde, dass jemand den Rechner durchsucht hatte. Er drückte die Einschalttaste. Das typische surrende Geräusch der anlaufenden Festplatte war zu hören, und der flache Bildschirm wurde hell.

Es gibt auf einem modernen Personal Computer eine ganze Menge Programmfunktionen, die wie geschaffen zu sein scheinen für die Bedürfnisse von Spionen, und Ryan kannte sie alle. Er ließ die Festplatte durchforsten nach Dateien, die innerhalb der letzten drei Tage entstanden oder verändert worden waren. Eine lange Liste entstand, die er sorgsam durchmusterte. Einzelne Dateien, Briefe etwa oder sonstige Dokumente, nahm er genauer in Augenschein, indem er sie mithilfe des entsprechenden Schreibprogramms öffnete und am Bildschirm durchlas. Der Mann mit den kurz geschorenen Haaren arbeitete rasch und zielstrebig, und seine Augen schienen, wie sie über den Bildschirm wanderten, dessen Inhalt aufzusaugen und in einer anderen Art Speicher unfehlbar abzulegen.

Sein Blick fiel währenddessen auf die Schublade des CD-ROM-Laufwerks. Er öffnete sie, musterte kurz die Beschriftung der darin liegenden Silberscheibe, hob kurz eine Augenbraue und ließ die Lade durch einen kurzen Druck wieder zufahren, ohne sich die Mühe zu machen, noch einmal nach dem eigentlich dafür vorgesehenen Druckknopf zu tasten. Während die CD-ROM mit einem verhaltenen, schabenden Geräusch auf Touren kam, startete Ryan das zugehörige Leseprogramm, rief die Suchfunktion auf und ließ sich darin die letzten Suchbegriffe auflisten.

Jesus Christus war der Begriff, nach dem zuletzt gesucht worden war.

Ryan lächelte ein kühles, kaum wahrnehmbares Lächeln, an dem seine Augen nicht beteiligt waren. Er hatte genug gesehen. Rasch vergewisserte er sich, dass seine Inspektion des Rechners unbemerkt bleiben würde, dann schaltete er das Gerät ab.

Einen Augenblick lang blieb er ruhig sitzen. Ein Beobachter, wenn es in diesem Moment einen Beobachter gegeben hätte, hätte den Eindruck gewonnen, dass Ryans Augen für eine kurze Zeit sozusagen die Energie entzogen wurde, wie um sie den übrigen Sinnesorganen zuzuführen. Sein Blick wurde trüb, fast glasig, während seine Ohren jeden Schritt in weitem Umkreis um das Zelt wahrnahmen. Seine Nase roch den Staub, den getrockneten Schweiß der gebrauchten, aber noch nicht gewaschenen Wäsche und die Ausdünstungen der Bettlaken. Seine Haut spürte die Hitze, die von allen Seiten kam, beinahe sogar die Anordnung der Einrichtungsgegenstände ringsum. Er machte nicht den Fehler, sich nur auf den Computer zu konzentrieren. Es gibt in den persönlichen Habseligkeiten einer Person viele andere Dinge, die einem erfahrenen Eindringling genauso viel verraten können wie ein Computer, und das mit einer noch größeren Bereitwilligkeit.

Ryan trat an die Kleiderstange, filzte mit raschen, offenbar oft geübten Bewegungen alle Taschen, fand aber nichts. Er ging in die Hocke und durchsuchte die Tasche, die halb geöffnet darunter stand, wobei er es fertig brachte, die Anordnung der Dinge darin – soweit man bei dem offensichtlichen Chaos von einer Anordnung sprechen konnte – unverändert zu lassen. Das Ergebnis war offensichtlich unbefriedigend, was sich darin äußerte, dass sich Ryans Augenbrauen während der Durchsuchung langsam, aber unaufhaltsam einander annäherten und eine unübersehbare Falte des Missmuts auf seiner ansonsten glatten Stirn erzeugten. Kein Tagebuch. Keine

Briefe. Nicht einmal ein Terminkalender oder Adressbüchlein, aus dem man etwas hätte ablesen können.

Er ließ sich auf das Bett sinken, und diesmal war es ihm egal, ob er dabei Spuren hinterließ in der wilden Landschaft aus Falten, Decken und Schlafanzugsteilen. Mit der Ferse stieß er an etwas, das unter dem Bett stand, und es gab ein trockenes, hohles Geräusch. Erstaunt beugte sich Ryan vornüber, spreizte die Schenkel dabei auseinander und tat mit der Hand das Laken beiseite, das auf den Boden herabhing und bisher den Blick unter das Bett verwehrt hatte.

Unter dem Bett stand einer der stumpfgrauen Fundkästen.

»Noch mehr Besuch«, sagte einer der Grabungshelfer, die im Areal 3 Sand und Geröll in staubige, ausgefranste Tragekörbe schaufelten.

Einen Moment hielten sie inne und reckten die Hälse. Zwei große, silberglänzende Lastwagen kamen über die Schotterpiste auf das Lager zu, eingehüllt in die übliche Staubwolke und bei jedem der zahlreichen Schlaglöcher bedenklich schwankend. Es waren wirklich sehr große Lastwagen, richtige Trucks, wie man sie aus amerikanischen Filmen kannte.

»Die reinste Invasion«, sagte jemand anders. Dann griffen sie alle wieder nach ihren Schaufeln, obwohl die Arbeit nicht mehr so viel Spaß machte seit Dienstag.

Professor Charles Wilford-Smith räusperte sich ausgiebig, beugte sich vor, fasste Stephen ins Auge, sah aber, als dieser den Blick erwiderte, irritiert beiseite und betrachtete stattdessen die Finger seiner Hand, mit denen er unbewusst komplizierte, unsichtbare Figuren auf den Konferenztisch malte.

»Da gibt es etwas«, begann er dann umständlich, »das ich Sie fragen wollte, Stephen.«

»Ja?«

»Warum haben Sie den Leinenbeutel geöffnet?«

Stephen sah die Finger des Professors innehalten. Es war plötzlich sehr still in dem Raum.

»Sie arbeiteten«, fuhr Wilford-Smith fort, »im Rahmen einer Ausgrabung. Ich darf annehmen, dass Ihnen das jederzeit bewusst war. Sie fanden einen Leinenbeutel, der ohne Zweifel sehr alt war.« Stephen glaubte aus den Augenwinkeln zu bemerken, wie John Kaun dem Ausgrabungsleiter einen unwilligen, warnenden Blick zuwarf. »Und Sie wissen, dass eine der wichtigsten Grundregeln bei einer Ausgrabung lautet, dass wir Archäologen sind, keine Schatzsucher. Fundstücke werden nicht ad hoc beschädigt, nicht einmal, wenn man darin das Gold der Königin von Saba vermutet. Sie aber haben den Leinenbeutel einfach so geöffnet, und den Plastikbeutel darin haben Sie sogar *aufgeschnitten!* Sie zückten Ihr Taschenmesser und *schlitzten* ihn auf!« Als er Stephen diesmal ansah, wich er dessen Blick nicht aus. »Ich würde gern wissen, warum.«

Nun sahen ihn alle an, und wenn Blicke Nadelstiche gewesen wären, hätte er an drei Stellen zu bluten begonnen. Stephen hatte damit gerechnet, dass ihm diese Frage irgendwann gestellt werden würde. Er spürte, wie ihm trotz der Kühle im Raum Ströme von Schweiß den Rücken hinabliefen.

Er atmete tief durch, aber nicht zu tief. Jetzt kam alles auf ihn an, aber er musste immer noch den Harmlosen spielen. Und das war nicht leicht. Kaun beobachtete ihn wie ein Luchs, und Stephen war sich sicher, dass dieser Mann nicht nur einen sechsten, sondern auch noch einen siebten und achten Sinn hatte für das, was in anderen Menschen vorging.

Er lehnte sich zurück, hielt die Hände ruhig und versuchte, locker zu lächeln.

»Na ja«, sagte er dann. »Mir war klar, dass das kein archäologisches Fundstück sein konnte.«

Drei Paar Augenbrauen wanderten fragend in die Höhe. »Wie bitte?«, meinte der Professor.

»Das Plastik schimmerte durch«, erklärte Stephen Foxx, als wären die unausgesprochenen Vorwürfe gegen ihn niemals in den Raum gestellt worden. »Das sah man. Ein schäbiger alter Beutel aus Sackleinen, schon ziemlich brüchig – der ließ sich an der Seite ja mit den bloßen Fingernägeln auftrennen –, aber darunter schimmerte Plastik. Okay, ich dachte zuerst, jemand will mich hereinlegen. Sie wissen ja, dass ein paar der anderen Helfer mich nicht sonderlich gut leiden können. Ich dachte, bestimmt steckt in dem Plastikbeutel ein Zettel, auf dem irgendwas Blödsinniges steht, ›Foxx ist ein Idiot‹ oder ›Schöne Grüße vom Pharao‹ oder etwas in der Art.« Das war nur halb gelogen, und deswegen konnte er es einigermaßen glaubwürdig bringen.

»Und deshalb schnitten Sie die Plastiktasche auf?«

»Ja. Ich dachte, ich werde heimlich beobachtet, und jeden Moment geht das große Gelächter los.«

»Und wie hätten Sie das verhindern wollen?«

»Keine Ahnung. Soweit habe ich nicht mehr überlegt, weil ich dann sah, dass diese Bedienungsanleitung darin war, und das kam mir ziemlich seltsam vor. Und dann bin ich ja zu Ihnen gekommen.«

Der Professor nickte. Stephen sah von einem zum anderen. Das Misstrauen war noch nicht aus den Gesichtern verschwunden. Nur der deutsche Schriftsteller wirkte ziemlich unbeteiligt. Vielleicht hatte er auch nicht alles richtig verstanden.

In diesem Moment wurde hinter ihm die Tür des Wohnwagens geöffnet. Ein Schwall von Hitze und Unruhe kam herein, zusammen mit einem Mann in khakifarbener, uniformartiger Kleidung, in dem Stephen, als er sich umdrehte, den Mann erkannte, der Judith und ihm gestern Abend die sich anbahnende romantische Stimmung verdorben hatte. Konnte es sein, dass dieser Mann so etwas wie die rechte Hand John Kauns war? Jedenfalls tauschte er wissende Blicke mit dem Medienmagnaten, die nichts Gutes verhießen. Man sah diese Art Blicke manchmal in Gangsterfilmen, und dort bedeuteten sie für gewöhnlich so etwas wie *Alles klar, Boss, ich habe das Schwein kaltgemacht.*

Kaun ergriff wieder das Wort, das er dem Professor sicher ohnehin nur geliehen hatte, sozusagen unter dem Vorbehalt jederzeitigen Widerrufs. »Danke, Stephen«, erklärte er und nickte dazu, als sei er wahrhaftig von einem Gefühl tiefster Dankbarkeit ergriffen. »Ich denke, wir haben genug von Ihrer kostbaren Zeit in Anspruch genommen. Worum ich Sie noch bitten möchte, ist, dass Sie uns informieren, wenn Sie das Lager zeitweise verlassen – heute Abend etwa. Falls wir noch irgendwelche Fragen haben sollten, Sie verstehen.«

»Ja«, nickte Stephen, nicht ohne gewisse Bewunderung für die Fähigkeit des Industriellen, unangenehme Sachverhalte in aalglatte Formulierungen zu verpacken. »Selbstverständlich.«

Damit war er entlassen, und also ging er. Kaun beachtete ihn nicht weiter, Wilford-Smith nickte ihm noch einmal zerstreut zu, und der Schriftsteller beobachtete ohnehin alles nur. Niemand sagte ein Wort, bis Stephen die Tür des Wohnwagens hinter sich zugezogen hatte.

Er hätte jede Wette gehalten, dass sie noch im gleichen Augenblick anfingen, über ihn zu diskutieren.

Die zwei gewaltigen, chromblitzenden Lastwagen manövrierten umständlich über den Parkplatz, umringt von einer Schar von Männern in grauen Overalls, die ameisenhaft klein daneben wirkten und die die Vor- und Rückstoßbewegungen der beiden Kolosse mit heftigem Armrudern dirigierten. Dicke graublaue Abgaswolken keuchten aus den auffallend gestalteten, blankpolierten Auspuffrohren, die rechts und links unmittelbar hinter den monumentalen Fahrerkabinen zum Himmel emporragten. Das Dröhnen der Motoren ließ das Erdreich erzittern.

Oben beim Areal 3 standen die Grabungshelfer und starrten neugierig herunter. Die Leute im Küchenzelt rührten in ihren Töpfen, in denen das Mittagessen schmorte, aber ihre Augen hingen an den silberglänzenden Ungetümen. Was hatte das nun wieder zu bedeuten? Keiner, der sich das nicht fragte.

Stephen Foxx bezog einen Beobachtungsposten unweit der ersten Reihen des Zeltlagers. Die Trucks trugen keine Aufschrift, keinen Firmennamen, nichts. Nicht einmal in arabischer oder hebräischer Schrift.

Endlich hatten sie eine Position erreicht, die die Leute darum herum befriedigend zu finden schienen. Das Wummern der Motoren erstarb, und die eintretende Stille war ohrenbetäubend. Doch die Mannschaften gönnten sich keine Pause. Ohne Zögern wurden die hinteren Ladetüren aufgestoßen, und ein rasches, eingeübt wirkendes Ausladen begann: große Kabeltrommeln, Holzkisten, in denen eigenartige, dunkelmetallene Gerätschaften lagen, Werkzeugkisten, Computerbildschirme in stabilen Stahlgehäusen.

Das sah aber nun wirklich aus wie der Überfall der Marsmenschen. Wirklich wie im Film. Was hatten die vor? Wer waren diese grauen Gestalten, zum Teufel?

Stephen merkte, wie jemand von hinten an ihn herantrat, und wandte kurz den Kopf. Es war Judith.

»Der Mann, der in den Wohnwagen kam, kurz bevor du herausgekommen bist ... weißt du, wer das ist?«, fragte sie halblaut.

Stephen antwortete, ohne sich umzudrehen. »Der uns gestern Abend kontrolliert hat? Keine Ahnung. Ich habe das Gefühl, er ist eine Art Handlanger für Kaun. Sein Mann fürs Grobe.«

»Er war vorhin in deinem Zelt.«

»Ah. Interessant.«

Sie schwieg. Wartete wohl, und Stephen konnte spüren, wie sie ärgerlich wurde. »Machst du dir keine Sorgen, dass er dein Papier gefunden haben könnte?«

Stephen lächelte. Also war sie doch seine Verbündete. Sie fieberte für seinen Plan. Das war gut.

»Nein«, sagte er. »Er hat es nicht gefunden.«

»Wieso bist du dir da so sicher?«

»Weil ich es«, grinste Stephen, »heute Morgen in deinem Zelt versteckt habe.«

14

Der schmale Profilschnitt eignet sich in besonderem Maße für chronologische Probleme und Datierungsfragen. Doch dies ist nur ein Teilbereich archäologischer Fragestellungen. Darüber hinaus ist für den Historiker von Interesse, wie groß zu einer bestimmten Zeit eine Siedlung war, ob sie befestigt war und ein zentrales Herrschaftsgebäude besaß, in welcher Art von Häusern die Menschen wohnten, welche handwerklichen Tätigkeiten sie verrichteten, wovon sie sich ernährten, welche Religionsformen gepflegt wurden usw. Um Antworten auf diese und ähnliche Fragen zu gewinnen, wird man notwendigerweise eine horizontale Flächen- oder Schichtengrabung vornehmen müssen, deren Aufgabe die sukzessive Freilegung einzelner Begehungsflächen ist.

Prof. Charles Wilford-Smith
Bericht über die Ausgrabungen bei Bet Hamesh

Ryans Bericht fiel kurz aus. Als er geendet hatte, saßen sie alle erst einmal da und brüteten schweigend vor sich hin. In den Wänden des Wohnwagens knackte es geheimnisvoll. Die Klimaanlage, die in den Morgenstunden nur gelegentlich angesprungen war, arbeitete mittlerweile ohne Unterlass, und wahrscheinlich würde sie die Kühle des Besprechungsraumes nicht mehr lange gegen die zunehmende Sonnenglut verteidigen können.

»Und was heißt das jetzt?«, wollte Kaun schließlich missmutig wissen. »Dass er schon Verdacht geschöpft hat, oder?«

Eisenhardt sah aufmerksam von einem zum anderen und

hatte zunehmend das Gefühl, körperlich überhaupt nicht mehr anwesend zu sein. Ryan saß ruhig da, wie aus Stein gehauen. Sein Chef dagegen starrte mit grimmig zusammengezogenen Augenbrauen vor sich hin und hämmerte mit den Fingerspitzen einen nervtötenden Takt auf die Tischplatte.

»Ich muss gestehen«, wandte Professor Wilford-Smith ein, »dass ich es für meinen Teil völlig normal finde, dass jemand, der nach Israel kommt, um als Ausgrabungshelfer zu arbeiten, und der dabei ein Nachschlagewerk wie die ENCYCLOPAEDIA BRITANNICA mit sich führt, irgendwann nach dem Stichwort Jesus Christus sucht. Abgesehen davon kann es schon Wochen zurückliegen. Ich glaube nicht, dass er sonderlich viel Zeit zum Lesen hatte, seit er hier ist.«

Kaun warf Ryan einen Blick zu. »Ließ sich feststellen, wann er dieses Stichwort aufgeschlagen hat?«

Ryan schüttelte den Kopf. »Nein. Das wird nicht gespeichert.«

Kaun schien ihm überhaupt nicht zuzuhören. »Sie müssen ihn im Auge behalten, Ryan«, sagte er. Die Stelle auf der glatt polierten Tischoberfläche, die er unverwandt anstarrte, schien ihm überaus interessante Einsichten zu offenbaren, jedenfalls nickte er eine Weile versonnen vor sich hin. Dann, so überraschend, dass alle zusammenzuckten, hieb er laut mit der flachen Hand auf den Tisch und rief noch einmal: »Sie müssen ihn im Auge behalten, Ryan – haben Sie verstanden?«

»Selbstverständlich«, erwiderte Ryan ungerührt.

Einen Moment lang erfüllte eine unbehagliche Spannung die Luft. Eisenhardt merkte, dass er unbewusst den Atem angehalten hatte bei Kauns Ausbruch, und holte verstohlen Luft. Ryan schien derartige Szenen gewöhnt zu sein, aber ihm verursachten sie Schweißausbrüche.

Schließlich entspannte sich der Medienmagnat. Als wäre nichts gewesen, erschien wieder das verbindliche, zuversichtliche, siegesgewisse Lächeln auf seinem Gesicht. Er sah in die Runde, als gelte es, eine deprimierte Sportmannschaft aufzumuntern, die gerade ein wichtiges Match verloren hatte. »Nun?«, fragte er. »Wie geht es weiter?«

Judith wagte kaum, sich zu bewegen. Sie saß auf ihrem Bett, einen kleinen Handspiegel in der einen und einen grobzinkigen Kamm in der anderen Hand, und bemühte sich, ihre ungebärdigen Haare einigermaßen von Sand und Staub zu befreien und wieder in Form zu bringen. Zweimal pro Tag war dieser Rückzug in ihr Zelt notwendig, um abends nicht auszusehen wie eine Vogelscheuche.

Sie hatte Angst, eine unbedachte Bewegung zu machen und dann das Rascheln zerbröselnden Papiers zu hören. Die Papiere, die Stephen bei der Gebrauchsanleitung gefunden hatte, mussten ebenfalls zweitausend Jahre alt sein und waren wahrscheinlich so morsch und brüchig, dass es genügte, sie scharf anzusehen, und sie würden zu Staub zerfallen, mit dem das beste Labor der Welt nichts mehr würde anfangen können. Und Judith fragte sich, wo um alles in der Welt Stephen diese Papiere in ihrem Zelt versteckt haben wollte. Hoffentlich nicht in der Tasche irgendeines Kleidungsstücks. Unter dem Bett und zwischen den Bettlaken hatte sie behutsam nachgesehen, ehe sie sich darauf gesetzt hatte. Wusste Stephen, dass sie sich tagsüber ab und zu hierher zurückzog? Und hatte er es berücksichtigt?

Während sie den Kamm langsam durch das widerspenstige Haar zog, sah sie sich um, ihr Spiegelbild ignorierend. Wo um alles in der Welt konnte man denn in so einem Zelt derart empfindliche Dokumente verstecken?

Die eigenartigen Geräusche, die von draußen hereindrangen – aufheulende Motoren, das Mahlen schwerer Räder im Schotter, aufgeregte Rufe aus vielen Kehlen, das scheppernde Schlagen von Ladetüren –, veranlassten Eisenhardt, neugierig die Blenden von einem der Fenster zur Seite zu schieben und einen Blick hinauszuwerfen. Er sah zwei große Lastwagen, die sich auf dem Parkplatz zwischen die übrigen Fahrzeuge rangiert hatten und nun von einer Gruppe stämmiger Männer entladen wurden. »Was ist das?«, fragte er halblaut, ohne im Ernst zu erwarten, dass ihm jemand antworten würde.

Aber Kaun, jetzt wieder die verbindlichste Bereitwilligkeit in Person, sprang geradezu auf, trat neben ihn und stieß die Abdeckungen des Fensters vollends beiseite. »Wunderbar. Endlich sind sie da«, meinte er mit geradezu genießerischer Genugtuung. »Der Sonartomograf. Heikel, wenn man ihn transportieren muss. Wirklich erstaunlich, wie diese Spediteure heutzutage arbeiten. Sie sagen einem, morgen früh um zehn, und dann sind sie tatsächlich da wie versprochen. Ich weiß nicht, aber früher hätte es das nicht gegeben.«

»Ein Sonartomograf?«, wiederholte Eisenhardt und war sich nicht sicher, was für ein Wort er da verstanden zu haben glaubte.

Kaun grinste breit. »Müsste in Ihr Fach fallen, Peter. Ein Sonartomograf kann den Boden mit Schockwellen röntgen. Unsere Paläontologen verwenden solche Geräte bei ihren Ausgrabungen in Montana, um Dinosaurierskelette aufzuspüren.«

»Dinosaurier?«

»Ich sagte mir«, erklärte der Medienmagnat gut gelaunt, »der wahrscheinlichste Ort, an dem die Kamera sein könnte, ist dieser hier. Nicht weit vom Grab des Zeitreisenden. Vielleicht hat er ja bis zuletzt auf sie aufgepasst, wer weiß. Aber wir können schlecht die ganze Gegend hier abtragen und durchwühlen, nicht wahr? Also – der Sonartomograf. Sehen Sie das Gerät, das gerade abgeladen wird? Das aussieht wie ein fahrbarer Hotdog-Stand? Das ist der Schockwellengenerator. Er feuert eine große Bleikugel, deren Masse genau bekannt ist, mit einer exakt berechneten Geschwindigkeit auf den Boden. Und überall ringsum werden Sensoren aufgestellt sein, die die Echos der Schockwelle registrieren und an den Computer weiterleiten. Der zaubert im Handumdrehen ein Bild des Bodens unter unseren Füßen auf den Bildschirm, so klar, als wäre der durchsichtig.«

Eisenhardt nickte beeindruckt. »Und das funktioniert?«

»Das funktioniert.«

»Warum macht man dann überhaupt noch Ausgrabungen?«

Der Professor schnaubte unwillig, was Kaun zum Brüllen komisch zu finden schien. Eisenhardt sah verwundert von einem zum anderen, ohne über ein unsicheres Grinsen hinauszukommen. Sogar Ryan fing an zu lächeln, was an ihm äußerst beunruhigend aussah, weil er diese Art Gesichtsgymnastik offensichtlich nicht sehr häufig übte.

»Nein, im Ernst«, beruhigte sich Kaun schließlich wieder. »Natürlich werden wir keine Münzen sehen und auch keine Tonscherben, und manche Dinge muss man wohl ausgraben, ehe man etwas mit ihnen anfangen kann. Aber eine Kamera, aus kompaktem Metall ... Wie, glauben Sie, hat der Zeitreisende die Kamera eingepackt? Damit sie die Jahrhunderte übersteht? Ich stelle mir vor, dass er einen stabilen Metallkoffer mitgenommen hat. Dass sie in einem großen Gehäuse aus Metall steckt, staubdicht eingepackt, geschützt gegen Strahlen und extreme Temperaturen.«

Das klang plausibel, fand Eisenhardt. Warum bin ich der

Einzige, der immer noch nicht glauben kann, dass es sich so verhält? Ausgerechnet ich?

»Und wenn dieser Kasten«, fuhr Kaun fort, »hier irgendwo vergraben ist, dann finden wir ihn. Dann haben wir die Kamera, noch bevor heute Abend die Sonne untergeht.«

»Na dann«, murmelte Eisenhardt. Wozu brauchten die ihn überhaupt? Kaun hatte offensichtlich schon alle möglichen Aktionen in die Wege geleitet, ohne erst abzuwarten, was ihm, dem angeblichen Spezialisten für das Unglaubliche, einfiel. Und auf die Idee, das Gelände mit modernsten technischen Mitteln quasi zu durchleuchten, wäre er tatsächlich nicht gekommen, weil er gar nicht gewusst hatte, dass so etwas möglich war.

Nach einer Weile, als niemand etwas sagte, alle nur durch das eine offene Fenster den Spediteuren beim Entladen der Geräte zusahen, fragte er: »Aber nochmal ganz ernsthaft – würde so ein Gerät die Arbeit der Archäologen nicht auch sonst generell erleichtern? Ich verstehe nicht, warum man noch aufs Geratewohl gräbt, wenn man genauso gut den Boden zuerst durchleuchten kann.«

Kaun lächelte milde. »Sagen wir es einmal so«, sagte er. »Wenn ich das gesamte Gebiet zwanzig Meter tief umgraben lassen würde, käme ich billiger davon.«

George Martinez beaufsichtigte das Ausladen der Geräte, aber als der Thumper an der Reihe war, legte er doch selbst mit Hand an. Das Gerät hatte, obwohl es im Prinzip nur eine robuste, auf den Boden gerichtete Kanone für kopfgroße Bleikugeln darstellte, seine empfindlichen Stellen, und die Packer in ihren grauen Overalls hatten die Kisten mit den übrigen Instrumenten teilweise so grob und achtlos angepackt, dass er es nicht fertig brachte, ihnen das Herzstück der gesamten Ausrüstung allein zu überlassen. »Vorsicht ... Nicht an diesem Griff halten ... Vorsicht mit den Kippschaltern!«

Er hielt Ausschau nach Bob Richards, aber der kümmerte sich, wie üblich, nicht um derart triviale Dinge wie das Ein- und Ausladen des millionenschweren Equipments. Sie hatten nur einen Thumper dabei. Wenn der später versagte, konnten sie alles wieder einpacken.

Er atmete auf, als das Gerät heil auf dem Boden stand. Es war ein sehr tiefes Ausatmen, denn er war derartige Anstrengungen nicht gewöhnt. Es hätte auch niemand erwartet, dass er daran gewöhnt war. Seit frühester Kindheit ging er als magerer, krummer Strich durch die Landschaft, zum Leidwesen seines Vaters, der ihre Vorfahren stolz als einen »gesunden Stamm kräftiger mexikanischer Bergbauern« zu schildern pflegte.

Der Schockwellengenerator stand auf vier großen, dick bereiften Rädern. George sah sich um. Beinahe automatisch hielt er Ausschau nach der geeignetsten Stelle dafür. Man würde ohnehin experimentieren müssen, was den Aufstellungsort anbelangte, falls die Bilder nicht befriedigend ausfielen, aber er hatte einen gewissen Ehrgeiz, ein Gespür für das jeweils zu untersuchende Gelände zu entwickeln. Die Gegend hier war leicht hügelig, also kam zuerst ein Hügelgipfel in Frage. Vorausgesetzt, der Untergrund war fest. Kies oder Geröll leitete die Schockwelle nicht weiter, oder jedenfalls nicht in ausreichendem Maße.

Und dann kam es ihm plötzlich zu Bewusstsein wie ein Hammerschlag: Er war ja im Heiligen Land! Im Land der Bibel, der Propheten, im Land der Kreuzigung und der Auferstehung! Er stand auf dem Boden, auf dem vor zweitausend Jahren der Erlöser selbst gewandelt war!

Einen Moment lang wurde ihm schwindlig. Davon hatte er

immer geträumt. Und nun war alles so schnell gegangen, dass er überhaupt nicht dazu gekommen war zu realisieren, wohin man ihn so überstürzt in Marsch gesetzt hatte.

George Martinez' große Gabe waren schlanke, feingliedrige Finger, Finger wie Präzisionswerkzeuge, die ihn, den aus der Art geschlagenen Sohn mexikanischer Einwanderer, befähigt hatten, eine Ausbildung als Feinmechaniker mit Erfolg abzuschließen und eine Stelle als technischer Assistent an der *Montana State University* in Bozeman, Montana, zu erhalten. Dort gewöhnte er sich daran, mit seiner karamellfarbenen Haut, seinen schwarzen Haaren und seinen feurigen Augen regelmäßig für einen Indianer gehalten zu werden, und wurde im Lauf der Zeit zum technischen Betreuer des *Sotom 2*, des *Sonar Tomograf 2*, einer weiterentwickelten Version früherer Echolotungsgeräte. Ebenso gewöhnte er sich daran, ab und zu mitsamt des gesamten Equipments an zahlungskräftige Unternehmen ausgeliehen zu werden, Erdölgesellschaften meistens oder Tiefbauunternehmen, und auf diese Weise in der Welt herumzukommen, um Ölfelder zu untersuchen, die Schächte stillgelegter Minen zu kartografieren oder den Verlauf von Wasser-, Gas- und anderen Leitungen in wild verwucherten südamerikanischen Städten, die keine zuverlässigen oder überhaupt keine Baupläne mehr besaßen. Für die Universität von Bozeman war der *Sotom 2* eine wichtige Einkommensquelle.

Aber gestern war es extrem überstürzt losgegangen. Ganze zehn Minuten hatte man ihm Zeit gelassen, seine Zahnbürste und etwas Wäsche einzupacken. Seine Verabredungen für die nächsten zehn Tage hatte er auf dem Weg zum Flughafen absagen müssen, wo schon die größte Transportmaschine bereitstand, die in Bozeman jemals gelandet war, seit die Stadt einen Flughafen besaß. Und das Ziel der Reise hatte er erst unterwegs erfahren, nebenbei, während er dabei gewesen war, die Signalkabel auf Vollständigkeit zu prüfen.

Einer der Spediteure riss ihn aus seinen Gedanken. »Wohin damit?«, fragte er, auf den Thumper zeigend, in gutturalem, eher nach Arabisch klingendem Englisch, sodass George ihn zuerst nicht verstand.

Er wies auf die Kisten, die bereits aufgestapelt am Rand einer ausgedehnten Zeltstadt standen. »Dort hinüber«, meinte er schwach.

Das Heilige Land. Er musste unbedingt zusehen, dass er seiner Mutter eine Ansichtskarte schrieb von hier, ehe sie fertig waren und womöglich genauso schnell zurückgeflogen wurden. Und er musste …

»Ist es von hier aus weit bis nach Jerusalem?«, fragte er einen der Wachposten, die, jeweils eine Maschinenpistole unter der Achsel hängend, in der Gegend herumstanden.

»Nein«, erwiderte der Mann. »Israel ist ein kleines Land. Es ist von nirgendwoher weit bis nach Jerusalem.«

Golgatha. Der Garten Gethsemane. Die Via Dolorosa. Er musste unbedingt einen Abstecher nach Jerusalem machen. An den Stationen des Leidensweges Christi beten.

»Kann man das auch in Meilen ausdrücken?«

Der Wachposten grinste, nickte, schien die Entfernung im Kopf zu überschlagen. »Vielleicht fünfundzwanzig Meilen. Kann aber sein, ich verschätze mich völlig.«

Israel war wirklich ein kleines Land. George legte jeden Tag die doppelte Entfernung zurück, nur um an seinen Arbeitsplatz zu gelangen, und dabei kam es ihm so vor, als wohne er ganz in der Nähe der Universität.

Er deutete auf die Szenerie ringsum, die Zelte, Wohnwagen, Autos. »Was ist denn hier eigentlich los?«

»Keine Ahnung. Ausgrabungsarbeiten, soweit ich weiß.«

»Und die müssen bewacht werden?«

»Ja. Seit die hier irgendeinen sensationellen Fund gemacht haben.«

»Einen sensationellen Fund? Was denn?«

»Alles streng geheim. Uns sagt man auch rein gar nichts.«

Der Mann schien tatsächlich nichts zu wissen. Jetzt entdeckte er Bob, der für den wissenschaftlichen Teil der Angelegenheit zuständig war. Er stand bei einem der fünf silberglänzenden, großen Wohnwagen und sprach mit einem Mann, der einen taubenblauen Geschäftsanzug trug, ungefähr das Unpassendste, was George sich für diese Umgebung vorstellen konnte. Er selber trug, wie fast immer und überall auf der Welt, seine fünfzehn Jahre alten Jeans und ein ausgebleichtes T-Shirt und fühlte sich damit einigermaßen wohl. Er mochte Hitze, in Montana war es ihm die meiste Zeit des Jahres zu kalt.

»Streng geheim. Soso. Aber in so einer Situation kursieren doch sicher Gerüchte, oder? Bei uns zu Hause jedenfalls wäre das so.« Er zog seine Zigarettenschachtel hervor, bot dem untersetzten, kraushaarigen Wachmann eine an.

»Jede Menge Gerüchte. Aber alles Unsinn, wenn Sie mich fragen.«

»Was denn zum Beispiel?« Er reichte Feuer nach. »Ich heiße übrigens George.«

»George, aha. Ich heiße Gideon. Ich habe jemanden behaupten hören, das Areal 14 ist abgesperrt, weil man was Nukleares gefunden hat. Andere sagen, es geht um einen Schatz. Um den Schatz Salomos. Aber wissen Sie, das ist immer so. In diesem Land gibt es so viel auszugraben, dass man kaum in Ruhe die Fundamente für ein Haus ausheben kann.«

»Verstehe.« Ziemlich ominös, das Ganze. Aufregende Sache. George war gespannt auf die Bilder, die *Sotom 2* liefern würde.

Endlich hatte er ihn an der Leitung. »Wilde«, meldete sich die dunkle, nach unerschöpflicher Energie und Lebenslust klingende Stimme.

»Hallo, Dominik«, sagte Eisenhardt, »hier ist Peter.«

»Peter! Na so eine Überraschung! Und so früh am Tag. Was gibt es?«

»Wie üblich. Wissenschaftlicher Notruf. Hast du einen Moment Zeit, oder komme ich ungelegen?«

»Kein Problem, ich trinke ohnehin grade nur Kaffee.« Dominik trank immer »grade nur Kaffee«, wenn er ihn anrief. »Hast du übrigens dein Arbeitszimmer auf den Flur verlegt? Es hallt so eigenartig bei dir.«

»Das ist eine längere Geschichte; die erzähl ich dir ein andermal.«

»Okay. Schieß los.«

Eisenhardt holte tief Luft. »Gibt es deines Wissens irgendwo auf der Welt Forschungsarbeiten, die sich mit dem Thema Zeitreise beschäftigen?«

»Ups«, machte Dominik. Dann war es erst einmal eine Weile still. Dominik dachte nach.

Das war es, was Eisenhardt so an ihm schätzte: Dominik gab auch auf die seltsamsten Fragen – und eigentlich stellte er ihm nur seltsame Fragen – keine vorschnelle Antwort. Dominik Wilde, der als freier Wissenschaftsjournalist für zahlreiche Zeitschriften arbeitete, war so etwas wie sein letzter Rettungsanker in naturwissenschaftlichen Fragen. Wenn er ihn anrief mit einer Frage, dann hatte er in der Regel alle Lexika und sonstigen Nachschlagewerke durch und schon Tage in der Universitätsbücherei verbracht und immer noch keine Antwort gefunden. Dominik kannte sich in fast allen wissenschaftlichen Bereichen hervorragend aus, wusste, wer in welchem Gebiet die führende Kapazität war, und konnte ihm, wenn nicht eine befriedigende Antwort, doch zumindest einen

Tipp geben, der ihm weiterhalf – eine Adresse, eine Telefonnummer, ein Buch.

Entstanden war der Kontakt vor Jahren, als Peter Eisenhardt nach der Lektüre eines Artikels sich zu dessen Autor, einem gewissen Dominik Wilde, durchtelefoniert hatte, um ihm ein paar zusätzliche Fragen zu stellen. Dabei stellte sich heraus, dass Dominik alle seine Romane gelesen hatte, sehr mochte und sich geehrt fühlte, ihm weiterhelfen zu können. Leider konnte er das nicht auf Anhieb, die Fragen waren kniffliger, als beide gedacht hatten, und ihre Beantwortung machte es unumgänglich, sich persönlich zu treffen. Dabei stellten sie fest, dass sie die gleichen Filme mochten und überhaupt endlos über Gott und die Welt reden konnten, und das taten sie dann auch. Und so hatte alles angefangen.

»Zeitreise«, wiederholte Dominik schließlich nach einer langen, teuren Pause. »Ich würde mal sagen, nein. Ich glaube nicht mal, dass es jemanden gibt, der sich auch nur mit dem *Phänomen* Zeit beschäftigt, jedenfalls nicht in physikalischer Hinsicht. Die Psychologen und Neurologen forschen viel in diese Richtung – Zeitwahrnehmung, Zeiterleben, solche Dinge. Was ist Erinnerung, wie lange dauert die Zeitspanne, die wir als Gegenwart wahrnehmen, lauter interessante Fragen. Aber wahrscheinlich nicht das, wonach du suchst, oder?«

»Nein«, gab Eisenhardt zu. »Konkret frage ich, ob auch nur der Hauch einer Chance besteht, dass in etwa fünf bis zehn Jahren jemand einen Menschen in die Vergangenheit schicken kann.«

»Zeitmaschinenmäßig. H. G. Wells und so.«

»Genau.«

»Also – der *Hauch* einer Chance besteht grundsätzlich immer. Du weißt ja, wie stürmisch heutzutage die Entwicklung verläuft. Unvorhersagbar, im Grunde. Wer hat sich nicht schon alles blamiert mit der Behauptung, dies oder jenes sei unmöglich. Aber ich würde mal schätzen, die Chancen, dass jemand, sagen wir, den Überlichtantrieb erfindet, eine unerschöpfliche Energiequelle oder ein Mittel, das unsterblich macht, sind zwar auch nur minimal, aber trotzdem ungleich höher.«

»Verstehe. Mal andersherum gefragt – was sagt die moderne Physik denn *überhaupt* zum Thema Zeit?«

»Eine ganze Menge, wie du dir denken kannst. Da musst du schon ein bisschen genauer fragen.«

»Gut.« Eisenhardt dachte nach. Das war das Spiel: Eine gute Frage ist oft schon die halbe Antwort. Viele Probleme entstehen nicht aus fehlenden Antworten, sondern aus ungenauen Fragen. »Es gibt in der Thermodynamik doch den Energieerhaltungssatz, aus dem folgt, dass es unmöglich ist, ein Perpetuum mobile zu konstruieren. Zweiter Hauptsatz und so. Was ich eigentlich wissen will, ist, ob es einen vergleichbaren Beweis gibt, der zeigt, dass eine Zeitreise physikalisch unmöglich ist.«

»Gibt es nicht.«

»Bist du sicher?«

»Ja. Zeit wird seit Albert Einstein aufgefasst als eine Dimension der vierdimensionalen Raumzeit. Genauer gesagt, seit Hermann Minkowski, der zeigte, dass die Lorenz-Transformationen einfach Rotationen der Raum-Zeit-Achsen ...«

Eisenhardt schluckte. Jetzt taumelte Dominik aber hart an der Grenze zum Fachchinesisch! »Stop, stop«, sagte er. »Noch mal ganz langsam, für Schriftsteller. Was heißt Dimension? Ich kenne Länge, Breite und Höhe, und das sind drei Richtungen, in denen ich mich frei bewegen kann. Ich kann einen Schritt nach vorn machen, aber auch wieder zurück. Heißt das, ich müsste mich genauso durch die Zeit bewegen können?«

»Das tust du in deinen Romanen doch laufend.«

»Ja, schon, aber das sind Romane. Ich rede von der Wirklichkeit.«

»Muss ungewohnt sein.«

»Wenn die Zeit einfach nur eine Dimension ist, warum kann ich dann nicht einfach zurückwandern in, sagen wir, meine Schulzeit, und von da aus einen ganz anderen Lebensweg einschlagen? Oder einfach nur eine Woche zurückgehen und andere Lottozahlen tippen?«

»Du bist ganz schön geldgierig.«

»Wenn ich geldgierig wäre, wäre ich nicht Schriftsteller geworden.«

»Also, soweit ich weiß, spricht man zwar von einer Raumzeit, unterscheidet aber trotzdem zwischen räumlichen und zeitlichen Richtungen. Es gibt mindestens eine Theorie, die eine zusätzliche fünfte Dimension unterstellt, ebenfalls eine Zeitdimension, die sogenannte Hyperzeit. Aber frag mich jetzt bitte nicht, was man sich darunter vorzustellen hat; ich weiß es nicht. Außerdem könnte ich mir vorstellen, dass es Theorien gibt, die auch noch eine sechste Dimension vorsehen – die Physiker haben es gerne, wenn ihre Theorien symmetrisch sind, und dann hätte man drei Raum- und drei Zeitdimensionen.«

»Aber was bringt denn das? Kann die Zeit nun rückwärts laufen oder nicht?«

»Es gibt zumindest eine ganze Klasse physikalischer Gesetze, die man als *zeitinvariant* bezeichnet. Auf gut deutsch: Sie gelten, egal, in welche Richtung die Zeit läuft. Das klassische Beispiel ist der Zusammenstoß zwischen zwei Billardkugeln. Wenn du das filmst, kannst du es nach Belieben vorwärts oder rückwärts laufen lassen, es funktioniert in beide Richtungen. In beiden Richtungen verläuft der Stoß korrekt. Der Betrachter deines Films hätte keine Möglichkeit festzustellen, welche Variante die ›richtige‹ ist.«

»Schön. Aber ich tue morgens Zucker und Milch in meinen Kaffee, rühre um und erhalte eine hellbraune, süße Flüssigkeit. Du wirst doch nicht behaupten, wenn ich andersherum rühre, zerfällt das Ganze wieder in schwarzen Kaffee, Milch und Kristallzucker?«

»Nein, das ist eine nicht zeitsymmetrische Angelegenheit. Aber man erklärt diesen Vorgang über die Entropie, die durch die Vermischung zunimmt. Dadurch bleibt die grundsätzliche Symmetrie der Zeit im Theoriegebäude der Physik erhalten.«

»Großartig.«

»Hör mal, ich kann nichts dafür. *Du* wolltest wissen, was die moderne Physik über die Zeit sagt.«

Eisenhardt fiel etwas ein. »Sag mal – du kennst doch Stephen Hawking?«

»Selbstverständlich kenne ich Stephen Hawking. Ich habe ihn sogar mal interviewt.«

»Ich glaube mich dunkel zu erinnern, dass er in einem seiner Bücher beweist, dass Zeitreisen nicht möglich sind. Und er ist schließlich so etwas wie der heute lebende Einstein, wenn ich mich nicht irre. Kennst du diesen Beweis?«

»Mmmh. Ja.«

»Und?«

Dominik seufzte vernehmlich. »Er wird dir nicht gefallen. Es ist kein physikalischer Beweis im strengen Sinne.«

»Erklär mir einfach, wie er argumentiert. Ich sag dir dann schon, ob es mir gefällt oder nicht.«

»Wie du willst. Hawking sagt einfach Folgendes: Wenn die Zeitreise möglich ist, dann wird eines Tages entdeckt werden, wie es geht. Vielleicht in hundert Jahren, vielleicht in zehntausend, egal. Und von da an werden Menschen durch die Zeit reisen, und irgendwann werden sie auch in unsere Zeit kommen, die ja schließlich nicht gerade uninteressant sein dürfte. Und sie müssten in hellen Scharen anreisen, denn von dem Zeitpunkt an, in dem die Zeitreise erfunden ist, bis in alle Ewigkeit kann immer wieder jemand auf die Idee kommen, uns zu besuchen – und alle diese Touristen, egal ob sie aus dem zwanzigsten, hundertsten oder millionsten Jahrhundert kommen, kämen ja aus unserer Sicht praktisch gleichzeitig hier an. Sie müssten sich gegenseitig auf die Füße treten. Auf keinen Fall könnten wir sie bisher übersehen haben. Du kannst mir folgen?«

»Ja«, brummte Eisenhardt. »Ich kann dir folgen.«

»Nun beobachten wir aber keine Zeitreisenden. Also, folgert Hawking, wird die Zeitreise niemals entwickelt werden. Da bisher alles, was möglich ist, irgendwann auch gemacht wurde, kann das nur heißen, dass die Zeitreise physikalisch nicht möglich ist. Ende des Beweises.«

»Hmm«, brummte Eisenhardt. Diese Art der Argumentation hatte er in irgendeinem Science-Fiction-Roman auch schon mal so ähnlich gelesen. »Ich bin ein bisschen enttäuscht.«

»Dachte ich mir. Neuerdings korrigiert er sich übrigens und sagt, dass die Zeitreise physikalisch eigentlich möglich sein müsste.«

»Hmm.«

»Fragt sich natürlich, wie dann die fehlenden Zeitreisenden zu erklären sind.«

»Das ist jetzt mein Gebiet, glaube ich«, meinte Eisenhardt missmutig. »Dafür fällt mir sogar auf Anhieb eine Erklärung ein, und die wird dir genauso wenig gefallen wie mir.«

»Ach ja? Ich bin gespannt.«

»Alles fragt sich doch, ob wir irgendwann nochmal die Kurve kriegen mit unseren Ozonlöchern, Atombomben und

Hungersnöten«, erklärte der Schriftsteller und starrte auf die kahle weiße Wand vor sich. »Vielleicht beweist Hawkings Argument nur, dass die Menschheit nicht mehr lange genug existieren wird, um die Zeitreise zu entdecken.«

15

Abb. 200 bis Abb. 235 stammen aus den Untersuchungen des sonartomografischen Teams der Montana State University unter Leitung von Dr. Richards. Diese Untersuchungen wurden durch die Tatsache behindert, dass bereits vier Monate lang Ausgrabungen erfolgt waren. Die rechteckigen dunklen Stellen (in den Abbildungen durch Kreuzschraffur gekennzeichnet) stellen die ausgehobenen Gebiete der Schichtengrabung dar, die grauen Gebiete dahinter (durch einfache Schraffur gekennzeichnet) sind sog. »Sonarschatten«.

Prof. Charles Wilford-Smith
Bericht über die Ausgrabungen bei Bet Hamesh

Er beobachtete die beiden schon eine ganze Weile. Wie man bei dem grellen Sonnenlicht auf dem Bildschirm des Computers überhaupt etwas erkennen konnte, war ihm ein Rätsel, aber die beiden schienen ihre Blicke überhaupt nicht davon losreißen zu können. Der knochige Typ, der vor dem Gerät auf einem Hocker saß und in seinem speckigen T-Shirt und den fadenscheinigen Jeans aussah, als sei er zu ausgemergelt, um aus eigener Kraft stehen zu können, redete in einem fort, und Judith stand, die rechte Hand aufreizend in die Hüfte gestützt, bei ihm und lauschte ihm mit einer Hingabe, die Stephen immer weiter auf die Palme brachte, je länger er sich das Schauspiel ansah. Und wie er dabei mit den Händen fuchtelte! Geradezu verdächtig. Als lege er es darauf an, sie irgendwann »versehentlich« zu berühren.

Bin ich etwa eifersüchtig?, fragte Stephen sich mit milder Verblüffung. Unfug. Er war nicht eifersüchtig. Nein. Er hatte nichts dagegen, wenn eine Frau mit anderen Kerlen schlief. Was ihn aufregte, war einzig, wenn sie mit ihm nicht schlafen wollte. Das konnte man kaum als Eifersucht bezeichnen.

Als er näher kam, bekam er die ersten Fetzen ihrer Unterhaltung mit. Der Mann schien tatsächlich von nichts anderem als von den technischen Einzelheiten seiner Anlage zu reden, die er den ganzen Tag über aufgebaut hatte. Die Lastwagen waren wieder abgefahren und hatten außer einem Berg Kisten zwei Männer zurückgelassen. Einer von ihnen, nämlich der ebenso hungrig wie mexikanisch aussehende Mann, der sich jetzt so verzweifelt abmühte, die rassige Israelin zu beeindrucken, hatte mehr oder weniger die ganze Arbeit gemacht. Er hatte Kisten ausgepackt, dicke Kabel über das gesamte Ausgrabungsgelände gezerrt und seltsame Metallgebilde in den Boden gerammt, die aussahen wie überdimensionale Zeltheringe. In diese wiederum hatte er kleinere Gebilde eingeschraubt, die er vorsichtig und behutsam aus kleinen Holzkästen nahm, die, soweit man das aus der Ferne beobachten konnte, innen mit rotem Samt ausgepolstert waren. Sensible Geräte also, wahrscheinlich Messgeräte. Und die Kabel wurden an diese Messgeräte angeschlossen, bis schließlich die gesamte Gegend verkabelt war.

»Aber was macht das Gelände so schwierig?«, hörte er Judith fragen, die sein Näherkommen ignorierte.

»Die Ausgrabungen«, erklärte der Techniker und bleckte seine schlechten Zähne. Das sollte wohl ein Lächeln sein. »Die Löcher brechen die Erschütterungswellen. Auf den Bildern werden sie aussehen wie schwarze Würfel. Ach, aber es wird schon gehen. Wir haben noch nie mitten in einer Ausgrabung gearbeitet – immer nur vorher.«

»Was waren denn das für Ausgrabungen?«

»Saurier. Wir haben einmal zwei wunderschöne große Saurierskelette aufgespürt. Die stehen jetzt in irgendeinem Smithsonian Museum. Und einmal wurde eine Ausgrabung abgesagt, nachdem wir da waren. Weil man auf den Bildern sah, dass einfach zu wenig zu holen war.«

Stephen räusperte sich. »Judith?«

»Mmh?« Sie warf ihm einen unwilligen Blick zu. »Was ist?«

»Kann ich dich einen Moment sprechen?«

Sie warf ihm einen kurzen Blick zu, der zu sagen schien, *der Schlag soll dich treffen*, dann lächelte sie dem glutäugigen Techniker entschuldigend zu und kam zu Stephen herüber. »Was gibt's?«

»Wenn dich jemand fragen sollte, was du heute Abend vorhast, dann sag ihm, dass wir beide deine Eltern besuchen.«

Sie warf den Kopf zurück und musterte ihn, als halte sie ihn für verrückt. »Wie bitte? Wieso denn das?«

»Weil ich es Professor Wilford-Smith gesagt habe.«

»Und warum hast du dem Professor gesagt, wir beide würden meine Eltern besuchen?«

»Hör mal, heute Abend beginnt der Sabbat. Da kann ich wohl kaum behaupten, wir würden nach Jerusalem ins Kino fahren.«

»Ich verstehe das nicht. Was geht es ihn denn überhaupt an, wohin du oder ich abends gehen?«

»Anscheinend glaubt er, dass es ihn etwas angeht«, sagte Stephen ruhig. »Denk an diesen Typen, der in meinem Zelt war. Währenddessen haben die mich verhört und mich vergattert, Bescheid zu sagen, wenn ich das Lager verlasse.«

Judith betrachtete ihn forschend. Ihr Ärger schien abzukühlen. »Wenn schon, dann sag, dass wir meine Mutter besuchen.«

»Deine Mutter? Was ist mit deinem Vater?«

»Er hat meine Mutter verlassen, einen Tag, nachdem ich bei der Armee war und damit aus dem Haus. Seither lebt er in einer kalten Einzimmerwohnung, liest den ganzen Tag im Talmud und glaubt, er sei ein frommer Mann.«

»Meine Güte.« Stephen, dessen Eltern eine einigermaßen glückliche Ehe führten, war ehrlich geschockt. »Das wusste ich nicht. Yehoshuah hat davon nie etwas erzählt.«

»Mir wär's lieber gewesen, ich hätte auch nie etwas davon erzählen müssen.«

»Hmm. Jedenfalls wollte ich dir Bescheid sagen.«

»Okay.«

»Sag mal ...«

Sie lächelte beinahe. »Was?«

Er nickte mit dem Kopf zu dem Mann am Computer hinüber. »Was findest du denn an dem?«

Übergangslos war wieder Wolkenbruch und Hagel in ihrem Gesicht. »Stephen Foxx«, erklärte sie grimmig, »du verstehst überhaupt nichts!« Damit ließ sie ihn stehen und marschierte davon, hinüber zu den Grabungsarbeiten in Areal 3, bei denen sie beide eigentlich hätten sein sollen.

Stephen sah ihr einigermaßen ratlos nach. Wahrscheinlich hätte er das nicht sagen sollen, aber warum genau, wusste er auch nicht. Frauen waren manchmal einfach nicht zu verstehen. Das war auch nicht sein Ehrgeiz, wenngleich es manches ziemlich erleichtert hätte.

»Entschuldigung!«, rief der Typ, der immer noch auf seinem Hocker vor dem Freiluft-Computer hockte. »Kann ich Sie mal was fragen?«

»Mmh«, machte Stephen unlustig. »Klar.«

Jetzt stand er auf und kam herübergewackelt. »George Martincz«, stellte er sich vor und streckte Stephen die Hand hin. »Aus Bozeman, Montana.«

Stephen schüttelte die dargebotene Hand, behutsam. Gab

es nichts zu essen in Bozeman, Montana? »Stephen Foxx. Ich komme aus Maine.«

»Freut mich, Stephen. Ich habe, ähm, zwangsläufig etwas von Ihrer Unterhaltung mit der jungen Dame mitbekommen …«

»Zwangsläufig. Verstehe.« Nette Umschreibung für *Ich habe gelauscht.* Musste man sich merken.

»Ja, ich habe gehört, dass Sie heute Abend nach Jerusalem fahren wollen. Ist das richtig?«

»Ja.«

»Wäre es sehr unverschämt, Sie zu bitten, mich mitzunehmen?«

Stephen musste sich anstrengen, nicht voller Abwehr die Stirn zu runzeln oder dergleichen. Er hatte vor, heute Abend ein unersetzliches Dokument, das er sich widerrechtlich angeeignet hatte, in das Labor des Rockefeller Instituts zu schmuggeln, um es dort zu untersuchen. Das Letzte, was er dabei gebrauchen konnte, waren irgendwelche wildfremden Mitfahrer.

»Nach Jerusalem? Was wollen Sie denn dort?«

»Ich will die Stadt sehen.«

»Es ist Sabbat. Da ist nichts los.«

George wiegte den Oberkörper verlegen hin und her. »Verstehen Sie, es ist so: Ich bin es gewohnt, jeden Abend in die Kirche zu gehen. Es würde mir etwas fehlen, wenn ich es hier nicht tun könnte. Und wir sind hier im Heiligen Land – die ganzen heiligen Stätten sind nur eine kurze Autofahrt entfernt … Ich würde sie wirklich gern sehen, selbst wenn heute Abend eine ungünstige Zeit ist. Aber ich weiß nicht, ob wir morgen Abend nicht schon wieder auf dem Rückweg sind. Das geht oft ziemlich schnell.«

»Verstehe.« Er musterte den schmalen, dunkelhäutigen Mann eingehender. Eigentlich sah er ziemlich sympathisch aus. Ein frommer Katholik, wie es den Anschein hatte. Kaum ein ernsthafter Nebenbuhler, was Judith anbelangte. »Das Problem, George, das ich damit habe, ist, dass ich nicht weiß, wann wir zurückkommen. Wir fahren nach Jerusalem – aber ich möchte mich nicht festlegen, wo wir hingehen und wann wir zurückkommen. Nicht einmal, dass wir heute Nacht irgendwann zurückkommen. Sie verstehen? Ich kann Sie mitnehmen, kein Problem. Aber Sie müssten selber sehen, wie Sie zurückkommen.«

George winkte heftig ab. »Oh, das ist kein Problem. Das kann ich machen. Ich werde irgendwo ein Taxi finden. Nur hier gibt es eben keines, deswegen ...«

»Okay«, zuckte Stephen mit den Schultern. »Dann bis heute Abend.«

Er war dazu übergegangen, Blätter von den Flip-Chart-Blöcken abzureißen, vor sich auf dem großen, herrlich leeren Tisch auszubreiten und voll zu kritzeln, wild, mit rastlosen, wütenden Bewegungen. Er schrieb, als jage ihn jemand, benutzte alle Farben, huschte Stichworte hin, malte große Fragezeichen, zog Verbindungsstriche, kreiste Bereiche seiner chaotischen Landkarte ein, strich andere mit dichten, kreuzförmig gesetzten dicken Farbstrichen aus. Das war alles so verrückt. Völliger Wahnsinn. Zu schreiben wie ein Wahnsinniger war die einzige Methode, um bei klarem Verstand zu bleiben.

Irgendwann am Nachmittag warf er den Stift erschöpft von sich, ließ sich rückwärts gegen die Stuhllehne sinken und massierte sich die rechte Schulter, die schon wehtat nach all der Anstrengung. Erst jetzt merkte er, dass er Hunger hatte, gewaltigen Hunger. Er hatte das Mittagessen völlig vergessen, und niemand war gekommen, um ihn daran zu erinnern.

Oder vielleicht war auch jemand gekommen, hatte in der Tür gestanden und mehrmals seinen Namen gesagt, aber er hatte nicht einmal aufgesehen. Er wusste es nicht mehr.

Was wäre, wenn ...? Das war die Frage gewesen, in die er sich versenkt hatte. Angenommen, es gab so etwas wie Zeitreisen tatsächlich. Angenommen, der Tote war tatsächlich ein Kamikaze-Zeitreisender gewesen, auf unvorstellbare Weise in die Zeit Jesu versetzt und dazu verurteilt, nach dessen Tod am Kreuz im Palästina der Zeitenwende zu bleiben und sein Leben dort zu beschließen. Angenommen, angenommen, angenommen.

Er glaubte es immer noch nicht. Es war unglaublich. Tief in seinem Inneren konnte er eine Gewissheit spüren, stabil wie ein massiver Träger aus Stahl, dass es unmöglich war, sich durch die Zeit zu bewegen, in die Vergangenheit zu reisen, zur Gegenwart werden zu lassen, was vergangen war. Nichts vermochte etwas an diesem Gefühl von Unverrückbarkeit zu ändern.

Das war natürlich eine interessante Entdeckung. Ausgerechnet er, der Science-Fiction-Autor, der seine größten Erfolge mit Zeitreiseromanen erzielt hatte. Und nun, in einer Situation, die ihn eigentlich hätte aufjubeln lassen sollen – *Seht ihr? Ich habe es ja immer gesagt!* – tauchte diese Stimme in ihm auf, die stattdessen in einem fort rief: *Das kann nicht sein! Das ist alles Schwindel!*

Aber er hatte es geschafft, sich in dieses »Was wäre, wenn« hineinzusteigern, sich darin zu verlieren, die Stimme des Zweifels zu übertönen mit hektischer Aktivität. Und da lag es nun vor ihm auf dem Tisch, das Ergebnis eines stundenlangen Arbeitsrausches: große Papierbögen, vollgesudelt mit Notizen in vier grellen Farben, sodass sie aussahen wie moderne Kunstwerke.

Angefangen hatte er mit der Fragestellung: Was wäre, wenn

ich einen Roman schriebe, der davon handelt, wie jemand aus der Gegenwart zurück in die Vergangenheit reist, in die Zeit Christi, mit einer Videokamera im Gepäck? Nicht, dass er das tatsächlich vorgehabt hätte. In einer Geschichte, die er einmal gelesen und die ihm gut gefallen hatte, hatte sich zum Schluss herausgestellt, dass die Leute, die der Kreuzigung Jesu beigewohnt hatten – die Soldaten, die Menschen am Straßenrand, die Priester, sogar die Henker, die Jesus ans Kreuz nagelten – *allesamt* Zeitreisende aus den verschiedensten Epochen der weiten Zukunft gewesen waren.

Was ihn natürlich sofort wieder an Stephen Hawkings Argument denken ließ. Wenn die Zeitreise wirklich demnächst erfunden wurde, würde es dann nicht zwangsläufig irgendwann Abenteuerreisen in die Vergangenheit geben, zu den großen Ereignissen der Weltgeschichte? *Treffen Sie Leonardo da Vinci! Sehen Sie zu, wie Michelangelo die Sixtinische Kapelle ausmalt! Begleiten Sie Christoph Columbus auf seiner historischen Fahrt in die Neue Welt!* Musste dasselbe dann nicht für alle Epochen gelten, für alle bedeutenden Ereignisse? Wenn irgendwann demnächst die Zeitreise entwickelt und von da an betrieben wurde, dann musste die Vergangenheit wimmeln von Reisenden aus der Zukunft, musste die Geschichte voll sein mit Touristen. Und womöglich blieb es nicht beim bloßen Sightseeing. *Besteigen Sie den römischen Kaiserthron – feiern Sie Orgien, wie es sie verschwenderischer und dekadenter niemals gegeben hat!*

Und wenn das, was John Kaun und Professor Wilford-Smith glaubten, der Wahrheit entsprach, dann war hier nicht von einer Entdeckung die Rede, die irgendwann einmal, vielleicht im vierundzwanzigsten oder sechsunddreißigsten Jahrhundert gemacht werden würde – bis dahin mochte so viel geschehen, so viel Geschichte in Vergessenheit geraten, dass Columbus und da Vinci unbehelligt bleiben konnten –, nein, dann war die Rede von einer Entdeckung, die unmittelbar bevorstehen musste. Die Videokamera, von der hier die Rede war, würde in drei Jahren auf den Markt kommen. Wenn man die derzeitigen Produktentwicklungszeiten zugrunde legte, war es unwahrscheinlich, dass sie länger als drei weitere Jahre das Top-Modell bleiben würde. Mit anderen Worten, die Rede war von den nächsten sechs Jahren! Spätestens in sechs Jahren musste der Mann aufbrechen, dessen Knochen sie hier freigeschaufelt hatten.

War die nächste Frage, wie er das technisch bewerkstelligen würde. Würde er eine Art Zeitmaschine benutzen, wie in dem Roman von H. G. Wells? Wie musste man sich eine solche Maschine vorstellen? Würde das ein kleines, handliches Gerät sein, das man bequem am Gürtel tragen konnte, oder eher eine monströse technische Apparatur, groß wie ein Kraftwerk? Wenn Letzteres der Fall war, dann würde der Aufbruch des Zeitreisenden wohl kaum unbemerkt bleiben. Vielleicht würde es einen großen Medienrummel geben, eine Direktübertragung in alle Welt, vergleichbar der Berichterstattung von der Mondlandung. Das konnte man sich gut vorstellen: auf der einen Seite die Zeitmaschine, der tapfere, selbstlose Zeitreisende davor, der in die Kameras winken, vielleicht ein paar letzte Worte sagen würde – etwas in der Art: »Ein großer Schritt für einen Menschen ...« –, ehe er aufbrechen würde zu seiner Reise ohne Wiederkehr. Und dann, sofort nachdem er gestartet war, würden die Ausgrabungsarbeiten an der vereinbarten Stelle beginnen, an einer sorgfältig ausgewählten Stelle, einer Stelle, von der alle namhaften Historiker übereinstimmend der Meinung waren, dass sie seit den Zeiten Jesu unberührt geblieben war. Dort würde man Videocassetten mit Aufnahmen von Jesus Christus finden, denn der Zeitreisende war ja damals dabei gewesen und hatte die Cassetten dann an genau dieser Stelle deponiert. Und Milliarden von Fernsehzuschauern in aller Welt würden live dabei sein, wenn diese Aufnahmen abgespielt wurden …

Eisenhardt hielt inne, langte noch einmal nach dem roten Filzstift und malte einen dicken Punkt neben die entsprechenden Stichworte. Irgendetwas war noch an dieser Vorstellung, über das er würde nachdenken müssen. Etwas hakte noch. Irgendein Gedanke, der es noch nicht bis ins Tagesbewusstsein geschafft hatte. Ein Gedanke, der wichtig war.

Gut, aber weiter. Wenn es eine Zeitmaschine gab – also ein Gerät, das den Reisenden in die Vergangenheit beförderte, so wie eine Rakete einen Astronauten auf den Mond transportierte –, dann war die nächste Frage, wo dieses Gerät abgeblieben war. Und warum es nicht möglich gewesen sein sollte, damit auch den Rückweg zu bewerkstelligen.

Darauf, hatte Eisenhardt gefunden, gab es eine einfache Antwort. Sie würde Kaun und Wilford-Smith nicht gefallen, aber sie war nicht von der Hand zu weisen.

Wo stand denn geschrieben, dass nur ein einziger Zeitreisender in die Vergangenheit aufbrechen würde? War es nicht viel wahrscheinlicher und naheliegender, dass man ein ganzes Team schicken würde? Für einen einzelnen war so ein Trip doch eine viel zu gefährliche Angelegenheit. Eine fremde Kultur, fremde Sprachen und Denkweisen, Krankheiten, die längst ausgerottet sein würden, wenn der Zeitreisende geboren wurde – unwahrscheinlich, dass man das riskieren würde. Genauso wenig, wie man einen Mann allein zum Mond geschickt hatte.

Nun, einer aus dem Team mochte schlicht und einfach verloren gegangen sein. Vielleicht war er verhaftet worden von den römischen Besatzern. Vielleicht hatte er sich in ein hübsches Mädchen verliebt und beschlossen, zu bleiben. Vielleicht hatte er einen Unfall erlitten. Wie auch immer – er blieb, starb nach einigen Jahren und wurde dort begraben, wo

Wilford-Smith ihn gefunden hatte. Die anderen des Teams kehrten in ihre Zeit zurück – deshalb hatte man keine Zeitmaschine gefunden. Und selbstverständlich hatten sie alle Videoaufnahmen mitgenommen.

Wenn diese Erklärung zutraf, konnten sie natürlich nach der Kamera suchen, bis sie schwarz wurden.

Hmm. Und so sehr er auch nachdachte, er fand in den vorliegenden Fakten nichts, was gegen eine solche Deutung sprach. Allenfalls konnte man sich fragen, warum der Aussteiger ausgerechnet die Bedienungsanleitung einer Kamera mitgenommen hatte.

Eisenhardt schob das entsprechende Blatt beiseite. Das war also eine Theorie. Die Team-und-Aussteiger-Theorie. Er war mal gespannt, was Kaun hierzu einfiel.

Aber angenommen, sie hatten es doch mit einem Einzelnen zu tun. Angenommen, die Zeitreise erfolgte nicht mit Hilfe eines Transportgeräts, sondern irgendwie anders. Eher wie das »Beamen« in den Star-Trek-Filmen. Eine große Zeitkanone, die den Probanden in die Vergangenheit feuerte. Musste diese Zeitkanone überhaupt in Israel aufgestellt werden?

In Filmen war das so. Derselbe Ort, eine andere Zeit. Das machte sich gut in Filmen. In Wirklichkeit würde man, wenn man nur die Zeit, nicht aber den Ort wechselte, sich mit allerhöchster Wahrscheinlichkeit irgendwo im freien Weltraum wiederfinden. Denn nichts war so sehr in Bewegung wie der vermeintlich feste Boden unter den eigenen Füßen. Nicht nur, dass sich die Erde in vierundzwanzig Stunden einmal um ihre Achse drehte – was bedeutete, dass jemand, der in einem Haus in Mitteleuropa ruhig in einem Sessel saß, sich immerhin mit beinahe Schallgeschwindigkeit bewegte –, die Erde raste außerdem mit noch größerer Geschwindigkeit um die Sonne, die sich ihrerseits mit einer noch atemberaubenderen

Geschwindigkeit um das Zentrum der Milchstraße drehte, die wiederum quer durch das Universum schoss mit einer Geschwindigkeit, von der alle irdischen Raketenbauer nicht einmal zu träumen wagten. Ein unvorstellbares kosmisches Karussell. Eisenhardt vermochte sich kaum auszumalen, wie das gehen sollte: jemanden quer durch die Raum-Zeit zu befördern, zu einem so eng definierten Ziel wie dem Palästina vor zweitausend Jahren. Das war, als spucke man in die Luft, während man auf dem wildesten Karussell des Jahrmarkts umhergewirbelt wird, und treffe dennoch eine ganz bestimmte Person, die sich auf dem gleichen Karussell befindet, auf die linke Schulter.

Quer durch die Raum-Zeit …

Ihm stockte der Atem. Hastig riss er die Kappe von dem Filzschreiber, den er noch in der Hand hielt, und fing an zu schreiben.

Wenn Zeitreise möglich war, wenn es möglich war, jemanden quer durch die Raum-Zeit zu transportieren – dann musste es genauso möglich sein, jemanden auf einen anderen Planeten zu versetzen! Palästina auf einer Erde, die sich an der Stelle befand, an der sie sich vor zweitausend Jahren befunden hatte, war genauso leicht oder schwer zu treffen wie ein Planet, der um Alpha Centauri oder Epsilon Eridani kreiste.

Und die Technologie dazu sollte in den nächsten sechs Jahren entstehen? Unwahrscheinlich. Das war derart unwahrscheinlich, dass man eigentlich aufhören konnte, darüber nachzudenken.

Wenn da nicht diese vermaledeite Gebrauchsanleitung gewesen wäre.

Eisenhardt schob auch dieses Blatt beiseite. Er war hungrig. Kopfschmerzen hatte er auch. Und Gebrauchsanleitungen hatte er ohnehin noch nie leiden können.

Dann konnte man Überlegungen anstellen, wie sich der hypothetische Zeitreisende auf seinen Trip vorbereitet haben mochte. Das fiel Eisenhardt, der es schon als Albtraum empfand, einen Koffer für eine einwöchige Lesereise packen zu müssen, besonders schwer. Was packte man ein, wenn man vorhatte, in die Vergangenheit zu reisen, Jesus Christus zu filmen und dann in eben dieser Vergangenheit zu bleiben? Bestimmt ein paar Lieblingsbücher. Vielleicht moderte irgendwo ein zweitausend Jahre alter Walkman vor sich hin, samt Cassette? Medikamente. Sicher hatte er sich vorher ausgiebig impfen lassen, aber er musste auch Medikamente mitgenommen haben, Antibiotika, Durchfallmittel, Kopfschmerztabletten, solche Dinge. Man würde einen Apotheker fragen müssen, wie die Reiseapotheke eines Zeitreisenden auszusehen hatte. Und er würde mindestens eine der damals gängigen Sprachen gelernt haben. Aramäisch wahrscheinlich, was, wie er inzwischen nachgelesen hatte, die Muttersprache des Jesus von Nazareth gewesen war. Und Latein natürlich, um die römischen Besatzer verstehen zu können.

Alles in allem war er auf eine ansehnliche Liste von Ausrüstungsgegenständen gekommen. Umfangreiches Gepäck. Neben Kleidung und ähnlichen Dingen – was benutzte man damals eigentlich anstelle von Zahnpasta? – natürlich die Kamera. Ausreichend Videocassetten dafür. Vielleicht hatte er irgendetwas mitgenommen, um die Kamera zu tarnen – bei dem Versuch, sich die Reaktionen damaliger Menschen auf einen vorzustellen, der umherlief, ein Auge auf das Okular eines kleinen silbergrauen Camcorders gepresst, versagte Eisenhardts Fantasie.

Tja, und so eine Kamera brauchte ja bekanntlich Strom. Und nach allem, was man wusste, waren Steckdosen im Palästina der Zeitenwende doch eher selten. Der Zeitreisende würde wohl kaum einfach nur die Akkus seiner Kamera aufgeladen und aufgebrochen sein, sondern irgendeine Energiequelle mitgenommen haben, mit der er die Akkus immer wieder aufladen konnte.

Vielleicht ein paar gute Solarzellen. Man konnte sich mal bei Expeditionsausrüstern erkundigen, was es in dieser Richtung gab. Eigentlich kam kaum etwas anderes in Frage.

Eisenhardt schob auch dieses Blatt beiseite, legte den Stift weg und massierte sich seufzend die Schläfen. Was für ein beschissener Job. Was für ein verrücktes Abenteuer.

Und verdammt noch mal, er hatte Hunger. Zum Teufel mit der ganzen Nachdenkerei, er würde jetzt hinübergehen in die Feldküche und schauen, ob er irgendetwas zwischen die Zähne bekam!

Stephen bemühte sich, den Spalt zwischen den Zeltplanen, durch den er hinausspähte, nicht größer werden zu lassen als unbedingt notwendig.

»Ich habe mich übrigens ein bisschen umgehört«, sagte er halblaut. »Der Typ heißt Ryan.«

»Welcher Typ?«, fragte Judith, die abwartend auf ihrem Feldbett saß.

»Der in meinem Zelt war. Kauns Mann fürs Grobe.« Er ließ den schweren grauen Stoff los. »Niemand zu sehen.«

Judith betrachtete ihn abwartend. »Und jetzt?«

»Du nimmst heute Abend deine schmutzige Wäsche mit zu deiner Mutter«, erklärte Stephen. »In deiner großen Reisetasche.«

»Und wenn die jemand durchwühlen will? Dieser Ryan beispielsweise?«

»Dann schreist du das Lager zusammen. Der soll seine schmutzigen Finger von deiner Unterwäsche lassen.«

Judith seufzte, beugte sich vor, zog die Reisetasche heran

und begann, sie leerzuräumen. »Ich weiß nicht. Ich habe kein gutes Gefühl bei der Sache.« Stephen blieb neben dem Eingang stehen und sah wieder hinaus. Die Sonne neigte sich dem Horizont entgegen. Der Tag war seltsam schnell vergangen. Sie mussten sich beeilen, bald würden die übrigen Grabungshelfer zurückkommen in ihre Zelte.

»Weißt du übrigens, was die da machen?«, fragte sie, während sie ihre sauberen Sachen auf dem Bett stapelte.

»Wer die?«

»Diese Techniker, die heute Morgen kamen. Ich hab mich doch mit einem von denen unterhalten.«

»Ja. Hab ich gesehen. Und, was machen sie?«

»Er nannte es eine, warte mal, sonartomografische Untersuchung des Bodens. Eine Art Durchleuchtung. Wie ein Röntgenbild, nur dass sie Schockwellen oder Schallwellen oder so etwas benutzen.«

»So etwas habe ich mir schon gedacht.«

Judith verzog das Gesicht. »Natürlich. Hätte ich mir ja denken könne, dass du dir das schon gedacht hast. Was streng ich mich überhaupt an?« Sie kippte den Inhalt der Plastiktüten, in denen sie die gebrauchte Wäsche verwahrte, in die Reisetasche um. »Und sicher kannst du dir auch schon denken, wonach sie suchen.«

»Nach der Kamera, nehme ich an. Kaun glaubt wahrscheinlich, sie ist hier irgendwo.«

»Von einer Kamera weiß dieser Mensch natürlich nichts. Er heißt übrigens George Martinez und arbeitet an der Universität von Bozeman, Montana.«

Stephen verbiss sich die Bemerkung, dass er auch das schon wusste. »Interessant. Und was hat man ihm erzählt?«

»Dass man nach einem großen Metallkoffer sucht. Ein Kasten aus Metall, so groß wie ein Koffer. Angeblich das Ossuarium eines hasmonäischen Königs.«

»Ein Metallkoffer … Der Behälter, in dem die Kamera und die Aufnahmen die Jahrtausende überdauern sollen.«

»Nehme ich doch an«, sagte Judith und schüttelte ihre Reisetasche zurecht. »So, die Schmutzwäsche steht bereit.«

»Gut. Jetzt brauche ich ein paar ungestörte Minuten. Am besten, du hältst solange Wache.«

»Von mir aus auch das.«

Sie stand auf, und sie umrundeten einander umständlich, bis Judith am Eingang stand und Stephen neben ihrem Bett.

Er sank neben dem Bett auf die Knie nieder. »Also, es geht los. Jetzt darf niemand kommen.«

»Und wenn doch jemand kommt? Stina zum Beispiel?« Stina hieß ihre Zeltgefährtin.

»Dann müssen wir uns küssen«, erklärte Stephen so trocken wie möglich. »Und uns so aufführen, dass sie sich taktvoll wieder zurückzieht.«

Er hörte sie erschrocken einatmen. »Ist das dein Ernst?« Er sagte darauf nichts, sondern begann, den sandigen Boden unter ihrem Bett aufzugraben.

»Na ja«, meinte sie nach einer Weile halblaut. »Sicher kommt sie ohnehin nicht.«

Stephen musste wider Willen grinsen, was sie zum Glück nicht sah. Er schaufelte weiter, bis er freigelegt hatte, was er heute Morgen hier vergraben hatte.

Judith machte große Augen, als er damit unter dem Bett hervorkam. »Was ist denn das?«

»Die Jungs von der Küche haben vollkommen recht, dass sie es uns verbieten, das Essen hinauszunehmen«, grinste Stephen. »Das Geschirr kommt wirklich weg.«

Was er in der Hand hielt, waren zwei flache Metallteller, die so aufeinander gesetzt waren, dass zwischen ihnen ein schmaler, gut geschützter Hohlraum blieb. Ringsum waren die beiden Teller mit kräftigem Klebeband aufeinander befestigt, und das Ganze sah aus wie eine kleine fliegende Untertasse vom Mars.

»Da drin sind die Papiere?«

»Genau. Gut geschützt, hoffentlich.« Er blies die letzten Sandkrümel von dem improvisierten Behälter und verstaute ihn dann behutsam in Judiths Reisetasche, tief unterhalb der Wäsche.

Eisenhardt saß einsam an einem der Tische der Feldküche, umgeben von lauter leeren Bänken, und löffelte hungrig, was in seinem Teller war. Vom Mittagessen war nichts mehr übrig gewesen, als er gekommen war, aber es war schon später, als er gedacht hatte, und so hatte ihm der Koch schon etwas vom Abendessen geben können. Es schmeckte gut; ein eigenartiges, interessantes Gemüsegericht, dessen Namen er wieder vergessen hatte. Er glaubte Auberginen, Knoblauch und Kreuzkümmel herauszuschmecken, aber dann war da noch eine Soße, die ihm absolut unbekannt war. Jedenfalls lecker, vor allem, wenn man Hunger hatte.

Die Sonne stand schon tief. Gegen den Horizont sah man die Grabungshelfer langsam in Richtung Zelte trotten, wo sie sich wahrscheinlich etwas frisch machen würden, um dann in der Küche einzufallen. Er beobachtete ein dunkelhaariges Mädchen, das eine große Reisetasche zum Parkplatz schleppte, wo sie sie im Kofferraum eines kleinen dunkelblauen Wagens verstaute. Dunkel erinnerte er sich, dass mit dem Sonnenuntergang der Sabbat begann; wahrscheinlich fuhren einige der israelischen Helfer in der Zeit nach Hause.

Noch während er sie beobachtete – sie sah wirklich ziemlich gut aus, hatte langes schwarzes Haar und eine gute Figur –, fiel ihm ein weiterer Wagen auf, der sich in einer

Staubwolke aus der Ferne dem Lager näherte. Eisenhardt runzelte die Stirn, sah genauer hin. Es war ein Taxi. Genau so ein Taxi wie das, mit dem er selber gestern Abend angekommen war.

Die Szene kam ihm so verblüffend bekannt vor, dass er vergaß zu essen. Das Taxi hielt. Während der Taxifahrer das Gepäck aus dem Kofferraum lud, traten John Kaun und der Professor heran und begrüßten den Mann, der dem Taxi entstieg und sich einigermaßen verdutzt umschaute. Soweit man das aus der Ferne erkennen konnte, war der Neuankömmling etwas älter, vielleicht so um die fünfzig, hatte einen wilden weißen Bart, eine Halbglatze und einen beeindruckenden Bauch. Wilford-Smith redete auf ihn ein, in seiner betulichen Art und mit sparsamer Gestik. Dann ergriff der Medienmagnat das Wort, weit ausholend, bestimmt, dynamisch, erklärte, lächelte verbindlich, entlockte dem Mann ein zustimmendes Nicken und fasste ihn schließlich am Ellbogen. Diensteifrige Leute sprangen herbei, schleppten die ausgeladenen Koffer davon und bezahlten den Taxifahrer, während Kaun und Wilford-Smith ihren neuen Gast zu dem weißen Zelt auf Areal 14 hinüberkomplimentierten.

Seit er mit dem Techniker gesprochen hatte, hatte Gideon angefangen, sich darüber Gedanken zu machen, was er und seine Kollegen da eigentlich zu bewachen hatten.

Normalerweise war ihm das egal. Sein Job war es, zu bewachen. Das hieß, die Augen offen zu halten und jederzeit bereit sein, einen Angreifer aufzuhalten oder, wenn es nicht anders ging, zu töten. Wenn er eine Person zu bewachen hatte, konnte das auch heißen, sich für diese Person verletzen oder töten zu lassen, aber diese erweiterte Form der Einsatzbereitschaft kam selten vor und wurde mit einer Extraprämie vergütet. Normalerweise bewachte er Industrieanlagen, Kommunikationseinrichtungen, Kulturdenkmäler oder Touristenzentren, aber er hatte auch schon Industrielle und Politiker bewacht, einmal sogar Yassir Arafat, den Präsidenten der Palästinenser, als dieser noch kein Präsident, sondern der Führer einer umstrittenen Bewegung gewesen war. Damals hatte er sich auch keine besonderen Gedanken über Sinn und Zweck seines Einsatzes gemacht; der Mann mit dem blau-weißen Kopftuch war für ihn ein Schutzbefohlener wie jeder andere gewesen. Vielleicht hatte die Firma ihn deswegen für den Job ausgesucht. Er wurde oft für besondere Jobs ausgesucht, meistens deshalb, weil er recht gut Englisch sprach. Einmal war er Bodyguard einer amerikanischen Filmschauspielerin gewesen, die für zwei Tage durch Israel gereist war, und sie hatte ihn zum Abschied geküsst. Seither sah er sich jeden ihrer Filme an. Manchmal spielte auch eine Rolle, dass seine Reflexe legendär schnell waren. Das hatte man schon bei der Armee entdeckt und ihn deswegen zum Scharfschützen ausbilden lassen. Dass er besonders neugierig gewesen wäre, hatte ihm dagegen noch niemand nachgesagt.

Das war er auch jetzt nicht. Er machte sich eben so seine Gedanken. Er hatte den ganzen Tag vor einem der Zugänge zu dem weißen Zelt Wache gehalten, ohne auch nur auf die Idee zu kommen, einen Blick hineinzuwerfen. Denn man hatte ihnen gesagt, dass sie das nicht dürften. Und Gideon befolgte, was ihm gesagt wurde.

Aber er machte sich eben so seine Gedanken. Es war das erste Mal, dass er einen archäologischen Fund zu bewachen hatte. Aber an sich war das nichts Ungewöhnliches. Er hatte von anderen gehört, die einmal einen alten Goldschatz zu bewachen gehabt hatten, Münzen und Schmuckstücke aus der Zeit der alten Könige. Und archäologische Funde waren oft politisch in Israel. Jemand grub etwas aus, das jemand anderes als Beweis oder Widerlegung seiner politischen oder religiösen Überzeugungen betrachtete, und sofort war der Streit da.

Ja, doch, er hätte gern gewusst, was Bedeutendes in dem Erdloch gefunden worden war, über dem das Zelt stand. Und er tröstete sich damit, dass er es, wenn es wirklich bedeutend war, irgendwann aus der Zeitung erfahren würde. Und dann würde er den Artikel ausschneiden und mitnehmen in die Cafés, wo er sich mit seinen Freunden traf, und sagen: Da war ich! Ich habe Wache gestanden!

Abends beobachtete er, wie der englische Professor, der die Ausgrabungen leitete, und der Amerikaner, der, wie er gehört hatte, Multimillionär war und die Ausgrabung finanzierte, einen Besucher empfingen, den ein Taxi aus Tel Aviv gebracht hatte. Er hatte keine Ahnung, wer der Mann sein mochte. Er war groß, um die fünfzig, hatte einen grauen Bart und schien nicht wenig unter der Hitze zu leiden, jedenfalls wischte er sich in einem fort mit dem Anzugsärmel über die Stirn und den ziemlich kahlen Schädel, während alle drei den Weg über die Stege und Bretter nahmen, der zu diesem Zelt führte.

Vielleicht ein Wissenschaftler, überlegte Gideon und trat einen Schritt beiseite, damit die drei Männer ungehindert das Zelt betreten konnten.

»'erev tov«, murmelte der Professor, der hinter den anderen beiden ging, und nickte Gideon zerstreut lächelnd zu. *»Toda.«*

»Bevakasha«, erwiderte Gideon.

Guten Abend. Danke. Bitte. Gideon begriff, dass der Professor nicht wusste, dass er Englisch sprach. Der Professor, der eben dabei war, einem neuen, wichtigen Besucher seinen wertvollen Fund zu zeigen und zu erklären.

Gideon riss die Augen auf, als ihm klar wurde, was das hieß. Das hieß ...

Nein. Das konnte er nicht machen.

Andererseits ...

Man hatte ihnen verboten, hineinzusehen. Aber man hatte ihnen nicht gesagt, sie müssten sich die Ohren zuhalten.

Gideon rückte seinen Stuhl eine Idee weiter an die Zeltplane heran, legte die Uzi quer über den Schoß und lehnte sich zurück. Die Stimmen der drei Männer waren ziemlich gut zu vernehmen.

Zum vereinbarten Zeitpunkt wählte Eisenhardt die Nummer, die er an diesem Morgen schon einmal gewählt hatte. Auf der anderen Seite wurde sofort abgenommen. »Uri Liebermann.«

»Guten Abend, Herr Liebermann. Peter Eisenhardt hier.«

»Ah, Herr Eisenhardt, ja. Sehr angenehm.«

»Nun«, fragte der Schriftsteller gespannt, »konnten Sie etwas herausfinden?«

»Ja.«

Eisenhardt holte tief Luft. »Ich höre.«

»Tja.« Auch der Journalist schien erst einmal Anlauf nehmen zu müssen. »Also, Sie hatten recht. Es ist wirklich eine ganze Menge Material über Professor Wilford-Smith in unserem Archiv gespeichert. Eine einzige simple Abfrage, und es rauscht nur so über den Bildschirm. Der Mann gräbt sich durch den Boden Israels, dass man nur staunen kann.«

»Aha.«

»Aber«, fügte Liebermann hinzu, »ich fürchte, er genießt trotz allem keinen guten Ruf in wissenschaftlichen Kreisen.«

Eisenhardt spürte, wie sich seine Mundwinkel beinahe wie von selbst zu einem Grinsen nach oben zogen. Das war ja interessant! »Was heißt das konkret?«

»Man wirft ihm hauptsächlich vor, schlampig zu arbeiten. Immer wieder heißt es, er behandle Fundstücke nicht sorgfältig, ihm gehe mehr kaputt als anderen und er grabe zu viel und zu schnell. Ich habe ein Interview mit Yigael Yadin gefunden, wo er sagt, Wilford-Smith scheine Masse mit Klasse zu verwechseln, und in einem Interviewteil, der nicht veröffentlicht wurde, sagt er sogar wörtlich, ›dieser Mann ist eine Strafe für die israelische Archäologie‹.«

»Ziemlich hart.« Eisenhardt hatte noch nie von diesem Yigael Yadin gehört. Wahrscheinlich auch ein Archäologe, und zwar ein anerkannter.

»Außerdem ist es wohl so, dass Wilford-Smith ziemlich wenig veröffentlicht, und davon ist das meiste entweder langweilig oder umstritten. Ist Ihnen Benjamin Mazar ein Begriff?«

Eisenhardt zögerte. »Kann ich nicht behaupten.«

»Eine Kapazität hierzulande. Hat Ausgrabungen an der Klagemauer durchgeführt. Er hat sich vor etlichen Jahren einmal dahingehend geäußert, dass er den Verdacht habe, Wilford-Smith kenne sich in weiten Bereichen der Geschichte Palästinas überhaupt nicht aus.«

»Allerhand.«

»Das einzige, was anscheinend jeder andere Archäologe an ihm bewundert, ist, dass Wilford-Smith immer wieder einen Sponsor findet für seine Vorhaben.«

»Vielleicht können sie ihn deswegen nicht leiden?«

»Wie gesagt, ich kann mir dazu kein Urteil erlauben. Ich habe unsere Datenbank gesichtet, wie ich es Ihnen versprochen hatte, aber ich bin völliger Laie, was die Geschichte des Altertums anbelangt. Schwierig genug, mit der Zeitgeschichte Schritt zu halten.«

Eisenhardt machte sich eifrig Notizen. »Sein Professorentitel – ist der echt?«, fragte er dann.

Er hörte Liebermann seufzen. »Ja und nein. Im Prinzip ist der Titel echt, Wilford-Smith ist Professor für Geschichte an der *Barnford University* in Südengland. Die aber wiederum ist eine etwas umstrittene Institution, die einer wenig bekannten religiösen Gemeinschaft gehört, der True Church Of Barnford.«

»Nie gehört.«

»Ich auch nicht, muss ich zugeben. Es war auch nichts darüber herauszufinden in der Kürze der Zeit.«

Eisenhardt kritzelte Barnford auf seinen Notizblock, unterstrich das Wort dreimal und malte ein dickes Fragezeichen daneben. »Sonst noch etwas?«

Der Journalist lachte leise. »Das Beste kommt noch.«

»Ich dachte, als Journalist bringt man das Beste immer zuerst.«

»Nur in einem Zeitungsartikel. Wussten Sie, dass Wilford-Smith ursprünglich Berufssoldat war?«

Eisenhardt glaubte seinen Ohren nicht zu trauen. *»Soldat?«*

»Er diente im Krieg unter Montgomery in Nordafrika und war danach im britischen Mandatsgebiet Palästina Nahost stationiert. Er war unter den britischen Truppen, die bei der Gründung des Staates Israel im Mai 1948 Palästina verließen.«

»Unglaublich.« Eisenhardt versuchte, sich den betulichen, gebückt gehenden Wissenschaftler als tapferen Wüstenkrieger und Patrouillengänger vorzustellen.

»Tja, und er scheint eine unvergängliche Zuneigung zu unserem Land behalten zu haben. Er kehrte damals nach England zurück, schied aus dem Militärdienst aus, heiratete, nahm eine Stellung als leitender Angestellter in einer Tuchwarenfabrik an und führte ein ruhiges Leben. Bis zum Jahr 1969. Damals, mit immerhin schon zweiundvierzig Jahren, verließ er plötzlich seinen gutbezahlten Beruf mit Pensionsanspruch und begann, Geschichtswissenschaften zu studieren, spezialisierte sich auf biblische Archäologie und fiel 1974 schließlich das erste Mal über israelischen Boden her.«

»Einfach so?«

»Keine Ahnung, was der Auslöser war. Ich könnte mir vorstellen, dass er damals etwas Geld geerbt hat und nicht mehr gezwungen war zu arbeiten.«

Und dann fiel ihm nichts Besseres ein, als sich jahrelang durch eine öde, mörderisch heiße Wüstenlandschaft zu wühlen? Eisenhardt schüttelte den Kopf.

»Im Jahre 1980«, fuhr Uri Liebermann fort, »berief ihn dann besagte *Barnford University* zum Professor, stellte ihn aber gleichzeitig von der Lehrtätigkeit frei, und seither ist er aus Israel kaum noch wegzukriegen. Aber, um Ihre zentrale Frage von heute Morgen in einem Satz zu beantworten: Wilford-Smith hat in all den Jahren schlicht nichts entdeckt, was wissenschaftlich von irgendeiner Bedeutung gewesen wäre. Er ist nicht einmal im *Who's Who In Archaeology* aufgeführt. Wenn er es noch wenigstens zu einer Fußnote in den Annalen der Wissenschaft bringen will, dann muss er sich wirklich beeilen.«

16

Aus den ursprünglich nicht geplanten sonartomografischen Untersuchungen lassen sich weitreichende Konsequenzen für weitere Ausgrabungsarbeiten ziehen (siehe Anh. II der Abschließenden Zusammenfassung). Danach scheinen die Areale 3 und 19 nicht so vielversprechend zu sein, wie wir aufgrund der Analyse der Satellitenbilder zunächst dachten, während sich in dem trapezförmigen Gebiet zwischen den Arealen 4, 5 und 6 Strukturen zeigen, deren Natur unklar ist und durch Grabungen untersucht werden müsste.
(Fußnote: Zum Zeitpunkt der Abfassung dieses Berichts stand noch nicht fest, ob und wann die Arbeiten in Bet Hamesh wieder aufgenommen werden.)

Prof. Charles Wilford-Smith
Bericht über die Ausgrabungen bei Bet Hamesh

Zuerst war es nur eine Großstadt wie jede andere, auf die sie da durch dürre nächtliche Hügel zufuhren. Häuser tauchten auf und Werbeplakate, Hochspannungsleitungen und Straßenlampen, ausgeleuchtete Fabrikhöfe huschten vorbei, Supermärkte und Restaurants. Dunkle Zypressen drückten sich in die freien Räume zwischen den Häusern, und Stephen fiel auf, dass alle Gebäude aus dem gleichen weißlich gelben Sandstein gebaut zu sein schienen, sodass man den Eindruck bekam, die Stadt sei einst in einem Stück aus dem Felsen geschlagen worden.

George war immer stiller geworden, seit sie die Stadtgrenze passiert hatten. Stephen, der am Steuer saß, warf ab und zu einen Blick zu Judith hinüber, die die Aufgabe hatte, sie zu lotsen. Aber sie zeigte, wenn sie seinen Blick bemerkte, immer nur mit zwei Fingern geradeaus. Auf der Hauptverkehrsstraße bleiben, hieß das.

Stephen wusste über die Vorschriften zum Sabbat nur undeutlich Bescheid – nur, dass er zu tun hatte mit Ruhe und dem Verbot jeder Arbeit und dass er von Freitagabend bis Samstagabend dauerte, jeweils von Sonnenuntergang bis Sonnenuntergang. Es waren jedenfalls mehr Fahrzeuge unterwegs, als er erwartet hatte. Er hatte nicht wirklich damit gerechnet, eine totenstill daliegende Stadt vorzufinden, in der sein Auto durch leere Straßen dröhnen und von strenggläubigen Einwohnern mit Steinen beworfen werden würde, aber doch ungefähr etwas in der Richtung. Dass sie in einem eher als zähflüssig zu bezeichnenden Autopulk ins Stadtinnere unterwegs waren, überraschte ihn ziemlich.

Und dann, gerade als er zu dem Schluss gekommen war, dass dies eben auch nur eine Stadt wie jede andere war, überquerten sie einen Hügelkamm und hatten zum ersten Mal ungehinderte Sicht auf das Stadtzentrum.

Vom Rücksitz kam ein inbrünstiger Seufzer. »Jerusalem«, hauchte George ehrfürchtig. »*Yerushalayim.* Die Stadt des Friedens ...«

Die Stadt des Friedens, die in Jahrtausenden mehr umkämpft gewesen war als jeder andere Ort der Erde, breitete sich vor ihren Blicken aus wie ein golden schimmernder Flickenteppich, in dem unzählige Lichter und Lichtlein glühten, hineingeschmiegt in ein breites Tal, gespickt mit schlanken Minaretten und dunklen Kirchtürmen, verziert mit kleinen und großen Kuppeln, bis sich die Stadt dann wieder erhob, hinauf zum Tempelberg, auf dem atemberaubend die gewaltigste Kuppel thronte und die einzige, die wirklich aus Gold war: die Kuppel des Felsendoms.

»Ein Ort auf Erden, aber halb im Himmel«, sagte George mit beinahe zitternder Stimme. »Meine Großmutter hat das immer gesagt. Und sie hat recht gehabt, wirklich, sie hat recht gehabt …«

»Jetzt flipp nicht aus«, knurrte Stephen, »okay?«

George schien ihn nicht zu hören. »Jerusalem – ich bin in Jerusalem, wirklich und wahrhaftig!«

Stephen wollte gerade ansetzen, ihn mit etwas schärferer Stimme zur Besinnung zu bringen, als er Judiths Hand auf der seinen spürte. Er sah sie überrascht an, und sie lächelte ihn so sanft an, wie sie ihn noch nie angelächelt hatte. »Lass ihn«, meinte sie leise. »Jerusalem berührt jeden. Sogar dich.«

»Mich? Wie kommst du darauf?«

Sie lächelte nur. Richtig süß lächelte sie.

»Nein, ich bin völlig cool. Die Ruhe selbst«, versicherte Stephen ihr. »Wirklich, ich bin der Ungläubigste der Ungläubigen. Ich könnte den Atheismus *erfunden* haben.«

»Schon gut. Vorne an der Ampel links.«

Auch an diesem Abend versammelten sie sich wieder in Kauns Wohnwagen. Der Neuankömmling saß groß und breit in seinem Sessel wie ein hünenhafter Buddha, die fleischigen Hände über einem voluminösen Bauch gefaltet. Er mochte etwas über fünfzig sein, trug einen grauen Anzug, der so zerknittert war, als habe er die letzten Nächte darin geschlafen, und von Krawatten schien er auch nichts zu halten – jedenfalls stand sein Hemdkragen unter dem dürren, faserigen Bart weit offen. Seine Halbglatze schimmerte im Licht der Zimmerbeleuchtung, und Eisenhardt glaubte einen Sonnenbrand darauf zu erkennen.

Der Multimillionär besorgte die gegenseitige Vorstellung mit der Eleganz eines geübten Salonlöwen, lobte den Schriftsteller in den höchsten Tönen und stellte dann das neue Mitglied ihrer kleinen Verschwörung vor als Professor Goutière aus Toronto, Historiker an der dortigen Universität und Spezialist für die Geschichte Palästinas.

»Sehr erfreut«, nickte Eisenhardt artig und dachte: Interessant – bis jetzt dachte ich, der Spezialist für die Geschichte Palästinas sei Wilford-Smith …

Einen Moment herrschte eine verlegene Stille, die Kaun überbrückte, indem er wieder den Barkeeper spielte. Goutière äußerte, als er an der Reihe war, den Wunsch nach kanadischem Whisky, »und bitte so viel, wie in ein großes Glas hineinpasst.« Und dieses Glas stürzte er so gierig hinunter, dass es Eisenhardt ganz schwindlig wurde vom bloßen Zuschauen.

»Nun«, fragte Kaun ihn schließlich, »was halten Sie von der Angelegenheit?«

Der Kanadier starrte eine Weile dumpf brütend vor sich hin, ehe er antwortete. »Ich muss gestehen, dass ich noch nicht imstande bin, das alles für bare Münze zu nehmen«, erklärte er schließlich mit orgelnder Bassstimme. »Ich werde mich also einstweilen darauf beschränken, so zu tun, als ob. Und wahrscheinlich werde ich noch etliche Gläser Ihres übrigens vorzüglichen Whiskys benötigen, um meinen kritischen Verstand so weit zu dämpfen, dass ich das kann.«

»Daran soll es nicht scheitern«, meinte Kaun und goss ihm das Glas noch einmal voll.

»Danke.« Aber er nahm das Glas nur in die Hände, ohne daraus zu trinken. Offenbar wirkte das Erste noch.

Wieder sagte eine Weile lang niemand etwas. Jeder blickte auf den Historiker, als sei er ein fleischgewordenes Orakel. Die Klimaanlage gluckerte leise, und das Leder der Sessel quietschte ab und zu dezent, wenn jemand die Beine übereinander schlug.

»Sie wollen wissen«, rekapitulierte der Kanadier endlich,

den stieren Blick immer noch auf die mahagonigetäfelte, schall- und hitzeisolierte Wand gerichtet, »wo die Kamera ist.«

Der Medienmagnat nickte. »Genau.«

»Wo man zu Zeiten Jesu etwas hätte vergraben können, in der Gewissheit, dass man es zweitausend Jahre später unbeschadet wieder ausgraben kann.«

»Genau.«

Er stieß einen beinahe komischen Seufzer aus. »Das ist schwierig.«

Kaun lächelte milde. »Wenn es leicht wäre, hätten wir es selber gemacht.«

»Israel ist sehr groß ...«

Eisenhardt sah, wie nun auch Wilford-Smith lächelte.

Der Professor aus Toronto nahm jetzt doch einen Schluck aus seinem Glas, atmete aus mit einem Geräusch, von dem man nicht hätte sagen können, ob es von Genuss zeugte oder von innerer Anspannung, und verkündete dann: »Darüber muss ich nachdenken.«

Der Blick, den John Kaun ihm daraufhin zuwarf, zeugte von mühsam bewahrter Fassung. *O Gott, ich habe mir einen debilen Alkoholiker geholt!* schien dieser Blick zu sagen.

Doch dann fiel ihm wieder ein, dass er ja schon einen anderen fähigen Kopf auf das Problem angesetzt hatte, und er wandte sich mit sichtlich erwachender Hoffnung an den Schriftsteller: »Mister Eisenhardt, Sie haben schon den ganzen Tag nachgedacht – sind Sie zu irgendwelchen Schlüssen gekommen?«

Eisenhardt sah den Medienmagnaten traurig an. Es half alles nichts, er musste ihm diesen Schmerz antun.

»Ja«, sagte er also. »Ich glaube, dass die Kamera, die wir suchen, nicht existiert.«

Sie hatten am Straßenrand angehalten, in der Nähe eines Tores durch die Altstadtmauer, das wie nachträglich hindurchgebrochen wirkte. Die Mauer selber ragte hell schimmernd und hoch wie ein mehrstöckiges Gebäude hinter Bäumen und Palmen auf, aus behauenen Steinen fest gefügt.

»Und du bist sicher, dass du es auf eigene Faust ins Lager zurückschaffst?«, fragte Judith nochmal.

»Ja, klar«, versicherte George. »Es gibt schließlich Taxis. Und zur Not trampe ich.« Er hob den Daumen. »Ich bin durch halb Amerika getrampt, hey!«

»Also gut. Das dort ist das *Neue Tor.* Du gehst hindurch und geradeaus, bis eine größere Quergasse kommt. Dort geht es links, und nach etwa zweihundert Metern kommt dann die Grabeskirche. Es können auch zweihundertfünfzig sein, aber es gibt ein Schild.«

Sie sah den schmächtigen Mexikaner an, der keinen Blick mehr für sie übrig hatte. Er stand neben dem Wagen, tief atmend, als wolle er jeden einzelnen Augenblick durch jede Pore seiner Haut in sich aufsaugen, und hatte nur Augen für die gewaltige Mauer, die die Altstadt von Jerusalem umschloss, wie sie es seit Jahrhunderten tat.

»George? Alles klar?«, vergewisserte sie sich.

»Alles klar«, nickte er. Einen Moment sah es aus, als begänne er zu torkeln, aber er wandte sich nur noch einmal um, fast mühevoll, beugte sich zu Judith hinunter, nahm ihre Hand und hauchte einen Kuss darauf. »Danke. Vielen Dank. Und dir auch, Stephen, vielen Dank.«

Damit ging er, langsam und traumtänzerisch. Man hätte glauben können, das Tor ziehe ihn mit magischen Kräften an, und als er in der dunklen Öffnung verschwand, sah es aus, als verschlucke es ihn.

»Was für ein Spinner«, kommentierte Stephen, als sie weiterfuhren.

Seine Argumente schienen seltsam wenig Eindruck zu machen. Nachdem er seine Überlegungen vorgetragen hatte – dass man nicht eine einzelne Person, sondern ein Team in die Vergangenheit schicken werde, und dass dieses Team, selbst wenn es aus irgendwelchen Gründen eines seiner Mitglieder habe zurücklassen müssen, auf jeden Fall die Kamera und vor allem die Aufnahmen mit zurück in die Zukunft genommen haben würde –, blickte er in Augen, die auf eine undefinierbare Weise unbeteiligt wirkten, fast amüsiert. Als wüssten sie es besser. So hatten ihn seine Eltern angeschaut, als er, fünf Jahre alt, auf den Einfall gekommen war, sie könnten doch selber Geldscheine zeichnen, damit Vater nicht soviel arbeiten müsse.

Eisenhardt spürte Ärger in sich aufwallen. Wenn er etwas nicht leiden konnte, dann war das diese Art von Überheblichkeit, dieses *Red du nur!* Und wenn ihm etwas eingefallen wäre, etwas richtig Fieses, Gemeines, Verletzendes, das er hätte sagen können, dann hätte er es gesagt. Aber ihm fiel nichts ein, und so schwieg er, hilflos, und wartete, dass jemand etwas dazu sagte.

Dieser Jemand war Professor Wilford-Smith. Und er sagte nur: »Ich bin mir sicher, dass diese Kamera existiert.« Mit einer sanften, leisen Großvaterstimme.

Und John Kaun, der Herr über ein millionenschweres Firmenkonsortium, nickte nur beifällig und meinte: »Ja. Ich glaube fest, dass sie irgendwo da draußen ist.«

Nur Professor Goutière sagte nichts. Er sah ihnen zwar zu, schien aber nichts mitzubekommen von dem, was sich abspielte. Was daran liegen mochte, dass er nachdachte, wie er angekündigt hatte. Vielleicht lag es aber auch nur an dem guten kanadischen Whisky.

»Ich habe Ihnen aber doch gerade erklärt, warum es höchst unwahrscheinlich ist, dass ...«, brauste Eisenhardt auf.

»Peter«, unterbrach ihn Kaun mit bestrickender Verbindlichkeit, »ich sehe, dass Sie sich sehr Mühe geben, das Problem von allen Seiten zu überdenken – aber diese Art von Ergebnis brauchen wir nicht. Nichts, was uns demotiviert. Es ist alles logisch und so weiter, was Sie sagen, selbstverständlich. Aber im Grunde gibt es nur zwei Möglichkeiten – entweder, die Kamera ist dort irgendwo, oder sie ist es nicht. Im Grunde können wir das nicht wissen. Wenn es sie gibt, wird es schwierig genug sein, sie zu finden. Wenn wir aber anfangen zu glauben, dass es sie überhaupt nicht gibt, dann haben wir bereits kapituliert. Und ich kapituliere niemals, verstehen Sie?«

Eisenhardt blickte den Millionär fassungslos an. Was für ein Standpunkt. Nur jetzt nicht anfangen, herumzuschreien. »Alles, was ich sagen will«, begann er noch einmal, die Hände in einer beschwörenden Geste ausbreitend, »ist, dass wir möglicherweise viel Zeit und Geld verschwenden auf eine Suche, die …«

»Ich«, korrigierte ihn Kaun sofort. »*Ich* verschwende Geld. Es ist *mein* Geld. Alles hier« – er machte eine kurze Handbewegung, die nichtsdestotrotz eindeutig diesen Wohnwagen, alle Wohnwagen draußen, die Zelte, die freiwilligen Helfer, die Gerätschaften, einfach alles umfasste – »wird von meinem Geld bezahlt. Ob ich das für Verschwendung halte oder für eine Investition, die das Risiko rechtfertigt, ist allein meine Angelegenheit.«

Das hatte keinen Sinn. Eisenhardt spürte, wie etwas in ihm lustlos zusammenklappte, und er ließ sich in den Sessel zurücksinken. »Ja«, meinte er lahm. »Okay. Selbstverständlich.«

»Abgesehen davon«, fuhr Kaun fort, »glaube ich, dass Sie Ihre Argumente noch nicht zu Ende gedacht haben.«

Eisenhardt hob nur die Augenbrauen. »Inwiefern?«

»Sie sagen, man würde nicht eine Einzelperson in die Vergangenheit schicken, sondern ein ganzes Filmteam. Das klingt plausibel. Nun, sehen Sie – ich schicke ständig Filmteams in alle Ecken der Erde, und meistens in Gegenden, die ziemlich gefährlich sind. Und da kommt es auch vor, dass so ein Filmteam jemanden verliert – er wird entführt, wird verhaftet, hat einen Unfall, wird getötet. Das passiert jedes Jahr, manchmal mehrmals. Und was glauben Sie, was ich in so einem Fall tue?«

»Keine Ahnung.«

»Eines tue ich auf jeden Fall nicht – ich lasse ihn nicht da, wo er ist. Ich setze Himmel und Hölle in Bewegung, um diesen Mann oder diese Frau zurückzubekommen. Ich verhandle, ich bettle, ich besteche, ich drohe, wenn ich kann – aber ich setze alles daran, diesen Mitarbeiter wieder nach Hause zu schaffen, ganz gleich, ob er verletzt ist, ob er tot ist, ob er sich etwas zuschulden hat kommen lassen, und ganz egal, was es kostet. Und bis jetzt ist niemand dort geblieben, wo ich ihn verloren habe. Es sind insgesamt sieben Mitarbeiter im Einsatz getötet worden, aber sie sind alle in ihrer Heimat beerdigt. Verstehen Sie, was ich damit sagen will?«

Der Schriftsteller nickte langsam, unwillkürlich beeindruckt von dem Engagement, mit dem Kaun gesprochen hatte. Und er war geneigt, ihm zu glauben. Wenn das Schauspielerei war, dann verschwendete der Mann sein Talent.

Und er hatte recht. Es wurmte Eisenhardt, das zugeben zu müssen. Vielleicht ging es doch mit rechten Dingen zu, dass Kaun Millionär war und er nur ein Schriftsteller, der nicht wusste, wie er sein Reihenhaus abbezahlen sollte.

»Sie hätten ihn wieder geholt«, nickte er. »Sogar, wenn ihm etwas zugestoßen wäre.« Womöglich hätten die Zeitreisenden kurz vor dem Ereignis noch einmal auftauchen können, um es zu verhindern. Obwohl – damit betrat man schon wieder das Reich der berüchtigten Zeitparadoxien. Denn wie sollte das funktionieren? Angenommen, einer aus dem Zeitreiseteam erleidet einen Unfall, bei dem er getötet wird. Seine Kollegen reisen in eine Zeit zurück, kurz bevor der Unfall passiert, und verhindern ihn. Wenn der Unfall aber nicht passiert, haben sie keine Veranlassung, diesen kleinen Trip zu unternehmen, und folglich verhindern sie den Unfall nicht, und er passiert eben doch. Worauf sie in der Zeit zurückreisen – und so fort.

Wie immer das funktionieren mochte, man konnte nur fruchtlos darüber spekulieren.

»Und selbst wenn sich einer aus dem hypothetischen Team vor Ort verliebt hätte«, fuhr Kaun fort, »dann hätte man die junge Frau in die Zukunft mitnehmen können. Bestimmt wäre das sicherer, als jemanden in der Vergangenheit zu lassen, der die Geschichte der nächsten zweitausend Jahre kennt.«

»Zweitausend Jahre zu überspringen«, gab Eisenhardt zu bedenken, »wäre ein Kulturschock, der nicht leicht zu verkraften ist ...«

»Ach was, Millionen von Menschen in den Entwicklungsländern haben das verkraftet. Haben Sie schon einmal einen siebzigjährigen australischen Aborigine an einem modernen PC arbeiten sehen? Aber ich. Glauben Sie mir, ein Mensch aus dem Jahre 0 gewöhnt sich leichter an unsere heutige Lebensweise als umgekehrt.« Kaun schüttelte unwillig den Kopf. »Abgesehen davon gibt es mehr als genug Gegenden, wo man immer noch so lebt wie vor zweitausend Jahren.«

»Und selbst wenn er, warum auch immer, in der Vergangenheit geblieben wäre«, warf Professor Wilford-Smith ein, »aus welchem Grund hätten sie ihm die Bedienungsanleitung einer Kamera da lassen sollen, nicht aber die Kamera selbst?«

Der Schriftsteller dachte eine Weile darüber nach. Dachte

seine Argumente noch einmal durch. Die Überlegungen des Nachmittags. Da war noch etwas …

»Ich hatte mich gefragt«, dachte er laut nach, »ob es, wenn die Zeitreise wirklich in den nächsten Jahren erfunden werden sollte, nicht unweigerlich Abenteuerreisen in die Vergangenheit geben müsste. So, wie unsere Spezies beschaffen ist. Es sind Touristen an die Kriegsschauplätze in Jugoslawien gereist – bestimmt gäbe es Leute, die bei den Entscheidungsschlachten des Zweiten Weltkriegs liebend gern dabei wären. Andere würden Mozart treffen wollen oder Goethe. Unsere Geschichte müsste wimmeln von Reisenden aus der Zukunft. Historische Erzählungen müssten voll sein von Berichten über Leute, die die Sprache schlecht beherrschen, Sitten und Gebräuche nicht beachten, fremdartige Kleidung tragen und geheimnisvolle Gerätschaften benutzen. Leute, die Verbrechen begehen und danach auf geheimnisvolle Weise verschwinden. Sextouristen müssten eine wahre Plage sein. Die Rede müsste sein von Leuten, deren Herkunft im Dunkeln liegt, die aber dubiose Geschäfte machen – die in rauen Mengen Bilder von Malern kaufen, die erst Jahrzehnte später zu Ruhm und Anerkennung gelangen, zum Beispiel. Aber das ist nicht so. Wir finden solche Berichte nicht. Und die Frage ist, warum?«

Kaun nickte beifällig.

»Vielleicht wird die Zeitreise strengen staatlichen Kontrollen unterworfen werden, ähnlich wie die Herstellung von Atombomben«, überlegte Eisenhardt weiter. »Vielleicht sind Zeitreisen, ähnlich wie Mondflüge, so aufwendig und teuer, dass sich kein Tourismus entwickeln wird. Vielleicht wird es eine Art Zeitpolizei geben, die alle Auswüchse unterbindet. Vielleicht gibt es aber auch eine einfache physikalische Erklärung …« Er spürte etwas in sich wie ein Knacken. Als sei gerade seine eisenharte Überzeugung, dass Zeitreise in der

Realität unmöglich war, gebrochen. Ja, tatsächlich. Er hatte begonnen, zu glauben. Es war beunruhigend zu erleben, dass auch Überzeugungen, die man für unverrückbar und wahrhaftig gehalten hatte, sich wandeln konnten.

»Nämlich?«, fragte Kaun gespannt.

»Vielleicht«, sagte Eisenhardt langsam, »wird man demnächst die physikalischen Prinzipien der Zeitreise entdecken – und eines dieser Prinzipien wird sein, dass sie nur in eine Richtung gehen kann. In die Vergangenheit. Man wird in die Vergangenheit reisen können, aber nicht mehr zurück in die Zeit, aus der man gekommen ist.«

Was immer noch ausreichen würde, die Welt, wie sie sie kannten, grundlegend zu verändern. Leute würden eine Woche in die Vergangenheit reisen und die richtigen Lottozahlen tippen können. Und es für den Millionengewinn ein paar Tage mit sich selbst aushalten. Und was würde mit der nachträglichen Verhinderung von Unfällen sein? Mit den Zeitparadoxa, die es dennoch geben konnte?

»Deshalb wird es keinen Tourismus in die Vergangenheit geben, niemals – auch in zehn Millionen Jahren nicht. Nur einzelne, die sich auf eine Reise ohne Wiederkehr begeben. Romantiker, die in die gute alte Zeit flüchten. Freiwillige, die ihr Leben der Wissenschaft opfern.«

Professor Wilford-Smith nickte. »Und so einen haben wir gefunden.«

Das Rockefeller Museum war ein großer Komplex, der an einen Park angrenzte und dessen markantestes Bauwerk ein großer achteckiger Turm war, den man schon von weitem sah. Sie hatten vom *Neuen Tor* aus nicht mehr weit zu fahren gehabt, einfach nur die große Straße hinab, die an der Altstadtmauer entlangführte und von der Hazanhanim-Straße zur Sultan-Süleiman-Straße wurde. Stephen hielt auf dem großen, verlassen daliegenden Parkplatz vor dem Museum, zog sein Mobiltelefon hervor und wählte die Nummer, die Yehoshuah ihm gegeben hatte.

»Wir sind da«, sagte er, als Yehoshuah sich tatsächlich meldete.

Er hörte einen Seufzer. »Na endlich. Wartet, ich komme raus.«

»Eigentlich dachte ich, wir kommen rein.«

»Ja, klar. Ich meine, ich schließe euch auf.«

Stephen grinste. »Wir warten.«

Sie warteten. Ein paar niedrig angebrachte Lampen versteckten sich zwischen Büschen und Gras und erzeugten kaum mehr als ein Halbdunkel auf der weiten Asphaltfläche. Ein breiter Fußweg führte zum gläsernen Eingangsportal, das ganz in Finsternis gehüllt stand.

»Du glaubst, dass wir heute Abend Geschichte schreiben, oder?«, fragte Judith unvermittelt. Sie sah ihn nicht an dabei.

Stephen betrachtete ihr markantes Profil, das sich wie ein Scherenschnitt gegen den dämmrigen Hintergrund abzeichnete. »Ich halte es zumindest nicht für ausgeschlossen«, meinte er.

»Und danach?«

»Danach?«

»Was wirst du danach machen? Nachdem du Geschichte geschrieben hast, meine ich.«

»Keine Ahnung.« Er glaubte, eine Bewegung am Portal gesehen zu haben, aber er musste sich wohl getäuscht haben, denn niemand trat heraus, winkte ihnen oder dergleichen. »Dein Bruder braucht ganz schön lange.«

Judith schwieg. Der abkühlende Motor gab ein knackendes Geräusch von sich.

»Hey«, machte Stephen schließlich, »ich habe schon verstanden – du hältst mich für einen ehrgeizigen Spinner, und du glaubst nicht, dass wir etwas von Bedeutung finden. Okay. Und am Ende wirst du wahrscheinlich recht haben. Aber bis dahin kannst du mir doch meinen Spaß lassen, oder?«

Sie seufzte, dann murmelte sie: »Nein. Ich glaube es nicht nur. Ich fürchte es sogar.«

Sie erschraken zu Tode, als plötzlich jemand an die Scheiben klopfte. Es war Yehoshuah, der es irgendwie geschafft hatte, sich dem Auto von hinten zu nähern, ohne dass sie es bemerkt hatten.

Stephen kurbelte entnervt die Scheibe herunter. »Yehoshuah, du Wahnsinniger«, knurrte er. »Willst du uns umbringen?«

»Oh«, machte der blinzelnd, »habe ich euch erschreckt?«

»Erschreckt? Ich bin um Jahre gealtert. Wir haben die ganze Zeit gewartet, dass du aus dem Portal dort trittst, und dann klopfst du plötzlich meuchlings an die Scheibe ...«

»Das Hauptportal ist nachts gesichert. Wir müssen durch einen Seiteneingang rein. Der Nachtwächter muss ja nicht unbedingt mitkriegen, dass wir hier sind.« Yehoshuah deutete vage auf das Gebüsch, in dessen dezentem Schatten sie geparkt hatten. »Ihr steht gut hier, es sind nur ein paar Schritte.«

Stephen trug nun Judiths Reisetasche, als sie ihrem Bruder auf dem schmalen Trampelpfad durch das Ziergesträuch folgten. Das Unterholz knackte sanft unter ihren Schritten. Sie kamen an eine Tür, die etwa einen Meter tiefer lag als der sandige Erdboden; ein paar Treppenstufen führten hinab. Yehoshuah klapperte mit seinem Schlüsselbund, sagte: »Kommt!«, und sie drückten sich in das Dunkel dahinter.

Nachdem die Tür hinter ihnen wieder zugefallen war, ging Licht an. Sie waren in einer Art kleinem, staubigem Lagerraum. Zahllose kleine und große Holzkisten standen herum, alle sorgsam vernagelt und auf Hebräisch beschriftet, teilweise von Planen bedeckt, auf denen der unberührte Staub von Jahren, wenn nicht von Jahrzehnten lag.

Viel Zeit, sich umzusehen, blieb nicht. Yehoshuah winkte sie weiter, löschte das Licht wieder. Es ging eine Treppe hinauf, eine weitere Tür, dann kamen sie in eine Ausstellungshalle, in der die Notbeleuchtung brannte – ein großer, kahler Raum, in dem jeder ihrer Schritte widerhallte. Stephen hielt unwillkürlich den Atem an, als er die gläsernen Vitrinen abschritt, die in langen Reihen hintereinander standen. Unmengen von alten Münzen und Keramikgefäßen waren hier ausgestellt; Knochen, Schmucknadeln aus Bronze, Gold und Silber, Fragmente von Papyrusrollen und verwitterte Lederteile von Schuhen oder Kleidungsstücken. Ausführliche, dreisprachig gehaltene Erklärungstafeln standen dabei, aber es war zu dunkel, um sie zu lesen.

»Hier entlang«, murmelte Yehoshuah, und man konnte sich einbilden, ein fernes Echo seiner Stimme aus den Ecken raunen zu hören: *lang ... lang ... lang ...*

Eine hohe Tür, die leise, aber in der Stille des nächtlichen Museums nervenzerfetzend quietschte, führte hinaus auf einen kahlen Flur, dessen einziger Schmuck eine kleine Wandbüste des Gründers der Stiftung, John D. Rockefeller, war. Über eine Treppe gelangten sie wieder in den Keller und endlich in die Laborräume.

Die grell aufflammenden Leuchtstoffröhren rissen lange, kahle Arbeitstische aus dem Dunkel. Stühle standen in unregelmäßigen Abständen und Anordnungen davor, und hier und da schienen Restaurationsarbeiten in vollem Gange zu sein. Kein Mangel herrschte an Lupen, die an großen Schwenkarmen frei beweglich befestigt waren. Auf dem Regal über den Tischen drängten sich gläserne Chemikalienflaschen in allen Größen, teils braun, teils durchsichtig, mit sorgfältig von Hand beschrifteten Etiketten versehen. Auf einem Gestell neben einem der Waschbecken waren Waschwannen zum Trocknen aufgestellt, und in kleinen Schalen lagen Pinzetten in allen Größen und Arten, verschiedenste Skalpelle, kleine und große Pinsel, Nadeln, kleine Metallquader und etliche Werkzeuge, die Stephen noch nie gesehen hatte.

»Also«, meinte Yehoshuah, und seinem Gesichtsausdruck nach schien er nicht so recht zu wissen, ob er sich fürchten oder begeistert sein sollte, »da sind wir.«

»Ja«, nickte Stephen und stellte die Tasche auf einem freien Platz ab. »Sieht ganz so aus.«

George Martinez fand die Grabeskirche mit ihrer mächtigen Kuppel, und er fand sie verschlossen. Wie er es nicht anders erwartet hatte. Die Stirn gegen das kühle Metall des Portals gelehnt, stand er eine ganze Weile da und versuchte, sein Glück zu begreifen. Er war hier! Er hatte den Ort erreicht, an dem der Heiland zu Grabe gebettet worden war, um triumphal daraus wieder aufzuerstehen und so den Sieg des Lichts über die Mächte des Todes zu manifestieren. Vor zweitausend Jahren war das gewesen, und nun war er, George Martinez aus Bozeman, Montana, hier. Und während er so still dastand und versuchte, diese Ungeheuerlichkeit zu fassen, kam es ihm so vor, als sei sein ganzes Leben nur Vorbereitung gewesen für diesen Moment, als habe er alle seine Wege und Umwege nur deswegen gehen müssen, um schließlich hierher zu gelangen.

Er hätte nicht sagen können, wie lange er so gestanden hatte, ob eine halbe Stunde, eine ganze Stunde oder nur zehn Minuten. Zeit spielte keine Rolle mehr. Als er sich schließlich wieder aufrichtete, fühlte er sich ganz verwandelt, von einem tiefen Frieden und Einverstandensein erfüllt und voller Dankbarkeit. Auch die Welt ringsum schien verwandelt worden zu sein, schien zu leuchten und zu strahlen, die Farben schienen intensiver geworden zu sein, die Dunkelheit dunkler und das Licht heller. Alles war so, wie es sein sollte. Er war angekommen.

Natürlich verlief er sich dann. Andererseits konnte man nicht wirklich sagen, dass er sich verlief, denn er hatte eigentlich kein Ziel. Er wanderte durch die schmalen, hohen Gassen der Altstadt, sah hinauf zu vergitterten Fenstern über bröckelnden Simsen, ließ sich von muffigen, tunnelartigen Gängen anlocken, in denen trübe Lampen altersschwach vor sich hin funzelten und an deren vor Jahrhunderten gemauerten Wänden Stromleitungen auf wildeste Weise verlegt waren. Hier und da begegneten ihm Menschen: Frauen, die züchtige Kopftücher trugen. Araber im weißen Burnus, die Kaffijeh auf dem Kopf. Sie ignorierten ihn, warfen ihm höchstens einen gleichmütigen Blick zu. Alle sahen sie schön aus. Er kam an eisernen Rollläden vorbei, an verschlossenen Türen und an Männern, die in Tunnelbögen auf Steinbänken saßen und schweigend rauchten. Es herrschte Frieden.

Dann entdeckte er ein gusseisernes kleines Schild, das dunkel und verwittert an eine Wand genagelt worden war und das einfach nur in großen Buchstaben die Inschrift VII ST. zeigte. Darunter war eine weitere Metalltafel befestigt, und George musste sein Feuerzeug anzünden, um die Inschrift darauf entziffern zu können.

Dies, erklärte der englischsprachige Text, war die siebte Station des Leidensweges Christi. Der Ort, an dem Jesus zum zweiten Mal unter der Last des Kreuzes gestürzt war, das man ihn eigenhändig zum Berg Golgatha hatte schleppen lassen.

George musterte unwillkürlich den Boden. Festgefügte

steinerne Platten, die die Schleifspuren von Jahrhunderten aufwiesen.

Dann, mit ein paar Sekunden Verspätung, als habe eine Art geistige Abrissbirne erst in die entgegengesetzte Richtung ausholen müssen, traf es ihn mit aller Wucht. Hier? In dieser schmalen Gasse? Wenn er sich in die Mitte stellte und die Arme ausbreitete, konnte er die beiden Mauern rechts und links berühren. Zu Hause hatten sie Abwasserkanäle, die breiter waren.

Hier war es gewesen. Rechts und links hatten sie gestanden, hatten ihn verhöhnt mit seiner Dornenkrone auf dem Kopf, wie er unter der Last des riesigen Kreuzes wankte, geschwächt von den Qualen der Folterung, des Verhörs, der Misshandlungen. Sie hatten ihn angespuckt und verspottet auf dem Weg zu seiner Hinrichtung.

Durch diese Gasse war er gegangen.

Diesen Boden hatten die Füße des Heilands berührt.

George sank in die Knie, berührte das Pflaster.

Sein Schweiß und sein Blut hatten diesen Weg genetzt. Es war, als könne man das immer noch spüren.

Ryan hatte seinen Rundgang durch das Lager beendet und stand nun dem Wohnwagen gegenüber, den sein Chef bewohnte. Aus den Fenstern des Besprechungszimmers schimmerte ein wenig Licht, aber es war nichts zu hören. Die Wachposten drüben an Areal 14 hatten gerade ihre Schicht gewechselt; wahrscheinlich würde dies die letzte Nacht sein, in der die Fundstätte bewacht werden musste. Alles war ruhig.

Beinahe unangemessen ruhig, wenn man bedachte, worauf sie hier gestoßen waren.

Er wandte den Kopf ruhig nach allen Seiten, zog langsam Luft durch die geblähten Nasenflügel ein. Sie roch nach nichts. Das war auch nur ein Tick von ihm, eine Angewohnheit, wenn ihn noch irgendetwas beschäftigte. Wenn ihm sein Instinkt sagte, dass etwas nicht in Ordnung war.

Er ließ die Ereignisse des Tages vor seinem inneren Auge vorbeirollen, durchdachte noch einmal, was er gehört und gesehen und was man ihm gesagt hatte, und spürte genau hin, wo etwas hakte, wo es eine kleine, leise Stimme gab, die »Hey? Was ist das?«, rief.

Ja. Da gab es etwas.

Mit einer katzenhaft geschmeidigen, abrupten Bewegung wandte er sich um und ging hinüber zu dem Wohnwagen, der die Organisationszentrale ihrer gesamten Unternehmung darstellte. Hier wurde rund um die Uhr gearbeitet, und die Tür war stets verschlossen. Ryan besaß natürlich einen Schlüssel, und in seiner Hand klirrten Schlüsselbunde nie.

So komfortabel, wie die übrigen Wohnwagen ausgestattet waren, so spartanisch und zweckorientiert eingerichtet war dieser. Es gab nur Tische und Stühle, Aktenschränke, Computer, Einrichtungen für Videokonferenzen, Satellitentelefone, überhaupt jede Menge Telefone. Ryan nickte einem Mann zu, der an einem Pult mit Fernsehmonitoren saß, ein Sprechfunkgerät und eine Kladde vor sich, auf der er ab und zu Eintragungen machte. Weiter hinten saß eine Frau an einem Bildschirm, verfolgte Börsenkurse und sprach ab und zu leise in ein Mikrophon, das sie an einem Bügel vor dem Mund trug. Sie war völlig konzentriert und ignorierte Ryan; wahrscheinlich hatte sie sein Hereinkommen nicht einmal bemerkt.

Ryan zog einen Ordner aus einem Regal und setzte sich damit an einen Tisch, auf dem ein Telefon stand. Es war grau, was nach ihrer Farbcodierung hieß, dass es mit dem Telefonnetz des Landes verbunden war, in dem sie sich aufhielten. Er schlug den Ordner auf, blätterte die Liste der freiwilligen Grabungshelfer durch und fuhr mit dem Zeigefinger die Spalte mit den Namen abwärts, bis er auf den Namen Judith Menez stieß. Dann glitt der Finger seitwärts und blieb auf einer Telefonnummer stehen.

Er zog das Telefon heran und wählte die Nummer. Es klingelte lange, bis sich jemand meldete. Die Stimme einer älteren Frau, leise und genuschelt, und er verstand nicht, was sie eigentlich sagte.

»Frau Menez?«, vergewisserte er sich.

»Ken«, sagte sie. Ryan beherrschte kein Hebräisch, aber das hieß *ja,* soviel hatte er schon mitbekommen.

»Sprechen Sie Englisch?«, fragte er betont langsam und deutlich.

Eine kurze Pause. »Ja«, kam dann. »Ein wenig.«

Das klang nach sehr wenig. »Kann ich Ihre Tochter Judith sprechen?«, fragte Ryan.

Wieder musste sie überlegen. »Nein, leider. Sie ist ... nicht da.«

»Wissen Sie, wo sie ist?«

»Sie arbeitet. Bei einer ... Ausgrabung.« Sie hatte wirklich Mühe, die richtigen Worte zu finden.

»Wollte sie heute Abend nicht zu Besuch kommen?«

Eine lange Pause. Dann: »Entschuldigung ...?«

Ryan holte tief Luft. Sie hatte ihn nicht verstanden. »Heute Abend«, wiederholte er noch einmal, besonders langsam, »wollte Judith Sie besuchen. Hat man mir gesagt.«

»Judith? Nein. Sie ist nicht hier. Sie arbeitet.«

»Sie kommt heute nicht?«

»Nein.«

Na gut. Das reichte eigentlich schon. Judith Menez hatte gesagt, sie und Stephen Foxx seien bei ihrer Mutter eingeladen, aber die wusste ganz offensichtlich nichts davon.

Unerwartet kam Leben in den Professor aus Kanada, der bis zu diesem Zeitpunkt schlaff und geistesabwesend in seinem Sessel gehangen und immer tiefer in sein Glas geschaut hatte. John Kaun hatte mit entsagungsvoller Miene fleißig nachgeschenkt, wann immer Goutière das leere Glas emporgehalten hatte.

Doch plötzlich schoss dessen freie Hand nach vorn, packte einen Bildband, der auf Kauns Schreibtisch lag, und reckte ihn in die Höhe, während er sich umständlich in eine einigermaßen aufrechte Haltung rappelte. Das Titelbild zeigte den Tempel, wie er sich vom Ölberg aus darbot, mit der goldenen Kuppel des Felsendoms in der Mitte des Bildes, die Altstadt von Jerusalem im Hintergrund. Ein Bild, wie es wahrscheinlich auf unzähligen Reiseführern abgebildet war.

»Ich muss Ihnen«, polterte Professor Goutière los, »etwas über den Tempelberg erzählen. Oder, falls Sie es bereits wissen, es Ihnen wieder ins Bewusstsein rufen.«

»Wozu das?«, wollte Kaun wissen.

»Das werden Sie gleich sehen. Sie wissen sicher, dass es einem Juden verboten ist, den Tempelberg zu betreten – aber wissen Sie auch, warum?« Er wartete eine eventuelle Antwort nicht ab. »Man denkt gemeinhin, die Moslems hätten es ihnen für alle Zeiten verboten, als sie 632 die Stadt eroberten, aber das stimmt nicht. Es ist ihre eigene Überlieferung, die es ihnen verbietet. Denn der Tempelberg ist, wie wir wissen, die Ruine des herodianischen Tempels – also des Tempels, in dem Jesus von Nazareth verkehrte, anbei bemerkt –, der wiederum errichtet worden war auf der Ruine des salomonischen Tempels, von dem im Alten Testament die Rede ist und der ein unglaublich kolossales Gebäude gewesen sein muss. Weil man nun heute nicht mehr genau weiß, wo sich auf dem Gelände des Tempelbergs das Allerheiligste befand, das zu betreten jedem Menschen, mit Ausnahme des Hohepriesters, bei der Strafe des Todes und der ewigen Verdammnis verboten ist, betritt der gläubige Jude den Berg vorsichtshalber überhaupt nicht.«

Er wälzte sich unruhig in seinem Sessel umher, als hätte er noch keine Position gefunden, in der es sich aushalten ließ. »Die Historiker sind sich übrigens ziemlich sicher«, fuhr er fort, »dass sich das Allerheiligste ungefähr da befunden haben muss, wo heute der *Quait-bay*-Brunnen ist, etwas südwestlich des Felsendoms.«

»Und?«, machte Kaun, dem ebenso wie den anderen unklar war, worauf der Kanadier hinauswollte.

»Das Bemerkenswerte am Tempelberg ist«, fuhr Goutière mit schwerer Zunge fort, »dass er sowohl für die Juden wie auch für die Moslems ein Heiligtum ist. Die Juden erwarten hier dereinst das Erscheinen des Messias, und für die Moslems ist er das drittheiligste Heiligtum nach Mekka und Medina, weil von hier aus einst Mohammed für einen Tag in den Himmel entrückt worden sein soll. Bei ihnen heißt es *Haram esh-Sharif*, übersetzt etwa ›das vornehme Heiligtum‹.« Er hielt inne und betrachtete eine Weile selber den Umschlag des Bildbandes. »Und vornehm ist es, weiß Gott. Sie werden kein prächtigeres Bauwerk in ganz Jerusalem finden. Der Felsendom ist von einmaliger Schönheit – die Fayence-Verkleidungen der Außenwände, die Arabesken und Mosaiken der Kuppel ... Er war das Vorbild für den Petersdom in Rom, wussten Sie das? Er ist selber beinahe überirdisch. Aber vor allem ist er ein Symbol, ein mächtiges politisches Symbol für den Islam. Denn Allah hat zu Mohammed gesprochen, weil die Religionen davor – das Judentum, das Christentum – ihre Aufgabe verfehlt hatten. Der Islam ist dazu berufen, die übrigen Religionen abzulösen. Dass auf dem Tempelberg die goldene Kuppel des Felsendoms und die silberne *El-Aqsa*-Moschee stehen, wird als sichtbarer Beweis dafür verstanden, dass der Islam diesen historischen Sieg errungen hat und die Muslime die wahren Erben des alttestamentarischen Gottesauftrags sind.«

Kaun nahm die Whiskyflasche, stellte sie zurück in den Kühlschrank und schloss dessen Tür vernehmlich. »Ich glaube«, sagte er dabei, »diese Zusammenhänge sind uns ungefähr bekannt, und soweit sie es nicht sind, interessieren sie uns höchstens theoretisch. Es sei denn, Sie erklären, welche Verbindung zu unserer Suche nach der bewussten Kamera Sie sehen.«

»Ah ja.« Goutière legte den Bildband beiseite, drehte sich noch einmal in dem Sessel, der ihm offensichtlich mehr als unbequem war, und suchte ein paar Augenblicke nach einem geeigneten Anfang. »Wenn Ihre Theorie stimmt, was diese Kamera anbelangt und den kühnen Kamikazeforscher, der damit in absehbarer Zeit in die Vergangenheit reisen wird, um Jesus Christus zu filmen ...« – er sah dabei ausgerechnet Eisenhardt an, als sei er der entschiedenste Vertreter dieser Deutung – »Ah, wir können es doch so herum aufdröseln: Vielleicht kommt eines nicht allzu fernen Tages ein junger Mann zu mir und fragt mich, wo man einen Gegenstand in Palästina im, sagen wir, Jahre 35 verstecken müsste, um ganz sicher sein zu können, ihn dort zweitausend Jahre später auch unbeschädigt wiederzufinden. Nicht wahr, das ist doch die Frage, die wir uns hier im Grunde auch stellen?«

Kaun nickte. »Genau.«

Der kanadische Historiker war zwar betrunken, aber seinem logischen Denkvermögen schien das bis jetzt nicht geschadet zu haben. »Spontan würde ich antworten: Vergraben Sie Ihren Gegenstand irgendwo in der Einöde, egal wo, Hauptsache tief genug – dann kann ihm nichts passieren.«

Der Medienmagnat räusperte sich. »Das ist nicht exakt das, was ich zu hören hoffte, wenn ich ehrlich bin.«

Goutière hob die Hand. »Warten Sie. Ich bin auch noch nicht fertig. Denn ich würde nochmal nachdenken und feststellen, dass diese Frage so einfach nicht zu beantworten ist. Ich will ja nicht nur etwas vergraben – ich will es auch wiederfinden. Und das ist ein Problem. Palästina wird seit über fünftausend Jahren intensiv besiedelt. Kultur ist hier über Kultur gehäuft, beinahe jedes Bauwerk steht auf der Ruine eines anderen, jedes Heiligtum birgt ein weiteres Heiligtum unter sich. Und die Landschaft hat ihr Antlitz dramatisch verändert im Laufe der Zeit. Nicht wahr, wenn wir eine Landkarte Israels hernähmen und alle Orte, von denen wir wissen, dass an ihnen schon einmal gegraben wurde, schwarz markieren würden – jede archäologische Grabung, jedes gebaute Haus, jede Straße, von der wir wissen –, dann würde freilich noch viel weiß bleiben. Aber dieses Land hat zweitausend unruhige Jahre hinter sich. Es gibt in der Tat keinen Fußbreit Boden, von dem wir mit absoluter Sicherheit sagen könnten, dass er die letzten zweitausend Jahre unberührt geblieben ist.« Er sah sie alle der Reihe nach an, erwiderte den skeptischen Blick Eisenhardts, lächelte über das zustimmende Nicken Wilford-Smiths und blickte schließlich Kaun an, der Mühe hatte, seine Enttäuschung zu verbergen. Dann fügte er hinzu: »Mit einer Ausnahme.«

Eisenhardt beobachtete, wie die Augen des Industriellen sich zu Schlitzen verengten. Er schien solche rhetorischen Spielchen nicht leiden zu können, es sei denn, er spielte sie selbst. »Nämlich?«

»Ich betone nochmals, dass es ein Gedankenspiel ist für mich«, sagte Goutière. »Eine wilde Theorie, nichts weiter. Also machen Sie mich bitte nicht haftbar für das, was ich hier zusammenspinne.«

»Versprochen. Also – an welchen Ort denken Sie?«

»Ich würde den hypothetischen jungen Mann darauf aufmerksam machen, dass der Felsendom über einem großen, unregelmäßig geformten Felsbrocken errichtet wurde, der etwa dreizehn auf siebzehn Meter misst und von dem Mohammed in den Himmel aufgefahren sein soll. Dieser Fels, der bei den Moslems *Sachrâ* heißt, besteht aus Urgestein und diente davor im Tempel der Juden als Opferaltar. Schon ihnen war er heilig, denn es handelt sich um die Spitze des Berges *Moriah*, um den Felsen, auf dem Gott den Gehorsam Abrahams prüfte, indem er von ihm verlangte, seinen Sohn Isaak zu opfern.«

Einen Moment herrschte verblüffte Stille.

Kaun schluckte unbehaglich. »Das ist nicht Ihr Ernst.«

»Der einzige Ort«, erklärte Goutière unbeeindruckt, »von dem wir mit absoluter Sicherheit sagen können, dass er die letzten zweitausend Jahre unangetastet blieb, ist dieser heiligste aller Felsen. Der Stein im Felsendom.«

17

Sender: Donald_Frey@aus.new.com
To: John_Kaun@ny.new.com
Message-Id:
<4127900A.70D.00C10@newsrv041.new.com
Subject: Verhandlungen Melbourne
Mime-Version: 1.0
Content-Type: text/plain; charset=iso-8859-1

John,
die Verhandlungen sind durch die Absage des Termins am Mittwoch ernsthaft gefährdet. Ich habe Ihr Sekretariat angerufen; Susan Miller sagte mir, Sie seien in Israel??? Bitte melden Sie sich.

Herzlichst,
Don

Das Papier sah übel zugerichtet aus. Stephen fühlte, wie ihm der Schweiß ausbrach. Verdammt noch mal! So schlimm hatte es gar nicht ausgesehen, als er es aus dem Fundkasten geholt und in den Metallteller gelegt hatte. Oder war das jetzt durch den Transport passiert? Hunderte kleiner grauer Fetzchen waren von den Kanten abgebröckelt, und der Rest sah so ausgebleicht und pulvertrocken aus, als wolle er jeden Moment zu Staub zerfallen.

Er warf Yehoshuah einen ganz kurzen Blick zu. Der schien nicht besonders beeindruckt. Vielleicht war er solche Anblicke gewöhnt. Papyrusrollen sahen bestimmt nicht viel besser aus, wenn sie erst einmal ein paar Jahrtausende in irgendwelchen Tonkrügen vor sich hingeschimmelt hatten.

Doch gerade, als er wieder anfing, Hoffnung zu schöpfen, seufzte Yehoshuah und meinte vielsagend: »Tja ...« Ohne weiter zu erklären, was er damit meinte, fuhr er damit fort, allerlei Vorbereitungen zu treffen, Lupen und Pinzetten bereitzulegen, eine Reihe flacher Plastikwannen nebeneinander aufzustellen und das Objektiv der Kamera zu justieren, die so in ein spezielles Stativ geschraubt war, dass man damit senkrecht nach unten fotografieren konnte.

Was hatte das jetzt wieder zu bedeuten? Stephen schaute auf das elende Häufchen staubigen Papiers, das in dem zerschrammten Blechteller lag und aussah, als bliebe einem nichts mehr übrig, als alles in den Abfall zu kippen. Und das war womöglich seine Schuld. Er war um kein Haar besser als der, der die Bibliothek von Alexandria angezündet hatte.

Es war kalt in den Laborräumen, aber Stephen schwitzte. Das, erkannte er jäh, war Angst, und er hatte seit Jahren nicht mehr solche Angst gehabt. Wie konnte er da wieder herauskommen, aus diesem Schlamassel? Er hatte doch immer Wege gefunden, um aus brenzligen Situationen herauszukommen. Vor allem war er immer schlau genug gewesen, erst gar nicht in brenzlige Situationen zu geraten. Schlau genug, immer schon lange vorher Lunte zu riechen, Warnsignale richtig zu deuten und rechtzeitig die Bremse zu ziehen oder einen anderen Weg einzuschlagen.

»Wie sieht's aus?«, brachte er schließlich fertig zu fragen, und seine Stimme fühlte sich rau und knotig an.

Yehoshuah schwenkte eine der Leuchtlupen heran und knipste sie an. Er studierte den Fund ausgiebig, ehe er antwortete. Stephen kam es vor wie Stunden. »Schwer zu sagen. Das sind zwei Blatt Papier, die einmal gefaltet, dann ineinandergesteckt und noch einmal gefaltet wurden. Schau es dir an.«

Er schob Stephen die Linse hinüber. In der Vergrößerung sah alles noch viel grauenhafter aus – voller löchriger Stellen, an denen sich das Papier in feinen Staub aufgelöst hatte, zerfaserte, brüchige Ränder, von denen kleine und kleinste Stücke abgebrochen waren.

»Das sieht so aus, als seien die Blätter überhaupt nicht beschrieben worden«, meinte Stephen schwach.

»Das sieht nur so aus.«

Judith saß am anderen Ende des Labortisches verkehrt herum auf einem Stuhl, den Kopf lustlos auf die übereinandergelegten Hände gestützt. Als Stephen ihr die Lupe anbot, winkte sie ab. Sie schien das ganze Ambiente zu kennen; wahrscheinlich hatte sie ihrem Bruder hier schon öfter Gesellschaft geleistet.

Yehoshuah zog die Linse wieder zu sich heran, griff nach einer Pinzette und pickte eines der kleinsten Papierstücke heraus, um es in ein Keramikschälchen zu legen. »Vielleicht finden wir heraus, was für eine Art Papier es ist«, meinte er und holte ein paar der Chemikalienflaschen vom Regal.

Stephen hatte eine Idee. »Hast du ein Lineal?«

»Klar. In dem Schrank vor dir. Oberste Schublade.«

Das Lineal, das er hervorzog, war solide Wertarbeit aus schwerem Stahl, und es hatte auf einer Seite eine metrische und auf der anderen eine Zollskala. Stephen beugte sich damit über das Untersuchungsobjekt.

»Was hast du vor?«, wollte Yehoshuah wissen.

»Es ist fast viereinviertel Zoll breit und ...« – er legte das Lineal behutsam andersherum an – »... fünfeinhalb Zoll hoch.«

»Ja, und?«

»Würde man die Blätter auseinander falten, wären sie doppelt so hoch und doppelt so breit, also elf auf achteinhalb Zoll«, sagte Stephen und legte das Lineal beiseite.

»Logisch.«

Sie begriffen immer noch nicht. Dabei war es wirklich beeindruckend. Stephen sah die beiden an und erklärte: »Das ist das Format, das amerikanisches Briefpapier normalerweise hat.«

Die »Kirche vom Sämann« war klein, fast nur eine Kapelle, und ebenso unbedeutend, wie sie aussah. Sicher war, dass sie nichts zu tun hatte mit irgendeiner der heiligen Stätten und denkwürdigen Orte, an denen Jerusalem so reich war. Ihr Name mochte sich auf das Gleichnis im Markusevangelium beziehen, wo erzählt wird, wie ein Sämann einen Teil der Saat, die er ausbringt, an die Vögel verliert, einen anderen Teil versehentlich auf felsigen Boden wirft, wo die Keime der Sonnenhitze nicht standhalten können, und einen dritten Teil schließlich einbüßt, weil er unter Dornen gerät, die die Saat ersticken. Nur ein Teil der Samenkörner fällt auf fruchtbare Erde, doch diese sind es, die sich hundertfach vermehren und so alle Verluste wieder wettmachen. Doch dieses Gleichnis hatte Jesus mit Sicherheit nicht an diesem Ort erzählt, sondern im Norden Galiläas, vermutlich in Kapernaum. Die Kirche war vor etwa zweihundert Jahren in einem der an die Altstadt angrenzenden Viertel errichtet worden, einem Gelände, das zu Zeiten Jesu noch karges Ackerland gewesen war, und im Grunde wusste niemand so recht, warum es sie überhaupt gab oder aus welchem Grund sie stand, wo sie stand.

Das eher düster und geduckt anmutende Kirchenschiff stand genau an der Kreuzung zweier stark befahrener und viel zu enger Gassen, die von den Einheimischen als Schleichwege benutzt wurden, wenn sich der Berufsverkehr auf den Hauptstraßen staute. Die Kirchenfenster waren grau vom Staub und den Abgasen, sogar das allmittägliche Läuten der Glocke in dem niedrigen Kirchturm klang staubig. Was keine Rolle spielte, denn in diesem Viertel lebten mittlerweile vorwiegend Moslems.

Der Abend des Sabbat war der einzige Abend, an dem die Gassen ruhig blieben. Pater Lukas, ein Franziskanermönch, der mit zwei weiteren Brüdern die elende kleine Kirche am Leben hielt, hatte es sich zur Angewohnheit gemacht, diese seltene Ruhe zu genießen. Wenn er den letzten Gast aus der Speisungsstube verabschiedet hatte, schloss er nicht wie sonst das Hoftor hinter ihm, sondern setzte sich draußen auf den abgewetzten Steinsims, der den Kirchturm umfasste, rauchte die einzige Zigarette der ganzen Woche und tat eine Weile lang nichts. Das war es, was sie hier taten: Jeden Abend einen Gottesdienst abhalten für die Schwachen, Kranken und Bedürftigen, und danach die Hungrigen speisen. Es gab viele Hungrige, die den Weg hierher fanden, und die wenigsten waren katholisch. Doch danach fragten sie sie nicht.

Den Armen zu geben verschaffte ihnen auch die Anerkennung ihrer moslemischen Nachbarn. Der Schuhmacher etwa, der sein Geschäft genau gegenüber dem Tor zum Kirchenhof hatte. Ein frommer Mann, der jeden Tag alle vorgeschriebenen Gebete verrichtete, ungeachtet der kuriosen Tatsache, dass er gezwungen war, seinen Gebetsteppich in Richtung christliche Kirche auszurollen, die, wie es der geografische Zufall wollte, genau zwischen ihm und Mekka lag. Wenn Pater Lukas sich am Sabbat mit seiner Zigarette hinaussetzte, war er meist gerade dabei, seinen Laden zu schließen, und dann grüßte er respektvoll, und sie wechselten ein paar Worte über die Gasse hinweg.

An diesem Abend war das Gitter gegenüber schon heruntergelassen, als Pater Lukas aus dem breiten Hoftor trat. Es war auch schon dunkel. Manchmal dauerte es lange. Gut war, wenn es deswegen dauerte, weil jemand das Bedürfnis gehabt hatte, sein Herz auszuschütten. Heute hatte es Streit gegeben zwischen zwei Gästen, den sie nur mit Mühe hatten schlichten können.

Der Priester zündete sich seufzend seine Zigarette an und lehnte sich dann mit dem Rücken gegen die unebene Mauer des Kirchturms. Was für ein Tag. Normalerweise gelang es ihm, ganz aufzugehen in dem, was er tat, und nicht nach dem Sinn zu fragen. Aber an Tagen wie diesem tauchten Zweifel auf, verräterische, schmerzende Fragen, was er hier eigentlich tat, ob es überhaupt irgendeine Wirkung haben würde und ob er mit seinem Leben nicht etwas Besseres hätte anfangen können, als einem Orden beizutreten und dann die Tage damit zuzubringen, bei Supermärkten, Hotels und Großhändlern Lebensmittel zu erbetteln, um sie abends an streitsüchtige Taugenichtse zu verfüttern.

Er nahm einen weiteren Zug und wartete, dass diese Gedanken sich verflüchtigten, wie sie es immer taten, wenn er sie lange genug nicht beachtete. Das half bei Kopfschmerzen, und bei Zweifeln half es auch.

Sein Blick fiel auf eine magere, jämmerlich aussehende Gestalt, die müde die Gasse herabgeschlurft kam. Automatisch überlegte er, was sie noch in der Küche hatten für den Fall, dass dieser Mann ... Er hatte dunkles Haar, einen dunklen Teint. Ein Palästinenser vielleicht.

»Entschuldigen Sie«, rief der Palästinenser in breitem amerikanischem Englisch mit spanischem Akzent, »ich suche einen Taxistand.«

Pater Lukas hob die Arme, um Nichtwissen anzudeuten. »Gibt es hier nicht«, rief er zurück.

»Verdammt«, entfuhr es dem dunkelhaarigen Mann, der im Näherkommen doch nicht wie ein Palästinenser aussah.

Eher wie ein Mexikaner kurz vor dem Hungertod. Als er die Kutte bemerkte, die Pater Lukas trug, schien er zu erschrecken und sagte: »Oh, entschuldigen Sie, Vater, ich wusste nicht, dass Sie ... dass ...«

Er verstummte. Sein Blick wanderte an der Mauer hoch, an der der Priester saß, erspähte die Schlitze des Glockengestühls und das Kreuz auf der Spitze. »Das ist eine Kirche«, stellte er dann fest.

»Sie sind nicht aus der Gegend, richtig?«

»Nein, nein. Ich komme aus Bozeman, Montana. Vereinigte Staaten von Amerika. Ich bin erst heute Morgen angekommen und das erste Mal in Jerusalem ...«

»Heute Abend werden Sie nicht viel Glück gehabt haben. Am Sabbat ist alles geschlossen.«

»Oh, doch, ich habe viel Glück gehabt. Glauben Sie mir, ich bin heute der glücklichste Mann der Welt. Ich muss nur noch ins Lager zurückkommen, dann ... Nein, wirklich. Wissen Sie, morgen muss ich vielleicht schon wieder zurück. Es war gut, dass ich die Chance hatte ...«

Der Priester ließ den ausgerauchten Stummel fallen und trat ihn aus. »Von welchem Lager sprechen Sie?«

Der Mann schien ihn nicht zu hören. Er starrte unverwandt die Kirchturmspitze an, und ein verklärtes Lächeln erschien auf seinem Gesicht. »Sagen Sie, Vater«, fragte er langsam, »glauben Sie, Sie könnten mich kurz einmal in Ihre Kirche lassen?«

»Eigentlich haben wir schon lange geschlossen.«

»Ja, ich weiß, ich weiß, entschuldigen Sie. Ich dachte nur, vielleicht ... Es würde meine Mutter so freuen, wenn ich ihr sagen könnte, dass ich in Jerusalem gebetet habe. Nur ein paar Minuten? Eine Minute. Bitte ...!«

Pater Lukas lächelte. Sonst mussten sie mit kostenlosem Essen werben, um ihre Kirche halbwegs zu füllen. Da würde er einem, der freiwillig hineinwollte, doch keinen Widerstand in den Weg legen. Er zog seinen Schlüsselbund hervor und stand auf. »So lange Sie wollen, mein Freund. Und danach rufe ich Ihnen ein Taxi.«

»Es ist schlechtes Papier«, erklärte Yehoshuah nach einem ausgiebigen Blick durch das Mikroskop. »Richtig mies, um genau zu sein.«

Stephen zuckte mit den Schultern. »Nun sei nicht so streng. Es ist zweitausend Jahre alt.«

»Das meine ich nicht. Ich meine, es ist nicht die Art von Papier, die man für diese Aufgabe nehmen sollte.« Yehoshuah zog den Objektträger mit der winzigen Papierprobe unter dem Objektiv hervor. »Wer immer diese Nachricht geschrieben hat, hatte entweder keine Ahnung von Papier oder keine große Auswahl.«

»Heißt das, wir können nichts damit anfangen?«, wollte Stephen wissen. »Alles wertlos?«

»Nein, Unsinn. Das eine oder andere werden wir schon lesbar machen können im Laufe der Zeit. Aber viele Stellen sind regelrecht zu Staub zerfallen, da ist nichts mehr zu retten. Es ist einfach schlechtes Papier. Vielleicht tatsächlich einfaches amerikanisches Briefpapier, wer weiß.«

Stephen musste ihn ziemlich konsterniert angeblickt haben, denn Judith brach plötzlich in spöttisches Lachen aus. »Yoshi, du musst ihm, glaube ich, erklären, dass das kein antiamerikanisches Vorurteil ist.«

»Was? Ach so, ja«, fuhr Yehoshuah verdattert hoch. »Es ist einfach so, dass heutzutage viele schlechte Papiere hergestellt werden. Man spart einfach an allem, an den Bindemitteln, den Klebern, den Rohstoffen – und erhält Papiere, die sich von selbst auflösen, von ihrem eigenen Säuregehalt zerfressen werden, lauter solche Geschichten. Am schlimmsten sind Umweltschutzpapiere. Es gibt Finanzämter in Europa, bei denen die auf Umweltschutzpapier gedruckten Steuerbescheide sich schon vor Ende der gesetzlichen Aufbewahrungsfrist anfangen aufzulösen.«

»Aber das ist doch kein Umweltschutzpapier, oder?« Es sah schon verdächtig grau aus, wie es da in seinem armseligen Metallteller lag.

»Nein, sonst wäre nichts übrig. Aber ein besonders haltbares Papier ist es auch nicht gerade.« Yehoshuahs Blick bekam wieder diesen geistesabwesenden Glanz, der ihn wie einen richtigen Wissenschaftler aussehen ließ. »Das stützt deine Theorie sogar, Stephen. Derart schlechtes Papier wurde früher überhaupt nicht hergestellt.«

»Du machst Witze.«

»Nein. Altes, handgeschöpftes Hadernpapier ist heute noch so gut wie im vierzehnten oder fünfzehnten Jahrhundert.«

»Willst du im Ernst behaupten, dass man heutzutage kein Papier herstellt, das es in Sachen Haltbarkeit mit Papier aus dem vierzehnten Jahrhundert aufnehmen kann?«

»Doch, selbstverständlich. Unser Unbekannter hat nur darauf verzichtet, es zu benutzen. Fragt sich, wieso«, meinte Yehoshuah versonnen, nahm den Teller mit den fragilen Überresten der schriftlichen Grabbeigabe und trug sie behutsam ans andere Ende des Labors, zu einem Ding, das aussah wie ein überdimensionaler Mikrowellenherd, und selbstgebaut noch dazu. Er platzierte den Teller mit dem Papier sorgfältig in die Mitte, schloss die Glastüre und drückte dann auf einen dicken grünen Knopf. Im uneinsehbaren Rückteil des Apparates fing irgendein Bauteil an zu lärmen wie ein defekter Fön, so laut, dass Stephen das Gefühl hatte, man müsse es im ganzen Gebäude hören, und man sah einen hauchfeinen Nebel im Inneren auftauchen.

»Ein Befeuchter«, erklärte Yehoshuah.

»Ah«, machte Stephen. Dann, als der andere keine Anstalten machte, seine Vorgehensweise näher zu erläutern, fragte er: »Und wozu das?«

Yehoshuah lächelte zerstreut. Er würde später einmal einen hervorragenden zerstreuten Professor abgeben. »Papier besteht aus Zellulose. Zellulose ist ein polymerisiertes Polysaccharid. Durch den Alterungsprozess nimmt der Polymerisationsgrad ab, was zu Brüchigkeit führt. Gleichzeitig wird das Papier hygroskopisch, und deshalb kann durch behutsame Wasserzufuhr die Elastizität in gewissem Ausmaß wieder hergestellt werden.«

»Und dann können wir lesen, was er geschrieben hat.«

»Das nicht. Aber wir können die Blätter zumindest einmal auseinander falten.«

»Ach so.«

Das nervtötende Geräusch des Gebläses dröhnte in den Ohren, im Schädel, schien an den Zahnwurzeln zerren zu wollen.

»Hört man das nicht im ganzen Gebäude?«

»Nein.«

Stephen sah zu Judith hinüber, die ihm ein entsagungsvolles Lächeln schenkte. Yehoshuah schien nur noch Augen für das Innere des Befeuchters zu haben.

»Was für eine Art Papier würdest du denn nehmen?«, wollte Stephen wissen. »Wenn du einen Brief schreiben wolltest, der zweitausend Jahre überdauern soll, meine ich.«

Yehoshuah blickte unverwandt auf das zerbrechliche Artefakt, das in manchen Augenblicken aussah, als sauge es den dünnen Nebel regelrecht auf. »Ich würde überhaupt kein Papier nehmen«, sagte er.

»Sondern?«, wunderte sich Stephen.

»Plastikfolie. Die gute, alte, unverrottbare Plastikfolie, aus der man früher die Einkaufstüten gemacht hat, ehe man merkte, dass die auf der Müllhalde zum Problem werden. Was du auf eine solche Folie schreibst, übersteht nicht bloß zweitausend, sondern locker zwanzigtausend Jahre und mehr.«

Das Taxi hielt. George erkannte die fünf silbern schimmernden Wohnwagen, das Zeltlager im Hintergrund, und atmete auf. Sie hatten tatsächlich den Weg zurück gefunden. Das kam ihm wie eine göttliche Fügung vor, auch wenn der Fahrer, ein mürrischer alter Araber, tausendmal *no problem* gesagt hatte. Dankbar entrichtete er den vereinbarten, atemberaubenden Preis, den sie vor der Fahrt vereinbart hatten – praktisch alle US-Dollar, die George bei sich trug –, versicherte dem Mann, der zwei geheimnisvoll aussehende Narben quer über der Nase hatte und sich ganz aufs Identifizieren und Zählen der grünen Banknoten konzentrierte, noch einmal, dass er sich hervorragend auskenne, und stieg, als der andere fertig gezählt und knurrend genickt hatte, aus. Er wartete noch, bis die roten Rücklichter des Wagens verschwunden waren, ehe er mit dem Aufstieg zum Lager begann.

Die Nacht war warm und friedlich. Dies, dachte George Martinez aus Bozeman, Montana, bei sich, war ein denkwürdiger Tag gewesen, der ihm für alle Zeiten in Erinnerung bleiben würde. Hätte ihn jemand gefragt, wie er sich fühlte, er hätte nur antworten können: erfüllt. Alles war vollkommen. Alles war, wie es sein sollte.

Einer der Wachposten trat auf ihn zu, verlangte seinen Ausweis zu sehen. George reichte ihm das Papier, das ihm am Morgen ausgehändigt worden war, und segnete ihn im Stillen.

»Ah, George«, sagte der untersetzte Mann, über dessen Schulter eine Maschinenpistole hing. »Wir haben heute Morgen schon mal miteinander gesprochen. Waren Sie in Jerusalem?«

George kniff die Augen zusammen. Jetzt erkannte er den anderen. »Ja, ich war in Jerusalem. Ich entsinne mich. Gideon, nicht wahr? Haben Sie immer noch Dienst?«

»Nein – schon wieder!« Der Mann, auf dessen dunklen, krausen Haaren das Licht der Sterne schimmerte, schien sich zu freuen. Er zog eine Zigarettenschachtel hervor. »Jetzt kann ich mich übrigens revanchieren. Wie hat es Ihnen gefallen?«

»Es war wunderbar.« Eigentlich hatte George überhaupt keine Lust, das Erlebte zu zerreden, und auch auf eine Zigarette hatte er noch nie so wenig Lust gehabt wie jetzt. Aber er konnte den Israeli nicht gut so stehen lassen, also nahm er eine und ließ sich auch das Feuer dazu geben, und dann standen sie da und pafften vor sich hin.

»Ziemlich ruhig, was?«, sagte George dann nach einer Weile, um zu verhindern, dass das Gespräch wieder auf seinen Ausflug kommen würde.

»Völlig. So wie die schuften den Tag über, können die abends nur halb tot sein.«

»Ja. Kann man sich gut vorstellen.«

Sie standen wieder ein paar stille Augenblicke und sahen den Rauchwolken nach, die sich silbern vor dem Nachthimmel auflösten.

»Ich wäre übrigens ein bisschen vorsichtig an Ihrer Stelle«, meinte der Wachposten, der Gideon hieß, plötzlich in einem halb beiläufigen, halb warnenden Tonfall und in deutlich reduzierter Lautstärke. »Was Ihre Auftraggeber anbelangt, meine ich.«

George riss die Augen auf. »Wie meinen Sie das?«

»Nur so. Schauen Sie, dass Sie Ihr Geld kriegen, ehe es zu spät ist.«

»Damit habe ich sowieso nichts zu tun. Das kriegt die Universität von Montana. Wieso, was ist denn los?«

Gideon ließ die halbgerauchte Zigarette fallen und trat sie aus, schaute misstrauisch nach allen Seiten und raunte ihm dann zu: »Diese Leute sind verrückt. Völlig durchgeknallt.«

»Wirklich? Wieso denn das?«

»Ich habe mich ein bisschen umgehört ... Na ja – eigentlich habe ich gelauscht. Hätte ich wohl nicht dürfen, keine Ahnung. Aber jedenfalls weiß ich jetzt, was in diesem weißen Zelt auf Areal 14 ist.«

»Ach.«

Gideon nickte verbissen. »Ich hab's nicht gesehen, wie gesagt. Aber ich habe alles mitgehört, was sie dem Neuen erklärt haben, der heute Abend kam. Ich hatte Wache am Zelt, Sie verstehen. Und die denken, ich kann kein Englisch.«

»Verstehe.«

»Völlig durchgeknallt, ich sag's Ihnen. Wollen Sie wissen, was die glauben, dass sie gefunden haben?«

George nickte. »Klar.«

Judith war, den Kopf auf ihre verschränkten Arme gebettet, eingeschlafen. Auch Stephen konnte die Augen nur noch mit Mühe offen halten; sein ganzer Körper schrie nach Schlaf, jede Faser bettelte um Ruhe und Entspannung. Und noch mehr von dem erbärmlichen Automatenkaffee, den es einen Stock höher gab, brachte er nicht mehr hinunter. Die Labortische sahen eigentlich gar nicht so unbequem aus, bestimmt konnte man, wenn man die Geräte beiseite räumte, sich gut darauf zusammenrollen und ein wenig ausruhen ...

Der Befeuchter dröhnte immer noch. Seit Stunden schon.

Nur Yehoshuah schien keine Müdigkeit zu kennen. Kein Wunder, er hatte ja auch nicht den ganzen Tag Körbe voller Steine, Schutt und Abraum durch die glühend heiße Wüste geschleppt. Stephen verfolgte träge, wie Judiths Bruder allerlei Tinkturen anrührte aus den Chemikalien, die auf den Borden über den Tischen standen, wie er flache Plastikwannen bereitstellte und Schalen mit Wattebäuschen. Was er dabei erklärte, von Wasserstoffbrücken und Quellvermögen, von Alkaliresistenz und Passivatoren, von Eisengallustinten, Entsäuerung, Neutralisation und Pufferung, verstand Stephen längst nicht mehr.

Schließlich zog Yehoshuah ein Paar dünne Plastikhandschuhe über und schaltete den Befeuchter aus.

Die plötzliche Stille war wie ein Schock. Judith fuhr aus ihrem Schlaf hoch, sah sich ein paar Augenblicke völlig orientierungslos um und seufzte schließlich, als ihr wieder einfiel, wo sie waren. Währenddessen öffnete Yehoshuah die Glastür und nahm den Metallteller heraus. Das Papier darauf war jetzt weich und lappig in sich zusammengesunken. Für Stephens Augen sah es aus wie unrettbar verdorbene graue Papiermasse. Doch Yehoshuah betastete sie so behutsam, als habe er Spinnweben vor sich, und brummte zufrieden: »Wunderbar.«

»Ich könnte jetzt selig in meinem Zelt liegen«, murrte Judith unleidig aus dem Hintergrund. »Was ist in mich gefahren, heute Abend auch nur einen Schritt aus dem Lager zu machen? O nein – das ist ja schon vier Uhr! Vier Uhr früh! Seid ihr eigentlich völlig wahnsinnig?«

»Schscht!«, machte ihr Bruder. Stephen versuchte, sich die Müdigkeit aus den Augen zu blinzeln, während er fasziniert beobachtete, wie Yehoshuah zuerst mit einer abrupten Drehbewegung des Tellers, die einem fast das Herz stehen bleiben ließ, die Papiermasse in eine der flachen Plastikwannen kippte, um dann mit Pinzetten und kleinen Holzschabern daranzugehen, die uralten Blätter aufzufalten.

»Vier Uhr«, wiederholte Judith grantig, während sie herangeschlurft kam. »Vier Uhr vorbei! Wenn ich gewusst hätte, dass das so lange dauert …«

Jetzt erst sah Stephen, dass Yehoshuah den Boden der Wanne mit einem Stück hauchdünnen, durchsichtigen Papiers ausgelegt hatte. »Japanpapier«, erklärte er, als er Stephens stieren Blick bemerkte. »Damit werden wir die einzelnen Fragmente in ihrer Position fixieren.«

Stephen nickte. »Klar«, murmelte er müde. »Werden wir.«

Es waren zwei Blätter, die schließlich in zwei flachen Plastikwannen auf feuchtem Japanpapier ausgebreitet lagen. Yehoshuah studierte ihre Oberfläche durch eine Uhrmacherlupe, die er sich ins Auge geklemmt hatte. »Hmm«, machte er schließlich. »Das ist jetzt natürlich ein Problem, das so wahrscheinlich noch nie jemand hatte. Einen Text lesbar zu machen, der vor zweitausend Jahren mit einem *Kugelschreiber* geschrieben wurde!«

»Hoffentlich war er wenigstens dokumentenecht«, versuchte Stephen zu scherzen.

Aber Yehoshuah nickte nur. »Das war das Erste, was ich geprüft habe. Sonst wäre die ganze Tinte im Befeuchter unrettbar zerlaufen.«

»Oh«, machte Stephen. Daran hatte er überhaupt nicht gedacht. Er beugte sich über das Puzzle grauer, löchriger Papierfetzen. »Wie kommst du darauf, dass er einen Kugelschreiber verwendet hat? Ich bin mir nicht mal sicher, dass da überhaupt etwas geschrieben steht.«

»Im trockenen Zustand hat man die Druckspuren gut gesehen. Man sieht sie jetzt auch noch ein wenig, aber man muss sie schon eher erahnen. Und die Tinte ist einfach verblasst. Nach so langer Zeit war das zu erwarten.«

»Ja – und nun?«

Yehoshuah nahm ein Becherglas zur Hand, in dem er zuvor einige Chemikalien gemischt hatte. »Ich habe mich heute Nachmittag ein wenig schlaugemacht, was die Zusammensetzung von modernen Kugelschreibertinten angeht. Das hier sollte helfen, sie wenigstens unter der UV-Lampe sichtbar zu machen.«

Er rückte eine der Schalen unter eine flache schwarze Leuchtstoffröhre. Als er sie anknipste, rasselte und knisterte es vernehmlich in der Glasröhre, und es brauchte etliche Anläufe, bis sie endlich ansprang und ihr eigenartiges violettes Schimmern um sich verbreitete. »Die hat ihr Rentenalter auch schon erreicht«, kommentierte Yehoshuah. Seine Fingernägel leuchteten auf, als er die Schale zurechtrückte, und einige Fusseln auf seinem Hemd leuchteten im ultravioletten Licht gespenstisch hell auf.

Stephen musterte die Flüssigkeit misstrauisch, die eben noch wasserklar ausgesehen hatte und nun in der Nähe der UV-Lampe geisterhaft aufleuchtete. Sie roch ziemlich penetrant. Ungefähr so, als hätte ein Zahnarzt seine Praxis auf dem Gelände einer Gerberei eröffnet. »Und du bist sicher, dass das nicht einfach alles wegfrisst?«

»Wir probieren es an einem Randstück aus«, meinte Yehoshuah. Er nahm einen Wattebausch und tauchte ihn in das Becherglas, wo er sich sofort vollsog. Dann betupfte er so sachte, als wolle er einen Schmetterlingsflügel waschen, eine ausgefranste Stelle am Rand des Blattes.

»Das stinkt ja unglaublich«, beschwerte sich Judith und wollte aufstehen. »Ich schalte mal die Ventilation ein, wenn ihr schon zu faul dazu seid.«

»Bitte nicht«, sagte Yehoshuah. »Wenn du die Entlüftungsanlage einschaltest, leuchtet auf dem Schaltpult des Wachmanns ein rotes Lämpchen auf. Dann kommt er nachsehen.«

Judith seufzte und setzte sich wieder. »Auch das noch.«

Ein paar winzige Punkte begannen, unter dem UV-Licht stärker aufzuleuchten als ihre Umgebung. Yehoshuah wiederholte die Prozedur, dann zog er geräuschvoll die Luft zwischen den Zähnen ein, stand auf und kippte in einem zweiten Becherglas rasch einige andere Chemikalien zusammen. Mit dieser zweiten geheimnisvollen Lösung kehrte er zurück, nahm einen anderen Wattebausch und vollführte eine ähnliche Waschbewegung, die aber diesmal bewirkte, dass das allgemeine Leuchten der betupften Stellen nachließ. Nur die winzigen Punkte von gerade eben blieben hell.

»Das wird mühsam«, verkündete Yehoshuah.

Judith wandte sich stöhnend ab. »Ich will in mein Bett! Genug!«

Ihr Bruder schien sie überhaupt nicht zu hören, und Stephen war zu müde, um sie zu beachten. Er verfolgte, wie Yehoshuah die Stelle abwechselnd mit der einen und der anderen Flüssigkeit betupfte, und merkte plötzlich, dass er unwillkürlich den Atem angehalten hatte. Nicht nur, weil auch die zweite Flüssigkeit einen beißenden Gestank verbreitete, der einem im Nu Kopfschmerzen machte.

Und nach einigen Minuten merkte er, dass sich die Punkte, die hell blieben, zu einem Muster ordneten.

Zu einem Wort.

never

»Es funktioniert«, hauchte Stephen, während er in sich wilden Triumph aufwallen fühlte. »Du hast es geschafft, Yehoshuah!«

never

Der junge Archäologe saß sichtlich ergriffen vor der roten Plastikwanne, in jeder seiner erhobenen Hände einen Wattetupfer, und starrte das Ergebnis seiner Arbeit an. »Das ist unglaublich«, brachte er schließlich mit einer merkwürdig belegt klingenden Stimme hervor. »Tatsächlich ein englisches Wort. Auf einem Dokument, das so alt ist wie die Rollen von Qumran.«

never

Sogar Judith schien ihre Erschöpfung für den Moment zu vergessen, wenn auch nicht ihre schlechte Laune. »Never«, las sie vor. »*Niemals.* Wie sinnig, als erstes auf dieses Wort zu stoßen, findet ihr nicht?«

Die Leuchtstoffröhre flackerte, fing sich aber recht schnell wieder.

»Mach weiter«, drängte Stephen. »Es stimmt tatsächlich. Es ist tatsächlich ein Brief des Zeitreisenden. Er hat der Zukunft tatsächlich einen Brief geschrieben. Eine Flaschenpost durch die Zeit, und wir haben sie gefunden.« Er spürte eine Erregung durch seinen Körper pulsieren, die besser war als Sex. Das war es, was das Leben lebenswert machte. Hier geschah es. Diese Szene würde einmal in Geschichtsbüchern stehen, würde die Fantasie von Malern und Erzählern anregen, ähnlich wie es die Öffnung des Grabes von Tut-ench-Amun durch Carter getan hatte. Und er war dabei. Er war nicht nur dabei – er war die Hauptperson.

Yehoshuah wischte weiter, verfolgte den Satz rückwärts. Nach einigen, endlosen Minuten glomm ihnen das nächste Wort entgegen.

has never

»Wer?«, fragte Stephen. »Wer hat niemals – was auch immer?«

Judith schüttelte den Kopf. »Hat niemals – *was?*«

»Beruhigt euch«, brummte Yehoshuah. »Kommt alles noch.« Aber er wandte sich zunächst dem Anfang des Satzfragmentes zu. Tupfen mit der ersten Flüssigkeit. Abtupfen mit der Zweiten. Im zweiten Becherglas fing der Inhalt allmählich auch an zu leuchten, aber das sah Stephen nur aus den Augenwinkeln. Er wandte den Blick nicht einen Herzschlag lang von Yehoshuahs Arbeitsfeld.

Er stöhnte unwillkürlich auf, als er das Wort erkannte, das sich da abzeichnete. Hauptgewinn!

Jesus has never

Sogar Judith war beeindruckt. »Ich hab's ja nicht geglaubt«, gab sie zu. »Du hattest recht.«

»Er hat Jesus getroffen!«, verkündete Stephen triumphierend, mit dem ausgestreckten Zeigefinger zustechend wie mit einem Florett. »Er ist in die Vergangenheit gereist, und er hat Jesus von Nazareth getroffen. Er ist mit ihm gereist. Er ist ihm gefolgt. Hat ihm zugehört.« Er hielt inne und sah die beiden an. »Ist euch klar, was das bedeutet? Ist euch klar, dass diese beiden Blätter ein Dokument sind, das an Glaubwürdigkeit und Aktualität sämtlichen Evangelien der Bibel überlegen ist?«

Judith atmete geräuschvoll durch. Yehoshuah warf ihr einen kurzen Blick zu, dann sah er Stephen an. »Stephen, ich bin kein besonders frommer Jude«, sagte er dann, »aber Jude.« Er blickte auf das magisch glimmende Textfragment hinab wie auf ein hässliches Tier, das einen jederzeit beißen kann. »Ich habe ehrlich gesagt Angst vor dem, was in diesem Brief stehen könnte.«

»Und verschwindet es dadurch, dass du Angst davor hast?«, fragte Stephen herausfordernd. Er schüttelte den Kopf. »Unsinn. Der einzige, der vielleicht vor diesem Brief Angst haben müsste, ist der Papst. Lass uns weitermachen.«

Judith machte ein paar Dehnübungen mit ihren Schultern. »Fotografiere lieber erst einmal, was du bis jetzt hast«, riet sie ächzend.

»Das hat Zeit«, schüttelte Stephen den Kopf. »Machen wir erst den Satz zu Ende.«

Gehorsam nahm Yehoshuah die Arbeit mit den Wattebäuschen wieder auf, während Judith ein vernehmliches Grollen hören ließ. »Stephen Foxx«, fragte sie spitz, »ignorierst du eigentlich grundsätzlich alles, was eine Frau dir rät?«

»Ich mache da keinerlei Unterschiede, weder nach Rasse, Herkunft, noch nach Geschlecht«, grinste Stephen. »Ich ignoriere grundsätzlich alles, was irgendwer mir rät.«

»Weil ja ohnehin niemand etwas besser weiß als du.«

»Genau.«

Sie ließ ihren Kopf stöhnend in den Nacken fallen und blieb so.

Die Leuchtstoffröhre flackerte wieder, länger diesmal.

Yehoshuah tupfte, tupfte ab, tupfte. Diesmal schien es eine Stelle zu sein, die dem Vorgang mehr Widerstand entgegensetzte.

»Na«, machte er, als die Lampe gleich noch einmal knisterte und das Licht einen Moment vibrierte, »die wird doch nicht ausgerechnet jetzt ihren Geist aufgeben. Garantiert gibt es im ganzen Haus keine Ersatzröhre.«

Stephen hob die Augenbrauen. Judith saß immer noch mit dem Gesicht zur Decke da. »Vielleicht sollten wir dann doch erst mal fotografieren«, meinte er.

»Ich bin gleich soweit«, erwiderte Yehoshuah.

Die leuchtenden Pünktchen in dem neuen Gebiet schienen völlig willkürlich verstreut, wollten und wollten sich nicht zu Strichen und Linien zusammentun oder gar zu einem Wort. Yehoshuah knurrte, tauchte die Watte länger ein, drückte fester auf. Seine Augen tränten schon von den aufsteigenden Dämpfen.

»Da!«, sagte er und hob die Wattebäusche. »Kannst du das lesen?«

Stephen hatte nach dem Gestell mit dem Fotoapparat gegriffen. »Komm, lass uns fotografieren, was wir schon haben.«

»Gleich, gleich. Schau doch nur ...«

»Ja, ich schaue ja.« Stephen beugte sich über das Blatt. Ließ beinahe das Gestell fallen. »Oh, mein Gott ...«

In diesem Augenblick erlosch die UV-Lampe. Ohne jedes Geräusch, ohne jeden sichtbaren Grund. Sie erlosch einfach, und mit ihr der chemisch markierte Text auf dem feuchten Papier.

»Das darf doch nicht wahr ...« Yehoshuah griff zornig nach dem Schalter, schaltete sie aus, schaltete sie wieder ein, vergebens. Nichts rührte sich mehr. »Verdammt.«

»Du hast es auch gelesen, nicht wahr?«, fragte Stephen.

»Ausgerechnet jetzt«, ärgerte sich Yehoshuah, sprang auf und ging zu einem Schrank am anderen Ende des Raumes, zog Schubladen auf, schlug sie wieder zu. »Wie ich es gesagt habe. Keine Ersatzröhre weit und breit.«

»Yehoshuah«, fragte Stephen noch einmal. »Hast du es auch gelesen?«

»Das ist typisch für diesen Laden«, fuhr der fort, sich in Rage zu reden. »Schlamperei, wohin man schaut. Jeder nimmt nur raus, aber keiner denkt daran, Ersatz zu beschaffen. Und wir haben Sabbat! Wo sollen wir jetzt eine Ersatzröhre herkriegen?«

Stephen stellte das Kameragestell mit unüberhörbarem Poltern zurück auf den Tisch. »Yehoshuah!«

Der Freund hielt inne, und damit verrauchte auch der Zorn. Er blickte Stephen an und nickte dann. »Ja. Ich habe es auch gelesen.«

»Du hast es also auch gesehen?«

»Ja.«

Judith richtete sich wieder auf und sah die beiden Männer müde an. »Was ist los? Ihr seid ja so weiß wie Gespenster. Wie heißt denn nun das nächste Wort?«

Stephen beugte sich über die flache Schale, stützte sich auf seine ausgebreiteten Arme, als wöge sein Oberkörper plötzlich Tonnen, und sah hinab auf das graue, löchrige Papier. Wenn er lange darauf starrte, konnte er sich einbilden, die geisterhafte Schrift aus seiner Erinnerung noch einmal erstehen lassen zu können.

»Lived«, sagte er. »Das nächste Wort war *lived.*«

18

Die Art des für das freizulegende Gebäude verwendeten Baumaterials hat großen Einfluss auf die Grabungstechnik. Uns war relativ früh klar, dass wir es mit einfacheren Bauten zu tun haben würden, die aus Lehmziegeln oder Bruchgestein errichtet worden waren. Wir mussten also darauf bedacht sein, die nur schwer von der Schuttmasse zu unterscheidenden Mauerreste rechtzeitig zu erkennen und sie zu erhalten. Besonderen Wert legten wir darauf, auch die Fußböden innerhalb des Gebäudes ausfindig zu machen, da Funde, die direkt auf einem Fußboden gemacht werden (z. B. Keramik, Glas, Münzen, Skarabäen) die jeweilige Schicht eindeutig datieren.

Prof. Charles Wilford-Smith
Bericht über die Ausgrabungen bei Bet Hamesh

Wahrscheinlich hatte der Mann, der breit und mächtig in einem der Sessel saß wie der Herr der Welt, gewollt, dass die Besprechung der Ergebnisse der Sonartomographie hier in diesem klimatisierten Wohnwagen stattfand und nicht draußen an irgendeinem Klapptisch. Das war der Geldgeber der Ausgrabung, der oberste Boss, soviel hatte George Martinez inzwischen mitbekommen. Er trug einen makellosen dunkelgrauen Anzug mit einer seidenen Krawatte, die von einer goldenen Nadel mit einem Brillanten daran gehalten wurde, und eine makellose Frisur, und zu schwitzen war unter Garantie das letzte, was er wollte. Obwohl es an diesem Samstagmorgen für Georges Geschmack draußen noch recht angenehm war und hier drin fast zu kühl, in diesem Konferenzraum, der so weiß war, dass man glauben konnte, sich in einen Kühlschrank verirrt zu haben.

Das Vortragen der Ergebnisse war, wie immer, die Aufgabe von Bob Richards. George machte die Arbeit, und Bob strich die Lorbeeren ein, so war das nun mal. Heute früh störte es George nicht einmal. Er war froh, nichts sagen zu müssen. Dann bestand schon weniger Gefahr, dass er sich verplapperte.

Es war Gideon absolut ernst gewesen, das hatte man gespürt. Erst hatte George geglaubt, der stämmige Israeli wolle ihn auf den Arm nehmen; mal ausprobieren, was man einem dummen Mexikaner alles erzählen konnte. Hu, da war er aber zornig geworden! Ein zorniger Mann mit einer Uzi über der Schulter, mein lieber Mann. Nein, der hatte ihn nicht aufziehen wollen.

Aber verhört haben konnte er sich. Irgendwas falsch verstanden haben. Die Geschichte war einfach zu unglaublich.

Bob hatte die Aufnahmen, die *Sotom 2* geliefert hatte, auf dem ganzen Tisch ausgebreitet, um sie erst einmal wirken zu lassen. Das machte er immer so. Sich wichtig machen, das konnte er wie kein Zweiter. Die Leute starrten immer diese Bilder an und verstanden um alles in der Welt nicht, was sie darauf erkennen sollten, und wenn sie schon dabei waren, zu verzweifeln, dann erhob Bob Richards endlich das Wort. Genau im richtigen Moment. Strich sich gelassen über das blonde, wellige Haar und begann zu erklären, in einem leichten, beiläufigen Plauderton, als läge ein Stadtplan auf dem Tisch, über den man allerlei Betrachtungen anzustellen hätte, und als sähe selbstverständlich jeder, was er meinte. Er sagte nie so etwas wie: »Dieser dunkle Fleck deutet auf Überreste einer Mauer in zehn Meter Tiefe hin.« So etwas klang bei ihm ganz anders, nämlich ungefähr so: »Diese Mauern dürften in etwa zehn Meter Tiefe verlaufen.« Und dann nickten sie alle, vergingen vor Ehrfurcht und sahen Mauern genau da, wo Bob Richards Zeigefinger über die graumelierten Fotos wanderte.

George staunte immer wieder, wenn er das miterlebte, und hatte sich lange Zeit geärgert über die Show, die Bob abzog. Mit den Ergebnissen, die er erarbeitet hatte! Aber seit er einmal seine Aufnahmen selber hatte präsentieren müssen und danach nur in ungläubige, skeptische Gesichter geblickt, ja am Ende sogar die Wirkungsweise der Sonartomographie hatte verteidigen müssen, war er zu der Auffassung gelangt, dass die überzeugende Präsentation eine ebenso bedeutende Kunst war wie die, die zugrunde liegenden Aufnahmen anzufertigen.

Er verfolgte, wie Bob die Aufnahmen dem grob gezeichneten Lageplan der Ausgrabungen zuordnete, der auf dem Tisch lag. Er deutete auf Mauern, wies auf Knochen hin, die noch nicht ausgegraben waren, und hielt sich lange mit Betrachtungen über verschiedene Gesteinsschichten auf. Das tat er immer, wenn es im Grunde nichts zu berichten gab. Und hier in Bet Hamesh gab es nichts zu berichten. Sie hatten gefunden, was sie zu finden erwartet hatten. Nichts weiter. Nada. Rausgeschmissenes Geld, mit einem Wort, und Bob Richards' Aufgabe war es, zu verhindern, dass die Auftraggeber eben diesen Schluss zogen. Die Universität von Montana machte lukrative Geschäfte mit ihrem Sonartomographen und wollte keine unzufriedenen Kunden. Das war der Grund, warum Bob Richards mitgeschickt wurde.

»Also, ich sehe gar nichts«, beschwerte sich der fette Mann schließlich. »Diese Bilder sehen aus wie die Ultraschallaufnahmen bei meiner Frau, als sie schwanger war. Da habe ich auch nie etwas erkannt.«

Bob lächelte ihn gewinnend an. »Aber der Arzt Ihrer Frau hat sicherlich etwas darauf erkannt, oder?«

»Hmm, ja. Hat gesagt, es würde ein Junge.«

»Und wurde es ein Junge?«

»Ja.«

Alles lachte.

»Nun«, meinte Bob freundlich, »diese Bilder hier entstehen nach einem ganz ähnlichen Verfahren. Und ich sehe darauf, dass Sie eine ganze Menge Ruinen finden werden.«

Damit erntete er noch einmal anerkennendes Lachen. Sogar der fette Mann grinste schief.

Der Mann im dunkelgrauen Anzug war als erster mit dem Lachen fertig. »Was ist mit dem metallenen Kasten?«, wollte er wissen. »Haben Sie den gefunden?«

»Der metallene Kasten.« Bob wandte sich um. George schüttelte den Kopf. »Nein, leider«, fuhr Bob dann fort, »so etwas haben wir nicht gefunden.«

»Sind Sie sicher?«, bohrte der andere nach.

Bob nickte gemessen. »Hundertprozentig.« Niemand konnte dieses Wort derart im Brustton der Überzeugung aussprechen wie Bob Richards.

George sah auf, als sich der Professor unvermittelt nach hinten zu dem dicklichen Mann umwandte, der angeblich ein Schriftsteller war, und mit spitzen Ohren bekam er mit, wie er ihm zuraunte: »Ich habe doch gesagt, die Kamera ist nicht hier!«

Also doch. *Die Kamera.* Dieses Wort hatte George genau verstanden, und der strafende Blick, den der Sicherheitschef dem Ausgrabungsleiter zuwarf, war so gut wie eine Bestätigung. Also doch – diese Männer glaubten tatsächlich, dass irgendwo in Israel eine Kamera vergraben war, mit einer Videoaufnahme von ...

George wagte kaum, es zu denken.

Eine Videoaufnahme von Jesus Christus!

Konnte das möglich sein? Freilich, vor Gott war nichts

unmöglich. Nicht einmal eine Reise durch die Zeit. Vielleicht gehörte es sogar zu seinem unergründlichen Plan, den Menschen gerade in diesem Zeitalter, das so sehr vom Fernsehen geprägt war, eine Videoaufnahme ihres Heilands zu schenken, um seine Kirche zu stärken und die Menschen zurück zum Glauben zu führen. Und wie anders hätte er das geschehen lassen können als auf diese wunderbare Weise?

George spürte sein Herz jäh schlagen. Aber ... Was für Menschen war dieses Geheimnis enthüllt worden? Dieser Mann, der für einen einzigen Anzug mehr Geld ausgab, als man gebraucht hätte, um ein Dorf in Bangladesh ein Jahr lang zu ernähren – in dessen geldgierige Hände sollte dieses einmalige Dokument gelangen? Was würde er damit anderes zu machen suchen als noch mehr Geld? Noch mehr Macht?

Natürlich – er würde die Aufnahme behalten. Niemand, der nicht Kunde seines Fernsehnetzes war, würde sie zu sehen bekommen. Und es würde plötzlich teuer, sehr teuer sein, Kunde zu werden. Er würde seine Kunden mit langfristigen Verträgen knebeln, und er würde sie zwingen, auch all seinen Schund über sich ergehen zu lassen.

Er würde die Worte des Herrn zwischen den zwei teuersten Werbeblöcken aller Zeiten ausstrahlen. Man würde endlose Kampagnen für Erfrischungsgetränke, Reinigungsmittel, Autoreifen, Slipeinlagen und Kaugummis ertragen müssen, um das Antlitz des Heilands schauen zu dürfen. Auf dem Berg Golgatha des Kommerzes würde Jesus erneut gekreuzigt werden, wieder und wieder – zuerst am Samstagabend zur besten Sendezeit, dann im Vorabendprogramm, und schließlich in der Kinderstunde, wenn Reklame für Barbiepuppen und He-Man-Figuren lief.

»George?«, hörte er Bob fragen. »Ist dir nicht gut?«

Er schüttelte den Kopf, kam wieder zu sich. »Es geht schon«, sagte er. »War vielleicht ein bisschen viel Sonne gestern.«

Bob musterte ihn unsicher. »Kannst du mal einen Blick hierher werfen?«, fragte er. »Würde mich interessieren, was du dazu meinst.«

»Ja«, nickte George matt. »Klar.« Er trat neben Bob an den Tisch, auf dem jemand die Bilder, die sie aufgenommen hatten, mit einem großen Lageplan verdeckt hatte. Dieser Plan war präzise gezeichnet, offenbar die Kopie eines amtlichen Dokuments. Und das, was darauf zu sehen war, kam George irgendwie bekannt vor.

»Das ist ein Aufriss des Tempelbergs von Jerusalem«, erklärte ihm der Mann im dunkelgrauen Anzug, und der Brillant auf seiner Krawattennadel funkelte. »Wie müsste man vorgehen, um ihn sonartomographisch zu durchleuchten?«

Stephen Foxx erwachte an diesem Morgen spät, und er fühlte sich, als sei ein Bulldozer über ihn gefahren. Und das lag nicht einfach daran, dass er kaum Schlaf gefunden hatte.

Am Sabbat gab es immer extra lange Frühstück, damit die Leute ausschlafen konnten. Selbstverständlich wurde am Sabbat nicht gearbeitet, und die Freiwilligen, die aus Israel stammten und nicht gerade am anderen Ende des Landes wohnten, nutzten die Gelegenheit, um nach Hause zu fahren. Mit dem Ergebnis, dass ohnehin praktisch nur die Nichtjuden im Lager zurückblieben, die am Samstag bereitwillig gearbeitet hätten und denen die Ruhe am Sabbat das eigenartige Gefühl verursachte, den Sonntag einen Tag zu früh zu begehen.

Es würde ein ruhiger Tag werden. Als Stephen am Küchenzelt ankam, waren auf etlichen Tischen Schachbretter aufgestellt, andere Helfer saßen mit Büchern und einer Tasse Kaffee irgendwo, wo es schattig war. In einiger Entfernung warfen sogar ein paar der Helfer eine knallgrüne Frisbeescheibe im Kreis herum. Und er entdeckte an einem der

Tische Judith, die genauso zerknittert aussah, wie er sich fühlte. Nun, vielleicht nicht ganz so. Selbst übernächtigt sah sie immer noch umwerfend aus. Stephen stellte sich drei randvolle Tassen Kaffee aufs Tablett und dann, eher aus rationalen Überlegungen als aus wirklichem Hunger heraus, noch eine Schüssel Cornflakes, und setzte sich zu ihr.

Eine Weile mampften sie schweigend. Dann, als Stephen die zweite Tasse in Arbeit nahm, meinte sie: »Und?«

Stephen stürzte einen großen Schluck des bitteren Gebräus hinab. Die machten den Kaffee sehr stark hier. »Und was? Was ich davon halte?«

»Ja.«

»Keine Ahnung. Ich bin ziemlich geplättet, muss ich zugeben.«

Sie warf einen migränigen Blick umher. Es war niemand in der Nähe, der ihnen hätte zuhören können. »Vielleicht solltest du das nicht überinterpretieren. Du hast ganze vier Worte aus einem immerhin zweiseitigen Brief ... Warte doch, bis du den ganzen Brief kennst.«

»Machen Archäologen das nicht dauernd? Sie schauen sich einen Buchstaben in einem alten Papyrus an und sagen, so wie der geschrieben ist, mit dem Schnörkel nach links statt nach rechts, muss das ganze Dokument zweihundert Jahre älter sein als bisher angenommen. Oder jünger. Jedenfalls bedeutet es etwas ganz anderes, nur wegen einem Buchstaben.«

»Keine Ahnung. Frag Yehoshuah, ob Archäologen das dauernd machen.«

Er hatte richtiggehend Kopfweh. Er kannte sich nicht wieder. Er hatte noch nie Kopfweh gehabt. Und der Magen rebellierte auch schon gegen die Überschwemmung mit Kaffee. Stephen stellte die dritte Tasse wieder hin und widmete sich dem Rest seiner Cornflakes.

»Was ich mich frage«, fuhr er dann kauend fort, »ist, ob das überhaupt sein kann. Und da bin ich jetzt zu wenig bewandert. Es muss doch noch andere Quellen geben außer den biblischen Texten, in denen Jesus erwähnt ist. Was ist denn mit dieser Volkszählung, die Kaiser Augustus damals veranlasst hat? Das war doch Augustus, oder? ›Es begab sich aber zu der Zeit, dass ein Gebot von dem Kaiser Augustus ausging, dass alle Welt geschätzt würde.‹ So ähnlich steht es irgendwo. Und da war Maria gerade schwanger mit ihm.«

»Aber eben erst schwanger.«

Stephen schüttelte unzufrieden den Kopf. »Ich muss das mal nachlesen. Ich kann das einfach nicht glauben. Ich meine, was hieße das denn? Stell dir doch mal vor, was wäre, wenn man beweisen könnte, dass Jesus in Wirklichkeit nie gelebt hat! Was das hieße!«

Judith zuckte die Schultern. »Das wäre eine Entdeckung. Und du wärst der Entdecker. Das wolltest du doch immer.«

»Aber was hieße das für die Welt? Immerhin ist er die zentrale Gestalt des Christentums, der größten Religionsgemeinschaft der Welt. Wenn Jesus in Wirklichkeit nie gelebt hat, dann hieße das, dass jemand diese Gestalt erfunden hat. Dass er eine Art Kunstfigur wäre. Wie Superman. Oder, meine Güte – wie Micky Maus!«

»Jetzt dramatisiere es nicht. Den meisten Menschen ist Religion doch ohnehin völlig gleichgültig. Die würdest du stärker treffen, wenn du beweisen könntest, dass Micky Maus nie gelebt hat.«

»Sehr witzig.« Stephen nippte an seinem letzten Becher Kaffee. »Ich weiß auch nicht, warum mich das so beunruhigt. Aber es beunruhigt mich. Ich frage mich ernsthaft, ob man es verantworten könnte, eine solche Wahrheit zu enthüllen.«

»Oho«, machte Judith mit großen Augen. »Das sind ja ganz neue Töne, Mister Foxx.«

Stephen stellte die Tasse wieder ab und betrachtete sie überrascht. »Sag mal – was sollen diese ganzen Anspielungen die ganze Zeit? Wofür hältst du mich eigentlich?«

Judith verzog ihren Mund zu einem breiten, gehässigen Grinsen, und ihre Augen funkelten zornig. »Es gibt ein paar Sachen, die du noch nicht begriffen hast. Eine davon ist, dass es im Leben um mehr geht als bloß darum, immer zu gewinnen.«

»Ach ja?«, erwiderte Stephen grimmig. »Wer hat dir denn diesen Blödsinn erzählt?«

»Du willst doch nur beweisen, dass du schlauer bist als John Kaun, der große Manager.«

»Und selbst wenn? Vielleicht bin ich's ja.«

»Und? Was hast du davon?«

Stephen spürte Kampfbereitschaft in seinem Blut sprudeln wie Kohlensäure. »Jeder will gewinnen«, sagte er. »Und wer etwas anderes behauptet, der hat einfach aufgegeben zu glauben, dass er gewinnen kann. Alles, was so jemand noch will, ist, nicht zu verlieren, und das geht am einfachsten, indem man nicht mehr kämpft. So ist das.«

»Ah. Der Amerikaner spricht. Alles ganz easy. Alles machbar, man muss nur wissen, wie.«

»Ja. Ganz genau.«

Judith schüttelte den Kopf. »Das ist so ... flach. So oberflächlich. Ich weiß nicht – vielleicht spielt es doch eine Rolle, dass ich einem Volk entstamme, das auf fünftausend Jahre Kultur zurückblickt, und du gerade mal auf zweihundert.«

»Das ist der blühendste Blödsinn, den ich je gehört habe«, erklärte Stephen und stand auf. »Wirklich. Deine fünftausend Jahre Kultur kannst du im Klo runterspülen, wenn so ein Hirnmüll alles ist, was dabei rauskommt. Und jetzt entschuldige mich, ich muss gehen. Ich muss noch ein Angebot schreiben. Um meine nächste Million zu scheffeln, wenn's recht ist.«

Der stellvertretende Leiter der Ausgrabung hatte das Gespräch ein paar Momente lang mit hervorquellenden Augen und angehaltenem Atem verfolgt, dann war er ausgerastet. »Den Tempelberg?«, hatte er geschrien. »Sie wollen den Tempelberg durchleuchten? Ja, sind Sie denn völlig *wahnsinnig?*«

Kaun hatte Ryan mit einem kurzen Kopfnicken zu verstehen gegeben, dass er die beiden Techniker hinausbringen sollte, was er auch sofort getan hatte. Dann hatte er den Israeli mit dem nachlassenden Haarwuchs und der Knollennase ruhig angeblickt, entschlossen, sich nicht provozieren zu lassen und auf jeden Fall die Ruhe zu bewahren, bis der andere wieder bei Sinnen war. Niemand brachte es fertig, länger als sieben oder acht Minuten am Stück zu toben, es sei denn, er war wirklich ein Fall für die Psychiatrie. Die meisten Choleriker, das hatte Kaun in zahllosen unangenehmen Verhandlungen erlebt, beruhigten sich nach zwei bis drei Minuten, vorausgesetzt, man unterbrach sie nicht. Unterbrechungen waren es, die einen Schreianfall am Leben erhielten – gewissermaßen begann mit jeder Unterbrechung die Uhr wieder von vorn zu laufen.

»Wir wollen das in Ruhe ...«, begann Kaun schließlich, als Shimon Bar-Lev keuchend innehielt, aber der hörte ihn nicht, sondern wandte sich an Professor Wilford-Smith.

»Warum hast du mir das nicht gesagt, du verdammter Brite?«, fuhr er ihn an. »Warum erfahre ich immer alles als letzter? Verdammt, zwanzig Jahre arbeiten wir jetzt zusammen, und nun fällst du mir so in den Rücken ...!«

Jetzt war es doch Zeit, einzuschreiten. »Mister Bar-Lev!«, donnerte Kaun mit aller Wucht, die er aufzubringen vermochte. Es gab Situationen, da half nur ein Schrei. Ein Schrei, der den anderen schockieren musste. Kaun stellte sich, wenn er für einen solchen Schrei Luft holte, immer vor, er müsse allein mit dem Schalldruck seiner Worte den Schädel des anderen zerschmettern.

Und es wirkte. Bar-Lev zuckte zusammen, und für einen Moment war er aus dem Konzept gebracht.

»Mister Bar-Lev«, wiederholte Kaun, nun wieder völlig beherrscht und so verbindlich wie möglich, »bitte lassen Sie Professor Wilford-Smith am Leben; er ist unschuldig. Ich bin schuld. Wir haben die Idee heute Nacht ausgebrütet, nach dem Gespräch mit Professor Goutière, und ich wollte Sie heute Morgen noch einweihen. Unglücklicherweise waren die beiden Techniker des *Sotom* vor Ihnen hier, deswegen musste ich darauf verzichten. Aber wenn Sie jemanden anschreien wollen, dann bitte mich.«

Bar-Lev musterte ihn unsicher. John Kaun hatte noch nicht viel mit dem Stellvertreter Wilford-Smiths zu tun gehabt, aber er glaubte in dessen Unsicherheit zu erkennen, dass er ein simpler, geradliniger Wissenschaftler war, ein hervorragender Fachmann wahrscheinlich, aber einem Streitgespräch mit einem geschulten und geübten Rhetoriker nicht gewachsen.

»Also gut«, sagte der Israeli. »Dann klären Sie mich bitte auf. Was soll das?«

»Sie meinen, wie ich auf die Idee komme, den Tempelberg untersuchen zu lassen?«, entgegnete Kaun.

»Ja.«

Kaun nickte mit mildem Lächeln. »Mister Bar-Lev, ich muss rasch hinaus und die beiden Techniker dahingehend beruhigen, dass sie ihr Geld auf jeden Fall bekommen, egal, wie sehr wir uns anschreien. Bis dahin möchte ich Sie einfach bitten, über die Frage nachzudenken, die wir Professor Goutière gestern Abend gestellt haben. Nämlich: welche Orte gibt es in Israel, die mit Sicherheit die letzten zweitausend Jahre unberührt geblieben sind?«

Bar-Lev starrte ihn an wie eine Erscheinung, sah dann hinab auf den Plan des Tempelbergs, sah wieder hoch. Sein Kinn klappte herab.

»Sie verstehen?«, fügte Kaun hinzu, dann verließ er den Besprechungsraum.

Die beiden Techniker warteten draußen, zusammen mit Ryan, und sahen ihm mit betretenem Blinzeln entgegen, als er die drei Treppenstufen auf den sandigen Boden hinabtrat.

»Ich hoffe, der Stil unserer internen Dispute hat Sie nicht übermäßig entsetzt«, rief Kaun und bemühte sich, wohlgelaunt und absolut nicht beunruhigt zu erscheinen. Die beiden setzten ein verlegenes Grinsen auf. »Ich wollte mich unbedingt bei Ihnen beiden bedanken«, versicherte er in seinem verbindlichsten Tonfall, schüttelte ihre Hände und sah ihnen in die Augen dabei. »Die Arbeit, die Sie hier geleistet haben, war wirklich beachtlich. Glauben Sie mir, ich weiß das zu schätzen. Und was den Zornausbruch des Herrn Kollegen vorhin angeht ...« Er setzte ein verschwörerisches Lächeln auf. »Es sind alles Leute, die voller Leidenschaft bei der Sache sind. Das war noch gar nichts. Wir haben uns schon ganze Nächte hindurch in viel schlimmeren Tönen angeschrien.«

»Verstehe«, nickte der Blonde erleichtert.

»Was den Tempelberg angeht«, fuhr Kaun fort, den Blonden im Auge behaltend, der erstens ohnehin der Boss der beiden war und zweitens ansprechbarer erschien, »wird mein Assistent Ihnen einen Wagen geben, und ich bitte Sie, damit nach Jerusalem zu fahren und sich die Situation vor Ort anzuschauen. Welche Möglichkeiten es gibt, eine unauffällige Durchleuchtung des Bergs durchzuführen. Und heute Abend erstatten Sie mir bitte Bericht. Okay?«

Der Blonde nickte bereitwillig. »Jawohl, Sir. Machen wir gern.«

»Gut. Ryan, Sie kümmern sich um die Gentlemen?« Ryan nickte.

Damit kehrte Kaun in den Wohnwagen zurück, der gleichzeitig das Wohnquartier des deutschen Schriftstellers war. Der, wie Kaun wieder einmal auffiel, noch ziemlich wenig Brauchbares zu dem ganzen Projekt beigesteuert hatte, wenn man ihn einmal mit dem Kanadier verglich.

Bar-Lev hatte sich offenbar ein Argument zurechtgelegt, das er für durchschlagend hielt.

»Der Tempelberg ist ein jüdisches Heiligtum«, erklärte Bar-Lev mit Grabesstimme. »Ich frage Sie, Mister Kaun, der Sie ja wohl ein Christ sind: Würden Sie den Petersdom sonartomographisch untersuchen lassen? Oder die Geburtsstätte Jesu in Betlehem?«

Kaun nickte. »Selbstverständlich. Ohne mit der Wimper zu zucken.«

Mit dieser Antwort schien Bar-Lev nicht gerechnet zu haben. Ein Amateur-Rhetoriker, dachte Kaun und hatte Mühe, sich ein spöttisches Grinsen zu verbeißen.

»Das ... Das glaube ich nicht!«

»Das können Sie ruhig glauben. Das machen wir vielleicht sogar als Übernächstes.«

Professor Goutière hob die Hand. »Ich möchte noch einmal zu Protokoll geben, dass ich keineswegs behauptet habe, die vermutete Kamera befinde sich im *Sachrâ*-Felsen. Ich habe nur darauf hingewiesen, dass dies der einzige Ort ist, der sowohl nach zweitausend Jahren eindeutig identifizierbar als auch mit Sicherheit die ganze Zeit über unberührt geblieben ist.«

»Und ich«, warf Wilford-Smith ein, »muss noch einmal wiederholen, was ich schon heute Nacht gesagt habe: Ich bin mir sicher, dass die Kamera nicht in diesem Felsen steckt.«

Kaun nickte geduldig. »Sonst noch jemand?«

»Es ist nicht machbar«, erklärte Bar-Lev. »Völlige Utopie. Wie stellen Sie sich das vor? Den Schockwellenapparat auf dem Tempelberg aufzustellen und ringsum die Messfühler einzugraben? Sie womöglich in die Klagemauer zu schlagen? Dazu erhalten Sie nie und nimmer die Erlaubnis.«

»Darum machen wir es heimlich.«

»Heimlich? Wie soll das gehen?«

»Das weiß ich nicht. Aber ich habe eben die beiden Techniker nach Jerusalem geschickt, um sich vor Ort umzusehen.«

»Es ist unmöglich!«

Kaun atmete tief durch. »Mister Bar-Lev, ich wäre nicht da, wo ich bin, wenn ich mich immer danach gerichtet hätte, was angeblich möglich oder unmöglich sein soll.«

Der Archäologe schien sich in Schweiß und Verzweiflung auflösen zu wollen. »Mister Kaun, bei allem gebührenden Respekt, aber Sie wissen nicht, was Sie hier vorhaben. Der Tempelberg ist nicht nur ein Heiligtum für uns Juden, er ist auch heilig für die Moslems, und alles, was hier geschieht, ist politisch. Mit dem, was Sie vorhaben, können Sie buchstäblich einen Krieg auslösen!«

»Mister Bar-Lev, mir gehört unter anderem einer der führenden Nachrichtensender der Welt. Glauben Sie mir, ich bin wirklich bestens informiert über die politische Situation Israels.«

Bar-Lev ließ sich kopfschüttelnd zurück auf seinen Stuhl fallen. »Das ist Wahnsinn«, murmelte er. »Das ist Wahnsinn.«

»Die Kamera *ist* nicht in dem Fels«, wiederholte Professor Wilford-Smith. »Da bin ich mir hundertprozentig sicher. Sie steckt wahrscheinlich in einer versiegelten Amphore in irgendeiner abgelegenen, unbedeutenden Felsenhöhle, aber nie und nimmer in diesem Felsbrocken.«

»Vielleicht darunter?«, meinte Kaun.

»Es gibt eine Legende«, warf Goutière ein, »wonach sich darunter die Bundeslade befinden soll.«

»Wäre auch kein schlechter Fund.«

»Wie soll die Kamera in den Felsen hineingelangt sein?«,

fragte Goutière. »Oder darunter? Der Zeitreisende, den Sie vermuten, wäre ja zu einer Zeit aktiv gewesen, als der Tempel noch intakt und der fragliche Felsen noch als Opferstein in Gebrauch gewesen ist. Er hätte gar keine Möglichkeit gehabt, auch nur unbeobachtet in die Nähe des Steins zu kommen.«

Die Debatte begann, Kaun auf die Nerven zu gehen. »Wenn es uns gelingt, den Tempelberg zu untersuchen«, erklärte er, »können wir uns alle Spekulationen sparen. Dann müssen wir nicht mehr *glauben*, dann werden wir *wissen*. Ein Zustand, den ich immer vorziehe.«

Er war dankbar, dass Ryan in diesem Augenblick hereinkam, eines der mobilen Telefone in der Hand. »Basso«, sagte er nur, als er es ihm reichte.

Stephen Foxx saß an seinem eingeschalteten Laptop und hatte absolut keine Lust, das Angebot an *Video World Dispatcher* zu schreiben. Aber etwas nicht zu tun aus dem Grund, weil man keine Lust dazu hatte, war unprofessionell. Und Stephen Foxx hatte nicht vor, unprofessionell zu handeln.

Als Erstes wählte er sich in seinen Computer zu Hause ein, suchte die Dateien, die die für das Angebot notwendigen Texte und Bilder enthielten, und startete deren Übertragung. Dann, während sehr langsam zunehmende Prozentzahlen ahnen ließen, dass die Übertragung noch eine ganze Weile dauern würde, lehnte er sich zurück und überließ sich den Gedanken, die ihm wie wilde Bienen durchs Hirn sausten.

Die Vorstellung, dass der Jesus, von dem in der Kirche, im Religionsunterricht, in den frommen Geschichten und Liedern die Rede war, in Wahrheit nie existiert haben könnte – dass sie alle einem Mythos aufgesessen waren, dass dieser Jesus nicht realer war als der Weihnachtsmann, der an Weihnachten angeblich die Geschenke brachte – kam ihm vor wie der reine Hohn. War das nicht erstaunlich? Jedem, der ihn gefragt hätte, hätte er ohne zu zögern erklärt, dass ihn Religion nicht interessiere, sondern nur das wirkliche Leben. Dass er die Religion, in deren Namen man ihn als wehrloses Kind getauft hatte, längst abgestreift und hinter sich gelassen hatte. Dass man ihn allenfalls als undogmatischen Humanisten bezeichnen durfte. Jemand, der versuchte, es richtig zu machen. Anständig durchs Leben zu kommen. Gut zu sein, aber mit Maß und Ziel.

Und nun beschäftigte ihn das so. Er hatte wohl doch härter mit dieser Gestalt gerungen, als ihm bewusst gewesen war. Seine ganze Kindheit hindurch hatte er erlebt, wie doppelbödig die Leute mit Gott hantierten. Seine Eltern taten noch heute nach außen hin so fromm, wie es in der Gemeinde opportun war, aber in Wirklichkeit führten sie ein Leben, das unbeeindruckt war von den Lehren der Religion, der anzugehören sie vorgaben. Ein guter Christ sein hieß, an Weihnachten in die Kirche zu gehen und für wohltätige Zwecke zu spenden, wenn es sich nicht vermeiden ließ, und auch dann nur so viel wie nötig, um nicht unangenehm aufzufallen.

Nur in manchen Situationen, da überkam sie dann die Frömmigkeit. In kritischen Situationen hauptsächlich. Als seine Mutter diesen Anfall gehabt hatte, den man zunächst für einen Herzinfarkt gehalten hatte – da hatte Vater sie alle zusammengeholt, um gemeinsam zu beten. War das peinlich gewesen! Aber Gott schien es gefallen zu haben, denn schließlich stellte sich heraus, dass es kein Infarkt, sondern nur eine Virusattacke gewesen war.

Religion, das war für seine Eltern, und überhaupt für alle Leute, die er kannte, eine Art Regenschirm. Bei schönem Wetter denkt man überhaupt nicht an seinen Regenschirm. Erst wenn es regnet, fällt er einem wieder ein. Aber wirklich *glauben* – das tat niemand, den er kannte.

Und als er heranwuchs, kam ihm das, was zu glauben da von einem gefordert wurde, ohnehin mehr und mehr wie eine Zumutung vor. Die jungfräuliche Empfängnis, zum Beispiel. Als er vierzehn war, wurde ein Mädchen aus der Klasse über ihm, die beim Petting mit ihrem Freund nicht aufgepasst hatte, schwanger, obwohl sie noch Jungfrau war. Als das herauskam, wollten Spott und Häme überhaupt nicht mehr aufhören (»Marie-Lou ist ein Engel erschienen, der sprach zu ihr: Fass mir in die Hose – ha, ha, ha!«). Aber niemand, nicht einmal der Religionslehrer, hielt es für eine erwägenswerte Hypothese, dass Marie-Lou vielleicht den nächsten Heiland gebären würde.

Und dann war da Nick. Nick Foster. Nick war sein bester Freund gewesen, seit er denken konnte. Sie hatten sich feierlich ewige Freundschaft geschworen. Hatten gemeinsam die Sammelbilder aus den Cornflakes-Packungen gesammelt. Die großen Mädchen heimlich beim Baden im See beobachtet und Witze über Busen gemacht. Sie hatten sich überlegt, was sie einmal werden wollten, wenn sie groß waren. Stephen hatte Astronaut werden wollen, Nick dagegen Gouverneur oder Senator.

Doch dann war Nick ertrunken. An einem ganz gewöhnlichen Tag im Herbst. War in den See gefallen, hatte den Kopf angeschlagen, sodass er bewusstlos wurde, lange genug, um zu ertrinken. Gerade zehn Jahre alt.

Er hatte immer noch dieses Bild vor Augen, wie Nick aufgebahrt lag, auf seinem Bett. Ringsum war unfassbar aufgeräumt gewesen. Zwei Tage vorher hatten sie auf diesem Bett noch herumgelümmelt und ferngesehen, und das Zimmer war der übliche gemütliche Schweinestall gewesen. Und Nick hatte ihm den großen Batman-Band ausgeliehen. Als Stephen ihn nach der Beerdigung zurückbrachte, sagte Nicks Schwester, er solle ihn behalten. Er hatte ihn immer noch.

Stephen starrte blicklos auf die graue Zeltleinwand, die vor seinen Augen verschwamm. Damals, als er von einem Tag auf den anderen allein dagestanden hatte, da hatte er zu Gott gebetet, er solle Nick wieder lebendig machen. Wenn Jesus von den Toten auferstehen konnte, warum nicht Nick? Aber Gott erhörte ihn nicht. Heute musste er lächeln, wenn er daran zurückdachte. Er hatte seine Eltern imitiert. Gott war eine Instanz, an die man sich wandte, wenn man allein nicht zurechtkam. Eine Instanz, die einem dann auch nicht half.

Die Prozentzahl auf dem Schirm erreichte hundert, und ein Piepston signalisierte das Ende der Übertragung. Stephen schüttelte die Erinnerungen ab und unterbrach die Verbindung. Er bemühte sich, nicht darüber nachzudenken, was ihn diese Dateien nun gekostet hatten.

Also, das Angebot. Auch wenn es momentan wie das Unwichtigste aussah, was er machen konnte. Er rief noch einmal das Fax vom Donnerstag auf den Schirm, um sich darüber klar zu werden, was er schreiben würde. Der Fragenkatalog war ziemlich lang, sozusagen erschöpfend. Gut, das erlaubte ihm, mit einem Hinweis auf den beschränkten Raum und auf den offensichtlich bestehenden großen Erklärungsbedarf ein persönliches Gespräch vorzuschlagen. Und solange die Einzelheiten nicht geklärt waren, war es natürlich auch unmöglich, schon einen konkreten Preis zu nennen.

Erst jetzt entdeckte er, dass diese Firma auch eine Homepage im Internet unterhielt. Deren Adresse stand, wie das mittlerweile üblich geworden war, kleingedruckt im Briefkopf: http://www.video-world.com. Interessant. Vielleicht konnte er dort ein bisschen mehr über die Firma erfahren. Was nie von Nachteil war, wenn man ein Angebot schreiben wollte, von dem ja schließlich Verlockung ausgehen sollte. Da war es schon nützlich, wenn man eine Vorstellung davon hatte, was der Geschäftspartner als verlockend empfinden mochte.

Also stöpselte Stephen das Handy wieder an, startete sein Internet-Programm und tippte die angegebene Adresse ein.

Es war eine aufwendige, professionell gestaltete Homepage, aber eine Abbildung des weitläufigen Firmengebäudes war alles, was über *Video World Dispatcher* zu erfahren war. Ansonsten wurde einem ein Katalog des aktuellen Angebots geboten, mit Preisen und der Möglichkeit, direkt online zu bestellen. Sämtliche Kreditkarten wurden akzeptiert, und alle Formen digitalen Bargeldes, die es gab, auch.

Der Katalog konnte wahlweise über Produktarten – Heimvideo, professionelles Video, Audio und Video Integration und eine Menge anderer Fachbegriffe – oder über Hersteller angegangen werden. Stephen wählte die zweite Möglichkeit und klickte auf SONY.

Das Firmenlogo des japanischen Konzerns erschien, und man hatte noch einmal die Qual der Wahl. Normale Camcorder. Digitale Camcorder.

Und – Stephen stockte der Atem – man konnte Vorbestellungen aufgeben für die in drei Jahren auf den Markt kommende MR-Serie.

Das war ja unglaublich. Warum hatte ihm das der Typ nicht erzählt, mit dem er bei SONY gesprochen hatte? Der hatte getan, als ob der MR–01 ein Staatsgeheimnis wäre. Kein Wort davon, dass man das Gerät schon bestellen konnte.

Stephen klickte den entsprechenden Link an und hielt gespannt den Atem an, während sich die Seite aufbaute. Immerhin stand da zunächst zu lesen, dass *Video World Dispatcher* weltweit die einzige Firma war, die jetzt schon Bestellungen für die auf einer revolutionären neuen Technologie basierenden MR-Camcorder von SONY entgegennahm, mit garantierter Vorzugsbelieferung ab Markteinführung.

Ein Werbegag wahrscheinlich. Stephen konnte sich nicht recht vorstellen, dass der gigantische japanische Konzern irgendeinem Versender an der amerikanischen Ostküste Sonderkonditionen einräumte. Er rollte die Seite abwärts, dorthin, wo die Produktpalette erläutert war. Das war interessant. Da sah man endlich einmal, wonach man eigentlich suchte.

Da gab es zunächst den MR–S, das Abspielgerät für zu Hause. Auf dem winzigen Bild war ein flacher schwarzer Kasten zu sehen, der so aussah, wie Videoplayer eben aussehen. Dieser sollte stolze fünftausend Dollar kosten.

Ein eigenartiges Kribbeln lief Stephen über den Rücken, als er weiter abwärts scrollte, zum nächsten Bild. Das, besagte die Bildunterschrift unmissverständlich, war ein MR–01. Stephen beugte sich vor. Ein relativ unscheinbares, handlich aussehendes Gerät mit einem großen Zoomobjektiv, einem schräg darüber angebrachten eingebauten Mikrophon und einer Reihe von Bedienungsknöpfen. Absolut unaufregend. Und das zu dem stolzen Preis von sechstausend Dollar.

Aber die Seite war noch nicht zu Ende. Stephen scrollte weiter abwärts und machte die erstaunliche Erfahrung, wie es sich anfühlt, wenn Gedanken plötzlich zu einem abrupten Stillstand kommen.

Da war noch ein Bild. Dasselbe Gerät, das Objektiv eine Idee größer, ein paar zusätzliche Bedienungselemente. Der Preis betrug siebentausend Dollar.

Ein MR–02.

19

Stratum 12-B ist eine Übergangsschicht. Der Übergang wird durch eine dicke Ascheschicht markiert. Darüber finden sich zahlreiche Schmuckstücke – bes. bemerkenswert ist die Figurine einer sitzenden Frau (s. Abb. II-67) – und Keramik aus herodianischer Zeit.

Prof. Charles Wilford-Smith
Bericht über die Ausgrabungen bei Bet Hamesh

»Signore Kaun«, knurrte Enrico Basso, Rechtsanwalt und Bevollmächtigter der Kaun Enterprises Inc. für Italien, zum wiederholten Mal mit mühsam gezügeltem Ärger in die Sprechmuschel seines altertümlichen Telefons, »*per favore* … Sie haben mich gestern früh angerufen. Vor etwas mehr als vierundzwanzig Stunden. Und ich habe nicht eine Minute verschwendet, glauben Sie mir. Ich habe nicht geschlafen und nicht gegessen, sondern für Sie gearbeitet. Und was man in vierundzwanzig Stunden herausfinden kann, habe ich herausgefunden.«

Das stimmte nicht ganz. Nachts – es musste kurz vor drei gewesen sein – war er kurz eingenickt. Gegen vier war er davon aufgewacht, dass sein Kopf von einem der Aktenstapel auf seinem Schreibtisch abgerutscht und auf die Tischplatte geschlagen war. Er hatte daraufhin eine kalte Dusche genommen und sich zwei Kannen starken schwarzen Kaffees gekocht. Und seit seine Frau wach war, brachte sie ihm jede Stunde ein belegtes Brot und sah sich jedes Mal seufzend in seinem Arbeitszimmer um.

»*Si. Si. Si*«, nickte Basso. Dieser amerikanische Millionär würde ihn eines Tages noch um den Verstand bringen mit seiner Ungeduld, *porco dio!* »Bitte bedenken Sie, dass wir es sozusagen mit der ältesten Firma der Welt zu tun haben. Das ist kein kleiner, ausgezehrter Radiosender und keine verschuldete Zeitung, das ist ein mächtiger, reicher, multinationaler Konzern. Wir reden hier von Milliarden von Dollar. Von verschachtelten Beteiligungen, Beteiligungen an Beteiligungen, Treuhändern, verdeckten Einlagen. Ja, natürlich bin ich Wirtschaftsprüfer. Sie bräuchten eine Armee von Wirtschaftsprüfern, das alles aufzudröseln, und die hätten jahrelang zu tun.«

Er goss sich von dem Kaffee nach, der schwarz war wie die Nacht und stark wie Gift, und nahm einen Schluck. Wahrscheinlich sah er grässlich aus. Unrasiert, übernächtigt, seine üblichen Ringe unter den Augen, die er schon bekam, wenn er nur mal bis zum Spätprogramm aufblieb.

Und sein Arbeitszimmer sah auch grässlich aus. Als hätte jemand eine komplette Fuhre Altpapier darin abgeladen. Akten, Akten, Akten, uralt und verstaubt und vergilbt. In Stapeln entlang der Wand aufgetürmt, was er noch nicht gelesen hatte. Zu thematischen Haufen zusammengelegt auf dem Teppich, was er hatte einordnen können. Und wäre sein Schreibtisch nicht noch in einer Zeit gebaut worden, in der man Möbel für die Ewigkeit zu machen pflegte, seine Platte hätte sich gebogen unter den Papierbergen darauf.

»Darf ich jetzt einfach einmal berichten, Signore Kaun? Danke. Also – es gibt zunächst die offiziellen Aussagen. Der Vatikan veröffentlicht Wirtschaftsberichte, und danach ist es wahrhaft eine Kirche der Armen. Der Etat des Vatikans beträgt ganze zweihundert Millionen Dollar pro Jahr, was wahrhaft nicht viel ist für die Zentralverwaltung einer weltweiten, flächendeckenden Organisation mit Tausenden von Niederlassungen. Und wenn man das Stichwort ›Reichtümer des Vatikans‹ fallen lässt, geht ein großes Lamento los. Diese Reichtümer, heißt es dann, bestehen in Kunstwerken, deren Wert tatsächlich unschätzbar ist – aber die man der Menschheit als Gemeingut bewahren muss, was wiederum Geld kostet und kaum welches bringt. Sonst müsste man Michelangelos Pietà versteigern oder den Petersdom vermieten oder dergleichen.«

Er hatte am Vortag sofort nach dem Gespräch mit dem Medienzar weitertelefoniert, hatte alle Helfer und Mitarbeiter eingespannt, die er noch hatte erwischen können. Das war eine gut geölte Maschinerie zur Beschaffung von Informationen über Firmen, mit denen der Amerikaner in Italien zu tun hatte, und schon so manches Mal hatten sie ihm aufzeigen können, dass ein Geschäftspartner längst nicht so gut dastand, wie er den Anschein zu erwecken verstand, oder dass umgekehrt ein scheinbares Schnäppchen in Wahrheit eine tickende finanzielle Zeitbombe war.

»Offiziell sieht also alles ganz sauber aus«, fuhr er fort. »Die Verwaltung des päpstlichen Vermögens liegt in den Händen der Apostolischen Kammer, und zwar seit dem elften Jahrhundert. Im früheren Kirchenstaat war das die oberste Steuerbehörde mit richterlicher Gewalt, und welche Rolle sie noch heute spielt, sehen Sie vielleicht daran, dass es der Kardinalkämmerer ist, der offiziell den Tod eines Papstes feststellen muss.«

Auch diesmal waren sie wieder in Zeitungs- und Staatsarchive gestürmt, auf Ämtern vorstellig geworden, hatten Bibliotheken und Grundbücher durchforstet, um alles zusammenzutragen, was auf legalem Wege zu erfahren war. Und Basso hatte den ganzen Freitag über weitertelefoniert, mit seinen Gewährsleuten in Banken, seinen Vertrauenspersonen in Ministerien, seinen Informanten in kirchlichen Kreisen, in Freimaurerlogen, in der Unterwelt, um an die Informationen zu gelangen, die auf legalem Wege nicht zu erhalten waren.

»Aber wenn man genau hinschaut, stellt man fest, dass in den offiziellen Berichten immer nur die Rede vom Haushalt der Zentralverwaltung der Römischen Kurie ist. Dass es daneben ein Vermögen des vatikanischen Staates gibt, fällt unter den Tisch. Zu diesem Vermögen zählen zum Beispiel Liegenschaften mit einer Gesamtfläche von fünfzehn Millionen Quadratmetern allein im Stadtgebiet von Rom. Vollends interessant wird es, wenn man feststellt, welches Vermögen der Heilige Stuhl de facto kontrolliert. Denn es gibt nicht nur das Vermögen des Papstes, sondern auch das verschiedener Orden, die ihm unterstehen – allen voran die Jesuiten. Es gibt Vertrauensleute, die gewaltige Vermögen halten. Vatikanisches Geld steckt in französischen Erdölgesellschaften, in argentinischen Gaswerken, bolivianischen Zinngruben, brasilianischen Gummifabriken. Der Vatikan spekuliert an der Börse und bezieht Dividenden aus Spielbanken. Man hat kaum einen Wirtschaftszweig ausgelassen. Mit anderen Worten, gegen die Kurie wirkt General Electric wie ein Krämerladen.«

Er zog einen der Zettel auf seinem abgewetzten Klemmbrett hervor. »In den USA starker Einfluss auf die Stahlindustrie – US Steel, Sharon Steel, Betlehem Steel natürlich, Manville Steel. Große Aktienpakete über Treuhänder von General Motors, McDonnel Douglas, AT&T, Prudential Life. Die *Bank Of America*, die größte Privatbank der Welt, befindet sich zu einundfünfzig Prozent in jesuitischer Hand. In Italien Beteiligungen an fast allen Elektrizitätswerken, etlichen Telefongesellschaften, mehreren Eisenbahnen. Direkte oder indirekte Kontrolle über die Kommerzbank, die Römische Bank, die Landwirtschaftsbank, das Zentrale Kreditinstitut, das Römische Kreditinstitut, die *Banco Santo Spirito* – der Name ist kein Zufall. Beteiligungen an der Alitalia, an Fiat und an einer ganzen Liste von Versicherungen und Baugesellschaften. Das gesamte Kapital der *Immobiliare*, des größten italienischen Grundstück- und Bauunternehmens, eines der größten derartigen Unternehmen überhaupt, ist in vatikanischer Hand. Und wieder Stahl – große Verbindungen in die *Finsider*, die den italienischen Stahlmarkt zu achtzig Prozent beherrscht.«

Er strich sich mit der freien Hand durch das Haar, während er der Stimme am anderen Ende der Leitung zuhörte, und betrachtete sie dann angeekelt, weil sie sich fettig und unsauber anfühlte.

»In absoluten Zahlen ist das schwierig«, erklärte er dann. »Ich habe eine Zahl, den nominellen Aktienbesitz und die Kapitalbeteiligungen des Heiligen Stuhls allein in Italien betreffend, von sechs Milliarden Dollar. Nominell, wohlgemerkt, nicht wertberichtigt, und auch nur direktes Vermögen der Kurie. Und einige Jahre alt. Weltweit gab es Schätzungen über fünfzig Milliarden Dollar.«

Das würde ihm irgendwelche Flausen wohl austreiben, dachte Basso. Die katholische Kirche, du meine Güte!

»Etwa fünfunddreißig Prozent der Einkünfte kommen aus den USA. Etwa fünfzehn Prozent aus Deutschland. Dort gibt es sogar eine Kirchensteuer. Nein, das bedeutet, dass der Staat für die Kirche Steuern einzieht. Spendengelder fließen davon unabhängig außerdem noch. Und Kirchenbauten werden außerdem oft staatlich bezuschusst.« Basso konnte das erstaunte Gesicht seines Auftraggebers förmlich hören und musste schmunzeln. »*Si, signore,* eine grundsolide Firma. Ein Cash Flow, von dem andere nicht einmal träumen.« Ganz davon abgesehen, dass fast alle der angeblich neuen Managementmethoden in der Organisation der katholischen Kirche seit Jahrhunderten vorbildlich verwirklicht waren. Die Mitarbeiter waren hochmotiviert, und waren sie es nicht, gab es strenge Richtlinien, denen sie sich unterworfen hatten. Weitgehender Verzicht auf ein Familienleben erlaubte es ihnen zudem, sich ganz auf die Arbeit zu konzentrieren und so Hochleistungen zu erbringen. Und was *Lean Management* etwa anbelangte, kam die Kirche mit einer flacheren Hierarchie aus als die meisten mittelständischen Unternehmen.

Der Millionär am anderen Ende der verschlüsselten Telefonleitung schwieg. Wahrscheinlich dachte er nach, und wahrscheinlich würde er sich dann bedanken, die Sache für beendet erklären, und er, Enrico Basso, durfte ins Schlafzimmer wanken, die Fenster schließen, die Vorhänge zuziehen und den Rest des Wochenendes schlafen, schlafen, nur noch schlafen.

Doch John Kaun sagte: »Organisieren Sie mir ein Treffen mit diesem Kardinalkämmerer.«

»Oh«, machte Basso. »Mit dem *Camerlengo* gleich – das wird nicht leicht werden ...«

»Heute Abend.«

»Heute Abend? *Signore Kaun, per favore* – es ist Samstag ...!«

»Und er soll sich für den Rest des Wochenendes nichts vornehmen.«

George Martinez umfasste probeweise das Lenkrad, konnte sich aber nicht entschließen, die Wagentür zu schließen und den Motor anzulassen.

»Bob, das funktioniert nicht. Wie soll das funktionieren? Du kannst nicht den Tempelberg tomographieren. Du brauchst ein dichtes, geschlossenes Feld mit möglichst homogener Oberfläche und möglichst homogener Struktur. Idealerweise ein Hügel, auf den du den Thumper stellst und auf dem du die Sensoren gleichmäßig verteilen kannst. Und wie soll das gehen bei einem Heiligtum?«

Es war ein europäischer Wagen, eine Marke, die er nicht kannte, ziemlich bequem und mit einer Klimaanlage ausgestattet, die jetzt natürlich noch nicht lief. Zum Missfallen von Bob Richards, der auf dem Beifahrersitz saß und drängelte.

»George, du bist der große Fachmann, was den *Sotom* angeht, keine Frage. Und ich denke auch, dass es nicht geht. Aber Mister Kaun will das nicht hören, verstehst du? Er will nicht, dass wir in die Stadt fahren, uns den Berg anschauen, zurückkommen und sagen: ›Es geht nicht.‹ Er will, dass wir zurückkommen und sagen: ›Es wird schwierig, und wir wissen nicht, ob es funktionieren wird – aber uns ist etwas eingefallen, das wir zumindest versuchen könnten.‹ Und deshalb werden wir es genau so machen.«

»Aber es wird nicht funktionieren. Das kann ich dir jetzt schon sagen.«

»George – hörst du mir zu? Ich sage dir, was wir machen werden. Wir werden jetzt nach Jerusalem fahren. Du wirst mich irgendwo absetzen, wo ich telefonieren kann. Ich muss zu Hause Bescheid sagen, dass wir noch bleiben. Und du schaust dir den Tempelberg an und überlegst dir irgendetwas, was man machen könnte.«

»Aber was soll das sein? Glaubst du, wir dürfen heiligen Boden mit unseren Bleikugeln beschießen? Und dort ist alles heiliger Boden!«

»Das ist mir klar. Aber irgendetwas muss uns einfallen. Von mir aus stellen wir den Thumper in einem Zelt neben dem Tempelberg auf und messen ausnahmslos die Sekundärwellen.«

George musterte ihn wie einen Verrückten. Hier schienen sie alle verrückt zu werden. »Und was soll das bringen?«

»Oh, George …« Bob seufzte. »Schau: Mister Kaun zahlt für den Einsatz des *Sotom-2* inklusive Bedienungsmannschaft hunderttausend Dollar pro Tag. Dieses Jahr sind wir nicht so üppig eingedeckt mit Aufträgen, wie du sicher gemerkt hast. Also, wenn wir morgen Abend noch hier sind, haben wir das Turnhallendach repariert. Wenn wir es schaffen, eine ganze Woche herumzuprobieren, dann retten wir außerdem das Stipendienprogramm, verschaffen der Cafeteria einen Espressoautomaten, und die Bibliothek kann die Zeitschriften wieder abonnieren, die letzten Monat wegen Geldmangels abbestellt werden mussten. So einfach ist das.«

George dachte an den imaginären metallenen Kasten und daran, was John Kaun glaubte, dass in diesem Kasten sein könnte. Was vielleicht tatsächlich darin war. Und was er damit vorhaben mochte.

Geld. Überall ging es nur um Geld.

Plötzlich wusste er, was er machen würde.

»Okay«, sagte er, zog die Tür zu und ließ den Motor an. »Alles klar.«

Peter Eisenhardt folgte den Gesprächen, die die anderen untereinander führten, während Kaun zum Telefonieren draußen war, nur mit halbem Ohr. Er war beunruhigt. Da gab es einen Gedanken, der sich so dicht unter der Grenze seines Bewusstseins bewegte, dass er fast schon sein spöttisches Gelächter hörte, und er bekam ihn einfach nicht zu fassen. Irgendein Gedankensplitter, der ihm im Halbschlaf durch den Kopf geschossen und verschwunden gewesen war, ehe er ihn zur Kenntnis hatte nehmen können. Alles, was zurückgeblieben war, war das Gefühl von Beunruhigung. Es war ein Gedanke von der Sorte gewesen, die Kaun sich entschieden verbeten hatte.

Kein Wunder, dass der Gedanke nicht zurückkam.

Oder war er einfach nur beunruhigt, weil er das Gefühl nicht loswurde, hier nur herumzusitzen, Geld zu kosten und keinerlei Nutzen zu erbringen? Er fühlte sich im Kreis der anderen wie ein Außenseiter. Er war kein Akademiker. Er verstand nichts von Archäologie oder Geschichte. Er war nur ein Spinner.

Die Tür ging, und John Kaun kam zurück. Er schien mit den Gedanken noch woanders zu sein, während er sein Mobiltelefon zusammenklappte und in die Tasche schob, aber im nächsten Augenblick war er wieder voll da, sah in die Runde, die ihn erwartungsvoll ansah, und fragte: »Was haben wir noch zu besprechen, meine Herren?«

Bar-Lev, der Stellvertreter von Professor Wilford-Smith, hob die Hand. Die beiden hatten sich die ganze Zeit tuschelnd beraten, aber Eisenhardt hatte kein Wort von ihrer Unterhaltung verstanden. »Noch einmal der Tempelberg, Mister Kaun. So leid es mir tut. Sie wollen sich dort einzig aufgrund wilder Vermutungen« – sein Blick schweifte unwillkürlich zu Goutière und Eisenhardt hinüber – »in ein Abenteuer verstricken lassen, dessen Risiken Sie unmöglich überschauen können. Doch das Naheliegendste tun Sie nicht.«

Kaun schob den Unterkiefer nach vorn zu einer bissig wirkenden Geste. »Und das wäre?«

»Wir unternehmen alles Mögliche. Wir fantasieren herum. Wir versuchen uns in die Gedanken des Zeitreisenden einzufühlen. Wir durchleuchten die Geschichte Palästinas. Doch das einzige, was uns beinahe sicher wirkliche, wertvolle Hinweise liefern könnte, liegt immer noch unberührt dort, wo wir es gefunden haben.«

Kaun sah ihn schweigend an.

»Ich meine die Tasche mit der Anleitung selbst«, schob Bar-Lev nach. »Und das Skelett.«

Der kanadische Geschichtsprofessor richtete sich schnaubend auf. »Wie bitte? Soll das heißen, dass die Artefakte selbst überhaupt noch nicht untersucht wurden?«

Professor Wilford-Smith wandte sich nun auch an Kaun, den Einwand Goutières ignorierend: »Das Labor des Rockefeller Museum ist hervorragend ausgestattet. Wir arbeiten mit den Leuten dort seit Jahren zusammen. Ich kann Ihnen ein wissenschaftliches Untersuchungsteam zusammenstellen, für dessen Verschwiegenheit ich meine Hand ins Feuer lege.«

»Sie haben diese Dinge ausgegraben und liegenlassen?«, wiederholte Goutière mit einem hohen Quieksen in der Stimme.

»Das habe ich so angeordnet«, erklärte ihm Kaun finster. »Wir haben eine Papierprobe aus dem Anleitungsheft an ein Institut in den USA geschickt, um das Alter nach der Radiokarbonmethode bestimmen zu lassen. Und wir wissen, dass das Gebiß des Schädels mehrere moderne Zahnfüllungen aufweist. Weitere Untersuchungen wurden bisher verschoben.«

»Und warum, um alles in der Welt?«

»Man kann eine Frau nur einmal entjungfern«, erwiderte der Industrielle. »Und man kann eine Fundstätte nur einmal ausheben. Ich wollte den unberührten Fund eine Weile zur Verfügung haben, um ihn verschiedenen Leuten zu zeigen. Ihnen zum Beispiel.«

»Heißt das, Sie erwarten noch jemanden?«, fragte Professor Wilford-Smith ruhig.

Kauns Finger trommelten ein paar hastige Takte Marschmusik auf die Tischplatte, an der er stand. »Ich werde heute Nachmittag nach Rom fliegen, um einige Gespräche zu führen. Ich gedenke morgen früh zurückzukommen, und ich gedenke ferner, jemanden mitzubringen, der sich die Fundstätte ansehen soll. Danach schaffen wir alles ins Labor.«

Bar-Lev machte ein grimmiges Gesicht. »Darf man fragen, *wen* Sie mitzubringen gedenken?«

Kaun blickte ihn mit einem sphinxhaften Lächeln an. »Einen Kardinal«, sagte er.

Sie kam mit zwei Tassen Kaffee. Obwohl sie sich sagte, dass sie das beide brauchen konnten nach dieser Nacht, war ein anderer, heimlicherer Beweggrund die Hoffnung, dass er sie so nicht gleich wieder aus seinem Zelt weisen würde. Und es war nur gerecht, dass ihr der heiße Kaffee die Finger verbrannte, während sie über den steinigen Boden aufwärts zu den Zelten balancierte und sich vergeblich bemühte, nichts zu verschütten. Schließlich hatte sie, wenn man ehrlich war, den Streit angefangen, und sie wusste nicht einmal, weshalb. Vielleicht, weil sie sich immer noch fühlte wie durch den Fleischwolf gedreht.

Stephen saß vor seinem Laptop, die Hände im Schoß, als sie in sein Zelt kam. Er warf ihr nur einen beiläufigen Blick zu, als wundere ihn überhaupt nicht, dass sie kam. Er sah auch noch ziemlich lädiert aus.

»Und? Hast du dein Angebot geschrieben?« Ach, verdammt! Das klang schon wieder so spitz. Als sei sie gekommen, um weiter zu streiten.

Er nickte nur matt zum Bildschirm hin. »Ich faxe es gerade.«

Sie reichte ihm eine Tasse. Die vollere. »Hier. Als kleine Entschuldigung, dass ich dich so angemacht habe. Tut mir leid.«

»Danke.« Er nahm den Kaffee bereitwillig, fast gierig, und sah sie dann forschend an. »Wieder Freunde?«

»Wieder Freunde.«

Der Computer piepste, was wohl bedeutete, dass das Fax

seinen Bestimmungsort erreicht hatte. Stephen stöpselte das Mobiltelefon ab und schaltete es aus. »Was weißt du über Jesus?«, fragte er dann unvermittelt.

Judith setzte sich überrascht auf sein zerwühltes Feldbett. »Ziemlich wenig, fürchte ich.«

»Ich habe vorhin ein paar verlässliche Internetadressen zu diesem Thema angezapft, aber wie es scheint, gibt es außer in der Bibel – also im Neuen Testament – praktisch keine Hinweise, dass er tatsächlich gelebt hat.«

»Merkwürdig. Er wurde doch hingerichtet. Müsste das nicht irgendwo verzeichnet sein? In irgendwelchen Gerichtsprotokollen?«

»Ja, sollte man meinen. Nach den Evangelien erfolgte die Hinrichtung unter Pontius Pilatus, und der hat tatsächlich gelebt, das weiß man. Er war vom Jahr 26 bis 36 römischer Prokurator in Judäa, und er muss ein ziemlich grausames Regime geführt haben. Im Jahr 35 ließ er die Samaritaner überfallen und niedermetzeln, worauf ihn der Statthalter in Syrien, der Vater des späteren Kaisers Vitellius, nach Rom schickte, um sich dort zu verantworten. Er wurde seines Amtes enthoben und musste sich auf Geheiß des Kaisers das Leben nehmen.«

Judith nickte nachdenklich. »Das war auf dem Berg Garizim. Der Überfall auf die Samaritaner. Ich erinnere mich dunkel. Da gibt es heute sogar eine Gedenkstätte, glaube ich.«

»Du kennst dich ziemlich gut aus.«

»Ach, das kommt von meinem Vater. Der hat uns in unserer Kindheit so geplagt mit seiner Frömmigkeit, dass ich für alle Zeiten verdorben bin für jede Religion. Aber das Judentum ist nun mal so verwoben mit der Geschichte, dass doch einiges hängen bleibt.«

»Seltsam, oder? Das Christentum scheint ganz ohne Geschichte auszukommen. Abgesehen von der Lebensgeschichte

Christi.« Er drückte ein paar Tasten an seinem Computer. Auf dem Bildschirm öffnete sich ein Dokument. »Über die gibt es sogar relativ genaue Daten. Ich frage mich, woher man die eigentlich wissen will. Jesus ist also angeblich im Jahre 7 oder 6 vor der Zeitrechnung geboren – im Mittelalter hat sich irgendein Mönch verrechnet, als man die auf seiner Geburt beruhende Zeitrechnung einführte. Im Jahre 27 etwa begann sein öffentliches Wirken in Galiläa – er müsste also 33 oder 34 Jahre alt gewesen sein. Und am genauesten glaubt man das Datum seiner Hinrichtung zu wissen: Freitag, der 7. April des Jahres 30.«

Judith nippte an ihrem Kaffee. Der Kaffeeduft überdeckte den miefigen Geruch nach Staub, Schweiß und ungewaschener Wäsche, der in allen Zelten herrschte und den sie heute nur schwer ertragen konnte. »Merkwürdig«, murmelte sie in den Becher.

»Seltsam, nicht wahr? Da zieht ein Mann drei Jahre lang durch Palästina, predigt zu Menschenmassen, vollbringt Wunder – erweckt Tote zum Leben, man stelle sich das vor! Doch die zeitgenössische Geschichtsschreibung nimmt anscheinend keine Notiz davon. Er zettelt beinahe einen Volksaufstand an – wenigstens das hätte ein römischer Bericht doch vermerken müssen. Aber keine Spur. Am seltsamsten ist, dass sogar seine Anhänger ein halbes Jahrhundert verstreichen lassen, ehe sie anfangen, Berichte über ihn und das, was er gesagt haben soll, zu Papier beziehungsweise zu Papyrus zu bringen.«

»Wirklich?«

»Der älteste Bericht ist das Markus-Evangelium, und das stammt frühestens aus dem Jahre 70. Nur die Briefe des Paulus sind noch älter, nämlich etwa um das Jahr 50 geschrieben, aber Paulus ist Jesus zu dessen Lebzeiten nie begegnet, also berichtet er auch nichts über dessen Leben.«

»Mit anderen Worten, du glaubst, dass der Brief recht hat. Dass Jesus nie gelebt hat.«

»Jedenfalls scheint man das Gegenteil nicht beweisen zu können.«

»Hmm«, machte Judith. »Scheint so, als ob wir doch noch Geschichte machen, wie?«

Stephen starrte eine Weile gedankenverloren auf den Bildschirm seines Computers und antwortete nicht. »Das ist noch nicht alles«, sagte er schließlich.

Judith wartete.

»Ich habe im Internet außerdem eine Beschreibung der Kamera gefunden«, fuhr Stephen fort. »Der SONY MR-01.«

»Ich denke, die gibt es noch gar nicht.«

»Sie soll in drei Jahren auf den Markt kommen, und man kann sie jetzt schon bestellen.«

Judith spürte, wie ihr ein Schauer über den Rücken lief. »Gruselig.«

»Ja. Aber der Witz ist, es wird auch ein Modell MR-02 geben, das tausend Dollar teurer, aber natürlich auch entsprechend besser ausgestattet sein wird. Und ich frage mich, warum der Zeitreisende nicht das mit in die Vergangenheit genommen hat.«

Judith riss die Augen auf. »Wie bitte?«

»Hier, ich hab's gespeichert.« Er rief den entsprechenden Text samt Abbildungen auf den Schirm. »Siehst du, hier sind die Ausstattungsmerkmale aufgeführt. Die MR-02 wird ein größeres, also lichtstärkeres Objektiv haben. Einen vierundzwanzigfachen Zoom anstatt des zwanzigfachen der MR-01. Und was mich am meisten beschäftigt: Sie wird ein Gehäuse aus einer Magnesiumlegierung haben, die MR-01 dagegen nur eines aus Plastik.«

Ryan kam herein, einen Zettel in der Hand. Eisenhardt beobachtete den Mann mit den kalten grauen Augen verstohlen. Er trug ein Buschmesser am Gürtel, in einem ledernen Etui zwar, aber eben eine so archaische Waffe wie ein Messer, keine Pistole. Auf eine verwirrende Weise wirkte Ryan gleichzeitig gewalttätig und im nächsten Moment servil bis zur Selbstverleugnung. Wie jetzt, als er John Kaun den Zettel reichte. Eisenhardt musste an die Figur des Igor denken, Frankensteins Diener. Nur dass Ryan weder bucklig noch hässlich war, sondern eher an einen arischen SS-Offizier erinnerte. Er stand beinahe stramm, bis Kaun ihn endlich mit einem Nicken entließ.

»Sie wundern sich«, meinte Kaun grinsend, nachdem er die Nachricht gelesen hatte. »Das kann man wirklich verstehen. Weiß zufällig jemand, wann das Papier eigentlich erfunden wurde?«

»Im Jahr 105«, sagte Eisenhardt. Das war eines der Dinge gewesen, die er in den Lexika nachgeschlagen hatte während seiner Recherchen. »Von einem Beamten am Hofe des chinesischen Kaisers Ho-Ti, einem Mann namens Ts'ai Lun.«

Kaun hielt das kleine Stück Papier in die Höhe. »Das ist die Nachricht aus dem Labor in den Vereinigten Staaten, an das wir die Probe geschickt haben. Sie schreiben, sie verstehen es nicht und haben aufgegeben, eine Erklärung dafür finden zu wollen. Der chemischen Analyse zufolge handelt es sich bei der Probe um hochwertiges Kunstdruckpapier. Die Radiokarbonanalyse ergibt aber, dass es zweitausend Jahre alt ist.«

20

Verzeichnis der verwendeten Abkürzungen archäologischer Institutionen:
ASOR – American School of Oriental Research (heute: W.F. Albright Institute of Archaeological Research, Jerusalem, abgekürzt AIAR, bzw. American Center of Oriental Research, Amman, ACOR)
BSAJ – British School Of Archaeology in Jerusalem
IAA – Israel Antiquities Authority
IES – Israel Exploration Society
PDA – Palestine Department of Antiquities

Prof. Charles Wilford-Smith
Bericht über die Ausgrabungen bei Bet Hamesh

Man hatte die Grabungshelfer, soweit sie anwesend waren und nicht auf Wochenendurlaub, bei der Feldküche zusammengerufen. Der Leiter der Ausgrabung, hieß es, habe etwas bekannt zu geben.

Doch die Ersten, die sich einfanden und auf den Holzbänken Platz nahmen, sahen zunächst nur, wie eine große schwarze, langgestreckte Limousine vorfuhr, wie ein Bediensteter aus Kauns Stab zwei Koffer verstaute und wie schließlich John Kaun selber einstieg. Dann fuhr der Wagen davon, eine dünne Staubwolke zurücklassend.

Die jungen Männer und Frauen sahen einander fragend an. Niemand wusste, was das alles zu bedeuten hatte. Gehört hatte man vieles. Hatte der Sponsor das Interesse verloren?

Die Wachen bei dem weißen Zelt auf Areal 14 standen wie eh und je. Ziemlich eigenartig, das Ganze.

Als alle versammelt waren – viele waren es nicht, fast nur die Helfer, die aus dem Ausland stammten –, trat der Professor vor sie hin, nahm den unvermeidlichen Sonnenhut ab, wischte sich die Stirn mit dem schmierig grauen Tuch, das er darunter zu tragen pflegte, und setzte dann beides wieder auf, ehe er zu sprechen begann.

»Wir haben«, sagte er und räusperte sich, »beschlossen, die Ausgrabungsarbeiten für diese Saison einzustellen.«

Peng. Das war es. Den Helfern sanken die Unterkiefer herab. Ende, einfach so. Weil der Sponsor die Lust verloren hatte.

»Sie werden sich fragen, warum«, fuhr Professor Wilford-Smith schwerfällig fort. »Eine Frage, die berechtigt ist – die ich zum jetzigen Zeitpunkt aber leider nicht beantworten kann. Da diese Entscheidung ...«

»Hat es mit Areal 14 zu tun?«, rief jemand dazwischen.

Der Professor tat, als habe er nichts gehört. »Da diese Entscheidung für Sie sehr überraschend kommt, werden wir den Lagerbetrieb so lange aufrechterhalten, bis Sie ...«

»Sagen Sie uns endlich, was in Areal 14 gefunden wurde!«, forderte eine andere Stimme aus dem Hintergrund. Ringsum nickten Köpfe, war bekräftigendes Brummeln zu hören.

»Wie gesagt, der Lagerbetrieb ...«

»Areal 14! Areal 14!« Beinahe schon ein Sprechchor.

Der Professor hielt inne, griff sich an den ledrigen Hals und sah dabei hinüber zu den Wohnwagen. Dort stand plötzlich Ryan, der Assistent John Kauns, und beobachtete die Versammlung. Die aufmüpfigen Stimmen verstummten nach und nach.

»Ich, ähm, kann Ihnen hierzu nichts Näheres sagen«, sagte Wilford-Smith schließlich. »Mit dem heutigen Tag sind jedenfalls die Ausgrabungen hier in Bet Hamesh beendet. Für diejenigen unter Ihnen, die aus dem Ausland oder von weiter her gekommen sind und sich auf einen längeren Aufenthalt eingerichtet haben, werden wir, wie gesagt, das Lager aufrechterhalten, bis Sie Ihre Flüge entsprechend umgebucht oder anderweitige Dispositionen getroffen haben. Das alles dürfte sich, ähm, innerhalb der nächsten fünf Tage erledigen lassen. Diejenigen, die jetzt nicht anwesend sind, werden wir telefonisch zu verständigen versuchen. Ansonsten, ähm, erfahren sie es eben, wenn sie heute Abend kommen.« Wieder der Hut, das Tuch, die Wischbewegung. »Ich danke Ihnen allen für die geleistete Arbeit, auch im Namen der anderen wissenschaftlichen Mitarbeiter. Ich wünsche Ihnen noch einen erholsamen Tag und eine gute Heimreise. Vielen Dank.«

George Martinez hatte seinen Kollegen und Chef an einem Café unweit der Altstadtmauer abgesetzt und war dann in Richtung des Tempelbergs weitergefahren. Sobald Bob Richards im Rückspiegel jedoch nicht mehr zu sehen gewesen war, war er an den Straßenrand gefahren und hatte angefangen, sich nach dem Weg zur Kirche vom Sämann zu erkundigen.

Der Tempelberg! So ein Unfug. Den brauchte er sich nicht anzusehen. Was dort ging oder vielmehr nicht ging, konnte er mit verbundenen Augen beurteilen.

Nein, er wusste, was er zu tun hatte. Was richtig war. Die gierige Geldgeilheit eines John Kaun war eindeutig nicht richtig, und die zynische Gleichgültigkeit, die Bob an den Tag legte, war kein Haar besser. Turnhallendach hin oder her.

Niemand schien die Kirche zu kennen. Ein paar gut gemeinte Wegweisungen erwiesen sich als Irrwege, und ein Passant, den er ansprach, gab sich seinerseits als Tourist zu erkennen. Schließlich kam George auf die Idee, sich bei den

Taxifahrern durchzufragen, bis er auf einen stieß, der die Kirche kannte und ihm auch bereitwillig den Weg dorthin auf dem Stadtplan erklärte. Sich hinfahren zu lassen, dazu reichte sein restliches Bargeld nicht mehr.

Er erreichte die Kirche, als gerade die Glocken zu Mittag läuteten. Der Turm sah noch kleiner und schäbiger aus, als er ihn in Erinnerung hatte, und die verwahrlosten Gestalten, die den Kirchenhof bevölkerten, ließen ihn zögern. Aber dann bahnte er sich doch seinen Weg, gerade rechtzeitig, um Pater Lukas abzufangen, der eben vom Wohnhaus hinüber in die Kirche gehen wollte.

Der schien Mühe zu haben, sich an ihn zu erinnern. Dann fiel es ihm wieder ein – der Mann, der in die Kirche wollte, um in Jerusalem zu beten, richtig, und dem er ein Taxi bestellt hatte. Genau. Ob er gut heimgekommen sei.

Ja, problemlos, erwiderte George kurz und setzte hinzu: »Ich muss Sie eine Minute unter vier Augen sprechen, Vater.«

»Gern«, erwiderte der Priester. »Gleich im Anschluss an den Mittagsgottesdienst, wenn Sie wollen.«

»Ich fürchte, so viel Zeit habe ich nicht. Es muss jetzt sofort sein.«

Pater Lukas konnte nur unvollkommen verbergen, was er von dem Ansinnen, seinen wohleingespielten Tagesablauf umzustoßen, hielt. »Ich fürchte, mein Sohn, dazu fehlt mir wiederum die Zeit. Alle diese Menschen warten darauf, den Gottesdienst zu feiern ...«

»Eine Minute, Vater. Bitte.«

George hielt dem Blick des Paters stand. Er war entschlossen, diese Minute zu bekommen, und bereit, sich notfalls vor dem Geistlichen in den Dreck zu werfen, zu winseln und zu jammern und jede nur denkbare Szene zu machen, sich zum völligen Gespött der Leute und zum Gesprächsstoff des ganzen Viertels auf Wochen hinaus zu machen – aber er würde diese Minute bekommen.

Vielleicht spürte Pater Lukas diese Entschlossenheit. Jedenfalls nickte er gottergeben und meinte: »Gut, wenn es so dringend ist … Gehen wir in die Sakristei. Aber nur eine Minute!«

Einer der Firmenjets, von denen die *News And Entertainment Worldwide Incorporated* insgesamt sechs Stück besaß, brachte John Kaun nach Rom. Unterwegs fand er endlich Zeit, die Bilanzen, Vermögensaufstellungen und sonstigen Unterlagen zu studieren, die Enrico Basso ihm während der Fahrt zum Flughafen Tel Aviv ins Auto gefaxt hatte.

Wie man es drehte und wendete, die katholische Kirche war nach jedem denkbaren Maßstab eine grundsolide Firma. Fast schon zu solide. Vor allem, wenn man ins Kalkül zog, dass der Vatikan ein eigener, souveräner Staat war und demzufolge keinerlei Steuern zu zahlen waren. Davon konnten der Exxon Konzern oder IBM nur träumen. Selbst wenn man von Bassos Vermutungen die fraglichen wegließ, ergaben sich Renditen, wie sie sonst allenfalls Drogenkartelle erzielten. Und wahrscheinlich stimmte mindestens die Hälfte von Bassos Zahlen. Er kannte den italienischen Rechtsanwalt und Wirtschaftsprüfer als einen überaus gewieften Recherchierer, der sogar eher zu vorsichtig geschätzt hatte, wenn es etwas zu schätzen gab. Man musste davon ausgehen, dass der Heilige Stuhl mehr Kapital kontrollierte, als die offizielle Bilanz auswies. Immerhin war der Vatikan bis in die Mitte des neunzehnten Jahrhunderts ein großer, mächtiger Staat gewesen, und große, mächtige Staaten verschwanden nicht einfach von der Landkarte, ohne dass vorher immense Vermögenswerte in diversen Verstecken sichergestellt wurden.

Kaun sah aus dem Fenster. Sie flogen über einer faserigen Wolkenschicht, unterhalb derer undeutliche, graubraune Küstenkonturen sichtbar waren. Das Meer leuchtete tiefblau, wie der Himmel, überzogen von einem unwirklichen Glitzern wie kristallenes Moos.

Und all dieser Reichtum und all diese Macht, überlegte Kaun, war gegründet auf nichts anderem als auf der geschickten Vermarktung eines Mythos, der vor zweitausend Jahren in Palästina entstanden war. Eines Mythos, für dessen Fortexistenz das Video, das sie suchten, von entscheidender Bedeutung war – was auch immer darauf zu sehen sein würde.

Eine einzigartige Verhandlungsposition.

Wenn es ihm gelang, dieser einzigartigen Firma zu verkaufen, was er noch gar nicht besaß, dann würde zum ersten Mal in seinem Leben sein Vorstellungsvermögen die ausschlaggebende obere Grenze sein für das, was er fordern konnte, nicht das Vermögen der anderen Seite.

Nachmittags begann die allmähliche Auflösung des Lagers. Bis dahin waren die Grabungshelfer zusammengehockt, beim Küchenzelt oder an der Feuerstelle, und hatten geredet. Hatten versucht, mit der Enttäuschung fertig zu werden – viele hatten sich auf Wochen oder Monate in Bet Hamesh eingerichtet; dass ihnen jetzt so unvermittelt zugemutet wurde, Abschied zu nehmen, traf sie beinahe wie ein körperlicher Schlag.

Niemand schien Lust auf eine Diskussion um das Thema »Areal 14« zu haben. Man tauschte Adressen und Telefonnummern, versuchte angefangene Flirts hastig noch ein Stück weiter zu treiben, verabredete Besuche und dass man sich bei anderen Ausgrabungen wieder treffen würde. Und das Telefon im Kantinenzelt war heftig umlagert.

Dann begannen die ersten zu packen. Autos kamen, nur um Koffer und Rucksäcke aufzunehmen und wieder davonzufahren. Immer wieder Kopfschütteln, kurze Diskussionen in vielerlei Sprachen, denen man von weitem ansah, dass in ihnen nur die eine Frage wieder aufflammte, die unbeantwortet geblieben war: Was war passiert, dass diese große Grabung abgebrochen wurde? Welchen Grund gab es für eine so drastische Entscheidung? Die ersten Zelte wurden abgebaut und brachen Lücken in die ehemals gleichmäßigen Reihen spitz zulaufender hellgrauer Leinenfirste.

Und weder Professor Wilford-Smith noch Shimon Bar-Lev, sein Stellvertreter, ließen sich den Rest des Tages blicken.

Stephen Foxx hatte seine beiden Klappstühle so vor seinem Zelt aufgestellt, dass er die Beine gemütlich hochlegen und dennoch sowohl das Treiben in der Zeltstadt als auch die Wohnwagen im Blick behalten konnte. In der Hand hielt er ein großes Glas mit einer kühlen Flüssigkeit darin, und auf dem Kopf schützte ein weiter Strohhut vor der Sonne, die gnadenlos herabbrannte auf Gerechte genauso wie auf Lumpen.

Die Entscheidung, die Ausgrabungsarbeiten abzubrechen, hatte ihn überrascht. Er mochte es nicht, derart überrascht zu werden. Er mochte es nicht, dass andere bestimmten, wo es lang ging. Und am allerwenigsten mochte er die Vorstellung, dass Judith, die in Jerusalem wohnte, möglicherweise schon heute Abend abreiste.

Sicher, sie würden sich noch ein paarmal sehen. Aber ohne die beinahe intime Situation des Zeltlagers musste er den Flirt mit ihr als gescheitert betrachten.

Damn! Da war er dabei, den großen Johngis Khan zu bezwingen, und an diesem rassigen Weib biss er sich die Zähne aus. Das war nicht fair.

Und da kam sie schon wieder. Kam den Hang herauf,

Schritt um Schritt, und ihr langes, lockiges schwarzes Haar fiel ihr je nachdem auf der einen oder anderen Seite auf die Schulter, wenn sie zu ihm hochsah und lächelte. Ein bisschen verlegen lächelte; der Streit vom Frühstück schien sie immer noch zu reuen.

»Dir scheint's ja gut zu gehen«, meinte sie, als sie bei ihm ankam.

»Das versuche ich immer so einzurichten«, entgegnete Stephen knapp. »Dass es mir gut geht.«

»Bei den Wohnwagen tut sich nichts«, fuhr sie fort, als hätte er nichts gesagt, stemmte die Hände in die ansehnlichen Hüften und blickte hinab auf das Gelände neben dem Parkplatz. »Uns schicken sie fort, aber selber bleiben sie.«

Stephen stellte die Füße zurück auf den Boden, zog den anderen Stuhl neben sich und klopfte flüchtig die Sitzfläche sauber. »Komm«, sagte er. »Setz dich.«

»Oh. Danke. Ich muss sagen, ich bin ganz ...«

»Die bleiben auch nicht.«

»Wie bitte? Wer?«

»Kaun und seine Leute.« Er hielt ihr das Glas hin, das den letzten Rest seines persönlichen Erfrischungscocktails enthielt, den er in einer eigens hierfür vorgesehenen Thermoskanne angemischt und seither kühl gehalten hatte. Sie roch daran, schüttelte aber dann den Kopf.

»Danke, lieber nicht. Wie kommst du darauf?«

»Wenn man ihnen ein paar Stunden lang zuschaut, merkt man, dass sie sich sehr wohl auf eine baldige Abreise vorbereiten«, meinte Stephen. »Da kommt einer und entfernt den Sonnenschutz von den Reifen der Wohnwagen. Ein anderer geht umher und sammelt den Abfall ein. Jemand legt neben den Strom- und Telefonkabeln die leeren Kabeltrommeln bereit. Lauter Kleinigkeiten, die aber am Tag des Aufbruchs eine Menge Zeit sparen.«

»Du meinst, sie warten, bis wir alle weg sind, und dann gehen sie auch.«

»Vielleicht schon früher. Mich würde mal interessieren, warum Kaun abgereist ist.«

»Die Sache hier ist uninteressant für ihn geworden. Deshalb lässt er alles abbrechen, und selber geht er als erster.« Ein flüchtiges Lächeln, das er für den Rest seines Lebens hätte anschauen mögen, huschte über Judiths Gesicht. »Vielleicht hatten er und der Professor Streit, und Kaun hat wutentbrannt alle Gelder gestrichen.«

Stephen wälzte diese Vorstellung eine Weile durch sein Hirn. Nein, das passte nicht zu dem, was er wahrgenommen hatte. Kaun war nicht wutentbrannt abgereist. Er hatte eher gewirkt wie einer, der in einen Kampf zieht.

Er schüttelte den Kopf. »Ist dir aufgefallen, dass sie die Fundstätte immer noch nicht geräumt haben? Das heißt, sie erwarten noch jemanden, dem sie den Fund zeigen wollen. Erst danach werden sie abziehen.«

»Gut möglich.« Judith kniff die Augen zusammen. »Da ist wieder dieser Ryan. Schau mal – was der wohl auf dem Parkplatz zu suchen hat? Mir gruselt immer, wenn ich ihn sehe. Irgendwie erinnert er mich an die ganzen Nazi-Filme.«

Stephen wandte den Blick von ihr ab und sah ebenfalls zum Parkplatz hinunter. Ryan schien etwas verloren zu haben. Er wanderte die stark gelichteten Reihen der parkenden Autos entlang und suchte den Boden nach irgendetwas ab. Bisweilen bückte er sich, um unter eines der Autos zu spähen. Irgendwann gab er auf und marschierte wieder zurück zu den Wohnwagen.

»Hast du Familienmitglieder im Holocaust verloren?«, fragte er leise. »Entschuldigung, falls das eine zu aufdringliche Frage ist.«

»Schon okay. Mein Vater stammt aus Ungarn, und er war

der einzige seiner Familie, der rechtzeitig nach Amerika fliehen konnte. Alle seine Geschwister sind in den KZs umgekommen. Von manchen hat er nicht einmal ein Foto retten können.«

»Menez ist kein sehr ungarisch klingender Name.«

»Das ist die amerikanisierte Form von Mennassah, einem alten hebräischen Namen. Der war dem Beamten der amerikanischen Einwanderungsbehörde zu kompliziert.«

»Und deine Mutter?«

»Sie ist hier geboren. Mein Vater kam nach dem Sinai-Krieg nach Israel, und sie war seine Assistentin an der historischen Fakultät. So haben sie sich kennengelernt. Später wurde sie seine Assistentin beim Kinderkriegen.« Es klang bitter.

»Du verstehst dich nicht gut mit deinem Vater.«

»Nein.« Ihre Lippen wurden schmal. »Nein, allerdings nicht. Du kennst ihn nicht. Er hat wahrscheinlich fünf Millionen Bücher in seinem Leben gelesen, und nach der ersten Million hielt er sich für schlauer als der gesamte Rest der Menschheit. Immer hat er uns mit den Ideen geplagt, von denen er gerade besessen war. Als ich ein Kind war, wollte er unbedingt beweisen, dass es unter der Altstadt von Jerusalem einen unentdeckten Felsengang gibt. Davor war es das wahre Grab von König David. Danach setzte er sich in den Kopf, die Wanderroute des Volkes Israel beim Ausmarsch aus Ägypten zu rekonstruieren. Im Alleingang, natürlich.« Sie sah ihn von der Seite an. »Und du und dein Vater? Versteht ihr euch?«

Stephen zuckte mit den Schultern. »Schwer zu sagen. Als ich ein Kind war ... Ich sehe ihn in meiner Erinnerung immer nur am Schreibtisch. Er ist Rechtsanwalt, weißt du? Er machte seine eigene Kanzlei auf, als ich neun war, und von da an sah ich ihn bis zu meinem sechzehnten Lebensjahr praktisch nicht mehr. In der Zeit hat er regelmäßig mehr als sechsundzwanzig Stunden pro Tag gearbeitet, seinen Honorarrechnungen zufolge jedenfalls.«

»Sechsundzwanzig Stunden?« Es dauerte einen Moment, ehe sie begriff, wie das gehen konnte.

»Das ist das, was Rechtsanwälte normalen Menschen voraus haben«, meinte Stephen. »Sie wissen, wie weit sie's treiben dürfen und wie sie sich notfalls rausreden können.«

»Klingt auch nicht berauschend.«

»Berauschend wäre entschieden das falsche Wort.«

Sie schwiegen eine Weile. Stephen trank sein Glas vollends leer und stellte es unter seinem Sitz ab. Es war erbarmungslos heiß, und kein Windhauch regte sich.

»Weißt du, was seltsam ist?«, fragte er dann.

»Ich wüsste nichts, was hier nicht seltsam ist.«

»Sie stellen die Ausgrabungen ein. Sagen, tschüss Leute, das war's, vielen Dank. Sehen zu, wie einer nach dem anderen abzieht. Und keiner kommt zu mir und sagt, Mister Foxx, wir hätten gern, dass Sie noch eine Weile bleiben. Oder dass Sie uns zumindest Ihre Telefonnummer geben, falls wir noch Fragen haben.«

Sie sah ihn mit hochgezogenen Augenbrauen an. »Und das verletzt deinen Stolz, oder was?«

»Unsinn. Das beweist, dass sie von mir nichts mehr erwarten. Ich meine, ich habe das Ding immerhin gefunden. Ich habe es aufgeschnitten wie ein blöder Schatzsucher. Es hätte doch sein können, dass es jemanden interessiert, wie es davor ausgesehen hat. Wie es gelegen hat, als ich es gefunden habe. Ob die Schicht wirklich unverletzt war. Solche Sachen. Aber nein. Man will nicht einmal wissen, was ich jetzt vorhabe.«

»Hmm. Und, was hast du vor?«

Stephen zuckte mit den Schultern. »Gute Frage. Ich könnte natürlich irgendwo in Jerusalem ein Zimmer nehmen. Andererseits bekäme ich dann nichts mehr von dem mit, was hier vor sich geht. Ich weiß es noch nicht. Hängt auch davon ab, was wir heute Abend im Labor herausfinden.« Er warf ihr einen kurzen Blick zu und musste allen Mut zusammennehmen, um zurückzufragen: »Und du?«

Ihr Gesicht verdüsterte sich. »Ich bin ziemlich sauer auf den Herrn Professor. Einfach so an die Luft gesetzt zu werden. Ich habe meine Wohnung für die ganze Grabungszeit an eine chinesische Theologiestudentin untervermietet – toll, was? Jetzt kann ich entweder zu meinem Bruder ziehen, was der sicher nicht so toll fände, oder zu meiner Mutter, was ich nicht so toll fände. Wahrscheinlich läuft es darauf hinaus, dass ich mich für die restliche Zeit zu einer anderen Grabung vermitteln lasse.«

Die Sonne schien plötzlich heller zu scheinen. Das waren ja gute Nachrichten! Stephen setzte sich auf, schob seinen Sonnenhut in den Nacken, rutschte mit dem Stuhl näher an sie heran und legte ihr mit halb spaßig gemeinter Dreistigkeit den Arm um die Schultern. »Lass uns so lange wie möglich hier bleiben und ihnen zur Last fallen«, meinte er aufgekratzt. »Lass uns bleiben, bis sie uns rauswerfen.«

Sie duldete die Umarmung, und so ließ er den Arm natürlich, wo er war.

»Ich wollte die Zeit nutzen, um mir darüber klar zu werden, ob ich tatsächlich Geschichte studieren will«, erklärte sie gedankenverloren. »Oder ob ich es nur tue, weil es in der Familie liegt. Ehrlich gesagt, wenn ich mir anschaue, was hier so vor sich geht, frage ich mich, ob ich nicht lieber Betriebswirtschaft studieren sollte. Oder sonst irgendetwas, mit dem man auch Geld verdienen kann.«

Stephen fühlte die Wärme ihres Körpers in seiner Hand, und ihr Haar, das sanft auf seinen Unterarm fiel. »Gute Frage«, meinte er.

Pater Lukas saß vor dem kleinen weißen Tisch und starrte das Telefon an, das darauf stand. Es war ein klobiges Gerät aus schwarzem Bakelit, alt, wie alles hier. Der Tisch stand vor dem Fenster, das hinausging auf den staubigen Innenhof. Das Tor stand offen, weil sie für ihren kleinen blauen Lieferwagen draußen mal wieder keinen Parkplatz gefunden hatten. Dann parkten sie ihn hier drinnen. Er nahm sich vor, daran zu denken, bei dieser Gelegenheit gleich die ganzen Pappkartons aufzuladen, die seit Tagen in einer Ecke herumstanden.

Das Telefon. Pater Lukas sah auf das Notizbuch hinab, das vor seinen gefalteten Händen lag, aufgeschlagen auf einer Seite, bei einer Telefonnummer, von der er nie geglaubt hatte, sie eines Tages zu benötigen. Doch nicht hier, im unbedeutendsten Kloster der Welt.

Und zum hundertsten Mal, seit er sich in den kargen kleinen Büroraum zurückgezogen hatte, blickte er auf zu dem großen Kruzifix, das an der Wand zwischen diesem und dem Fenster daneben hing. Jesus neigte den Kopf, und seine Gestalt wirkte plötzlich nicht mehr wie ein religiöses Kunstwerk aus bemaltem Holz, sondern schien lebendig zu sein. Unter der Dornenkrone schien Blut hervorzuquellen. Er schien ihn anzusehen, ihn, Pater Lukas, Franziskanermönch, seinen unwürdigsten Diener ...

War alles nur Fantasie? Hatte sich der Mexikaner einen üblen Scherz mit ihm erlaubt? Nein. Nein, er hatte die Erschütterung des Mannes gespürt, seine inbrünstige Gläubigkeit. Nein. Vielleicht hatte man ihm etwas vorgemacht, das konnte man nicht wissen. Aber jedenfalls hatte er geglaubt, was er gesagt hatte.

Vielleicht ...

Eine Videoaufzeichnung, die Jesus Christus zeigte! Was für eine atemberaubende Vorstellung. Was für ein Wunder.

Vielleicht, flüsterte eine leise, leise Stimme in ihm, war das der Grund, warum er hier war.

Vielleicht war ihm von Anfang an eine Rolle in diesem Wunder zugedacht gewesen.

Er hatte demütig den Dienst an den Geringsten geleistet und sich damit würdig erwiesen für diese Stunde.

Es klopfte, und die Tür ging auf. Es war Bruder Geoffrey. »Bruder Lukas, wir sollten allmählich losfahren. Das Hotel erhält seine frische Ware am Sabbat um halb fünf, und eingerechnet das Aufladen der alten Sachen ...«

»Einen Moment noch. Einen Moment. Ich komme gleich. Ich muss nur noch ein Telefonat erledigen.«

»Gut.«

Die Tür schloss sich.

Der Hörer lag schwer in seiner Hand.

John Kaun sah seinen italienischen Vertreter verwundert an,
52 während das reichlich unstandesgemäße Taxi über eine Straße holperte, die für Streitwagen der römischen Legionen geeignet gewesen sein mochte, nicht aber für moderne Kraftfahrzeuge. Soweit man bei dem ausgeleierten Gefährt, mit dem Enrico Basso ihn vom Flughafen abgeholt hatte, von modern sprechen konnte. »Was soll das heißen, ein Prälat?«

»Prälat ist der Ehrentitel eines besonders verdienstvollen katholischen Geistlichen.«

»Das weiß ich. Aber ich wollte einen Kardinal sprechen. Den obersten Finanzchef des Vatikans.«

»Der oberste Finanzchef ist der Papst.«

»Der Papst?«

Basso atmete tief durch. Er sah ungesund blass aus. »Der Papst ist prinzipiell ein absolutistischer Herrscher. Er ist für alles zuständig. Er delegiert Zuständigkeiten bloß.«

»Und wer kontrolliert ihn dann?«

»Gott.«

»Ach du meine Güte«, entfuhr es Kaun. Er sah aus dem Fenster des Wagens. Der Verkehr war ebenso chaotisch wie in Israel, aber der Himmel war verhangen, das Licht gedeckt – etwa so wie in New York an schönen Tagen. »Sozusagen ein Vorstandsvorsitzender ohne Aufsichtsrat. Und ohne Aktionäre. Oder ein Alleininhaber. Beneidenswert. Okay – was hat dieser Knabe für eine Position?«

»Er ist Sekretär der Präfektur der wirtschaftlichen Angelegenheiten des Heiligen Stuhls.«

»Und was hat man sich darunter vorzustellen?«

»Das ist eine Art oberster Rechnungshof, den Papst Paul VI. im Jahre 1967 eingerichtet hat. Diese Behörde prüft alle Konten, alle Bilanzen, alle Geldbewegungen auf Rechtmäßigkeit. Geleitet wird sie von einem Kardinal, der wiederum von einem Gremium aus fünf weiteren Kardinälen kontrolliert wird. Ansonsten gibt es acht Mitarbeiter und zwölf Berater, allesamt Finanzfachleute, und eben den Sekretär, der immer ein Prälat ist.«

Kaun nickte nachdenklich. Natürlich hatte er nicht erwarten können, dass eine Institution wie die katholische Kirche für den Vorstandsvorsitzenden eines unbedeutenden Nachrichtensenders Kopfstände machte. Nicht, solange er die Katze noch nicht aus dem Sack gelassen hatte. Nicht, solange er ihnen nicht klargemacht hatte, dass er, John Kaun, möglicherweise das künftige Schicksal dieser Kirche in Händen hielt.

Sie erreichten den Vatikan. Riesige, beeindruckend alt aussehende Mauern ragten vor ihnen auf und versuchten, ihnen das Gefühl absoluter Bedeutungslosigkeit zu geben. Ein

Wachposten der Schweizergarde in einer völlig lächerlichen Uniform prüfte ihre Pässe, konsultierte eine Liste, telefonierte und gab schließlich den Weg frei ins Innere des Kirchenstaates. Ein Mann in einer schwarzen Robe kam ihnen entgegen, bedeutete ihnen, ihm zu folgen, und führte sie durch lange Gänge, in denen ungeheure Ölgemälde hingen, Treppen hinauf und Treppen hinab, quer durch den Garten, durch Säulengänge und an uralten Springbrunnen vorbei, und mit jedem Schritt wuchs in Kaun die Ahnung, mit welch einem gewaltigen Gegner er es hier aufgenommen hatte. Das war kein maroder Verlag, der von den Söhnen des Gründers in den Ruin gesteuert worden und für wenig Geld zu haben war; keine Kartoffelchipsfabrik, die man mit geschickten Finanzmanövern einsacken konnte – dies war eine Organisation, die allein durch die schiere Dauer ihrer Existenz mächtig war. Geschäfte mit der katholischen Kirche: das war, als wolle man den Himalaya kaufen.

Gleichzeitig wuchs die Achtung vor Basso. Dieser Mann musste tatsächlich allerhand Beziehungen haben, und er musste sie alle bestens genutzt haben, um dieses Gespräch so überstürzt möglich zu machen. Ein guter Mann. Wirklich wertvoll.

Kaun spürte, wie sich die Anspannung in seiner Magengrube senkte und fest zu werden, sich in puren Stahl zu verwandeln schien. Er kannte dieses Gefühl. Das war Kampfbereitschaft.

Das Büro von Prälat Guiseppe Genaro war überraschend klein. Die Möbel schienen allesamt aus dem Mittelalter zu stammen, wuchtige dunkle Tische, Schränke und Stühle, und allein der Teppich musste Unsummen wert sein.

»Ich höre«, sagte der Geistliche ungnädig und in sehr italienischem Englisch, nachdem sie Platz genommen hatten. Dabei blickte er sie aus dunklen kleinen Schildkrötenaugen an und mahlte unentwegt mit dem Unterkiefer.

Kaun beugte sich leicht vor, fasste sein Gegenüber ins Auge – eine Gestik, die sich an unzähligen Konferenztischen überall in der Welt bewährt hatte – und begann: »Sir, mein Name ist John Kaun, und ich bin Vorstandsvorsitzender der *Kaun Enterprises*. Mein Unternehmen verfügt über ...«

Der dürre alte Mann winkte ungeduldig ab. »Ja, ja, das weiß ich alles. Was wollen Sie?«

Der Prälat schien in einem bestürzenden Maß unbeeindruckt zu sein von der Bedeutung seines Besuchers. Kaun atmete einmal tief durch. Vor allem war eines klar: Dieser hässliche Gnom mit der schmalrandigen Heinrich-Himmler-Brille und dem schütteren Haar war ein Hindernis, kein Gesprächspartner. Es galt, ihn zu überwinden, nicht, ihn zu überzeugen.

»Mein Unternehmen finanziert eine bedeutende Ausgrabung in Israel. Im Zuge dieser Ausgrabungen sind wir auf die Spur eines Artefakts aus der Zeit Jesu gestoßen, das von entscheidender Bedeutung für die katholische Kirche sein dürfte«, erklärte Kaun und fügte dann aus einem plötzlichen kühnen Impuls heraus hinzu: »So entscheidend, dass ich hierüber mit dem Papst reden muss.«

Er bekam mit, wie Basso neben ihm erschrocken die Luft anhielt.

Der Geistliche ließ sich in seinen hochlehnigen Stuhl zurücksinken, sodass man fürchtete, er werde jeden Moment hinter seinen abgewetzten Aktendeckeln unter den Tisch rutschen. Seine Schildkrötenaugen verengten sich, während er Kaun eingehender betrachtete.

»Was ist das für ein ... Artefakt?«, fragte er. Seine Stimme hatte einen unangenehm metallischen Unterton.

»Wie gesagt, wir haben es noch nicht. Aber wir werden es bald haben. Alles, was sich im Moment darüber sagen lässt, ist, dass es wahrscheinlich zweifelsfrei zeigen wird, ob die Auferstehung Jesu tatsächlich stattgefunden hat.« Kaun machte eine winzige Kunstpause, um den Effekt zu vergrößern, ehe er hinzufügte: »Oder nicht.«

Der Prälat legte die Finger seiner Hände vor sich auf die Tischkante, als wolle er Klavier darauf spielen, und erzeugte leise, trommelnde Geräusche damit, während er nachdachte. »Ich kann mir nicht vorstellen, was das sein soll, das Sie da zu finden hoffen«, erklärte er schließlich.

»Aber Sie stimmen mir doch sicher zu, dass es von überragender Bedeutung für die Kirche wäre?«, erwiderte Kaun.

Der Blick des anderen blieb kalt. »Tut mir leid, nein.«

»Nein?!« Der Stahl in seiner Magengrube fing an zu schwingen wie ein Schwert im Kampf. »Entschuldigen Sie, Sir, aber würden Sie mir das bitte erklären? Ich sagte, dass wir einem historischen Beweis auf der Spur sind, der ein für alle Mal klarstellen wird, ob Jesus von den Toten auferstanden ist oder nicht. Inwiefern könnte die Kirche dies ignorieren?«

»Die Auferstehung Christi ist geoffenbarte Glaubenswahrheit. Sie ist unabhängig von wissenschaftlichen Beweisen, die im Grunde immer nur Interpretationen weltlicher Wahrnehmungen sind.«

»Mein Flugzeug wartet auf dem Flughafen von Rom auf mich. Jemand könnte sich ansehen, was wir gefunden haben – ein Kardinal, ein Geschichtsexperte Ihres Vertrauens, der Papst selbst von mir aus. Heute Abend noch. Jetzt gleich. Der Flug dauert zweieinhalb Stunden, die Fahrt zur Ausgrabungsstätte eine. Er könnte um Mitternacht wieder zurück sein.«

»Der Heilige Vater hat eine übermenschliche Last verschiedener Verpflichtungen zu tragen«, erklärte der Sekretär. »Überdies ist er sehr krank. Es ist völlig ausgeschlossen, dass er aus einer spontanen Laune heraus irgendwohin fliegt.« Ein säuerlicher Gesichtsausdruck schien besagen zu wollen, dass er weder von Launen noch von Spontaneität sonderlich viel hielt. »Das gilt im Prinzip auch für die Kardinäle.«

»Dann lassen Sie mich einen Wissenschaftler mitnehmen. Es gibt doch eine Päpstliche Akademie der Wissenschaften. Jemand von dort soll mitfliegen.«

»Darüber habe ich nicht zu befinden.«

»Wer dann?«

»Im Prinzip Seine Heiligkeit.«

Kaun seufzte. »Na schön. Kann ich ihn wenigstens sprechen?«

»Wenn Sie eine Papstaudienz wünschen, müssen Sie sich an die Präfektur des Päpstlichen Hauses wenden.« Die kleinen Augen hinter der dünnrandigen Brille glitzerten kühl. »Sie hat am Montag wieder geöffnet.«

Das war ja nicht zu fassen. »Hören Sie, bis dahin haben wir das Ding wahrscheinlich schon ausgegraben. Vielleicht halten wir da schon die erste Pressekonferenz ab. Und vielleicht wird das, was wir dann zu sagen haben werden, Seiner Heiligkeit absolut nicht gefallen. Weil wir vielleicht beweisen, dass damals alles ganz anders war, als es in der Bibel steht, und seiner Kirche dann die Anhänger scharenweise davonlaufen.«

»Die Wahrheit, Mister Kaun«, erklärte der Geistliche dünnlippig, »ist nicht demokratisch. Selbst wenn passieren sollte, was Sie andeuten – ich bin überzeugt, dass es nicht passieren wird –, könnte das für die Heilige Katholische Kirche keine Veranlassung darstellen, etwas anderes zu verkünden als das, was seit zweitausend Jahren Inhalt des Glaubens ist.«

»Die Wahrheit ist«, entgegnete Kaun, »dass niemand sie kennt und dass wir sie alle nur suchen. Das ist, was ich glaube.«

Der Prälat faltete die welken Hände. »Dann tun Sie mir leid, Mister Kaun.«

Kaun musste sich beherrschen, um sich nicht von seinen Gefühlen überwältigen zu lassen. Dies hier, soviel stand fest, war weder der geeignete Gesprächspartner noch der geeignete Zugang zu dem Koloss Kirche. Hier würde er nichts erreichen. Jedes weitere Wort war Zeitverschwendung.

Er warf Basso einen Blick zu. Der untersetzte Mann war bleich wie eine getünchte Wand, und auf seiner Stirn drängten sich winzige Schweißperlen. »Gehen wir«, meinte er.

Ryan saß so, dass er durch die Fensterscheibe, die, wie er wusste, von außen verspiegelt war, den Parkplatz im Auge behielt. Wenn sie heute wegfuhren, wollte er wissen, wohin.

Auf dem Schoß hatte er ein flaches Gerät, das an einen dieser tragbaren Fernseher erinnerte, die eine Zeitlang in Mode gewesen waren. Natürlich war es kein Fernseher. Ab und zu schaltete er es ein, und dann tauchte auf dem Bildschirm ein heller Punkt auf, etwa anderthalb Zentimeter von der exakten Bildschirmmitte entfernt. Wenn man das Gerät drehte, wanderte der Punkt in die entgegengesetzte Richtung. Er schien immer in Richtung Parkplatz weisen zu wollen. Das war natürlich kein Zufall, denn dort stand der Wagen, unter dessen Kotflügel der zugehörige Peilsender angebracht war. Ein Mietwagen. Der Wagen von Stephen Foxx, um genau zu sein.

So wartete Ryan. Er war ein Experte im Warten. Wenn es sein musste, konnte er stundenlang so regungslos sitzen, dass selbst sein Lidschlag und die Atembewegungen seines Brustkorbs kaum mehr wahrnehmbar wurden. Wenn man Leute verfolgte, war es wichtig, warten zu können.

Hier war es nicht so wichtig, reglos zu sein. Es genügte, den Blick auf den Parkplatz gerichtet zu halten. Anfangs hatte er auf die verhaltenen Arbeitsgeräusche weiter vorne gelauscht, auf die Telefonate und das Klappern der Computertastaturen, aber dann hatte er aufgehört, es wahrzunehmen. Wenn man zu warten verstand, schien irgendwann die Zeit selber aufzuhören zu existieren, und das war kein unangenehmer Zustand.

So musste er auf die Uhr sehen, als Stephen Foxx und Judith Menez auftauchten, einstiegen und losfuhren. Kurz vor halb acht.

Ryan langte nach den Autoschlüsseln, die neben ihm auf dem Schreibtisch lagen.

Die Flügel der hohen Fenster des Büros, das in den offiziellen Bauplänen überhaupt nicht existierte, standen offen. Von weit her drangen die Geräusche des nächtlichen Rom herein, kaum lauter als das Summen der Insekten, die vergebens gegen das Fliegengitter davor anrannten. Auf paradoxe Weise verstärkten diese leisen Laute den Eindruck der absoluten Stille, die in diesem Flügel des apostolischen Palastes herrschte.

Luigi Baptist Scarfaro war ein hagerer, hochgewachsener Sizilianer. Eine ausgeprägte Hakennase, eine hohe Stirn, über der er das schwarze Haar zurückgekämmt trug, und dünne, blutleere Lippen verliehen seinem Gesicht ein aristokratisches Aussehen, das von der Soutane, die er trug, noch unterstrichen wurde. Er war sechsunddreißig Jahre alt, wirkte aber älter. Es war Familientradition, dass einer aus der Familie in die Dienste des Heiligen Stuhls trat, um einen Ausgleich zu schaffen dafür, dass alle übrigen Familienmitglieder für die Mafia arbeiteten, und Luigi war derjenige gewesen, dem die Aufrechterhaltung dieser Tradition in seiner Generation zugedacht worden war. Um einer anderen Familientradition entgegenzuwirken, nämlich der, in relativ jungen Jahren an schwerer Gicht zu erkranken, ernährte er sich streng vegetarisch, rauchte nicht und trank nicht. Trotzdem wiesen auch seine Finger die charakteristischen knotigen Gelenke auf, und seine Zähne waren schlecht. Traditionen hatten etwas Unausweichliches.

Er saß an seinem großen Schreibtisch, der leer geräumt war bis auf eine wuchtige Lampe aus Messing, die einzige Lichtquelle in dem hohen, weiten Raum, und eine burgunderrote Schreibunterlage. Zwei Blatt Papier lagen darauf, säuberlich nebeneinander. Seit Stunden las er sie immer wieder aufs Neue durch und dachte nach.

Manches mochte altmodisch wirken in den geheimen Räumen dieser Institution, doch die Mönche und Priester, die hier arbeiteten, konnten auf den größten Fundus an Erfahrungen zurückgreifen, wie wichtige Informationen gewonnen und übermittelt werden konnten, den es gab. Hier hatte man schon Geheimschriften eingesetzt, als der Rest der Bevölkerung noch nicht einmal lesen konnte. Es mochten staubige Folianten sein, die in den Regalen standen, aber sie enthielten die wahre Geschichte der letzten zweitausend Jahre. Informationen zu sammeln und zu Berichten zu kombinieren war leidenschaftsloser Dienst für das Wohl der Kirche, und deshalb waren diese Berichte in der Regel ebenso verlässlich wie präzise.

Diese beiden Papiere bereiteten ihm Kopfzerbrechen.

Das eine war eine Notiz aus der Präfektur der wirtschaftlichen Angelegenheiten des Heiligen Stuhls. Der Sekretär der Präfektur, Prälat Genaro, hatte ein Gespräch mit einem amerikanischen Industriellen namens John Kaun geführt, der ihn aufgesucht und behauptet hatte, bei Ausgrabungen in Israel Funde aus der Zeit Jesu gemacht zu haben, die angeblich beweisen oder widerlegen konnten, dass Jesus tatsächlich von den Toten auferstanden war – welches von beiden, hatte er aus Gründen, die aus dem kurzen Memorandum nicht hervorgingen, nicht sagen wollen.

Das Vorkommnis als solches war nicht unbedingt aufregend. Es passierte laufend, dass sich irgendwelche Irren mit den tollsten Behauptungen an den Vatikan wandten. Ausgrabungsfunde waren nur eine Spielart. Immer wieder tauchte einer auf, der sich für den wiedergekehrten Heiland hielt und der dann äußerst ungöttlich in Rage geriet, wenn anstatt des Papstes, um ihm zu huldigen, drei Krankenwärter auftauchten, um ihn mitzunehmen. Andere hatten Visionen, in denen ihnen meist die Gottesmutter erschien und die absonderlichsten Aufträge erteilte, in der Regel, weil angeblich das Ende der Welt bevorstand. Ja, und Ausgrabungen. Ausgrabungen zufolge hatte Jesus angeblich im achten Jahrhundert in Südamerika gelebt. War nach seiner Auferstehung nach Tibet gegangen. Hatte lange vor seiner angeblichen Geburt als einer der biblischen Propheten gewirkt.

Und derlei Wahnvorstellungen waren nicht auf bestimmte Bevölkerungsschichten beschränkt. Religiöser Wahn traf Arme wie Reiche, Gebildete wie Ungebildete, und in den Unterlagen, die geführt wurden, fanden sich alle Berufe, Altersstufen, Rassen und Geschlechter. Insofern war es nicht einmal bemerkenswert, dass der bekannte amerikanische Medienindustrielle vorstellig geworden war. Schließlich hatte es schon Präsidenten gegeben, die sich vom Leibhaftigen verfolgt und solche, die sich als Sendboten Gottes gefühlt hatten.

Das einzig Bemerkenswerte war, dass John Kaun sich unter allen denkbaren Anlaufstellen ausgerechnet an die Präfektur für wirtschaftliche Angelegenheiten gewandt hatte.

So, als habe er geglaubt, man würde ihm seinen Fund begeistert abkaufen.

Ja, und dann gab es da das zweite Blatt. Scarfaro legte die Fingerspitzen zeltdachförmig gegeneinander, die Zeigefinger gegen sein Kinn gestellt, und las den Text zum hundertsten Mal.

Die Mitteilung stammte von einem Franziskanerpater in Jerusalem. Im Grunde war sie völliger Schwachsinn. Er berichtete, dass ihn ein Mann aufgesucht habe, der bei einer Ausgrabung westlich von Jerusalem arbeitete. Wie der Zufall so spielte, eben jene Ausgrabung, die John Kaun betrieb.

Dieser Mann – ein Amerikaner mexikanischer Abstammung – hatte Pater Lukas anvertraut, was bei dieser Ausgrabung gefunden worden war.

Angeblich.

21

Aus den eingangs erwähnten Gründen mussten die Arbeiten relativ plötzlich eingestellt werden. Die nicht mehr geborgenen Funde wurden gekennzeichnet und mit einer Sandschicht abgedeckt. Die geborgenen Funde wurden in die Sammlung des Rockefeller Museum verbracht (Inv.-Nr. 1003400 bis 1003499), mit Ausnahme der in Kap. XII besprochenen Artefakte.

Prof. Charles Wilford-Smith
Bericht über die Ausgrabungen bei Bet Hamesh

Die Nacht kam schnell, wie immer, beinahe übergangslos. Mit dem Einbruch der Nacht endete der Sabbat, und Stephen schien es, als nähme damit das Verkehrsaufkommen genauso übergangslos zu. Kaum war es so dunkel, dass man die Scheinwerfer einschalten musste, tauchten ringsum Autos auf, als hätten sie in Winkeln und Verstecken ungeduldig auf das Ende des Ruhetages gewartet, und fuhren, als seien sie wild entschlossen, den dadurch verursachten Rückstand aufzuholen.

Heute Morgen hatte er es kaum erwarten können, wieder zurück ins Labor zu kommen und weiter an der Entzifferung des Briefes aus der Vergangenheit zu arbeiten. Doch im Laufe des Tages hatte er so viel über all die Möglichkeiten, Deutungen und Theorien nachgedacht, dass sich irgendwann so etwas wie eine schmerzhafte Gehirnverstopfung einzustellen schien. Jetzt fuhr er einfach und ließ die Dinge auf sich zukommen.

Er warf Judith einen kurzen Blick zu. Sie starrte hinaus in die Dunkelheit voll vorbeihuschender Lichter und schien in Gedanken versunken.

»Bereust du es?«, fragte er.

Sie schien ein bisschen zu brauchen, bis sie verstand, was er damit meinte. »Nein. Nein, ich denke, das ist das beste.«

»Ich an deiner Stelle wäre zu Yehoshuah gezogen. Ich stelle mir gerade vor, wie das wäre, wenn ich meine Mutter anrufen und sagen würde, dass ich für zwei Monate zu Besuch komme. Sie würde putzen und waschen und kochen und bis zum Eintreten des Wahnsinns um mich herumwirbeln vor lauter Mutterglück. Nein, danke. Dann lieber unter die Brücke.«

»Wenn ich zu Yehoshuah ziehe, dann dauert es wahrscheinlich keine fünf Tage, und ich sehe mich selber putzen und waschen und kochen. Hast du eine Ahnung, was der für einen Männerhaushalt hat? In seiner Küche möchte ich nichts ohne Zange anfassen, und um sein Zimmer wirklich sauber zu kriegen, bräuchte man einen Flammenwerfer. Da gehe ich doch lieber zu meiner Mutter. Dort ist es wenigstens sauber, und sie versorgt mich anstatt umgekehrt.«

»Gutes Argument«, gab Stephen zu.

Sie drehte sich im Sitz herum, sodass sie ihn von der Seite betrachten konnte. »Mich würde mal interessieren, wie du zu Hause wohnst.«

»Sehr schön. Ich würd's dir gerne anbieten, aber es ist leider fünftausend Meilen weit weg.«

»Hast du nicht erzählt, du wohnst auf dem Universitätscampus? Dann hast du doch auch nur ein winziges Zimmer.«

»Die anderen haben winzige Zimmer. Aber es gibt eine Hausmeisterwohnung, sehr schön auf dem Dach gelegen, mit Aussicht auf den Wald und den See dahinter, die leer steht, seit die Universität Personalkosten spart und einen Hausmeister weniger beschäftigt. Auf wundersame Weise ist mir die angeboten worden, und ich habe sie natürlich genommen.«

»Auf wundersame Weise. Ach so.«

»Zweieinhalb Zimmer, groß, hell, mit Einbauküche und überdachter Terrasse. Du hättest sie auch genommen.«

»Eine Extrawurst eben, wie immer. Und wie sauber sind deine zweieinhalb Zimmer?«

»Ziemlich sauber.«

»Willst du mir sagen, dass du der eine Mann auf Erden bist, der seine Wohnung putzt?«

Stephen grinste ein dünnes Grinsen. »Nein. Ich bin der eine Student auf dem Campus, der sich eine Putzfrau leisten kann.«

»Na klar. Was frag ich denn.« Sie drehte sich wieder nach vorn.

Stephen überlegte, ob das nun taktisch unklug gewesen war. Auf junge Studentinnen pflegte seine edel eingerichtete Wohnung ausgesprochen aphrodisisch zu wirken, aber denen konnte er sie auch zeigen, nicht nur davon erzählen. Wenn man davon erzählte, dann klang selbst die reine Wahrheit wie Angeberei.

Doch Judith schien in Gedanken mit ganz anderen Dingen beschäftigt zu sein. »Ich versuche einfach, es undramatisch zu sehen«, erklärte sie nach einer Weile seufzend. »Das mit meiner Mutter, meine ich. Es ist okay, im Grunde. Klar, ich habe alle möglichen Anstrengungen unternommen, um von zu Hause wegzukommen. Alles, außer zu heiraten, meine ich. Das wäre das Einfachste gewesen. Und im Grunde habe ich's ja auch geschafft – ich habe meine eigene Wohnung, mein eigenes Leben. Es ist nur für ein paar Wochen. Warum soll eine Tochter nicht mal für ein paar Wochen nach Hause zu ihrer Mutter gehen können?« Sie lachte auf. »Weißt du, was sie erzählt hat? Gestern Abend habe ein Mann angerufen und nach mir gefragt. Stell dir vor. Sie hält das jetzt natürlich für ein Zeichen des Schicksals, ist ja klar.«

»Was für ein Mann war das? Ein alter Verehrer oder was?«

»Ich glaube nicht. Da gibt's nicht so viele. Außerdem sprach er nur Englisch, sagte sie, kein Hebräisch.«

Ein Tanklastzug donnerte vorbei.

Eines der Räder hüpfte durch ein Schlagloch.

Stephen sah forschend in den Rückspiegel, kaute nachdenklich auf seinen Lippen, schaute wieder in den Rückspiegel.

»Ist irgendwas?«, fragte Judith in das Schweigen hinein. »Bist du jetzt eifersüchtig oder was?«

Stephen holte sein Handy aus der Jackentasche, schaltete es ein und tippte mit dem Daumen die Codenummer ein, die seine Benutzung freigab. »Weißt du die Telefonnummer, unter der dein Bruder am Institut zu erreichen ist?«

»Ja, wieso?«

Er reichte ihr das Mobiltelefon. »Ruf ihn an.«

Ryan war ihnen außer Sichtweite gefolgt, war nur einmal, kurz nachdem sie in die belebte Schnellstraße nach Jerusalem eingebogen waren, dicht aufgefahren, um sich zu vergewissern, dass der dunkelblaue kleine Fiat, dem er folgte, tatsächlich der von Stephen Foxx war und dass er und seine Freundin tatsächlich darin saßen, dann hatte er sich weit zurückfallen lassen. Er konnte es locker angehen lassen. Das Gerät, das eingeschaltet auf dem Beifahrersitz lag, würde ihnen auf der Fährte bleiben.

Das war der Teil seines Jobs, der am erregendsten war. Menschen zu jagen. Unter allen Tieren war der Mensch das gefährlichste, denn er war das einzige Wild, das seinem Jäger ebenbürtig war. Selbst bei diesem kleinen, harmlosen Ausflug konnte er eine Erinnerung an andere, erregendere Momente in seinem Blut fühlen. Mediziner nannten es Adrenalin, aber für ihn war das einfach nur ein anderes Wort für Leben. Ein Mann war wirklich lebendig nur dann, wenn er jagte.

Sie fuhren gleichmäßig, ließen sich überholen von dicken Schlitten, deren Fahrer es eilig hatten. Die Dämmerung war kurz gewesen, und seit die Nacht sich über das Land gebreitet hatte, folgte er nur noch einem Paar Rücklichter. Ohne seinen Peilempfänger hätte er sie leicht verlieren können.

Was wollten die beiden in Jerusalem? Was hatten sie gestern dort gewollt? Was konnte ein junges Paar am Sabbat in der Heiligen Stadt unternehmen? Judith Menez' Mutter hatten sie nicht besucht. Vielleicht waren sie auf eine Party eingeladen gewesen – aber warum fuhren sie dann heute Abend schon wieder hin? Vielleicht nahmen sie sich ein Zimmer in einem Stundenhotel, aber wenn sie bumsen wollten, dann hätten sie das den ganzen Tag in Foxx' Zelt tun können. Wie man es drehte und wendete, es ergab keinen Sinn.

Ryan mochte es nicht, wenn um ihn herum Dinge geschahen, die keinen Sinn ergaben. Seiner Erfahrung nach war das ein Symptom dafür, dass in Wirklichkeit Dinge geschahen, von denen er nichts wusste.

Jerusalem kam in Sicht. Er warf einen Blick auf den Bildschirm des Peilempfängers. Der helle Punkt leuchtete immer noch da, wo er zu leuchten hatte.

»Du klingst ziemlich unzufrieden.«

»Ja«, nickte Eisenhardt und fuhr sich mit den gespreizten Fingern durch das schweißverklebte Haar. Irgendwas mit der Klimaanlage schien nicht zu stimmen. Der Telefonhörer wurde unangenehm feucht an der Stelle, an der er ihn ans Ohr hielt. »Ich habe das Gefühl, nur unnütz herumzusitzen.

Und die Angst, irgendwann mit Schimpf und Schande davongejagt zu werden, weil ich irgendwelchen Erwartungen, die niemals konkret artikuliert wurden, nicht entsprochen habe. So wie bei Kafka – im Prozess, wo die Hauptfigur nie erfährt, was ihr eigentlich vorgeworfen wird.«

»Aber du hast ein Rückflugticket. Du kannst jederzeit gehen, wenn du dich unwohl fühlst«, meinte Lydia. »Und falls es dir hilft, dich besser zu fühlen: Das Honorar für die ersten fünf Tage ist heute auf dem Konto eingegangen. Fast zwanzigtausend. Die tun uns gerade sehr gut.«

»Zwanzigtausend?«

»Zehntausend Dollar, umgerechnet. Und dann noch Mehrwertsteuer drauf. Stimmt schon.« Lydia war der Finanzminister der Familie. »Jedenfalls, wenn du es irgendwie noch ein paar Tage aushalten kannst, wäre das nicht schlecht.«

»Hmm, ja. Im Grunde ist es ja in Ordnung ...«

»Na also.«

»Kommst du denn zurecht ohne mich?«

Er hörte sie lachen. »Ach, ehrlich gesagt, ob du in deinem Arbeitszimmer an der Endfassung eines Romans sitzt oder irgendwo in Israel, macht fast keinen Unterschied.«

»Danke. Das habe ich jetzt gebraucht.« Er spürte eine beinahe schmerzhafte Sehnsucht nach ihr, nach ihrer körperlichen Nähe, dem Geruch ihrer Haare und der Berührung ihrer Haut. »Vermisst du mich denn wenigstens ab und zu ein kleines bisschen?«

Pause. Dann sagte sie, mit dunkler, ziemlich veränderter Stimme: »Jeden Abend.«

»Ich dich auch.«

Sie schwiegen eine Weile. »Ich habe gar keine Vorstellung davon, um was es bei der ganzen Sache eigentlich geht«, meinte Lydia dann. »Du hast gesagt, du bist auf einer Ausgrabung, und dass irgendetwas Bedeutendes gefunden wurde –

und seither denke ich die ganze Zeit darüber nach, was du dort eigentlich verloren hast. Ich meine, wenn du wenigstens historische Romane schreiben würdest ... Aber ein Science-Fiction-Autor? Ich verstehe es nicht. Das macht keinen Sinn für mich.«

Peter Eisenhardt zögerte. Es gab etwas, das er einfach loswerden musste. Und sei es nur, damit ihm seine Frau in ihrer beruhigenden Art seine Ängste ausreden konnte, wie sie es immer tat, wenn seine Fantasie mit ihm durchging. »Weißt du, was mir eigentlich zu schaffen macht, ist, dass ich den Verdacht habe ...«

In dem Wohnwagen, der die Organisationszentrale beherbergte, hatte sich im gleichen Moment, in dem Peter Eisenhardt den Hörer seines Telefons abgehoben hatte, ein Tonband zu drehen begonnen. Und in diesem Augenblick glitt das letzte Stück Band von der Spule, schlüpfte durch das Tonkopfgehäuse und fing danach an, flatsch-flatsch-flatsch auf der vollen Spule ringsum zu laufen, was die Aufmerksamkeit eines Technikers erregte. Er legte den Schmöker beiseite, in dem er gelesen hatte, stand gemächlich auf und schaltete das Tonbandgerät ab. Er nahm die volle Spule ab und legte sie in die zugehörige Plastikschachtel, setzte die leere Spule auf die andere Achse und nahm dann ein unbenutztes Band, von dem er die Schutzhülle entfernte. Er beschriftete sorgfältig das Etikett mit der Nummer der Aufnahmeeinheit, dem Datum und der Uhrzeit, ehe er die Spule einsetzte und das Band einfädelte. Und die ganze Zeit klang Eisenhardts Stimme aus dem kleinen, eingebauten Lautsprecher.

»... dass hier irgendein ganz großer Schwindel inszeniert wird. Dieser Professor, der die Ausgrabung leitet, ist nicht mehr der Jüngste. Vielleicht ist es das letzte derartige Unternehmen in seinem Leben. Und ich habe erfahren, dass er, obwohl er seit Ende der sechziger Jahre in Israel gräbt, noch keine nennenswerte wissenschaftliche Leistung vorzuweisen hat. Das hier ist also so etwas wie seine letzte große Chance.«

»Und du denkst, er hat einen Fund gefälscht.«

»Ich weiß es nicht. Irgendwas ist faul hier, und das macht mir Sorgen.«

Lydia seufzte. »Pass bloß auf dich auf, ja?«

»Ja. Ich bemüh mich.«

Das Band begann in dem Augenblick wieder zu laufen, als Eisenhardt das Gespräch mit seiner Frau beendete, und blieb gleich darauf wieder stehen. Der Techniker schlenderte zurück zu seinem Stuhl und griff wieder nach seinem Buch.

Von dem Gespräch, das er mitgehört hatte, hatte er kein Wort verstanden. Er sprach nur Englisch, kein Deutsch.

Ryan schaltete die Scheinwerfer und den Motor aus und ließ den Wagen die letzten Meter rollen, bis er zum Stillstand kam. Dann blieb er erst einmal sitzen.

Der Parkplatz auf der gegenüberliegenden Straßenseite lag verlassen. Verlassen bis auf den kleinen Fiat, der halb unter einem Busch geparkt stand. Der Leuchtpunkt auf dem Peilgerät zeigte genau in seine Richtung.

Alles blieb still. Kaum Verkehr. Ryan wartete, bis kein Auto zu sehen war, stieg dann rasch aus und überquerte die Straße.

Dort blieb er stehen und versuchte wie ein harmloser Passant auszusehen, während er sich witternd umsah. Die Luft roch nach Abgasen, Staub, Abwasserkanälen und fernen, betörenden Blüten. Das Auto stand still und dunkel.

Irgendwas stimmte hier nicht.

Ryan hatte schon Autos beobachtet, auf deren Rücksitzen es Paare miteinander getrieben hatten. So etwas ging nicht ohne erhebliche Beteiligung der Stoßdämpfer vor sich. Man hörte das.

Ryan ging auf das Auto zu, nicht zu zögernd, nicht zu schnell, einfach gemessenen Schrittes. Es war, wie er es vermutet hatte. Die Rückbank war leer, und auch auf den Vordersitzen saß kein händchenhaltendes Pärchen. Das Auto stand verlassen.

»Verdammt«, murmelte Ryan.

Er sah sich um. Das hier war, wenn er seinem Stadtplan glauben wollte, das Regierungsviertel. Er konnte das langgestreckte Gebäude des Finanzministeriums sehen, ein Stück des Innenministeriums und das Dach der Knesset, des israelischen Parlaments. Was, um alles in der Welt, wollte ein junges Paar um diese Zeit an diesem Ort?

Das machte alles immer noch keinen Sinn.

Aber hier herumzustehen machte auch keinen Sinn. Ryan ging zurück zu seinem Wagen, setzte sich hinter das Steuer, rückte den Sitz zurecht und wartete. Er verstand sich darauf zu warten. Er war ein Experte darin.

Yehoshuah war sichtlich schlechter Laune, während er sie durch die Stadt kutschierte. Zudem schienen sich alle Ampeln verabredet zu haben, kurz vor ihnen auf Rot zu schalten. Judith saß auf dem Rücksitz und amüsierte sich.

Stephen seufzte irgendwann. »Es war eine Vermutung, weiter nichts – okay? Ich wollte nichts riskieren. Dieser Ryan ist den halben Nachmittag zwischen den Autos herumgeschlichen. Gestern Abend hat jemand eure Mutter angerufen, der nur Englisch sprach, kein Hebräisch. Ich meine, da kann man sich doch mal fragen, ob man nicht überwacht wird, oder?«

»Na klar«, knurrte Yehoshuah.

»Und wenn er einen Peilsender an meinem Auto angebracht hat, dann bestimmt so, dass man ihn nicht auf Anhieb findet. Schon gar nicht bei Dunkelheit.«

»Sicher doch. Entschuldige – wenn ich gewusst hätte, wer

du in Wirklichkeit bist, hätte ich einen Wodka Martini kaltgestellt. Geschüttelt, nicht gerührt.«

Er hatte Basso beruhigen müssen. Der Mann war wirklich am Ende seiner Kraft gewesen, und es war beileibe nicht seine Schuld gewesen, dass die Sache danebengegangen war. Er hatte ihn beruhigt, hatte ihn gelobt und dann nach Hause fahren lassen, damit er sich ausschlafen konnte. Jetzt stand er auf dem Balkon seiner Hotelsuite, einen großen Whisky in der Hand, schaute über das nächtliche Rom und versuchte sich darüber klar zu werden, wie er es versiebt hatte.

Denn versiebt hatte er es. Er war wie ein blutiger Anfänger in den Vatikan marschiert und hatte erwartet, die größte Festung der Welt im Handstreich zu nehmen – er, John Kaun, der Manager des nächsten Jahrtausends. Der Meister der kinetischen Energie. Und vor lauter kinetischer Energie hatte er nicht einmal seine Hausaufgaben gemacht. Nur mühsam konnte er sich beherrschen, vor lauter Wut nicht das unschuldige Whiskyglas auf dem Boden zu zertrümmern.

Als ob er sich jemals vor irgendeiner anderen wichtigen Besprechung damit begnügt hätte, die Wirtschaftsdaten der anderen Seite zu studieren. Wirtschaftsdaten, das waren tote, belanglose Zahlen. Menschen – das war es, worauf es ankam! War es nicht eine seiner ehernen Regeln, niemals einen neuen Geschäftspartner zu treffen, ohne genau zu wissen, mit wem er es zu tun hatte, ohne seine Stärken und Schwächen, seine Träume und Ängste zu kennen?

So hatte er zum Beispiel die »South African Times« ergattert. Er hatte gewusst, dass Lawrence Trumbull, der greise Eigentümer, seinem Sohn die Führung der Zeitung nicht zutraute – so hatte er ihn zum Verkauf überreden können. Dann hatte er den Preis, den Trumbull gefordert hatte, noch einmal drücken können, weil er gewusst hatte, dass Trumbull Ferrari-Fan war. Dafür, dass er ihm Ferrari-Anteile überschrieb, die er einmal günstig bekommen hatte, ohne im Grunde damit etwas anfangen zu können, und ihm außerdem einen Sitz im Aufsichtsrat verschaffte, wäre der südafrikanische Zeitungskönig buchstäblich bereit gewesen, ihm sein Unternehmen zu schenken.

Das war ein Erfolg gewesen. Und hier, bei dem vielleicht größten und wichtigsten Geschäft seines Lebens, rannte er einfach drauflos, ohne zu wissen, wer in der Hierarchie des Unternehmens wie viel zu sagen hatte, wer an welchen Fäden zog und wer welche dunklen Flecken auf der Weste hatte.

Kinetische Energie? Er war zu gierig gewesen. Wieder einmal. Hatte alles auf einmal gewollt. Eine Menge Leute hatten es schon fertig gebracht, ihm Verluste beizubringen, aber noch niemand hatte ihm so viel geschadet wie er sich selbst mit dieser fieberhaften, größenwahnsinnigen Ungeduld.

Na gut. Er kippte den Whisky hinunter und spürte ihn angenehm in der Kehle brennen. Er würde Basso weiter auf den Fall ansetzen, und im richtigen Moment würde er zurückkommen und gewinnen, wie er letztlich immer gewann. Und jetzt war es Zeit, ins Bett zu gehen, auch wenn das hieß, dass wieder ein Morgen kommen würde, ein zäher, qualvoller Morgen.

Stephen hatte das Labor des Rockefeller-Instituts als düsteren, ungemütlichen Keller in Erinnerung und war überrascht, wie hell und angenehm der kühle Raum in Wirklichkeit war. Einen Augenblick überlegte er, ob etwas an der Einrichtung verändert worden war, bis ihm klar wurde, dass er selber heute Abend wesentlich ausgeruhter war als gestern. Gestern waren sie nach einem anstrengenden Arbeitstag unter sengender Sonne abends erschöpft angekommen, um dann bis um halb fünf Uhr in der Frühe durchzuhalten – kein Wunder, dass die Erinnerung heute alles andere als angenehm war.

»Wir waren gestern ein bisschen voreilig«, meinte Yehoshuah, während er die Schale mit dem ersten Blatt wieder aus der Schublade holte, in der er sie wohl eingesperrt hatte, als sie ihn angerufen hatten, um sich mit ihm an einem Parkplatz in einem anderen Teil der Stadt zu verabreden. Seinen Ärger über die Unterbrechung schien er vergessen zu haben. »Von wegen *Jesus hat nie gelebt.* Der Satz war aus dem Zusammenhang gerissen.«

»Ah«, machte Stephen.

Yehoshuah rückte die flache Plastikwanne unter die UV-Lampe und schaltete sie ein. Die neue Röhre sprang ohne Verzögerung an, und das ultraviolette Licht ließ einen Satz aufleuchten, der wesentlich länger war: *Ich befürchtete, der Sinn von allem könnte sein, dass Jesus nie gelebt hat und ich dazu ausersehen war, seine Rolle zu spielen.*

»Eigenartig«, meinte Judith, nach dem sie alle drei eine Weile schweigend auf die goldfarben schimmernde Handschrift gestarrt hatten. »Was das wohl zu bedeuten hat?«

»Keine Ahnung«, gab Yehoshuah zu. »Jedenfalls heißt es nicht, dass Jesus nicht gelebt hat. Eher das Gegenteil.«

»Ich denke, wir sollten systematisch vorgehen«, sagte Stephen. »Einfach am Anfang anfangen und dann immer weitermachen. Sonst rätseln wir die ganze Zeit nur herum, und irgendwann platzt uns der Kopf.«

Yehoshuah betrachtete das obere Ende des Blattes, das in bedenklichem Maße ausgefranst und durchlöchert war. Die spinnwebzarte Struktur des feuchten Japanpapiers hielt teilweise winzigste Papierfetzen fest, von denen man natürlich auch nicht mit Sicherheit sagen konnte, ob sie an der richtigen Stelle lagen. »Das wird nicht besonders ergiebig werden, fürchte ich.«

»Aber bestimmt stehen die wichtigsten Dinge am Anfang des Briefes.«

»Um so schlimmer.«

Er goss wieder seine beiden Lösungen in flache Schalen und zupfte neue Wattebäusche zurecht. Stephen holte die Laborkamera, vergewisserte sich, dass ein Film eingelegt war, und schraubte sie auf das Fotostativ. Diesmal würde er alle Fortschritte sorgfältig dokumentieren.

An den Bruchstellen dauerte es besonders lange, bis die uralte Kugelschreiberspur Farbe annahm. Judith und Stephen saßen da und sahen Yehoshuah bei der Arbeit zu. Im Handumdrehen war die erste Stunde vergangen, und im Laufe der Zeit breitete sich ein ekelhaft süßlicher Duft im Labor aus, der wieder anfing, Kopfschmerzen zu verursachen.

Es war wie ein Puzzlespiel. Ein paar Fragmente schoben sie, nachdem der Text darauf lesbar geworden war, an andere Stellen, wo sie mehr Sinn ergaben. Schließlich lehnte sich Yehoshuah schwer atmend zurück und meinte: »Das sollten wir jetzt mal festhalten. Wenn wir nur mal lüften könnten!«

Judith stand auf und öffnete die Tür zum Gang. Das brachte bloß nicht viel. Stephen brachte derweil das Stativ in Position und fotografierte den entzifferten Brieftext.

... den Finder dies- ...

-ein Name ist Joh- ... ... -ch bin gebor- am 1 ...

... -rikanischen Bundesstaat Arizona. Eine eigenartige Laune des Schick- ... -llte es, dass ich im Paläs- ... des ersten Jahrhu- -sterben werde, und ich ... mich gesegnet dafür.

Judith sah ihm über die Schulter, während er mehrere Aufnahmen mit verschiedenen Belichtungszeiten und Brennweiten machte. »Ich weiß nicht«, murmelte sie. »Für mich liest sich das nicht wie ein Brief, den ein Zeitreisender seinem Komplizen schreibt.«

»Ja. Eindeutig nicht.«

»Und die wichtigsten Worte fehlen natürlich. Sein Name. Sein Geburtsdatum. Nichts, über das man ihn identifizieren könnte.«

»Wenn er sich was gedacht hat, wiederholt er die wichtigen Angaben später nochmal.«

»Ach, das ist das Leben«, meinte Judith skeptisch. »Ein Butterbrot, das vom Tisch fällt, landet auf der Butterseite. Ein Schlüsselbund, den man sucht, ist in der letzten Schublade, die man aufzieht. Und die wichtigsten Worte in einem uralten Brief sind unleserlich. Ein kosmisches Gesetz.«

Ryan sah hoch, als ein Auto hinter ihm anhielt. Ein Polizeifahrzeug. Mist! Er ließ mit einer hastigen, hoffentlich unauffälligen Bewegung den Peilempfänger unter den Sitz gleiten und zog sein Hemd aus dem Hosenbund, sodass es das Kampfmesser an seinem Gürtel verdeckte.

Im Rückspiegel beobachtete er, was geschah. Es waren zwei Männer, und sie gingen absolut professionell vor. Er sah den einen telefonieren, und zweifellos war das Thema dieses Gesprächs das Kennzeichen seines Wagens. Was das betraf, hatte er nichts zu befürchten; der Wagen war im Namen und auf Rechnung der *N. E. W.* gemietet. Aber es zeigte, dass die beiden ihr Handwerk verstanden.

Dann, als das geklärt schien, stieg der eine aus, blieb in der Deckung des Fahrzeugs stehen und entsicherte die MP, die er umhängen hatte. Dann stieg der andere aus und kam langsam zu ihm nach vorn. Ryan kurbelte ebenso langsam die Fensterscheibe herunter.

Der Polizist, ein stämmiger Mann Mitte vierzig, dessen

Haar im Dienst ergraut und schütter geworden war, beugte sich zu ihm herab und sagte etwas auf Hebräisch.

»Entschuldigung, ich verstehe nur Englisch«, erwiderte Ryan und reichte ihm seinen Pass. »Ich nehme an, Sie wollen, dass ich mich ausweise.«

Der Mann studierte den Pass. »Sie sind Amerikaner?«, fragte er dann. Er sprach ziemlich gut Englisch.

»Ja.«

»Bitte den Führerschein. Und die Fahrzeugpapiere.«

Ryan reichte ihm das Gewünschte, und er verschwand damit nach hinten. Er sah ihn telefonieren, während sein Kollege in der Sicherungsposition blieb. Dann kam er wieder an Ryans Fenster, gab ihm die Unterlagen zurück und fragte: »Was tun Sie hier?«

»Ich warte.«

»Worauf?«

»Muss ich Ihnen das sagen?«

Eine Augenbraue der Staatsgewalt zuckte. »Nein, müssen Sie nicht. Aber ich kann Sie vorübergehend festnehmen, weil Sie sich in unmittelbarer Nähe von Regierungsgebäuden verdächtig verhalten.«

Ryan nickte. Er hatte sich seine Story längst zurechtgelegt. »Na gut, wenn es sein muss ... Sehen Sie das Auto dort drüben auf dem Parkplatz? Das gehört dem Mann, mit dem meine Freundin mich betrügt. Ich weiß nicht, wo die beiden gerade sind, aber ich will hier warten, bis sie wiederkommen.«

»Ah«, machte der Polizeibeamte.

»Um sie zur Rede zu stellen«, fügte Ryan hinzu. »Nichts weiter. Seit Wochen weicht sie einem Gespräch aus, behauptet, ich würde mir alles nur einbilden ...«

Der Mann seufzte. Sich mit dem Unterarm auf dem Autodach abstützend, beugte er sich zu ihm herunter. »Mein Freund, glauben Sie einem Mann, der zweimal geschieden ist:

Das führt zu nichts. Wenn es vorbei ist, ist es vorbei. Lassen Sie sie ziehen.«

»Aber …« Ryan war verblüfft. Mit soviel Lebenshilfe hatte er nicht gerechnet.

»Ich kenne das, glauben Sie mir. Aber man macht nur alles kaputt mit solchen Aktionen. Fahren Sie nach Hause, und geben Sie ihr eine Chance, von selber zu Ihnen zurückzufinden. Und wenn nicht – Mann, so, wie Sie aussehen, genügt doch ein Abend in Tel Aviv, und Sie haben die nächste.«

Ryan starrte den Polizisten an. »Ich würde trotzdem lieber hier auf sie warten, Sir. Die, äh, Sache ein für alle Mal klären.«

Der väterliche Blick bekam einen stählernen Glanz. »Tut mir leid, mein Freund, aber das werde ich nicht zulassen. Sie werden jetzt von hier fortfahren und sich heute Nacht nicht mehr blicken lassen.«

»Ich denke, ich muss eine unbeabsichtigte Zeitreise gemacht haben, wie auch immer so etwas geschehen kann. Ich habe keine Erklärung dafür.

Geschehen ist es während einer Besichtigung der Nekropole von Bet Shearim, die Teil einer Pauschalrundreise durch Galiläa war, die ich gebucht hatte. Als unsere Gruppe durch die Katakomben geführt wurde, vertiefte ich mich so sehr in die Inschriften und Bilddarstellungen auf den Särgen und Wänden, dass ich den Anschluss verlor. Als ich den anderen folgen wollte, verirrte ich mich und fand mich plötzlich in einem kleinen Kellerraum wieder, aus dem ich hochstieg in eine gänzlich veränderte Stadt. Ich brauchte lange, ehe ich akzeptieren konnte, in eine andere Epoche der Geschichte versetzt worden zu sein mit nichts anderem als den Kleidern auf dem Leib und der Videokamera in meiner Filmtasche. Zum Glück nahm mich eine freundliche Familie auf, gab mir zu essen und ein Strohlager, auf dem ich schlafen konnte, und im Lauf der Zeit erlernte ich die Sprache und die einfachen landwirtschaftlichen Arbeiten, sodass ich kein unnützer Esser mehr sein musste. Ich versuchte natürlich zu verstehen, was mir widerfahren war, und suchte nach Wegen zurück in meine eigene Zeit, jedoch vergebens. Als die jüngere der beiden Töchter meiner Gastfamilie, Esther, und ich uns ineinander verliebten, gab ich meine Bemühungen auf und nahm sie zur Frau, und ich erlebte eine wunderbarere Liebe, als ich mir je hätte träumen lassen.

Dann kam die Kunde von einem Prediger im nahen Kapernaum zu uns, der Jesus hieß und von dem man sagte, er bewirke Wunder. Da packte ich die Videokamera aus, die ich schon beinahe vergessen hatte, und machte mich auf den Weg. Ich hatte nur ein einziges Batteriepack zur Verfügung, das zudem jahrelang unbenutzt gelegen hatte, doch es funktionierte hervorragend. Vielleicht hat es mit dem heißen Klima hier zu tun, aber wenn man den Batterien eine Zeit absoluter Ruhe gönnte, schienen sie sich von selber wieder aufzuladen. Nach und nach gelang es mir, die drei Videocassetten zu bespielen, die ich bei mir gehabt hatte – die dritte leider nicht mehr ganz, weil die Batterien schließlich doch erschöpft waren.

Seit mir klar gewesen war, dass ich im Palästina der Zeitenwende gestrandet war, hatte ich in Ängsten gelebt, die mir heute äußerst seltsam vorkommen. Ich befürchtete, der Sinn von allem könnte sein, dass Jesus nie gelebt hat und ich dazu ausersehen war, seine Rolle zu spielen. Als ich ihn dann sah ...«

Damit endete der Text auf dem ersten Blatt.

Sie standen um die flache Plastikschale herum und sahen auf das feuchte, graue Papier darin hinab, auf dem die Handschrift geisterhaft leuchtete. Ihre Augen brannten. Die Kopfschmerzen, verursacht von Chemikalien, die sie längst nicht mehr rochen, waren mörderisch. Keiner von ihnen sah mehr auf die Uhr. Die Zeit schien irgendwann stehen geblieben zu sein.

»Es ist also alles wahr«, sagte Judith leise. »Es war ein Zeitreisender. Und er hat Jesus gefilmt.«

»Ja«, nickte Stephen. »Aber die grundlegende Theorie stimmt nicht. Es war kein geplantes Unternehmen, sondern Zufall.« Er stellte das Fotostativ zur Seite. Sie durften nicht vergessen, den Film aus der Kamera zu nehmen. »Hoffentlich verrät er uns auf dem zweiten Blatt, wo er die Cassetten versteckt hat.«

»Aber heute nicht mehr, oder?«

Stephen sah sie an. In den seltsamen Lichtverhältnissen des Labors war sie weiß wie eine Wand. »Hey – wir sind doch nur noch eine Handbreit davon entfernt! Noch zehn Minuten, und wir wissen es!«

Sie verdrehte seufzend die Augen. »Wie oft habe ich das heute Nacht schon gehört?«

Yehoshuah räusperte sich vernehmlich. »Ich fürchte, Judith hat recht.« Er knipste die UV-Lampe aus und begann, die Schalen und Flaschen wegzuräumen, die gebrauchten Wattebäusche in den Abfall zu werfen, Stühle zurechtzurücken.

»Hey«, machte Stephen und ging ihm nach. »Yehoshuah! Professor Yehoshuah! Du wirst doch jetzt nicht schlappmachen, so kurz vor dem Ziel?«

»Das hat nichts mit Schlappmachen zu tun.«

»Soll ich irgendwas zu essen besorgen? Kaffee kochen? Wir könnten einen Spaziergang an der frischen Luft machen und solange die Tür offen lassen, und dann mit neuen Kräften an die Arbeit gehen ...«

»Nein, Stephen, das ist es nicht.« Yehoshuah ließ den Deckel des Abfalleimers zuknallen und lehnte sich dann mit verzagter Miene gegen den Spültisch. »Ich hatte so gehofft, er würde es uns auf dem ersten Blatt verraten. Wirklich. Es ist nicht, dass ich nicht weitermachen könnte – es geht nur nicht.«

Peter Eisenhardt fuhr aus dem Schlaf hoch. Da! Da war er wieder, der Gedanke, der ihn seit vielen Tagen wie eine diffuse Ahnung verfolgte, ohne konkret zu werden. Der wichtige Gedanke. Der beunruhigende Gedanke. Er hatte ihn endlich.

Hastig machte er Licht, schlüpfte in Pantoffeln und Morgenmantel und eilte hinüber in das Besprechungszimmer, in dem es immer noch nach Schweiß und Streit roch. Zog die großen Flipchartblätter hervor, die Stifte, breitete alles auf dem Tisch aus und starrte darauf. Ja. Wieso kam er erst jetzt darauf? Der Zusammenhang lag doch auf der Hand, war von geradezu bestürzender Logik.

Und er würde Kaun nicht gefallen.

Seine Blicke folgten den Stichworten, Pfeilen und Symbolen, mit denen er seine bisherigen Überlegungen aufgezeichnet hatte, und fanden keinen Widerspruch, kein Entkommen, keine Hintertür.

Kaun würde dieses Video nicht ausstrahlen.

Egal, was geschah.

Der Schriftsteller spürte sein Herz mächtig schlagen. Weil jemand in die Vergangenheit gereist war, konnte man die Zukunft vorhersagen. War unausweichlich geworden, was geschehen würde.

Grauenhaft.

Ein Geräusch von draußen erregte seine Aufmerksamkeit. Ein Geräusch, als habe jemand auf dem Parkplatz eine Autotür zugeschlagen. Eisenhardt ging ans Fenster und schob die Verdunkelung ein Stück beiseite.

Es war Ryan, der, die Hände tief in den Taschen vergraben, vom Parkplatz herübermarschiert kam und alle paar Schritte einem Stein einen wütenden Tritt gab. Er entdeckte den hellen Spalt und warf einen mörderischen Blick herüber. Eisenhardt schob die Verdunkelung hastig wieder zu, räumte die

Unterlagen fort, löschte alle Lichter und machte, dass er zurück ins Bett kam.

Stephen blinzelte und sah Yehoshuah verständnislos an. »Was heißt das, es geht nicht?«

»Ich wollte es euch eigentlich schon die ganze Zeit sagen. Ich habe mit dem anderen Blatt experimentiert, ehe ihr kamt, aber die Schrift dort nimmt die Lösung nicht an. Keine Ahnung, warum.«

»Die Schrift dort nimmt die Lösung nicht an?«, echote Stephen blöde. Das Labor, die Tische und Regale und Leuchtstoffröhren ringsum schienen sich in einen dunklen Strudel zu verwandeln, der sich langsam um sie beide zu drehen begann. »Heißt das …?«

»Ja.«

»Bist du sicher?«

Yehoshuah stieß sich ab und ging mit ausgreifenden Schritten zurück an seinen Arbeitstisch. »Natürlich bin ich mir sicher. Was denkst du denn?«

»Aber wie kann das sein? Ich meine, bei dem Blatt hat es doch fantastisch funktioniert. Wie kann es bei dem anderen überhaupt nicht funktionieren?«

»Keine Ahnung«, knurrte Yehoshuah und zog die Folie über die Schale, die verhindern sollte, dass der Inhalt austrocknete. »Vielleicht ist es anderes Papier. Vielleicht eine andere Tinte. Vielleicht liegt es daran, dass das zweite Blatt außen lag, als beide gefaltet waren, und in Kontakt war mit der Plastikfolie. Ich weiß nur, dass ich die Schrift auf dem zweiten Blatt nicht sichtbar machen kann.«

»Na großartig«, rief Stephen, hob die Arme und ließ sie hilflos wieder fallen. »Und was machen wir dann?«

»Schlafen gehen.« Judith war plötzlich an seiner Seite, hielt ihn sanft fest. »Erst einmal alles überschlafen.«

Yehoshuah rieb sich die Augen. »Im Moment habe ich keine Idee. Ich muss in die Bibliothek. Ein paar Dinge nachschlagen, ein paar Leute fragen. Das Papier untersuchen. Vielleicht fällt mir dann etwas ein.«

»Mann«, stieß Stephen hervor. »Ich fasse es nicht. So dicht dran zu sein, und dann ...« Es tat sehr gut, Judiths Arm zu spüren.

Yehoshuah sah unglücklich drein. »Und das ist noch nicht alles.«

»Ja? Was noch? Komm, gib's uns so richtig.«

»Professor Wilford-Smith hat das Labor ab morgen Mittag reserviert. Er will das Skelett und die Gebrauchsanleitung untersuchen.«

22

Sender: Donald_Frey@aus.new.com
To: John_Kaun@ny.new.com
Message-Id: <5112411B.71B.00201@newsrv01.new.com
*Subject: Verhandlungen Melbourne, *DRINGEND**
Mime-Version: 1.0
Content-Type: text/plain; charset=iso-8859-1

John,
*ich dränge ungern, aber die Verhandlungen sind in *ernsthafter Gefahr*! Die Murdoch-Gruppe hat ein neues Angebot vorgelegt, habe ich gehört. Ich kann sie nicht mehr länger hinhalten. BITTE rufen Sie mich an!*

Don

Es war kalt. Kalt und feucht, unangenehm, wie man sich auch drehte. Und der Nacken tat weh, nicht auszuhalten. Wenigstens war es schon ein bisschen hell, das hieß, der Morgen war geschafft ...

Stephen setzte sich abrupt auf und sah sich um. Er saß im Auto. Wieso saß er in seinem Auto? Und Judith lag neben ihm, in unmöglicher Lage auf dem zurückgestellten Beifahrersitz zusammengerollt. Dann fiel es ihm wieder ein – die Rückfahrt in der Nacht ... wie ihm die Augen beinahe zugefallen waren ... wie Judith im Sitzen eingeschlafen war ... Schließlich hatte er auf einem Parkplatz angehalten, ihre Sitze nach hinten gestellt und sich selig dem Schlaf überlassen.

Jetzt war sein Nacken so verspannt, dass die Wirbel aufeinander knirschten, wenn er ihn bewegte. Scheußliches Gefühl. Er massierte sich die Schultergegend mit einer Hand, wischte mit der anderen den Beschlag von den Scheiben. Dass die Scheiben hier nachts beschlugen, mitten in einem wüstenartigen Land? Aber es war nachts kalt, deswegen fror er jetzt auch so. Sie hätten sich zudecken sollen, aber er hatte nichts dabei gehabt, keine Decke oder dergleichen. Nicht sehr vorausschauend.

Er sah auf die Uhr. Halb sieben. Wann waren sie aufgebrochen? Es musste gegen vier gewesen sein. Dann hatte er ganze zweieinhalb Stunden geschlafen. Na, so fühlte er sich auch. Und der Schädel brummte ihm immer noch von den Chemikaliendämpfen.

Was jetzt? Er war immer noch müde, und Judith brummte nur unwillig, als er die Tür öffnete und ausstieg, weil ein Schwall frischer, morgenwarmer Luft hereindrang und den feuchtwarmen Mief durchwirbelte, der das Autoinnere erfüllte wie nasse Watte. Sie schien nicht aufwachen zu wollen.

Am besten, er fuhr weiter, zurück ins Lager. Und dann ab in die Feldbetten.

Nur noch ein bisschen frisch werden. Die Arme bewegen, die Beine ausschütteln. Ziemlich viel Verkehr, schon um diese Zeit. Immerhin Sonntagmorgen. Aber das hier war Israel, hier war der Sonntag ein Werktag.

Und irgendwann musste er dann auch einmal gründlich nachdenken, was jetzt zu tun war. Welche Spuren sie eigentlich hatten. Kaun wollte heute anfangen, das Skelett zu untersuchen, und die Gebrauchsanweisung. Es war ein Wettrennen, Kopf an Kopf. Sich zu fühlen, als hätte man den Schädel mit Glaswolle gefüllt, war keine gute Voraussetzung.

Also Schlaf. Er stieg zurück ins Auto, ließ den Motor an.

Judith rappelte sich hoch, legte sich weniger verkrümmt hin und schlief mit röchelndem Atem weiter, als er losfuhr.

Der Papst pflegte für gewöhnlich um fünf Uhr früh aufzustehen und, nach der Morgentoilette, eine halbe Stunde in seiner Privatkapelle zu beten. Danach kleidete er sich, seit einigen Jahren mit Hilfe eines jungen Mönchs, vollständig an, ehe er sich zum Frühstück begab, das er zusammen mit zwei bis drei Kardinälen in einem kleinen, rosarot tapezierten Speiseraum an einem kargen, kahlen Holztisch einnahm. Meistens drehte sich schon dabei das Gespräch um die Angelegenheiten des Amtes; viel Zeit für Privates blieb nicht, schon weil es kaum Privates gab. Im Lauf der Jahre wurde ein Papst zu dem Amt, in das man ihn für den Rest seines Lebens erwählt hatte, verschmolz damit und wurde eins damit. Es war ein Prozess, in dessen Verlauf die Privatperson, die der Papst einmal gewesen sein mochte, aufhörte zu existieren.

Scarfaro kannte die täglichen Gewohnheiten des Papstes selbstverständlich ganz genau. Selbst kein Freund frühen Aufstehens, wurde er kurz vor sieben bei dem Privatsekretär, der den Terminkalender des Kirchenoberhauptes verwaltete, vorstellig, um eine Audienz zu erhalten. Der Sekretär war ein griesgrämig dreinblickender Franzose mit schütterem Haar, der um die fünfzig sein mochte, und er wusste nicht, welche Position Scarfaro eigentlich bekleidete. Alles, was er wusste, war, dass der Heilige Vater ihn angewiesen hatte, den Sizilianer jederzeit zu ihm zu lassen.

Die Gemächer des Papstes waren die eines mittelalterlichen Fürsten. Wände, Decken, Böden – alles trug so viel Prunk und Protz, wie sich nur darauf hatte unterbringen lassen. Kostbare Malereien an den Wänden, aufwendige Intarsien im Fußboden, verspielter Stuck an der Decke, wuchtige

Ölgemälde in wuchtigen Goldrahmen, Gobelins, Kronleuchter, ein monströses Himmelbett mit barockem Baldachin – und überall Kruzifixe in allen Größen, Farben und Formen. Nichts davon gehörte wirklich dem Mann, der das Amt bekleidete, oder war Ausdruck seiner Persönlichkeit; er übernahm alles von seinem Vorgänger und gab es an seinen Nachfolger weiter, und wenn man Gelegenheit hatte, sich an all die Pracht zu gewöhnen, die einen zuerst schier erschlug, dann spürte man, dass man sich eher in einer Art bewohntem Museum aufhielt als in wirklich behaglichen Räumen. Obwohl er wusste, dass selbstverständlich regelmäßig und gründlich geputzt wurde, schien es Scarfaro hier immer staubig zu riechen.

Der Papst saß in einem hohen Sessel in seinem Arbeitszimmer, an einem der hohen Fenster, sodass das Licht der frühen Sonne auf ihn fiel. Auf einem Tischchen neben ihm stand ein Glas Tee, und eine Mappe mit Zeitungsausschnitten, die alle vergrößert fotokopiert worden waren, damit er sie leichter lesen konnte, ruhte auf seinem Schoß. Er schreckte hoch, als Scarfaro den Raum betrat. Er schien eingenickt gewesen zu sein.

»Das Frühstück strengt mich immer mehr an«, sagte der Papst leise, als Scarfaro vor ihm niederkniete und seinen Siegelring küsste. »Jeden Morgen bete ich um die Kraft, den Tag durchzustehen, doch jeden Tag spüre ich die Kraft eher schwinden.«

Scarfaro betrachtete den Mann in der weißen Soutane aufmerksam. Er sah ein Gesicht, das vom Alter gezeichnet war, in dem der nahende Tod schon zu erkennen war. Er sah Hände, die zunehmend stärker zitterten, je stärker die Parkinsonsche Krankheit voranschritt, die das Oberhaupt der katholischen Kirche befallen hatte.

Der Papst deutete mit einer winzigen Bewegung auf einen

Stuhl in der Nähe, den sich Scarfaro mit einer raschen Bewegung heranholte. »Was führt dich zu mir, Baptist?«

»Es sind Ausgrabungen gemacht worden, Euer Heiligkeit«, begann Scarfaro seinen Bericht, »in Israel …« Er sprach leise, keine zehn Zentimeter vom Ohr des Papstes entfernt, führte präzise alle Details an und fügte am Schluss seine eigene Deutung der Ereignisse an. Dann schwieg er und ließ dem greisen Kirchenoberen Zeit zum Nachdenken.

Der Papst dachte lange nach. Die Hände übereinander gelegt, sah er aus dem Fenster, das ihn über ein strahlendes Rom blicken ließ, und bewegte dabei fortwährend leicht den Kopf auf und ab, so leicht, dass man nicht sagen konnte, ob dies auch Parkinson war oder nur ein sehr nachdenkliches Nicken.

»Ich glaube, du irrst dich, Baptist«, sagte er schließlich halblaut, und einen Moment lang klang seine Stimme wieder fest und zuversichtlich wie früher. »Ich glaube, dieser John Kaun wollte uns seinen Fund tatsächlich verkaufen. Deshalb hat er sich an eine Finanzinstitution gewandt.«

»Aber er hat ihn doch noch gar nicht. Wenn es ihn überhaupt gibt.«

Der Papst seufzte. »Ich wollte, Gott hätte mich schon abberufen, und ein Jüngerer stünde nun an meiner Stelle, einer, der noch die nötige Kraft hat. Aber nun muss es so gehen. Baptist, gehe nach Israel. Tu, was nötig ist für das Wohlergehen der Kirche.«

Scarfaro atmete überrascht ein, beugte dann das Haupt, während sich in seinem Hinterkopf die Gedanken schon selbständig machten und anfingen, alles zu organisieren, was zu organisieren war. »Wie Ihr befehlt, Vater.«

»Baptist …« Der Papst griff nach seiner Hand, hielt sie mit kalten Fingern fest, während er ihn eindringlich ansah. »Hör mir genau zu …«

Und Luigi Baptist Scarfaro hörte zu.

Stephen war zum Umfallen müde. Er hatte Judith zu ihrem Zelt begleitet, das inzwischen halb ausgeräumt war, weil ihre Zeltnachbarin schon abgereist war, und Judith hatte sich ohne ein weiteres Wort, ohne sich auszuziehen oder zuzudecken einfach auf das ungemachte Feldbett fallen lassen und angefangen zu schlafen. Doch er musste noch etwas klären. Noch kein Schlaf, vorläufig.

Mit ein bisschen lauwarmem Wasser aus dem Waschbecken hatte er sich die Augenwinkel ausgerieben, aber das richtete wenig aus gegen das dumpfe Gefühl in seinem Schädel und die seltsam erhöhte Schwerkraft, die an seinen Muskeln zerrte. Er fühlte sich nicht mal frisch. Das T-Shirt klebte ihm auf der Haut. Der Schweiß, der die Nacht über auf seiner Haut festgetrocknet war, fing an zu jucken. Seine Unterhose fühlte sich immer noch feuchtklamm an und zwickte im Schritt. Er brauchte ganz dringend eine Dusche, einige Stunden Schlaf und dann frische Wäsche. In dieser Reihenfolge. Er beobachtete mit Sorge, dass die Duschkabinen zum Abtransport vorbereitet wurden. Immerhin schien man eine vorläufig stehen lassen zu wollen.

Die Morgensonne stieg immer höher über der Landschaft, die ihm heute früh mehr denn je wie eine Mondlandschaft vorkam, die jemand zu begrünen versucht hatte. Vor tausend Jahren. Es wurde immer heißer, hoffentlich würde er überhaupt schlafen können in seinem Zelt.

Aber es tat gut, sich zu bewegen und durchzuatmen. Es vertrieb das wattige Gefühl im Kopf. Es mussten diese Chemikalien gewesen sein, was denn sonst? Das war schließlich nicht die erste Nacht, die er durchgemacht hatte, und so zerschlagen hatte er sich noch nie danach gefühlt. Er hatte schon Prüfungen geschrieben nach durchzechten Nächten, und das waren nicht die schlechtesten gewesen.

Schließlich fand er den Professor in dem Zelt, in dem die

Fotografien und Ausgrabungsbücher in großen stählernen Aktenschränken archiviert wurden. Professor Wilford-Smith war dabei, Zettel zu ordnen, die aussahen wie Personalunterlagen. Stephen war normalerweise gut darin, Schriftstücke zu lesen, die er nur auf dem Kopf stehend oder im Spiegel sah, aber heute nicht. Heute interessierte es ihn auch nicht.

»Ja?«, fragte der Ausgrabungsleiter mit einem flüchtigen Blick über den Rand seiner Brille hinweg.

»Ich wollte Ihnen nur sagen«, erklärte Stephen gemächlich, »dass ich einen Heimflug nächsten Freitag habe.«

»Schön.«

»Und ich wollte fragen, ob ich noch so lange im Lager bleiben kann.«

»Ja, sicher. Diese Woche steht auf jeden Fall noch zur Verfügung.«

»Gut.«

Stephen wartete. Aber der Professor widmete sich weiter seinem Papierkram. Er sagte nichts in der Art wie *Ach, Stephen, da Sie gerade da sind ... ich will heute beginnen, diese seltsamen Funde aus Areal 14 zu untersuchen – helfen Sie mir nachher, sie zu bergen?* Stattdessen hielt er nach einer Weile wieder inne und sah Stephen erneut über den oberen Brillenrand hinweg an. »Gibt es noch etwas?«

»Ähm, ich wollte – ich wollte fragen, ob sich schon etwas ergeben hat.«

»Ergeben hat? In welcher Beziehung?«

»Nun ja – wegen dieses Spionagefalls. Oder was immer es war. Die Funde von Areal 14, Sie wissen schon.«

»Ach ja, sicher. Nein, das wird noch untersucht. Da gibt es nichts Neues.«

Stephen spürte ein Gefühl über der Brust, als habe jemand einen Gürtel darum herumgelegt und sich in den Kopf gesetzt, ihn jede Minute ein Loch enger zu schnallen. Er sah den

Professor an, der das Gespräch offenbar schon wieder für beendet hielt, und beschloss, sich nicht so abspeisen zu lassen.

Er trat rasch näher und beugte sich über den Tisch, an dem der grauhaarige, hagere Ausgrabungsleiter saß. »Professor, darf ich Sie noch etwas fragen?«

Wilford-Smith sah überrascht hoch. »Was denn?«

»Warum haben Sie mich sofort zum Stillschweigen veranlasst, als ich Ihnen die Tasche mit der Bedienungsanleitung zeigte? Was dachten Sie, womit wir es zu tun haben?«

»Ich hielt es für das beste«, erwiderte der Professor langsam. Dann sah er an Stephen vorbei ins Leere und fügte nachdenklich hinzu, als spräche er gedankenverloren mit sich selbst: »Ich hielt es allerdings auch für das Beste, Mister Kaun zu verständigen. Mittlerweile denke ich, dass das ein Fehler war.« Er nickte bedächtig. »Es war ein Fehler.«

Stephens Anwesenheit schien er vergessen zu haben. Er seufzte und widmete sich wieder seinen Papieren.

John Kaun kam gegen halb elf wieder im Lager Bet Hamesh an. Nach einer unruhigen Nacht voll grässlicher Träume und einem elenden Morgen fühlte er sich hässlich und zerknittert, und er kam, nachdem er sich seit gestern Abend beherrscht hatte, nicht länger gegen seine üble Laune an. Er hasste Misserfolge, so war das nun mal. Nur zu sagen, dass er sie nicht leiden konnte, griff zu tief – er hasste sie inbrünstig, und wenn ihm etwas so schiefging wie diese Attacke auf die Vatikanfestung gestern, dann verdarb ihm das mehr als einen Tag.

Und hier hatte sich auch nichts Erfreuliches ereignet. Ryan hatte sich von dem Studenten und seiner Freundin abhängen lassen wie ein Anfänger. Da hatte er sich schon einmal etwas abreagieren können. Gut, dass die Wohnwagen über Schallisolation verfügten.

Von den Wissenschaftlern war nichts Neues gekommen. Immerhin, der deutsche Schriftsteller hatte sich endlich wieder gemeldet und darum gebeten, ihm einen neuen Gedanken vortragen zu dürfen. Einen Gedankengang von zwingender Logik, hatte er gesagt.

Sicher wieder so etwas Defätistisches. In der Hauptredaktion von N. E. W. hieß es, die Deutschen seien die Weltmeister im Erfinden von Bedenken aller Art. Mal sehen. John Kaun nickte dem Schriftsteller grimmig zu und lehnte sich zurück.

Eisenhardt merkte sofort, dass der Medienmagnat schlecht gelaunt war, und fragte sich, ob der Zeitpunkt so glücklich gewählt war für das, was er darzulegen gedachte. Aber nun war er schon einmal hier, und anderes hatte er nicht auf Vorrat. Er begann trotz der auf vollen Touren laufenden Klimaanlage zu schwitzen.

»Sie werden«, erklärte er so fest wie möglich, »mit absoluter Sicherheit dieses Video nicht senden – jedenfalls nicht in den nächsten drei Jahren.«

Kaun knurrte hinter seinem Schreibtisch wie ein Raubtier, die Hände wie Pranken vor dem Bauch ineinander verkrallt. »Ich habe Ihnen schon einmal gesagt, dass ich derartige Überlegungen nicht hören will.«

»Es ist egal, ob es Ihnen gefällt oder nicht, Mister Kaun«, hörte sich Eisenhardt zu seiner eigenen Überraschung entschieden dagegenhalten. »Es ist ein zwingend logischer Gedankengang, und Sie sollten ihn sich einfach anhören, damit Sie ihn kennen. Schließlich bezahlen Sie dafür.«

Die Augen des Industriellen funkelten einen Augenblick wie Tigeraugen. Dann zuckte es um Kauns Mundwinkel. »In Ordnung«, meinte er. »Das ist ein Argument. Lassen Sie hören.«

»Angenommen, Sie finden das Video und die Kamera, und

Sie senden es. Das würden Sie doch sicherlich im Rahmen einer weltweit zu empfangenden Sondersendung tun, oder?«

»Worauf Sie sich verlassen können!«

»Und sicher nicht nur einmal, sondern mehrfach.«

»Aber ganz bestimmt. So oft, wie es zur Maximierung der Einschaltquoten am besten ist.«

»Das heißt doch, nach drei Jahren wäre dieses Video sozusagen Allgemeingut. Jeder einigermaßen gebildete Mensch auf dieser Welt hätte zumindest davon gehört, es wahrscheinlich aber mindestens einmal gesehen.«

»Das ist das Ziel, ganz richtig.«

Eisenhardt machte eine Pause, um zu sehen, ob Kaun vielleicht von selbst darauf kam. Aber der Multimillionär sah ihn nur weiter fragend an, also brachte er die Sache zu Ende. »Welcher junge Mensch, glauben Sie«, fragte er eindringlich, »wird dann beschließen: *›Ich reise in die Vergangenheit und opfere mein Leben, um die Videobilder zu drehen, die man seit drei Jahren ständig im Fernsehen sieht?‹*«

Es war eine eigenartige Befriedigung, zuzusehen, wie es in Kaun arbeitete und dachte, wie die Groschen fielen und sich der amerikanische Geschäftsmann schließlich kerzengerade in seinem Sessel aufrichtete.

»Damned!«, rief er aus. »Sie haben recht. Wenn das Video gezeigt würde, ehe die Reise in die Vergangenheit stattfindet, dann entfiele die ganze Motivation dafür!«

»Exakt. Und dann fände keine Zeitreise statt. Doch dann gäbe es kein Video, das Sie senden könnten.«

»Hören Sie auf!«, wehrte Kaun ab. »Mir platzt der Kopf! Was heißt das?«

»Das heißt, Sie werden es nicht senden, ehe die Zeitreise startet.«

»Aber wenn ich es finde und doch sende?«

»Sie werden es nicht senden, warum auch immer. Es wird

nicht passieren. Vielleicht, weil Sie das Video eben doch nicht finden. Ich weiß, das wollen Sie nicht hören. Vielleicht finden Sie es auch, halten es aber drei Jahre unter Verschluss. Oder länger. Jedenfalls, der Zeitreisende wird in einer Welt starten, die die Aufnahmen, die er machen wird – oder gemacht hat –, nicht kennt.«

Kaun sank brütend wieder in sich zusammen. Eisenhardt wartete geduldig. Immerhin schien der Medienmanager nicht zu explodieren, wie er es schon halb befürchtet hatte. Im Gegenteil, je länger er grübelte, desto mehr schien seine Laune zu steigen.

»Es könnte doch auch bedeuten«, vergewisserte er sich schließlich, »dass es mir gelingt, das Video zu finden und an die katholische Kirche zu verkaufen. Und dass die es unter Verschluss hält für alle Zeiten. Oder?«

Eisenhardt stutzte. Auf diese Variante war er nicht gekommen. Er durchdachte sie und nickte. »Ja. Auch das wäre eine Erklärung.«

Kaun grinste. Er schien beinahe anfangen wollen zu lachen. »Wissen Sie, was das heißt? Was Sie da gerade beweisen?«

»Was ich gerade beweise …?«, wiederholte Eisenhardt unsicher. Kaun schien einen Aspekt an der Sache entdeckt zu haben, der ihm bisher entgangen war. Ärgerlich.

»Wenn die Kirche das Video erwirbt«, erklärte der Industrielle genüßlich, »und dann unter Verschluss hält, dann heißt das, dass sie es unter Verschluss halten *muss*. Zum Beispiel, weil auf den Aufnahmen etwas zu sehen ist, das die ganze Lehre der Kirche in Frage stellt – richtig?«

Eisenhardt nickte verblüfft. Gar nicht so dumm. Er merkte plötzlich, dass ein Teil von ihm immer bemüht gewesen war, Gründe zu finden, auf den amerikanischen Millionär hinabsehen zu können. Ungefähr nach dem Motto: Okay, er ist Multimillionär, aber das beweist nur, dass er ein stumpfhirniger, habgieriger Raffzahn ist, dessen Weltbild bei den vier Grundrechenarten und der Prozentrechnung aufhört. Ich dagegen bin ein Intellektueller, ein Mann des Geistes, und das ist es letztendlich, worauf es ankommt.

Entdecken zu müssen, dass John Kaun tatsächlich gottverdammt intelligent und einfallsreich war, wurmte ihn. Womöglich war er seine Millionen tatsächlich wert.

»Wenn aber«, führte der Amerikaner den Faden weiter, »das Video einen derart brisanten Inhalt hat, dann heißt das, dass ich nahezu jeden Preis dafür fordern kann. Alles oder nichts, Mister Eisenhardt. Können Sie das sehen? Ihre Argumentation beweist mit zwingender Logik, dass wir entweder völlig scheitern – weil wir das Video überhaupt nicht finden – oder dass wir auf ganzer Linie siegen werden.«

Der Abtransport der Funde von Areal 14 verlief denkbar unspektakulär. Professor Wilford-Smith und Shimon Bar-Lev begaben sich gemeinsam in die Grube hinab, wo sie rings um die Fundstelle einige Behälter aus grob poliertem Edelstahl aufstellten und jeweils fingerhoch mit gesiebtem Sand füllten. Dann zogen sie dünne Plastikhandschuhe über und beförderten die Knochen des Toten einen nach dem anderen in die Transportbehälter. Zum Schluss legten sie mit der gebotenen Behutsamkeit die Leinentasche, die das knistertrockene Anleitungsheft für die Videokamera enthielt, in einen eigenen Behälter. Dann wurden alle Stahlkästen mit kleinen Kügelchen aus einem chemisch neutralen Schaumstoff aufgefüllt und die Deckel verschlossen.

In ähnlicher Weise hatten sie schon oft besonders wertvolle Fundstücke ausgehoben. Der einzige Unterschied diesmal war, dass die ganze Aktion von mehreren Kameras gefilmt wurde. Und dass jeder einzelne Kasten ein massives Vorhängeschloss erhielt.

Die Stahlkästen wurden in Lastwagen verladen, und wenig später setzte sich ein Fahrzeugkonvoi Richtung Jerusalem in Bewegung. Noch ehe sich der davon aufgewirbelte Staub gelegt hatte, begann der Abbau des Zeltes, das eine Woche lang über der Fundstelle aufgestellt gewesen war. Abgesehen von diesen Arbeiten wirkte das einstmals geschäftige Lager so tot und verlassen, als habe die Pest gewütet.

Kaun hatte immer noch schlechte Laune, und die Umstände waren nicht dazu angetan, sie in absehbarer Zeit zu verbessern. Er musterte die wenig ansehnliche Rückseite des Gebäudes und warf einen besonders angewiderten Blick auf den großen Müllcontainer, der neben der Laderampe stand und einen unaussprechlichen Gestank über den Hof verströmte.

»Sie haben mir nicht gesagt, dass das Museum heute geöffnet ist«, knurrte er Professor Wilford-Smith an.

»Das Rockefeller Museum ist jeden Tag geöffnet«, erklärte der Professor ruhig. »Jeden Tag von zehn Uhr vormittags bis fünf Uhr nachmittags. Ausgenommen Freitag und Samstag, da schließt es schon um zwei Uhr nachmittags.«

»Ah«, machte der Millionär.

Hinter einer niedrigen Balustrade tauchte eine Gruppe Jugendlicher auf, die lautstark im Bereich des Haupteingangs herumalberten. Ein paar hüpften auf die Absperrung und winkten lebhaft zu ihnen herunter.

»Sie wollen allen Ernstes unsere Fundstücke untersuchen, während all diese Leute im Haus herumlaufen?« Die Art, wie Kaun das Wort *Leute* aussprach, ließ es so klingen, als habe er eigentlich dieses *Ungeziefer* sagen wollen.

»Es besteht keine Gefahr. Das Publikum hat keinen Zutritt zu den Laborbereichen. Die meisten wissen nicht einmal, dass es hier so etwas gibt.«

»So. Ich sage, lasst uns alles einpacken und in die USA in ein privates Labor bringen, wo wir alles unter Kontrolle haben.«

Der Professor schwieg einen Moment, sah nur zum Himmel empor und blinzelte in die grelle Sonne. »Dazu bräuchten Sie eine Genehmigung der israelischen Behörden.«

»Die bekomme ich schon.«

»Das sind keine Dummköpfe. Sie müssten ihnen die Funde zeigen.«

Kaun grunzte verdrossen. »Ja, ja. Schon gut.« Er gab seinen Leuten den Wink, auf den sie gewartet hatten.

Der Professor ging mit den Schlüsseln voraus, und die Männer mit den stählernen Kisten folgten ihm durch kühle Gänge, deren Wände aus hellen Ziegeln gemauert waren, an weißlackierten Stahltüren vorbei, und schließlich in einen geräumigen Laborraum mit langen Tischen voller Lupen und Mikroskope und langen Wandregalen voller Chemikalienflaschen. Kaun sah sich mürrisch um. Das sah für ihn alles wenig vertrauenerweckend aus. Als sei die Ausstattung aus den sechziger Jahren übrig geblieben.

Ryan stand plötzlich breitbeinig im Raum. »Die Türschlösser sind absolut unzureichend«, ließ er sich lautstark vernehmen. Er wies auf die graue Stahltür, die direkt in den Laborraum führte. »Das hier mache ich Ihnen mit einer Haarnadel in dreißig Sekunden auf. Ein Witz. Wir müssen unbedingt ...«

»Halten Sie die Luft an, Ryan«, bellte ihn Kaun schwarzgallig an. »Und kommen Sie mir erst wieder unter die Augen, wenn ich bessere Laune habe.«

»Aber Sir, das ist ...«

Kaun kreischte beinahe. »Alle, die sich von halbwüchsigen Collegejungs an der Nase herumführen lassen, haben heute Sendepause! Haben Sie mich verstanden, Ryan?«

Ryans Gesicht blieb ausdruckslos. Allenfalls hätte man ein leichtes Zusammenziehen der Augen beobachten können, wenn man ihn scharf beobachtet hätte. Er sagte nichts mehr, nickte gehorsam, machte kehrt und verschwand.

Einen Moment herrschte betretene Stille. Kaun drehte sich einmal um sich selbst. »Was ist los? Baut die Kameras und die Lampen auf!«

Yehoshuah erwachte mit einem verquollenen Gefühl im Gesicht. Außerdem war es zu hell und zu heiß im Zimmer. Und er hatte noch seine Sachen vom Tag zuvor an. Was war nur los? Er erinnerte sich dumpf, zur Tür hereingekommen und aufs Bett gefallen zu sein ... Was für ein Brummschädel! Er schleppte sich zum Waschbecken, drehte das kalte Wasser auf und hielt den Kopf darunter, bis er keine Luft mehr bekam. Und natürlich kein Handtuch am Haken. Mit klatschnassem Kopf tappte er durch die Wohnung, öffnete Schranktüren und Schubladen, bis er schließlich ein Handtuch fand, das er sich um den Kopf wickeln konnte.

Auf dem Bettrand sitzend und sich die Haare rubbelnd dämmerte ihm, welch segensreiche Einrichtung eine Entlüftungsanlage war in einem Labor, in dem man mit leicht verdunstenden Chemikalien arbeitete. Ihm war übel. Sie mussten sich gestern Abend regelrecht vergiftet haben. Sein ganzer Körper fühlte sich krank an. Frische Luft, das war es, was er jetzt brauchte. Er riss ein Fenster auf, aber herein drang nur der heiße, stickige Brodem eines Sommernachmittags in Jerusalem.

Während er hinaussah auf die Stadt, die golden im Sonnenlicht flimmerte, fiel ihm alles wieder ein, was gestern geschehen war. Was Unglaubliches geschehen war. Belastendes. Er setzte sich an seinen Schreibtisch, stapelte achtlos auf die Seite – und auf andere Stapel –, was darauf herumlag, und zog sein Tagebuch aus dem Bücherregal.

»Licht!«, rief jemand. Knackende, knisternde Geräusche waren zu hören, dann tauchten Halogenscheinwerfer auf hohen, wacklig aussehenden Gestellen den Laborraum in gleißend helles Licht. Auf den Monitoren der Videokameras verschwand die Schwärze und machte einem Schwarz-Weiß-Bild der Szenerie Platz.

Die Mikrophone fingen die Stimme von Professor Wilford-Smith auf. Der alte Archäologe klang ungeduldig, gereizt. »Kann ich jetzt anfangen?«

»Moment. Ja, alle Kameras laufen. Bitte, Professor!«

Pause. Dann begann der Professor für die Kameras zu dozieren. »Wir haben hier das Skelett des Mannes, den wir für einen Zeitreisenden halten. Zumindest gibt es im Augenblick keine andere Hypothese, die die offensichtlichen Anachronismen erklären könnte, die wir an dem Skelett entdecken. Auffallend ist zunächst, dass der Schädel drei tadellose Plomben an den hinteren Backenzähnen aufweist, während etliche weitere Zähne auffallend schadhaft sind oder völlig fehlen. Das erklären wir uns so, dass die Zahnplomben vor der Reise des Mannes in die Vergangenheit eingesetzt wurden, während Zahnerkrankungen, die später in seinem Leben auftraten – als er schon in der Vergangenheit lebte –, nicht mehr in adäquater Weise behandelt werden konnten.«

Der Professor begann, einen Arbeitsplan aufzustellen, den Shimon Bar-Lev auf einem Notizblock mitschrieb. »Zunächst muss das Material, aus dem die Plomben bestehen, genau analysiert werden. Bei der Bewertung der Ergebnisse ist zu berücksichtigen, dass dies die ersten zweitausend Jahre alten Amalgamplomben sind, die wir kennen. Wahrscheinlich verändert sich die Zusammensetzung durch Diffusion des darin enthaltenen Quecksilbers. Möglicherweise lässt sich dennoch ermitteln, ob es sich um ein bestimmtes, heutzutage von Zahnärzten verwendetes Produkt handelt.«

Rascheln. Jemand hustete und erntete einen verweisenden Blick des Aufnahmeleiters.

»Desgleichen werden wir noch einmal das gesamte Gebiß so genau wie möglich vermessen. Mit Hilfe der Zahndaten könnte es gelingen, festzustellen, wer der Tote ist.«

Kaun stand mit verschränkten Armen im Hintergrund und beobachtete, was geschah. Das Skelett da liegen zu sehen und zu verfolgen, wie die beiden Archäologen es untersuchten, beunruhigte ihn mehr, als er zugeben mochte. Sich vorzustellen, dass der Mensch, zu dessen Körper dieses Skelett gehört hatte, in diesem Augenblick irgendwo auf der Welt lebte, atmete, sich vielleicht auf seine tollkühne Reise vorbereitete!

Er sah zu Eisenhardt hinüber. Auf der Herfahrt hatte er ihn gefragt, wie ein und dasselbe Skelett sozusagen zweimal existieren könne. Der deutsche Science-Fiction-Schriftsteller hatte ihn nur verwundert angesehen und ihm dann, als sei das das Selbstverständlichste der Welt, erklärt, dass das ja gerade der Witz bei einer Zeitreise sei: dass man gewissermaßen eine Schleife auf dem Zeitstrahl drehe.

»Wir haben hier ferner einen sauber verheilten Bruch am linken Schienbein, den wir erst vorhin bei der Aushebung des Grabes bemerkt haben. Diesen Knochen werden wir röntgen; eventuell enthält er noch eine Knochenschraube oder ein anderes Implantat. Wenn wir Glück haben, wurde ein nummeriertes Implantat verwendet, sodass wir über die Seriennummer die Identität des Toten ermitteln können.«

Die Lebenslinie eines Menschen, die normalerweise mit dessen Geburt beginnt und mit seinem Tod endet, erfuhr im Fall des Zeitreisenden eine Art Schnitt. Irgendwann in naher Zukunft würde sie, im Augenblick der Zeitreise, abrupt und spurlos abbrechen, um in ferner Vergangenheit, aus dem Nichts kommend, sich in das Gewebe der Welt der Zeitenwende einzufügen. Aus historischer Sicht hatte das spätere Leben, das Alter und der Tod dieses Unbekannten bereits vor zweitausend Jahren stattgefunden, waren lediglich die paar Jahre bis zu seiner Zeitreise noch ungelebt. Aber von seiner persönlichen Warte aus würde der Zeitreisende das natürlich ganz anders erleben. Er würde die Zeitreise unternehmen und danach – was für den Rest der Welt ein Davor war, ein Zweitausend-Jahre-Davor – in eine altertümliche Welt gelangen, in der er seine Mission erfüllen und danach bis ans Ende seiner Tage leben würde.

»Kommen wir zum Beutel. Es scheint sich bei der äußeren Umhüllung um Leinen zu handeln, aber wir werden die Fasern einer exakten Analyse unterziehen. Interessant auch die Frage, welche Farbe der Stoff hatte und ob es sich um eine Farbe handelt, die um die Zeitenwende bereits zur Verfügung stand. – Könnte eine der Kameras näher herankommen? Ich werde jetzt den Plastikbeutel öffnen, der in dem Beutel steckt, und das sich darin befindliche Gebrauchsanleitungsheft herausnehmen.«

Judith erwachte, als jemand wie wild an ihrer Schulter rüttelte, und hatte das Gefühl, gleichzeitig von einem fünf Meter dicken Daunenkissen erstickt zu werden. Sie wälzte sich herum, versuchte dem Daunenkissen zu entgehen, und jemand redete auf sie ein, redete von Kaffee und sagte dauernd »Judith, hey, Judith!« Irgendwie musste sie die Augen öffnen, und als die Schleier und Sterne sich aus dem Sichtfeld verzogen, erkannte sie Stephen, und er redete immer noch von Kaffee und grinste, als lache er sie aus.

»Halt, halt. Moment. Langsam.« Sie quälte sich hoch, hielt sich den Kopf, der sich dick und dumpf anfühlte. »Wie spät ist es?«

»Kurz nach drei.«

»Was?« Die Luft im Zelt war unglaublich heiß und stickig. Ihre Haare fühlten sich grässlich verschwitzt an. Der helle Wahnsinn, so lange zu schlafen, während die Sonne auf einen herabbrannte. Wahrscheinlich hatte Stephen sie vor einem Kreislaufkollaps gerettet, indem er sie geweckt hatte.

»Kurz nach drei. Also, was ist – willst du mit?«

»Mit? Was? Wohin mit?«

Stephen seufzte. »Ins Küchenzelt, uns einen Kaffee kochen. Wenn ich nämlich nicht demnächst einen großen, starken Kaffee kriege, falle ich ins Koma.«

Sie kriegte es immer noch nicht auf die Reihe. »Muss man den jetzt selber kochen?«

»Ja.«

»Seit wann?«

»Seit heute. Seit praktisch kaum mehr jemand da ist.«

»Ach so.« Judith sah sich um. Stina war nicht mehr da, ihr Feldbett verschwunden. Schon abgereist, richtig. »Ach ja, ich glaube, ich könnte auch einen Kaffee vertragen.« Sie hatte das Bedürfnis, zu duschen und sich umzuziehen. Sie war in ihren Kleidern eingeschlafen und fühlte sich grässlich. Wahrscheinlich sah sie entsprechend aus. »Jetzt gleich?«

»Ja. Und denk nicht nach, ob du vorher duschen willst. Es ist nur noch eine Dusche da, und Wasser gibt's erst wieder heute Abend.«

»Na, die haben's ja eilig, uns loszuwerden.«

»Eine echte Herausforderung an unsere Hartnäckigkeit.«

Sie sah ihn an. Irgendwie hatte er es ziemlich gut raus, immer so auszusehen, als sei er völlig Herr der Lage. »Das war jetzt ein richtiger Stephen-Foxx-Satz«, stellte sie fest.

»Komm, lass uns gehen«, meinte er. »Das Antragsformular für meinen Fanclub kannst du nachher ausfüllen.«

Der Plastikbeutel wurde von metallenen Klammern in der geöffneten Position gehalten, während Professor Wilford-Smith und Shimon Bar-Lev behutsam das zweitausend Jahre alte papierne Heft herauszogen, um es in eine bereitgestellte Plastikschale zu legen. Der Professor kommentierte die Arbeit für die Kameras. »Das Papier ist hell, die Schrift gut lesbar, wie überhaupt das gesamte Heft erstaunlich gut erhalten ist. Das etwa fünf mal zehn Zentimeter große Eck, das hier vom Deckblatt fehlt, wurde letzte Woche noch am Ausgrabungsort entnommen, um eine Altersbestimmung durchzuführen. Natürlich ist das Papier jetzt sehr brüchig; wir werden es im Befeuchter behandeln müssen, ehe wir die Seiten trennen können. Es wird dann sicher interessant werden, die Bedienungsanleitung für ein Gerät zu lesen, das erst in einigen Jahren erhältlich sein wird und im Augenblick noch nicht einmal hergestellt wird.«

Er hielt inne. Das Anleitungsheft lag auf seiner Unterlage. Eine Kamera kam näher, um das Deckblatt im Großformat zu zeigen.

SONY MR–01
Digital Camcorder.
User's Manual – US Version.

Aber Professor Wilford-Smiths Blick war noch immer von etwas gefesselt, das er in der offen stehenden Plastikhülle entdeckt hatte. »Erlauben Sie bitte«, murmelte er, drängte die Kamera beiseite und beugte sich über das Artefakt.

Er kam wieder hoch mit einem winzigen grauen Papierschnipsel in der Pinzette. Er zog eine der Lupen heran. »Shimon, schau doch einmal her.«

Der Israeli sah ihn fragend an. Dann begutachtete er den Fund durch die Lupe. »An dem Heft fehlt nichts«, sagte er dann. »Außerdem ist das Papier heller.«

»Genau.« Der Professor legte das graue Fitzelchen in eine kleine Keramikschale. »Wir werden das genauer analysieren müssen, aber wahrscheinlich ist es eine andere Papiersorte.«

Einen Augenblick war es ganz still in dem Labor. Als hielte jeder den Atem an. Das leise Summen der Kameras war alles, was man hörte. Professor Wilford-Smith sah hoch, und sein Blick kreuzte sich mit dem von John Kaun, in dessen Augen eine unheilvolle Ahnung schimmerte.

»Es sieht aus, als wäre ursprünglich noch ein anderes Stück Papier in der Plastikumhüllung gewesen«, stellte der Archäologe tonlos fest.

Die Augen des Millionärs weiteten sich. Seine Lippen formten lautlos den Namen, an den sie beide in diesem Augenblick dachten. Stephen Foxx.

Dann war der Augenblick vorüber. John Kaun schrie los, mit einer Lautstärke, als wolle er die Objektive der Kameras zerspringen lassen.

»Ryan!«

23

Sender: Jeremy_Lloyd@waterhouse.ny.com
To: Donald_Frey@aus.new.com
Message-Id:
<77014520.ACF0.53751@mail-delivery-srv.com>
Subject: »Melbourne-Deal?? Was ist los??«
Mime-Version: 1.0
Content-Type: text/plain; charset=us-ascii

Don,
was ist da unten bei Euch los? Hier an der Wall Street kocht die Gerüchteküche, dass Kaun sich endgültig aus dem Australiendeal zurückgezogen haben soll. Kannst Du mir Hintergrundinfos geben? Wir haben massive Probleme, den NEW-Kurs zu halten. Wenn der CEO sich nicht bald wieder ins Geschehen einschaltet, bricht hier alles auseinander.

Dringend,
Jeremy

Stephen Foxx rührte unablässig seinen Kaffee um, während er sich durch seinen zerlesenen Reiseführer blätterte. Judith überlegte träge, ob es wohl möglich war, mit einem Kaffeelöffel den Boden einer Tasse durchzuwetzen, und wenn ja, wie lange es dauern würde. Nicht mehr lange, vermutlich.

»Hier«, sagte Stephen plötzlich und las vor: »Bet Shearim. Am Südhang der Berge Untergaliläas – siehe auch: Galiläa – oberhalb der westlichen Ausläufer der Jesreel-Ebene gelegen.

Es war von einer weitläufigen, als heilig betrachteten Nekropole umgeben.« Er las stumm weiter, überflog den offenbar langen Textabschnitt, um ab und zu ein paar Worte förmlich herauszusprudeln, die ohne den Zusammenhang wenig Sinn machten. »Erstmals von Josephus unter dem Namen *Besara* erwähnt … im zweiten Jahrhundert Sitz des *Sanhedrin* – in Klammern: jüdischer Gerichtshof während der römischen Besatzung … ah, hier, da ist es: Im nordöstlichen Teil können fünf Bauepochen unterschieden werden, die erste geht vom ersten Jahrhundert vor Christus bis Mitte des zweiten Jahrhunderts nach Christus. Das ist es. In dieser Zeit muss er dort angekommen sein.«

»Mmh«, machte Judith.

Stephen hörte auf zu rühren. »Vielleicht sollten wir uns dort einmal umsehen.« Er nippte an dem Kaffee, verzog das Gesicht, tat noch einen Löffel Zucker hinein und rührte weiter.

Sie saßen im hintersten Winkel des Küchenzelts, wo am meisten Schatten war. Die meisten der übermannsgroßen Kühlschränke, die hier standen, waren schon abgeschaltet, abgetaut und leer geräumt; sie hatten zwar Kaffeepulver und Zucker gefunden, aber zu Stephens Leidwesen keine einzige Packung Milch.

»Vielleicht«, brummelte Judith. Von ihrem Platz aus konnte sie die Wohnwagen sehen und einen Teil des Parkplatzes. Alles lag wie ausgestorben. Auf dem Weg hier herunter hatte sie die drei Italiener beim Packen gesehen, und die Französin, Chantal, die ihr ähnelte wie eine große Schwester, hatte hinten bei den Ausgrabungsstätten einen versonnenen Abschiedsspaziergang unternommen. Das Zelt von Areal 14 lag zusammengefaltet. Die ganze Meute, die sich ständig um diesen John Kaun scharte, war mit ihm nach Jerusalem verschwunden, abgesehen von drei Männern, die faul vor einem der Wohnwagen saßen und in der Sonne dösten.

Das hieß, sie hörten gerade auf, zu dösen. In einem der Wohnwagen klingelte ein Telefon, und einer der Männer musste wohl oder übel aufstehen, um hineinzugehen.

Judith nippte an ihrer Tasse. Für ihren Geschmack war der Kaffee genau richtig. Aber sie trank ihn ja auch schwarz. »Glaubst du, diese Kamera existiert wirklich noch? Nach zweitausend Jahren?«

»Warum nicht? Die Gebrauchsanleitung existiert schließlich auch noch, und die ist nur aus Papier.«

»Aber eine Kamera ist groß und schwer. Angenommen, er hat sie irgendwo vergraben. Jemand könnte sie ausgegraben haben, schon vor Jahrhunderten. Und dann hat er sie bestimmt zerlegt, um herauszufinden, was das sein soll.«

»Ja, aber das muss sich der Zeitreisende auch überlegt haben. Vergiss nicht, er hatte wahrscheinlich Jahrzehnte Zeit dazu. Und so wie er seinen Brief angefangen hat, muss er eine geeignete Stelle gefunden haben. Eine, von der er sich sicher war, dass niemand dort graben würde.«

Der Mann kam wieder heraus, nahm seinen Pistolengurt vom Stuhl und schnallte ihn sich wieder um. Er sprach mit den anderen.

»Und die hat er auf dem zweiten Blatt seines Briefes beschrieben.«

»Genau. Es ist zum …« Stephen unterdrückte einen Fluch und probierte erneut seinen Kaffee. Der schmeckte ihm immer noch nicht, aber er würgte ihn hinunter wie bittere Medizin. »Wenn man nur seine Gedanken nachvollziehen könnte!«

»Schau mal«, sagte Judith und nickte in Richtung der Szenerie, die sich in Stephens Rücken abspielte. »Da scheint irgendwas los zu sein.«

Stephen drehte sich herum. Die drei Männer hatten ihre Pistolengurte wieder umgeschnallt und marschierten wie drei

Revolverhelden in einem Wildwestfilm hügelan, in Richtung Zelte.

»Oh«, machte Stephen beunruhigt. »Seltsam.« Er schüttete den Rest seines Kaffees hinunter, achtlos, und stand auf. »Was hat das zu bedeuten?«

Judith musterte ihn und wünschte, sie hätte sich nicht so bematscht gefühlt. »Ich weiß nicht«, murmelte sie. »Hat es denn etwas zu bedeuten?«

»Wenn sich jemand in dieser Hitze in Bewegung setzt, dann hat das etwas zu bedeuten.« Stephen trat an eine Stelle, an der zwei benachbarte Zeltbahnen einen schmalen Spalt freiließen und spähte hinaus.

Judith sah ihm zu und fühlte sich schwer wie ein Sack Steine. Stephen wirkte unruhig. Das konnte sie spüren. Es vermochte sie nicht in Bewegung zu setzen, aber sie spürte es. »Was ist?«, fragte sie.

»Sie gehen die Zelte ab.« Er atmete mit einem scharfen Geräusch ein. »Unsere Zelte. Verdammt. Sie suchen uns!«

Judith glotzte ihre Hand an, die schwer war, wie gelähmt auf dem Tisch lag. »Das ist schlecht, oder?«

»Die müssen irgendwas entdeckt haben in Jerusalem. Wir haben doch aufgeräumt im Labor, oder? Irgendwas haben wir übersehen. Jetzt reden sie mit den Italienern. Die haben uns hierher gehen sehen, verdammt.«

Judith drehte sich schwerfällig auf ihrem Stuhl, sah sich um. Hier im dunkelsten Eck des Küchenzeltes waren sie so gut wie unsichtbar. Aber lange würde das nicht helfen. Sie betrachtete die Zeltplanen, die den Bereich überdachten, in dem bis gestern noch die Tische und Bänke gestanden hatten, die nun abholbereit am Rand lagen, zusammengeklappt und aufeinander gestapelt.

Bis zum Parkplatz war es weit.

Stephen drehte sich zu ihr um. Sie sah sein bleiches, angespanntes Gesicht und wusste, dass sie kamen. »Jetzt muss uns etwas einfallen«, sagte er.

Ryans Augen schienen bisweilen ihre Farbe unmerklich zu ändern, oder vielleicht war es auch eine andere Temperatur, die sie von Zeit zu Zeit annahmen. Kaun beobachtete den Mann, über dessen Vergangenheit es mehr Gerüchte als Tatsachen gab, beim Telefonieren. Seine Augen hatten gerade die Farbe von kaltem Polareis. Jetzt, das wusste Kaun inzwischen, war dieser Mann am gefährlichsten.

»Ich hoffe, Sie wissen, was Sie tun«, sagte er trotzdem, als Ryan auflegte.

Ryan sah ihn ausdruckslos an. »Ich soll ihn kriegen, oder?«, fragte er nur.

Kaun erwiderte den Blick, lange, aber in dem Gesicht des hageren Iren bewegte sich kein Muskel. Dieser Mann hatte für ihn Filmteams aus umkämpften Dschungelgebieten geholt, Reporter aus der Hand von Entführern befreit, brisante Filmaufnahmen über scharf bewachte Grenzen geschmuggelt und geheime Dokumente aus Aktenschränken der Mafia gestohlen. Er sollte imstande sein, einen amerikanischen Collegestudenten einzufangen.

»Ich will«, sagte Kaun schließlich, »dass Sie ihn stellen. Und ich will wissen, was er uns verheimlicht hat. Sie haben freie Hand.«

Ryan nickte, eine Andeutung von einem Lächeln um die schmalen Lippen. »Davon gehe ich aus.«

Als sie langsam auf das Küchenzelt zugingen, das sich winklig und groß auf dem Wüstenboden erhob wie eine seltsame Kathedrale aus hellgrauem Stoff, mit zahllosen Zeltstangen abgesteckt und mit noch zahlloseren Zeltleinen verzurrt, trennten sich die drei Männer. Einer blieb zurück, legte die Hand um den Griff seiner gedrungenen, kantigen Maschinenpistole und ließ den Blick weit umherschweifen. Nichts würde seinen Augen entgehen, und nichts den Kugeln seiner Uzi. Die anderen beiden holten ihre Pistolen aus den Halftern und umrundeten das Zelt, der eine links herum, der andere rechts, sorgsam über die Leinen steigend.

»Mister Foxx?«, sagte einer der beiden – nicht im lauten Kommandoton eines Polizeieinsatzes, sondern eher halblaut, fast in Gesprächslautstärke, aber sicherlich durch das Zelt hindurch gut zu vernehmen. Er sprach Englisch mit dem typisch nahöstlichen Akzent. »Mister Foxx, bitte leisten Sie keinen Widerstand. Wir müssen dringend mit Ihnen reden.«

Beinahe gleichzeitig hatten sie die Apsis des Zeltes umrundet und betraten das Innere von beiden Seiten.

Das Zelt war verlassen.

Sie sahen einander verblüfft an. Auf einem der Tische im hintersten Winkel stand noch eine halbvolle Tasse mit Kaffee, eine zweite Tasse stand leer im letzten noch nicht demontierten Spülbecken, zusammen mit einem Kaffeefilter voller aufgebrühtem Kaffee. Einer der beiden fasste den Kaffeefilter an. Er war noch warm, und natürlich feucht. Unter dem Spültisch lag auch niemand versteckt, und auch nicht unter der Ausgabetheke.

Sie schoben ihre Pistolen zurück in ihre Schulterhalfter und gingen wieder hinaus, kopfschüttelnd.

Einer von ihnen deutete auf den Parkplatz. Dort standen noch drei Fahrzeuge: ein dunkelgrüner Pick-up, ein staubgrauer Chevy und ein blauer Fiat. Der blaue Fiat, das wussten sie, gehörte dem, den sie suchten.

Sie gaben dem mit der Maschinenpistole ein Zeichen, dass

sie den Parkplatz absuchen würden. Der winkte sein Einverständnis und stieg seinerseits langsam wieder hügelaufwärts, zu den restlichen Zelten. Auch wenn die meisten inzwischen leer standen, waren es immer noch genug, um sich darin versteckt zu halten.

Dann sah er das Mädchen.

Weit draußen bei den Ausgrabungsfeldern, jenseits der Zeltstadt. Er wusste nicht, wie sie hieß, aber er hatte sie öfter mit diesem Stephen Foxx zusammen gesehen. Jetzt stieg sie gerade in eine der Ausschachtungen hinab.

Die Italiener hatten sie also in die Irre führen sollen.

Er riss die Signalpfeife aus der Hemdtasche und blies. »Hey!«, winkte er seinen Kameraden zu. »Ich hab sie! Dort!«

Chantal Guignard hatte lange für diese Reise gespart. Kurz vor ihrem achtundzwanzigsten Geburtstag in diesem Frühjahr hatte sie ihr Studium beendet, und der weitere Plan sah vor, nach diesem Sommer ihren langjährigen Freund zu heiraten, mit ihm zusammen Paris zu verlassen und in Aix-en-Provence eine Stelle als Lehrerin für Geschichte, Latein und Religion anzutreten. Den Sommer über in Israel bei einer Ausgrabung zu arbeiten, sich diesen langgehegten Traum zu erfüllen, das war auch so etwas gewesen wie ein Atemholen, bevor ihr Leben in ganz neue Bahnen gleiten würde, noch einmal ein Abstandfinden, Abstand von zu Hause, von Pierre, von allem. Eine Zäsur. Etwas, von dem sie lange zehren, von dem sie erzählen und an das sie denken konnte. Vielleicht würde sie bald Kinder haben und für lange Zeit angebunden sein. Es war ihr wichtig gewesen, vorher noch etwas ganz für sich allein zu unternehmen.

Und nun hörte es mittendrin auf.

Sie stieg die hölzerne Leiter hinab, fuhr mit den Fingern

über die uralten Steine, roch den Geruch von Staub und trockener Erde, lauschte auf die Stille der Jahrtausende, die hier begraben lagen. Hier, in diesem Schnitt, hatte sie gearbeitet. Hatte Geröll und Schutt in großen Körben hinausgetragen, hatte Münzen, Knochen, Keramikscherben geborgen. Die Geschichte anfassen können.

Und morgen um diese Zeit würde sie im Flugzeug nach Hause sitzen.

Badeurlaub in Tel Aviv? Das war es nicht, was sie gewollt hatte. Abgesehen davon, dass sie es sich nicht hätte leisten können.

Sie horchte auf, als sie über sich rasche Schritte hörte, begleitet von einem mehrstimmigen Keuchen, rasch näherkommend. Es kam ihr zu Bewusstsein, dass sie hier draußen ganz allein war, dass niemand sehen oder hören würde, was hier geschah. Nein, dachte sie. Das darf nicht geschehen. Es darf nicht so enden.

Als die drei Männer am Rand der Grube erschienen, Pistolen und Maschinengewehre in der Hand, schrie sie.

Stephen Foxx stieß die Tür des Kühlschranks, in dem er sich versteckt gehalten hatte, auf und rang nach Luft. Er hätte es keinen Augenblick länger darin ausgehalten. Mit wackligen Beinen stieg er heraus, bemüht, nicht mehr Geräusche als unbedingt nötig zu erzeugen, und öffnete die Klappe des Kühlschranks daneben, aus dem ihm Judith mit kreidebleichem Gesicht entgegensah.

»Das mach ich nie wieder!«, schwor sie ihm. »Das ist ja wie in einem Sarg!«

»Es hat funktioniert«, meinte Stephen und half ihr heraus. »Ich kann es fast nicht glauben. Die sind zwischen all diesen Kühlschränken herumgelaufen und nicht auf die Idee gekommen, hineinzuschauen.« Die Macht der Gewohnheit. Sie hatten nicht daran gedacht, dass die Kühlschränke abgeschaltet und leer geräumt waren.

»Ja«, keuchte Judith bebend. »Da gehört schon was dazu, auf eine so hirnverbrannte Idee zu kommen. Sag mal, was suchst du da eigentlich?«

Die Frage galt Stephen, der hektisch die Schubladen der Theke aufzog und wieder zuschob. In einem der Kartons wurde er schließlich fündig. »Das hier!«, verkündete er und hielt ein großes Fleischmesser in die Höhe. »Und jetzt los.«

Sie rannten zum Parkplatz. Von irgendwo kamen Schreie, aber sie drehten sich nicht um, rannten nur. Ihre Füße flogen über Steine, Geröll, vertrocknetes Gras, wirbelten eine Staubspur auf, die verriet, um was es hier ging.

Stephen war als erster bei den Autos. Judith sah die Klinge blitzen, als er damit in die Reifen des Pick-ups stieß. Er rannte zu dem Chevy hinüber, als sie den Fiat erreichte. Die Tür war verschlossen. Hatte er überhaupt die Autoschlüssel dabei? Sie rüttelte am Griff. Welcher normale Mensch steckte schon die Autoschlüssel ein, wenn er einen Kaffee kochen ging?

Auch der Chevy sackte mit einem pfeifenden Geräusch an einer Seite ab.

Und da waren die Männer. Oben am Hang, kamen zwischen den Zelten herabgestürmt. Schossen. In die Luft, aber sie schossen. Sie sah Stephen heranstürmen. Er warf das Messer weg, holte einen Schlüsselbund aus der Tasche, tatsächlich! Jetzt mussten sie es nur noch schaffen, ehe die drei Männer heran waren. Stephen kam keuchend neben sie, traf das Türschloss auf Anhieb, der Riegel sprang hoch. Sie riss die Tür auf, warf sich hinein, entriegelte die Fahrertür, bis er den Wagen umrundet hatte, öffnete sie schon und stieß sie auf. Er ließ sich auf den Fahrersitz fallen, verfehlte das Zündschloss, verlor den Schlüsselbund, und die Männer kamen immer näher.

»Stephen!«, schrie Judith auf, obwohl sie sich so fest vorgenommen hatte, genau das nicht zu tun. Aber der eine hob seine Uzi, und sie schrien alle drei.

»Ja, ja.« Stephen hatte den Schlüssel wieder gefunden, fand auch das Zündschloss, drehte. Der Motor sprang an. Er gab Gas. Der kleine Wagen schoss vorwärts, auf die staubige Piste zu, die vom Lager wegführte. Die Männer änderten die Richtung, in die sie rannten, versuchten ihnen den Weg abzuschneiden, aber sie kamen zu spät.

24

PER FAX
Susan,
*anbei das Schreiben, das Mr George Miller vom »Melbourne Chronicle« mir vor einer halben Stunde überreicht hat. In einem Satz besagt es, dass die Verhandlungen gescheitert und ein dreiviertel Jahr Arbeit für den A*** sind.*

Bitte leiten Sie es an John weiter.
Gruß, Don

»Wie konnte das passieren?«

Die wütend hinausgeschleuderten Worte schienen noch eine ganze Weile in der Luft nachzuschwingen. Kaun stand vornübergebeugt, die geballten Fäuste auf die Tischplatte gestemmt, und starrte in Ryans Augen, als wolle er ihn mit Blicken durchbohren. Ryan stand da wie immer, steinerne Ausdruckslosigkeit ins Gesicht gemeißelt. Falls ihn der Ausbruch Kauns in irgendeiner Weise gefühlsmäßig berührte, war ihm das jedenfalls nicht anzumerken.

»Stephen Foxx und Judith Menez sind durch das Dorf gefahren«, erklärte er nüchtern. »Wir haben die Leute dort befragt. Man hat um die fragliche Uhrzeit einen blauen Fiat die Hauptstraße entlangrasen sehen. Meine Leute brauchten etwa fünf Minuten, um den zerstochenen Reifen des Chevrolet zu wechseln. Das hat den beiden den Vorsprung verschafft.«

»Fünf Minuten Vorsprung? Das hat gereicht?«

»Auf der anderen Seite des Dorfes verzweigt sich die Straße in ein Labyrinth weiterer Siedlungen und Straßen. Tausend Möglichkeiten, sich zu verstecken.«

Kaun sah den Mann mit dem hell schimmernden Bürstenhaarschnitt an, ohne etwas zu sagen, aber jedermann sah, dass währenddessen sein Innendruck unaufhaltsam anstieg. Er sah sich noch einmal um, aber da war nichts, das als Ventil hätte fungieren können, und so explodierte er. »Verdammt! Ryan – wieso?! Was weiß dieser gottverdammte Collegeboy? Was hat er uns vorenthalten? Was?!«

Ryan schien aus Stahl zu sein. Eisenhardt beobachtete den Mann in der khakifarbenen Pseudouniform und fühlte sich an Mister Spock erinnert, den gefühllosen Vulkanier aus der Fernsehserie *Enterprise.*

»Das werden wir ihn schon fragen müssen«, meinte er nur.

»Okay«, keuchte Kaun schließlich. Er stemmte die Hände in die Seiten, drehte sich ziellos hin und her. Sein Gesicht hatte eine ungesund aschfahle Farbe angenommen. »Haben Sie ihre Sachen schon durchsucht?«

»Ist in Arbeit.«

»Vielleicht findet sich das Papier ja darunter. Oder sonst irgendein Hinweis ... Was ist Ihre Theorie, Ryan?«

Ryan ließ sich mit der Antwort Zeit. »Ich vermute, Foxx und das Mädchen haben zufällig mitbekommen, wie die Wachposten alarmiert wurden. Anscheinend hielten sie sich zu dem Zeitpunkt gerade im Küchenzelt auf, dessen hinterer Bereich bei hellem Sonnenschein von draußen praktisch nicht einzusehen ist. Während sie umgekehrt alles sahen, was hier draußen passierte.«

»Und sie haben geahnt, dass man sie suchte.« Kaun keuchte noch immer. Das alles schien ihm nicht gut zu bekommen. »Sie haben es geahnt. Sie hatten also Dreck am Stecken. Wenn wir uns bisher unserer Sache nicht sicher waren, jetzt sind wir es. Ja, jetzt wissen wir es.«

Ryan wartete geduldig, bis Kaun ihn wieder ansah, dann ergänzte er mit halblauter, beinahe sanfter Stimme: »Das, was passiert ist, sagt uns, dass sie sich sehr sicher gefühlt haben müssen. Andernfalls hätten sie sich ja längst mit den anderen Helfern absetzen können. Statt dessen haben sie ihr ganzes Gepäck zurückgelassen.«

»Ja.« Kaun begann, auf und ab zu gehen, ein Bild der Unrast, das in völligem Kontrast stand zu dem Image überlegener Ruhe, das er in den Tagen davor zur Schau gestellt hatte. »Ja. Sie haben recht, Ryan.«

Er beginnt, Nerven zu zeigen, überlegte Eisenhardt bei sich und fragte sich, was das zu bedeuten haben mochte. *Wir bekommen sein wahres Gesicht zu sehen.*

»Schnappen Sie sie«, fuhr der Millionär fort, aber es klang nicht mehr wie der wichtige Befehl eines wichtigen Mannes. Es klang beinahe komisch. Nicht einmal wie ein Hilferuf. Was er sagte, war im Grunde völlig überflüssig. Wovon war schließlich die ganze Zeit die Rede? »Schnappen Sie diesen Stephen Foxx. Ich muss ihm ein paar unbequeme Fragen stellen.«

Eisenhardt fühlte sich plötzlich wie ein Zuschauer in einem Theaterstück. Ein Zuschauer, den ein avantgardistischer Regisseur auf die Bühne gesetzt hatte, mitten zwischen die Schauspieler. Um ihn herum war der Konflikt in vollem Gange, aber er hatte – zumindest im Moment – aufgehört, sich als daran beteiligt zu empfinden. Es ging ihn nichts an. Statt dessen hatte eine ziemlich eigenmächtige Instanz in seinem Hinterkopf begonnen, die Ereignisse neutral, distanziert und detailversessen zu archivieren.

Es war ein Stimmungswechsel, den er gut kannte. Sein Unterbewusstsein bereitete sich darauf vor, eines Tages einen Roman über all dies zu schreiben.

Die Tische in dem Restaurant waren hoch, aber dafür zu klein, und außerdem standen sie zu eng. Wie man sich auch drehte, stets verfing man sich mit den Beinen seines orangeroten Plastikstuhls in den Beinen irgendeines anderen orangeroten Plastikstuhls. Die Preise auf der Speisekarte wiederum waren zu niedrig, als dass man sonderlich gutes Essen hätte erwarten dürfen, und in diesem Falle waren die Erwartungen nicht enttäuscht worden. Stephen und Judith waren ziemlich hungrig gewesen, aber beide ließen die Teller nur halb geleert zurückgehen.

»Ich muss heute Abend noch einen Kamm auftreiben«, grummelte Judith und fuhr sich zum wiederholten Mal mit den gespreizten Fingern in die Haare, »sonst werde ich wahnsinnig.«

»Na, ein Kamm sollte sich wohl finden«, erwiderte Stephen und zog seine Brieftasche hervor, um zum bestimmt zwanzigsten Mal ihren Inhalt durchzusehen. Sie enthielt seine zwei Kreditkarten, das Flugticket, einen American-Express-Reisescheck, seinen Führerschein und diverse Belegquittungen, von der Autovermietung etwa. Und seinen Reisepass. Und einen Notizblock mit einem dünnen Kugelschreiber. Und einen kleinen Faltkalender.

Judith beobachtete ihn dabei. »Du bist unglaublich, weißt du das?«, meinte sie nach einer Weile. »Das ist ein halbes Büro, was du da am Leib trägst, weißt du das? Ein Ganzes, wenn man das Telefon mitrechnet.«

»Nein«, sagte er ernst. »Ich habe die Visitenkarten vergessen.«

»Die – was?!« Sie riss die Augen auf, dann begriff sie, dass er sie aufziehen wollte.

Stephen grinste. »Wenn uns dieser Ryan damals, als wir von Tel Aviv zurückkamen und es so vielversprechend zwischen uns knisterte, nicht den Abend verdorben hätte, hätte ich das jetzt alles nicht dabei. Okay, bis auf den Führerschein und eine Kreditkarte. Aber seither habe ich das Lager nicht mehr ohne Brieftasche verlassen.« Er klappte sie zu und steckte sie wieder weg. »Vielen Dank, Mister Ryan.«

»Aber deinen Laptop haben sie.«

»Ja. Das tut wirklich weh.« Es gab auch noch ein paar andere Sachen in seinem Gepäck, deren Verlust schmerzlich war, aber der Computer mitsamt der zugehörigen Ausrüstung stellte natürlich den größten materiellen Wert dar. Und falls er ihn tatsächlich nicht mehr zurückerhalten sollte, waren einige wichtige Schriftstücke verloren, das Angebot an *Video World Dispatcher* etwa samt der zugehörigen Kalkulation, und eine Menge E-Mails, die er in der Zeit seines Israelaufenthalts empfangen hatte. Aber auch diese Dokumente waren im Grunde entbehrlich. Das Angebot lag vor, und die Kalkulation dahinter würde er auch noch einmal aus dem Gedächtnis zustande bekommen. Trotzdem schade darum – es war ein zuverlässiges, solides Teil gewesen, das, wie in der überaus schnelllebigen Computerindustrie üblich, in dieser Bauart längst nicht mehr hergestellt wurde.

»Wie viel kostet denn so was?«, wollte Judith wissen.

»Wenn ich mir ein vergleichbares Gerät beschaffen muss … um die achttausend Dollar, schätze ich.«

»Viel Geld. Verglichen mit meinem Kamm, meine ich.«

»Ja. Und vier Wochen Arbeit, bis alles wieder so eingerichtet ist, dass ich damit arbeiten kann.« Stephens Gedanken kreisten immer noch um den Laptop, aber aus einem anderen Grund als dem, den Verlust eines teuren Besitzes nicht verwinden zu können. Im Grunde seit sie über winzige Pfade und staubige Straßen querfeldein gerumpelt waren, bis sie durch unglaubliche Dörfer hindurch und an halsbrecherischen Stellen vorbei wieder eine größere, nach Jerusalem führende Straße erreicht hatten, versuchte er sich in allen

Einzelheiten an den Inhalt seiner Festplatte zu erinnern, beschäftigte ihn die eine Frage: Was verrieten die Dateien darauf ihren Verfolgern?

Sie würden seine komplette Adressendatei vorfinden und die gesamte Korrespondenz mit seinen wichtigsten Kunden. Schlimm genug, aber für das, worum es hier ging, ohne Belang. Sie würden sein elektronisches Tagebuch finden, das er leichtsinnigerweise unverschlüsselt gelassen hatte, geschützt nur durch ein simples Zugriffspasswort, das zu umgehen einem einigermaßen gewieften Computerspezialisten keine grundsätzlichen Probleme bereiten würde. Das war schon gravierender. Allerdings würden sie daraus vor allem entnehmen können, dass, wann und warum er scharf auf Judith Menez gewesen war. Peinlich, aber wohl kaum belastend. Was ihm nun zugute kam, war, dass seine Tagebuchaufzeichnungen sich seit jeher dadurch auszeichneten, immer dann äußerst mager auszufallen, wenn etwas wirklich Berichtenswertes in seinem Leben los war. Weil er in solchen Zeiten nicht zum Tagebuchschreiben kam, ganz einfach. Soweit er sich erinnerte, stammte sein letzter Eintrag von vergangenem Montag, und darin erwähnte er den Fund der Gebrauchsanleitung nur mit einem knappen Satz, um sich danach ganze Absätze lang in Vorfreude zu ergehen auf die erste Verabredung mit Judith, den Ausflug nach Tel Aviv gemeinsam mit ihrem Bruder.

Dabei fiel ihm ein ... Stephen holte sein Handy aus der Tasche und wählte erneut die beiden Telefonnummern, die er von Yehoshuah hatte. Mittlerweile hätte es sich längst bezahlt gemacht, zwei Einträge aus dem randvollen Kurzwahlspeicher seines Mobiltelefons durch diese zu ersetzen.

Zu Hause meldete sich niemand.

Und im Museum auch nicht.

»Du hast keine Ahnung, wo dein Bruder sich sonst um diese Zeit herumtreiben könnte?«

Judith zuckte mit den Schultern. »Keine Ahnung.«

»Ich finde das merkwürdig«, meinte Stephen nachdenklich.

»Ja. Ziemlich seltsam.«

Stephen starrte einen langen Augenblick lang vor sich hin und hatte dabei das Gefühl, von dem Stimmengewirr um sie herum durchflutet zu werden. »Wir dürfen keine Zeit mehr verlieren.«

»Ach ja?«

»Wir haben noch einen winzigen Vorsprung. Den müssen wir nutzen.«

»Klingt gut. Wenn ich nur verstehen würde, was du damit meinst.«

Es war einer dieser Momente, in denen Gedanken, die schon eine ganze Weile wie diffuser Rauch durch den Geist getrieben waren, sich zu handfesten, greifbaren Einsichten verdichteten. »Gestern Abend war ich benommen von den Lösungsmitteln, die dein Bruder so reichlich verwendet hat, vom Schlafmangel, der Hitze, den ganzen Anstrengungen«, erklärte Stephen, »und heute Morgen auch noch, fast den ganzen Tag. Darum hat es so lange gedauert, bis ich darauf gekommen bin, was hier faul ist.«

Judith riss die Augen auf. Große, dunkle Augen. Wie zwei unergründlich tiefe Brunnenschächte. »Du willst auf irgendetwas hinaus«, sagte sie.

»Yehoshuah hat uns *gesagt*, dass auf dem zweiten Blatt des Briefes nichts zu erkennen sei«, erklärte Stephen und setzte grimmig hinzu: »Aber er hat es uns nicht *gezeigt!*«

Yehoshuah erwachte und fand sich zusammengerollt auf dem kalten Steinfußboden der Toilette liegend, die Kloschüssel noch in den Armen und mit einem widerlichen Nachgeschmack im Mund. Von den gekachelten Wänden fiel bleiches Neonlicht auf ihn herab, sein Kopf schmerzte, und es war so still, dass man hätte meinen können, er sei der letzte Mensch auf Erden.

Und er fror.

Abgesehen davon fühlte er sich gut. Sein ganzer Körper klebte von getrocknetem Schweiß, hinter seiner Stirn war ein elendes trockenes Bohren und Ziehen, und ihm war zum Sterben schwach zumute, als er sich an der emaillierten Schüssel hochzog und dabei mit schwarzen Punkten vor den Augen zu kämpfen hatte, aber er fühlte sich trotz allem befreit.

Er hatte sich irgendwann am Nachmittag noch ins Museum geschleppt, hatte sein Auto stehen lassen, weil er sich zu elend gefühlt hatte, um sich damit in den Jerusalemer Verkehr zu wagen, und die ganze Fahrt in dem schwankenden Bus über hatte er sich ausgemalt, welche Vorhaltungen er sich würde anhören müssen, dass er am ersten Arbeitstag nach dem Sabbat kam, wenn alle anderen gerade gingen. Zu seiner Überraschung aber hatte Ephraim Latsky, der Chef der Restauration, ihm zur Begrüßung die Hand auf die Schulter gelegt und salbungsvoll erklärt: »Mitarbeiter wie Sie bräuchte ich mehr, Menez! Sie denken wenigstens mit. Die anderen musste ich alle heimschicken – aber Sie, Sie kommen erst abends. Großartig, Menez.«

Yehoshuah starrte den dicklichen Mann an, dann dessen fleischige Hand auf seiner Schulter, die dichten Haarbüschel auf dem Handrücken, und wusste nicht, was er sagen sollte. »Ähm ...«, machte er und dann: »Na ja, ich ... ähm ...«

»Dieser Wilford-Smith«, dröhnte Latsky weiter, »und sein amerikanischer Sponsor haben den ganzen Restaurationstrakt mit Beschlag belegt. Hätte man sich ja denken können, nicht wahr? War die Hölle los den ganzen Tag, wirklich, die Hölle.«

In dem Augenblick, als Latsky seine Hand wieder an sich genommen hatte und um die Ecke verschwunden war, die zu den Büros führte, hatte der Zusammenbruch begonnen. Von Krämpfen geschüttelt, hatte er die Toilette gerade noch rechtzeitig erreicht, und dann hatte er sich erbrochen, wieder und wieder, schier endlos war es aus ihm herausgekommen. Er erinnerte sich nur noch undeutlich daran, wie an eine halb bewusstlose Zeit, Minuten vielleicht oder Stunden in einem dunklen Tunnel. Er erinnerte sich daran, sich gefragt zu haben, wo das alles herkam, was er da hervorwürgte, und an das Gefühl, Fetzen seiner Eingeweide auszuspucken.

Doch nun war es vorbei. Er kam irgendwie auf die Beine, musste sich an der Wand festhalten, als er die Toilette verließ, und am Geländer, als er die Treppen hochwankte. Er begegnete dem Nachtwächter auf dessen erster Runde nach der Schließung, und der alte, grauhaarige Mann mit dem großen Schlüsselbund starrte ihn an wie ein Gespenst, ehe er dann doch nichts anderes zu sagen wusste als das, was er immer sagte, wenn sie sich abends begegneten: »Guten Abend, Doktor Menez.« Er nickte ihm nur zu, weil er keine Kraft hatte für ein Gespräch, erreichte endlich das Assistentenzimmer im ersten Stock, schaltete das Licht nicht ein, ließ sich nur auf die ausgeleierte Couch sinken, auf der es ringsum nach Zigarettenrauch stank und nach abgestandenem Kaffee und modernden Bananenschalen und Staub und Schimmel, glitt zur Seite und landete mit dem Kopf auf irgendetwas Weichem, einem Kissen, bekam ein anderes zu greifen und legte es sich auf den Bauch und fiel in einen tiefen, traumlosen Schlaf.

Sie parkten etwa um dieselbe Uhrzeit und an ungefähr derselben Stelle wie in den Nächten davor. Der Parkplatz lag leer und verlassen wie immer, das achteckige, turmartige Hauptgebäude des Rockefeller Museum war ein dunkler Schattenriss vor dem Nachthimmel der Heiligen Stadt.

»Vielleicht rennen wir jetzt mitten in unser Verderben«, meinte Judith, als sie ausstiegen und die Türen des Wagens so leise wie möglich schlossen.

»Vielleicht«, meinte Stephen.

Sie folgten dem Weg durch das Gebüsch, die Platten entlang bis zu der etwas tiefer liegenden Tür. Stephen holte zwei eigenartig geformte schwarze Metallhaken aus einem versteckten Fach seines Gürtels. Während er sich damit am Türschloss zu schaffen machte, leuchtete Judith ihm mit der kleinen Taschenlampe, die sie vorhin an einer Tankstelle gekauft hatten.

»Und du hast dein Geld wirklich durch ehrliche Arbeit erworben?«, fragte sie nach einer Weile.

Er nickte nur. Für ein lockeres Gespräch nebenbei musste er sich zu sehr konzentrieren.

Zum Glück hatte er kein allzu modernes Schloss vor sich, andernfalls hätten sie unverrichteter Dinge wieder abziehen müssen. Aber auch so war es schwieriger, als er es in Erinnerung hatte. Auf jeden Fall schwieriger, als es in Fernsehkrimis aussah.

Eine Zeitlang war nur das leise Kratzen von Stephens Bemühungen, die Sicherungszylinder des Schlosses nacheinander auszutricksen, zu hören. So konzentriert er bei der Arbeit war, spürte er doch, wie Judith neben ihm immer nervöser wurde. Doch schließlich gab es ein vernehmliches Knacken, und das Schloss war offen.

»Ich bin beeindruckt«, meinte Judith halblaut, als sie in dem kleinen, staubigen Lagerraum dahinter waren. »Woher kannst du so was?«

»Bei uns in den USA gibt es Bücher zu kaufen, in denen genau beschrieben steht, wie so etwas geht. Unglaublich, oder?«

Stephen sah sich suchend um, hob staubbedeckte Planen hoch und lugte unter Kisten.

»Was suchst du?«

»Das hier zum Beispiel.« Er hielt eine dicke Messingschraube hoch und steckte sie dann ein. »Ich habe es allerdings von einem Mann gelernt, der in demselben Club Mitglied ist wie ich. Der war einmal Einbrecher, lebt heute in New York, ist ein sehr gefragter Berater für Einbruchssicherungen und verdient ungefähr das Zehnfache von dem, was ihm seine Raubzüge früher eingebracht haben. Ein gutes Beispiel dafür, dass sich Verbrechen viel weniger lohnen, als man gemeinhin denkt.«

»Und der hat dir das Knacken von Schlössern beigebracht? Einfach so?«

»Natürlich nicht. Erst als ich ihm gesagt habe, aus welchem Grund ich das lernen wollte. Nämlich, um *aus*brechen zu können, falls das auf meinen diversen Reisen in die Welt mal nötig sein sollte. Wenn ich etwas hasse, dann den Gedanken, eingesperrt zu sein.« Unter einer der Kisten fand er eine armlange Metallleiste, die er ebenfalls an sich nahm. »Komm, gehen wir weiter.«

Sie ließen die Lichter aus, die sie in den Nächten zuvor unbekümmert angeknipst hatten. Da war Yehoshuah bei ihnen gewesen, der sich zumindest in diesem Gebäude aufhalten durfte. Ohne ihn waren sie eindeutig Eindringlinge, und so bemühten sie sich, auf ihrem Weg durch das Museum möglichst wenig Geräusche zu erzeugen.

Trotzdem schienen auch ihre schleichenden Schritte in der Weite des Ausstellungssaals, den sie durchqueren mussten, widerzuhallen. Und die Flügeltür in den Flur auf der anderen Seite quietschte immer noch, und wie es schien, lauter als je zuvor. Sie atmeten erleichtert auf, als sie endlich vor der Tür des Restaurationslabors angekommen waren.

Die natürlich ebenfalls abgeschlossen war. »Jetzt begehen wir eine Sachbeschädigung«, sagte Stephen.

Er setzte die Spitze der Messingschraube auf den Zylinder des Schlosses auf und drehte sie dann, indem er die mitgebrachte Metallleiste als Schraubenzieher benutzte, in den Schlitz, der eigentlich für den Schlüssel gedacht war. Als die Schraube festsaß, hakte er die Leiste unter den Schraubenkopf, stemmte das kurze Ende des metallenen Hebels gegen das Türblatt und zog einmal kurz und kräftig am langen Ende. Es gab ein leises, aber deutlich vernehmbares Geräusch, als die Halteschraube brach, die den Schließzylinder an Ort und Stelle gehalten hatte. Stephen zog den Zylinder heraus, schob den Schließriegel von Hand zurück, und die Tür war offen. Und das Ganze hatte keine Minute gedauert.

»Morgen wird jeder wissen, dass wir hier gewesen sind«, monierte Judith mit sichtlichem Unbehagen.

»Darauf kommt es jetzt auch nicht mehr an«, meinte Stephen, zog die verstümmelte Tür hinter ihnen zu und schaltete das Licht im Labor an.

Der Raum hatte sich deutlich verändert. Einer der Tische war komplett von dem Skelett des Zeitreisenden mit Beschlag belegt, auf dem anderen waren die Arbeiten, die uralte Gebrauchsanleitung in ihre einzelnen Blätter zu zerlegen, in vollem Gange. In allen Ecken standen schwarz und breitbeinig Stative, auf denen klobige Videokameras oder kleine Halogenlampen festgeschraubt waren.

»Die Suche nach einer Videokamera wird sorgfältig auf Video dokumentiert«, murmelte Stephen, während er im Raum umherging und die Fundstücke näher in Augenschein nahm. »Das ist irgendwie bizarr.«

Judith betrachtete fasziniert die Gebrauchsanleitung, von der sie bisher immer nur gehört hatte. Es gab sie also tatsächlich, wirklich und wahrhaftig. Da war das weltbekannte Firmenlogo, auf einem Papier, das fast so brüchig war wie die Schriftrollen von Qumran.

»Schau mal«, sagte sie leise, mit einer Stimme, die beinahe zitterte.

Stephen trat neben sie. In einer Plastikschale, sorgfältig mit Klarsichtfolie abgedeckt, lag eine der Seiten aus dem Anleitungsheft. Vermutlich das hintere Deckblatt, denn die Seite war leer bis auf den deutlich lesbaren Copyright-Hinweis im linken unteren Eck.

Printed in Japan stand da. Und dahinter eine Jahreszahl, die vier Jahre in der Zukunft lag.

»Unglaublich«, hauchte Judith.

Wider Willen musste Stephen sich eingestehen, dass auch ihm ein Schauer über den Rücken kroch.

Er drehte sich den Knochen auf dem Tisch in der Mitte des Raumes zu, die ungefähr in der Anordnung des Skeletts auf einer langen schwarzen Gummimatte ausgelegt waren. »Ich würde zu gern wissen, wer das ist«, sagte er.

Die leeren Augenhöhlen des Schädels schienen seinen Blick zu erwidern. Aber sie behielten ihr tiefes Geheimnis für sich.

»Er lebt jetzt irgendwo, nicht wahr?«, meinte Judith. »Und gleichzeitig liegen hier seine Knochen. Das ist bizarr.«

»Ja«, erwiderte Stephen. »Und Kaun sucht uns, weil er seinen Brief haben will. Dabei war er den ganzen Tag keine drei Meter davon entfernt. Das ist noch viel bizarrer.«

Er ging vor einem der Schubladenkästen in die Hocke, die unter jedem der Tische angebracht waren, und zog die unterste Schublade auf. Darin lagen, unter einer lausigen Zeitung verborgen, die zwei Plastikschalen, die die beiden Blätter des Briefes enthielten.

»Ganz schön leichtsinnig«, meinte Stephen, während er die flachen Schalen herauszog. »Nicht einmal abgeschlossen.

Man könnte meinen, wir wären gestern Abend betrunken gewesen.«

Er stellte die Plastiktabletts unter die UV-Lampe und zog die Folie ab, die die beiden Blätter vor Staub und Austrocknung geschützt hatte. Dann schaltete er das ultraviolette Licht ein.

»Mmh«, brummte Stephen zufrieden. »Wie ich es mir gedacht hatte.«

Yehoshuah hatte gelogen.

In der einen Schale lag das Blatt, das sie gestern bearbeitet hatten. Die uralte Handschrift glänzte in überirdischem Gold, genau so, wie Stephen sie in Erinnerung hatte.

In der anderen Schale lag das andere Blatt, von dem Yehoshuah behauptet hatte, die Schrift darauf könne er nicht lesbar machen.

Yehoshuah hatte behauptet, mit diesem Blatt experimentiert zu haben. Das stimmte. Aber dass die Schrift sein Markierungsmittel nicht annehme, wie er behauptet hatte, stimmte nicht, denn zumindest einige Wörter und Satzfragmente glommen im Licht der UV-Lampe auf.

»Woher hast du das gewusst?«

»Ich habe gespürt, dass er uns etwas verheimlichen wollte«, erklärte Stephen. »Es ist mir nur in dem Moment nicht bewusst geworden. Erst, als ich heute in Ruhe darüber nachdenken konnte.«

Er zog eine der Lupen heran und versuchte, die sichtbaren Worte zu entziffern.

meine Mutter pflegte

»Was soll das?«, murmelte er. »Was hat seine Mutter hier zu suchen?«

spürst den Atem der Geschichte nicht, wenn er dich

War das überhaupt der Brief, den er gefunden hatte? Stephen schob die Lupe weiter. Die Schrift war deutlich unleserlicher als auf dem ersten Blatt, das sie am Abend zuvor entziffert hatten. Man musste eine ganze Weile darauf starren, ehe sich die Linien der Schrift herausschälten.

aber

unrecht

Stephen spürte eine verzweifelte Unrast in sich aufsteigen. Wovon um alles in der Welt redete dieser Mensch?

»Und?«, fragte Judith gespannt. »Was steht da?«

»Er hat es mit irgendwelchen Weisheiten, die ihm seine Mutter beigebracht hat«, erklärte Stephen fassungslos. Was für ein unfähiger Kundschafter war da in die Vergangenheit verschlagen worden? Wusste er in seinem wahrscheinlich einzigen Brief an die Zukunft wirklich nichts Besseres zu erzählen?

»Seine Mutter?«

»Irgendeinen Spruch über den Atem der Geschichte, den man nicht spürt, wenn er einen ... irgendwas. Umbläst, vielleicht. Nicht zu fassen.«

Das konnte nicht wahr sein. Da fand er, Stephen C. Foxx, einen Brief des einzigen Zeitreisenden, von dem man je erfahren hatte. Eines Zeitreisenden zumal, der mit einer hochmodernen Videokamera in die Zeit Jesu gelangt war und nach eigenem Bericht drei Cassetten zu je zwölf Stunden Spieldauer aufgenommen hatte, auf denen der Begründer der größten Weltreligion zu sehen sein musste. Und dann sah es so aus, als ob dieser Brief keinen Hinweis darauf enthielte, wo diese Cassetten verborgen lagen?

Er schob die Lupe noch ein Stück nach unten. Ein paar der sanft glimmenden Fragmente gab es noch, und im unteren Drittel der Seite entzifferte er endlich etwas, das vielversprechend aussah.

hundertdreißig Yards von der südwestlichen Ecke des Tempels in nördlicher Richtung

Stephen spürte, wie sein Herz plötzlich schneller schlug. »Hier«, flüsterte er. »Er beschreibt einen Ort.«

Judith schluckte auch. »Lies vor.«

»Hundertdreißig Yards von der südwestlichen Ecke des Tempels in nördlicher Richtung ... Welchen Tempel kann er damit meinen?«

beinahe orangeroter Stein

»Na, den Tempel«, meinte Judith. »Den Tempel von Jerusalem. Hundertdreißig Yards – wie viel ist das in Metern?«

in der zweiten Mauerreihe über dem Boden

»Etwa hundertachtzehn«, meinte Stephen aufgeregt. Der Ort! Das konnte nur der Ort sein, den er da beschrieb. Er schob die Lupe umher auf der Suche nach der letzten Bestätigung.

»Oh, nein«, stöhnte Judith neben ihm.

Da war es.

Kamera verborgen

Stephen stieß einen jauchzenden Laut aus. Einen viel zu lauten Laut, wenn man bedachte, dass sie heute Abend Einbrecher waren.

»Von der südwestlichen Ecke des Tempels aus hundertdreißig Yards – oder hundertachtzehn Meter – nördlich, bis zu einem beinahe orangeroten Stein in der zweiten Mauerreihe über dem Boden. Darin hat er die Kamera versteckt«, wiederholte er triumphierend die Beschreibung, die an Schatzkarten und vergrabenes Gold denken ließ. »Hast du eine Ahnung, was das für ein Ort sein könnte?«

»Wir nennen diesen Ort *Kotel Ha-Ma'aravi*«, sagte in diesem Augenblick eine Stimme von der Tür her.

Sie fuhren erschrocken herum. Yehoshuah stand da, seltsam bleich und krank aussehend, und schien sich am Türrahmen festhalten zu müssen.

»Besser bekannt«, fügte er matt hinzu, »als Klagemauer.«

25

Das nachstehende Kapitel widmet sich ausführlich den Funden in Areal 14/F.31, nämlich dem Skelett und seinen Grabbeigaben. Vorausgeschickt werden muss, dass viele der zur Erklärung der Funde dargelegten Hypothesen die wissenschaftliche Unvoreingenommenheit des Lesers bis an ihre Grenzen strapazieren, in manchen Fällen diese sogar überschreiten werden.

Prof. Charles Wilford-Smith
Bericht über die Ausgrabungen bei Bet Hamesh

Stephen starrte Yehoshuah an, aber er sah ihn nicht. Ihm war, als habe jemand eine gewaltige Glocke über seinen Kopf gestülpt und mit dem größten Klöppel der Welt angeschlagen und als gäbe es nichts mehr als ihren dröhnenden Klang. Die Klagemauer! Wie genial. Wie unglaublich. Warum waren sie darauf nicht selber gekommen? Der Zeitreisende hatte die Videokamera im größten Heiligtum der Juden seit ihrer Vertreibung aus dem Heiligen Land versteckt, und dort hatte sie die vergangenen zweitausend Jahre überdauert. Die Klagemauer, bei der es sich um nichts anderes als ein bestimmtes Stück der westlichen Mauer des riesigen herodianischen Tempels handelte – eben jenes Tempels, von dem in der Bibel im Neuen Testament die Rede war –, hatte zwei Vorteile, die sie in diesem Fall zu einem geradezu idealen Versteck prädestinierten: Erstens, da sie freigelegt und buchstäblich Quadratzentimeter für Quadratzentimeter untersucht und dokumentiert war, konnte man genau sagen, was davon nach zweitausend

Jahren noch erhalten sein würde. Zweitens würde es niemand wagen, hier unbefugt Hand anzulegen.

Und das war geradezu fatal einleuchtend. Sie hatten es mit einem Versteck zu tun, das nicht nur absolut sicher, sondern auch absolut unzugänglich war.

Judith war unterdessen auf ihren Bruder zugetreten, legte ihm die flache Hand auf die Stirn. Er sah bleich und elend aus, beinahe krank. »Du siehst nicht gut aus«, meinte sie. »Was ist mit dir? Wir haben uns Sorgen gemacht, weil du dich nicht mehr gemeldet hast.«

Er versuchte ein schwaches Lächeln und schüttelte den Kopf. »Es geht schon. Es geht mir ... na ja, gut wäre übertrieben. Wahrscheinlich sehe ich ziemlich mitgenommen aus, was?«

»Nein«, erwiderte seine Schwester. »Absolut grauenhaft. Wo warst du die ganze Zeit?«

»Ich habe geschlafen. Oben, im Assistentenzimmer. Auf der Couch. Eigentlich wollte ich arbeiten, aber ... Ich bin vorhin von einem Quietschen aufgewacht, das ganz leise und ganz weit weg war. Das wart ihr, oder? Die große Tür zur Halle.« Er holte tief Luft, wirkte immer noch wie jemand, der mit seiner Benommenheit kämpfte. »Wie seid ihr eigentlich hereingekommen ohne Schlüssel?«

»Blöde Frage«, knurrte Stephen unwillig. Der Glockenschlag der Erkenntnis war verklungen, die Sphärenmusik nicht mehr zu hören, und dies war wieder einfach der kalte Kellerraum mit den grob gemauerten Wänden und dem nüchternen Neonlicht an der Betondecke, der er die ganze Zeit gewesen war. Und er war dem größten Geheimnis der Menschheit dichter auf den Fersen als jemals zuvor. Er wies auf das Tablett mit dem zweiten Brief. »Warum hast du uns das hier verheimlicht?«

Yehoshuah kam langsam näher. Er sah ihn an, dann das

uralte Papier und die unwirklich glimmenden Schriftfragmente darauf, dann wieder Stephen. »Verstehst du das nicht?«, fragte er leise.

»Nein.«

»Ich konnte es nicht. Als ich das gestern Nachmittag las, ging es mir durch und durch. Ich sah schon Presslufthämmer vor mir, die die Wand aufmeißeln ... die Steine, vor denen ich als Kind zu Gott gesprochen habe!« Die Tür zum Labor fiel scheppernd zurück ins Schloss. Yehoshuah hielt inne, schüttelte langsam den Kopf. Er sah wirklich beunruhigend aus, wie jemand, der mindestens zwei Wochen ins Bett gehörte. »Aber ... heute verstehe ich es auch nicht mehr. Ich fühle nicht mehr, was ich gestern gefühlt habe. Ich weiß nur noch, dass ich nicht dazu imstande war – nicht einfach so. Ich brauchte Zeit, um nachzudenken. Ich habe sogar überlegt, den Brief zu vernichten, kannst du dir das vorstellen?«

Stephen zog einen schiefen Mund. »Oh, Mann. Ich habe ja schon immer geahnt, dass in dir ein religiöser Fanatiker steckt.«

»Ja, ich schätze, das ist gar nicht so falsch«, erwiderte Yehoshuah, ohne auf den lockeren Ton einzusteigen.

Stephen betrachtete ihn beunruhigt, sagte dann aber nichts, sondern knipste die UV-Lampe über den beiden Brieffragmenten aus. So, als könne er dadurch weitere Gefahr für die Dokumente abwenden.

Drei schwere Wagen rollten mit ausgeschalteten Scheinwerfern auf den Parkplatz vor dem Rockefeller Museum. Das zähe Knistern ihrer langsam ausrollenden Reifen war lauter als das Geräusch ihrer Motoren. Zwei der Wagen kamen rechts und links des kleinen Autos zum Stehen, das bis dahin allein auf weiter Flur gestanden hatte, der dritte hielt in einigem Abstand.

Ryan gestattete sich ein dünnes, triumphierendes Lächeln, als er auf den Peilempfänger auf seinem Schoß hinabsah. Der helle Lichtzeiger zeigte unverwandt und unzweideutig auf das Auto neben ihnen.

»Es war richtig, bis jetzt zu warten«, sagte er halblaut zu seinem Fahrer. »Wenn wir sie früher geschnappt hätten, hätten wir nur erfahren, in welchem Restaurant sie gegessen haben oder durch welche Palästinenserdörfer sie gefahren sind. Aber dass sie hierher gekommen sind, ist wirklich interessant. Ich bin gespannt, was sie hier wollten.«

Das war es, was er seinen Männern im Lager gestern Nachmittag befohlen hatte: zuerst nachzusehen, ob der Peilsender noch zu empfangen war. Erst als das feststand, wies er sie an, Stephen Foxx festzunehmen.

Er schaltete den Peilempfänger ab und gab das Zeichen, auszusteigen.

»Zwei Leute bleiben am Haupteingang«, gab er mit gedämpfter Stimme seine Anweisungen, als die Männer sich um ihn versammelt hatten. »Zwei gehen zum Hintereingang – das ist der Eingang, durch den wir heute Vormittag gekommen sind. Dann gibt es noch einen Seiteneingang, dort irgendwo hinter dem Gebüsch. Den übernehmt ihr beiden. Die Übrigen kommen mit mir.«

»Das hieße doch«, meinte Judith von der Tür her, »dass es in der Mauer einen hohlen Stein oder so etwas geben müsste. Wie kann er den dort hineingebracht haben?«

Sie warfen so gleichzeitig, als hätten sie es abgesprochen, einen scheuen Blick hinüber auf das Skelett des Zeitreisenden.

»Vielleicht hat er beim Bau des Tempels mitgearbeitet?«, schlug Stephen vor.

»Das halte ich für unwahrscheinlich«, schüttelte Yehoshuah den Kopf. »Der Tempel wurde unter König Herodes gebaut und war, was das Fundament angeht, bereits im Jahr 4 der Zeitrechnung fertig.«

»Mmh. Das ist zu früh«, nickte Stephen.

»Seltsam«, fuhr Yehoshuah wie im Selbstgespräch fort, »ich versuche mich gerade zu erinnern, welcher der Steine der Klagemauer derjenige sein könnte ... ein orangeroter Stein? Die sind eigentlich alle gelb.«

Er kam nicht mehr weiter in seinen Überlegungen. Von einem Augenblick auf den anderen knallte die Tür des Labors auf, blickten sie plötzlich in Pistolenläufe, waren gewaltige, dunkel gekleidete Männer im Raum, von denen einer Judith blitzartig den Unterarm um den Hals legte.

»Okay! Hände hoch! Keine Bewegung!«

Stephen und Yehoshuah hoben reflexartig die Arme in die Höhe. Wehrlos wie hypnotisierte Kaninchen verfolgten sie, wie die Männer den Weg freigaben für ihren Kommandanten: Ryan.

Als er den hageren Mann mit den kalten grauen Augen sah, verstand Stephen, was geschehen war. Und er hätte sich selbst ohrfeigen können. Der Peilsender! Daran hatte er überhaupt nicht mehr gedacht. Nur, weil sie gestern Abend nichts von einem Verfolger bemerkt hatten, hatte er seinen Verdacht leichtfertig aufgegeben. Dabei wäre es ein Leichtes gewesen, das Mietauto gegen ein anderes, sicheres umzutauschen.

Ausgetrickst worden zu sein ärgerte ihn im ersten Moment mehr als der Überfall an sich. *Nicht gerade besonders vernünftig,* dachte er.

»Guten Abend, Mister Foxx«, höhnte Ryan kalt und ging an den Tischen entlang zu den im Hintergrund des Restaurationslabors aufgebauten Kamerastativen und Halogenscheinwerfern. »Lassen Sie mich zuerst die Videokameras einschalten, damit die zweifellos interessante Erklärung für Ihr Hiersein der Nachwelt erhalten bleibt. Eliav, mach die Lampen vorne an.«

Einer der Männer senkte die Waffe und begann, ungeschickt an den Zuleitungen der auf hohen Stativen angebrachten Leuchten zu fummeln. Als die erste der Lampen taghell aufflammte, mussten sie alle unwillkürlich die Augen schließen, die seit Stunden auf Nacht und düsteres Neonlicht adaptiert gewesen waren.

Judith hatte mit wachsendem Ingrimm verfolgt, wie die Hand des Mannes, der sie überrumpelt und in den Würgegriff genommen hatte und ihr nun seinen nach Zigaretten und schlechten Zähnen stinkenden Atem in den Nacken blies, von ihrer ursprünglichen Position über der Schulter tiefer geglitten war. Mittlerweile ruhte sie auf dem Ansatz ihrer rechten Brust, und die Finger tasteten unverkennbar nach ihrer Brustwarze.

Als er nun auch noch sein Becken gegen ihren Hintern presste und sie sein Glied hart werden spürte, sah sie rot. Ohne jeden weiteren Gedanken an seine schussbereite Waffe, an die Situation, in der sie sich befanden oder an die Gefahren, die ihr oder anderen drohen mochten, brach sich eine inbrünstige Wut ohne jede Hemmung Bahn, und die wütende Energie folgte dabei Pfaden, die während der Jiu-Jitsu-Kurse ihrer Militärzeit wieder und wieder eintrainiert und schließlich zu Reflexen geworden waren: Sie packte den Arm des Mannes und schleuderte ihn dann mit einem gellenden Kampfschrei in einer gewaltigen, schwungvollen Bewegung über ihre Schulter, als wöge er nichts.

Der völlig verdutzte Sicherheitsmann, der mit nichts weniger gerechnet hatte als damit, dass ausgerechnet diese zierliche Frau sich wehren würde, flog hilflos durch die Luft, schlug so hart auf der Seitenkante des vordersten Tisches auf, dass er sich mehrere Rippen brach, die ihn für mehrere Wochen ans Krankenbett fesseln sollten, und traf dabei seinen Kollegen, der gerade die zweite Lampe eingeschaltet hatte, mit Wucht ins Kreuz.

Der Mann, den Ryan Eliav genannt hatte, knickte sofort in den Knien zusammen, fiel nach vorn und riss dabei das Lampenstativ mit sich. Stephen und Yehoshuah sprangen reflexartig beiseite, als die sonnenhelle, heiße Lampe zwischen ihnen hindurch mitten in das Chemikalienregal donnerte und große und kleine Flaschen zerbrach oder hinabfegte. Eine der größeren Säureflaschen zerbrach im Herabfallen und ergoss ihren Inhalt in einem großen, zerstörerischen Schwall mitten in die beiden Schalen, die den Brief des Zeitreisenden enthielten, und schwemmte die beiden Bögen in Sekundenbruchteilen rettungslos zu einem formlosen grauen Brei zusammen.

Im nächsten Augenblick fing alles Feuer, entflammt von der Hitze des Halogenscheinwerfers. Schneller als das Auge ihnen folgen konnte, rasten die Flammen die Bahnen der verschütteten und verspritzten Flüssigkeiten entlang, von denen wohl die meisten leicht brennbar gewesen waren.

»Hände hoch!«, gellte Judiths Schrei durch das Inferno. Sie hielt die Pistole im Anschlag, die ihr Angreifer verloren hatte, schwenkte sie blitzschnell und beeindruckend professionell aussehend in die Runde. »Und Waffen runter!«

Der Feueralarm ging los. Das Klingeln war ohrenbetäubend, und es schien das gesamte Gebäude zu erfüllen.

Ryan drehte sich zu einem der Feuerlöscher um, die an der Wand hingen.

»Stehen bleiben!«, schrie Judith. »Keiner bewegt sich!«

»Bist du wahnsinnig?«, erwiderte Ryan und wies auf die hell auflodernden Flammen. »Es brennt!«

»Hände hoch und stehen bleiben, oder ich knall Sie ab!«, kreischte Judith wild und sah rasch zu Stephen und ihrem Bruder hinüber, die sich vor dem Feuer in Sicherheit gebracht hatten, aber immer noch nicht so recht kapierten, was hier vor sich ging. »Was ist los? Kommt schon!«, rief sie ihnen zu.

Ryan hatte inzwischen beschlossen, sich nicht mehr um Judith zu kümmern. Das verrückte Mädchen mochte auf ihn schießen, weil er nicht stillhielt, aber was John Kaun mit ihm machen würde, wenn er nur aus Angst um die eigene Unversehrtheit zuließ, dass die hier gelagerten Fundstücke Schaden nahmen, würde ungleich schlimmer sein. Ryan riss den nächsten Feuerlöscher aus der Halterung, schlug den dafür vorgesehenen Knopf tief hinein und begann, dem Feuer mit gezielten Pulverstößen zu Leibe zu rücken.

Judith, Stephen und Yehoshuah flüchteten aus dem Labor, den Gang entlang und die Treppe hinauf. Am Ende des Flurs blitzte der Widerschein von Blaulicht auf, das vom Vorplatz kommen musste. Durch das unermüdliche Klingeln des Feueralarms hindurch waren Sirenen zu hören.

»Feuerwehr!«, keuchte Stephen. »Los, zum Hauptausgang!«

»Was?«, begehrte Judith auf. »Bist du wahnsinnig?« Aber sie rannte mit, als er im Laufschritt die Führung übernahm.

Zwei Männer kamen ihnen mit gezogenen Revolvern entgegen, beide dunkel gekleidet, untersetzt der eine, hager und hochgewachsen der andere, ganz offensichtlich aus demselben Nest entstammend wie die, die sie im Keller zurückgelassen hatten.

»Na prima«, knurrte Judith und fiel zurück in langsamen Trab.

Doch Stephen rannte weiter, auf die beiden zu, und fing sogar an zu winken. »He, hierher!«, rief er ihnen zu. »Ryan braucht Sie unten! Es ist ein Feuer ausgebrochen, er ist verletzt und …«

Die beiden sahen ihn irritiert an. Überhaupt wirkten sie reichlich desorientiert. Die Dinge liefen ganz offensichtlich nicht so, wie sie es erwartet hatten.

»Ryan?«, echote der Hagere.

»Na klar, Ryan«, nickte Stephen heftig. »Unten im Labor – na los, worauf warten Sie? Er hat gesagt, sofort!«

Judith traute ihren Augen nicht, aber die beiden Männer schoben tatsächlich ihre Waffen zurück in die Schulterhalfter und fingen an zu rennen.

Stephen blieb stehen und sah ihnen kopfschüttelnd nach. »Diese Trottel«, meinte er, als Judith und Yehoshuah ihn eingeholt hatten.

Auf dem Vorplatz standen schon zwei Löschfahrzeuge, als sie hinaustraten; ein drittes kam mit Blaulicht und Sirene gerade die Straße entlang. Männer in Feuerwehruniformen lösten Halteklammern an Drehleitern, luden Schlauchhaspeln ab, hebelten Schachtdeckel von Unterflurhydranten auf. Auf der Straße blieben vorbeifahrende Autos stehen, in den umliegenden Häusern wurden Fenster hell.

Ein dicker, wichtig aussehender Feuerwehrmann trat auf sie zu. »Wo brennt es?«, fragte er auf Hebräisch.

»Im Keller«, erwiderte Judith, ohne zu zögern. »Es breitet sich schnell aus.«

»Sind Menschen verletzt?«

Judith dachte an den Mann, den sie ausgeschaltet hatte. Er hatte ziemlich ramponiert ausgesehen. »Ja. Mindestens einer.«

»Danke«, nickte der Brandmeister, drehte sich zu seinen Leuten um und fing an, Befehle zu brüllen.

Man stieß die gläsernen Portale des Haupteingangs auf. Männer rollten Schläuche in den Flur dahinter aus, andere kuppelten die Schlauchenden an Verteilungsstücke an. Zwei rannten mit einer Bahre und einem Sauerstoffgerät los. Es war wohlorganisiertes Chaos, ein durchdachtes Durcheinander, zielgerichtete Aufregung. Und niemand, am allerwenigsten die Schaulustigen, die sich in geringer Zahl – für die späte Nachtstunde waren es immer noch erstaunlich viele – am Straßenrand eingefunden hatten, achtete auf die drei jungen Leute, die sich in dem Trubel langsam nach außen drängen ließen und schließlich unauffällig davongingen.

26

Abb. XII–15 zeigt eine Seitenansicht des Schädels. Deutlich sind die beiden Amalgamplomben an den hinteren Backenzähnen zu erkennen. Die zugehörigen Zähne sind, soweit sie aufgefunden wurden, daneben angeordnet. Deutlich ist ein stark kariöser Befall des Eckzahns und des mittleren Schneidezahns zu erkennen.

Prof. Charles Wilford-Smith
Bericht über die Ausgrabungen bei Bet Hamesh

Pater Lukas schlief schlecht in dieser Nacht. Am Vorabend hatte ihn sein Bischof angerufen und hatte ihm angekündigt, dass ein mächtiger Mann aus Rom kommen würde. Er hatte sich nicht wortwörtlich so ausgedrückt, aber das war es, was er gemeint hatte. Er hatte ihm einen Namen genannt: Luigi Baptist Scarfaro.

»Behandeln Sie ihn wie einen Kardinal«, hatte der Bischof ihn mehrmals ermahnt. »Er hat keinen normalen kirchlichen Rang, aber er kann mit dem Heiligen Vater sprechen, wann immer er will. Und der Heilige Vater hört auf ihn. Geben Sie ihm jede Unterstützung, die er will – jede, Lukas. Jede.«

Lukas hatte seinen alten Bischof vor sich gesehen während des Telefonats, das runde, gutmütige Gesicht und die weiße Strähne, die ihm unweigerlich in die Stirn hing, und er hatte seine Angst gespürt. Irgendwie hatte sich diese Angst auf ihn übertragen und ihn in seine Träume verfolgt.

Er erwachte, als sich frühmorgens, im ersten Grau der Dämmerung, jemand am Hoftor zu schaffen machte und gleich darauf das Knirschen von Reifen zu hören war. Pater Lukas blieb liegen, unfähig, sich zu rühren, starrte an die Decke, auf das Spiel von Licht und Schatten, das die Scheinwerfer des Autos darauf veranstalteten, und konnte nur denken: Es ist soweit.

Dann erloschen die Scheinwerfer. Der Priester schlug hastig die Decke zurück und warf die Kutte über.

Auch im Halbdunkel des anbrechenden Tages war der Anführer der Gruppe, die ihm entgegenkam, ohne einen Zweifel zu erkennen. Scarfaro war ein hagerer Mann, dessen Gesicht raubvogelhafte Züge zeigte und einen so harten, misslaunigen Ausdruck, als leide er an Magengeschwüren. Umgeben war er von vier jungen, kräftigen Männern in Priestersoutanen, die sich auf gespenstische Weise zu ähneln schienen. Als Pater Lukas sie hereinbat, sah er in vier ausdruckslose Augenpaare in vier glatten, blassen Gesichtern. Ihn fröstelte, und diesmal war nicht die frühmorgendliche Kühle daran schuld.

»Unser Wagen«, sagte Scarfaro anstelle jeder Begrüßung, »hat die letzten Kilometer vor Jerusalem seltsame Geräusche von sich gegeben. Sie wissen sicher eine Autowerkstatt, in die Sie ihn bringen können?«

Der Priester nickte diensteifrig. »Ja, sicher. Gleich in der Nachbarschaft. Mahmed Abdullah. Er repariert auch immer unseren hochbetagten VW-Bus …«

»Ist er Katholik?«

»Wie bitte?« Pater Lukas starrte den Mann aus Rom entgeistert an.

»Mahmed Abdullah – das klingt, als sei der Mann ein Moslem.«

»Ja. Ich meine – ich weiß es nicht. Er ist Araber, ja. Ich nehme an, dass er auch Moslem ist. In diesem Viertel leben fast ausschließlich Moslems.«

»Bringen Sie den Wagen in eine Autowerkstatt, die von einem Katholiken geführt wird.«

Pater Lukas blinzelte. Träumte er noch? »Sie brauchen sich keine Sorgen zu machen. Mahmed Abdullah ist ein hervorragender Automechaniker, der sich auf alle Marken der Welt versteht...«

Scarfaro, der sich schon zum Weitergehen gewandt hatte, blieb stehen, drehte sich langsam zu ihm um und bohrte ihm seinen stahlharten Blick in die Augen. »Habe ich mich klar und unmissverständlich ausgedrückt?«

»Sicher, aber ich verstehe nicht, warum das so wichtig...«

»Habe ich mich *klar* und *unmissverständlich* ausgedrückt, Pater Lukas?«, wiederholte der Mann gnadenlos.

Lukas schluckte unbehaglich. »Ja.«

Scarfaro betrachtete ihn einen Augenblick lang ausdruckslos, ehe er schließlich nickte. »Gut.«

Das Restaurationslabor roch nach feuchtem Ruß und kaltem Rauch. Kaun und Ryan waren allein, während sie auf einem Monitor, den Ryan mitgebracht hatte, zum wiederholten Mal die Sequenz anschauten, die die Videokamera von den Ereignissen der Nacht aufgezeichnet hatte.

Es begann fast unmittelbar mit dem Aufschrei des Mädchens. Sie verfolgten in Zeitlupe, wie sie ihren Bewacher packte und über ihre Schulter warf. Die ganze Tischreihe mitsamt den Skelettknochen darauf zitterte, als der Mann auf der Kante aufprallte.

»Unglaublich«, meinte Kaun.

»Er war nicht darauf gefasst, von dem Mädchen angegriffen zu werden«, meinte Ryan. »Er sagte, es wäre nicht passiert, wenn er es mit einem Mann zu tun gehabt hätte.«

»Offensichtlich hat er die israelischen Frauen unterschätzt.

Und das, obwohl er selber Israeli ist, erstaunlich. Man sollte meinen, dass er weiß, was denen beim Militär beigebracht wird.«

»In Zukunft weiß er es«, meinte Ryan trocken.

Nun stürzte der zweite Mann, ohne Vorwarnung in den Rücken getroffen, die hoch angebrachte Halogenlampe fiel und zog dabei auf der Videoaufzeichnung einen gleißenden, kometenhaft aussehenden Streifen hinter sich her. Die Chemikalienflaschen stürzten vom Regal, zerbrachen, gingen in Flammen auf. Und dann war da wieder das Mädchen, mit einer Pistole im Anschlag, in absolut professioneller Haltung.

»Unglaublich«, wiederholte Kaun. »Ist Ihnen aufgefallen, dass sie genau im wirkungsvollsten Augenblick losgeschlagen hat? Sie muss völlig cool auf den richtigen Moment gewartet haben. Absolut kaltblütig.«

Dann der Wortwechsel. Die Flammen griffen um sich. Ryan, der schließlich die Drohung missachtete und nach dem Feuerlöscher griff. Die Flucht der drei jungen Leute. Kaun spulte ein paar Minuten vor, auf denen nur zu sehen war, wie Ryan mit gezielten Pulverstößen das Feuer zurücktrieb und eindämmte. Als die beiden Wachposten vom Haupteingang hereingestürmt kamen, hielt er das Bild an.

»Die sind entlassen«, sagte er. »Wer sich so hereinlegen lässt, ist zu dumm für diese Art Job.«

»Schon passiert«, nickte Ryan.

Kaun spulte zurück an den Anfang, hielt das Bild wieder an und betrachtete es. »Haben Sie mitbekommen, worüber gesprochen wurde, ehe Sie hereinkamen?«

»Nein. Ich habe eine Weile auf dem Gang gewartet, aber es war nichts zu verstehen.«

Kaun starrte nachdenklich auf das zitternde Standbild. »Was wollten die hier? Was hat diesen Jungen dazu gebracht, mitten in der Nacht in das Rockefeller Museum einzubrechen?«

Ryan sagte nichts. Er kannte diese Art von Selbstgesprächen Kauns. Der Industrielle wünschte nicht, dabei unterbrochen zu werden, am allerwenigsten durch gutgemeinte Vorschläge.

Kaun tippte mit dem Finger auf den Bildschirm, an der Stelle, an der Foxx und der Museumsassistent standen. »Warum standen die hier?« Er drehte sich um und ging an die entsprechende Stelle zwischen den Tischreihen. »Hier. Die beiden standen hier. Warum?«

Er sah sich um, musterte die verkohlten Überreste von zwei Plastikschalen auf der Tischplatte, die übersät waren mit Glasscherben und eingetrocknetem Löschschaum. »Was war das hier? Auf dem Video sieht man zwei Schalen, eine UV-Lampe und eine Lupe. Aber es waren keine von unseren Schalen, die stehen alle da drüben und sind unversehrt. Übrigens eine hervorragende Leistung, Ryan, wie Sie das Feuer gelöscht haben! Glückwunsch.«

»Danke, Sir.«

»Sie standen nicht beim Skelett, und sie interessierten sich nicht für die Gebrauchsanweisung. Sie standen hier, mit zwei Schalen, die nicht von uns stammten. Was war in diesen Schalen?«

»Das zweite Papier.«

»Genau. Das Papier, das bei der Gebrauchsanweisung war und das Foxx uns verschwiegen hat. Sie haben es hierher gebracht und untersucht.« Kaun fasste in die rußige Masse und zerrieb ein paar Brösel zwischen den Fingern. »Und jetzt ist es zerstört. Die Frage ist, was haben sie herausgefunden?«

»Das werden wir wissen, wenn wir sie haben.«

»Sie glauben, Sie kriegen sie?«

»Natürlich«, meinte Ryan mit leichter Verwunderung in der Stimme.

»Wir könnten die Polizei einschalten.« Es würde ohnehin eine Untersuchung des Brandes geben, und jemand musste den Einsatz der Feuerwehr bezahlen. Aber die israelischen Beamten, die heute früh da gewesen und ein Protokoll aufgenommen hatten, hatten reichlich desinteressiert gewirkt. Die Schäden, die das Feuer verursacht hatte, waren minimal. Das Museum würde heute wie gewohnt öffnen; oben in den Fluren roch man nicht einmal, dass es gebrannt hatte. »Obwohl ich es ungern täte. Wir könnten Foxx als Brandstifter suchen lassen.«

»Ich glaube nicht, dass das nötig sein wird.«

»Hoffen wir es.« Kauns Blick wanderte umher. Die Frage war jetzt, wie sie weitermachen würden. Das Labor, das noch in der Nacht ein neues Schloss erhalten hatte, würde gereinigt werden müssen, ehe die Untersuchungen fortgesetzt werden konnten. Wobei fraglich war, ob das viel bringen würde. Er wurde das Gefühl nicht los, dass das Stück Papier, das der junge Amerikaner gestohlen hatte, die entscheidenden Informationen enthalten hatte.

Flüchtig erwog er die Möglichkeit, dass dieser Vorfall ein Ablenkungsmanöver gewesen sein könnte. Um sie glauben zu machen, das Dokument sei zerstört. Aber dann verwarf er diesen Verdacht wieder. Sie hatten die Videoaufzeichnung – eine solche Kette von Ereignissen war nicht etwas, das man inszenieren konnte. Es war ein Unfall gewesen.

Kauns Blick blieb an einem pyramidenartigen Gestell aus dünnen Aluminiumstangen hängen, das auf einem Schubladenschrank an der Stirnseite des Labors stand. In der Spitze der Pyramide war eine Kamera festgeschraubt. Er trat näher und studierte das mit dünnem schwarzem Filzstift fein säuberlich ausgefüllte Filmetikett im Einschub auf der Rückwand.

Unter den Notizen in hebräischer Schrift, die er nicht entziffern konnte, stand ein Datum. Ein zwei Tage altes Datum.

»Sagen Sie, Ryan, wer außer uns hat in den letzten Tagen in diesem Labor gearbeitet?«

»Niemand.«

»Ah.« Kaun warf einen Blick auf den Bildzähler. Etwa zwanzig Aufnahmen waren belichtet. Er schraubte die Kamera aus ihrer Halterung und reichte sie Ryan. »Ich glaube, wir sollten uns den Film darin einmal ansehen.«

Das Frühstück war genauso erbärmlich wie das ganze Hotel. Sie saßen wortkarg da und sahen aus, wie man eben aussieht, wenn man eine viel zu kurze Nacht auf durchhängenden Matratzen zu schlafen versucht hat. Aber das Hotel hatte zwei entscheidende Vorteile gehabt: Es war so billig gewesen, dass Stephen die Zimmer hatte bar bezahlen können, ohne seine Kreditkarte zücken zu müssen. Und der Mann an der Rezeption hatte keine weiteren Fragen gestellt, als sie behauptet hatten, ihr Gepäck samt Ausweisen sei gestohlen worden.

»Ich weiß nicht, war das wirklich nötig?«, brummte Yehoshuah schließlich. »Wir hätten doch einfach zu mir gehen können ...«

»Und hätten beim Aufwachen in die Pistolenläufe von Ryans Gorillas geschaut«, knurrte Stephen unleidlich.

Judith schaute angewidert in ihre Kaffeetasse. »Ob das wirklich schlimmer gewesen wäre?«, murmelte sie im Selbstgespräch.

»Traust du denen nicht ein bisschen zu viel zu?«, meinte ihr Bruder zweifelnd.

Stephen musterte ihn mit einem Blick, in dem sich Ingrimm und Spott mischten. »Willkommen in der Welt der bösen Buben, Yehoshuah. Was glaubst du, wie Ryan uns gefunden hat? Mein Auto hatte eben doch einen Peilsender, auch wenn du mich ausgelacht hast, als ich diesen Verdacht hatte. Wenn ich gestern Abend genauso vorsichtig gewesen wäre, wäre alles anders gekommen. Oder sage ich irgendwas Falsches?«

Peter Eisenhardt erwachte und glaubte, Geräusche vorne im Besprechungsraum zu hören. Das konnte durchaus sein, denn dort lagen immer noch die Habseligkeiten von Stephen Foxx ausgebreitet, um ohne jede Rücksicht auf so unbedeutende Kleinigkeiten wie dessen Privatsphäre untersucht zu werden. Und er war heute Morgen spät dran, vielleicht sollte er zusehen, sich schnellstmöglich dazu zu gesellen.

Er schob die Verdunkelung beiseite und schlüpfte in seinen Morgenmantel. Die Schlappen waren verschwunden, also ging er barfuß nach vorn, überlegte noch einen Moment, sich eine Tasse Kaffee zu nehmen, entschied sich dann aber dagegen und zog die Schiebetür zum Besprechungsraum auf.

Es war Professor Wilford-Smith, der allein am Tisch saß, den Laptop des jungen Amerikaners aufgeschlagen vor sich. Als Eisenhardt hereinkam, zuckte er zusammen, als habe der Schriftsteller ihn bei etwas Verbotenem ertappt.

»Guten Morgen«, sagte Eisenhardt und trat neugierig hinter den Ausgrabungsleiter. Wilford-Smith studierte die gespeicherten Internetseiten, auf denen die Kameras MR–01 und MR–02 beschrieben wurden.

»Guten Morgen, Mister Eisenhardt«, erwiderte der Brite mit zerstreutem Lächeln, während er ein Stück Papier zusammenfaltete und in die Tasche schob, auf dem er sich gerade etwas notiert zu haben schien. »Sie sehen, das beschäftigt mich immer noch. Warum hat der Zeitreisende nicht die MR–02 mit in die Vergangenheit genommen? Nach allem, was hier steht, muss das die bessere Kamera sein.«

»Eine gute Frage«, nickte Eisenhardt. Eine noch viel bessere Frage war, warum der Professor sich so eigenartig benahm.

»Sie hat ein stabileres Gehäuse. Das lichtstärkere Objektiv. Den größeren Zoombereich. Und ist trotzdem nicht wesentlich schwerer oder größer.«

»Aber sie kostet tausend Dollar mehr.«

Der Professor sah ihn entgeistert an. »Na, das kann wohl kaum das ausschlaggebende Argument gewesen sein.«

Eisenhardt betrachtete die Abbildung auf dem Bildschirm des kleinen Computers. Ja, man hätte meinen sollen, dass das wirklich kein ausschlaggebendes Argument sein konnte. Aber seit er die Kamera gesehen hatte, die sie suchten, verdichtete sich in ihm das Gefühl, dass dieses Detail ein Hinweis darauf war, dass sie mit ihren bisherigen Überlegungen völlig falsch gelegen hatten.

Die Frau hinter dem Schalter der Autovermietung hatte üppiges rotbraunes Haar und ebenso üppige Formen, sprach gut Englisch und bemühte sich, zuvorkommend zu wirken, ohne ihrem Arbeitgeber vermeidbaren Schaden zufügen zu lassen. Sie studierte die Kopie des Mietvertrages, den Stephen ihr vorgelegt hatte, und versuchte, sich aus dem, was er ihr dazu erzählt hatte, einen Reim zu machen.

»Eigentlich sind Sie verpflichtet, das Fahrzeug in Tel Aviv auch wieder zurückzugeben«, erklärte sie.

»Das kann ich ja wohl schlecht, wenn es nicht mehr anspringt«, erwiderte Stephen.

»Wir könnten es von der Werkstatt abholen und reparieren lassen und Sie informieren, wenn es wieder zur Verfügung steht«, bot sie ihm an. »Natürlich müssten Sie für diese Zeit keine Miete bezahlen.«

In diesem Augenblick entdeckte Stephen unter den Plakaten, die sauber gerahmt in den Fensterscheiben hingen, eines von Bet Shearim. Die Geschichte des Zeitreisenden fiel ihm wieder ein und dass sie vorgehabt hatten, die Nekropole zu besichtigen. Aber das war ja jetzt wohl überflüssig, da sie wussten, wo die Kamera lag.

Was für ein verrücktes Abenteuer!

»Hören Sie«, versuchte Stephen seine Aufmerksamkeit wieder auf die Gegenwart zu lenken, »dass der Wagen nicht anspringt, ist nur eine zusätzliche Komplikation. Was ich eigentlich will, ist, ihn gegen ein anderes Fahrzeug auszutauschen. Und das gebe ich dann in Tel Aviv zurück, wenn es sein muss.«

»Aus welchem Grund möchten Sie ein anderes Fahrzeug?«

Weil dieses irgendwo einen winzigen Peilsender trägt, dachte Stephen und sagte: »Ich bin damit nicht so gut zurechtgekommen, wie ich dachte. Ich würde einfach gern ein anderes Modell probieren.«

Sie seufzte, zögerte einen Moment und gestand dann: »Ich fürchte nur, das einzige Fahrzeug, das ich Ihnen im Augenblick anbieten kann, ist das da.« Sie deutete mit dem Kugelschreiber durch die Fensterfront auf einen gewaltigen Jeep Cherokee mit getönten Scheiben. »Der ist allerdings in einer höheren Mietstufe.«

Stephen ließ den imposanten Anblick auf sich wirken. Das war natürlich ein Monster von einem Auto. Allenfalls mit einem Ferrari wäre er noch mehr aufgefallen. Andererseits war das vielleicht gar nicht so dumm. Ihre Verfolger würden sie nicht in einem derartigen Fahrzeug vermuten.

»Was heißt das in Zahlen?«, fragte er. Sie sagte es ihm, und er überschlug, was das in Dollar bedeutete. Allmählich begann die ganze Sache ziemlich ins Geld zu gehen. Wenn er am Schluss keinen Gewinn machte, würde er den Auftrag von

Video World brauchen. Was immer eine schlechte Verhandlungsposition war.

»In Ordnung«, nickte er trotzdem und legte seine Kreditkarte auf die Theke.

Sie wandte sich ihrem Buchungscomputer zu, drückte ein paar Tasten und fragte dann: »Wo, sagten Sie, steht Ihr altes Fahrzeug? Am Rockefeller Museum?«

»Ja. Auf dem Parkplatz beim Haupteingang.« Der Mechaniker, der das Auto abholte, würde sich ziemlich wundern, dass es tadellos ansprang. Aber so etwas kam eben vor bei diesen neumodischen Wagen mit elektronischer Einspritzung.

Die Angestellte mit den üppigen Formen spähte auf den Durchschlag des bisherigen Mietvertrags und begann zu schreiben.

Stephen war noch nie an der Klagemauer gewesen. Sie kauften unterwegs in einem Elektronik-Supermarkt ein neues Ladegerät für Stephens Mobiltelefon, das sich in den Zigarettenanzünder des Autos einstecken ließ, umrundeten dann die Altstadt, stellten den Wagen auf einem der dafür vorgesehenen Parkplätze ab und gingen den restlichen Weg zu Fuß. Als sie durch das sogenannte *Misttor* in der Altstadtmauer traten, ragte die südwestliche Ecke des Tempelbergs vor ihnen auf wie ein Gebirge aus Steinen. Das weitläufige Areal am Südende des Tempelbergs war für ständige archäologische Ausgrabungen abgesperrt, ein schmaler Weg zweigte ab und ging in einem Bogen hinauf zum Tempelberg – für Besucher des Felsendoms –, während der breite Hauptweg leicht abschüssig zum Platz vor der Westmauer führte, wie die Klagemauer offiziell genannt wurde.

Auf den ersten Blick schien es Stephen schwer verständlich, dass dies ein Heiligtum sein sollte: Die Klagemauer war einfach eine hohe Wand aus monumentalen verwitterten Sandsteinquadern. Auf dem terrassenartigen Platz davor hielt eine quer verlaufende Absperrung zunächst die Nichtjuden zurück, während eine längs verlaufende dahinter einen kleinen Bereich für die Frauen und einen großen für die Männer abtrennte. Ohne Publikum hätte das Areal wie eine Baugrube gewirkt, ausgehoben und zementiert, um demnächst eine Tiefgarage zu errichten.

Sie blieben in einiger Entfernung stehen, und Stephen konnte die Anspannung spüren, die Yehoshuah und Judith beim Anblick der Mauer befallen hatte. Er fand es erstaunlich, wie viel Betrieb an einem normalen Montagvormittag herrschte. Soldaten standen im Gebet versunken an der Mauer, ihre Gewehre griffbereit umgehängt. Orthodoxe Juden, schwarz gekleidet, mit breitkrempigen Hüten und Schläfenlocken, pressten die Stirn gegen die Steine, streichelten und küssten sie. Daneben waren ein paar Stühle vor der Mauer aufgereiht, auf denen Kinder herumhampelten, von denen keines älter war als zwölf, mit grauen, karierten Hemden, kurzen Hosen und Käppchen und seltsam langen Haaren. Nur eines der Kinder las mit dem Gesicht zur Wand aus einem Buch, die anderen sahen hierhin und dorthin, rutschten unlustig umher oder kletterten auf die Sitzflächen ihrer Stühle. Doch niemand nahm Notiz von ihnen.

Je länger Stephen die Szenerie auf sich wirken ließ, desto weniger bizarr kam sie ihm vor. Die Beschreibungen, die er gehört oder gelesen hatte, stimmten alle – und verfehlten die Wahrheit doch. Ja, er sah Menschen, die an die Mauer herantraten und kleine, zusammengefaltete Papierstückchen in die Ritzen stopften, die Wünsche oder Gebete enthielten. Als er von diesem Brauch erfahren hatte, war er ihm absurd vorgekommen. Aber wenn man dabeistand, war es alles andere als absurd. Es war beinahe anrührend. Ja, es stimmte, dass beim jüdischen Gebet alle laut durcheinander redeten – was um so kakofonischer klang, wenn man kein Wort Hebräisch verstand –, aber es so zu schildern, erkannte er, entsprang einer distanzierten, herablassenden Haltung, die das Andersartige nicht verstehen, sondern verächtlich machen wollte. Jetzt und hier, mit seinen eigenen Augen, sah er in der Lautstärke die Inbrunst des Gebetes, und was wie Durcheinander wirkte, hieß nur, dass jeder alleine mit seinem Gott sprach.

Wie mochte es sein, sich in eine Tradition eingebettet zu fühlen, die mühelos fünftausend Jahre und mehr zurückverfolgt werden konnte? Ob einem das Ruhe gab? Wenn man sich als Teil eines großen, ewigen Lebensstroms verstand, dann konnte man nicht gleichzeitig unter dem Druck stehen, aus diesem einen Leben etwas Bedeutsames, Großartiges machen zu müssen.

Bin ich neidisch?, fragte sich Stephen.

Ausgelassenes Gelächter lenkte ihn ab. Er drehte sich herum und beobachtete eine große Familie, die einen dreizehnjährigen, übers ganze vollmondartige Gesicht strahlenden Jungen eskortierte, die Frauen farbenprächtig gekleidet und ausgelassen, die Männer betont gelassen, aber doch sichtlich von Stolz erfüllt.

»Eine Bar-Mizwa-Feier«, erklärte Yehoshuah ihm ungefragt. »Das heißt, der Junge durfte heute in der Synagoge zum ersten Mal aus der Thora vorlesen.«

Stephen sah der Familie nach. War das der Preis für die Geborgenheit in der Tradition? Dass man sich so früh wie möglich von ihr vereinnahmen lassen musste?

Ihm fiel wieder ein, weswegen sie hierher gekommen waren. Und als hätte sie seine Gedanken gelesen, sagte Judith in genau diesem Moment: »Ich sehe keinen annähernd roten Stein.«

Das stimmte. Die Felsquader, aus denen man die Westmauer des Tempels einst aufgetürmt hatte, bestanden aus dem hellgrauen, von fern gelb wirkenden Sandstein, aus dem mehr oder weniger ganz Jerusalem gebaut war. Die einzelnen Blöcke zeichneten sich deutlich ab, zwischen einigen von ihnen wucherte Unkraut hervor, und etliche, vor allem in den oberen Reihen, schimmerten grünlich bis dunkelgrau.

Aber keiner der Blöcke schimmerte rot. Nicht einmal rötlich. Nicht einmal mit viel Fantasie.

»Hat er uns angelogen?«, fragte Stephen halblaut. »Oder haben wir etwas Falsches gelesen?«

Yehoshuah schüttelte den Kopf. »Nein. Ich glaube nicht. Ich hab mir das fast gedacht.«

»Was gedacht?«

»Dass der Stein nicht zu sehen sein wird.«

»Wieso?« Stephen taxierte die Entfernung von der Südwestecke des Tempelbergs. Das Versteck der Kamera musste ziemlich in der Mitte der Klagemauer liegen.

»Er hat geschrieben, die Kamera sei in einem Stein der zweiten Lage verborgen«, sagte Yehoshuah. »Nicht wahr, das hat er geschrieben?«

»Ja.« Stephen deutete auf die Menschen vor der Mauer. Die erste Lage reichte den meisten bis zur Brust. »Irgendjemand küsst ihn gerade.«

»Nein. Das ist nicht die zweite Lage.« Der Tonfall, in dem er das sagte, ließ nichts Gutes erwarten. »Die ursprüngliche Tempelmauer war viel höher. Was wir hier sehen, ist nur der obere Teil. Elf Quaderlagen sind sichtbar, die übrigen neunzehn Lagen befinden sich unter dem Boden.«

Daniel Perlmann betrachtete den Mann, der auf einem seiner ledernen Besucherstühle saß, betrachtete dann durch die großen Fenster seines Büros die eindrucksvolle schwarze

Limousine, in der dieser Mann gekommen war und neben der ein nicht minder eindrucksvoller Leibwächter auf dessen Rückkehr wartete, und sah dann wieder seinen eindrucksvoll gekleideten Besucher an. »Sie wissen sicher, dass ich derartige Informationen nicht weitergeben darf«, sagte er dann, so fest er konnte. »Es tut mir leid.«

Der Mann lächelte gelassen. »Es ist ein blauer Fiat.«

»Ich bedaure.«

»Mister Perlmann«, sagte der Besucher mit unverändert verbindlichem Lächeln, »ich könnte jetzt ohne Probleme zur Tür hinausgehen und in einer halben Stunde mit einem Polizeibeamten zurückkommen, der dasselbe von Ihnen wissen will wie ich. Aber damit würden wir das Leben des jungen Mannes, von dem ich Ihnen eben erzählt habe, in eine Richtung lenken, die sich keiner von uns beiden wünschen kann. Ich bitte Sie – Verhaftung, Gefängnis, polizeiliche Untersuchungen, alles wegen eines Missverständnisses im Grunde?«

»Das mag alles sein«, beharrte Daniel Perlmann. »Aber es verstieße gegen unsere Unternehmensrichtlinien. Und außerdem wäre es ungesetzlich.«

Eine Pause trat ein. Die Luft in Daniel Perlmanns Büro schien zu Eis zu gefrieren, ohne dass er hätte sagen können, warum.

»Mister Perlmann«, sagte der Besucher, und diesmal schwand alle Gelassenheit aus seinen Gesten, verschwand das Lächeln aus seinem Gesicht und alle Freundlichkeit aus seiner Stimme, »ich bin der größte Kunde Ihrer Autovermietung, sowohl weltweit als auch hier in Israel. Ich zahle jeden Tag mehr Geld für Autos, Lastwagen und sonstige Fahrzeuge, die meine Mitarbeiter irgendwo auf der Welt von Ihrem Unternehmen gemietet haben, als Sie im Monat verdienen. Alles, worum ich Sie bitte, ist ein kleiner Gefallen. Und ich bitte Sie darum, meine Zeit nicht mit albernem Geziere zu

verplempern. Muss ich erst Ihren Vorstandsvorsitzenden anrufen? Ich kenne ihn gut; ich wohne nicht weit von Park Ridge entfernt, wo sich, wie Sie sich vielleicht erinnern, die Zentrale
Ihres Unternehmens befindet, und wir spielen alle Paar Wochen Golf. Wollen Sie wirklich einen Anruf von Mister Olson erhalten?«

Daniel Perlmann wurde sich bewusst, dass seine Hände die Tischkante umkrampft hatten und dass ein feiner Schweißfilm auf ihnen glänzte. Er sah den Mann an, die Limousine, den Leibwächter daneben, wieder den Mann. Dann atmete er endlich aus.

»Na ja«, meinte er schließlich. »Das sollte vielleicht nicht nötig sein.« Er ließ die Tischkante los, versuchte ein Lächeln, aber es gelang ihm nicht. Der Mann, der sich ihm als John Kaun vorgestellt hatte, betrachtete ihn immer noch abwartend aus glaskalten Tigeraugen. »Wer will schon einen jungen Mann ins Verderben stürzen ...?«

Er dachte dabei eher an sich selbst. Er wandte sich dem Computerterminal auf seinem Beistelltisch zu, und wenige Tastendrücke später hatte er alles auf dem Schirm, was er wissen musste.

»Mister Foxx fährt jetzt einen metallic schwarzen Jeep Cherokee«, erklärte er dann und nahm einen Zettel zur Hand. »Ich schreibe Ihnen die Autonummer auf.«

27

Abb. XII–16 zeigt den linken Schienbeinknochen. Deutlich ist im unteren Drittel (Pfeil) ein sauber verheilter Bruch zu erkennen. Solche Bruchheilungen sind in diesem Bereich ohne medizinische Maßnahmen (Schienung, Nagelung, Implantate) nicht zu erzielen.

Prof. Charles Wilford-Smith
Bericht über die Ausgrabungen bei Bet Hamesh

Einen Moment lang hatte er das Gefühl, Klappen in den Gehörgängen zu besitzen, von denen die medizinische Wissenschaft bisher nichts geahnt hatte. Und diese Klappen schienen sich hastig schließen zu wollen, damit er nichts weiter hören konnte.

Dann war das Gefühl wieder verschwunden, und er stand einfach nur da. Seine Gedanken rasten. »Du meinst, der Zeitreisende hat die Kamera in einem Stein versteckt, der jetzt tief im Boden vergraben ist?«

»Ja.«

»Aber was soll das für einen Sinn machen?«

»Keine Ahnung.«

Stephen starrte wieder die Klagemauer an, als wolle er sie durch konzentrierte Gedankenkraft in Brand setzen, studierte das Mauerwerk aus kleinformatigeren Ziegeln, das über den obersten Quadern errichtet worden war, musterte die halbvertrockneten Grasbüschel auf dem Grat. »Doch«, sagte er dann. »Es macht Sinn.«

Judith sah ihn mit gerunzelter Stirn an.

»Der Zeitreisende ist Amerikaner«, erklärte Stephen seinen Gedankengang. »Amerikaner haben nicht viel Erfahrung mit alten Gebäuden und Ruinen, weil es so etwas in Amerika praktisch nicht gibt. Wahrscheinlich hat er die Klagemauer auf seiner Israelrundreise gesehen, aber gedacht, dass sie das Überbleibsel der Tempelmauer ist. Versteht ihr? Er hielt sie für eine Ruine. Er dachte, was wir sehen, sind die unteren Teile der Mauer. Als er in der Vergangenheit war, wusste er, dass der Tempel von den Römern zerstört werden würde – aber er wusste nicht, was zerstört werden würde. Bestimmt ist er nicht auf die Idee gekommen, dass die untere Hälfte der Mauer im Erdreich vergraben würde. Es fällt ja sogar mir schwer, mir das vorzustellen.«

»Er dachte, die zweite Lage der Tempelmauer ist auch die zweite Lage der Klagemauer«, nickte Yehoshuah.

»Genau. Denn so, wie er die Entfernung von der Südwestecke des Tempels gewählt hat, hat er eindeutig auf die Klagemauer gezielt. Er wollte die Kamera in der Klagemauer verstecken.«

Judith schüttelte den Kopf. »Verrückt. Aber wahrscheinlich hast du recht. Er hat daneben getroffen.«

»Zwanzig Meter zu tief«, ergänzte Yehoshuah.

»Frage ist«, fuhr Stephen nachdenklich fort, »was wir jetzt machen.«

»Was willst du denn da noch machen?«

»Zwanzig Meter Erdreich sind heutzutage doch kein Problem. Ein, zwei Tage mit dem Bagger, und das Ding ist ausgegraben.«

Yehoshuah schnappte hörbar nach Luft. »Mann«, stieß er dann fassungslos hervor. »Mann! Du hast wirklich Fantasie. Wie stellst du dir das denn vor?«

»Wieso? Man entfernt die Platten, mit denen der Platz ausgelegt ist, baggert ein Loch an der Mauer abwärts, tastet die in

Frage kommenden Mauersteine mit einem guten Metallsuchgerät ab ...«

»Erstens ist unter dem Platz nicht einfach simples Erdreich, sondern zweitausend Jahre Stadtgeschichte«, korrigierte Yehoshuah ihn. »Und zweitens ist alles heilig, heilig, heilig. Vergiss es. Vergiss die Idee, dass hier jemals ein Bagger stehen wird.«

Na ja. Das wäre ja auch zu einfach gewesen. Stephen sah sich missmutig um. Er weigerte sich, zu kapitulieren. Wenn sie wenigstens noch die Briefe gehabt hätten, als Beweisstücke.

Er schüttelte den Kopf. »Ich werde diese Kamera bergen«, erklärte er und kam sich leicht irre vor dabei. »Ich weiß es. Ich weiß nur noch nicht, wie.«

Judith legte den Arm um ihn, ohne etwas zu sagen. So standen sie eine Weile, und die Unrast seiner Gedanken legte sich.

Aber die Gewissheit wich trotzdem nicht. Er würde diese Kamera bergen. Er redete sich nicht nur Mut zu, wenn er das sagte. Seit er wusste, wie sie aussah, hatte er immer öfter das eigenartige Gefühl in den Fingern, als hielte er sie schon in Händen. Als würde die Zeit allmählich durchlässig. Als erlaube sie ihm ab und zu den Vorgriff auf eine Zukunft, auf Ereignisse, die unausweichlich geschehen würden.

Die Zeit ...

Ein seltsames Geräusch erregte seine Aufmerksamkeit, eine Art mächtiges Summen. Er wandte den Kopf. Es drang aus den Fenstern eines benachbarten Gebäudes und war bei genauem Hinhören ein vielstimmiges, lautstarkes Rezitieren.

»Eine Talmudschule«, meinte Judith.

Sein Blick wanderte ziellos weiter, über die Leute, die kamen und gingen, über das Ausgrabungsgebiet, auf dem ebenfalls Besucher zu sehen waren. Man konnte es wohl besichtigen. Dicht an der kolossalen Mauer stand ein kleines graues Zelt, das aussah wie die Art Zelte, die zu Hause von Kanalarbeitern benutzt wurden. Ein Mann kam heraus, der ein Kabel hinter sich herzog.

»Sag mal«, stutzte Stephen. »Den kennen wir doch.«

»Was?«, fragte Judith. »Wen?«

»Na, den.« Er deutete auf den Mann mit dem Kabel. Die dürre, fragezeichenartige Gestalt war unverkennbar.

Es war George Martinez.

Scarfaro hatte die Führung an sich gerissen, und er führte ein hartes Regiment.

»Alles klargegangen?«, fragte er, als Pater Lukas wieder zurück war.

Lukas nickte nur, bemüht, sich seinen wachsenden inneren Widerstand gegen die herrische Art des Mannes aus Rom nicht anmerken zu lassen. Es war Arbeit gewesen, den wahrscheinlich einzigen Automechaniker katholischen Glaubens in Jerusalem ausfindig zu machen. Als er den Wagen abgegeben hatte, hatte sich seine Überzeugung verfestigt, dass die Religionszugehörigkeit kein sinnvolles Auswahlkriterium für die Qualität einer Werkstatt war: Er persönlich hätte in der schmierigen Kaschemme, die er vorgefunden hatte, nicht einmal eine Delle im Blech ausbeulen lassen, oder wenn, dann hätte er das Fahrzeug keinen Augenblick aus den Augen gelassen.

»Wir werden solange Ihren VW-Bus benutzen«, fuhr Scarfaro fort.

»Ich fürchte, das geht nicht«, begehrte Lukas mit mühsam gebändigter Entschiedenheit auf.

Der andere musterte ihn aus starren, kalten Augen. »Ach ja? Wieso nicht?«

»Wir, ähm, benötigen ihn zum Abholen der Lebensmittel.«

Warum wurde er nervös? Das klang ja so, als denke er sich gerade irgendeine Lüge aus.

»Welcher Lebensmittel?«

»Für die Armenspeisung.«

»Armenspeisung?«

»Ja. Wir haben jeden Abend einen offenen Tisch für Arme und Bedürftige. Die Lebensmittel dazu bekommen wir von verschiedenen Supermärkten und Hotels gespendet. Aber wir müssen sie abholen. Dazu brauchen wir den Bus.«

Scarfaro betrachtete ihn, als wäre er ein widerliches Insekt. »Dieser ganze Zirkus fällt bis auf Weiteres aus«, verfügte er dann. »Ich brauche Ihre Energien für andere Aufgaben.«

»Wie? Aber wir können doch nicht …«

»Pater Lukas!«, zischte der Hagere. »Ihr Bischof hat mir Ihre vollste Unterstützung zugesagt, und Sie widersprechen mir nun schon zum zweiten Mal.«

»Die Armen sind auf uns …«

»Ihre Armen sind mir scheißegal, Pater. Es wird Zeit, dass Sie über Ihren höchst beschränkten Suppentellerhorizont hinaussehen. Hier stehen die Interessen Roms auf dem Spiel. Die Interessen der Heiligen Christlichen Kirche. Und dabei geht es um mehr als ein paar gefüllte Bäuche. Um unglaublich viel mehr.«

Lukas hielt mit Mühe dem Blick des Kirchenmannes stand. *»Jesus sprach: Es jammert mich des Volkes, denn sie sind nun schon drei Tage lang bei mir und haben nichts zu essen; und ich will sie nicht ohne Speise von mir lassen, auf dass sie nicht verschmachten auf dem Wege«*, zitierte er die nächstbeste Bibelstelle, die ihm zu diesem Thema einfiel. »Matthäus 15, Vers 32.«

Ein dünnes, abfälliges Lächeln umkräuselte Scarfaros Lippen. *»Ihr Kleingläubigen, was bekümmert ihr euch doch, dass ihr nicht Brot habt? Versteht ihr denn nicht?«*, versetzte er, ohne zu zögern. »Matthäus 16, Vers 8. Sehen Sie? Selbst Jesus setzte Prioritäten.«

Idiot, dachte Pater Lukas. Was wäre schon dabei gewesen, wenn er sich einfach einen Mietwagen genommen hätte? Geld konnte für einen wie ihn doch bestimmt kein Problem sein.

Er musste mit Bruder Geoffrey sprechen. Sie mussten irgendetwas organisieren. Den offenen Tisch irgendwo anders abhalten, ohne dass Scarfaro etwas davon mitbekam. Ein anderes Fahrzeug finden, ein paar Helfer aus der Nachbarschaft engagieren …

Scarfaro war die Diskussion leid. Mit einer wegwerfenden Handbewegung meinte er: »Wie auch immer. Wir nehmen Ihren Bus. Wenn unsere Mission beendet ist, können Sie Ihre … Armenspeisung von mir aus wieder einführen.«

Pater Lukas sah ihm mit hilfloser Wut im Bauch nach, wie er davonging. Die Tür zum Büro stand halb offen, das hatten sie auch schon besetzt.

Er war sich zu gut gewesen, nichts weiter zu vollbringen im Leben, als unbedeutenden, ungebildeten armen Leuten jeden Abend eine warme Mahlzeit zu organisieren. Nun hatte er die Quittung. Für den hellsten Moment seines Lebens hatte er es gehalten, als er in Rom angerufen und Bericht erstattet hatte – dabei war es Hochmut gewesen, der jetzt vor dem Fall kam.

Recht geschieht mir, dachte er und machte sich auf die Suche nach Bruder Geoffrey.

Der Polizeipräsident und sein Besucher spazierten langsam über den Rasen. Sie sprachen miteinander – weit und breit war niemand nahe genug, um hören zu können, worüber –, aber immer wieder gab es lange Perioden, in denen sie nachdenklich schwiegen.

Meistens war es der Besucher, ein teuer gekleideter Mann Mitte vierzig, der das Schweigen brach.

»Der Skandal mit dem toten Barmädchen letztes Jahr … Wir haben Sie herausgehalten. Meine Leute hatten wirklich gute Bilder – aber ich sagte mir, wem ist damit gedient, wenn wir sie veröffentlichen? Sie sind ein guter Mann, ohne Zweifel. Aber bedauerlicherweise neigt die Öffentlichkeit dazu, Menschen nach ihren Schwächen zu beurteilen anstatt nach ihren Stärken.« Er schüttelte bekümmert den Kopf. »Als ob wir alle Führungspositionen mit Heiligen besetzen könnten!«

Der Polizeipräsident sah ihn unter buschigen Augenbrauen hervor düster an. »Sie versuchen nicht zufällig, mich zu erpressen?«

Er sah in eine Miene, die ein Bild der Unschuld bot. »Sie erpressen? Um Gottes willen! Nein – alles, was ich versuche, ist, die Zukunft dieses jungen Mannes zu retten. Ich kenne diesen Jungen. Ich weiß, dass es ein einmaliger Fehltritt war. Alles, was ich will, ist, mit ihm reden. Wenn er zurückgibt, was er mir gestohlen hat, soll die Sache vergessen sein. Wozu ein junges Leben mit einer Vorstrafe belasten? Ich stelle im Prinzip genau die gleiche Frage: Wem ist damit gedient, wenn ich offiziell Anzeige erstatte? Sagen Sie es mir.«

Der Polizeipräsident seufzte. »Also gut. Ich werde sehen, was ich tun kann.« Er streckte die Hand aus, und ein Zettel, auf dem ein Kraftfahrzeugkennzeichen und ein Name notiert waren, wechselte den Besitzer.

George freute sich sichtlich, sie zu sehen. Besonders Judith, wollte Stephen scheinen. »Ach, schön«, meinte er beglückt, »mir war schon so langweilig. Mein Partner ist zur Berichterstattung gefahren, und ich sitze im Grunde nur herum und warte, wie es weitergehen soll.«

»Was um alles in der Welt machen Sie denn hier?«, fragte Judith verwundert.

»Ah, ja ...« Der Mexikaner wiegte das Haupt, dass man fürchten musste, der magere Hals könne abbrechen. »Also, ich darf nicht sagen, warum wir es tun. Aber was wir tun, das kann ich Ihnen verraten, wenn Sie mir versprechen, es für sich zu behalten.«

»Versprochen.«

»Wir versuchen, ein Tomogramm des Tempelbergs zu erstellen.«

»Ihn mit Schallwellen zu durchleuchten? So, wie Sie es mit unserem Ausgrabungsgelände gemacht haben?«

»Genau. Aber dort durften wir das. Hier dürfen wir es nicht. Wahrscheinlich, wir haben nicht gefragt. Wir tun es heimlich.«

Stephen schüttelte fassungslos den Kopf. »Hat Kaun Sie damit beauftragt?«

»Ja.«

»Geht das denn überhaupt?«, fragte Judith. »Sie können doch Ihren Schallwellen-Dingsbums ...«

»... Thumper ...«, half George aus.

»... nicht oben auf den Berg stellen, oder?«

»Nein. Der steht hier in dem Zelt. Zusammen mit dem Computer, was dem natürlich überhaupt nicht gut tut. Strom haben wir heimlich aus der Beleuchtung der Ausgrabungsstätten abgezapft, und die Sensoren ... Die sind das größte Problem. Wir können die ja nicht einfach ringsum in die Mauer setzen.«

»Und wie machen Sie es dann?«

»Oh, es ist schwierig. Wirklich. Wir bekommen nur sehr schlechte Bilder, mit schlechter Auflösung und noch schlechterer Tiefenwirkung. Obwohl einige ziemlich interessant sind. Wussten Sie, dass der Tempelberg kreuz und quer von Gängen und Schächten durchzogen ist?«

»Ja«, nickte Yehoshuah. »Sicher.«

»Erstaunlich. Ich wusste das nicht.«

»Ich auch nicht«, meinte Stephen. »Können wir die Bilder mal sehen?«

George schien einen Moment mit sich zu ringen, dann meinte er mit einem Seitenblick auf Yehoshuah: »Na, wahrscheinlich kennt er das sowieso schon alles.«

Sie schlüpften in das Zelt, in dem drangvolle Enge herrschte. Der Thumper stand mächtig mitten im Zelt, auf einem glatten, sorgfältig glatt gefegten Stück blanker Erde, davor der Computer, in dem ein ganzes Bündel verschiedener Kabel zusammenliefen, außerdem ein Tisch und zwei Klappstühle, und in einem Eck lagen zwei Luftmatratzen mit Schlafsäcken darauf. Alles sah maximal unkomfortabel aus.

Die ausgedruckten Bilder sahen wie immer aus wie die gestörte Fernsehübertragung von Schneegestöber in Alaska, aber ein genialer Mensch hatte daraus eine Karte gezeichnet. Sie beugten sich neugierig darüber.

»Das nennt man die ›Ställe Salomons«, erläuterte Yehoshuah und deutete auf ein unregelmäßiges, großes Vieleck, das die südöstliche Ecke des Tempelbergs einnahm. »Das ist eine Art großer Halle, die von zwölf unterschiedlich langen Pfeilerreihen getragen wird. Sehr beeindruckend, kann man auch besichtigen.«

Sein Finger wanderte weiter zu etlichen unregelmäßigen Gebilden, die eher wie Umrisse von Tintenklecksen aussahen. »Das dürften Zisternen sein. Diese hier, die größte, nennt man *Bahr*, was auf Englisch ›See‹ heißt. Diese dünnen Linien dazwischen sind Wasserleitungen oder andere Gänge. Fast alle sind auch begehbar oder waren es zumindest.«

Stephen starrte die Karte fasziniert an. Die Vorstellung, dass der Tempelberg, der von außen so monolithisch wie eine Pyramide wirkte, von Kanälen und Gängen durchzogen war, sogar Hallen und Zisternen im Inneren barg, war absolut gewöhnungsbedürftig.

Yehoshuahs Finger wanderte weiter, während er, zunehmend nuscheliger werdend, in bester Professorenart Stichworte vor sich hinmurmelte wie »Zisterne«, »Warren-Tor«, »Kiphonos-Pforte« oder »Dreifaches Tor«. Dann erreichte er einen Strich, auf dem sein Finger verharrte.

Stephen folgte der Linie, und sein Herz blieb beinahe stehen. Der Gang – oder was immer es war – begann ein gutes Stück südlich der Tempelmauern, schlug zwei Haken und führte dann zielstrebig dicht hinter der Westmauer nach Norden. Ungefähr da, wo der Abschnitt sein musste, der die Klagemauer darstellte, hatte jemand hingekritzelt: Tiefe – 20 Meter.

»Das hier«, stellte Yehoshuah versonnen fest, »kenne ich nicht.«

Anlass der Besprechung war ursprünglich Bob Roberts' Bericht über die ersten Ergebnisse der sonartomographischen Untersuchung des Tempelbergs gewesen. Aber nun hatte Kaun, der erst in letzter Minute, aus Jerusalem kommend, dazugestoßen war, offensichtlich jedes Interesse an diesem Projekt verloren. Es war mehr als deutlich, dass er nur darauf aus war, diesen Tagesordnungspunkt möglichst schnell hinter sich zu bringen.

»Schon gut«, unterbrach er Roberts, als der sich zunächst in einer ausführlichen Beschreibung der Probleme, mit denen sie zu kämpfen gehabt hatten, und der Lösungen, die sie gefunden hatten, ergehen wollte. »Welche Ergebnisse haben Sie erzielt?«

Der blonde Wissenschaftler, sichtlich aus dem Konzept gebracht, nickte, räumte die bereitgelegten Unterlagen beiseite und legte eine Folie auf den Overheadprojektor, die Fotokopie einer handgezeichneten Karte. »Die Untersuchungen zeigten das Vorhandensein verschiedener Hohlräume im Inneren des Tempelbergs an, die ich von den einzelnen Aufnahmen hier auf diese Karte übertragen habe. Wenn ich zum Vergleich eine der Aufnahmen ...«

Kaun fiel ihm wieder ins Wort. »Zeigt diese Karte den Geschichtswissenschaftlern etwas Neues?«, wollte er, an Professor Wilford-Smith und Professor Goutière gerichtet, wissen.

»Nein«, erklärte Shimon Bar-Lev an ihrer Stelle grimmig. »All diese Gänge, Kanäle und Kavernen sind der Archäologie längst bekannt.«

»Danke.« Er wandte sich an den Tomographen und bemühte sich um einen raschen, möglichst schmerzlosen Gnadenstoß. »Doktor Roberts, ich möchte Ihnen danken für Ihre Anstrengungen und Ihren Einfallsreichtum. Leider sind Umstände eingetreten, die es erforderlich machen, dass Sie Ihre Arbeiten unverzüglich einstellen. Die israelischen Behörden sitzen uns schon im Nacken deswegen. Da Sie, wie Sie eben gehört haben, ohnehin nichts finden, was nicht schon bekannt wäre, wollen wir es doch lieber dabei bewenden lassen.«

Eisenhardt, der sich im Hintergrund des Geschehens hielt, den Notizblock griffbereit auf den Knien, verzog unangenehm berührt das Gesicht. Kaun zeigte zu sehr Nerven, als dass man ihm seine Posen, mit denen er sonst sein Imperium zu regieren pflegte, abgenommen hätte. Die Masche des wohlwollenden Chefs, des motivierenden, visionären Machers nahm ihm heute Mittag niemand ab.

Und er hätte wetten mögen, dass das mit den israelischen Behörden schlicht gelogen war.

Roberts sah den Medienmagnaten an, als habe der ihn vor allen Anwesenden geohrfeigt. Aber er sagte nichts – brachte wohl nichts heraus –, nickte nur, schnappte sich die Folie vom Tageslichtprojektor, legte sie in den hohen Stapel der Unterlagen und trat dann einen scheuen Schritt zurück, als habe er eben ein kleines Kind auf einer fremden Türschwelle ausgesetzt.

»Ich, ähm, verstehe Sie richtig, dass Sie auch keine andere Verwendung mehr für uns haben?«, vergewisserte er sich noch vorsichtig.

»Ja, genau. Sie sind fertig.«

»Das hieße, ähm, der heutige Tag wäre als unser letzter Einsatztag zu betrachten, korrekt? Ich würde dann unseren Rückflug in die Staaten organisieren …«

Kaun nickte ungeduldig und machte eine scheuchende Handbewegung. »Sicher. Wenn Sie Unterstützung brauchen, wenden Sie sich an das Büro im ersten Wohnwagen. Sagen Sie denen, dass ich Sie geschickt habe. Die helfen Ihnen bei allem, was Sie brauchen. Okay? Auf Wiedersehen.«

Roberts sah noch einmal in die Runde, murmelte irgendetwas, das ebenso gut ein Abschiedgruß wie eine Verwünschung hätte sein können, und ging.

Kaun schien ihn in dem Augenblick vergessen zu haben, in dem er die Tür hinter sich geschlossen hatte. Er zog unter seinem dicken, ledergebundenen Terminplaner einen großen Umschlag hervor und daraus großformatige Vergrößerungen von Fotos.

Ehe er sie verteilte, fischte er noch ein winziges Kartonstückchen aus dem Umschlag und zeigte es herum. Es war die bunte Lasche einer Filmschachtel, die jemand abgerissen und auf Hebräisch beschriftet hatte. »Diese Notiz steckte in der Rückwand der Kamera, mit der diese Bilder gemacht wurden«, erklärte er. »Der Text lautet: ›Foxx-Fragment, Blatt 1‹. Das Datum ist das von vorgestern. Und jetzt sagen Sie mir, was Sie daraus schließen.«

Alle beobachteten Yehoshuah gespannt, der unverwandt auf die grob gezeichnete Karte starrte. Es schien wärmer zu werden im Zelt von der Intensität seiner Gedanken. Sein Mund stand halb offen, und die Spitze der Zunge war darin zu sehen, wie sie rhythmisch gegen die Oberlippe tippte.

»Das ist unfassbar«, murmelte er schließlich, sah auf und suchte Judiths Blick. »Weißt du, was das ist?«

Sie schüttelte stumm den Kopf.

»Vaters Gang.«

Stephen sah Judith regelrecht bleich werden. Auch George Martinez musterte sie besorgt von der Seite. »Ach was«, krächzte sie schwach. »Du musst dich irren.«

»Nein. Ich bin mir sicher. Das ist er. Und das bedeutet, Vater hatte recht.«

Stephen hob die Hände. »Was für ein ...«

»Yehoshuah, das kann nicht sein. Du siehst Gespenster.«

»Darf ich mal erfahren ...«

»Ich sehe Gespenster? Ich sehe einen Gang. Einen Gang, der südlich der Tempelmauern beginnt und darunter hindurchführt. Und der zwei Haken schlägt. Das ist genau die Beschreibung, die Vater gegeben hat.«

»Darf ich ...«

»Ach, Unfug. Du willst dich bloß mal wieder als Papasöhnchen aufspielen.«

»Ich? Das ist ja lächerlich. Du bist derart versessen darauf, dein negatives Bild von Vater aufrechtzuerhalten, dass du sogar offensichtliche Beweise ...«

»Ein krakeliger Strich mit zwei Haken! Das ist ja wohl kaum als Beweis zu bezeichnen.«

»Wir können uns die ursprünglichen Bilder ansehen. Der Strich ist schließlich nicht aus Zufall hier.«

»Die Bilder. Na klar. Als ob du auf denen irgendwas sehen könntest.«

»Jetzt lenkst du ab. Du weißt genau, dass das völlig unerheblich …«

Stephen fasste die beiden am Arm. »Hey, hey, hey«, machte er und schaffte es tatsächlich, sie zu unterbrechen. »Bleibt cool, Freunde. Erzählt lieber nochmal langsam und zum Mitschreiben, wovon hier eigentlich die Rede ist. Nein, Judith, nicht du. Yehoshuah.«

Yehoshuah wühlte in seinen krausen Haaren und sah sehr professorenhaft aus dabei. »Ich glaube, dass das hier ein Gang ist, den unser Vater öfter erwähnt hat.«

»Öfter ist gut gesagt«, maulte Judith. »Er war *besessen* davon.«

»Er hat vor etwa zwanzig Jahren beim Studium alter Texte Hinweise entdeckt, dass im Mittelalter Mitglieder einer Sekte in jahrelanger Arbeit einen Stollen aus der Davidsstadt bis unter den Tempelberg getrieben haben. Der Beschreibung nach könnte das dieser Stollen sein. *Könnte,* wie gesagt – man ist dem Hinweis unseres Vaters nie nachgegangen.«

»Tatsächlich?«, wunderte sich Stephen. »Warum das?«

»Wenn du unseren Vater kennen würdest«, meinte Judith, »würdest du nicht fragen.«

»Er ist, nun ja, mitunter etwas schwierig im Umgang«, gab auch Yehoshuah zu. »Aber andererseits wimmelt es in Jerusalem von interessanten Funden. Man kann beinahe in jedem Keller graben und etwas Wertvolles finden. Ginge es nach den Archäologen, würde man die gesamte Stadt absperren, alle Leute woanders ansiedeln und dann die nächsten fünfhundert Jahre alles Stein für Stein abtragen. Es gibt eine Warteliste für Ausgrabungsprojekte im Bereich der Stadt. Seines war einfach nicht wichtig genug.«

Stephen sah auf die Karte hinab, die vor ihnen auf dem kleinen Tisch lag. Da war es wieder, das Gefühl, als werde die Zeit durchlässig, als fühlten seine Hände schon etwas, das in der Zukunft lag. Die Kamera. Es existierte ein Gang, der hinter die Klagemauer führte. Das war alles, was zählte. Wenn überhaupt, dann würden sie über diesen Gang an die Kamera gelangen.

Er sah George Martinez an, der ihrer Diskussion mit großen Augen gefolgt war, dann Yehoshuah, hoffend, dass der mitspielte. »George«, begann er dann, »meinen Sie, Sie könnten uns eine Kopie dieser Karte mitgeben? Ich habe das Gefühl, sie könnte wesentlich dazu beitragen, dass wieder etwas Harmonie in diese Familie einkehrt.«

Judith wollte protestieren, begriff aber im nächsten Augenblick, worauf er hinauswollte, und schwieg.

»Oh, kein Problem«, versicherte der Mexikaner aus Bozeman, Montana. »Das war nur die Kopiervorlage für eine Folie, die mein Partner bei der Präsentation für Mister Kaun brauchte. Sie können sie mitnehmen, wenn Sie wollen. Wir haben sie ohnehin im Computer gespeichert.«

»Danke«, sagte Stephen, nahm die Karte und reichte sie Yehoshuah: »Hier. Für deinen Vater.«

Yehoshuah hatte auch kapiert. Er nahm das Papier mit erstaunlicher Gelassenheit, faltete es zusammen und meinte: »Das wird ihn begeistern.«

»Einen Moment lang«, lachte George Martinez, »dachte ich schon, wir hätten etwas Sensationelles entdeckt.«

»Stell dir das nicht zu einfach vor«, warnte Yehoshuah, während sie sich durch den zähen Stadtverkehr, in dem jeder hupte und ausscherte, wie es ihm passte, zurück zum Hotel kämpften. »Der Eingang des Stollens und wahrscheinlich mindestens ein Drittel seiner Länge stehen unter Wasser.«

»Aber man weiß, wo dieser Eingang liegt?«

»Ja.«

»Und? Wo?«

»In der Davidsstadt. Das ist der Stadtteil südlich des Tempelbergs, jenseits des Kidrontals. In dem Teil, der unter der jordanischen Besatzung bebaut wurde.«

»Und wo dort?«

»In einer Zisterne, die heute im Keller eines Wohnhauses liegt.«

Stephen runzelte die Stirn. »In einem Keller? Einfach so?«

Yehoshuah seufzte. »Ja, so ist das nun mal hier in Jerusalem. Jemand will ein Haus bauen, und beim Ausschachten des Kellers stößt er auf irgendwelche historischen Hinterlassenschaften. Wenn er Pech hat, muss er mit dem Bau warten, bis die Archäologen fertig sind. Wenn er Glück hat, kommt er mit ein paar Auflagen davon, darf aber weiterbauen. Der Besitzer dieses Wohnhauses hatte Glück.«

»Wie muss ich mir das vorstellen? Man kann dort in den Keller hinuntergehen, eine Tür aufmachen, und dann steht man auf tausend Jahre altem Boden, und in der Mitte ist die Zisterne?«

»Genau.«

»Skurril.« Stephen betrachtete die staubbedeckte Windschutzscheibe, die trockenen Bäume am Straßenrand, die kahlen, felsigen Hügel, die Jerusalem einschlossen. »Und woher kommt das Wasser in dem Stollen? Wenn ich mich hier so umsehe, würde ich nicht vermuten, dass irgendwo Wasser ungenutzt gelassen wird.«

Yehoshuah kramte den Stadtplan von Jerusalem aus dem Handschuhfach. »Die offizielle Auffassung – die mein Vater, wie gesagt, seit zwanzig Jahren vehement bekämpft – ist die, dass der Tunnel, der am Grund dieser Zisterne beginnt, Teil des antiken Wasserleitungssystems von Jerusalem ist. Hier, schau her. Hier ist ...«

»Entschuldige. Ich habe die Angewohnheit, beim Fahren auf die Straße zu achten.«

»Ach so, klar.«

An der nächsten roten Ampel hielt Yehoshuah ihm den zurechtgefalteten Stadtplan unter die Nase und zeigte mit dem Finger mitten in das Gewimmel der Straßen. »Das ist die Gihonquelle. Von hier aus führte ursprünglich ein Wasserkanal das Kidrontal entlang – hier – bis zum alten Siloah-Teich. Weil diese Anlage jedoch außerhalb der Stadtmauern lag und damit im Fall einer Belagerung die Wasserversorgung der Stadtbewohner gefährdet gewesen wäre, hat König Hiskia einen anderen, unterirdischen Tunnel in den Fels hauen und den oberen Ausfluss der Quelle zuschütten lassen. Das war etwa 700 vor der Zeitrechnung. Der bekannte Tunnel ist etwa fünfhundert Meter lang und mündet in den neuen Siloah-Teich, der sich hier befindet.«

Stephen starrte auf den Stadtplan, ohne etwas zu erkennen, aber die Vorstellung, dass Menschen vor beinahe dreitausend Jahren eine unterirdische Wasserleitung durch den Fels geschlagen hatten, die nach wie vor in Betrieb war, faszinierte ihn maßlos. Erst als jemand hinter ihm hupte, bemerkte er, dass die Ampel wieder auf Grün stand.

»Den Hiskia-Tunnel kann man durchwaten«, fuhr Yehoshuah fort, als sie weiterfuhren. »Er ist etwa mannshoch und führt unterschiedlich viel Wasser, je nachdem, wie sich die Schüttung der Quelle im Verlauf des Jahres ändert. Mein Vater meint nun, es könne nicht sein, dass ein Tunnel, der angeblich zum gleichen Wassersystem gehört, die ganze Zeit bis oben hin mit Wasser gefüllt ist. Das ist physikalisch unmöglich.«

»Leuchtet ein. Und wie erklärt er es stattdessen?«

»Er sagt, der Stollen wurde unter dem Hiskia-Tunnel hindurch gegraben. Durch Risse im Felsgestein, die entweder schon immer da waren oder im Lauf der Zeit entstanden, sickerte Wasser aus dem Hiskia-Tunnel herab und füllte den

Stollen im Lauf der Zeit bis obenhin an. Aber ansonsten, sagt er, gibt es keine Verbindung zwischen den beiden Tunneln.«

»Was doch ziemlich leicht herauszufinden sein müsste.«

»Ja, aber wie gesagt, der Stollen ist nie erforscht worden. Einmal war es fast soweit, aber das war 1973, und kurz bevor es losgehen sollte, brach der Yom-Kippur-Krieg aus. Die zwei Männer, die den Stollen durchtauchen sollten, fielen beide. Danach hat Vater immer wieder versucht, eine Untersuchung des Stollens zu veranlassen, aber es kam nie dazu.«

»Dann wird es Zeit. Lass uns gleich zu diesem Haus fahren.«

Judith auf dem Rücksitz gab ein ersticktes Geräusch von sich. Yehoshuah nestelte unruhig an dem Stadtplan herum.

»Ich weiß, was du denkst«, meinte er schließlich. »Du denkst, du brauchst nur einen Taucheranzug anzuziehen, durch den Tunnel zu marschieren und die Kamera aus ihrem Versteck zu holen. Aber so einfach ist das nicht. In einem großen Gewässer zu tauchen ist eine Sache – in einen Stollen zu tauchen, der völlig unter Wasser steht, etwas ganz anderes. Das ist wirklich gefährlich.«

»Wieso? Glaubst du, es bricht wieder ein Krieg aus?«

»Sehr witzig.«

Im Augenblick wollte es Stephen so vorkommen, dass keine Unterwasserexpedition so gefährlich sein konnte wie eine Fahrt quer durch diese Stadt während der Rushhour. Allerdings schien die Rushhour von morgens sechs bis abends acht zu dauern. War er zu verwöhnt von den Verhältnissen auf amerikanischen Straßen? Die Autofahrer überall sonst auf der Welt fuhren wie die Henker.

»Yehoshuah – wenn ich alles gelassen hätte, was nach landläufiger Meinung ›gefährlich‹ oder ›riskant‹ oder ›unmöglich‹ ist, dann wäre ich heute nicht hier. Ich würde die Semesterferien damit verbringen, bei McDonald's Hamburger zu grillen.«

»Wir reden aber hier nicht von Computern. Wir reden davon, in einen Tunnel zu tauchen, von dem du nicht weißt, wohin er führt oder wie schmal er wird, und aus dem du nicht einfach auftauchen kannst, wenn irgendetwas passiert.«

»Das ist mir klar. Und zugegeben, ich habe so etwas noch nie gemacht. Aber ich bin kein blöder Tourist. Wie du dich vielleicht erinnerst, bin ich Vollmitglied der *Explorer's Society*«, sagte Stephen Foxx und fügte hinzu: »Mit anderen Worten, ich *kenne* jemanden, der so etwas schon gemacht hat.«

28

Abb. XII–17 zeigt eine Fotografie der Rückseite der Gebrauchsanleitung. Man beachte vor allem (Pfeil) die deutlich erkennbare Jahreszahl.

Prof. Charles Wilford-Smith
Bericht über die Ausgrabungen bei Bet Hamesh

Während sie den Text lasen, der von einem zerfaserten, uralt aussehenden Stück Papier abfotografiert worden war, herrschte atemlose Stille im Besprechungsraum.

»Das ändert alles«, brach Professor Goutière schließlich das Schweigen.

Kaun nickte beifällig. »Das sehe ich auch so.«

»Könnte es ein Täuschungsmanöver sein?«, fragte Bar-Lev. »Eine falsche Fährte, die dieser Stephen Foxx gelegt hat?«

»Möglich«, räumte Kaun ein. »Aber ich glaube es nicht.«

»Gibt es noch weitere Bilder?«, wollte Professor Wilford-Smith wissen.

»Es gibt weitere Bilder, insgesamt zwanzig. Aber sie zeigen alle dieses eine Blatt, in den verschiedenen Stadien seiner Entzifferung«, erklärte Kaun. »Der Rest des Films war nicht belichtet.«

»Aber der Text hört mitten im Satz auf. Es muss mindestens ein weiteres Blatt dieses Briefes geben.«

»Ja. Wir glauben, dass der Brief aus zwei Blättern bestand, die beide bei dem Kampf im Labor gestern Nacht zerstört wurden.«

»Zerstört!«, rief der britische Professor fassungslos. »Meine Güte – das ist unverzeihlich!«

»Sagen Sie das Stephen Foxx.«

Professor Goutière rückte seine beträchtliche Leibesfülle zurecht, was seine Art war, eine umfangreiche Wortmeldung anzukündigen. »Wenn das tatsächlich der Brief des Zeitreisenden ist, dann müssen wir völlig umdenken. Es wird kein junger Mann in einigen Jahren bei mir auftauchen, um sich nach einem Platz in Palästina zu erkundigen, an dem man einen Gegenstand zwei Jahrtausende lang unversehrt überdauern lassen kann. So, wie er sein Schicksal beschreibt, war diese Zeitreise alles andere als ein präzise geplantes Unternehmen. Was die Frage aufwirft, wie so etwas überhaupt vonstatten gehen kann.«

Automatisch richteten sich alle Blicke auf den Schriftsteller, der bis jetzt schweigend am Ende des Tisches gesessen und den Brieftext betrachtet hatte.

Eisenhardt legte bedächtig das Foto vor sich auf den Tisch und sah in die Runde. »Das weiß ich natürlich auch nicht«, meinte er ruhig. »Wenn es so ein Phänomen gibt, dann ist es sicher so selten wie ein Kugelblitz und ganz sicher genauso wenig erforscht. Was mir allerdings dabei einfällt, ist eine eigenartige Tatsache, auf die ich vor einigen Jahren während der Recherchen für einen Roman gestoßen bin. Nämlich, dass immer wieder Menschen spurlos verschwinden – in den unglaublichsten Situationen und in kaum fassbarer Zahl.«

»Nun, manche werden es darauf anlegen, zu verschwinden und keine Spuren zu hinterlassen«, gab Goutière zu bedenken. »Vor ein paar Jahren ist der Mann einer Kollegin von mir verschwunden. Wie in den Witzgeschichten – er ging Zigaretten holen und kam nicht wieder. Aber ich bin sicher, er lebt irgendwo, nur eben mit einer anderen Frau.«

Eisenhardt nickte. »Ja, natürlich. Und es gibt viele, die

einem Verbrechen zum Opfer fallen, das nie entdeckt wird. Aber es werden Fälle berichtet wie der: Es regnet. Ein Mann schließt seiner Frau die Wagentür auf, lässt sie im Schutz seines Schirms einsteigen, schließt die Tür hinter ihr und geht um den Wagen herum zur Fahrerseite. Als er einsteigt, ist der Wagen leer, seine Frau verschwunden. Die Lügengeschichte eines Gattenmörders, denkt man zuerst. Aber das Ganze fand statt vor dem Haus ihrer Eltern, ihre ganze Familie stand unter dem Vordach, um zum Abschied zu winken, und ihr Bruder hat alles fotografiert.«

Kaun runzelte die Stirn. »Kann es sein, dass ich davon gelesen habe? War das nicht vor ein paar Jahren in Skandinavien?«

»In Schweden, ja. Es stand in der Zeitung. Aber solche Fälle findet man die ganze Geschichte hindurch, Hunderte. Und es gibt Menschen, die verschwinden und wiederkommen. Manche wissen nicht, wo sie gewesen sind. Von der britischen Kriminalschriftstellerin Agatha Christie sagt man übrigens, dass ihr das einmal passiert sei. Andere erzählen seltsame Geschichten, auf die sich ihre Umwelt keinen Reim machen kann. Wie auch immer – die Vorstellung, dass die Zeit gewissermaßen Falltüren hat, durch die man stürzen kann, wäre eine nicht ohne weiteres von der Hand zu weisende Erklärung für manche dieser Vorkommnisse.«

»Ich weiß nicht«, brummte der kanadische Historiker unwillig. »Das klingt mir doch sehr nach *X-Files.*«

»Ich tue nur, wofür ich engagiert wurde«, verteidigte sich Eisenhardt. »Ich fantasiere herum.«

Das Haus war ein unscheinbarer zweistöckiger Bau in einer unscheinbaren, schmalen Straße, das genauso aussah wie alle anderen Häuser. Käfigartige Balkone, entweder mit gewaltigen Satellitenschüsseln bestückt oder mit nasser Wäsche vollgehängt, ragten über den Gehweg, der dicht an dicht zugeparkt war.

Der Besitzer des Hauses war ein alter Araber, der mit seiner vielköpfigen Familie das Erdgeschoss bewohnte. Er hieß Halil Saad und schien begeistert, Yehoshuah und seine Schwester zu sehen. Als sie ihm ihren Freund aus Amerika vorstellten, bestand er darauf, sich auf Englisch zu unterhalten, obwohl schwer zu entscheiden war, ob sein mangelnder Wortschatz oder sein überaus arabischer Akzent, der ihn dazu neigen ließ, die Konsonanten zu Lasten der Vokale zu betonen, das größere Hindernis für eine Verständigung darstellte.

»Wir waren als Kinder oft hier«, raunte Judith Stephen zu, als sie ihm die Kellertreppe hinab folgten. »Er und Vater kennen sich gut.«

Wie Stephen später erfahren sollte, war Halil Saad einer von insgesamt immerhin über einer Million Arabern, die sich, obwohl größtenteils Moslems, als israelische Staatsbürger verstanden. Die israelischen Araber unterlagen nicht der allgemeinen Wehrpflicht, aber, wie Stephen aus dem, was der alte Mann erzählte, herauszuhören glaubte, hatte sich einer seiner Söhne freiwillig gemeldet.

»Natürlich – ist gut für Karriere. Er will Karriere machen. Ist okay. Aber hoffentlich jetzt kein Krieg. Mein Sohn soll nicht kämpfen gegen andere Araber. Nicht gut. Hoffe, kein Krieg mehr.«

»Ja«, nickte Stephen höflich. »Das hoffen wir doch alle.«

Saad fuhrwerkte mit seinem gewaltigen Schlüsselbund an einer Tür herum, öffnete sie und schaltete das Licht in dem Raum dahinter an.

Stephen traute seinen Augen nicht, als sie über die Schwelle traten. Bis zur Türschwelle war der Boden sauber gefliest – dahinter sah es aus, als betreibe jemand im Keller Archäologie. Sie traten auf abschüssigen, verwitterten Stein, Sand und Kiesel knirschten unter ihren Sohlen, und in der Mitte des Kellerraums gähnte ein dunkles, unvollständig eingefasstes Loch im Boden. Es roch feucht und muffig. Bis auf ein kleines Regal neben der Tür war der Raum leer, eine wetterfeste Ausgrabungsstätte.

Der alte Mann nahm eine starke Lampe aus dem Regal, stöpselte sie in eine Steckdose neben der Tür, deren Vorhandensein Stephen aufmerksam registrierte, und trat damit an den Rand der klaffenden Bodenöffnung. »Vorsichtig«, mahnte er, unwillkürlich leise, als sie ihm folgten und hinabspähten.

Die Wasseroberfläche glänzte im Licht der Lampe. Sie lag ruhig und vollkommen unbeweglich etwa zwei Meter unter ihnen. Stephen hob eine Hand, um seine Augen gegen die Lampe abzuschirmen, und versuchte zu erkennen, was darunter lag. Man konnte sich einbilden, eine ungefähr rechteckige Stelle an der Seitenwand zu erkennen, die noch schwärzer war als ihre Umgebung.

Der Stollen. Der Tunnel, der hier begann und angeblich fünfhundert Meter durch den Fels führte, um hinter der Klagemauer zu enden.

Absolut fantastisch, dachte Stephen.

»Das Wasser schmeckt schlecht«, erklärte Halil Saad. »Nicht gut für Tee oder Kaffee. Aber sehr gut für Pflanzen im Garten. Ich nehme Wasser für den Garten hier heraus. Ich habe einen Schlauch und eine kleine Pumpe. Gieße damit den Garten, und alles wächst groß und stark.«

Yehoshuah deutete in genau die Richtung, in der Stephen die Öffnung gesehen zu haben glaubte. »Der Stollen beginnt etwa einen Meter unter der Wasseroberfläche.«

»Ja«, nickte Stephen und sah sich um, versuchte sich jede kleine Einzelheit einzuprägen. Das würde tatsächlich alles andere als ein Spaziergang werden. Die Zisterne war so schmal, dass höchstens ein Taucher mit Sauerstoffgerät darin Platz hatte. Wenn man zu zweit gehen wollte, musste der erste schon in den Tunnel gehen, damit der zweite Platz hatte. Man würde eine Winde brauchen und einen Dreifuß, um die Taucher hinabzulassen. Und natürlich eine Person, die die Winde bediente.

All das waren Details, nach denen ihn vielleicht jemand fragen würde, den er um Rat zu bitten beabsichtigte. Jemand, der solche Expeditionen schon unternommen hatte. Stephen versuchte, die Szenerie unter diesem Gesichtspunkt zu betrachten. Die Decke zum Beispiel. Wie hoch mochte die sein? Normale Zimmerhöhe, etwa zweieinhalb Meter. Der ganze Kellerraum rund um die Zisterne mochte vier auf fünf Meter groß sein. Schwer zu schätzen. Am liebsten hätte Stephen alles fotografiert, um bei Detailfragen später jederzeit nachschauen zu können.

Er spürte, wie eine heiße Woge aus seinem Unterleib hochstieg. Fotografieren! Du meine Güte – was war eigentlich aus dem Fotoapparat geworden, mit dem sie das erste Blatt des Briefes fotografiert hatten?

Den hatten sie total vergessen. Der musste immer noch dort sein, in das Stativgestell geschraubt.

Wenn Kaun ihn nicht inzwischen gefunden hatte. So ein dummer Fehler! Er versuchte, sich an den Text des Briefes zu erinnern. Was hatte darin gestanden? Jedenfalls keinerlei Hinweis auf die Klagemauer, nichts. Im Grunde würde Kaun nichts damit anfangen. Selbst im schlimmsten Fall hatten sie immer noch einen Vorsprung.

Er bemerkte, dass Yehoshuah ihn etwas gefragt hatte. »Wie bitte?«

»Ich habe dich gefragt, wie du das hier findest.«

Stephen rieb seine Finger gegeneinander und stellte beunruhigt fest, dass sie feucht waren. »Sieht beeindruckend aus«, erklärte er trotzdem. »Gefällt mir wirklich gut.«

»Wenn alles Zufall war«, stellte Professor Goutière fest, »wenn alles nur aufgrund einer unbegreiflichen Laune der Natur geschehen ist – oder geschehen wird, wie immer man das ausdrücken will – dann verschlechtert das die Chancen, das Versteck der Kamera durch logisches Kombinieren und scharfes Nachdenken zu finden, enorm. Ich würde sogar sagen, es macht es völlig unmöglich.«

Eisenhardt beobachtete Kaun. Der wiederum sah Goutière an, mit überaus finsterer Miene.

»Wir sind davon ausgegangen«, fuhr der kanadische Historiker in bester Dozentenmanier fort, »dass alles ein wohlausgedachtes, ausgeklügeltes Unternehmen war. Mit anderen Worten, das wäre ein Unternehmen gewesen, das seinen Ausgangspunkt gehabt hätte in einer Idee – in der Idee, wo und wie man eine Videoaufzeichnung aus dem Leben Jesu sicher in unsere Zeit herüberretten könnte. Was wir versucht haben, war, durch eingehendes Nachdenken noch einmal auf die gleiche Idee zu kommen. Nun ist es ein bekanntes Phänomen, dass es einem leichter fällt, etwas zu finden, wenn man weiß, dass es da ist. Und wir glaubten zu wissen, dass diese Idee da war – die Gebrauchsanleitung der Videokamera, die bei dem Toten gefunden wurde, schien es zu beweisen.«

Das ganze Unternehmen wird jetzt einfach versanden, dachte Eisenhardt. In spätestens zwei Tagen wird Kaun die Lust verlieren und alles abblasen.

»Nun erfahren wir: Es war eine Art Unfall. Der Zeitreisende war nicht bestens ausgerüstet und vorbereitet, sondern im Gegenteil ahnungslos. In einigen Jahren wird eine kleine Notiz in der Zeitung stehen, dass ein Tourist bei Bet Shearim aus dem Bus gestiegen und zusammen mit seiner Reisegruppe eine Führung durch die Nekropole mitgemacht hat, aber unterwegs zwischen den alten Gräbern verschwunden ist. Man wird alles absuchen, den Fall noch einige Jahre in den

Polizeiakten führen und irgendwann schließen. In diesem Brief – so er authentisch ist – erfahren wir, dass dieses Verschwinden kein Verbrechen und kein Unfall sein wird, sondern eine Art Absturz in eine Gletscherspalte der Zeit. Unser unvorbereiteter Tourist landet in einer ihm völlig fremden Welt und muss sich so gut wie möglich durchschlagen. Das einzige, was er dabei hat, ist die Umhängetasche mit seiner neuen Videokamera. So ungefähr das Nutzloseste aus seinem gesamten Gepäck, wenn man seine Situation betrachtet. Er würde sie liebend gern eingetauscht haben gegen Dinge wie, sagen wir, eine Nagelschere, ein Taschenmesser, ein paar Unterhosen oder ein Röhrchen Aspirintabletten.«

Goutière war ein beeindruckender Anblick, wenn er in Fahrt kam. Auf seiner Stirn begannen feine Schweißtropfen zu glänzen, seine wenigen Haare schienen sich während des Redens elektrisch aufzuladen und sich infolgedessen langsam zu spreizen, und nach und nach wurde seine gesamte Körperfülle Bestandteil seiner ausladenden Gestik. Sicher waren seine Vorlesungen gut besucht, bestimmt waren sie nicht langweilig.

»Und dann«, rief er mit erhobenem Zeigefinger, »erfährt er, wo und wann er gelandet ist. Er erfährt, dass er nicht nur ein Zeitgenosse des Jesus von Nazareth geworden ist, nein, dass dieser sogar in der unmittelbaren Nachbarschaft lebt und wirkt, in Kapernaum am See Genezareth nämlich, das nur wenige Tagesreisen entfernt ist. Keine Entfernung jedenfalls in der damaligen Zeit, die regen Handel kannte zwischen Europa, Nordafrika und Indien. Und wahrscheinlich ist ihm erst da die Idee gekommen, Jesus zu filmen, um die Aufnahmen in unsere Zeit zu übermitteln. Und erst da musste er beginnen nachzudenken, wie er das bewerkstelligen könnte. Was kann er sich ausgedacht haben?«

»Im Prinzip«, warf Kaun unleidig ein, »immer noch dieselbe Frage.«

»Im Prinzip«, nickte Goutière. »Nur die Randbedingungen sind andere, als wir bisher angenommen haben. Wir haben es nicht mit einem Forscher, sondern mit einem Gestrandeten in der Zeit zu tun. Dazu wahrscheinlich mit einem amerikanischen Touristen – ohne Anwesenden zu nahe treten zu wollen, muss ich doch die Frage in den Raum stellen, welches historische Wissen wir bei einem durchschnittlichen Amerikaner, der eine Pauschalreise durch Israel macht, voraussetzen dürfen.«

Eisenhardt bemerkte den Anflug eines spöttischen Lächelns auf den Lippen des stellvertretenden Ausgrabungsleiters, Shimon Bar-Lev.

»Und – es sind schon einige Jahre vergangen. Unser Mann hat eine neue Sprache und einen neuen Beruf erlernen müssen, sich in einer fremden Kultur zurechtfinden müssen, hat geheiratet, Kinder gezeugt womöglich. Die ganze Zeit hat er gerätselt, was um alles in der Welt mit ihm passiert ist. Dann hört er von einem Wunderrabbi, einem Zimmermann aus Nazareth, Jesus – und da fällt bei ihm endgültig der Groschen. Er ist durch die Zeit gestürzt. Aber auch das muss er verarbeiten. Was, frage ich Sie, kann so jemand noch wissen, das ihm bei dem Problem, eine Kamera zweitausend Jahre überdauern zu lassen, helfen könnte?«

»Das sage ich doch die ganze Zeit«, meinte Professor Wilford-Smith bedächtig. »Er hat die Kamera bestimmt gut verpackt, in einem Tonkrug versteckt meinetwegen, in irgendeine namenlose Höhle gebracht und einfach das Beste gehofft. Das würde ich jedenfalls tun.«

»Und am Ende seines Briefes hat er beschrieben, wo sie zu finden ist«, fügte Kaun hinzu. »Mit anderen Worten, wenn Foxx es geschafft hat, den Brief vollständig lesbar zu machen, ist er jetzt der einzige, der weiß, wo die Kamera ist. Wenn nicht, weiß es niemand mehr.«

»Exakt«, nickte der gewaltige Mann aus Toronto.

»Was ist mit Ihnen?«, wandte Kaun sich an Eisenhardt. »Was würden Sie an der Stelle des Zeitreisenden tun?«

Der Schriftsteller hob die Augenbrauen, sah den mächtigen Konzernchef gedankenverloren an und schwieg eine beinahe schmerzhaft lange Zeit.

»Ich würde«, sagte er dann versonnen, »versuchen, einer der zwölf Jünger zu werden.«

»Okay«, meinte Stephen, als sie wieder im Jeep saßen. »Das sieht alles hervorragend aus. Als Nächstes sollten wir euren Vater fragen, was …«

»Nein«, unterbrach ihn Judith sofort.

»Was?«

»Nein!«

Er sah sie irritiert an, dann Yehoshuah, der peinlich berührt mit den Schultern zuckte. Judith starrte verbissen geradeaus, und ihre Kiefermuskeln zuckten.

Allerhand. Stephen atmete tief aus und wieder ein. Reizende Familie.

»Na gut«, meinte er dann, als sei nichts gewesen. Er drehte den Zündschlüssel, und der Motor sprang mit mächtigem Rütteln an. »Lassen wir das ausfallen.«

Die Diskussion verstummte abrupt, als es an der Tür des Wohnwagens klopfte. Es war eine von Kauns Sekretärinnen, kurvenreich, platinblond, absolut vorstandsvorzimmertauglich und irgendwie nicht ganz von dieser Welt. Wenn es sie irritierte, von fünf schweigenden Männern angestarrt zu werden, die wirkten, als habe sie sie bei etwas Verruchtem ertappt, dann ließ sie es sich jedenfalls nicht anmerken. Ach was, es irritierte sie nicht. Es hätte sie irritiert, wenn *niemand* sie angestarrt hätte.

Sie reichte ihrem Chef eine Visitenkarte und wisperte ihm etwas ins Ohr. Kaun studierte die Karte und runzelte die Stirn. »Scarfaro?«, flüsterte er zurück. »Kenne ich nicht. Und was will er?«

Sie flüsterte wieder etwas.

»Okay«, nickte er. »Sagen Sie ihm, ich komme sofort.«

Sie ging wieder, einen Hauch von Parfüm zurücklassend, das nach schnittigen Jachten und teuren Brilliantkolliers duftete. Eisenhardt glaubte beobachtet zu haben, dass Kaun insgesamt drei Sekretärinnen mitgebracht hatte, die rund um die Uhr in einem der Wohnwagen Dienst taten – wahrscheinlich das Chefbüro für den Rest der Welt besetzt hielten. Untergebracht waren sie wohl in einem nicht allzu weit entfernt gelegenen Hotel, jedenfalls kam alle acht Stunden eine in einem kleinen Auto angefahren, mit dem dann diejenige, die sie ablöste, wieder davonfuhr.

»Meine Herren«, sagte Kaun gewichtig, plötzlich wieder ganz der unerhört bedeutende Geschäftsmann, erhob sich entsprechend breitschultrig und knöpfte sich im Aufstehen gekonnt den teuren Zweireiher zu, »bitte setzen Sie die Diskussion einstweilen ohne mich fort. Ich schalte mich wieder ein, sobald es die Geschäfte zulassen.« Er reckte kurz das Kinn und schob es eine Winzigkeit nach vorne, was seinem Gesichtsausdruck einen bemerkenswert aggressiven Ausdruck verlieh, nickte noch einmal in die Runde und verließ das Besprechungszimmer.

Einen Moment lang war es ruhig, nur die Klimaanlage surrte und knackte eifrig vor sich hin.

»Einer der Jünger«, brach Professor Wilford-Smith schließlich das Schweigen, als wenn nichts gewesen wäre. »Wenn er einer der Jünger gewesen wäre, dann wäre er auch ein Apostel geworden. Das hieße, im extremsten Fall könnte er die Kamera bis nach Rom gebracht haben.«

»Vorausgesetzt, er ist nicht in die Rolle des Judas geschlüpft«, warf Goutière ein.

»Würden Sie freiwillig die Rolle des Judas übernehmen?«

»Nein. Natürlich nicht.«

Eisenhardt versuchte mühsam, sich zu erinnern, was er über die Apostelgeschichte wusste. Viel war es nicht. In den letzten Tagen hatte er immer wieder in der Bibel gelesen, mehr als in seinem ganzen bisherigen, ziemlich religionsfrei verlaufenen Leben zusammen. Aber es war eine englischsprachige Ausgabe gewesen, und schon mit den vier Evangelien hatte er ziemlich zu kämpfen gehabt. Bis zur Apostelgeschichte war er gar nicht gekommen.

Der Gedanke war ihm spontan gekommen. Und er hatte etwas für sich. Wie war das gewesen? Nach dem Tod Jesu – oder seiner Himmelfahrt, wie immer man dazu stehen mochte – war der Geist Gottes über seine Jünger gekommen. Davon leitete sich das Pfingstfest ab, wenn er sich recht erinnerte. Jedenfalls waren die Jünger, die Jesus zu seinen Lebzeiten reichlich verzagt und begriffsstutzig begleitet hatten, plötzlich mutig, beredt und von charismatischer Überzeugungskraft erfüllt in die Welt hinausgegangen, um die neue Heilslehre zu verkünden. Eine seltsame Wendung, wenn man es recht bedachte. Hätte er so etwas in einem Roman gebracht, hätte sein Lektor rote Fragezeichen an den Rand des Manuskripts gemalt und geschrieben: *Unmotivierter Sinneswandel!*

»Die Kamera kann nicht bis nach Rom gelangt sein«, sinnierte Professor Goutière, »denn das hieße, der Zeitreisende ... Sollten wir ihn nicht mittlerweile anders nennen? Wie nennt man jemanden, den es in eine andere Zeit verschlagen hat? Zeitgestrandet? Jedenfalls, das hieße, er wäre identisch gewesen mit dem Apostel Paulus. Paulus war es, der bis nach Rom gelangte. Aber Paulus hat Jesus nie getroffen.«

»Was?«, wunderte Eisenhardt sich. »Aber ist er nicht der wichtigste Apostel? Ich meine, von ihm sind doch diese ganzen Briefe, oder?«

Goutière sah ihn an, als habe er gerade etwas unvorstellbar Dämliches gesagt. »Ja. Seltsam, nicht? Aber tatsächlich enthält die gesamte Bibel keinen einzigen Augenzeugenbericht. Paulus hieß ursprünglich Saulus und war ein fanatischer Christenverfolger, ehe er vor Damaskus bekehrt wurde.«

Eine Art stillen Triumphes erfüllte Kaun, als er den hageren Mann in der Priestersoutane da stehen sah, einfach so, im Staub zwischen den Wohnwagen. Ein Gesandter des Vatikans. Der Prophet war zum Berg gegangen, und es hatte zunächst wie ein Fehlschlag ausgesehen. Nun kam der Berg zum Propheten.

Er bewunderte eine Weile das eindrucksvolle Siegel des Vatikans, das neben dem Namen – Luigi Baptist Scarfaro, Mitglied der Kongregation für die Glaubenslehre – auf der Karte prangte. Wirklich eindrucksvoll. Er hätte etwas darum gegeben, ein solches Wappen auf seinen eigenen Visitenkarten führen zu können.

»Was verschafft mir die Ehre, ähm ... Wie muss ich Sie eigentlich ansprechen?«, fragte Kaun.

»Ich bin Priester«, entgegnete der Besucher in bemerkenswert akzentfreiem Englisch. »Sie können Pater zu mir sagen. Pater Scarfaro.«

»Ah ja. Nun, gut, Pater – was kann ich für Sie tun?« Er musste das Gespräch noch eine Weile im Unbestimmten halten, musste Kraft sammeln. Das Treffen kam trotz allem zu einem ungünstigen Zeitpunkt, denn die letzten Stunden hatten seine Zuversicht aufgezehrt, die Kamera und das Video darin jemals finden zu können.

Es war aus. Es half nichts, sich da etwas vorzumachen. Dieser naseweise Collegeboy hatte alles verdorben. Erst unterschlug er das wichtigste Fundstück – was hatte er sich eigentlich dabei gedacht, auf eigene Faust zu handeln? Hatte ihm niemals jemand beigebracht, was es hieß, erwachsen zu werden? –, dann verursachte er dessen Zerstörung. Gut zu verstehen, dass er sich nun versteckt hielt. Aber das würde er nicht ewig so treiben können. Wahrscheinlich saß er irgendwo in einem Eck und zitterte, während ihm allmählich aufging, was er sich da eingebrockt hatte: Bis an sein Lebensende würde er nicht mehr aus den Gerichtssälen dieses Planeten kommen. Er, John Kaun, würde die geballte Streitmacht seiner juristischen Abteilungen entfesseln und ihn mit Schadenersatzklagen überziehen, bis ihm schwarz vor Augen wurde. Die Schar seiner Anwälte, unter denen einige der besten, bissigsten, aggressivsten Anwälte der Welt waren – Männer, die Anwälte geworden waren, weil sie ihre übermächtigen Aggressionen ansonsten nur durch regelmäßige Massaker unter Unschuldigen hätten abbauen können –, würde ihn verfolgen bis ans Ende der Welt. O ja, auf die eine oder andere Weise würde John Kaun schon noch seinen Gewinn machen. Vielleicht nur einen kleinen, aber einen Gewinn. Wer weiß, vielleicht ließ sich ja ein Mythos daraus konstruieren? Sozusagen die *Titanic* der Archäologie?

»Uns«, begann der Pater mit dem harten, mageren Gesicht und machte eine unmerkliche kleine Pause, lang genug, damit man begriff, wen er damit meinte – den Papst, den gesamten Vatikan, vielleicht sogar Gott selbst –, »ist zugetragen worden, Sie hätten ein außerordentliches Artefakt aus der Zeit Jesu Christi entdeckt ...«

Kaun nickte. »Das ist richtig.«

»Es schien uns geboten, in dieser Sache persönlich vorstellig zu werden. Kann ich es sehen?«

Oha. Waren da Begehrlichkeiten zu spüren? »Hmm. Offen gestanden, Pater, bin ich mir noch nicht ganz sicher, ob Sie der sind, für den ich Sie halten soll. Hier steht, Sie sind Mitglied der Kongregation für die Glaubenslehre. Klingt beeindruckend. Aber ich meine, seien wir ehrlich, Sie könnten ein Journalist von einem Konkurrenzunternehmen sein. Eine Soutane ist schnell gekauft, und Visitenkarten kann sich jeder drucken lassen. Auch mit dem Siegel des Vatikans darauf.«

Der Priester nickte sachte. Er stand leicht schief und gebeugt, wirkte beinahe teigig – aber Kaun wurde das Gefühl nicht los, dass er sich verstellte, dass unter der Maske der Weichheit und mildherzigen Unterwürfigkeit eine Schlange aus Stahl lauerte.

»Mister Kaun«, erklärte der Priester mit leiser, sanfter Stimme, »in Ihrer Position sehen Sie häufiger und tiefer hinter die Kulissen der Weltpolitik als der normale Zeitgenosse. Ich sage Ihnen nichts Neues, wenn ich Ihnen erkläre, dass der Heilige Stuhl einen Nachrichtendienst unterhält, um den uns alle Staaten der Welt beneiden. Ich bin hier, weil uns eine Information erreicht hat, wonach Sie auf der Suche seien nach einer Videoaufnahme Jesu Christi, die ein Zeitreisender angefertigt und an einem unbekannten Ort versteckt haben soll.«

Kaun musste sich anstrengen, sein Pokerface zu bewahren. Woher, um alles in der Welt, konnte irgendjemand auf der Welt das wissen? Einer seiner Leute musste geplaudert haben. Das war eine Sache, die man nicht auf sich beruhen lassen durfte.

Andererseits – wenn sie schon ohne sein Zutun davon überzeugt waren, konnte ihm das im Grunde nur recht sein.

»Ich muss zugeben, dass Sie gut unterrichtet sind.«

»Haben Sie sie schon?«

»Ich gehe davon aus, dass wir sie im Lauf dieser Woche bergen werden.« Das klang gut, fand Kaun. Das strahlte gelassene Zuversicht aus, und der andere mochte das so verstehen, als wüssten sie schon genau, wo die Kamera verborgen lag.

»Was haben Sie mit der Aufnahme vor, wenn Sie sie haben?«

»Ich habe vor, mit ihr das zu tun, was die Anteilseigner meiner Gesellschaft von mir erwarten, dass ich tue: Maximalen Gewinn erwirtschaften.«

Ein Schatten huschte über Scarfaros Gesicht. »Kann ich Sie überreden, Videoaufzeichnung und Kamera der Kirche zu übergeben?«

»Ich kenne Ihre Überredungskünste nicht.«

»Die Kamera gehört Ihnen nicht, Mister Kaun«, erklärte der Priester aus Rom. »Auch wenn Sie sie finden sollten, war sie nie für Sie bestimmt. Und was könnten Sie damit anfangen, abgesehen davon, ihren reinen Sensationswert auszuschlachten? Im besten Fall werden Sie eine Aufnahme haben, auf der ein Mann in Aramäisch redet, und Sie werden nicht einmal wissen, ob Sie die Bergpredigt sehen oder den Aufruf Bar Kochbas zum Aufstand gegen die Besatzer. Angenommen, es gibt diese Aufzeichnung, und angenommen, Sie finden sie, ist die heilige römische Kirche der natürliche Sachverwalter. Wir sind die Organisation, die von Jesus selbst eingesetzt wurde, sein Wort zu verkünden. Niemand außer uns wäre kompetent, die Videoaufnahme auf ihre Echtheit zu prüfen und über ihre korrekte Verwendung zu entscheiden.«

Kaun konnte kaum fassen, was geschah. Dieser Mann hier *glaubte* ihm, und er wollte die Kamera. Wenn er auch nur ein bisschen Einfluss in der Kirche hatte, dann war das der Einstieg in Verhandlungen, die um Größenordnungen interessanter waren als die Suche nach der Kamera selbst.

Nerven bewahren. Jetzt hieß es, Nerven zu bewahren.

Ein Lächeln, halb neckisch, halb missbilligend. »Sie tun das sehr charmant ab, Pater – ›der reine Sensationswert‹. Wirklich sehr charmant. Aber ich glaube, Sie wissen so gut wie ich, wovon wir hier wirklich reden. Wir reden von der Sensation schlechthin. Ich habe als junger Bursche den Mann kennengelernt, der Mitte der Siebziger den Beatles fünfhundert Millionen Dollar geboten hatte für ein einziges Konzert, das er in alle Welt übertragen wollte. Fünfhundert Millionen – und er hätte dabei ein Bombengeschäft gemacht. Ich bin mir sicher, dass die Zeiten, als die Beatles populärer waren als Jesus Christus, längst vorbei sind.« Ein Seufzer, aus dem tiefsten Grund seiner Seele. »Aber andererseits kann ich mich Ihren Argumenten nicht völlig verschließen. Ja, das Video gehört in die Hände der Kirche. Allerdings müsste ich darauf bestehen, dass ich, eingedenk der nicht unbeträchtlichen Leistungen, die schon erbracht wurden, wenigstens eine geringe, beinahe symbolisch zu nennende Entschädigung erhalte.«

»Darüber lässt sich selbstverständlich reden«, meinte Scarfaro. »An welchen Betrag denken Sie dabei?«

»Lassen Sie es mich so sagen«, erwiderte Kaun, »der gescheiterte Versuch, die Beatles wieder zu vereinen, liegt bald dreißig Jahre zurück. Heutzutage werden für Werbung, für die Übertragungslizenzen wichtiger Sportereignisse und so weiter Summen gezahlt, die man sich damals nicht einmal hätte vorstellen können. Ein einziger erfolgreicher Film aus Hollywood spielt in der ersten Woche mehr Geld ein als alle Filme der ersten Hälfte des Jahrhunderts zusammengenommen. Und nun kommen Sie und wollen den Film haben, der Jesus Christus zeigt ...« Er machte eine wegwerfende Handbewegung. »Aber Sie sollen ihn haben. Sie bekommen alles. Ich gebe Ihnen das vollständig erhaltene Skelett des Zeitreisenden, radiologisch datiert auf ein Alter von zweitausend Jahren, aber mit tadellosen modernen Zahnkronen und einem nach dem medizinischen Stand der achtziger Jahre behandelten Knochenbruch. Das Skelett allein ist schon eine wissenschaftliche Sensation – aber dazu bekommen Sie die Gebrauchsanleitung für eine SONY-Videokamera, die erst in drei Jahren auf den Markt kommen wird. Für das Papier dieser Anleitung ist ebenfalls, von zwei unabhängigen Instituten bestätigt, ein Alter von zweitausend Jahren bestimmt worden. Und außerdem« – er hob den Briefumschlag mit den restlichen Fotos darin – »zeige ich Ihnen einen Brief des Zeitreisenden.«

In die Augen des Priesters war ein seltsames Funkeln getreten. »Ein Brief?«, echote er.

»Ein Brief.« Kaun nickte milde. »Und alles, was ich dafür will«, setzte er sanft hinzu, »sind zehn Milliarden Dollar.«

Eisenhardt, der durch die schräggestellten Milchglaslamellen seiner Toilette das Gespräch der beiden Männer verfolgt hatte, zuckte zusammen, als Kaun den Betrag nannte. Eine solche Zahl allen Ernstes in den Mund zu nehmen! Ihm brach der Schweiß aus, und nicht nur, weil die Toilette als einziger Raum des Wohnwagens nicht an die Klimaanlage angeschlossen war und sich deshalb tagsüber zu einem regelrechten Brutofen aufheizte.

Der Priester reagierte äußerst ungehalten auf die Forderung. Eisenhardt spähte vorsichtig durch die Lamellen und sah ihn heftig gestikulieren, während er Kaun vorwarf, rücksichtslos maximalen Profit aus einer Entdeckung schlagen zu wollen, die ihm nicht gehörte.

»Ich habe Ihnen einfach ein Angebot gemacht, Pater. Und mit Ihnen meine ich die katholische Kirche. Sie können darauf eingehen, dann erhalten Sie alles, was ich im Moment habe, und können das Video ausgraben oder es lassen, wo es ist. Wie Sie möchten. Oder Sie gehen nicht darauf ein – dann müssen Sie sich gedulden, bis ich das Video geborgen habe, bis die gesamte Kampagne zu seiner Vermarktung abgerollt ist, bis ich mich mit allen interessierten Fernsehkonzernen hinsichtlich der Konditionen für die Übernahme der Erstausstrahlung geeinigt habe, bis alle Werbeplätze belegt sind und alle Sponsoren feststehen. Und sich überraschen lassen, was darauf zu sehen sein wird. Wie Sie möchten. Es ist Ihre Entscheidung.«

»Zehn Milliarden Dollar ist ein völlig unakzeptabler Preis für ein Video.«

»Es ist eine ziemliche Summe Geld, ja. Aber Sie dürfen nicht übersehen, dass ich Ihnen eine ganze Menge mehr verkaufe als nur ein Video. Ich verkaufe Ihnen die Kontrolle über seinen Inhalt. Ich verkaufe Ihnen mein Schweigen, dass es dieses Video überhaupt gibt, falls etwas darauf zu sehen sein sollte, das mit dem kirchlichen Dogma unvereinbar ist. Und mit diesem Schweigen verkaufe ich, um es schonungslos zu sagen, gleichzeitig meine journalistische Integrität. Und die, tut mir leid, ist nicht für ein Linsengericht zu haben.«

Vorhin, während der Diskussion vorn im Besprechungszimmer, hatte es einen Punkt gegeben, an dem Eisenhardt geistig ausgestiegen war. Als hätte man in seinem Inneren einen Hebel umgelegt. Professor Wilford-Smith hatte die große Bibel aufgeschlagen, um in den Evangelien alle Angaben über die Jünger Jesu nachzulesen und so eventuell auf einen Hinweis zu stoßen, dass einer davon tatsächlich der Zeitreisende gewesen sein könnte und wenn ja, welcher. Und er hatte nur dabeigesessen und sich gefragt: *Was um alles in der Welt tue ich hier eigentlich?*

Dieses ganze schlaue Herumkombinieren, dieses Wandeln in den Spuren von Sherlock Holmes, was hatte es bisher gebracht? Genau nichts.

Als die Bedienungsanleitung entdeckt worden war, hatten Kaun und Wilford-Smith messerscharfe, überzeugende Schlussfolgerungen daraus gezogen. Der Brief nun bewies, dass fast nichts davon stimmte. Weder würde demnächst die Zeitreise erfunden werden, noch hatte ein ausgeklügelter Plan hinter allem gesteckt. Sie waren aus falschen Gründen zu ein paar richtigen Ergebnissen gekommen, aber nur zufällig.

»Sie übersehen, dass ich mit dem, was ich weiß, einfach zu den israelischen Behörden gehen kann«, verlegte sich der Priester aufs Drohen. »Die werden Ihre Aktivitäten stoppen, und es wird uns keinen Cent kosten. Denn was Sie zu tun versuchen ist nichts anderes, als illegal archäologische Funde außer Landes zu bringen.«

Kaun schien unbeeindruckt. »Erstens haben wir nichts außer Landes gebracht. Zweitens muss das Video, um ausgestrahlt zu werden, dieses Land nicht verlassen; ich besitze mobile Sendestationen, die binnen weniger Stunden hier sein können.« Seine Stimme wurde leiser, drohender. »Drittens kann ich mir allerhand vorstellen, aber nicht, dass Sie ernsthaft wünschen, dass der Staat Israel die Kontrolle über das Jesus-Video hat.«

Er hatte sich absetzen müssen. Hatte was gemurmelt, dass er aufs Klo müsse, und sich davongemacht, hatte die Schiebetür zwischen Küche und Besprechungsraum sorgfältig hinter sich zugezogen und war nach hinten in sein Schlafzimmer gegangen. Dort hatte er bemerkt, dass jemand neben dem Wohnwagen stand, und so war er doch noch in die Toilette gegangen, leise, um zu lauschen.

Kaun ging es also tatsächlich nur um Geld. Und was er da gerade machte, war glatter Betrug. Nach dem, was heute Nacht passiert war, hatte er wahrscheinlich die Hoffnung, die Kamera und das Video darin jemals zu finden, aufgegeben.

Nun hoffte er, die paar Knochen und Papierfetzen an die Kirche verkaufen zu können, darauf spekulierend, dass diese es vorziehen würde, alle Spuren dessen, was geschehen war, zu verwischen. Und so würde niemals jemand merken, dass es in Wirklichkeit keine Spur zu der Kamera gegeben hatte.

Und man würde sie nicht finden. Ihm schwindelte. War es nicht das, was er noch vor ein paar Tagen gepredigt hatte? *Was immer auch geschieht, Sie werden dieses Video nicht im Fernsehen zeigen, ehe der Zeitreisende aufbricht.* Eisenhardt hatte plötzlich das Gefühl, neben sich zu stehen, über sich zu schweben, sich selbst zu sehen wie eine Figur in einem großen, komplexen Spiel, so wie er die Figuren auf seinen Diagrammen betrachtete, wenn er einen Roman plante und alles zusammenpassen musste. Anscheinend war auch das Leben eine Art Roman, und er konnte gerade zuschauen, wie alles ineinander griff, wie alles zum Passen kam.

»Vielleicht sollten wir an einem anderen Ort weiterreden als hier«, schlug der Beauftragte des Vatikans vor.

»Herzlich gern«, hörte Eisenhardt den Vorstandsvorsitzenden von *Kaun Enterprises* sagen. »Gehen wir in mein Büro hinüber. Dort kann ich Ihnen die Nummer eines Kontos in der Schweiz aufschreiben.«

Er hörte, wie sich Schritte entfernten, und blieb mit einem Gefühl von Fassungslosigkeit zurück.

»Du wirst in der Amerikanischen Bibliothek nichts über den Tunnel finden, glaub mir«, sagte Yehoshuah, die Hand auf dem Türöffner. »Komm lieber mit uns.«

Sie standen direkt vor dem Bibliotheksbau der Hebräischen Universität, und an einer ungünstig engen Stelle dazu; jedes zweite Auto, das an ihnen vorbeifuhr, hupte missbilligend.

»Unfug«, erwiderte Stephen. »Das ist Zeitverschwendung, wenn man nicht einmal das hebräische Alphabet beherrscht. Nein, wir machen es wie besprochen. Ihr sucht hier nach allem Material, das ihr finden könnt, und ich schaue mich in der American Library um. Ich habe auch sonst noch einiges zu erledigen. Um fünf hole ich euch wieder ab.« Er nahm das Mobiltelefon hoch, das am Ladekabel hing, und prüfte den Batteriestand. »Wenn irgendetwas Besonderes sein sollte, ruft mich an. Ich lasse das Telefon eingeschaltet.«

»In einer Bibliothek? Damit machst du dich nicht beliebt,«, meinte Yehoshuah.

»Man kann es ganz leise stellen. Es macht dann nur Tick-Tick, wenn jemand anruft. Eine Bibliothek ist der einzige Ort, wo man überhaupt die Chance hat, es dann zu hören. Mach dir keine Sorgen.«

Judith öffnete die Tür und stieg aus. »Kann es sein, dass du es ziemlich eilig hast?«, fragte sie. »Du wirkst etwas gehetzt.«

Stephen sah in ihre dunklen, unergründlichen Augen. »Merkt man das? Ich würde gern morgen Nachmittag um diese Uhrzeit durch den Tunnel tauchen.«

Das Auto, das am Straßenrand gegenüber dem Apartmenthaus stand, parkte dort schon seit dem frühen Morgengrauen. Seit dieser Zeit hatten die beiden Männer, die darin saßen, regungslos ausgeharrt und die Eingangstür im Blick behalten, neben der eine lange Reihe von Briefkästen und Klingeln angebracht war. Es gab einen Briefkasten und eine Klingel, auf deren Namensschild *Yehoshuah Menez* stand, und das war der Grund, warum die beiden Männer in dem Auto saßen.

Es war eine vielbefahrene Straße. Niemand beachtete sie. An ihrem Armaturenbrett klebten drei kleine Fotos, die die

Gesichter von zwei jungen Männern und einer jungen Frau zeigten. Ab und zu sah einer von ihnen auf die Uhr; in letzter Zeit häufiger.

Endlich hielt ein Auto hinter ihnen, in dem ebenfalls zwei Männer saßen. Die beiden Männer in dem ersten Auto drehten sich um. Es waren die Gesichter, die sie erwartet hatten. Fragende Blicke. Sie machten den Neuankömmlingen ein simples Zeichen, eine erhobene Hand, deren Daumen und Zeigefinger zu einem O zusammengelegt waren, oder zu einer Null, wenn man so wollte. Nichts passiert, hieß das. Keiner der drei, deren Fotos sie nun seit beinahe zehn Stunden angestarrt hatten, war aufgetaucht.

Einer der beiden Männer in dem hinteren Wagen nickte, und die Männer in dem vorderen Wagen setzten sich wieder hin, ließen den Motor an und nutzten eine Lücke im fließenden Verkehr, um sich einzufädeln und davonzufahren. Der andere Wagen rollte noch ein Stück nach vorn, genau dorthin, wo der erste gestanden hatte.

»Jetzt aber nichts wie ab in die Stadt, was essen!«, sagte der eine Mann zu dem anderen. »Ich sterbe vor Hunger.«

Eisenhardt schloss die Tür der Toilette hinter sich, lehnte sich mit einem schweren Gefühl im Körper dagegen und starrte die gegenüberliegende Wand an. Es dauerte eine ganze Weile, ehe er begriff, dass er ratlos war. Vollkommen ratlos. Was sollte er jetzt tun? Er hatte nicht den Hauch einer Ahnung. Konnte man denn überhaupt etwas tun, das einen Unterschied machen würde? So, wie es aussah, stand die Zukunft doch fest. War unabänderlich, festgeschrieben im großen Buch Gottes. Kismet. Die Fatalisten hatten recht behalten.

Er wünschte sich, er hätte selber etwas von der Energie und dem Einfallsreichtum an sich gehabt, mit dem er die Hauptpersonen seiner Romane auszustatten pflegte. Dann hätte zumindest sein Dünndarm nicht angefangen, sich selbst zu verknoten.

Er ging zurück in die Küche. Durch die Schiebetür hindurch hörte er die Professoren miteinander diskutieren, mehrmals fiel das Wort *Apostel*. Eisenhardt blieb stehen, die Hand am Türgriff. Nein, er konnte jetzt nicht zurück in diesen Raum gehen. Er konnte nicht so tun, als sei nichts gewesen. Nein.

Er ging nach hinten in sein Schlafzimmer, ließ sich auf das Bett fallen und verschränkte die Arme über dem Gesicht. Nichts hören, nichts sehen. Alles ausblenden. Doch dann nahm er die Arme wieder weg und starrte an die Decke.

Da war noch etwas. Irgendetwas war ihm an dem Gespräch der beiden Männer aufgefallen. Irgendein Satz war gefallen, der etwas in ihm ausgelöst hatte, eine Erinnerung, einen Gedankengang, irgendetwas, das in seinem Unterbewusstsein Wellen schlug. Er stützte sich auf die Ellenbogen und sah hinüber zu dem kleinen Schreibtisch, auf dem inzwischen fast alle Bücher lagen, die er vorne in den Schränken gefunden hatte. Lydia hätte gesagt, dass das typisch für ihn sei: All seine Schlafräume hatten die Tendenz, sich rasch in Bibliotheken zu verwandeln.

Wie war das gewesen? John Kaun hatte die Visitenkarte des dürren Mannes aus Rom laut gelesen. Pater Scarfaro hatte er ihn genannt. Mitglied irgendeiner Kongregation ... Hmm. Eisenhardt stand auf, stapelte ein paar Bücher umher und fand, was er suchte. Ein Buch über die römisch-katholische Kirche und den Vatikan. Er blätterte durch das Inhaltsverzeichnis, schlug die entsprechende Seite auf. Es gab insgesamt neun Kongregationen, oberste Verwaltungsorgane mit gesetzgebender und richterlicher Befugnis im gesamten Bereich der Kirche. Eisenhardt runzelte die Stirn. Die Lehre der

Gewaltenteilung schien an der Kirche spurlos vorübergegangen zu sein. Er las weiter. Die Kongregation für die Glaubenslehre wurde praktischerweise als erste erörtert.

In seinen Romanen hatte Eisenhardt oft beschrieben, wie Menschen in Momenten abgrundtiefen Erschreckens glauben, ihr Blut gefriere ihnen in den Adern. Nun erlebte er zum ersten Mal am eigenen Leib, wie sich das anfühlte. Hätte ihm in diesem Augenblick ein Totenskelett die Hand auf die Schulter gelegt und ihn ein verwester Schädel angegrinst, er hätte nicht mehr erschrecken können.

Die Kongregation für die Glaubenslehre, stand da zu lesen, war eine uralte Organisation. Papst Gregor IX. hatte sie 1231 gegründet, also vor bald achthundert Jahren – doch nicht unter dem Namen, den sie heute trug. Bis zum Jahre 1908 hatte diese Organisation anders geheißen, hatte einen Namen getragen, der für Jahrhunderte voller Angst und Schrecken stand, für Feuer, Folter, Ströme von Blut, für das dunkle Mittelalter schlechthin. Er hatte nicht geahnt, dass diese Organisation immer noch existierte.

Die Kongregation für die Glaubenslehre war der heutige Name der *Heiligen Inquisition.*

29

DRINGEND – VERTRAULICH
John,
die Banken machen Druck wegen des Kursverfalls. Mr Sutherland von der First National will den Aufsichtsrat kommenden Mittwoch zu einer Sondersitzung einberufen. Offenbar steht Ihre Position als Vorstandsvorsitzender zur Debatte.

S.

Das durfte nicht wahr sein. Stephen starrte das schmale Stück Papier an, das der Quittungsdrucker des Bankautomaten eben ausgespuckt hatte, dann seine Visa-Karte.

Limit exceeded, stand da.

Der Automat, solide und uneinnehmbar in die Wand eines öffentlichen Gebäudes gemauert, hatte außergewöhnlich lange an der Karte herumgekaut, die Stephen ihm in den Schlitz geschoben hatte. Nun schob sich die Abdeckung aus gebürstetem Edelstahl mit grimmiger Unaufhaltsamkeit wieder zwischen ihn und die Tastatur, auf der er die Höhe des gewünschten Bargeldbetrages eingetippt hatte.

Das war ja eine schöne Bescherung. Stephen schob die Karte zurück in das Fach, das sie in seiner Brieftasche bewohnte, und machte dem nächsten Kunden Platz, einer dicklichen Frau mit hochtoupierten Haaren, die ihm misstrauische Blicke zuwarf. Sah er so gefährlich aus? Er schüttelte unwillig den Kopf und ging langsam weiter, die Brieftasche in der Hand.

Konnte das wahr sein? Hatte er so viel ausgegeben, seit er in

Israel angekommen war? Er hätte daran denken sollen, das Limit rechtzeitig zu erhöhen. Er musste irgendwie ... aber wie? Bei seiner Bank anrufen ... Wenn Hugh Cunningham, sein Sachbearbeiter, erreichbar war, konnte man vielleicht etwas machen, wenigstens vorübergehend.

Wie viel Geld hatte er eigentlich noch? Er blätterte die Scheine durch. Kaum genug, morgen früh das Hotel zu bezahlen. Geschweige denn, Tauchausrüstung zu mieten oder das Auto zu bezahlen. Unglaublich.

Wie stand es mit den anderen Karten? Er besaß drei – eine VISA, eine MasterCard und eine American Express. Eigentlich waren es fünf, aber die zwei übrigen wurden nur in den USA akzeptiert, eine davon nur an Tankstellen. Die MasterCard ging auf dasselbe Konto wie die VISA, mit der würde er auch kein Glück haben. Aber die American Express ... Mit der konnte man auch an Bargeld kommen, aber nicht aus einem Automaten. Die hatten ein Büro hier in Jerusalem, wenn er sich recht erinnerte. Oder gab es nur eines in Tel Aviv? Nun, das sollte sich herausfinden lassen.

Kein Geld. Unglaublich. Und wie das gleich die Stimmung verdarb! Was nützte es, wenn man ein Vermögen besaß, aber keine Möglichkeit hatte, darauf zuzugreifen? Eine Riesendummheit, das war es.

Er klappte, immer noch einigermaßen fassungslos, die Brieftasche wieder zu, schob sie zurück in sein Jackett und erstarrte beinahe zur Salzsäule, als er die beiden Männer sah, die da, ins Gespräch vertieft, den Bürgersteig entlang auf ihn zukamen. Mit angehaltenem Atem, sich mit aller Kraft bemühend, nicht noch durch eine auffallend hektische Bewegung die Aufmerksamkeit gewissermaßen aus dem Augenwinkel zu erregen, rettete er sich in die nächstbeste Ladentür.

Nun waren sie auch noch stehen geblieben, anstatt weiterzugehen und zu verschwinden! Er tat, als betrachte er die Auslagen, während er die beiden beobachtete. Zweifellos, es waren zwei von Ryans Leuten. Er hatte sie mehrmals im Lager gesehen, und sie kannten ihn auch. Was taten die hier? Es musste Zufall sein, dass sie ausgerechnet jetzt und hier die Straße entlangkamen; sie sahen nicht so aus, als suchten sie ihn.

Noch so ein blöder Zufall. Gar nicht gut für die Stimmung.

Jemand sprach ihn von der Seite an, er verstand nichts, fuhr erschrocken herum und erwiderte automatisch: »Wie bitte?«

»Sie interessieren sich für Videokameras?«, schaltete der Verkäufer, ein stämmiger Mann mit schütterem Haar und einer mächtigen Knollennase, auf Englisch um.

»Videokameras?« Stephen sah ihn irritiert an, dann die Auslagen, die er bis jetzt betrachtet hatte, ohne sie zu sehen. Tatsächlich, es waren lauter Videokameras, in allen Größen, alle Fabrikate. Er war in ein Foto- und Videofachgeschäft geraten. Und die beiden Wachhunde standen immer noch am Straßenrand und schienen ausführlich zu beraten, wohin sie nun gehen sollten.

»Wir vertreten alle namhaften Marken«, hub der Verkäufer an und packte das nächstbeste Gerät, um es Stephen in die Hand zu drücken. Es war erstaunlich leicht. »SONY, Canon, Panasonic, JVC, Sharp ... Was Sie wollen. Das hier ist der derzeit kleinste und leichteste Digital-Video-Camcorder, nur fünfhundert Gramm, aber mit Zehnfach-Motor-Zoom-Objektiv ausgestattet. Na, wie liegt der in der Hand? Fantastisch, nicht wahr? Absolut kein Problem, den überallhin mitzunehmen und alles festzuhalten.«

Stephen betrachtete das Gerät. Er hatte einmal ein Diktiergerät besessen, das größer gewesen war. Erstaunlich. Er hob den Sucher ans Auge und spähte damit auf die Straße hinaus. Es sah im Grunde so aus, als suchten sie ein Restaurant und könnten sich nicht einigen, in welches sie gehen sollten.

»Erstaunlich«, erklärte er auch dem Verkäufer, der ihm abwartend zugesehen hatte.

»Darf ich Sie fragen, ob Sie sich schon für ein bestimmtes System entschieden haben?«, wollte der wissen.

»Ein System?« Stephen wurde plötzlich bewusst, dass dies das erste Mal in seinem Leben war, dass er überhaupt eine Videokamera in der Hand hielt. Bemerkenswertes Defizit für jemanden, der sich auf der Suche nach der bedeutendsten Kamera der Geschichte befand. »Was gibt es denn für Systeme?«

Ein Leuchten trat in die Augen des Mannes. »Es gibt Video-8, das ist das älteste System. Weit verbreitet, und die Cassetten sind billig. Dann haben wir Hi-8, im Prinzip dasselbe, aber wesentlich bessere Bildqualität; besser als Ihr Fernseher. Das derzeit Modernste aber ist natürlich die digitale Aufzeichnung. Beste Kontraste, brillante Farben, unübertroffen scharfe Bilder – und keinerlei Verluste bei der Nachbearbeitung. Ich empfehle allen meinen Kunden, auf die Nachbearbeitung von Videoaufnahmen großen Wert zu legen, denn: Angenommen, Sie sind im Urlaub – was ich bei Ihnen jetzt einfach mal unterstelle – dann nehmen Sie auf, was Ihnen vor die Linse kommt. Aber Ihren Freunden zu Hause, Ihrer Familie und so weiter, denen wollen Sie ja nur die besten Aufnahmen zeigen. Wollen vielleicht ein paar Überblendeffekte einbauen, Szenen kürzen, in eine andere Reihenfolge bringen. Wie Stephen Spielberg, der wäre auch nichts ohne Schnitte und Nachbearbeitung, nicht wahr? Dafür ist Digital-Video optimal. Sehen Sie zum Beispiel hier ...« Er nahm Stephen die Kamera wieder aus der Hand und öffnete eine kleine Plastikkappe an der Seite. »Hier haben Sie alle Anschlüsse – LANC, externes Mikrophon, Kopfhörer, Digital-Ausgang, Super-Video, Audio. Natürlich arbeitet das Gerät mit einem Lithium-Ionen-Akku, es gibt also keinen Memory-Effekt, hat ...«

»Ich habe gehört, es soll demnächst ein neues System geben«, unterbrach Stephen seinen Redeschwall. »Es heißt MR – ich weiß aber nicht, wofür das steht.«

»Ah, ja.« Der Mann nickte. »Von SONY. MR steht, glaube ich, für *magnetic resonance* oder so ähnlich. Das soll aber erst in drei bis vier Jahren auf den Markt kommen. Ist zurzeit absolut noch nicht spruchreif und wird wahrscheinlich auch zunächst nur für den High-End-Markt verfügbar sein. Sprich, viel zu teuer sein für einen normalen Menschen.«

Die beiden Männer schienen sich geeinigt zu haben und gingen quer über die Straße davon.

»Wissen Sie, wie dieses MR-System funktionieren wird?«, wollte Stephen wissen.

»Ach, im Prinzip ist es auch ein digitales System. Der einzige Unterschied ist, dass nicht mehr auf ein magnetisches Medium aufgenommen wird, sondern dass die Speicherung in einem speziellen Siliziumkristall erfolgt. Für Sie heißt das, dass eine einmal gemachte Aufnahme nicht mehr gelöscht werden kann, dass sie dafür aber sehr lange hält. Interessant für Dokumentationszwecke, aber ziemlich teuer, wenn man mit dem Filmen erst anfängt. Immerhin sollen dann auf einer Cassette an die zwölf Stunden reine Aufnahmezeit Platz finden.«

»Wie lange hält denn eine Videoaufzeichnung heutzutage?«

»Das kommt darauf an. Bei den Video-8 und Hi-8, also den analogen Verfahren, lässt die Qualität nach zehn, zwanzig Jahren merklich nach. Einfach, weil die Stärke der Magnetisierung auf den Bändern im Lauf der Zeit nachlässt, verstehen Sie? Beim Digital-Video ist das auch so, aber dadurch, dass die Aufnahmen digital sind, können Sie sie immer wieder auf neue Bänder kopieren und so grundsätzlich beliebig lange erhalten.«

»Leuchtet ein.« Ryans Männer waren außer Sichtweite. Stephen deutete auf den kleinen Camcorder. »Können Sie mir davon einen Prospekt mitgeben?«

Ein leichtes Zucken im Augenwinkel. »Möchten Sie diese Kamera haben?«, fragte der Mann mit dem schütteren Haar.

»Ich weiß noch nicht«, log Stephen.

»Passen Sie auf, ich habe einen Tipp für Sie«, meinte der Verkäufer verschwörerisch, zog ein buntes Faltblatt hervor und zückte einen Kugelschreiber. »Normalerweise kostet diese Kamera ...« Er schrieb eine astronomische Zahl in Schekel hin und eine ebenso astronomische in Dollar gleich daneben. »Aber wenn Sie sich gleich entscheiden, kann ich Ihnen ein Gerät verkaufen, absolut neuwertig, absolut vollständig, mit Garantie und allem, nur ohne Originalkarton. Es stammt, erzählen Sie es nicht weiter, aus einer Pfändung. Ohne Originalkarton darf ich es nicht zum Originalpreis verkaufen, verrückt, aber es ist so. Ich würde es Ihnen verkaufen für –« Er schrieb zwei Zahlen hin, die etwa vierzig Prozent unter den ersten beiden lag. »Wie gesagt, davon habe ich nur eines. Einmalige Chance.«

Stephen lächelte über diesen uralten Trick. So ähnlich hatte er seine Software auch schon verkauft.

»Danke«, meinte er und nahm das Faltblatt an sich. »Aber ich muss trotzdem erst meine Freundin fragen. Sie verstehen sicher.«

Wieder ein Zucken in den Falten unter dem rechten Auge, außerdem eines um die Mundwinkel. Auch ein alter Trick. *Ich kann das nicht entscheiden, ich muss erst jemanden um Erlaubnis fragen.* »Bringen Sie Ihre Freundin doch einfach mit«, schlug der Mann sofort vor. »Wir können ein paar Probeaufnahmen machen und auf dem großen Bildschirm anschauen. Sie wird begeistert sein.«

»Mach ich«, log Stephen, verabschiedete sich und ging. Draußen auf der Straße sah er sich sorgfältig um, aber von den zwei Männern war keine Spur mehr zu sehen.

Sie redeten nicht viel. Willard, ein großer blonder Hüne, der nur mit Mühe in die uniformähnliche Montur passte, in der Ryan sie sehen wollte, rauchte fast ohne Pause, und Eliah, braungebrannt und unverkennbar ein Sabra, ein in Israel geborener Jude, knabberte so gemächlich an einer Falafel, dass sich der Verzehr über Stunden hinzuziehen schien. Beide ließen sie kein Auge von der Haustür und dem Zugangsweg dazu.

Sie sahen Ryan beinahe nicht kommen. Plötzlich tauchte er groß in einem der Rückspiegel auf, wie aus dem Nichts aufgetaucht, und im nächsten Moment öffnete er die hintere Wagentür und saß auf der Rückbank.

»Und?«, fragte er bloß.

Da Eliah gerade am Kauen war, antwortete Willard. »Nichts. Niemand ist aufgetaucht.«

Ryan gab ein knurrendes Geräusch von sich. Es war schwer, so etwas bei ihm mit Sicherheit zu sagen, aber er schien ziemlich gereizt zu sein.

»Wir gehen rein«, entschied er dann.

Willard riss die Augen auf. »Ins Haus?«

»In die Wohnung.«

Inzwischen hatte Eliah heruntergeschluckt. »Boss«, sagte er, »das ist auch in Israel illegal.«

»Ich weiß«, knurrte Ryan. »Deswegen gibt es ja ein elftes Gebot. Moses hat das nur unterschlagen.«

Die Amerikanische Bibliothek, ein eigenartiger Bau aus Stahl und Glas und viel Beton, ließ sich stilistisch schwer in eine bestimmte Zeit einordnen. Weißlackierte, stählerne Gitter, die apart wirkten, aber zweifellos äußerst stabil waren, umzäunten das Gelände, und hochgewachsene Zypressen verbargen das Gebäude wie ein Vorhang. Trotzdem war es kein Problem, hineinzugelangen. Ein blauuniformierter Wachposten stand an der Eingangstür, wollte aber von keinem der Besucher irgendeine Legitimation sehen, sondern beschränkte sich darauf, alle Neuankömmlinge streng zu mustern.

Das Erdgeschoss wurde von einer weitläufigen Cafeteria, der Garderobe, einigen Telefonzellen, langen Schließfachreihen und zahlreichen Lesetischen beansprucht, abgesehen von Räumen, in denen die Verwaltung untergebracht war und zu denen Besuchern der Zutritt mittels überdeutlich formulierter Schilder verwehrt wurde. Der Lesesaal befand sich im Obergeschoss, ein heller, großer Raum mit hohen Fenstern, in halber Höhe zusätzlich noch einmal durch eine breite Galerie unterteilt. Wie in jeder Bibliothek herrschte jene Art von arbeitsamer Stille, die es einem leicht machte, zu einer Tiefe der Konzentration zu gelangen, die einem draußen in der Hektik der alltäglichen Welt unzugänglich blieb.

Wie in einer Kirche, dachte Stephen, während er die Regale entlangwanderte. *Nur wohnlicher.*

Nun, welchem Thema sollte er sich zuwenden? Das war die Frage. Er war oft aufs Geratewohl durch Bibliotheken gegangen, hatte hier und da ein Buch herausgezogen und sich überraschen lassen, wohin der Zufall ihn führte.

Er probierte es, aber hier und heute führte das zu nichts. Nein, das Thema konnte nur heißen: der Tempelberg. Stephen ging zum Katalog, der altehrwürdig in Form abgegriffener Karteikarten in langen hölzernen Kästen geführt wurde, und suchte nach diesem und verwandten Begriffen.

Er fand ein voluminöses, ledergebundenes Buch, das die Geschichte des Tempelbergs in erschöpfender Vollständigkeit darzulegen versprach. Allerdings blieb es bei dem Versprechen – der Blick ins Inhaltsverzeichnis hatte den Eindruck von Gründlichkeit und Vollständigkeit vermittelt, der Text selber, obwohl durchsetzt mit zahllosen Zeichnungen, Fotos und Lageplänen, erwies sich jedoch als ziemlich chaotisch und nicht dazu geeignet, einem einen Gesamtüberblick zu verschaffen. Stephen las trotzdem hier und da die eine oder andere interessante Anekdote. So hatte es zum Beispiel in diesem Jahrhundert zwei dramatische Anschläge auf die muslimischen Bauten auf dem Tempelberg gegeben. Im Jahre 1969 hatte ein geistesgestörter australischer Christ namens Dennis Rohan die El Aqsa-Moschee in Brand gesteckt und schwer beschädigt. Einige Jahre später wurde in letzter Minute eine Verschwörung extremistischer jüdischer Nationalisten aufgedeckt, die vorgehabt hatten, die Moscheen auf dem Tempelberg, allen voran den Felsendom, zu sprengen, um so das Gebiet freizumachen, auf dem der jüdische Tempel einst erbaut worden war, und so das Kommen des Messias zu beschleunigen.

Stephen schüttelte unwillkürlich den Kopf. Die Welt schien besessen zu sein von dieser unnützen halben Quadratmeile Felsgestein.

Dann stieß er, eher beiläufig in einem Nebenkapitel erwähnt, auf eine interessante Tatsache. Das Ausgrabungsgebiet, das südlich des Tempelbergs auf der anderen Seite der Hauptstraße begann, nannte man die Stadt Davids. Das hatte er gewusst. Was er nicht gewusst hatte – es hatte ihn bislang allerdings auch nicht interessiert –, war, woher dieser Name kam. Anfang des Jahrhunderts, so las er, hatte ein Angehöriger des französischen Zweigs der Familie Rothschild dieses Stück Land gekauft, um die wahre Begräbnisstätte König

Davids zu suchen. Gefunden worden war sie aber nie. Unter den Briten hatte das ganze Gelände den Status einer archäologischen Fundstätte gehabt, deswegen war jede Bautätigkeit dort verboten gewesen. Als es jordanisches Territorium wurde, hatte man dieses Verbot nicht mehr beachtet und, Ruinen hin, Gräber her, eifrig gebaut. Nur das Gelände, das den Rothschilds gehörte, wurde als feindliches Eigentum verwahrt und blieb unberührt.

Deswegen hatte Halil Saad die Zisterne gefunden, als er seinen Keller ausgeschachtet hatte. Sein Haus stand auf den Ruinen eines anderen Hauses, das zu Zeiten gebaut worden war, als das Gebiet zu Jordanien gehört hatte. Halil Saad hatte nur tiefer gegraben als der Vorbesitzer. Das Gelände insgesamt aber war Teil eines der ältesten Teile von Jerusalem überhaupt.

Nur von einem Tunnel war nirgends die Rede …

Es tickte in seiner Jackentasche. Das Telefon.

»Yehoshuah?«, meldete er sich, stellte das Buch zurück und setzte sich über die dicken grauen Läufer auf den Ausgang des Lesesaals zu in Bewegung. Die Bibliothekarin, die hinter einer Theke Aufsicht führte, musterte ihn missbilligend, sogar äußerst missbilligend. »Was gibt's?«

Zu seiner nicht geringen Überraschung meldete sich weder Yehoshuah noch Judith. Es war eine Stimme, die Englisch mit einem harten Akzent sprach und die er nicht auf Anhieb erkannte.

»Mister Foxx? Hier spricht Peter Eisenhardt. Ich würde Sie gerne treffen. Möglicherweise, ähm, habe ich interessante Informationen für Sie.«

Das Türschloss leistete ihnen nicht länger als zwanzig Sekunden Widerstand. Niemand hörte sie, niemand sah sie, als sie in die Wohnung von Yehoshuah Menez eindrangen. Gleich darauf schloss sich die Tür wieder, und alles sah aus wie vorher.

Es war ein Einzimmerapartment mit einer Nasszelle, einem kleinen Ankleideraum und einem Balkon. Und alles sah aus, als seien schon Einbrecher vor ihnen da gewesen.

»Was für eine Schweinerei«, murmelte Ryan vor sich hin, als er die Küchenzeile inspizierte. Der junge Archäologe schien nichts von modernen Reinigungsmitteln zu halten, sondern im Gegenteil bestrebt zu sein, seine Einrichtungsgegenstände ohne Umschweife in Fossilien zu verwandeln.

Am Anrufbeantworter blinkte ein grünes Licht. Ryan kannte das Modell; das Licht bedeutete, dass Anrufe aufgezeichnet waren, die noch niemand abgehört hatte. Er drückte den entsprechenden Knopf.

Es waren zwei Anrufe. Beim ersten Mal wurde mit vernehmlichem Rascheln gleich wieder aufgelegt. Der zweite Anruf war eine Nachricht in zeterndem Hebräisch, von einer Frauenstimme, die Ryan vage bekannt vorkam. Natürlich, die Mutter von Judith Menez, mit der er einmal gesprochen hatte. Yehoshuah war ja der Bruder.

Aber der Inhalt der Nachricht interessierte ihn nicht, viel mehr interessierten ihn Datum und Uhrzeit der Anrufe, die während der Wiedergabe im Display des Gerätes angezeigt wurden. Demnach war Yehoshuah Menez seit Sonntagnachmittag nicht mehr in seiner Wohnung gewesen.

»Woher haben Sie meine Nummer?«, fragte Stephen verwundert, während sich die Tür zum Lesesaal geräuschlos hinter ihm schloss.

»Aus der Adressdatei Ihres Laptops.«

»Und warum wollen Sie mich treffen?«

»Ich muss mit Ihnen reden. Ich glaube, es ist wichtig.«

Stephen konnte es immer noch nicht so recht fassen. Was um alles in der Welt konnte der Schriftsteller von ihm wollen? »Mister Eisenhardt, Sie wissen, dass Kaun mich sucht. Ich muss davon ausgehen, dass Ihr Anruf ein Manöver ist, mit dem er mich fangen will.«

Er sprach leise. Ein Mädchen, das an den Verweiskatalogen arbeitete, die hier draußen aufgestellt waren, sah irritiert zu ihm herüber. Wenn sie hier nach Literatur für was auch immer suchte, musste er davon ausgehen, dass sie verstehen konnte, was er sagte.

»Bitte, vertrauen Sie mir«, bat Eisenhardt. »Kaun weiß nichts von diesem Anruf. Ich handle auf eigene Faust.«

»Kaun lässt wahrscheinlich jedes Gespräch abhören, das Sie führen, ist Ihnen das klar?«

»Ich rufe nicht vom Lager aus an. Ich bin in Jerusalem in einer öffentlichen Telefonzelle, und meine Telefonchips gehen rapide zur Neige. Bitte, lassen Sie uns einen Treffpunkt ausmachen. Wo Sie wollen.«

Stephen überlegte angestrengt. Wenn es stimmte, was der Schriftsteller sagte, dann bestand die Chance zu erfahren, was Kaun gerade vorhatte. Außerdem, musste er sich eingestehen, war er neugierig, aus welchem Grund Eisenhardt anfing, gegen seinen Auftraggeber zu intrigieren.

»Also gut«, sagte er. »Wo sind Sie gerade?«

»Ich bin in der Amerikanischen Bibliothek«, drang Eisenhardts Stimme aus dem winzigen Druckkammerlautsprecher des Ohrhörers. »In einer der Telefonzellen im Eingangsbereich.«

Stephen hätte beinahe aufgelacht. Das wurde ja immer verrückter!

»Moment bitte«, bat er dann, drückte den Mute-Knopf, sodass das Mikrophon blockiert war, und ging rasch die paar

Schritte zur Treppe hinüber, von der aus man hinab in die Halle sehen konnte. Tatsächlich, da stand Eisenhardt, in einer der Telefonkabinen. Er war damit beschäftigt, einen Token nach dem anderen in den hungrigen Automaten zu füttern. Ein Handy anzurufen, das war fast so, als telefoniere man mit Amerika.

Stephen ging hinter einer der Betonsäulen in Deckung und löste die Stummschaltung wieder. »Wie sind Sie denn da hingekommen?«

»Ryan hat mich hergebracht. Ich habe gesagt, ich müsse Literaturrecherche betreiben. Er holt mich heute Abend wieder ab. Ich weiß nicht, ob Ihnen der Name etwas sagt – Ryan ist der Sicherheitsbeauftragte ...«

»Doch«, unterbrach Stephen ihn. »Der Name sagt mir etwas.«

»Ach so, ja«, meinte Eisenhardt verlegen. »Heute Nacht. Bitte, können wir uns treffen? Egal wo, nur müssten wir uns jetzt rasch einigen.«

Auch ein Trick, um den anderen zu einer Entscheidung zu zwingen, dachte Stephen.

»Bleiben Sie, wo Sie sind«, sagte er. »Ich komme zu Ihnen.«

»Gut.« Eisenhardt klang erleichtert. »Das ist natürlich am einfachsten. Und, ähm, wann?«

»In einer halben Stunde.«

»Gut. Danke. Ich ... ich werde einfach hier warten. Sie wissen, wo die Bibliothek ist?«

Stephen musste schmunzeln. »Ja«, erwiderte er. »Ungefähr jedenfalls.«

»Gut. Also, dann bis in einer halben Stunde.«

»Bis in einer halben Stunde.« Stephen drückte den Knopf, der das Gespräch beendete, steckte das Telefon ein und beobachtete dann aus seinem Versteck heraus, was der Schriftsteller tat.

Was ihn natürlich am meisten interessierte, war, ob er es mit einer Falle zu tun hatte. Angenommen, Eisenhardt hätte sich nun von dem Telefon abgewandt und irgendjemandem bestätigend zugenickt, oder gar ein positives Zeichen gegeben – den Daumen nach oben oder dergleichen –, dann hätte er mit Sicherheit gewusst, dass sie auf ihn lauerten. Aber der Deutsche tat nichts dergleichen. Er legte den Hörer auf, kramte seine restlichen Telefonmünzen zusammen und schob sie in die Tasche. Dann stand er da, sah sich scheu um und wirkte ziemlich verloren dabei.

Hmm. Wirklich eigenartig. Fast schon zu eigenartig. Ob es wirklich Zufall war, dass der Schriftsteller ihn von hier aus angerufen hatte? Stephen sah auf die Uhr. Eine halbe Stunde hatte er noch Zeit, sich alles zu überlegen.

Er ging zurück in den Lesesaal, trat an die großen Fenster und spähte hinab auf die Straße. Parkten irgendwo Autos, in denen Männer saßen, ohne auszusteigen? Standen verdächtige Gestalten in schwer einsehbaren Ecken? So sehr Stephen seine schwärzeste Fantasie auch bemühte, er konnte nirgends etwas entdecken, das seinen Argwohn bestätigt hätte. Er sah eine vielbefahrene Straße, an der das Parken ohnehin verboten war; die Leute, die kamen und gingen, waren entweder zu jung, zu alt oder zu weiblich, um zu Ryans Männern gehören zu können; und der einzige, der nicht zielstrebig irgendwohin unterwegs war, war ein fliegender Händler, der seinen Obstkarren vor dem Gitterzaun abgestellt hatte und Orangen an Passanten verkaufte.

Stephen lauschte in sich hinein. War da eine warnende Stimme? Nein. Ein diffuses Unwohlsein im Bauch? Auch nicht. Er glaubte nicht, dass das eine raffinierte Falle war. Wenn Ryan gewusst hätte, dass er hier war, dann hätte er keine solchen Manöver veranstaltet. Alles, was er zu tun gehabt hätte, wäre gewesen, draußen auf ihn zu warten, ihm beim

Herauskommen unauffällig das Bowiemesser in die Rippen zu halten und ihn aufzufordern, mitzukommen. So einfach wäre das gewesen, und er hätte keine Chance gehabt, auf die irgendwer gewettet hätte.

Also gut. Risiko. Stephen verließ den Lesesaal und ging die breite, ebenfalls mit flauschigem Teppich ausgelegte Treppe hinab. Eisenhardt stand an der Fensterfront neben dem Eingang, spähte hinaus, ein dickes, ledergebundenes Ringbuch unter den Arm geklemmt, die Hände tief in den Hosentaschen vergraben, und hörte ihn nicht kommen.

»Mister Eisenhardt?«, machte Stephen schließlich auf sich aufmerksam, als er unmittelbar hinter ihm stand.

Der Schriftsteller fuhr herum, die Augen weit aufgerissen, als spüre er den plötzlichen Herztod nahen. »Mister Foxx! Mein Gott, habe ich mich erschreckt! Wo kommen Sie denn her?«

»Um ehrlich zu sein, ich war die ganze Zeit hier. Ich saß oben im Lesesaal, als Sie anriefen.«

»Was?!« Der Schriftsteller blinzelte irritiert. »Wirklich? Was für ein Zufall.«

»Ja.«

Eisenhardt schüttelte den Kopf. »In einem Roman dürfte man so etwas nicht bringen«, meinte er dann und lächelte verlegen. »Aber das Leben kann sich alles erlauben ...«

Wahrscheinlich musste jemand mit so einem Beruf die Dinge auf diese Weise sehen, dachte Stephen. »Sie wollten mich sprechen. Worum geht es?«

»Ja, also ... Ich weiß gar nicht recht, wie ich anfangen soll ...«

»Vielleicht setzen wir uns in eine ruhige Ecke?«, schlug Stephen vor und deutete auf einen der freien Tische, der etwas abseits stand und ungestörte Ruhe verhieß. »Möchten Sie etwas trinken?«

Ein Glas Mineralwasser später meinte der Schriftsteller, der immer noch wie ein Nervenbündel aussah: »Darf ich Sie geradeheraus etwas fragen, Mister Foxx?«

»Nennen Sie mich Stephen. Ja, klar. Was Sie wollen. Im schlimmsten Fall antworte ich nicht.«

»Wissen Sie, wo die Kamera ist?«

Stephen lehnte sich zurück. »Ich fürchte, da haben wir schon den schlimmsten Fall.«

»Ja, ich verstehe. Entschuldigen Sie.« Eisenhardt hatte sein Ringbuch vor sich auf den Tisch gelegt und fuhr dessen Konturen fortwährend mit den Fingern nach. Aus einer Halterung ragte der Clip eines Kugelschreibers. »Kaun hat in dem Labor die Kamera gefunden, mit der Sie offenbar die Entzifferung der ersten Seite des Briefes fotografiert haben. Aus dem Text ist zu entnehmen, dass es sich bei der Zeitreise nicht um ein geplantes Unternehmen handelte – was alle bisherigen Überlegungen in Frage stellt. Da es so aussieht, als ob der Brief unwiderruflich zerstört ist, hat Kaun anscheinend die Hoffnung verloren, das Video jemals zu finden.«

Stephen atmete unwillkürlich tiefer ein. »Und warum erzählen Sie mir das?«, fragte er dann.

»Weil«, sagte Eisenhardt und beugte sich vor, um leiser sprechen zu können, »ein Vertreter des Vatikans aufgetaucht ist, ein Mann namens Scarfaro. Ich habe das Gespräch zufällig mitgehört, Kaun weiß nichts davon. Er versucht, alle bisherigen Funde an die katholische Kirche zu verkaufen – für zehn Milliarden Dollar.«

»Ah«, machte Stephen. Zehn Milliarden Dollar? Kaun war es wohl tatsächlich gewohnt, in großen Dimensionen zu denken. Und was würde geschehen, wenn sie die Kamera bargen und damit ankamen? »Fantasievolle Zahl. Aber die werden ihm doch die Hölle heißmachen, wenn sie die Kamera nicht finden.«

»Nein. Mein Gefühl ist, dass er darauf spekuliert, dass die Kirche überhaupt kein Interesse daran hat, dass das Video gefunden wird. Er will, dass sie dafür zahlen, alles vertuschen zu können.«

»Meinen Sie wirklich, die Kirche hat Angst vor diesem Video?«

»Aber natürlich!« Der Schriftsteller riss die Augen auf. »Haben Sie jemals ein Buch gelesen und dann den Film dazu gesehen, ohne enttäuscht gewesen zu sein? Genau diese Situation haben wir hier. Die Kirche muss erstens befürchten, dass das Video etwas enthüllen könnte, was die bisher gelehrte Glaubensdoktrin in Frage stellt und damit die Unfehlbarkeit des Papstes. Zweitens, und das ist womöglich noch wichtiger: Das Video wird niemals mithalten können mit den Bildern, die sich die Gläubigen in ihrer Fantasie gemacht haben, mit all den Heiligengemälden über den Ehebetten und den kitschigen Bildern in den Kinderbibeln. Auf dem Video wird alles ziemlich erbärmlich, primitiv und schmutzig aussehen, und man wird sehen, dass Jesus nur ein Mensch wie jeder andere ist. Vielleicht wird man sehen, wie er etwas verkündet, und das wird ziemlich interessant sein, aber man wird es nicht verstehen, weil kaum jemand Aramäisch versteht, und was die Eindringlichkeit seiner Botschaften betrifft, bin ich sicher, dass jeder Evangelist in seinem Zelt hundertmal überzeugender wirkt. Kurzum, die Kirche muss befürchten, dass sich die Menschen desillusioniert abwenden, wenn sie erst einmal den wirklichen Jesus gesehen haben.«

Stephen nickte langsam. So ähnlich hatte er es sich auch schon zurechtgelegt. »Was ich, ehrlich gesagt, eine höchst erfreuliche Entwicklung fände«, sagte er. »Wenn ich einmal erleben könnte, dass der Papst in irgendein heillos übervölkertes Land reist, um gegen Empfängnisverhütung zu predigen, und keiner käme, um ihm zuzuhören, und wenn ich mir das als persönliches Verdienst anrechnen könnte, dann wüsste ich, wofür ich gelebt habe.«

»Geht Ihnen das auch so?«, meinte Eisenhardt erleichtert. »Das ist ja großartig. Ich dachte eigentlich, ich müsste jetzt endlos argumentieren ...«

»Das hatten Sie erwartet?«

»Nun ja, Sie waren so sehr hinter dieser Kamera her, haben den Brief unterschlagen ...«

»Ich habe ihn vergessen. Wirklich. Ich hielt den Plastikbeutel natürlich zuerst nicht für einen wirklichen archäologischen Fund«, erwiderte Stephen seufzend. »Ich meine, niemand würde das. Ich dachte, jemand will mich reinlegen. Und dann dachte ich, es mit einem Verbrechen zu tun zu haben. Erst als ich Ihr Bild in der Zeitung sah und mir einfiel, wer Sie sind, reimte ich mir allerhand zusammen.«

»Sie haben mein Bild in der Zeitung gesehen?«

»Ja. An dem Abend, als Sie ankamen. Die Aufnahme schien in einem Flugzeug gemacht worden zu sein.«

»Und Sie wussten, wer ich bin?«

»Ich hatte Ihren Namen schon einmal gehört, ja. Jedenfalls wusste ich, dass Sie ein Science-Fiction-Schriftsteller sind.«

Eisenhardt schüttelte verwundert den Kopf. »Ich bin erfreut, das zu hören.«

»Jedenfalls«, schlug Stephen den Bogen zurück, »betrachte ich mich als Agnostiker, wenn nicht gar als Atheist, und bin alles andere als gut auf die Kirche zu sprechen. Von mir aus könnten alle Religionen von diesem Planeten verschwinden.«

»Genau«, nickte Eisenhardt. »Ganz genau. Es wäre ein Segen.«

Ein magerer Mann in einem großkarierten Sakko ging an ihrem Tisch vorbei, ein Tablett mit einer Tasse Kaffee darauf tragend, eine Zeitung unter dem Arm, und setzte sich zwei

Tische weiter. Stephen, beunruhigt, dass er den Mann nicht hatte kommen sehen, warf einen forschenden Blick in die Runde.

»Sie fragen sich, warum ich so hinter der Kamera her bin«, meinte er dann, gedämpfter als zuvor. »Ich will es Ihnen sagen. Erstens – ich hatte die Entdeckung gemacht, verstehen Sie, aber man hat mich nicht eingeweiht, wollte mich nicht dabeihaben, und wenn ich es hätte laufen lassen, hätte man meinen Namen einfach unter den Tisch fallen lassen. So etwas lasse ich mir grundsätzlich nicht gefallen. Zweitens witterte ich eine Chance, wenn ich auch nicht so recht wusste, worauf. Aber wenn ich eine Chance sehe, packe ich zu, so bin ich nun mal. Irgendetwas wird schon dabei herauskommen, dachte ich mir. Geld vielleicht, oder Ruhm, oder beides. Auf jeden Fall ein interessantes Abenteuer, von dem man noch seinen Enkeln erzählen kann, wenn man alt und grau im Lehnstuhl am Kamin sitzt.«

Eisenhardts Augen waren plötzlich ausdruckslos. »Wenn sich Kaun durchsetzt mit seinem Vorhaben«, erwiderte er, »dann kann das schwierig werden mit dem Erzählen. Vielleicht werden Sie nicht einmal alt und grau.«

»Wie meinen Sie das?«

»Verstehen Sie nicht?«, fragte der Schriftsteller. »Was Kaun dem Vatikan verkaufen will, ist völliges Stillschweigen über diese Angelegenheit. Und es sind schon Menschen für geringere Summen gewaltsam zum Schweigen gebracht worden als für zehn Milliarden.«

Stephen betrachtete sein Gegenüber nachdenklich. Auf der Stirn des Schriftstellers hatte sich ein feiner Film aus winzigen Schweißperlen gebildet. Wahrhaft eine rege Fantasie hatte der Mann. Fast schon krankhaft.

Er schüttelte den Kopf. »John Kaun ist ein knallharter Geschäftsmann. Aber er ist kein Mörder.«

»John Kaun vielleicht nicht.«

»Aber?«

»Dieser Mann aus Rom, Scarfaro – so, wie ich es verstanden habe, ist er Mitglied der Kongregation für die Glaubenslehre.«

»Sagt mir nichts.«

Eisenhardt atmete tief ein. »Das ist, wie man heute sagen würde, die Nachfolgeorganisation der Heiligen Römischen Inquisition.«

Stephen konnte nicht verhindern, dass ihm der Unterkiefer haltlos herunterklappte. »Der Inquisition?«, wiederholte er verblüfft.

»Der Inquisition.«

»Die *gibt* es noch?«

»Die Organisation trägt ihren heutigen Namen erst seit dreißig Jahren, aber der Auftrag ist noch derselbe: den wahren Glauben zu schützen.« Der Schriftsteller warf einen unruhigen Blick umher. »Und das ist ein Zitat aus einem ausgesprochen kirchenfreundlichen Buch.«

Stephen Foxx schüttelte einigermaßen fassungslos den Kopf. Die Inquisition. Genauso gut hätte Eisenhardt ihm sagen können, dass sie es mit einem Heer Kreuzfahrer zu tun bekommen würden. »Und was will dieser Scarfaro mit uns machen? Uns alle auf dem Scheiterhaufen verbrennen?«

»Ich weiß es nicht. Aber ich möchte es, ehrlich gesagt, nicht am eigenen Leib herausfinden.« Er sah ihn ernst an, beinahe beschwörend. »Mister Foxx, wenn Sie wissen, oder zumindest ahnen, wo die Videokamera ist, dann bitte – finden Sie sie und gehen Sie damit an die Öffentlichkeit. So schnell wie möglich.«

Stephen lehnte sich zurück. Er glaubte immer noch nicht so recht an die Gefahr, die der Schriftsteller zu sehen glaubte. Immerhin hatten sie es mit der römisch-katholischen Kirche zu tun, nicht mit irgendwelchen wildgewordenen Ayatollahs.

»Wir könnten jederzeit an die Öffentlichkeit gehen. Das Skelett, die Bedienungsanleitung – die Beweise sind schon jetzt mehr als deutlich.«

»Ja, aber diese Beweise sind in Kauns Besitz, und wenn er will, kann er sie jederzeit verschwinden lassen.« Eisenhardt beugte sich vor. »Mir liegt auch viel daran, erzählen zu können. Zu erzählen ist mein Beruf und mein Lebensinhalt. Ich will das, was hier passiert, eines Tages niederschreiben können. Wenn Sie mir Ihre Seite der Geschichte erzählen – das muss nicht jetzt sein, irgendwann, wenn alles ausgestanden ist, reicht es noch –, wenn Sie mir das versprechen, dann unterstütze ich Sie gegen Kaun, die Kamera zu finden. Es sei denn, Sie wollen sie auch an den Vatikan verkaufen.«

Stephen schüttelte grimmig den Kopf. »Nicht einmal für zwanzig Milliarden Silberlinge.«

»Gut. Ich kann Ihnen anbieten, Sie über das, was Kaun weiß und vorhat, auf dem Laufenden zu halten. Allerdings weiß ich nicht, wie, wenn er tatsächlich mein Telefon abhört.«

»Können Sie wieder hierher in die Bibliothek kommen?«

»Ich denke schon.«

»Vielleicht sollten wir für alle Fälle ein paar Codewörter vereinbaren.« Stephen überlegte. »Welche Fälle könnten das sein? Hmm. Wenn Kaun herausfindet, wo ich bin oder wo die Kamera ist. Aber nützt es etwas, wenn Sie mich dann anrufen und irgendeine Parole sagen, meinetwegen ›Entschuldigung, ist dort das Auslandsamt?‹ Die Telefonnummer, die Sie wählen, wird auf jeden Fall gespeichert, und daran kann er sehen, dass Sie mit mir gesprochen haben.«

Eisenhardt schlug sein Ringbuch auf, zog ein Blatt hervor und begann, zwei Telefonnummern abzuschreiben. »Ich gebe Ihnen auf jeden Fall meine direkte Durchwahl; damit erreichen Sie mich in dem Wohnwagen, in dem ich untergebracht bin. Und ich schreibe Ihnen die Telefonnummer von einem

Journalisten auf, den ich auf dem Herflug kennengelernt habe. Uri Liebermann heißt er. Er hat übrigens das Foto gemacht, das Sie gesehen haben. Er weiß auch, dass ich Gast auf dieser Ausgrabung bin, und ich habe ihn schon einmal angerufen und gebeten, herauszufinden, was man so über Professor Wilford-Smith weiß. Na ja, er wusste allerhand, das muss ich sagen.«

»Tatsächlich?« Stephen nahm den Zettel und verstaute ihn in der Brusttasche seines Hemdes.

»Wussten Sie, dass er erst mit vierzig angefangen hat zu studieren? In seiner Jugend war er Soldat, war sogar hier in Palästina stationiert, kurz bevor die Briten abzogen.«

Stephen versuchte, sich den dürren Professor als strammen Soldaten vorzustellen, und schüttelte, als ihm das nicht gelingen wollte, grinsend den Kopf. »Hat sich damals wohl in Land und Leute verliebt, wie man so sagt, hmm?«

»Wahrscheinlich.«

»Eliah«, sagte Ryan, breitbeinig knöcheltief im Chaos stehend. »Komm mal her.«

Eliah schob die Schublade, die er gerade aufgezogen hatte, wieder zu, erhob sich und bahnte sich einen Weg hinüber zu seinem Befehlshaber. Jedenfalls kam Ryan ihm so vor mit seinem militärisch kurzen Haarschnitt, seinem ewig gleichen Khaki-Outfit und seinem herrischen Gehabe. Eliah musste ab und zu zwinkern und sich daran erinnern, dass die Zeit bei der Armee vorbei war. Er war jetzt Angestellter eines Sicherheitsdienstes, mit Tarifurlaub, monatlichem Gehalt, Überstundenregelung und Rentenanspruch. Die *Kaun Enterprises* hatten ihn engagiert, nicht rekrutiert.

Aber gut, der Kunde war König. Er trat neben den drahtigen Amerikaner – Ryan? War das nicht ein irischer Name? –

und begutachtete den Fund, den dieser aus irgendeinem Winkel in dem Regal über dem Bett gezogen hatte.

Es war eine dicke Kladde, ein Notizbuch mit kleinen blauen und roten Elefanten darauf. Ziemlich zerfleddertes Teil. Ryan hielt es aufgeschlagen und betrachtete die Seiten, die eng in pedantisch kleiner Schrift vollgeschrieben waren.

In Hebräisch.

»Das ist ein Tagebuch, oder?«, fragte Ryan und deutete auf Datumsangaben zwischen einzelnen Aufschrieben, teilweise mit farbigem Filzstift geschrieben. Er drehte das Buch herum: Er hatte es falsch herum gehalten, weil ihm nicht gleich eingefallen war, dass hebräische Bücher von hinten nach vorn gelesen wurden.

»Sieht so aus, ja«, nickte Eliah. Na und? Tagebücher waren eine ziemlich weibische Angelegenheit. Dass dieser Yehoshuah Menez eines geführt hatte, stempelte ihn in seinen Augen zum Weichling.

Ryan blätterte, sichtlich irritiert, nach vorn bis zur letzten beschriebenen Seite. »Das ist das Datum vom Samstag«, meinte er. »Er muss also an diesem Tag noch einmal hier gewesen sein. Und er hat eine ganze Menge geschrieben; die Schrift wirkt hektisch und aufgeregt. Etwas hat ihn ziemlich durcheinander gebracht.« Er hielt Eliah das Buch hin. »Was steht da?«

Eliah nahm das Tagebuch mit spitzen Fingern, ungefähr so, als habe ihm Ryan zugemutet, die benutzte Monatsbinde einer Frau in die Hand zu nehmen. »Ziemliche Sauklaue«, beschwerte er sich und starrte auf die krakelige Handschrift. »Er schreibt irgendetwas von Polyethylenfolie und Übergang von Kohlenwasserstoffen in Papier ... Ich verstehe kein Wort, ehrlich ...«

»Übersetz es einfach ins Englische«, sagte Ryan mit jener unnatürlichen Ruhe, die Eliah eine Gänsehaut über den Rücken laufen ließ.

Er seufzte, konzentrierte sich. *»Das verbesserte Färbemittel hat auf dem ersten Blatt des Briefes wahre Wunder gewirkt, blieb auf dem zweiten Blatt aber beinahe wirkungslos. Dann kam mir der Gedanke, dass sich im Lauf der Zeit aus der Polyethylenhülle Kohlenwasserstoffe in das Papier eingelagert haben könnten. Ich habe daher versucht, es mit Tetrahydronaphthalin vorzubehandeln, und dann noch einmal das Färbemittel eingesetzt. Allerdings wünschte ich nun, ich hätte es nicht getan – hätte niemals etwas mit dieser ganzen Geschichte zu tun gehabt.«*

Ryan war plötzlich aufgeregt. Verglichen mit einem richtigen Menschen war er immer noch ein Eisklotz, aber wenn man eine Weile mit ihm zu tun gehabt hatte, war eine gewisse Anspannung bei ihm deutlich wahrzunehmen. »Weiter«, drängte er.

»Schon die erste Textstelle, aufs Geratewohl ausgewählt«, übersetzte Eliah weiter, *»hat das Versteck der Kamera enthüllt, nach der alle so angestrengt suchen ...«*

30

Tempel, Herodianischer. Im 15. oder 18. Jahr seiner Regierung begann Herodes d.Gr. mit dem Bau eines neuen T., der in der jüd. Geschichtsschreibung als Zweiter T. bezeichnet wird. Baubeginn war etwa das Jahr 20 v. Chr., die Arbeiten erstreckten sich über 46 Jahre. 70 n. Chr., kurz nach seiner Fertigstellung, wurde der T. bei der Eroberung Jerusalems durch die Römer (Niederschlagung des ersten jüd. Aufstands) zerstört.

Avraham Stern,
Lexikon der biblischen Archäologie

»Jessica Jones«, erklärte Stephen im Plauderton, »ist die gute Seele, das allwissende Auge, das Herz und das Hirn. Ihr Vater war ein enger Vertrauter von Martin Luther King, und ihr Bruder ist der erste schwarze Bürgermeister einer Stadt in den Südstaaten, in der vor dreißig Jahren ein Weißer nicht einmal neben einem Schwarzen auf einer Parkbank gesessen hätte. Jessica Jones ist die einzige festangestellte Mitarbeiterin der *Explorer's Society* – und man kann die Uhr nach ihr stellen.«

Sie hockten zu dritt auf dem Doppelbett in Yehoshuahs und Stephens Zimmer und beobachteten die Wanduhr, deren Zeiger gerade auf dreiviertel fünf sprangen.

»In New York ist es jetzt dreiviertel zehn Uhr morgens«, fuhr Stephen fort. »In diesem Augenblick betritt Jessica Jones das altehrwürdige Haus der *Society* an der Upper Westside, in der Nähe der 75sten Straße, von dessen mahagonigetäfelten Clubräumen aus man einen traumhaften Blick über den Hudson River genießt. Sie hat gerade das monumentale Hauptportal aufgeschlossen und nimmt nun die Post aus dem Briefkasten. Dann geht sie zum Aufzug, von dem die Legende behauptet, er sei die erste Mutprobe für alle, die sich um eine Mitgliedschaft bewerben. Und man muss diesen Aufzug gesehen haben, um sich eine Vorstellung davon zu machen, wie heruntergekommen ein Aufzug aussehen kann. Eine wirkliche Herausforderung für wirkliche Abenteurer. Miss Jones stellt sich dieser Herausforderung jeden Morgen.«

Vor ihm lagen ein Block und ein Kugelschreiber, außerdem ein Stapel Fotokopien, die Yehoshuah mitgebracht hatte. Eine Karte lag ausgebreitet, die den Tempelberg und die Altstadt darum herum in einem ziemlich detaillierten Maßstab zeigte; in gelber Farbe war der Verlauf des Tunnels eingezeichnet, wie ihn Yehoshuahs und Judiths Vater in seiner viele Jahre alten wissenschaftlichen Arbeit postuliert hatte, und in roter Farbe hatten sie den Verlauf des Tunnels eingezeichnet, den der Sonartomograf entdeckt hatte. Ab einer bestimmten Stelle, etwa fünfzig Meter südlich der Tempelmauer, verliefen beide Linien deckungsgleich.

Die Zeiger der Uhr erreichten den nächsten Teilstrich.

»Zehn Minuten vor zehn Uhr«, fuhr Stephen in seiner Schilderung fort. »Miss Jones schließt die Tür zum Büro auf, legt die Post in den Eingangskorb und schaltet den Computer ein. Dann nimmt sie eine große Gießkanne mit abgestandenem Wasser und geht damit durch alle Räume, um die Blumen zu gießen, insbesondere die exotischen Pflanzen in den Clubräumen, die besonders aufmerksamer Pflege bedürfen. Jede einzelne dieser Pflanzen hat ein Mitglied von einer Expedition mitgebracht, manche sind außerordentlich wertvoll. Aber zu den ausgeprägten hegerischen und pflegerischen Talenten von Miss Jones gehört auch, dass sie einen ›grünen Daumen‹ besitzt. Ihr ist noch keine Pflanze eingegangen.«

Er hatte den beiden nichts von dem Treffen mit Eisenhardt erzählt. Er hätte nicht sagen können, warum. Wahrscheinlich, weil er selber noch nicht recht wusste, wie er es einordnen sollte.

Sie betrachteten die gelben und die roten Linien. Der rot eingezeichnete, tatsächliche Tunnelverlauf bog zweimal relativ stark ab und führte dann an der Innenseite der westlichen Mauer entlang nach Norden. Der gelb eingezeichnete Tunnelverlauf war im Prinzip nichts anderes als eine Verlängerung der Richtung, die der Schacht am Anfang nahm, und diese Linie hätte direkt zu der Zisterne in der Mitte der südlichen Hälfte des Tempelbergs geführt.

Die Zeiger der Uhr schlichen, als bewegten sie sich durch Sirup. Judith runzelte missbilligend die Stirn, dass er sich so anstellte wegen der paar Minuten, aber Stephen wusste genau, dass er, wenn er auch nur eine Minute vor zehn anrief, lediglich den Anrufbeantworter an die Strippe bekommen würde.

Endlich war es fünf Uhr. Von draußen war ein Gongton zu hören, irgendwo lief wohl ein Radio. Zehn Uhr an der amerikanischen Ostküste. Stephen nahm sein Mobiltelefon auf.

»Zehn Uhr. Miss Jones hat sich gerade an ihren Schreibtisch gesetzt und den Anrufbeantworter abgeschaltet. Sie konsultiert in diesem Augenblick den großen, ledergebundenen Terminkalender, und danach wird sie darangehen, die Post zu bearbeiten.« Er rief die Nummer der *Explorer's Society* aus dem Nummernspeicher seines Telefons ab und lauschte den Wählgeräuschen.

Miss Jones hob nach dem zweiten Läuten ab, und die Art, wie sie sich meldete, war perfekt wie immer: »Guten Tag, hier ist die *Explorer's Society*, New York. Sie sprechen mit Jessica Jones.«

Stephen nannte seinen Namen, und sie erinnerte sich

sofort daran, dass er sich gerade in Israel aufhielt. Was sie für ihn tun könne, wollte sie wissen.

»Miss Jones, ich möchte Sie bitten, einen Blick in Ihre Kartei zu werfen«, erklärte Stephen. Die Kartei war natürlich eine immens große Computerdatenbank. »Ich brauche jemanden, der etwas vom Höhlentauchen versteht.«

Ryan hatte Eliah und Willard fortgeschickt. Sie hatten die Durchsuchung abgeschlossen, aber nichts weiter von Interesse gefunden. Nun saß er allein in dem Auto gegenüber dem Apartmenthaus, hatte das Tagebuch neben sich liegen und die Notizen in der Hand, die er sich nach den Übersetzungen Eliahs angefertigt hatte.

Er hatte die ganze Zeit recht gehabt mit seinem Verdacht. Stephen Foxx und seine Freundin hatten schon am Freitagabend angefangen, den Brief zu entziffern. Am ersten Abend hatten sie gerade ein Satzfragment sichtbar gemacht, als die einzige UV-Lampe im Labor ihren Geist aufgegeben hatte. Am nächsten Tag, Samstagvormittag, hatte Yehoshuah in einem von Christen geführten großen Elektrogeschäft – das deshalb nicht der Pflicht zur Sabbatruhe unterlag – eine Ersatzlampe besorgt und danach auf eigene Faust weitergearbeitet. Er hatte den Satz vervollständigt und dann einen Test an dem zweiten Blatt unternommen, der aber zunächst misslang: Im Gegensatz zum ersten Blatt wurde die fluoreszierende Markierungslösung von der Schrift auf dem zweiten Blatt nicht angenommen. Er kam dann auf die Idee, das Papier mit Chemikalien vorzubehandeln, die Polyethylen lösen konnten, das eventuell aus der Plastikumhüllung eindiffundiert war, und hatte zumindest an einigen Stellen Erfolg damit. Beinahe die erste Textstelle, die er lesbar gemacht hatte, hatte das Versteck der Kamera beschrieben.

Ryan starrte zu dem kahlen, unpersönlich wirkenden

Mietshaus hinüber. Die tiefstehende Nachmittagssonne spiegelte sich in einigen Fensterscheiben. Hatte Eliah die Wahrheit gesagt? Der Israeli hatte ihn beim Übersetzen mehrmals fragend angeblickt, so, als erwarte er, dass Ryan ihm erklären würde, worum es hier eigentlich ging und wieso diese Tagebucheintragung so bedeutsam war. Natürlich hatte Ryan diese Blicke ignoriert. Sollte er sich denken, was er wollte.

Wenn Eliah korrekt übersetzt hatte, dann hatte Yehoshuah das Versteck der Kamera in seinem Tagebuch nicht genannt. Er hatte ausführlich beschrieben, wie entsetzt er gewesen war, wie er versucht hatte, sich darüber klar zu werden, ob er es zulassen konnte, dass Stephen Foxx davon erfuhr. Der einzige, allerdings schon mehr als deutliche Hinweis war eine Stelle, an der er geschrieben hatte: *Stephen erreicht immer alles, was er will. Ihm traue ich sogar zu, die Klagemauer aufmeißeln zu lassen.*

Der Name des Höhlentauchers war John D. Harding, ein auf Hawaii geborener Amerikaner Anfang vierzig. Auf der ganzen Welt war er gefragt als Wrack- und Höhlentaucher, Tauchlehrer und Berater bei schwierigen Unterwasserarbeiten. Stephen erinnerte sich dunkel, ihn einmal im New Yorker Clubhaus getroffen zu haben, aber das war ein großes Fest gewesen, und er erinnerte sich nur noch an einen bärenartigen großen Mann mit einem aschblonden Wikingerbart und den gewaltigsten Händen, die er je bei einem Menschen gesehen hatte. Im Moment war Harding in Mexiko, und Stephen erwischte ihn beim Frühstück. Im Hintergrund hörte er Stimmengewirr, offenbar saß eine ziemlich große Gruppe ausgelassener Leute zusammen, und ein Geräusch, das nur Meeresbrandung sein konnte. Stephen erklärte ihm so knapp wie möglich, was er vorhatte.

»Ein Gang unter Wasser, hmm?«, brummte der Taucher. »Wie breit?«

»Einen Meter etwa.«

»Weißt du, ob er an irgendeiner Stelle eingestürzt ist oder sich verengt?«

»Nein, weiß ich nicht.«

Harding machte ein schmatzendes Geräusch, das sich anhörte, als pule er sich nebenbei Essensreste aus den Zahnlücken. »Bist du schon einmal getaucht? Mit Sauerstoff, meine ich?«

»Ja«, erklärte Stephen. »Einmal, am Great Barrier Reef. Es war ein Tauchkurs.«

»Hmm. Also gut, pass auf. Die kritischen Punkte, wenn du irgendwo reingehst, sind der Lungenautomatenschlauch und der Finimeterschlauch. Du solltest, wenn irgend möglich, ein Kompaktgerät mit kopfstehenden Flaschen und untenliegenden Ventilen nehmen. Achte darauf, dass sämtliche Schlauchverbindungen an den Tragegurten anliegen. Es sollte eine Vollgesichtsmaske dabei sein; lass dir keine normale Maske andrehen. Ich nehme immer einen ›Divator‹, aber andere Geräte sind auch okay.«

Stephen machte eifrig Notizen. Gleichzeitig wurde er das Gefühl von Unwirklichkeit nicht los. Würde er wirklich morgen in diesen Schacht steigen, um unterhalb der Altstadt eine halbe Meile durch einen wassergefüllten Gang zu marschieren?

»Wechselatmung geht dabei natürlich nicht, und einen Schnorchel brauchst du auch nicht. Aber eine Führungsleine, die lang genug ist – lieber ein bisschen länger –, mindestens sechs Millimeter Kernmantelrebschnur in Leuchtfarbe, besser noch ein Zehn-Millimeter-Kernmantelseil, wie es Bergsteiger verwenden.«

»Bei fünfhundert Metern brauche ich da eine ordentliche Trommel, oder?«

»Ja, klar. Vor allem brauchst du jemanden draußen, der die Leine ständig mit leichtem Zug hält, damit er deine Signale spürt. Okay, was noch?« Harding überlegte. »Detektoren. Ist das Fundstück, das du suchst, metallisch?«

»Ja.« Eine Kamera, auch wenn sie nur ein Plastikgehäuse hatte, barg zweifellos metallische Teile in sich.

Dabei fiel ihm ein, dass er einen Behälter brauchen würde, um die Kamera unbeschadet durch den wassergefüllten Teil des Ganges zu bringen. Er notierte die Tips von Harding und schrieb darunter: Plastiksack, wasserdicht.

»Es gibt zwei Arten von Detektoren, entweder VLF-TR-Detektoren oder Pulsinduktionsgeräte. VLF steht für *very low frequency* und TR für *transmitting and receiving*, und das Ganze beruht darauf, dass ein niederfrequentes Feld gestört wird, wenn ein Gegenstand aus Metall hineingerät. Diese Störung kann man messen, das ist der Witz. Wichtig ist hier vor allem die Anordnung der Spulen zueinander. Die ideale Spule hat die ›Zwei-D-Form‹ und ist co-planar angeordnet. Pulsinduktionsgeräte arbeiten nach einem anderen Prinzip; sie erzeugen kurze Gleichstrom-Sendeimpulse, die für einen Moment ein starkes Magnetfeld aufbauen, das im Fundobjekt einen Wirbelstrom erzeugt, der länger anhält als der Impuls des Gerätes und dadurch messbar wird. PIS haben eine unglaubliche Eindringtiefe, bis zu vier Metern, wenn das Objekt groß genug ist, aber sie können im Gegensatz zu den VLF-TR keine Metalle unterscheiden.«

»Das Fundobjekt, das ich suche, ist eher klein. Vielleicht hundert Gramm Metallmasse, höchstens. Was würdest du mir da empfehlen?«

Harding lachte wieder. »Wahrscheinlich kannst du es dir nicht aussuchen, sondern musst froh sein, wenn überhaupt ein Verleiher so ein Gerät herausrückt. In allen Staaten rund ums Mittelmeer sind sie unglaublich empfindlich mit Ausländern, die bei ihnen nach Schätzen tauchen wollen. Aber wenn du die Wahl haben solltest, dann nimm ein Gerät, das sich von Motion auf Slow-Motion umstellen lässt.«

»Ist notiert. Allerdings kann ich mir rein gar nichts darunter vorstellen.«

»Slow Motion heißt, das Gerät kann Metall nur anzeigen, wenn du es ruhig hältst. Motion heißt, das Gerät kann Metall nur anzeigen, wenn du es hin- und herbewegst. Um große Gebiete abzusuchen, ist Motion besser, später dagegen wünscht man sich Slow Motion. Ich habe oft mit dem ›Silver Turtle‹ gearbeitet, der ist recht verbreitet. Angenehm bei dem Gerät ist, dass es als Hipmount verwendet werden kann.«

»Was um alles in der Welt ist ein Hipmount?«

»Ein Gürtelgerät. Es ist ein dickes Plexigussgehäuse, das du am Gürtel tragen kannst.«

»Okay, verstanden. Was noch? Auf meiner eigenen Liste habe ich stehen: Lampen, Ersatzbatterien, Kompass, Neopren-Anzug…«

»Ja, den wärmsten, den du kriegen kannst.«

»Brauche ich Flossen?«

»Ich würde welche mitnehmen, aber am Gürtel. Aber versuch mal, ob du mit einem Bleigürtel und festen Unterwasserschuhen zurechtkommst.«

»Einfach durchspazieren, meinst du.«

»Na ja … Nimm es nicht auf die leichte Schulter. Ich möchte deinen Namen ungern an der schwarzen Wand wiederfinden.« An der schwarzen Wand wurden im Clubhaus Plaketten mit den Namen von Mitgliedern angebracht, die bei Expeditionen ums Leben gekommen waren. »Wer geht übrigens mit dir?«

»Am liebsten wäre mir, du würdest rasch rüberjetten«, gestand Stephen.

Harding lachte leise. »Nein, das geht nicht. Ich bin bis

nächstes Jahr ausgebucht. Wobei ich dir jetzt nicht Panik machen wollte – wenn es tatsächlich ein Felsengang von Menschenhand ist, ist das Risiko gering. Wenn du mir gesagt hättest, du willst als Tauchanfänger gleich in ein Wrack einsteigen, dann würde ich dir Geschichten erzählen, bis du kotzt.«

Stephen sah Yehoshuah an, dann Judith. Die beiden verfolgten sein Telefonat mit zunehmendem Desinteresse, weil sie kaum etwas davon mitbekamen. War einer von den beiden schon einmal getaucht?

»Aber warte mal«, fiel Harding etwas ein. Stephen hörte ihn im Hintergrund rascheln und mit jemandem reden. Eine Weile war nur das Meer zu hören, dann meldete sich Harding wieder. »Ich habe grad mal mein Notizbuch beschafft, Moment ... Ich kann dir die Nummern von drei Tauchern geben, die in Israel leben und die ich gut kenne. Gute Leute. Einer lebt in Haifa, die anderen beiden in Eilat. Hast du was zu schreiben?«

»Ja.« Stephen notierte die Telefonnummern. Einer war Tauchlehrer in Eilat, der andere unterhielt sogar einen Verleih für Tauchausrüstungen. Eilat lag am südlichsten Punkt von Israel, die einzige israelische Stadt am Roten Meer, und es gab viele Touristen, die dort tauchen wollten.

»So, ich muss allmählich los«, meinte Harding zum Abschluss. »Ich hoffe, ich konnte dir ein bisschen helfen. Wenn du noch was wissen willst, kannst du gern jederzeit anrufen; morgens um diese Zeit bin ich zu erreichen und dann abends wieder, ab ungefähr sieben Uhr Ortszeit – keine Ahnung, wie spät es dann bei dir ist ...«

»Ziemlich spät.«

»Okay, wie gesagt – jederzeit. Und alles Gute.«

Eisenhardt saß wieder einmal mit den beiden Ausgrabungsleitern und dem kanadischen Historiker im Besprechungszimmer und merkte, dass ihm die endlosen Debatten allmählich auf die Nerven gingen. Er beteiligte sich auch nicht an der Diskussion, bekam nicht einmal mit, worum es gerade ging, sondern grübelte, was er von dem Gespräch mit Stephen Foxx heute in der Amerikanischen Bibliothek zu halten hatte. Was hatten sie denn nun vereinbart? Und wusste Foxx nun etwas, oder hatte er nur so getan, als ob?

Und wie so oft ging irgendwann die Türe auf, John Kaun kam herein, wie immer so gekleidet, als befänden sie sich in einem Konferenzraum in Manhattan und nicht in einem Camp mitten im Ödland, und natürlich hatte er seinen unvermeidlichen Ryan im Schlepptau, der aussah wie ein menschgewordener Haifisch. Kaun hielt ein paar vollgekritzelte Notizblätter in der Hand, als er zu ihnen an den Tisch trat und sie langsam der Reihe nach ansah. Jetzt wurde auch Eisenhardt aufmerksam. Plötzlich prickelte die Luft. Kaun glühte förmlich vor mühsam gezügelter Energie, in seinen Augen funkelte Siegesgewissheit. Es war etwas geschehen.

Keiner der drei Taucher war zu erreichen. Stephen sah das kleine Telefongerät in seiner Hand an, als sei es schuld daran.

»Komm«, meinte Yehoshuah. »Lass uns was essen gehen, und dann probierst du es nochmal.«

Stephen sah ihn an und fühlte sich plötzlich unsagbar müde. Er wollte einfach hier auf dem Bett sitzen bleiben und sich den Rest seines Lebens nicht mehr bewegen müssen. »Geht ruhig schon mal vor«, meinte er dumpf. »Ich habe keinen Hunger, und ich muss noch ein paar Gespräche mit meiner Bank führen. Das wird nicht ganz billig, diese Wanderung durch den nassen Untergrund einer Wüstenhauptstadt.«

Judith wollte nicht ohne ihn gehen. Von ihr aus könnten sie auch noch eine Weile warten und dann zusammen gehen. Yehoshuah maulte, er sei aber wirklich ziemlich hungrig.

»Geht ruhig«, beharrte Stephen. »Ich glaube, ich muss grade ein bisschen allein sein und nachdenken.«

Und so gingen die beiden Geschwister schließlich, Judith ziemlich widerstrebend. »Falls du es dir anders überlegst«, sagte Yehoshuah, »wir sind in dem kleinen Lokal gegenüber, okay?«

»Lasst es euch schmecken.«

Dann war die Zimmertüre wieder zu, und die Schritte im Flur waren verklungen, und Stephen saß immer noch auf der grässlich lila-grün gemusterten Tagesdecke, starrte die Papiere rings um sich herum an und hatte das Gefühl, schwerer und schwerer zu werden. Er spürte einen Impuls in sich, die ganzen Karten und Kopien und Notizblöcke mit einem Hieb vom Bett zu fegen, um sie nicht mehr sehen zu müssen, aber der Impuls versackte in der umfassenden Trägheit, die sich auf ihn herabsenkte wie die Dämmerung über die Stadt.

Die Bank. Dieser Gedanke scheuchte ihn wieder auf. Er musste wieder zu Geld kommen, nicht nur für die Unterwasserausrüstung, sondern schon, um ganz banal die Hotelrechnung bezahlen zu können und das Essen im Restaurant. Er nahm das Handy wieder auf und blätterte die gespeicherten Telefonnummern durch, bis er die Nummer von Hugh Cunningham hatte.

Hugh war sein Ansprechpartner bei seiner Hausbank, ein stämmiger Familienvater mit auffallend vielen roten Äderchen im Gesicht, der gern zum Bowling ging und ganz vernarrt war in seine beiden Töchter. An Stephen Foxx und an den für sein Alter ungewöhnlichen Geschäften hatte er schon früh Gefallen gefunden, und gemeinsam hatten sie oft Arrangements ausgetüftelt, die sich haarscharf an der Grenze der bankinternen Vorschriften bewegt hatten, oft genug haarscharf auf der anderen Seite dieser Grenze. Bis jetzt war immer alles gutgegangen. Hugh wusste, dass er sich auf Stephen Foxx verlassen konnte, und umgekehrt konnte sich Stephen auf Hugh verlassen. Wenn er ihn an die Strippe bekam, würde er ihm helfen, das stand fest. Wenn er allerdings Pech hatte, dann war Hugh gerade zu einem vierwöchigen Urlaub mit der Familie aufgebrochen.

Es klingelte schon mal verdächtig lange. Stephen seufzte. Bitte, kein Urlaub. Das konnte er ihm nicht antun.

Endlich nahm jemand ab. Die Stimme einer Frau, die ziemlich belämmert klang, meldete sich mit dem Namen der Bank. Stephen nannte seinen Namen und fragte nach Hugh Cunningham. Vielleicht war er ja nur gerade mal auf der Toilette.

»Oh, Mister Foxx«, erkannte die Frau ihn, und jetzt erkannte er auch ihre Stimme: Es war Miss Garrity, Hughs altjüngferliche Kollegin, deren Prinzipientreue sie stets mühsam hatten umschiffen müssen. Sie schien heute nicht ihren besten Tag zu haben. »Ich fürchte, Sie können Hugh heute nicht sprechen ...«

Auch das noch. »Heute nicht?«, hakte Stephen nach. »Was heißt das? Wann kommt er wieder?«

»Ach«, sagte sie und dann noch einmal: »Ach.«

»Miss Garrity, es ist wirklich außerordentlich wichtig, dass ich mit Hugh spreche. Könnten Sie mir bitte ...«

»Stephen«, seufzte sie, und irgendwie elektrisierte Stephen das, denn sie hatte ihn noch nie beim Vornamen genannt, »ich darf das eigentlich nicht erzählen, aber da Sie und Hugh so eng miteinander ... nun, ich fürchte, Sie können ... Hugh hatte heute Morgen einen Unfall.«

»Einen Unfall?«, wiederholte Stephen blöde.

»Ja«, schluckte sie. »Wir haben es gerade erfahren. Er war

sofort ... Die armen Kinder! Ich muss in einem fort an die Kinder denken.«

Stephen starrte das Muster der Tapete an, grün und violett und gelb und weiß, und das Muster schien sich zu verändern, schien ein Gesicht zu zeigen und dann eine Landkarte und dann wieder ein Gesicht. »Hugh ist tot?«

»Ein Tanklastzug, stellen Sie sich vor! Wie schrecklich. Wir sind alle ganz fassungslos. Fährt zur Arbeit wie jeden Morgen und dann ... Ich weiß gar nicht, ob seine Frau schon informiert worden ist, ist das nicht schrecklich?«

Sie redete noch weiter, aber ihre Worte verschmolzen zu einem sinnlosen, auf- und abschwellenden Gebrabbel. Hugh Cunnigham tot? Heute Morgen – das hieß: vorhin? Stephen spürte unvermittelt Übelkeit. Ohne Hugh wäre sein erstes, sein großes Geschäft nicht zustande gekommen. Hugh Cunningham hatte mit ihm zusammen die Bankauskunft verfasst, die sein kleines Unternehmen im denkbar günstigsten Licht darstellte, ohne direkt die Unwahrheit zu sagen, und die seine Auftraggeber bewogen hatte, das Risiko einzugehen.

Und nun hatte ihn ein Tanklaster überrollt. Einfach so. Stephen hörte sich sprechen, sich irgendetwas zu der Stimme im Hörer sagen, brachte es fertig, sich zu bedanken und zu verabschieden und ließ dann das Handy, als sei es im Augenblick des Abschaltens tonnenschwer geworden, auf die Bettdecke herabsinken.

Es war einfach nicht wahr, was er immer von sich geglaubt hatte. Dass er es geschafft hatte, weil er so unglaublich clever und ehrgeizig war, und dass er es ganz alleine geschafft hatte. Er hatte Glück gehabt, viel Glück, ohne Glück konnte niemand irgendetwas schaffen, und auch nicht ohne die Hilfe und Unterstützung anderer Menschen, und um da die richtigen zu treffen, brauchte man auch wieder Glück. Hugh Cunningham war so jemand gewesen, und dass er an ihn geraten war, verdankte er allein der Tatsache, dass sein Familienname mit F anfing. Hätte sein Familienname mit einem Buchstaben angefangen, der im Alphabet nach K kam, wäre Miss Garrity für ihn zuständig gewesen, und bei ihr hätte er mit seinen Sonderwünschen auf Granit gebissen.

Eine ganze Bildergalerie tauchte vor seinem inneren Auge auf. Bob Daniels, der Leiter des Rechenzentrums in Madison, der ihm erlaubt hatte, nachts die Computeranlage zu benutzen, um die Programme aus Indien zusammenzusetzen und auf Bänder zu überspielen, die er dann fix und fertig zu seinem Kunden tragen konnte, sodass es aussah, als habe er eine große, professionelle Entwicklermannschaft im Hintergrund. Seine indischen Partner, die er nur von Fotos kannte. Allen voran Amal Rangarajan, der die Kernfunktionen des Systems geschrieben hatte und ihn mehr als einmal auf Denkfehler aufmerksam gemacht hatte, die das gesamte Projekt hätten scheitern lassen können. Jarnail Singh, der in unglaublicher Rekordzeit Auswerteprogramme geschrieben hatte, die zusätzlich erforderlich geworden waren, und dabei noch Witze gemacht hatte. So viele Menschen, denen er dankbar sein musste.

Hughs älteste Tochter Beth war vierzehn gewesen, als Stephen bei den Cunninghams zu Gast gewesen war. Es hatte Kressesuppe gegeben und marinierten Lammbraten mit Kartoffelklößen und überbackenem Gemüse und eine unglaubliche Fruchtcreme als Nachspeise, und die ganze Zeit hatte Beth ihn fasziniert angestarrt, weil er, wie Hugh ihm später einmal erzählte, so alt gewesen war wie Grant, ein Junge aus einer der höheren Klassen, für den sie gerade schwärmte, aber Stephen hatte einen richtigen Anzug mit Krawatte getragen und so reif und erwachsen gewirkt. Kurz darauf hatte sie aufgehört, für Grant zu schwärmen, was Hugh mit sichtlicher Erleichterung ebenfalls berichtete – eine Erleichterung, die verständlich wurde, als Grant einige Jahre darauf wegen Drogenhandels von der High School weg verhaftet wurde.

Etwas in ihm weigerte sich, das alles zu glauben. Dass Hugh Cunningham tot sein sollte. Wer würde jetzt sein Ansprechpartner sein? Miss Garrity womöglich. Die würde sein Kreditkartenlimit natürlich auch erhöhen, aber erst, nachdem er die notwendigen Unterschriften auf die notwendigen Formulare gesetzt hatte und natürlich erst mit Wirkung ab dem darauffolgenden Monat. Keinesfalls aufgrund eines Telefonats und sofort. Also würde er sich Geld anweisen lassen müssen, und das würde ziemlich lange dauern, weil die Banken immer noch so taten, als sei es eine ungeheure Leistung, Geld an einen anderen Ort auf dem Planeten zu überweisen. Wenn es um ihre Derivathändler und Devisenbroker ging, da konnten sie Millionenbeträge in Sekundenbruchteilen transferieren, aber wenn es um die Geldgeschäfte ihrer Kunden ging, vermittelten sie einem das Gefühl, es kämen reitende Boten zum Einsatz. Er konnte versuchen, mit seiner American Express an Bargeld zu kommen, aber das würde allenfalls für die Lebenshaltungskosten ausreichen. Die Tauchausrüstung dagegen würde teuer werden, da durfte er sich keine Illusionen machen.

So kurz vor dem Ziel, und nun drehte sich der Wind und blies ihm ins Gesicht. Er versuchte, sich plastisch vorzustellen, wie er den Taucheranzug anlegte, zu fühlen, wie sich das Neopren eng und weich um ihn schloss, das Gewicht der Gasflaschen, den Druck der Tauchmaske auf dem Gesicht, die jähe Kälte des Wassers beim Eintauchen, versuchte, den metallischen Geschmack der Atemluft aus dem Lungenautomaten zu schmecken. Das war immer sein Halt gewesen, wenn es schwierig wurde auf dem Weg zu einem Ziel: es sich so lebhaft wie möglich vorzustellen, so, als habe er es bereits erreicht. Also durchwanderte er im Geist den engen Schacht, kaum breiter als seine Schultern und eine halbe Meile lang, erhellt nur vom Licht seines Brustscheinwerfers, doch das Bild verschwamm vor seinem inneren Auge, die zugehörigen Empfindungen ließen sich nicht wachrufen, es entglitt ihm um so schneller, je mehr er sich mühte.

Er musste die gelinde Panik niederkämpfen, die in ihm aufstieg. Wahrscheinlich war er einfach durcheinander wegen der Nachricht von Hughs Tod, sagte er sich. Das hatte nichts zu bedeuten. Alles, was er tun musste, war, sich zu entspannen und die Dinge sich setzen zu lassen, dann würde es wieder gehen. Es würde sich ein Weg finden. Es fand sich immer ein Weg. Bis jetzt jedenfalls war es immer so gewesen.

Irgendwann hörten seine Gedanken dann auf, sich um und im Kreis zu drehen, einfach so. Er saß nur noch da, blickte vor sich hin, ohne etwas zu sehen, und die Zeit verging. Er hörte die Stadt – Autos, die vorüberfuhren, Leute, die sich in den zungenbrecherischen Idiomen dieses Landes unterhielten, ein Transistorradio irgendwo, aus dem sehnsüchtige arabische Weisen klangen. Wasser gluckerte lautstark durch Rohrleitungen in der Wand. Betten quietschten. Es roch nach Abgasen, nach gebratenem Hammelfleisch und nach Müll, der in überquellenden Tonnen vermoderte. Und die Uhr an der Wand tickte.

Es war eigenartig. Es war, als habe er sich die letzten Tage durch die Zyklonstürme eines Hurrikans gekämpft und plötzlich das windstille Auge in seiner Mitte erreicht. Alles in ihm wurde still und ruhig, aller Aufruhr legte sich. Er hätte nicht mehr sagen können, wie spät es war oder wie lange er schon da auf dem Bett saß oder ob überhaupt noch Zeit verging.

In dieser Stille wurde plötzlich eine leise Stimme in ihm hörbar, die mäuschenfein, aber beharrlich schon die ganze Zeit dagewesen war, sich aber gegen all das hektische Getöse und Getriebe nicht hatte durchsetzen können. Eine Stimme, die einfach eine Frage stellte, die die ganze Zeit schon hätte gestellt werden müssen.

Schritte auf dem Flur. Die Tür des Zimmers nebenan ging, dann kam Yehoshuah herein, allein. Er roch nach Zigarettenrauch und Küchendünsten und war guter Laune.

»Mann, was sitzt du denn hier im Dunkeln?«, rief er und knipste das Licht an. »Du hast was verpaßt«, erzählte er dann polternd, während er die Fensterläden zuzog. »Das Essen war nicht nur gut, sondern auch reichlich, der Wirt hat außerdem eine Runde spendiert, und dann waren da zwei, die Musik machten, einer am Klavier, der andere am Kontrabass, und was für einen heißen Jazz!«

Stephen sah ihn an wie aus einer anderen Welt.

»Yehoshuah«, sagte er langsam und bedächtig, »was war das für eine Sekte, die diesen Schacht gegraben hat? Und vor allem – *warum?*«

31

Herodes ließ das Areal des Tempelberges durch Stützmauern vergrößern und so eine ausgedehnte Terrasse schaffen. Hierauf wurde der T. errichtet, wobei die Vorhöfe terrassenförmig übereinanderlagen. Rings um den Tempelberg verliefen prächtige marmorne Säulenhallen, und zwei Brücken im Westen verbanden den T. mit der Stadt. Vor dem eigentlichen T. lag der innere Hof, der »Hof Israels«, mit einem 32×32 Ellen großen Altar, einem Becken für kultische Waschungen und einem Schlachthaus für Opfertiere. Im Westen schloss sich der Vorhof der Frauen an; vier Eckräume dienten den Nasiräern, den Leprakranken und zur Aufbewahrung von Holz und Öl.

Avraham Stern,
Lexikon der biblischen Archäologie

Der Stapel der Fotokopien aus der wissenschaftlichen Arbeit ihres Vaters lag zwischen ihnen auf der Wachstischdecke, die den wackligen Frühstückstisch gegen verschütteten Kaffee schützen sollte, und Judith betrachtete die Papiere, als handle es sich um das obszönste Material, das ihr je unter die Augen gekommen war.

»Ihr könnt ja gehen«, meinte sie abweisend. »Von mir aus.«

Darauf würde es schließlich auch hinauslaufen, dachte Stephen. Sie waren alle Unterlagen noch einmal durchgegangen – das hieß, Yehoshuah war sie durchgegangen, da sie durchgehend in Hebräisch verfasst waren –, aber es war nicht daraus hervorgegangen, wer den Gang unter den Tempelberg gegraben hatte und wozu er ursprünglich gedient hatte. Obwohl er auf etliche Begriffe gestoßen war, mit denen er nichts anfangen konnte, glaubte Yehoshuah, dass sein Vater in dieser Abhandlung überhaupt nicht darauf einging. Und obwohl der Schacht lange Jahre ein großes Thema in der Familie Menez gewesen war, erinnerten sich weder Yehoshuah noch Judith, ob ihr Vater dessen mutmaßliche Urheber jemals genannt hatte.

Mit anderen Worten: Sie mussten gehen und ihn fragen.

»Ich verstehe nicht, wieso das so wichtig sein soll«, fuhr Judith grimmig fort. »Ich meine, der Gang existiert, wir wissen, wo er anfängt und wo er endet, und zufällig endet er da, wo Stephen hin will. Also, warum benutzen wir ihn nicht einfach und fragen später, bei wem wir uns bedanken müssen?«

»Es ist nur ein Abstecher«, sagte Stephen. »Zwei Stunden, dann sind wir wieder hier. Das Problem mit dem Geld wird uns viel länger aufhalten.«

»Das ist keine Antwort.«

»Okay. Die Antwort ist: Ich habe das Gefühl, dass es wichtig ist.«

»Du hast das Gefühl«, wiederholte Judith spöttisch. »Na, das nenne ich mal einen guten Grund.«

Stephen setzte eine undurchdringliche Miene auf und beschloss, den Spott an sich abprallen zu lassen. Wenn sie ihn nicht mochte, war das schließlich ihre Angelegenheit. »Ja«, erwiderte er leichthin, »so ist das nun mal. Mehr oder weniger geht es bei allem, was Menschen tun oder lassen, um Gefühle.«

»Das ist doch bei dir auch so«, hielt Yehoshuah seiner Schwester vor. »Du findest es in Wahrheit deswegen unnötig, weil du Vaters Lebensweise nicht akzeptieren willst.«

Judith setzte ihre Kaffeetasse so hart auf, dass ein großer Schwall der dunkelbraunen Flüssigkeit herausschwappte und sich auf dem speckigen Tischtuch verteilte. Stephen nahm rasch die Papiere hoch und rettete sie auf den vierten, unbenutzten Stuhl.

»Ja«, erklärte Judith zornig. »Ganz genau. Die akzeptiere ich nicht, diese Lebensweise. Ich akzeptiere es nicht, wenn ein Mann seine Frau nach dreißig Jahren Ehe einfach verlässt und das auch noch als Frömmigkeit bezeichnet. Niemals werde ich das akzeptieren.«

»Vielleicht siehst du das zu einfach«, erwiderte Yehoshuah. »Vielleicht gab es manches, was nicht gestimmt hat in der Ehe unserer Eltern, und vielleicht hat er uns zuliebe gewartet mit einem Schritt, der schon viel eher nötig gewesen wäre. Denk nur mal an die Zeit, als du sieben oder acht Jahre alt warst, wie oft sie da ...«

»Und warum gewährt er ihr dann nicht die Scheidung? Wenn er sie schon verlässt, dann könnte er ihr wenigstens die Chance geben, ein neues Leben anzufangen. Er hat das ja schließlich auch getan.«

»Die Tradition gebietet ...«

»Ah, die Tradition! Natürlich, da haben wir sie wieder, die Tradition. Die heilige Tradition. Da seid ihr euch gleich, du und Vater. Ihr betet nicht zu Gott, ihr betet die Tradition an. Ich will dir was sagen: Mir steht sie bis hier, deine Tradition, die nichts anderes heißt, als dass ihr euch zu Sklaven macht von Leuten, die seit Jahrtausenden tot sind!«

»Tradition ist das, was uns als Volk über die Jahrtausende zusammengehalten hat.«

»Oh, ist es das? Ich erschauere vor Ehrfurcht. Und welchen Preis zahlen wir dafür, du und ich und jeder hier in diesem Land? Wie ein Fluch lastet sie auf uns, die ehrwürdige Tradition, zwingt uns zu ewiger Erinnerung, Erinnerung, so viel Erinnerung, dass wir unser eigenes Leben darüber vergessen. Ist es nicht so? Wie lange ist der Exodus her? Dreitausend

Jahre? Ganz schön pfiffig mussten sie damals sein, unsere Urahnen, die vierzig Jahre durch die Wüste geirrt sind auf der Suche nach dem gelobten Land. Sie behalfen sich, indem sie Hütten aus Palmwedeln bauten, und wenn es sein musste, aßen sie ihr Brot ungesäuert, und damals war das wahrscheinlich eine sinnvolle Problemlösung. Aber seither? Seither müssen wir an Sukkot Laubhütten bauen und an Pessach ungesäuertes Brot essen, nach dreitausend Jahren immer noch, Jahr um Jahr, und immer weiter bis ans Ende aller Tage. Warum müssen wir immer noch mit Leuten leiden, deren Knochen längst zerfallen sind? Ist unser Leben heute weniger wert? An meinem ersten Auto war das Schloss am Kofferraumdeckel kaputt, und ich habe ihn die ganze Zeit mit einem Gummiband zugehalten. Aber das heißt doch nicht, dass von jetzt an bis in alle Ewigkeit jeder den Kofferraum an seinem ersten Auto mit einem Gummiband zuhalten muss! Und genau das ist es, was unsere heilige Tradition mit uns macht: Irgendjemand hat ganz am Anfang der Geschichte irgendetwas gemacht, und er war noch frei dabei – aber er hat alle, die nach ihm kamen, damit versklavt.«

Yehoshuah sah sich unbehaglich um. Der Frühstücksraum war nicht allzu voll, die Tische neben ihnen unbesetzt, aber allein die zunehmende Lautstärke ihrer Unterhaltung erregte allmählich Aufmerksamkeit. Sein Unterkiefer mahlte nervös hin und her. »Warum musst du immer gleich so maßlos übertreiben? Ohne Grenzen, ohne ... inneres Gefühl dafür, wie weit man gehen darf?«

Judith ließ sich mit einem kapitulierenden Seufzer nach hinten gegen die Lehne ihres Stuhles sinken und stierte mit gesenktem Kopf auf den Tisch, als seien alle Antworten im ausgebleichten Muster der Tischdecke zu finden. »Nun geht endlich. Und erlaubt, dass ich hier bleibe und meine eigenen Leiden bejammere.«

»Ja, genau das werden wir tun.« Yehoshuah war wütend, als er aufstand. Stephen stand auch auf und fühlte sich unbehaglich, der Auslöser dieses Streits gewesen zu sein.

»Stephen?«, fragte Judith und warf ihm von unten her einen Blick zu, in dem beinahe so etwas wie Schadenfreude schimmerte. »Du wolltest doch immer wissen, wie das ist, eine Zeitreise zu machen? Dann pass jetzt gut auf.«

»Im offiziellen Sprachgebrauch«, erklärte Shimon Bar-Lev, »heißt sie nicht mehr Klagemauer, denn die Zeit des Klagens ist vorüber. Es ist die Westmauer.«

»Gut, meinetwegen die Westmauer.« John Kaun zuckte mit den Schultern. »Das ändert nichts am Problem.«

»Haben wir überhaupt ein Problem?«, fuhr Bar-Lev fort. »Sie fabrizieren hier in einem fort die abenteuerlichsten Hypothesen, und jedes Mal kommt am Ende heraus, dass Sie glauben, sich an irgendeinem jüdischen Heiligtum vergreifen zu müssen. Ich finde die Schlussfolgerungen, die Sie aus dem Tagebucheintrag ziehen, mit Verlaub gesagt, nicht nachvollziehbar.«

»Verehrter Kollege«, meldete sich die orgelnde Bassstimme Professor Goutières zu Wort, »erlauben Sie, dass ich Ihnen widerspreche. Ich finde, die Westmauer ist als Versteck für die Zeitkapsel nicht nur geeignet, sondern sogar so naheliegend, dass wir uns schämen müssen, nicht schon längst selber darauf gekommen zu sein. Insbesondere jetzt, da wir erfahren haben, dass es keine geplante Aktion, sondern ein wunderlicher Schicksalsschlag war, der den unbekannten Zeitreisenden in die Vergangenheit gebracht hat. Denn stellen Sie sich doch nur seine Situation einmal plastisch vor: Er hat noch seine Videokamera, und er geht daran, Jesus zu filmen. Natürlich überlegt er sich, wie er die Aufnahmen in die Zukunft retten kann. Wir wissen, er hat eine Rundreise durch verschiedene historische Stätten Israels unternommen. Ist es nicht naheliegend anzunehmen, dass er, ehe er eine doch eher zweitrangige Sehenswürdigkeit wie die Nekropole von Bet Shearim aufsuchte, längst in Jerusalem gewesen ist? Wenn, dann hat er zweifellos auch dort Aufnahmen gemacht – mit anderen Worten, er kann sich im Videomonitor seiner Kamera genau anschauen, wie die Westmauer einmal aussehen wird, sich sozusagen genau den richtigen Stein aussuchen.«

»Und dann?«, hielt Bar-Lev dagegen. »Wie hat er die Kamera in den Stein hineingebracht?«

»Indem er sich unter die Bauarbeiter mischte.«

»Das hätte er frühestens nach der Kreuzigung Jesu, also im Jahre 30 tun können. Zu diesem Zeitpunkt war der Tempel längst fertiggestellt. Der Tempel selbst und seine Grundmauern waren schon errichtet, als König Herodes starb, und das war im Jahr 4 vor der Zeitrechnung.«

»Josephus ben Mattityahu berichtet, dass die Arbeiten am Tempel bis unmittelbar vor Ausbruch des Aufstandes gegen die Römer im Jahre 66 andauerten. Wir müssen davon ausgehen, dass die ganze Zeit hindurch ständig Ausbesserungen und Umbauarbeiten erfolgten.«

»Dann hätte er immer noch das Problem gehabt, an massive Steinquader heranzukommen, die sich damals in zwanzig Metern Höhe befanden.« Der stellvertretende Ausgrabungsleiter sah in die Runde, sein Blick blieb am längsten auf Kaun haften. »Nicht wahr? Das heute frei zugängliche Stück der Westmauer ist das obere Ende, etwa zwanzig Meter sind noch in der Erde verborgen.«

»Das spräche dafür, dass er die Kamera in einem der obersten Quader versteckt hat«, schlussfolgerte Kaun kühl. »Die waren von oben her zugänglich.«

Bar-Lev hob den Kopf. »Und? Was wollen Sie machen? Die

Westmauer ist ein Heiligtum, und schwer bewacht obendrein. Nicht einmal, wenn Sie genau wüssten, in welchem Block die Kamera steckt, könnten Sie sie dort herausholen.«

»Wie hat sie das gemeint?«, fragte Stephen, während er den Wagen nach den Anweisungen Yehoshuahs durch die Stadt lenkte.

»Mein Vater lebt in Mea Shearim«, erklärte Yehoshuah und klang, als fühle er sich unwohl dabei. »Das ist das Viertel der streng orthodoxen Juden.«

Sie fuhren eine der Ausfallstraßen Richtung Nordwesten, bis Yehoshuah ihn anwies, einen Parkplatz zu suchen. Dann gingen sie ein Stück die Hauptverkehrsstraße entlang und bogen schließlich in eine enge Seitengasse ein.

Stephen glaubte seinen Augen nicht zu trauen. Wenn er nicht gewusst hätte, dass sie in Jerusalem waren, mitten im jüdischen Staat, er hätte geglaubt, in ein Getto geraten zu sein, in das ein unterdrückerischer Staat eine ihm verhasste Minderheit unter menschenunwürdigen Bedingungen eingesperrt hatte. Sie gingen durch bedrückend enge, sinnverwirrend gewundene Gassen, die erfüllt waren von dem schweren Geruch gedünsteten Kohls und von Menschen, schwarz gekleideten Männern mit wallenden Bärten und Frauen, die trotz der sich ankündigenden Hitze des Tages so sorgsam in schäbige Kleidung gehüllt waren, als stünde ein polnischer Wintertag bevor. So mussten die Gettos im Osteuropa des neunzehnten Jahrhunderts ausgesehen haben, aber dies war kein Museum, keine szenische Nachbildung früherer Unterdrückung, sondern furchteinflößend ernst gemeint.

Immer wieder begegneten sie großen, angerosteten Schildern, auf denen in Englisch und Hebräisch Warnungen ausgestoßen wurden wie *Jüdische Tochter! Die Thora verpflichtet dich zu sittsamer Kleidung* oder *Wir dulden keine unmoralisch gekleideten Passanten.* Man begegnete ihnen mit misstrauischen, abweisenden Blicken.

Es war ein bedrückendes Labyrinth aus lichtlosen Häusern mit schmalen Eingängen und engen Hinterhöfen, durch das Yehoshuah ihn lotste. Manche der Gassen waren mit Wellblech überdacht, das, vom Rost zerfressen, aussah, als könne es jederzeit herabstürzen und einen erschlagen. Von den eisernen Läden vor vielen Fenstern und Türen blätterte die frühere Farbe schäbig ab.

Stephen sah zahllose Kinder. Stumm und scheu hingen sie in dichten Trauben an den Rockzipfeln ihrer Mütter, wenn sie, die beiden Fremden, vorübergingen, und sahen ihnen mit abgrundtief melancholischen Augen nach. Ihre Mütter, die oft schon den nächsten Familienzuwachs austrugen, schleppten sich elend dahin mit ihren Einkäufen oder der Wäsche, die sie auf Leinen spannten, die sich endlos kreuz und quer über die Straßen zogen. Die größeren Buben hatten kurze schwarze Hosen an und lange Strümpfe, standen aber nur bleichwangig herum und sahen schon aus wie erschöpfte alte Männer. Kinderlärm drang nur hier und da aus düsteren Fenstern, hinter denen, wie Yehoshuah halblaut erklärte, Thoraschulen betrieben wurden, und tatsächlich waren es auch nicht die Stimmen spielender Kinder, sondern Kinderstimmen, die im Chor heilige Schriften lasen.

Die alten Männer, die gebückt dahinschlurften, mancher ein Netz mit zwei Orangen oder einem Brotlaib darin in der Hand, trugen malerische weiße, strubbelige Bärte und dicke schwarze Mäntel und strömten einen unbeschreiblichen Körpergeruch aus: Das Gebot sittsamer Kleidung schien nicht zu fordern, die sittsame Kleidung auch regelmäßig zu waschen. Richtig erschreckend fand Stephen aber den Anblick jüngerer Männer, die ihnen begegneten und von denen bisweilen eine erschreckende Ausstrahlung von Erbarmungslosigkeit ausging. Zuerst schob er es auf ihre bizarre Kleidung, die langen schwarzen Kaftane und breitkrempigen Hüte, unter denen lange Schläfenlocken herabhingen. Aber viele trugen einen normalen schwarzen Anzug, einen Pullover darunter und einen Hut auf dem Kopf, und ließen sich ihr Gesicht von einem wilden Bart zuwuchern – doch hinter dicken Brillengläsern funkelten ihre Augen genauso unerbittlich. Diejenigen, die sich noch nicht hinter einem biblischen Bart verstecken konnten, offenbarten einen säuerlichen, wehleidigen Gesichtsausdruck, und das Blut unter ihrer wächsern schimmernden Haut schien langsamer zu fließen und kälter zu sein als von der Natur vorgesehen. In diesen Straßen schienen alle wild entschlossen, sich in Karikaturen ihrer selbst zu verwandeln, und sie schienen zudem bemüht, ihre Umgebung so zu gestalten, dass ihnen einmal niemand würde nachsagen können, sie hätten sich des Lebens gefreut.

»Bist du sicher, dass dein Vater zu Hause ist?«, fragte Stephen, unwillkürlich mit gedämpfter Stimme.

Yehoshuah nickte. »Er geht niemals irgendwohin.«

Sie gelangten auf einen vergleichsweise leeren Platz, der ursprünglich mit weißen Steinen gepflastert, inzwischen aber mehrfach mit kunstlosem Beton ausgebessert worden war. Endlose Wäscheleinen spannten sich darüber, und der Anblick einer Reihe von geblümten Unterhosen, zweifellos die von Frauen, kam Stephen in der Atmosphäre puritanischer Moral, die Mea Shearim ausstrahlte, geradezu frivol vor.

Vor einigen der Häuser standen behelfsmäßig aussehende, aber auch schon reichlich alt wirkende Anbauten aus mehr oder weniger unbeholfen zusammengenagelten Brettern, die das ihre zu dem slumartigen Gesamteindruck beitrugen. Es roch immer noch streng nach Kohl und Essig und angebrannter Milch und hundert anderen Dingen, die Stephen gar nicht so genau identifizieren wollte. Er folgte Yehoshuah, der zielstrebig auf eine Treppe zuhielt, die zwischen zwei der Bretterbauten auf eine Galerie hochführte, die über die ganze Breite des Platzes hinweg mehrere der schmalen, baufälligen Häuser verband und ihre oberen Geschosse zugänglich machte. Alles, was an Errungenschaften aus diesem Jahrhundert übernommen worden war, war nachträglich hinzugefügt worden: Wasserleitungen, Stromkabel und Abwasserrohre, alles verlief auf den Außenwänden, mitunter abenteuerlich um Fensterbögen oder Türausschnitte herumgeführt.

Sie betraten einen dunklen Durchgang. Yehoshuah klopfte an eine schmale, kaum erkennbare Tür. Von drinnen war eine Stimme zu hören. Er drückte die Klinke und schob die Tür auf, die sich nur widerstrebend und unter erbärmlichem Quietschen öffnen ließ.

Der Raum dahinter lag ebenfalls im Dunkeln, abgesehen von einer einzigen, mageren Glühbirne im Schirm einer Lampe, die auf einem Tisch stand und ein Buch erhellte und die Hand, die es offen hielt. Ansonsten waren nur Umrisse zu erahnen – ein Bett, ein Schrank, weiter nichts. Das einzige Fenster war unzugänglich hoch angebracht, kaum größer als ein Handtuch und vergittert.

Yehoshuah sagte etwas auf Hebräisch.

Eine unwirsche, polternde Stimme antwortete ihm auf Englisch. »Wie oft soll ich dir noch sagen, dass ich diese Worte nur noch im Gottesdienst spreche? Sprich Englisch mit mir, oder lerne Jiddisch!«

Eisenhardt beobachtete Kaun. Der saß da, die Arme gelassen verschränkt und scheinbar die Ruhe selbst, und tat, als folge er der Diskussion, die Professor Goutière und Shimon Bar-Lev führten. Doch die Finger des Medienzaren trommelten unruhig gegen den Ellbogen des anderen Arms, und seine Augen sahen nachdenklich in weite Ferne.

»Wo sind eigentlich«, fragte Kaun dann unvermittelt, »die Unterlagen von Roberts und Martinez abgeblieben?«

Alle sahen ihn an. Keiner verstand die Frage.

»Die Sonartomographien«, half der Millionär nach. »Die Untersuchung des Tempelbergs.«

Professor Wilford-Smith räusperte sich. »Wenn ich mich recht entsinne, liegt die Mappe bei den anderen Sachen in der Teeküche.«

Kaun gab Ryan einen kurzen Wink. Der stapfte gehorsam in die kleine Küche, die sich an den Besprechungsraum anschloss, und kehrte gleich darauf mit einer dicken Mappe zurück, die er vor Kaun hinlegte.

Die Debatte war erst einmal abgewürgt. Alles verfolgte gespannt, wie Kaun die Papiere in der Mappe durchblätterte. Schließlich hielt er eine Overheadfolie gegen das Licht, machte »Ha!«, knipste den Projektor an und legte die Folie darauf.

»Vielleicht hätten wir Doktor Roberts doch ausreden lassen sollen«, meinte er dann, als sei es ein gemeinschaftlich getroffener Entschluss gewesen, den Vortrag des Wissenschaftlers abzubrechen. »Hier – was ist das? Das ist doch ein Gang, der direkt hinter der Klagemauer verläuft, oder?«

»Hinter der Westmauer«, korrigierte Bar-Lev automatisch.

»Meinetwegen. Aber es ist ein Gang.«

»Hmm.« Der israelische Archäologe beugte sich über die Zeichnung, die auf der Leuchtfläche des Overheadprojektors lag. »Aber das stimmt nicht. Es gibt zwar einen Gang hinter der westlichen Tempelmauer, aber der führt vom Wilson-Bogen aus nach Norden – nicht hinter den geheiligten Abschnitt.«

»Diese Zeichnung beruht auf sonartomographischen Messungen«, erwiderte Kaun. »Das heißt, dieser Gang existiert zweifelsfrei. Nach dem, was Sie sagen, müssen wir annehmen, dass er bisher einfach noch nicht entdeckt worden ist.«

Bar-Lev rieb sich das Kinn. Professor Wilford-Smith trat neben ihn und studierte ebenfalls die Zeichnung auf der Folie, als reiche es nicht, dass sie an die Wand projiziert wurde. Gemeinsam identifizierten sie die Linien und geschwärzten Flächen, indem sie einander Namen wie »Bab es-Silsileh« zuraunten oder »die Ställe Salomons« oder »Zisterne 36«.

»Möglicherweise«, meinte Professor Wilford-Smith schließlich. »Es könnte sich tatsächlich um einen bislang nicht entdeckten Gang oder Schacht handeln.«

»Aha«, rief Kaun mit unverhohlenem Triumph. »Korrigieren Sie mich, wenn ich mich irre – aber würde dieser Gang nicht zwei Fragen auf einmal beantworten? Erstens die Frage, wie der Zeitreisende die Kamera in ihr Versteck gebracht hat.« Er sah sich um, als warte er auf Beifall. »Und zweitens die Frage, wo die Kamera heute liegt.«

In Ermangelung anderer Sitzgelegenheiten saßen sie auf dem Bett. Der Stuhl, auf dem Yehoshuahs Vater saß, war der einzige in dem Raum. Gut möglich, dass er sogar bequemer war als das harte Bett und seine unebene, knubbelige Matratze.

Allmählich gewöhnten sich die Augen an das dämmrige Licht. Stephen versuchte, das Aussehen des Mannes zu erfassen, der da hinter dem Tisch mit der Lampe und dem Buch darauf saß und sich immer noch nicht vom Fleck gerührt hatte. Er sah eine massige, gebeugte Gestalt mit einem geradezu patriarchalischen Vollbart, der einem biblischen Propheten zur Ehre gereicht hätte, und diese Gestalt hielt immer noch das Buch aufgeschlagen, während sie den Erklärungen

Yehoshuahs kommentarlos lauschte. Schräg hinter dem alten Mann entdeckte Stephen ein niedriges Regal, auf dem eine Waschschüssel und eine Wasserkaraffe standen. Auf dem Nachttisch, neben dem Stephen saß, lag ein bröckeliges Stück Brot. Ansonsten war das winzige Zimmer karg und kahl wie es heutzutage nicht einmal Gefängniszellen waren – kein Teppich, kein Bild an der Wand, kein persönlicher Gegenstand.

»Der Gang also«, grummelte die Stimme schließlich, nachdem Yehoshuah geendet hatte. »Warum interessiert euch dieser Gang?«

»Wir wollen hindurchtauchen«, sagte Stephen. Es war Zeit, sich in das Gespräch einzuschalten.

»Hindurchtauchen? Lasst es. Das ist schon einmal versucht worden; es ist zu schwierig.«

»Seither sind fünfundzwanzig Jahre vergangen«, entgegnete Stephen, »und die Technik hat sich weiterentwickelt. Es ist mit der heutigen Ausrüstung wesentlich leichter als es damals war. Man muss es nur tun.«

Pause. Dann, gleichmütig: »Na gut. Dann tut es.«

Stephen beugte sich vor und faltete unwillkürlich die Hände. »Wir sind eigentlich aus einem anderen Grund hier. Wir haben Ihre Arbeit von 1967 gelesen – das heißt, Yehoshuah hat sie gelesen, ich beherrsche das Hebräische nicht –, in der Sie die Geschichte und den mutmaßlichen Verlauf des Ganges darlegen. Aber Sie sagen nicht, wer den Gang gegraben hat und auch nicht, warum.«

»Sollte ich das wissen?«

»Vater, du weißt es«, mahnte Yehoshuah ihn. »Ich erinnere mich, dass du es mir einmal erklärt hast, als ich ein Kind war. Ich weiß nur nicht mehr, *was* du mir erklärt hast.«

Nun gab die Hand im fahlen Lichtkegel der Tischlampe das Buch endlich frei, legte es sorgsam zusammen und beiseite. »Das sind alles alte Geschichten. Ich habe mir mein ganzes Leben vergällt mit diesem Gang, meine Kräfte verschlissen in einem halsstarrigen Kampf gegen das wissenschaftliche Establishment ... Es interessiert mich heute nicht mehr. Soll es meinetwegen ein Seitenkanal des Hiskia-Tunnels sein, von mir aus.«

»Vater – du hast gesagt, es sei eine Sekte gewesen, die den Schacht gegraben hat. Was für eine Sekte?«

»Ich habe das alles einmal gewusst, aber es ist bedeutungslos geworden. Es hat in irgendwelchen Büchern gestanden, aber die habe ich alle weggegeben.«

»Aber wen sollen wir denn fragen, wenn nicht dich? Du bist der einzige, der es weiß.«

»Und ich habe es vergessen. Ich lese nur noch die Bibel und denke nur noch an den Tod, und nun kommst du und verlangst, ich soll mich erinnern. Ich erinnere mich kaum noch, dass du mein Sohn bist, geschweige denn an den Gang.«

Eine gespannte, atemlose Stille breitete sich aus, als ob jeder von ihnen die Luft angehalten hätte. Stephen erschrak fast, als Yehoshuah plötzlich neben ihm tief Luft holte und dann mit gepresster Stimme flüsterte: »Vater – *bitte!*«

Nichts geschah. Sie saßen da, draußen waren Stimmen zu hören, weit weg und unverständlich, und obwohl draußen ein heißer, heller Sonnentag war, saßen sie im Dunkeln und warteten, während überhaupt nichts geschah. Stephen fing an, sich zu fragen, ob Yehoshuahs Vater womöglich gerade eben in seinem Stuhl gestorben war, ohne dass sie es gemerkt hatten.

Doch dann bewegte sich der alte Mann. Der Stuhl ächzte unter ihm, als er sich mühselig emporstemmte. »Der Gang«, stieß er hervor, keuchend von der Anstrengung, als er stand. »Immer wieder dieser Gang, er lässt mir keine Ruhe ...« Gebeugt, mit kleinen, schlurfenden Schritten, bewegte er sich durch das Zimmer auf den Kleiderschrank zu. »Ein ewiger

Fluch, der auf mir lastet ...« Es war das Selbstgespräch eines wunderlichen alten Mannes. Er öffnete die Schranktüren und fuhrwerkte geräuschvoll darin herum, bis er schließlich eine schmale Mappe zutage förderte, mit der er an seinen Tisch und auf seinen Stuhl zurückkehrte.

»Die ganze Geschichte beginnt während des vierten Kreuzzugs«, begann er dann zu erzählen, während seine steif und ungelenk gewordenen Finger sich abmühten, den Knoten des Bandes zu lösen, mit dem die Mappe verschlossen war. »Im Jahr 1219, wenn ich mich recht erinnere, belagerten die Kreuzfahrer die ägyptische Stadt Damiette. Während dieser Belagerung kam aus Italien ein Mönch angereist, Franziskus von Assisi, der Begründer des Ordens der Franziskaner. Dieser Mönch ging einfach mitten durch die feindlichen Linien der Kreuzritter und der Sarazenen direkt in das Lager des Sultans, trat vor diesen hin und predigte. Es ist überliefert, dass der Sultan sehr beeindruckt war und Franziskus auf dessen Bitte die Erlaubnis gab, die heiligen Stätten in Palästina zu besuchen.« Endlich hatte er den Knoten gelöst und konnte die Mappe aufschlagen. »Ich habe mich immer gefragt, was ihn zu diesem wahnwitzigen Unternehmen veranlasst hat.«

Eine Weile blätterte er in den Papieren, schob sie hin und her, schien etwas Bestimmtes zu suchen. »Mehr oder weniger seit dieser Zeit gibt es Klöster des Franziskanerordens in diesem Land. Es gibt sie heute noch. In Jerusalem, in Betlehem, in Akko, Tiberias, Kafarnaum, Jericho und so weiter. Ein paarmal wurden die Franziskaner ausgewiesen, aber hartnäckig kehrten sie jedes Mal wenige Jahre später wieder zurück.«

Endlich hatte er gefunden, was er gesucht hatte. »Hier«, sagte er und hob ein Stück Papier in die Höhe, auf dem undeutlich krakelige Schriftzeichen zu erkennen waren, offensichtlich die Fotokopie eines anderen, älteren Dokuments. »Aus dieser Urkunde geht hervor, dass die Franziskaner um 1350 ein

Gebäude südlich des Tempelbergs in Besitz nahmen, das sie dreißig Jahre später wieder räumten. Und diese Karte« – er hob ein anderes Blatt hoch, gleichfalls so schnell, dass Yehoshuah und Stephen nur einen flüchtigen Blick auf ein paar schwarze Striche erhaschen konnten – »zeigt, dass dieses Gebäude genau an der Stelle stand, an der Halil Saad seinerzeit die wassergefüllte Zisterne ausgrub, als er sein Haus bauen wollte.«

»Sie glauben, die Franziskaner haben diesen Schacht gegraben?«, vergewisserte sich Stephen vorsichtig.

»Ja. Ich glaube sogar, dass sie in der Hauptsache deswegen nach Palästina gekommen sind.«

Stephen blinzelte überrascht. »Um einen Gang zu graben?«

»Sie folgten einer uralten Legende«, erklärte Yehoshuahs Vater. Noch ein Stück Papier, klein und grau diesmal. »Sie klingt wie ein Märchen, und man weiß nicht genau, wann sie entstanden ist. Das ist die Übersetzung eines lateinischen Textes, den ich gefunden habe, wenn ich mich auch nicht mehr erinnere, wo es genau war.« Er hielt den Zettel in Stephens Richtung, der überrascht aufstand und ihn aufmerksam las.

Der Text war in Englisch und mit der Schreibmaschine geschrieben. Das Licht reichte kaum aus, die Worte zu entziffern. *»Es begab sich zu der Zeit, als Jesus in Kapernaum lehrte, dass ein Mann aus Besara einen Spiegel brachte zu dem Ort, an dem Jesus sprach. Der Spiegel aber, als sich das Antlitz Jesu darin spiegelte, fand solchen Gefallen daran, dass er fortan kein anderes Bild mehr zeigen wollte als das Bild des Herrn. Da tat ihn sein Besitzer in einen Kasten und verwahrte ihn an einem verborgenen Platz, auf dass seine Nachkommen, denen er's verraten wollte, ihren Herrn sehen sollten. Es wird aber gesagt, dass er den Spiegel unter dem Tempel von Jerusalem vergrub, weil ihm kein anderer Platz sicher schien.«* Stephen sah fassungslos auf, sein Blick suchte den von Yehoshuah. »Das ist ja unglaublich.«

Yehoshuahs Unterkiefer war herabgesunken, was seinem Gesicht einen geradezu debilen Ausdruck verlieh.

Stephen las den Text noch einmal, um sich zu vergewissern, dass er sich das alles nicht nur einbildete. Seit er das Viertel der orthodoxen Juden betreten hatte, wurde er ein Gefühl von Unwirklichkeit nicht los. »Besara«, wiederholte er. »Ein Mann aus Besara.«

»Besara«, erklärte Yehoshuah mit seltsam tonloser Stimme, »ist der alte Name der Stadt Bet Shearim.«

Als Pater Lukas von seinem Brevier hochsah, fiel sein Blick durch das Fenster auf den Hof. Vor dem Portal zur Kirche stand Scarfaro, zusammen mit einem Mann, den er noch nie gesehen hatte. Der Gesandte aus Rom sprach auf ihn ein, und der Mann, der von untersetzter Statur war und einen uniformähnlichen Overall trug, nickte auf eine Weise, die beinahe unterwürfig wirkte.

Pater Lukas beobachtete die beiden eine Weile. Er wusste nicht, was Scarfaro und seine Leute den ganzen Tag taten. Sie kamen und gingen, schlossen sich zu Besprechungen ein, aus denen sie mit grimmigen Gesichtern wieder davoneilten. Irgendwann hatte er es aufgegeben, verstehen zu wollen, und sich zu den alltäglichen Pflichten zurückgezogen, die jetzt, da sie keinen Abendtisch zu füllen hatten, deutlich weniger geworden waren, sodass er so viel Zeit für Besinnung und Gebet hatte wie schon lange nicht mehr. Aber ihm blutete das Herz, wenn er die Leute, die abends kamen, wegschicken musste. Es war ihnen immer noch nicht gelungen, einen heimlichen Ausgleich zu schaffen.

Er traute seinen Augen nicht, als er sah, wie Scarfaro einen kleinen dunklen Gegenstand aus der Soutane holte und dem Mann gab. Das war doch ein Mobiltelefon! Was um alles in der Welt ging da vor sich?

Plötzlich hielt es ihn nicht länger auf seinem Stuhl. Er sprang auf, eilte so rasch wie möglich den Flur entlang bis zur Küche, wo Bruder Geoffrey schon mit den Vorbereitungen für das Mittagessen beschäftigt war und ihn verwundert musterte, als er sie nur hastig durchquerte, um in die Kammer mit dem Putzzeug zu gelangen. Am hinteren Ende der Kammer gab es eine selten benutzte Tür zu einem Nebenraum der Sakristei, der nur ein schmales, fast immer gekippt stehendes Fenster hatte.

Pater Lukas kam sich unsagbar albern dabei vor, aber er drückte sich an die Wand und spähte vorsichtig hinaus. Scarfaro stand mit dem Rücken zu ihm und verdeckte den Mann, mit dem er sprach.

»Wo immer er hingeht«, hörte er Scarfaro dem Mann einschärfen, »und was immer er tut. Alles, was Sie in Erfahrung bringen können.«

Der Mann nickte und bewegte sich ein Stück zur Seite. Jetzt konnte Pater Lukas die Aufschrift auf seinem Overall lesen: *Kaun Enterprises.*

»Sie meinen, die Franziskaner haben nach diesem Spiegel gesucht?«

»Zweifellos.« Der alte Mann hustete rasselnd, während er das Dokument in seine Mappe zurücktat. »Aber Jerusalem war in der Hand der Sultane, der Tempelberg unzugänglich. Der einzige Weg, den sie sahen, war, einen Tunnel zu graben, durch den Fels, Hunderte von Metern. Sie haben fast dreißig Jahre dafür gebraucht.«

»Und?«, fragte Stephen mit trockener Kehle. »Haben sie den Spiegel gefunden?«

Yehoshuahs Vater faltete die Mappe wieder zusammen und begann umständlich damit, die Schnur wieder darum herum zu wickeln, mit der sie wahrscheinlich Jahrzehnte verschlossen gewesen war. »Es ist eine Legende, junger Mann. Die Christenheit ist reich an solchen Legenden. Die Geschichte um den heiligen Gral etwa, den Kelch, aus dem Jesus beim letzten Abendmahl getrunken haben soll. Legenden sind Geschichten, die von Mund zu Mund weitergetragen werden. In gewisser Weise verselbständigen sie sich. Ein Literaturwissenschaftler fragt danach, was Menschen in diesen Legenden sehen, dass sie sie weitergeben.«

Stephens Gedanken rasten. Er sah Yehoshuah an, in dessen Augen es eigenartig funkelte. »Man weiß also nicht, was aus den Mönchen wurde?«

»Nicht wirklich. Es gibt Hinweise. An einer Stelle heißt es, die meisten der Mönche, die in dem Haus gelebt hatten, als es aufgegeben wurde, seien in die Wüste gegangen, wo sie ein Kloster errichteten und sich später vom Orden lossagten.«

»Und wo war dieses Kloster?«

Der alte Mann erhob sich wieder, ächzend und schnaufend. »Oh, es existiert immer noch. Ein kleines Wunder. Zehn oder zwanzig alte Männer leben dort.« Er nahm die Mappe und schlurfte mit gichtigen kleinen Schritten zurück zum Schrank. »Dort ist der Negev auch heute noch Wüste. Unvorstellbar, wie sie das machen.«

Stephen fand die Umstände, unter denen Yehoshuahs Vater hier in diesem Loch von einem Zimmer lebte, kaum weniger erstaunlich. »Und wo genau im Negev?«

»Ich war nie dort«, erwiderte er und zog die Schranktüren auf. »Ich konnte es nie leiden, irgendwohin zu gehen, um etwas herauszufinden. Am liebsten habe ich in Bibliotheken und Archiven geforscht.« Er bückte sich schwerfällig, um die Mappe in einen dunklen Winkel des Schrankes zu schieben. »So. Wahrscheinlich bleibt sie da jetzt liegen, bis ich sterbe. Und dann wirft sie jemand weg. Was für eine Narretei.«

Stephen spürte, wie sein Knie anfangen wollte, nervös zu wippen. War der Alte so stur, oder tat er nur so? »Aber Sie wissen, wo das Kloster zu finden ist?«

»Vergiss dieses Kloster, mein Sohn. Alte Männer, die nicht einmal wissen, welches Jahr wir schreiben. Die meisten haben schon dort gelebt, als der Staat Israel noch ein vager Traum war.«

Stephen warf Yehoshuah einen hilfesuchenden Blick zu. Der seufzte leise.

»Vater«, sagte er, »sag uns bitte einfach, wo dieses Kloster ist.«

Der alte Mann tat, als hätte er ihn nicht gehört, wackelte zu seinem Stuhl zurück, ließ sich mit knirschenden Gelenken darauf nieder, lehnte sich zurück und wühlte dann ausgiebig mit einer Hand in seinem mächtigen grauen Bart. Stephen kam zu Bewusstsein, dass er den Atem angehalten hatte, und er holte tief Luft.

»Be'er Sheva«, sagte der greise Talmudist schließlich. »In Be'er Sheva war ich einmal. Erinnerst du dich, Yehoshuah? Wahrscheinlich nicht. Du warst noch ein kleines Kind. Von Be'er Sheva aus geht es südlich, weit südlich. Von weitem sieht es aus wie eine Ruine auf einer unzugänglichen Bergspitze. Ich weiß nicht mehr, wie der Berg heißt und ob er überhaupt einen Namen hat, aber er erhebt sich am Westende des Wadi Mershamon. Man braucht eine gute Karte. Auf den meisten ist der Wadi Mershamon nicht eingezeichnet.« Er langte wieder nach seinem Buch und legte es zurück in den Lichtkegel seiner müden Lampe. »Und nun genug davon. Geht jetzt.«

32

Negev (hebr. »Trockenes Land«). Gebiet südl. der Grenze Judas, im Osten von der Araba begrenzt, im Nordwesten und Westen von der Küstenebene und den Wüsten Paran, Zin und Schur ... Im 1. Jh. n. Chr. begannen die Nabatäer des N. und des Hauran Landwirtschaft zu betreiben. Hierzu fingen sie Regenwasser in Zisternen auf, um terrassenförmig angelegte Felder zu bewässern.

Avraham Stern,
Lexikon der biblischen Archäologie

»Das ist es!«, sagte Stephen, jauchzte es fast, als sie Mea Shearim verließen.

Sie fuhren zurück in die Innenstadt, suchten und fanden das Büro von American Express, wo Stephen Bargeld bekam, nicht viel zwar, aber es würde reichen, um das Hotel zu bezahlen und auch sonst über die nächsten Tage zu kommen.

»Darauf hätten wir auch selbst kommen können«, erklärte er dabei einem ziemlich skeptisch dreinblickenden Yehoshuah. »Der Zeitreisende kann nicht alles allein und völlig unbemerkt vollbracht haben. Jemand muss ihn gesehen haben, wie er filmte, auch wenn niemand verstanden hat, was er da tut. Jemand muss ihm geholfen haben, die Kamera im Tempelberg zu verstecken. Vielleicht hat er sogar jemandem zu erklären versucht, was er tut, wer weiß? Jedenfalls gab es Leute, die etwas davon mitbekommen haben, sich etwas zusammengereimt haben, und die haben das weitererzählt... Und so entstand die Legende.«

Dann gingen sie in die größte Buchhandlung, die sie finden konnten, und durchstöberten die Abteilung Reiseführer und Atlanten, bis sie eine Karte fanden, auf der der Wadi Mershamon eingezeichnet war. An seinem westlichen Ende fand sich tatsächlich das Symbol einer Ruine.

»Aber wieso ist die Rede von einem Spiegel?«, kritisierte Yehoshuah. »Auch mit viel Fantasie sieht eine Videokamera nicht aus wie ein Spiegel.«

Stephen machte eine Handbewegung, als wolle er den Einwand beiseite wischen. »Was hätten sie denn nur sagen sollen?«

Sie holten Judith ab, beglichen die Hotelrechnung und fuhren zum nächstgelegenen großen Supermarkt, um sich mit Proviant und einigen Ausrüstungsgegenständen einzudecken wie Wasserflaschen und Salztabletten.

»Es ist ein Bild«, erklärte Stephen. »Vielleicht hat der Zeitreisende einmal jemandem – seiner Frau zumindest, denke ich – eine Aufnahme vorgespielt. Ich stelle mir vor, das einzige, was man damals kannte, das imstande war, ein realistisches Bild wiederzugeben, war ein Spiegel. Also, wie würde so jemand, der in den Sucher einer Videokamera schaut und eine aufgenommene Szene betrachtet, das jemand anderem beschreiben? Er würde sagen, es sei, als schaue man in einen kleinen Spiegel. Und der andere versteht nur ›Spiegel‹ und stellt sich etwas ganz anderes vor.«

Sie fuhren stadtauswärts, in Richtung Hebron. Der Verkehr floss zäh. Diesmal saß Judith auf dem Beifahrersitz.

»Ich muss schon sagen ... Den ganzen Morgen habe ich mich darauf eingestellt, im Keller der Saads zu sitzen, Luftblasen zu zählen und zu warten, dass du wieder zum Vorschein kommst. Und jetzt fahren wir hinaus in die Wüste!«

»Tja«, meinte Stephen. »Manchmal muss man eben flexibel sein.«

»Du glaubst also, dass die Franziskanermönche dieser Legende gefolgt sind. Was hieße, dass sie nicht nur von dem ›Spiegel‹ wussten, sondern auch genau, wo er zu finden war.«

»Ja. So einen Tunnel gräbt man nicht aufs Geratewohl. Bestimmt kennen wir nicht die ganze Legende.«

Sie sah ihn an. »Wieso bist du dir so sicher, dass sie die Kamera auch gefunden haben? So sicher, dass du nicht einmal nachschauen willst?«

»Weil der Schacht so präzise auf einen bestimmten Punkt zielt. Weil sie nicht herumgesucht haben, sondern genau wussten, wohin sie wollten. Weil ich nicht glaube, dass dieses Kloster heute noch existieren würde ohne dieses Heiligtum, das sie dort hüten.« Sie fuhren unter einer Reihe großer Verkehrsschilder hindurch, die darauf hinwiesen, dass es geradeaus nach Hebron ging, dass es sich dabei um palästinensisches Autonomiegebiet handele und dass man, falls man dieses umfahren wolle, sich rechtzeitig an den entsprechenden Hinweisschildern orientieren solle. Jerusalem lag jetzt hinter ihnen, rechts und links erstreckten sich Bürohäuser und Industriegebiete. »Und«, fügte Stephen hinzu, aber in einem beinahe singenden, selbstvergessenen Tonfall, leise, als spräche er zu sich selbst, »weil ich es fühle. Rieche. Schmecke. Weil jede Zelle meines Körpers weiß, dass die Kamera dort draußen ist. Das Versteck hinter der Klagemauer ist seit fünfhundert Jahren leer.«

Auf der Rückseite der Verkehrsschilder waren Videokameras angebracht, eine pro Fahrspur, die den vorbeifließenden Verkehr registrierten. Die Bilder, die sie aufnahmen, liefen direkt in einen hochleistungsfähigen Computer, auf dem eine spezielle, hochmoderne Bildverarbeitungssoftware arbeitete, die imstande war, in Realzeit sämtliche Nummernschilder aller vorbeifahrenden Autos in den Pixeln der Videobilder zu identifizieren und in lesbare Zeichen und Zahlen umzuwandeln. Die identifizierten Autonummern, ein unaufhörlicher Strom von Daten, wurden über ein Netzwerk, das die gesamte Stadt und noch zahlreiche ähnliche Anlagen umfasste, an einen zentralen Rechner der Polizei übermittelt, der alle gemeldeten Autonummern zusammen mit den Orten, an denen sie registriert worden waren, und der genauen Uhrzeit ihrer Registrierung in einer Datenbank speicherte. Außerdem verglich er jedes Autokennzeichen mit einer Tabelle gemeldeter Kennzeichen, in der neben einer Reihe weiterer verwaltungstechnischer Angaben gespeichert war, was im Falle einer Entdeckung geschehen sollte.

Das Kennzeichen des Jeep Cherokee, den Stephen fuhr, war seit einem Tag in dieser Tabelle gespeichert. Als Handlungsanweisung war angegeben: *stiller Alarm.* Keine sechzig Sekunden, nachdem die Videokamera das Bild des Fahrzeugs erfasst hatte, begann auf dem Bildschirm des Wachhabenden eine Meldung zu blinken.

Diesmal war es eine andere Sekretärin, die Kaun das Telefon brachte, als sie alle über einem großformatigen Plan des Tempelbergs brüteten. Der Medienzar lauschte mit ernster Miene. »Danke«, sagte er dann. »Vielen Dank, Jehuda. Schalom.«

Ein hungriges Glitzern trat in seine Augen, als er die Verbindung unterbrach. »Rufen Sie Ihre Leute zusammen, Ryan«, sagte er. »Foxx fährt in Richtung Hebron.« Er zog einen Zettel aus der Tasche. »Er fährt einen dunkelblauen Jeep Cherokee, sein Kennzeichen ist ... Ach, zum Teufel, ich kann das nicht lesen. Hier.« Er reichte ihm den Zettel.

Ryan starrte das zerknitterte Papier mit sichtlicher Verblüffung an. »Woher wissen Sie das?«

Kaun genoss es. »Ziemlich einfach. Über die Autonummer des Wagens, den Foxx am Museum zurückließ, habe ich die Verleihfirma ermitteln lassen. Die haben mir gesagt, was für ein Auto er jetzt fährt. Und mit dem ist er vor einer halben Stunde durch eine der automatischen Kontrollanlagen der Polizei gefahren.«

»Das habe ich alles auch probiert, aber mir wollte niemand Auskunft geben …«

»Beziehungen. Der Polizeichef war so freundlich, eine stille Fahndung zu veranlassen, die jetzt als irrtümlich wieder gelöscht wird. Nach Hebron kann er ihn ohnehin nicht verfolgen lassen, da Foxx dort in die Zuständigkeit der palästinensischen Polizei fiele.« Er reichte Ryan das Telefon. »Das werden Sie jetzt brauchen, schätze ich.«

Ryan nickte. »Und eine Karte von Israel.«

Shimon Bar-Lev sah dem hageren Sicherheitsmann mit großen Augen und offenem Mund nach, bis sich die Tür hinter ihm geschlossen hatte. Dann fiel bei ihm der Groschen. »Das heißt ja wohl«, konstatierte er erleichtert, »dass sich das Thema Westmauer erledigt hat.«

Sie umrundeten Hebron auf einer weiträumig angelegten, neu aussehenden, aber schmalen Umgehungsstraße und fuhren weiter, immer weiter. Langsam wurden die grünen Stellen rechts und links der Fahrbahn seltener, ging der Blick weiter in eine graue, staubige Ferne. Und es war heiß, brütend heiß. Die Sonne stieg immer höher. Fortwährend schien die Straße am Horizont in blau flirrendem Wasser zu versinken, das natürlich nur eine optische Täuschung war, der kleine Bruder einer richtigen Fata Morgana.

Kurz vor Be'er Sheva war weitab von der Straße ein eigenartiges stählernes Gebilde zu sehen.

»Halt mal kurz an«, gab Yehoshuah von hinten den Tipp.

Tatsächlich, als sie am Straßenrand hielten und ausstiegen, konnten sie es singen hören. Es war, wie Yehoshuah bereitwillig erklärte, ein Heldendenkmal, aus den Überresten zerschossener feindlicher Panzer geschmiedet und wie eine riesige Orgelpfeife konstruiert, sodass es wehklagende, fast menschlich klingende Laute produzierte, wenn der heiße Wind aus der Wüste über den Hügel strich, auf dem es sich erhob.

Für einen Moment war weit und breit kein anderes Auto zu sehen und auch keiner der zahllosen Tanklaster, die unaufhörlich über die Straßen donnerten. Stephen blinzelte zu dem bizarren Kunstwerk hinüber und hatte einen Herzschlag lang das makabre Gefühl, die Toten sprächen, riefen vergebliche Warnungen an die Nachgeborenen ... Er drehte sich zur Seite, um den Eindruck abzuschütteln.

»Weiter«, sagte er.

Eisenhardt spürte zunehmende Nervosität in sich aufsteigen, ein Gefühl, das ihn fatal an das Lampenfieber erinnerte, das er vor öffentlichen Auftritten zu haben pflegte, Lesungen etwa oder Interviews. Wenn es je einen Zeitpunkt gegeben haben sollte, an dem es notwendig geworden war, Foxx zu warnen, dann jetzt. Offensichtlich war er aufgebrochen, um die Spur zu verfolgen, die er hatte und Kaun nicht, und ganz sicher ahnte er nicht, dass Kaun wusste, wohin er sich gewandt hatte.

Er verließ den Wohnwagen, in dem sich die Wissenschaftler unermüdlich berieten. Ohne ein Wort der Erklärung. Kaun war längst verschwunden, und zuletzt war es nur noch wie Wortmüll um ihn herumgebrandet, belanglose Debatten, Stammtischgespräche, eine Kneipe für nichtrauchende Antialkoholiker.

Er suchte Ryan.

Er fand ihn an seinem Auto stehend, einen bestiefelten Fuß feldherrnmäßig in die offene Wagentür gestellt, das Telefon am Ohr. Auf dem Dach hatte er eine Karte von Israel ausgebreitet. Es klang alles hochdramatisch, mindestens wie der Sechstagekrieg.

Eisenhardt blieb in einiger Entfernung stehen und wartete. Was für eine eigenartige Situation! Das Lager ringsum lag leer und verlassen, eine Bühne nach Ende der Vorstellung – die Zelte zusammengelegt, die Geräte zum größten Teil in Kisten verpackt – und dieser Mann stand mit seinem kleinen roten Auto mitten darin und kommandierte eine unsichtbare Armee.

Als einen Moment lang Ruhe herrschte, trat er näher und machte sich bemerkbar. Fragte so behutsam wie möglich an, ob es irgendeine Möglichkeit gäbe, wie er, Eisenhardt, noch einmal in die Amerikanische Bibliothek kommen könne, denn ihm sei da etwas eingefallen, das sich eventuell lohnen würde zu überprüfen …

»Ah, Mister Eisenhardt«, sagte Ryan, nahm den Fuß vom Bodenschweller und wandte sich ihm zu, als habe er auf ihn gewartet. »Ich soll Ihnen einen Gruß von Mister Kaun ausrichten. Ihr Engagement ist vom heutigen Tag an beendet. Bitte packen Sie, jemand wird Sie zum Flughafen nach Tel Aviv fahren.«

Der Schriftsteller starrte den Mann mit den stählernen Augen so fassungslos an, als habe der ihm einen Eimer eiskalten Wassers über dem Kopf geleert. »Aber …« Abserviert. Der Millionär hatte es nicht einmal für nötig befunden, es ihm selber zu sagen. Ganz zu schweigen von Verabschieden oder gar Bedanken. »Aber wieso denn …«

Ryan musterte ihn mitleidlos. »Mister Kaun hatte den Eindruck, dass Sie in letzter Zeit nur noch wenig zur Lösung der Situation beigetragen haben. Und, offen gestanden, ich konnte ihm da nicht widersprechen.«

Eisenhardt öffnete den Mund, aber die Gedanken schossen in seinem Kopf so aufgescheucht hin und her, dass ihm nichts einfiel, was er hätte sagen können. Und zugleich breitete sich ein bleiernes, elendes Gefühl in seiner Brust aus. Versagt. Auf seltsam verdrehte Weise fühlte er sich schuldig, den Erwartungen nicht genügt zu haben, die man an ihn gestellt hatte. Ja, es stimmte. In den letzten Tagen war ihm nichts Schlaues mehr eingefallen. Kaun hatte ihn hergeholt, damit er die uralte Kamera für ihn finden sollte, und nicht nur, dass er sie nicht gefunden hatte, er machte sogar gemeinsame Sache mit dem, der Kauns Plan durchkreuzt hatte.

Ryans Telefon summte, und er nahm wieder seine Feldherrnpose ein. Im Grunde war ja auch alles gesagt.

Die Verfolger fuhren einmal dicht auf, nah genug, um sich anhand des Kennzeichens zu vergewissern, dass sie den richtigen Wagen verfolgten, und ließen sich dann weit zurückfallen. Es war ein geradezu amateurhaft auffallendes Auto, das sich der Collegejunge aus Maine, USA, ausgesucht hatte. Es war bis zum Horizont einwandfrei auszumachen.

»Wir haben jetzt Be'er Sheva passiert«, meldete der Mann auf dem Beifahrersitz. »Er fährt weiter in Richtung Eilat.«

»Okay. Bleiben Sie dran, und halten Sie weiter maximalen Abstand.«

»Roger.« Zu seinem Kollegen am Steuer sagte er, nachdem er die Verbindung wieder beendet hatte: »Weißt du was? Am Ende stellt sich heraus, dass die drei einfach einen Badeausflug ans Rote Meer machen.«

Dann hatte er die Erwartungen also nicht erfüllt. Na und? Eisenhardt pfefferte die Schlafanzüge in seine Reisetasche.

Das war doch nicht sein Problem. Der Medientycoon hatte geglaubt, es mit einem streng logischen Problem zu tun zu haben. Ein Problem, das im stillen Kämmerlein lösbar war, wenn man nur lange und scharf genug nachdachte. Ha! Alles Unsinn. Nein, er hatte sich nichts vorzuwerfen. Er hatte getan, was er konnte.

Der Schriftsteller sah sich um. Wenn es so war – warum war er dann so wütend? Er hatte gut verdient. Er hatte ein interessantes Abenteuer erlebt. Er hatte eine Menge Stoff gesammelt, aus dem womöglich einmal ein Roman werden konnte. Und trotzdem war er wütend.

Weil er sich benutzt fühlte. So jemand wie Kaun glaubte, er könne sich alles erlauben, nur weil er reich und mächtig war.

»Und weißt du was?«, murmelte Eisenhardt im Selbstgespräch. »Er hat recht. Er kann sich tatsächlich alles erlauben, weil er reich und mächtig ist.« Das war es, was ihn kochen ließ vor Zorn.

Der Reisewecker. Er stand immer noch auf dem Nachttisch. Eisenhardt nahm ihn und stopfte ihn tief unter die Hemden und Unterhosen, dann hielt er inne und sah das Telefon an, neben dem der Wecker gestanden hatte.

Wurden die Telefongespräche wirklich alle abgehört? Sehr wahrscheinlich. Zumindest wurden alle gewählten Nummern gespeichert, zusammen mit Uhrzeit und Dauer des Anrufs, schon um die Telefonrechnung gegenprüfen zu können. In den USA war das gängige Praxis in jedem Haushalt.

Es war so ruhig. Sein eigener Atem war das lauteste Geräusch.

Und wenn schon. Was sollte ihm passieren? Er würde im Flugzeug sitzen, ehe jemand bemerkte, dass er Foxx gewarnt hatte.

Er legte die Hand auf den Hörer. Kaltes, glattes Plastik.

Leben und Tod. Ging es darum? Nein. Es ging darum, ob jemand wie Kaun alles machen konnte, was er wollte. Auch Geschäfte mit dem unglaublichsten Fund der Geschichte.

Stephen Foxx war irgendwo da draußen unterwegs, um sich dem mächtigen Medienzaren zu widersetzen. Vielleicht aus den falschen Gründen und vielleicht mit untauglichen Mitteln, aber er tat es. Und ahnte nicht, dass die Männer Kauns schon hinter ihm her waren.

Dieser Anruf konnte entscheidend sein. Und er würde es sich nie verzeihen können, wenn er ihn nicht machte.

Eisenhardt holte noch einmal tief Luft. Es war immer noch so still, als sei die Welt draußen gestorben. Dann holte er den Zettel mit der Telefonnummer aus der Tasche und hob den Hörer ab.

Die Leitung war tot. Man hatte sein Telefon bereits abgeschaltet.

Von draußen hämmerte jemand mit der Faust gegen das Fenster.

Der Negev war anders, als Stephen ihn sich vorgestellt hatte. Er hatte ein Bild vor Augen gehabt von majestätisch wogenden strahlendgelben Sanddünen, sich wie ein in der Bewegung erstarrtes Meer aus Sand von Horizont zu Horizont erstreckend, von Karawanen, die von Oase zu Oase zogen. Statt dessen fuhren sie durch eine ausgeglühte grauschwarze Steinwüste, die eher einer Mondlandschaft glich als irgendeinem Ort auf Erden, eine sich von Horizont zu Horizont erstreckende Abraumhalde, auf die eine erbarmungslose Sonne so unerbittlich herabbrannte, dass man es in den Ohren sirren zu hören glaubte. Schwarzes, ausgedörrtes Dorngestrüpp, das hin und wieder entlang der Straße zu sehen war, zeugte von der Beharrlichkeit des Lebens, sah aber so erbarmungswürdig aus, dass man geneigt war, der Wüste den Sieg zuzusprechen.

Je länger sie durch die bedrückende Ödnis fuhren, desto unglaubwürdiger erschien es Stephen, dass es dieses Kloster, von dem Yehoshuahs Vater erzählt hatte, tatsächlich geben sollte.

»Wie können Menschen hier überleben?«, fragte er unvermittelt in die Stille hinein, die sich seit Be'er Sheva im Wagen ausgebreitet hatte.

»Es regnet hier hin und wieder«, erklärte Yehoshuah. »Selten und wenig, aber es regnet. Wenn man dieses Wasser in Zisternen auffängt ...« Er vollendete den Satz nicht. Es klang alles andere als komfortabel. Die richtige Umgebung für Mönche, die ein möglichst entsagungsvolles Leben führen wollten.

»Es regnet? Bist du sicher?«

»Um die hundert Millimeter im Jahresschnitt. Natürlich nicht jetzt im Sommer. Aber es gibt hier diese Wadis, nicht wahr? Wir suchen ja auch nach einem. Ein Wadi ist ein vertrockneter Flusslauf. Alle fünfzig bis hundert Jahre regnet es so stark, dass in den Wadis wieder Wasser fließt, manche sogar zu reißenden Strömen werden – für ein paar Stunden.«

Stephen sah umher. Steine, Felsen, Hitze. »Von allem, was ich in den letzten Tagen an Unglaublichem gehört habe, kommt mir das am unglaublichsten vor.«

Die schmale schwarze Asphaltstraße schnitt mit rigoroser Zielstrebigkeit durch die abweisende Felslandschaft, schnitt quer durch Felsrücken und überquerte kleine Schluchten und Vertiefungen auf aufgeschütteten Wällen. Zeitweise liefen Hochspannungsleitungen parallel zur Straße, und da, wo es doch einmal Sand gab, herangeweht aus dem Sinai, zogen feine gelbe Schleier quer über die Fahrbahn.

Die Stelle, an der sie von der Straße heruntermussten, war

nicht leicht zu finden. Das erste Mal bogen sie zu früh ab, was sie erst bemerkten, als sie nach mehreren Kilometern Holperpiste an eine Kreuzung kamen, die nach der Karte da nicht hätte sein dürfen und an der ein verrosteter Wegweiser mit zwei ganz falschen Ortsnamen stand. Die richtige Abzweigung einige Kilometer weiter, war kaum als solche zu identifizieren, und die Piste, auf die sie führte, auch nicht: Sie bestand aus kaum mehr als zwei Fahrrillen voller Löcher, die aussahen, als sei vor zwanzig Jahren einfach einmal ein schweres Baustellenfahrzeug munter querfeldein gefahren. In den Abschnitten, in denen die Fahrbahn von der umgebenden Wüste nicht zu unterscheiden war, hatten hilfreiche Hände große Steine rechts und links der Fahrspur ausgelegt, und ab und zu trug einer dieser Steine einen weißen Farbklecks. Aber wer immer dafür verantwortlich war, er war ziemlich lustlos und inkonsequent zu Werke gegangen.

Die Durchschnittsgeschwindigkeit, mit der sie vorankamen, sank drastisch. Sie fuhren an einem schroffen schwarz-grauen Bergrücken von majestätischer Größe entlang, und in der Ferne waren einige Kamele zu sehen, die wahrscheinlich den steinigen Wüstenboden nach Essbarem absuchten, aber Stephen hatte nur Augen für die Fahrpiste und ihre majestätischen Schlaglöcher. Was hatte es das Schicksal doch gut mit ihm gemeint, als es ihm beizeiten ein geländegängiges Fahrzeug zugespielt hatte! Mit dem kleinen Fiat wären sie hier draußen verloren gewesen.

Ab und zu hielten sie an, um etwas zu trinken. Weitab von der Straße und allen anderen Spuren der Zivilisation begann die Wüste ihnen ihre Bedingungen aufzuzwingen, und eine davon war, wie Judith erklärte, regelmäßig Wasser zu trinken, und zwar noch ehe man Durst verspürte.

»Eins ist sicher«, meinte Stephen, als sie so neben dem Wagen standen, in einem Meer brütender Hitze, die Wasserflasche kreisen ließen und sich die Beine vertraten, »wenn es dieses Kloster und diese Mönche tatsächlich gibt, dann gehen sie jedenfalls nicht sehr oft ins Kino.«

Niemand lachte. Es war auch nur ein Versuch gewesen, die erdrückende, ehrfurchtgebietende Wucht der Landschaft ringsumher abzuwehren, die einem den Atem nahm und das Gefühl gab, ganz klein und verloren zu sein, völlig auf die Gnade höherer Mächte angewiesen.

Sie verfuhren sich noch ein paarmal, verpassten kaum kenntliche Abzweigungen, endeten in Schluchten ohne zweiten Ausgang, kehrten immer wieder um und versuchten es aufs Neue, bis sie endlich das Kloster sahen.

Es lag in einer kleinen Schneise, unterhalb zerklüfteter Felsen, die wie steinerne Finger himmelwärts ragten, und sah mit seinen Mauern aus dunkelgrauem Stein tatsächlich aus wie eine Ruine. Einst hatte es an der Seite wohl einen Turm gegeben, aber das Bauwerk war eingestürzt und nie wieder aufgerichtet worden. Öde, schießschartenartige Öffnungen schauten tot auf sie herab. Nichts und niemand schien da oben zu leben. Weglos und verloren hing der düstere Bau auf seinem Felsensattel wie ein rettungslos zerfressenes Gebiß.

»Vielleicht sind sie alle längst ausgestorben«, meinte Yehoshuah. »Ich meine, wer hätte das schon bemerkt?«

Stephen nickte. »Man erwartet irgendwie Warnschilder, auf denen *Vorsicht! Ende der Welt in fünfhundert Metern!* steht.«

Sie fuhren mit dem Jeep hügelan, bis er auf dem losen Geröll ins Rutschen kam und es nicht mehr weiterging. Dann ließen sie ihn stehen, nahmen auf Judiths Drängen noch einmal einen tiefen Schluck aus den Wasserflaschen und machten sich daran, den Rest des Berges zu Fuß zu erklimmen. Dieser Rest erwies sich als weiter und höher, als es zunächst den Anschein gehabt hatte, und vor allem als wesentlich anstrengender. Nach kürzester Zeit hingen ihnen die Kleider tropfnass vom Schweiß am Körper, ihre Lungen gingen wie die Blasebälge, und der Herzschlag wollte ihnen schier den Schädel sprengen. Das dunkle, düstere Gestein unter ihren Füßen hatte die Sonnenhitze eines ganzen Tages gespeichert und brannte ihnen fast die Schuhsohlen durch.

Warum mache ich das eigentlich?, fragte Stephen sich irgendwann, und die Frage wollte ihm nicht mehr aus dem Kopf gehen, während er weiter hinaufstieg, stellte sich selber wieder und wieder und wurde bald so etwas wie ein Mantra, wurde zu dem Rhythmus, in dem seine Beine sich bewegten, und seine Ohren glaubten diese Frage aus den zischelnden Geräuschen herauszuhören, die seine Füße auf dem Geröll verursachten.

Judith, bei weitem die Fitteste von ihnen, ging unermüdlich voraus, Stephen versuchte vergeblich mitzuhalten, und Yehoshuah fiel immer weiter zurück, schimpfend und murrend, und musste immer öfter Pausen einlegen.

Doch dann waren sie oben. Standen keuchend vornübergebeugt, die Arme auf die Knie gestützt, und konnten es kaum glauben. Eine Zeitlang hatte es so ausgesehen, als habe der Bau überhaupt keine Verbindung zur Außenwelt, als hätten sich die Mönche einst darin eingemauert, aber im letzten Augenblick war eine schmale, kaum mannsbreite Luke sichtbar geworden, die durch eine schwere Bohlentür aus uraltem Holz verschlossen wurde.

»Schaut nur«, meinte Judith, die als erste wieder aufrecht stehen und reden konnte. »Was für eine Aussicht.«

Stephen konnte nichts erwidern, nur mühsam den Kopf heben. Ja, tolle Aussicht. Klar doch. Schwarze Felsen, braune Felsen, graue Felsen, so weit das Auge reichte Steine und Felsen. Keine menschliche Ansiedlung, weit und breit niemand. Eine einzige grandiose Platzverschwendung.

»Und jetzt?«, fragte Yehoshuah, als sie alle wieder normal atmeten.

»Jetzt«, sagte Stephen, »klopfen wir höflich an.«

Und genau das tat er. Es gab natürlich keine Türklingel und keinen Türklopfer oder ähnlichen neumodischen Schnickschnack, also hieb er mit der geballten Faust kräftig gegen das solide Portal. Dann trat er einen Schritt zurück und wartete.

Nichts geschah.

»Keiner zu Hause«, kommentierte Yehoshuah.

Stephen klopfte noch einmal, noch kräftiger diesmal, und rief so laut er konnte: »Hallo? Ist hier jemand?«

Nichts rührte sich.

»Wenn tatsächlich niemand mehr lebt dort drinnen«, überlegte Judith, »müssen wir über die Mauer steigen.«

»Ja«, nickte Stephen. Er musterte den Bau. Das Gebäude war ungefähr rechteckig angelegt, und die Umfassungsmauern waren an die drei Meter hoch. Höchstens vier. Zur Not mussten die irgendwie zu erklimmen sein.

Ein Seil. Sie hätten daran denken sollen, ein Seil mitzubringen.

»Vielleicht sind wir einfach außerhalb der Öffnungszeiten gekommen«, meinte Yehoshuah. »Ich meine, vielleicht beten sie alle gerade oder ...«

»Dann könnten sie ja wenigstens ein Schild raushängen«, knurrte Stephen, nahm einen Stein auf und trat wieder an die schwarze Tür, um sich ein drittes Mal bemerkbar zu machen.

Doch gerade als er die Hand heben wollte, um den Stein wuchtig gegen das Holz zu schmettern, löste jemand von innen die Verriegelung des Gucklochs. Die Klappe ging auf, zwei alte, müde Augen sahen heraus, um sie misstrauisch zu mustern, dann sagte der Mann, dem die Augen gehörten: »Geht!«

Nur dieses eine Wort, dann schloss sich die Klappe wieder, und die Verriegelung glitt mit einem schleifenden Geräusch zurück an ihren Platz.

»Das ist ja ein Ding«, murmelte Stephen fassungslos.

»Hey!«, schrie er dann über die Mauer. »Wir sind gekommen, um den Spiegel zu sehen, der das Abbild Jesu bewahrt hat!«

Die finstere Mauer ragte vor ihnen auf wie das Bollwerk einer mittelalterlichen Festung und blieb stumm und unergründlich.

»Wahrscheinlich hat er das nicht verstanden«, sagte Yehoshuah.

»Wieso?«, fragte Stephen. »Gerade hat er noch Englisch gesprochen.«

»Na ja«, meinte Judith. »Er hat *Leave!* gesagt. Übermäßig viel Englisch ist das nicht.«

»Also gut. Dann wiederhol es noch mal auf Hebräisch.«

In diesem Moment waren wieder Geräusche hinter der Tür zu hören, andere, ernsthaftere. Ein anderer, größerer Riegel wurde in seiner Halterung bewegt, etwas klapperte, ein metallener Ring vielleicht, dann begann jemand von innen zu zerren. Die Tür klemmte, die Balken, aus denen sie vor Jahrhunderten gezimmert worden war, ächzten, dann öffnete sie sich mit einem jammervollen Quietschen.

Zwei alte Männer standen dahinter, ausgemergelte, ungewaschene Eremiten, barfuß, die mageren Körper in fadenscheinige Gewänder gehüllt, die vor Jahrzehnten einmal schwarz gewesen sein mochten. Auf den ersten Blick sahen sie aus wie Insassen eines Gulags, elende Überlebende eines Konzentrationslagers. Doch in ihren Augen lag ein friedvolles, lebendiges Leuchten, wie Stephen es noch niemals gesehen hatte, und ihre Haltung strahlte etwas ungemein Kraftvolles aus, das in verwirrendem Widerspruch zu ihrer armseligen Erscheinung stand.

Sie schienen es nicht gewohnt zu sein, viel zu sprechen. Einer der beiden setzte zum Sprechen an, schluckte dann aber, als müsse er sich erst auf Worte besinnen, die er seit ewigen Zeiten nicht gebraucht hatte.

»Seit dreißig Jahren«, erklärte er schließlich, »ist diese Tür nicht geöffnet worden. Damals war ich es, der davor stand. Kommt herein.«

Der Haupttross der Verfolger lag etwa eine Stunde hinter dem ersten Wagen zurück. Nachdem Stephen Foxx und seine Begleiter Be'er Sheva passiert hatten, war auch Ryan aufgebrochen, um zu seinen Leuten zu stoßen.

Dann war die Meldung gekommen, dass der Jeep die Straße nach Eilat verlassen hatte. Zuerst offensichtlich an der falschen Stelle, und die Verfolger hätten sich beinahe verraten, denn sie wollten dem Jeep schon folgen, als sie durch den Feldstecher entdeckten, dass er denselben Weg wieder zurückkam. Hätten sie nicht so großen Abstand gehalten, wären sie zu dem Zeitpunkt ebenfalls auf der Schotterpiste gewesen, so aber konnten sie vorbeifahren und sich einige Kilometer weiter in einer Haltebucht verbergen, bis der Jeep mit den drei jungen Leuten sie wieder passiert hatte.

Zwölf Kilometer weiter bog der Jeep dann endgültig in die Wüste ab. Zum Glück hinterließ er auf dem staubigen Pfad eine Spur, die so unübersehbar war wie die einer Elefantenherde, denn mit ihrem normalen Pkw fielen die Verfolger rettungslos zurück.

»Er muss das von Anfang an geplant haben«, berichtete Ryan telefonisch an Kaun, während er mit überhöhter Geschwindigkeit an Hebron vorbeidonnerte. »Darum hat er einen Jeep gemietet.«

Dann, tief in der Wüste, entdeckten sie den Jeep, verlassen

an einem geröllübersäten Berghang stehend, und darüber das düstere Bauwerk, zwischen die zerklüfteten Felsen gebaut wie ein Adlerhorst. Sie gingen mit ihrem staubigen, arg malträtierten Fahrzeug hinter einem größeren Felsbrocken in Stellung und beobachteten den mühsamen Aufstieg der drei jungen Leute.

»Nichts unternehmen«, befahl Ryan telefonisch. »Wir sammeln uns vor dem Berg und gehen dann gemeinsam vor.«

Der Verkehr auf der Straße nach Tel Aviv kam nur zäh voran. Peter Eisenhardt saß auf dem Rücksitz, die Reisetasche neben sich, und schaute aus dem Fenster auf die Landschaft, die so seltsam fremd und vertraut zugleich war. Die Sonne schien greller und weißer als zu Hause, das karge Grün war bleicher, durstiger. Er musste an Karl-May-Filme denken und an einen monumentalen Bibelfilm, den er als Vierzehnjähriger zu Ostern gesehen hatte, während er mit Fieber auf der Wohnzimmercouch lag. Die Bilder, wie dicke Zimmermannsnägel durch die Handgelenke Jesu getrieben wurden, hatten ihn in fiebrige, halbwache Träume hinein verfolgt.

Ob er dieses Land je wieder betreten würde? Die Chancen standen nicht dafür; dazu war er nicht reiselustig genug.

»Werden wir rechtzeitig ankommen?«, fragte er die beiden schweigenden Gorillas auf den Vordersitzen.

»Machen Sie sich keine Sorgen«, meinte der auf dem Beifahrersitz und dehnte die Worte dabei wie Kaugummi. »Das ist alles einkalkuliert.«

»Wissen Sie, wann ich in Frankfurt landen werde?«

Er bekam einen Umschlag mit dem Flugticket nach hinten gereicht. »Das sind Ihre Unterlagen.«

Eisenhardt studierte den Flugschein. Obwohl er sich sagte, dass das ja nicht sein Problem war, brach ihm doch unwillkürlich der Schweiß aus. Die Straßenschilder zeigten noch zweiunddreißig Kilometer bis Tel Aviv, dabei öffneten wahrscheinlich in diesem Moment die Check-In-Schalter für seinen Flug. Und was für einen Flug – er würde nach Athen fliegen, von dort nach Mailand, dort mehrere Stunden Aufenthalt haben und erst gegen elf Uhr abends in Frankfurt ankommen.

»Sagen Sie«, fiel ihm etwas ein, »Sie haben doch sicher ein Telefon dabei? Ich sollte unbedingt meine Frau anrufen. Sie weiß noch gar nicht, dass ich heute zurückkomme, und sie muss mich vom Flughafen abholen.«

Die beiden Sicherheitsleute warfen einander fragende Blicke zu. Der Fahrer, offenbar derjenige, der zu entscheiden hatte, gab einen ausgedehnten Seufzer von sich und nickte dann. Der andere zog daraufhin sein Handy aus der Jackentasche, schaltete es ein und reichte es dem Schriftsteller nach hinten.

Der erste Eindruck, als sie durch die schmale Türöffnung traten, war, in eine Oase zu kommen. Die äußere Mauer des Klosters umschloss ein ungefähr rechteckiges Areal und wirkte wie die Umfriedung eines Gefängnisses, das alles Grün dieser Gegend inhaftiert hielt. Einen verrückten Moment lang schoss Stephen der Gedanke durch den Kopf, ob vielleicht deswegen draußen alles so kahl und leblos war.

Es roch nach Gewürzen, nach feuchter Erde, nach Dung. In jeder Ecke des Klostergartens duckte sich ein verwitterter, niedriger Bau gegen die Mauer, jeder Fußbreit Boden dazwischen war in Beete aufgeteilt, auf denen die Mönche alles anbauten, was sie zum Überleben brauchten. Stephen erkannte Getreide, Zwiebeln, Bohnen und Rüben, dazwischen wuchs allerhand Grünzeug, das er nicht identifizieren konnte. Es sah alles mehr als kärglich aus, trotzdem gab es ein Beet, und nicht das kleinste, auf dem nur Blumen wuchsen!

Insgesamt schienen es sieben Mönche zu sein, allesamt alte Männer, mager und zerbrechlich wie Trockenblumen. Vornübergebeugt standen sie zwischen den Beeten und äugten neugierig herüber, simple alte Holzkreuze an fasrigen Schnüren vor der Brust baumelnd. Und in all ihren Augen glomm dasselbe Feuer, das Stephen in den Blicken der beiden entdeckt hatte, die sie an der Tür empfingen: eine Glut, die viel zu heiß schien für die verbrauchten Leiber, ein Funke, der einen glauben lassen konnte, dass aus ihm ein nie verlöschendes Feuer werden würde, sobald er seine Hülle verließ.

Doch in dem Moment, als Judith durch die Tür trat, veränderten sich die Blicke, wurden gierig, hungrig, beinahe wölfisch – um einen Herzschlag später umzuschlagen in bleierne Feindseligkeit, hinter der überwunden geglaubte Leidenschaften wieder mühsam hinabgepresst wurden in dunkle, unerforschte Bereiche der Seele.

Stephen musterte Judith seinerseits. Abgesehen davon, dass sie weibliche Körperkonturen aufwies und langes Haar trug, war sie in keiner Weise aufreizend gekleidet. Wahrscheinlich hätte sie Mea Shearim durchqueren können, ohne sich einen einzigen scheelen Blick einzufangen.

Der Teufel soll alle diese Religionen holen, dachte Stephen verächtlich. Alle behaupten sie, einen lehren zu können, wie man richtig leben soll – aber schon mit der simpelsten Tatsache des Lebens und seiner wichtigsten Grundlage, dem Sex, werden sie nicht fertig.

Nur bei einem der Mönche, der unwillkürlich Stephens Blick auf sich zog, erlosch das Leuchten der Augen nicht. Er stand da, ein schmaler alter Mann, ruhig auf die Schaufel gestützt, mit der er gearbeitet hatte, und sah ihnen mit einem freundlichen, offenen Blick entgegen, von dem Wärme und Willkommen ausging.

»Ihr habt«, sagte der Mönch, der ihnen geöffnet hatte, »etwas gerufen über den Grund, aus dem ihr gekommen seid …«

Stephen wandte sich ihm zu. Der Mann schien, seiner Aussprache nach, Engländer zu sein. Er hatte, obwohl er weit über sechzig sein musste, ein glattes, vollmondrundes Gesicht, einen üppigen Kranz dunkler Haare und fast keinen Bart, und in der Art seines Auftretens und seiner Bewegungen lag etwas, das einen vermuten ließ, es mit dem Chef zu tun zu haben.

»Ja, zunächst vielen Dank, dass Sie so freundlich waren, uns zu empfangen«, begann er und merkte, dass er unwillkürlich in eine Art der Gesprächsführung verfiel, wie er sie bei geschäftlichen Kontakten pflegte. »Mein Name ist Stephen Foxx, ich komme aus den Vereinigten Staaten. Meine Begleiter sind Judith und Yehoshuah Menez, zwei Archäologen aus Israel. Wir …«

»Oh, verzeihen Sie.« Der Mönch streckte die Hand aus. »Wie unaufmerksam von mir. Wir bekommen so selten Besuch. Darf ich Ihnen meine Mitbrüder vorstellen?«

Sie gingen von einem zum anderen, und er nannte ihnen die Namen der Mönche, allesamt lateinisch und schwer zu merken. Stephen behielt bloß seinen Namen, Gregor, und den Namen des Mönchs mit der Schaufel und dem unverdorbenen Blick, Felix. Abgesehen von Bruder Gregor schien er der einzige zu sein, der Englisch sprach.

Allerdings wirkte er aus der Nähe, gelinde gesagt, ein wenig versponnen. Als Stephen ihm bei der Vorstellung höflich zunickte, erklärte Felix mit freundlicher Bestimmtheit: »Die Worte werden alt, aber die Wahrheit ist immer frisch wie ein neugeborenes Baby.«

»Wie bitte?«, machte Stephen verblüfft. Aber Felix lächelte nur, zwinkerte ihm zu und widmete sich wieder seiner Schaufel. Das machte er nicht ungeschickt, es war fast, als tanze er damit.

Merkwürdige Vögel, dachte Stephen. Merkwürdige Vögel in einem merkwürdigen Adlerhorst.

Gregor führte sie über die schmalen Trampelpfade, die zwischen den Beeten verliefen, durch das Kloster. »Dies ist unsere Kapelle«, sagte er zu einer reichlich baufällig wirkenden Kate in der dem Eingang gegenüberliegenden Ecke, drehte sich dann zur Seite und wies auf eine ähnlich altertümliche Hütte mit schrägem Dach, »dort sind unsere Schlafzellen, daneben das Refektorium und die Küche. Wir verwenden allerdings kein Feuer.«

»Und das?«, fragte Stephen und deutete auf ein niedriges Gemäuer, das Gregor übergehen zu wollen schien.

Der Mönch zögerte einen Moment, dann führte er sie hinüber und öffnete die niedrige Tür. »Das ist das Beinhaus«, erklärte er.

Ihnen bot sich ein makabrer Anblick. Der Raum, in den sie die Köpfe hineinsteckten, erinnerte an einen Vorratskeller oder Werkzeugschuppen, nur dass in den langen Regalen an den Wänden statt Werkzeugen oder Einmachgläsern menschliche Knochen lagen, fein säuberlich nach Art und Größe sortiert, Arm- und Beinknochen in dem einen Fach, Beckenknochen in dem anderen, in einem Fach nur Rippen, in einem anderen nur Schädel, die kleinen Knochen der Hand- und Fußgelenke in einer Kiste, Rückenwirbel in einer anderen.

»Wenn einer unserer Brüder stirbt, bleibt er begraben, bis sein Fleisch verwest ist«, erklärte Gregor mit beinahe heiterer Stimme. »Dann werden seine Knochen ausgegraben, gereinigt und hier verwahrt. Dies sind die sterblichen Überreste aller Mönche, die je hier gelebt haben, seit es das Kloster gibt.«

»Aha«, machte Stephen und verzog das Gesicht. Eine beachtliche Anzahl. Wenn es nur nicht wie ein verdammtes Ersatzteillager ausgesehen hätte!

Sie zogen die Tür wieder zu, atmeten auf und blinzelten in die flirrende Sonne, und Bruder Gregor kam wieder auf seine erste Frage zurück: was sie hierher geführt habe.

»Wir wollen den Spiegel sehen, der das Antlitz Jesu bewahrt hat«, wiederholte Stephen, was er über die Mauer geschrien hatte.

Bruder Gregor nickte mit ernster Miene. »Ich habe von dieser Legende gehört. Aber leider ist es nur genau das – eine Legende.«

»Man sagt, der Spiegel befinde sich seit den Zeiten der Kreuzzüge in diesem Kloster.«

»Tut mir leid. Bei uns gibt es, genaugenommen, überhaupt keinen Spiegel.«

Stephen musterte das bärtige Gesicht des frommen alten Mannes, das plötzlich zu einer undurchdringlichen Maske geworden zu sein schien. War das vorstellbar? Dass dieser Mönch *falsch Zeugnis reden würde wider ihn?*

»Wir haben«, pokerte er, »ziemlich sichere Hinweise, dass die Legende einen ganz bestimmten, realen Gegenstand beschreibt, und dass dieser Gegenstand hier versteckt wurde. Wir glauben, dass dieses Kloster sogar eigens erbaut wurde, um ihn zu verstecken.«

»Das kann ich mir nicht vorstellen. Dieses Kloster wurde vor vielen Jahrhunderten gebaut von Männern, die sich aus der Welt zurückziehen und ganz der Betrachtung Gottes widmen wollten«, erklärte Bruder Gregor. »Im geistlichen Sinn, versteht sich.«

In diesem Augenblick klingelte es in Stephens Hosentasche.

»Was bedeutet das?«, fragte der Mönch verwundert.

»Das bedeutet, dass Sie nicht so weit von der Welt entfernt

sind, wie Sie dachten«, erwiderte Stephen und zog sein Handy aus der Tasche. Wirklich erstaunlich, dass es hier draußen in der Wüste Empfang gab. Andererseits war die Wüste sicher der Ort, in der man mit der höchsten Wahrscheinlichkeit in die Situation kommen würde, einen Notruf aussenden zu müssen. »Das ist ein Telefon.«

Die Augen des Mönchs waren weit aufgerissen. »Ein Telefon?« Er schien sich nur mühsam zu erinnern, was das überhaupt war. »In der Hosentasche?«

»Ja. Eine höchst praktische Sache.« Stephen drückte auf den Empfangsknopf und hob das Gerät ans Ohr. »Hallo?«

Die Stimme am anderen Ende war leise, verrauscht und undeutlich zu verstehen, aber er erkannte sie wieder. Es war gerade mal ein Tag vergangen, seit diese Stimme ihn schon einmal unvermutet angerufen hatte.

Es war die Stimme Peter Eisenhardts: »Entschuldigung, ist dort das Auslandsamt?«

33

Klöster. Das christl. Mönchtum entstand im 3. Jh. n. Chr. in Ägypten. Während der Ausbreitung nach Palästina entwickelten sich zwei Formen, die anachoretische und die koinobitische. Die Anachoreten lebten in sog. Lauren, d. h. jeder Mönch hauste in seiner eigenen Klause, abgesonderten Hütte oder Höhle. Die Koinobiten führten dagegen ein Leben in klösterlicher Gemeinschaft. Das erste Kloster wurde um 330 n. Chr. bei Gaza gegründet.

Avraham Stern,
Lexikon der biblischen Archäologie

»Hier ist Stephen Foxx«, erwiderte Stephen verblüfft. »Sind Sie das, Mister Eisenhardt?«

»Ja«, antwortete Eisenhardts Stimme. »Ich möchte gern meine Frau anrufen.«

Stephen begriff. Das Gespräch in der Bibliothek. Der Satz. Er selber hatte ihn vorgeschlagen, als Alarmzeichen.

»Mister Eisenhardt, können Sie frei sprechen?«

»Nein«, erwiderte der Schriftsteller.

»Aber Sie rufen an, weil Kaun unsere Spur hat?«

»Ja.«

Judith und Yehoshuah sahen ihn verwundert an. Die Mönche betrachteten ihn wie einen Verrückten – ein Mann, der die Hand ans Ohr hielt und mit sich selbst sprach! Stephen sah die hohe Klostermauer, die schon alt gewesen war, als Kolumbus in See gestochen war, sah den makellosen grellblauen Himmel darüber, der in die Ewigkeit zu reichen schien, und die Mönche zwischen ihren kargen Pflanzen: ja, es war wirklich verrückt.

»Sucht Kaun uns noch in Jerusalem?«, hakte Stephen nach.

»Nein!«, betonte Eisenhardt und fügte, scheinbar drängend hinzu: »Hören Sie, ich rufe von einem Auto aus an, auf dem Weg nach Tel Aviv. Mein Flugzeug geht in Kürze, und meine Frau weiß noch nicht, dass ich heute zurückkomme. Es ist enorm wichtig, dass ich sie vor dem Start noch erreiche ...«

»Hat Kaun Sie nach Hause geschickt?«

»Ja.«

Das konnte nur heißen, dass der Millionär glaubte, auf die Überlegungen des Schriftstellers nicht mehr angewiesen zu sein. Verdacht, dass sie beide miteinander in Verbindung standen, konnte er nicht geschöpft haben, sonst hätte er Eisenhardt wohl kaum Gelegenheit gegeben zu telefonieren.

»Mister Eisenhardt, ich muss wissen, was Kaun weiß. Versuchen Sie, mir entsprechende Andeutungen zu machen«, drängte Stephen.

Der Schriftsteller schien sich schon einiges zurechtgelegt zu haben. »Ich sage Ihnen jetzt die Autonummer«, sagte er und korrigierte sich gleich darauf: »Entschuldigung, habe ich Autonummer gesagt? Ich meine natürlich Telefonnummer.«

Stephen überlegte fieberhaft. Was wollte der Deutsche ihm damit sagen? »Heißt das, Kaun kennt unsere Autonummer?«

»Ja, genau.«

»Werden wir schon verfolgt?«

»Ja, sicher.« Jemand im Hintergrund sagte etwas, und Eisenhardt antwortete darauf etwas, so beiseite gesprochen, dass es in den Störungen unterging.

Was hieß das? Verdammt noch mal, was hieß das? Kaun wusste, welches Kennzeichen ihr Auto hatte, okay. Das konnte man rauskriegen, wenn man John Kaun hieß. Aber wie hatte er ihre Spur gefunden? Es musste ein dummer Zufall gewesen sein.

Eisenhardt sagte seine Telefonnummer in Deutschland durch, langsam, vielleicht um ihm Zeit zum Nachdenken zu geben. Stephen sprintete hastig zur Klostertür, die immer noch schief in ihren alten Angeln hing, stieg hinaus und drückte sich draußen gegen die Mauer, spähte in die Tiefe, aus der sie gekommen waren. Es knackte und krachte bedenklich im Hörer.

Tatsächlich. Dort unten. Bewegungen hinter einem Felsen, ein winziges Blinken. Da lag schon jemand auf der Lauer, verdammt. Sie hatten sich zu sicher gefühlt.

Hoffentlich hatte der ihn noch nicht gesehen, ihn und sein Handy. Er schob sich zurück ins Klosterinnere.

»Eisenhardt«, sagte er mit einer Stimme, die ihm fremdartig verändert in den Ohren klang, »sie sind schon da. Sie haben uns schon. Hören Sie zu – ich weiß nicht, was die mit uns vorhaben. Auf alle Fälle sage ich Ihnen, was ich weiß, damit wenigstens einer bezeugen kann, wo wir abgeblieben sind.«

Er hörte den Mann schlucken. »Ja, gut.«

Stephen schilderte ihm so kurz und knapp wie möglich, wo sie waren und was sie hierhergeführt hatte – das Versteck hinter der Klagemauer, der Tunnel der Franziskaner und die Legende vom Spiegel. »Dieser Spiegel ist die Kamera«, schloss er. »Wir haben sie noch nicht gefunden, aber ich bin sicher, dass sie hier ist.«

»Ich verstehe«, hörte er Eisenhardt langsam sagen, spürbar beeindruckt. »Dann muss ich es später noch einmal probieren. Vielen Dank.« Die Verbindung brach ab.

Stephen sah das Mobiltelefon in seiner Hand an. Die Ladeanzeige zeigte schon einen beklagenswert niedrigen Energiepegel an. Er schaltete es aus und versenkte es in der Hosentasche, dann schaute er hoch.

Der Kontrast zu dem Mönch, der hinten im Garten ungerührt Wasser aus einem kleinen Brunnenloch schöpfte, verursachte beinahe Übelkeit. Woher, um alles in der Welt, hatten die Mönche hier oben auf dem Berg Wasser? Alles war so seltsam. Stephen blinzelte und suchte den Blick von Judith und Yehoshuah, von bekannten Gesichtern, auch wenn sie ihn besorgt musterten.

»Kaun weiß, wo wir sind«, wiederholte Stephen wie betäubt die Quintessenz des Gesprächs. »Und unten liegt schon jemand auf der Lauer. Sie haben uns verfolgt.«

Judith schüttelte verständnislos den Kopf. »Sag mal ... Die ganze Zeit ist alles geheim, geheim, geheim – und auf einmal erzählst du diesem Eisenhardt die ganze Geschichte?«

»Ja – das war doch ein Trick«, hakte Yehoshuah nach. »Kaun schickt Eisenhardt vor, um auf den Busch zu klopfen, der macht dir ein bisschen Angst – und schon plauderst du alles aus!?«

Stephen verdrehte die Augen. »Habt ihr nicht gehört? Sie haben uns verfolgt, die ganze Zeit. Unten liegt schon jemand und wartet, dass wir wieder herunterkommen. Ist das auch ein Trick? Ziemlich raffiniert, muss ich sagen.« Er sah sich um. Die Mauer wies keinerlei Sichtluken oder dergleichen auf, durch die man die Lage unauffällig hätte sondieren können. Ihr einziger Sinn und Zweck war, die Welt draußen auszusperren.

Nur, dass die Welt sich nicht aussperren lassen würde.

»Eisenhardt hat eine Parole benutzt, die ich ihm vorgeschlagen habe«, fuhr Stephen fort. Er schilderte kurz die Begleitumstände ihrer Begegnung in der Amerikanischen Bibliothek. »Für mich heißt das, dass Eisenhardt mich aus freien Stücken angerufen hat. Wenn Kaun ihn gezwungen hätte, mit mir zu sprechen, hätte er die Parole nicht benutzen müssen.«

»Und wenn er gemeinsame Sache mit Kaun macht?«, bohrte Yehoshuah weiter. »Aus freien Stücken? Für Geld, meinetwegen? Soll ja schon vorgekommen sein.«

»Dann werde ich aufhören zu glauben, dass ich Menschen einschätzen kann«, knurrte Stephen. »Mich aus dem Geschäftsleben zurückziehen und in einen Job wechseln, bei dem es darauf nicht ankommt. Packer in einer Konservenfabrik vielleicht, oder zur Müllabfuhr.« Er fuhr sich mit beiden Händen über den Kopf. »Und jetzt hört auf mit dem Wenn und Aber, das geht mir auf die Nerven.«

Die Straßenschilder zeigten immer noch zwanzig Kilometer bis Tel Aviv an, aber die Limousine scherte aus und bog auf eine quer verlaufende Schnellstraße ab, und dann tauchte, wie hingezaubert, der Ben-Gurion-Flughafen vor ihnen auf. So hatte ihn Eisenhardt gar nicht mehr in Erinnerung. War das wirklich erst letzte Woche gewesen?

Seine beiden Begleiter wichen ihm auch nach dem Aussteigen nicht von der Seite. Seine Reisetasche ließen sie ihn selber tragen, aber sie eskortierten ihn zum Check-In-Schalter und von dort zu den Sicherheitskontrollen. Sie besaßen bemerkenswerte Ausweise, die sie den misstrauisch dreinblickenden Beamten dort unter die Nase hielten und die bewirkten, dass man sie trotz der unverkennbaren Ausbeulungen unter ihren Jacketts passieren ließ. Immerhin wussten sie den Weg zum richtigen Flugsteig.

Dort hieß es warten.

Einer der beiden, der Fahrer, ein dunkelblonder Typ mit Oberlippenbärtchen, der ein bisschen aussah wie der mehrfache Schwimmweltmeister bei den letzten Olympischen Spielen, kaufte sich eine Sportzeitung und vertiefte sich in ihre Lektüre.

»Ich muss mal auf die Toilette«, sagte Eisenhardt.

Ein Brummen war die Antwort. Die Sportzeitung war interessanter. Der andere, der auf dem Beifahrersitz gesessen hatte, stand vor einem Eiscremeautomaten und studierte eingehend die Abbildungen der verschiedenen Waffeltüten. Es war drückend heiß in dem großen Glasbau, der das Sonnenlicht sammelte wie ein Treibhaus.

Eisenhardt erhob sich, machte sich schlendernd auf die Suche nach der entsprechenden Tür. Als er um eine Ecke bog, hing da ein Münztelefon an der Wand.

Unwillkürlich wanderte seine Hand in die Hosentasche, befühlte die Telefontoken, die noch übrig waren von dem Gespräch mit Stephen Foxx. In Deutschland würde er damit nichts mehr anfangen. Besser, er vertelefonierte sie noch.

Zu Hause hob niemand ab. Alle ausgeflogen, und sie hatten wieder vergessen, den Anrufbeantworter einzuschalten! Eisenhardt sah auf die Uhr, zählte eine Stunde dazu, um auf MEZ zu kommen, und überlegte, wo sie sein mochten. Ach ja, in der Musikschule. Das hieß, sie würden erst zurückkommen, wenn sein Vogel schon in der Luft war.

Als er die unbenutzten Token aus dem Rückgabeschacht klaubte, kam ihm eine Idee. Ein Gedanke, der seinen Adrenalinpegel merklich hob.

Es gab noch jemanden, den er anrufen konnte.

Aber dann musste er sich beeilen. Und er suchte sich besser ein Telefon, das ein bisschen weiter weg war von seinen Aufpassern.

Eine kleine Staubwolke kroch über die karge Wüste wie eine dicke braune Raupe. Ab und zu konnte man schon die Fahrzeuge erkennen, die den Staub aufwirbelten.

»Wir sind nur Touristen«, erklärte Stephen Foxx. »Wir

haben von diesem Kloster gehört, und wir wollten es besichtigen. Ich wollte einmal einen Ort in Israel sehen, der keine weltweit bekannte Touristenattraktion ist.«

»Das kaufen sie uns nie und nimmer ab«, prophezeite Yehoshuah düster.

Sie standen nebeneinander auf dem brüchigen, leicht schräg gegen die Mauer gestellten Dach der Hütte, in dem die Mönche das hatten, was sie als ihren Speisesaal bezeichneten. Die Schindeln knirschten unter ihren Füßen, aber sie würden halten. Sie hatten Jahrhunderte gehalten. Die oberste Dachkante lag so hoch, dass einem, wenn man sich dort hielt, die restliche Klostermauer gerade bis zu den Schultern reichte.

»Und wenn schon«, meinte Stephen. »Du hast es doch gehört. Bruder Gregor ist dem Kloster vor dreißig Jahren beigetreten. Vor dreißig Jahren gab es Videokameras höchstens in Science-Fiction-Romanen. Und seither hatten sie keinen Kontakt zum Rest der Welt. Was glaubst du, was die Mönche antworten, wenn Kaun sie fragt, wo die Videokamera ist?«

»Kaun wird *dich* fragen.«

»Ich weiß nichts von einer Videokamera.«

»Aber du hast den Brief des Zeitreisenden unterschlagen.«

Stephen machte ein betont harmloses Gesicht, als übe er. »Brief? Zeitreisender? Wovon reden Sie, mein Herr? Ich weiß davon nichts.«

»Es gibt keine Beweise«, nickte Judith. »Der Brief ist zerstört, und niemand kann beweisen, dass Stephen ihn jemals hatte.«

»Es gibt die Fotos.«

»Kann man beweisen, dass diese Fotos von einem zweitausend Jahre alten Brief stammen, der zudem in dem bewussten Grab lag?«

»Aber du bist ins Rockefeller Museum eingebrochen«, beharrte Yehoshuah.

»Stimmt, Herr Richter«, nickte Stephen. »Das kann man mir wirklich vorwerfen, und da bekenne ich mich auch schuldig. Ich wollte mir heimlich die Fundstücke aus Areal 14 nochmal ansehen, zu denen man mir, obwohl ich der Entdecker war, keinen Zutritt mehr gewährt hatte.«

Sie schwiegen. Eine Weile war nur der brummelnde Chor der Mönche zu hören, die sich zur Andacht in ihre kleine Kapelle zurückgezogen hatten. Das Tor des Klosters war wieder verriegelt, als sei ausgemachte Sache, dass Stephen, Judith und Yehoshuah für immer hierbleiben würden.

»Na ja«, meinte Yehoshuah schließlich. »Dann könnten wir doch einfach gehen, oder?«

Es war heiß. Elend heiß, und kein Wind ging.

»Ich bin noch nicht überzeugt, dass die Kamera tatsächlich nicht hier ist«, erklärte Stephen. »Eins ist sicher – Kaun wird dieses Kloster auf den Kopf stellen, ganz anders, als wir das könnten.«

Die Sandwolke kam immer näher, wurde immer durchsichtiger. Es waren fünf Fahrzeuge, fünf kleine dunkle Punkte, die sich im Schritttempo durch die Wüste schoben.

»Hast du schon einmal daran gedacht«, fragte Yehoshuah schließlich, »dass die Mönche vielleicht selber nicht wissen, dass die Kamera hier ist?«

Stephen nickte, ohne den Blick von den Verfolgern zu wenden. »Die ganze Zeit.«

Als die Brüder ihre Andacht beendet hatten und schweigend, im Gänsemarsch, aus dem niedrigen Eingang der Kapelle kamen, hatten die Verfolger den Fuß des Berges erreicht, sich kurz beraten, etwas aus geöffneten Kofferräumen verteilt, das verdammt nach großen Handfeuerwaffen aussah, und mit dem Aufstieg begonnen.

»Ehrwürdiger Vater«, versuchte es Stephen noch einmal bei Bruder Gregor, »die Verfolger, von denen ich vorhin gesprochen habe, haben uns gefunden. Sie kommen immer näher. Sie suchen dasselbe wie wir, aber sie wollen nicht nur einen Blick darauf werfen. Sie wollen es haben.«

»Da das, was sie suchen, nicht hier ist, werden sie es nicht bekommen«, erwiderte Bruder Gregor.

»Glaubt mir – diese Leute werden das erst glauben, wenn sie jeden Stein eures Klosters umgedreht und nichts gefunden haben.«

Der Mönch betrachtete den jungen Amerikaner unwillig. In seinem Gesicht zuckte es. »Offensichtlich beschwört eure Anwesenheit in unserem Kloster eine ernsthafte Bedrohung unseres Friedens und unserer Einkehr herauf«, konstatierte er. »Es tut mir sehr leid, euch darum bitten zu müssen, aber ich glaube, es wäre besser, wenn ihr jetzt geht.«

»Das würden wir herzlich gern tun, aber ich fürchte, damit werden wir das Unheil nicht mehr aufhalten.«

»Was heißt das?«

Stephen biss sich auf die Unterlippe. »Sie werden hierher kommen. Egal was wir tun. Es tut mir leid.«

Von ganz weit weg, fast wie der ferne Ruf eines Adlers, drang ein Schrei über die Mauer. Es war ein gespenstischer Moment, und die drei konnten sehen, wie in den Augen des Mönchs Panik aufflackerte. Es gab hier keine Adler. Es war der Schrei eines Menschen gewesen, nicht zu verstehen zwar, aber dem Tonfall nach ein Kommandoruf, der eine ganze Horde dirigieren sollte. Sie kamen.

»Aber«, meinte Gregor, »das ist doch Irrsinn. Wieso sollte jemand so etwas anrichten, für die Suche nach einem Gegenstand, der ins Reich der Legenden gehört?«

Stephen atmete tief durch. Dies war der Moment, in dem sich letztlich alles entschied. Der Moment, in dem man jemanden gewinnen musste. Jetzt ... oder nie.

»Sie haben recht«, sagte er, die Hände zu einer beschwörenden Geste ausbreitend. »Das wäre Irrsinn. Aber bitte hören Sie mir genau zu. Wir wissen – ich betone, wissen – dass ein Mensch durch die Zeit gereist ist, und zwar ungefähr in das Jahr, in dem Jesus begonnen hat zu predigen. Dieser Mensch hatte eine Videokamera dabei – das ist so etwas ähnliches wie eine Filmkamera, nur werden die Bilder auf Magnetband gespeichert, wie in einem Tonbandgerät –, und er hat Filmaufnahmen von Jesus Christus gemacht. Ich sage es nochmal: Das ist keine Theorie, sondern Tatsache. Was wir nicht genau wissen, ist, wo die Kamera mitsamt den Aufnahmen abgeblieben ist.«

»Durch die Zeit gereist?« Der Mönch schüttelte ungläubig den Kopf. »Aber das geht doch nicht.«

»Es ist geschehen. Ich wünschte, ich könnte Ihnen jetzt die ganze Geschichte erzählen, aber dazu reicht die Zeit nicht. Wir sind hier, weil wir bei unseren Nachforschungen auf die Legende von dem Spiegel gestoßen sind, der das Antlitz Jesu bewahrt. Wir glauben, dass es sich bei diesem Spiegel in Wirklichkeit um die Kamera handelt, und wir glauben, dass sie in diesem Kloster aufbewahrt wird.«

Zu sagen, dass Bruder Gregor dastand wie vom Donner gerührt, wäre eine bemerkenswerte Untertreibung gewesen. Sein Gesicht hatte eine aschfahle, ungesunde Farbe angenommen, seine Backen, die vorhin noch so gesund und voll ausgesehen hatten, hingen schlaff herab, sogar sein Haar schien mit einem Schlag grau werden zu wollen.

»Aber«, brachte er mühsam hervor, »dieses Kloster wurde erst vor sechshundert Jahren erbaut. Es kann nicht sein.«

»Die Kamera war vorher an einem anderen Ort verborgen

und gelangte damals in den Besitz der Franziskaner«, behauptete Stephen dreist etwas, was er so genau auch nicht wusste, sondern nur vermutete. Er deutete mit den Händen die ungefähren Abmessungen des Geräts an. »Es müsste sich um einen rechteckigen Gegenstand handeln, der ungefähr so groß ist. Möglicherweise ist er irgendwie eingewickelt oder in einen größeren Kasten eingeschlossen.«

Der Blick des alten Mannes wurde fahrig. »Wo sollte dieser Gegenstand sein? Es ist doch leicht zu erkennen, dass hier nichts dergleichen zu finden ist.«

Stephen tauschte einen Blick mit Yehoshuah. »Wir dachten zuerst, dass die Kamera – der Spiegel also – hier als Reliquie oder Heiligtum verehrt wird. Aber es könnte auch sein, dass sie versteckt wurde und Sie gar nichts mehr davon wissen.«

»Hier ist nichts«, wiederholte der Mönch und wies hinüber auf die Kapelle. »Bitte, Sie können sich den Altar ansehen.« Er sah aus, als müsste ihn jeden Augenblick ein Schwächeanfall dahinraffen.

Und allmählich kamen Stephen selber Zweifel, dass die Kamera hier war. Vielleicht existierte sie längst nicht mehr. Das war doch am wahrscheinlichsten. Oder sie ruhte nach wie vor in der Klagemauer. Hatte er sich vielleicht allzu bereitwillig ablenken lassen durch das Gerede von Yehoshuahs Vater? War es ihm nicht gerade recht gekommen? Er hatte allein und hungrig in seinem Hotelzimmer gesessen, hatte gerade erfahren, dass jemand, den er kannte, plötzlich und unerwartet gestorben war … Natürlich hatte er sich Sorgen gemacht wegen des Tauchgangs. Dreißig Jahre lang findet sich niemand, der es wagt – da kann man schon ins Grübeln kommen, wenn man es ausgerechnet als Tauchanfänger versuchen will. War es da nicht der leichteste Ausweg, plötzlich fest daran zu glauben, die Kamera sei überhaupt nicht am Ende dieses bedrohlichen Tunnels, sondern liege sicher verwahrt in einem sonnigen Kloster auf einem Berg?

»Ja«, nickte Stephen höflich. »Danke. Wir würden sehr gern einen Blick auf den Altar werfen.«

Der Mönch sah sie an mit seinem irrlichternen Blick, dann nickte er und ließ sie stehen. Ließ sie stehen und ging hinüber zu seinen Glaubensbrüdern, die sich vor dem Beinhaus versammelt hatten wie eine aufgeschreckte Herde.

»Wir hätten nicht herkommen dürfen«, meinte Stephen bedrückt. »Unsere bloße Anwesenheit stürzt sie ins Unglück. Kaun wird sich auf sie stürzen wie ein Geier.« Er spähte durch die kleine, gemauerte Brunnenöffnung hinab und sah in etwa zwei Metern Tiefe Wasser schimmern. Die Zisterne vermutlich. Das war das bemerkenswerteste Rätsel an diesem Ort: woher die Mönche ausreichend Wasser bekamen.

Yehoshuahs Blick glitt über die drei Grabkreuze neben der Kapelle. »Auch ein John Kaun kann nicht machen, was er will.«

»Da wäre ich mir nicht so sicher«, mahnte seine Schwester. Sie nickte zum Beinhaus hinüber. »Meinst du, es gibt für einen da drinnen einen Totenschein? Kein Mensch wird je merken, wenn seine Leute da noch ein paar Tote dazulegen.«

»Du machst mir Angst«, murmelte Yehoshuah.

»Gut«, meinte Judith grimmig. »Gut.«

Der Einstieg zur Kapelle lag etwas niedriger als das allgemeine Niveau des Bodens, es ging ein paar roh behauene Treppenstufen hinab. Der Andachtsraum war kahl und leer, war wohl einmal weiß getüncht gewesen, aber im Lauf der Jahre hatte sich die leicht gewölbte Decke mit einer dicken schwarzen Rußschicht überzogen. Dass die Mönche kein Feuer verwendeten, stimmte nämlich nicht ganz: Auf dem Altar brannte ein kleines Flämmchen, eine ungeschickt getöpferte Öllampe. In der Mitte hing das Kreuz, rechts und links davon standen Blumen, der einzige Schmuck.

Sie untersuchten den Altar, aber das war nur ein rechteckig behauener Felsklotz, auf dem ein dünnes Tuch lag. Die Kamera mochte darin verborgen sein, ja, aber sie mochte in jedem beliebigen Stein der ganzen Klostermauer verborgen sein. Sie hatten keinerlei Möglichkeit, das festzustellen.

»Okay«, sagte Stephen. »Ich gelobe hiermit, dass ich nie wieder haltlose Theorien aufstellen werde. Wir hätten ...«

Ein peitschender Knall ließ sie zusammenzucken. Die Stille danach war wie ein Schrei. Drei erschrockene Augenpaare sahen einander an.

»Oh, *shit*...!«

Sie stürzten aus der Kapelle ins Freie. Die Mönche wichen langsam, wie hypnotisiert, vor dem Klostertor zurück, die Blicke unverwandt darauf gerichtet. Ein weiterer Knall durchspaltete die klösterliche Stille wie ein hässlicher Axthieb, und Holzsplitter flogen von der Rückseite der Bohlentür.

Stephen spürte eine heiße Woge aus Furcht und Wut in sich aufwallen. Das übertraf seine schlimmsten Befürchtungen. »Die schießen sich den Weg frei«, entfuhr es ihm. »Die halten sich überhaupt nicht mehr damit auf, zu reden!«

Ein Dauerfeuer ging los, ein Chor verschiedenster Schusswaffen, die unisono die Klostertür zum Ziel hatten. Das alte, in ewiger Wüstenhitze getrocknete Holz fetzte, staubte und splitterte, leistete erstaunlichen Widerstand, aber der Moment, in dem die Tür in Stücke zerbrechen und nach innen fallen würde, war absehbar.

»Bruder Gregor ist verschwunden«, stellte Judith fest.

Stephen sah sich um. Tatsächlich, der Mönch war nicht unter den Brüdern, die sich verängstigt hinter die Wände ihres Schlafhauses duckten. Einen wilden Moment glaubte er, ihn von einem Querschläger getroffen tot in einem der Beete zu sehen, aber nein, das war nur aufgeworfene graue Erde. Der Mönch schien sich versteckt zu haben.

Es konnte nicht mehr lange dauern. Ein Schuss zertrümmerte von hinten her die Verankerung des eisernen Ringes, der auf der Mitte der Tür angebracht gewesen war, und schleuderte das Beschlagteil quer durch den Garten. Durch das kakophonische Bellen der Schüsse hindurch waren vereinzelte Rufe zu hören, Kommandos vielleicht. Man rüstete sich zum Sturm.

Dann, beinahe übergangslos, hörten die Schüsse auf.

Stephen hielt den Atem an, wartete auf die Teufelei, die ohne Zweifel kommen musste. Eine Sprengung der Tür etwa.

Statt dessen war in der unvermittelten, nach all dem Lärm beinahe drückenden Stille ein Geräusch deutlich zu hören, das, wie man sich jetzt erinnerte, schon die ganze Zeit über langsam lauter geworden war, ein tiefes, bedrohliches Dröhnen, ein Ton, wie ihn kraftvolle Maschinen erzeugten, der immer lauter wurde und immer näher kam.

»Ich kenne das«, murmelte Judith voller böser Vorahnungen. »Ich kenne das Geräusch.«

Und dann war es mit einem Schlag da, ohrenbetäubend laut, und drei große, dunkle Schatten donnerten himmelsprengend über ihre Köpfe hinweg, dass sie sich unwillkürlich duckten. Ringsumher flog aufgewirbelter Staub empor, wirbelten Blätter und Zweige.

Es waren drei Militärhubschrauber im Formationsflug.

34

Klöster. Die K. auf dem Berg Nebo wurden von S. J. Saller im Auftrag des Studium Biblicum Franciscanum ausgegraben. Die ersten Mönche lebten im 4. Jh. n. Chr. in den Tälern um den Berg, während der große Klosterkomplex aus dem 5.–9. Jh. stammt. Eine Kirche mit mehreren übereinanderliegenden Mosaikböden und eine Kornkammer sind besonders zu erwähnen.

Avraham Stern,
Lexikon der biblischen Archäologie

Stephen fühlte, wie sein Unterkiefer in fassungslosem Staunen nach unten sank, aber er konnte nichts dagegen machen. Seine Augen folgten wie hypnotisiert den drei bulligen, olivdunklen Hubschraubern, die wie große schwarze Vögel wieder emporstiegen, eine graue, stinkende Wolke verbrannten Kerosins hinter sich herschleppend. Sie setzten zu einem weiten Bogen an, der zweifellos zurück auf das Kloster zielte.

Plötzlich fühlte er sich ganz klein und ohnmächtig, wie eine Maus, die hochschaut und eine Dampfwalze auf sich zurollen sieht. Was hatte er da ausgelöst? Die Hubschrauber trennten sich; man konnte schon sehen, wie die Seitentüren aufgezogen wurden und dass uniformierte Männer dahinter auf ihren Einsatz warteten.

Er riss seinen Blick los, versuchte, einen klaren Gedanken zu fassen. Waren das Kauns Leute? Oder hatte er ihnen die israelische Armee auf den Hals gehetzt? Womöglich wartete irgendwo ein grimmiger Staatsanwalt mit einer langen, von

Kauns Rechtsanwälten verfassten Liste von Anschuldigungen.

Auch die Mönche, zusammengekauert in ihren Deckungen, hatten die Gesichter zu diesem Schauspiel am Himmel empor gereckt wie Blumen, die ihre Blüten nach dem Sonnenstand ausrichten. Alle, bis auf einen, der immer wieder zum Beinhaus hinübersah, als fürchte er, demnächst selber dort zu liegen.

»Das ist die Armee. Jetzt ist es vorbei«, sagte Judith, aber er ahnte mehr, was sie sagte, als dass er es hörte, denn sie sprach zu sich selbst, und die Hubschrauber begannen, sich auf das Kloster und das Gelände davor herabzusenken. Bald würde man auch seine eigenen Selbstgespräche nicht mehr verstehen.

Ja, zweifellos war es vorbei. Stephens Blick glitt umher. Ob er diesen Ort je wiedersehen würde? Womöglich würde er die nächsten Wochen oder Monate in einer Gefängniszelle verbringen. Natürlich würde sein Vater es sich nicht nehmen lassen, ihn zu verteidigen, aber er würde dazu anreisen müssen, würde sich mit einem israelischen Anwalt zusammentun müssen, und das Ganze würde Unsummen verschlingen, vermutlich Stephens gesamtes Vermögen, wenn das überhaupt ausreichte. Aber es war vorbei. Die Männer, die in den Hubschraubern warteten – ganz klein und hoch in der Luft noch, aber die Gesichter schon als helle Flecken erkennbar –, diese Männer gehörten einer Armee an, die mehrmals eine zwanzigfache Übermacht arabischer Invasoren vernichtend geschlagen hatte. Gegen diese Männer hatten sie nicht die Spur einer Chance.

Der eine Mönch schaute immer wieder zum Beinhaus hinüber. Nein, der Ausdruck in seinem Gesicht war nicht der von Furcht. Der Mann fürchtete sich nicht. Eher überlegte er, ob er im Beinhaus Zuflucht suchen sollte oder nicht.

Stephen hielt den Atem an, als ein ungeheuerlicher Verdacht in ihm aufstieg.

»Judith!«, schrie er durch den pfeifenden Lärm der niedersinkenden Rotorblätter. »Yehoshuah!«

Sie hatten nur diese eine Chance. Und eigentlich gingen sie kein Risiko ein, denn das Spiel war ohnehin gelaufen.

»Was ist?«, schrie Judith zurück.

»Ich glaube, ich weiß, wohin Gregor verschwunden ist!«, brüllte Stephen ihr ins Ohr.

»Was?« Sie schüttelte den Kopf, deutete auf die Ohren. Es war zu laut. »Ich verstehe kein Wort!«

Er griff nach ihrer Hand, zog daran. »Kommt!«, schrie er und unterstützte die Aufforderung durch entsprechende Gestik.

Sie folgten ihm, als er hinüber zum Beinhaus huschte, Judith zögernd, Yehoshuah verwirrt. Aber sie folgten ihm. Der Riegel an der Tür bebte in seiner Hand von dem tosenden Lärm, als er ihn aufzog. Judith begriff, was er vorhatte, und wich zurück.

»Komm!«, schrie er nochmal, bekam ihre Hand zu packen und zog sie mit sich. Dann holte er Yehoshuah ins Innere des Beinhauses und schloss die Tür. Schlagartig wurde es dunkel, aber der Krach war immer noch ohrenbetäubend.

Er zückte seine kleine Stabtaschenlampe und schaltete sie ein, ließ den Leuchtfleck über die Regale mit ihrem gruseligen Inhalt wandern. Jetzt galt es, rasch zu finden, was er suchte, verdammt rasch …

»Was hast du vor?«, brüllte Yehoshuah ihm ins Ohr. Seinem Blick nach wollte es ihm nicht ganz gelingen, die Knochen ringsumher als rein archäologische Artefakte zu sehen.

Stephen schüttelte den Kopf. Das war jetzt zu schwierig zu erklären. Er langte in die Regale, tastete unter Holzverschläge, fühlte vorsichtig in Rillen und Astlöchern. Wie hätte er es angelegt, wenn er damals, im vierzehnten Jahrhundert, eine solche Anlage geplant und gebaut hätte?

Im vierzehnten Jahrhundert.

Lange her.

Abnutzungsspuren! Er fiel auf die Knie, suchte mit der Nase dicht über dem Dielenboden, wie besessen mit der Taschenlampe Zentimeter um Zentimeter ableuchtend, schräg von der Seite, damit alle Kratzer und Schleifspuren große Schatten warfen. Und von draußen donnerten die Hubschrauberrotoren wie der Weltuntergang.

»Hier!«, schrie er auf, aber er hörte sich nicht einmal selber. Er drückte Yehoshuah die Lampe in die Hand, der sie, immer noch nicht begreifend, hielt. Das Regal an der Stirnseite des Raumes hatte kreisbogenförmige Scharten in das Holz des Bodens geschabt. Irgendwo musste es einen Riegel geben, einen einfachen Riegel, den auch die gichtenen Hände eines alten Mönchs bedienen konnten ...

Man durfte nur keine Angst haben, hineinzufassen, mitten in den Haufen kalter, gruselig glatter Fingerknöchelchen. Stephen tastete darin herum und fand einen Hebel, an dem man ziehen konnte, und dann ließ sich das Regal öffnen wie eine Schranktüre.

Im selben Moment wurde das markerschütternde Dröhnen der Hubschrauber leiser. Die drei sahen einander alarmiert an.

»Sie sind vor dem Kloster gelandet«, rief Judith. »Jetzt drosseln sie die Umdrehungsgeschwindigkeit der Rotoren auf Startbereitschaft.« Man konnte sie wieder hören. Es war immer noch so laut wie in einem Rockkonzert, aber verglichen mit vorhin kam es einem richtig leise vor.

Hinter dem Regal führte eine Treppe aus purem Fels in eine dunkle, unergründliche Tiefe. Stephen nahm Yehoshuah die Taschenlampe wieder aus der Hand und ging voran. Was immer draußen geschehen mochte, sie hatten in keinem Fall Zeit zu verlieren.

»Als ich den einen Mönch in Richtung des Beinhauses schauen sah, fiel es mir wieder ein«, erklärte Stephen. Judith ging hinter ihm, und Yehoshuah zog oben das Regal wieder zu. Man hörte den Mechanismus einschnappen, und nun war es beinahe leise. Alles, was man noch hörte, war ein unbestimmtes Grollen und Raunen, und auch das wurde mit jedem Schritt leiser. »Dass dieses Kloster von Leuten erbaut worden ist, die dreißig Jahre lang einen Stollen durch eine halbe Meile Fels getrieben hatten. Es musste einfach unterirdische Anlagen geben – geheime unterirdische Anlagen. Und wo hätten sie den Zugang besser verbergen können als in einem Bau voller Knochen?«

»Du glaubst, dass wir uns hier unten verstecken können, bis die Luft oben wieder rein ist?«, fragte Yehoshuah.

Stephen schüttelte den Kopf. »Nein. Ich glaube, dass Bruder Gregor irgendwo hier unten sein muss, und ich möchte wissen, was er macht.«

Die Treppe endete bald in einem katakombenartigen Gang, der in zwei Richtungen führte. Stephen blieb stehen, wartete, bis Judith und Yehoshuah neben ihm standen, bedeutete ihnen dann, still zu sein, und schaltete für einen Moment die Taschenlampe ab.

Von rechts war ein unheimliches, hallendes Geräusch zu hören, so, als tropfe Wasser in eine gähnend große Tropfsteinhöhle hinab. Stephen spürte sein Herz schlagen. »Rechts«, flüsterte er.

Über ihren Köpfen rumpelten Schritte, der Boden bebte leicht. Was um alles in der Welt geschah da oben? Stephen drängte den Gedanken beiseite, leuchtete den Weg ab.

Der Gang erweiterte sich, wurde zu einem kreisrunden Raum. Es roch feucht und modrig, und es war ungewöhnlich kalt. Der Lichtfinger tastete über uralte hölzerne Stangen und Räder, über Ketten und Haken und ein abschüssiges Loch mitten im Boden, in das die Kette hinabführte und das mit unergründlicher, nebeliger Schwärze gefüllt zu sein schien.

»Vorsicht«, warnte Judith, als Stephen näher an das Loch hintrat und versuchte, die Schwärze mit dem Strahl seiner Stablampe zu durchdringen.

»Das muss ein Brunnen sein«, staunte Stephen. Er leuchtete das gewaltige Zugrad in dem Gestell darüber ab und versuchte zu ermessen, wie lang die Kette sein mochte, die darauf aufgewickelt war. »Ein unvorstellbar tiefer Brunnen, mitten ins Herz des Bergs hinein.«

Eine Art Schüttöffnung war auf der gegenüberliegenden Seite in den Boden gemeißelt, die durch einen schmalen Schlitz führte, hinter dem es leise plätscherte. Offenbar wurde hier Wasser emporgeholt und in die Zisterne geschüttet, aus der man dann von oben her Wasser für den Garten und zur Zubereitung des Essens schöpfte.

Aber woher kam dieses Wasser? Hier, mitten in der Wüste?

»Unter dem Negev«, sagte Yehoshuah, als habe er seine Gedanken gelesen, »liegen riesige Wasservorräte aus der Eiszeit. Dieser Berg muss eine Art natürlichen Zugang zu diesem Wasser enthalten, das ist die einzige Erklärung.«

»Ja«, nickte Stephen. »Bei allem Respekt glaube ich nicht, dass die Mönche auch diesen Brunnen gegraben haben. Selbst ihnen wäre klar gewesen, dass die Spitze eines Berges dafür nicht der richtige Ort ist.«

»Leuchte mal hierher.« Yehoshuah kniete in schwindelerregender Nähe des gähnenden schwarzen Loches nieder und tastete den Boden mit den Fingern ab. »Hier. Ein Riss. Wahrscheinlich durchzieht er den ganzen Berg. Gut möglich, dass sich Steigrohre gebildet haben, die das Wasser eines Reservoirs in erreichbare Höhe gedrückt haben.« Er schien völlig vergessen zu haben, dass sie gejagt wurden und auf der Flucht waren. »Faszinierend. Man müsste untersuchen, ob …«

»Ja, ja«, meinte Stephen ungeduldig. Er leuchtete rings umher. Es gab nur diesen einen runden Raum mit dem beeindruckenden Ziehbrunnen, und der Gang, den sie gekommen waren, stellte den einzigen Zugang dar. Das hieß, falls Bruder Gregor sich tatsächlich irgendwo hier unten verborgen hielt, musste er in dem Gang sein, der von der Treppe aus nach links führte.

Sie hörten Geräusche aus der Oberwelt, als sie den Weg zurückgingen. Schnelle Schritte, Rumpeln – als kämpfe jemand. Aber wären die alten Mönche, vorausgesetzt, sie wären willens, imstande gewesen, gegen irgendjemanden zu kämpfen?

Sie passierten die Treppe, drangen in den anderen Gang ein. Der machte einen Bogen, wurde leicht abschüssig. Die Geräusche verschwanden wieder, und bedrückende Stille umfing sie. Es war, als stiege man in den Schoß der Erde hinab, in einen kalten, stillen, von Menschenhand geschaffenen Hades.

Stephen blieb abrupt stehen, machte »Schsch!«, als Judith von hinten gegen ihn lief und schon zu einer Beschimpfung ansetzte, und knipste die Lampe aus. Er hielt die Luft an, als die Dunkelheit ringsum vollkommen wurde.

Yehoshuah atmete geräuschvoll ein, beinahe erschrocken. Die Dunkelheit war nicht vollkommen. Von vorn, aus unbestimmbarer Ferne, mehr eine Ahnung als eine wirkliche Wahrnehmung, war ein kaum merklicher Lichtschein zu erkennen.

In der perlmuttfarben schimmernden Dunkelheit kam Stephen plötzlich zu Bewusstsein, was für ein Gefühl sich in ihm regte, seit sie die Treppe hinabgestiegen waren. Ein Gefühl, das sich wie ein sanfter, ziehender Schmerz zwischen Rippenfell und Brustkorb zu schieben schien und das immer stärker wurde, je weiter er ging: schlichte, einfache Angst. Angst, die ihn anhalten und kehrtmachen lassen wollte. Angst, die ihm mit unhörbarer Stimme zuflüsterte, dass es doch völlig unnötig war, was er hier trieb, dass er genauso gut einfach hinaufgehen und sich festnehmen lassen konnte, dass er es gut sein lassen sollte, schließlich hatte er getan, was in seinen Kräften gestanden hatte, und es gab nichts, was er sich vorwerfen musste. Es war völlig unnötig, auch nur einen Schritt weiterzugehen.

Stephen atmete langsam und sachte aus und ebenso sachte wieder ein. Lautlos. Merkwürdig – etwas war anders, hatte sich verschoben in dem ewig unentflechtbaren Gewirr von Ängsten, Wünschen, Begierden und Sehnsüchten, das ihn antrieb. Bis vorhin noch, als sie den Fuß des Klosterbergs erreicht hatten, hatte eine große Angst ihn beherrscht und vorangepeitscht: Was, wenn er etwas übersah? Wenn er einen Fehler machte? John Kaun ihm zuvorkam? Wenn er die Kamera womöglich nie zu sehen bekommen würde?

Jetzt hatte die Angst plötzlich ein anderes Gesicht. Sie hieß: Was, wenn er tatsächlich fand, was er suchte?

Es knackte, als Stephen die Lampe wieder einschaltete.

Ohne dass sie ein Wort hätten wechseln müssen, bemühten sie sich nun, ihre Schritte so unhörbar wie möglich zu setzen. Weiter, einen Fuß vor den anderen, immer weiter hinein in das Land der Furcht, immer weiter der Angst entgegen. In den fauligen Gestank des Brunnens mischte sich nach und nach ein schwerer, fremdartiger Geruch, etwas wie Weihrauch oder Myrrhe, etwas, das einen an Kathedralen denken ließ und an vieltausendstimmige Choräle in himmelhoch strebenden Kirchenschiffen.

Jemand summte.

Das Geräusch lief Stephen wie ein elektrischer Strom

durch den ganzen Körper. Jemand summte etwas, das wie ein seltsam unmelodisches Lied klang, ein tiefer, brummelnder Männerbass, in innigliche Konzentration versunken. Das Summen erfüllte die Luft mit leiser, aber so unerhört intensiver Präsenz, dass man Angst bekam, derjenige, der es erzeugte, könnte vor Schreck sterben, wenn man ihn in diesem Augenblick überraschte.

Das Summen verstummte in dem Moment, als sie die Grotte erreichten.

Der Raum war nicht groß, kaum größer als der Raum um den Ziehbrunnen, roh in den Fels geschlagen. Und im ersten Moment fühlte sich Stephen an die unzähligen Erzählungen arabischer Märchen erinnert, in denen es von geheimen, von Reichtümern überquellenden Schatzkammern nur so wimmelt. Drei kleine Öllichter brannten auf einem riesigen Altar, der vollgestellt war mit goldenen Kelchen, goldschimmernden Kerzenhaltern, ausladenden Kreuzen, großen, farbenprächtigen Ikonen mit goldener Auflage und mächtigen, handgeschriebenen Bibeln, all das aufgetürmt auf zahllosen kleinen und großen, kunstvoll geknüpften und gewebten Teppichen, wie sie auch den Boden bedeckten. Weitere Ikonen mit Szenen aus dem Leben Jesu hingen an den Wänden oder standen dagegengelehnt, eine prachtvolle Ansammlung unermesslicher Kunstschätze.

Davor, auf einem der Teppiche, kniete betend ein einzelner Mann: Bruder Gregor.

Sie standen schweigend, erschlagen vom unvermuteten Anblick der überwältigenden Pracht, und wussten nicht, was sie tun oder sagen sollten.

Bruder Gregor senkte noch einmal den Kopf, bekreuzigte sich dreimal, erhob sich mit ungelenken, schwerfälligen Bewegungen und wandte sich ihnen zu, als habe er sie erwartet. Vielleicht lag es an der Beleuchtung, oder vielleicht ließ das dämmrige Licht eine Wahrheit zutage treten, die im Tageslicht verborgen geblieben war, aber in sein Gesicht eingegraben waren tiefe Falten der Besorgnis, die es unendlich alt erscheinen ließen.

»Ihr habt es gefunden«, sagte er mit müder Stimme.

Stephen musste sich räuspern, ehe er etwas erwidern konnte. Seine Zunge fühlte sich dick und kloßig an. »Es gefunden? Was gefunden?«

»Den Spiegel, der das Antlitz unseres Herrn bewahrt«, erklärte der alte Mönch und deutete mit einer Hand auf einen kleinen, über und über mit Gold und Zierrat geschmückten Kasten in der Mitte des Altars. »Das ist er.«

Uri Liebermann hatte den Hörer seines Telefons nach dem Ende des Gesprächs noch mindestens fünf Minuten in der Hand gehalten, die blaue Tapete vor seinen Augen angestarrt und überlegt, was er nun tun sollte. Ob er überhaupt etwas tun sollte. Denn die Geschichte, die ihm Peter Eisenhardt in hektischen, gegen eine laufende Uhr hervorgesprudelten Sätzen berichtet hatte, war einfach zu fantastisch.

Er erinnerte sich, wie er den deutschen Schriftsteller zufällig auf dem Flug von Frankfurt nach Tel Aviv kennengelernt hatte. Von unauffälliger Erscheinung, ungesund blass und zur Korpulenz neigend, war Eisenhardt nicht halb so beeindruckend gewesen wie das schmeichelhafte Autorenfoto, das sein Verlag bei der Gestaltung der Schutzumschläge und der Inserate verwendete. Sie hatten sich eine Weile nett unterhalten, und dann hatte er sein Kunststückchen mit der Digitalkamera und dem Minicomputer abgezogen, mit dem er öfters Leute beeindruckte – bis jetzt hatte sich noch jeder Prominente, den er auf Flügen kennengelernt hatte, deswegen an ihn erinnert, wenn sich die Notwendigkeit ergeben hatte, den Kontakt wieder aufzunehmen –, und damit war die Sache für ihn zunächst abgeschlossen gewesen.

Doch der Schriftsteller hatte sich schon am nächsten Tag wieder gemeldet und ihn um einen Gefallen gebeten, eine Recherche, einen britischen Altertumsforscher betreffend, der seit Jahrzehnten in Israel sein Unwesen trieb. Nun gut, das war eine Fingerübung gewesen. Die eigentliche Arbeit hatte natürlich der Computer erledigt. Und warum nicht, schließlich hatte die kleine Meldung mit Foto mehr als nur ein paar Schekel in seine Kasse gebracht.

Doch jetzt das. Vom Flughafen riefe er an, hatte der Deutsche gezischt, und dass er bewacht werde, seinen Bewachern aber gerade entwischt sei. »Okay«, hatte Liebermann lakonisch gemeint und das Aufnahmeband seines Anrufbeantworters auf Mitschneiden geschaltet, »schießen Sie los.«

Während des Zuhörens war ihm der Unterkiefer immer weiter nach unten gesackt, zum Schluss musste er völlig debil ausgesehen haben. Was für eine irre Story! Zeitreisende ... eine Videokamera ... ein amerikanischer Multimillionär, der uralte Aufzeichnungen von Jesus Christus jagte ... und ein junger Student, der ihm eine Nasenlänge voraus war ...

Absolut *meschugge!*

Immerhin, der Mann war bekannt dafür, Science-Fiction zu schreiben. Vielleicht war er betrunken. Oder Schlimmeres. Jedenfalls war Vorsicht geboten.

Andererseits ... War Israel nicht das Land der Wunder? Und wo Rauch war, da mochte auch Feuer sein. Selbst wenn man den ganzen Unsinn wegließ, blieb noch allerhand übrig, das der näheren Betrachtung wert war. Liebermann legte den Hörer so sachte auf die Gabel, als habe er sich in Meißener Porzellan verwandelt, ließ das Band zurücklaufen und hörte sich alles noch einmal an.

»Was für eine Fantasie«, murmelte er, während er ein paar

Stichworte auf den Block neben dem Anrufbeantworter kritzelte. Wie es aussah, ging es im Kern um einen archäologischen Fund, hinter dem allerhand Ausländer her waren, womöglich mit mehr als fragwürdigen Mitteln, Methoden und Absichten.

Archäologie aber war in Israel mehr als Altertumswissenschaft. Ein Ausgrabungsfund konnte religiöse oder politische Überzeugungen legitimieren – oder sie erschüttern. In dieser Region, in der die Parteien, die um Macht und Einfluss rangen, ihre Ansprüche aus Ereignissen herleiteten, die teilweise Tausende von Jahren zurücklagen, war Archäologie auch Politik.

Deswegen schlug Uri Liebermann sein kleines schwarzes Notizbuch auf und begann, einige der Nummern darin zu wählen. Er telefonierte mit Ministerien, Politikern und Redakteuren. Einige seiner Anrufe lösten eine Kaskade weiterer Telefonate aus. Etwa zwanzig Minuten später klingelte Liebermanns Telefon seinerseits, und eine helle Frauenstimme meldete sich: »Vorzimmer von General Yaakov Nahon, ich verbinde.«

Der General ließ sich die ganze Geschichte noch einmal berichten. »Seltsame Sache«, schnarrte er dann. »Wie auch immer, ich habe drei Hubschrauber von der Einsatzbereitschaft Sinai in Marsch gesetzt. Wie war noch einmal der Name, den Sie zuletzt erwähnten?«

»Das Wadi Mershamon«, sagte der Journalist. »Da soll am westlichen Ende ein Kloster …«

»Korrekt, ich erinnere mich. Ein uraltes Kloster, stammt noch aus dem Mittelalter. Da leben nur ein paar Mönche … Wie auch immer, meine Hubschrauber werden aufräumen, was es aufzuräumen gibt.«

Uri Liebermann nutzte die Gelegenheit, um Interesse an einer exklusiven Berichterstattung über den ganzen Vorfall anzumelden. Da es schließlich seiner Initiative zu verdanken sei, könne man doch eine entsprechende Vereinbarung …

»Da dieser Vorfall«, beschied ihn den General knapp, »jetzt dem Militär übergeben wurde, unterliegt er der allgemeinen Geheimhaltung. Wenn Sie darüber berichten wollen, wenden Sie sich an den zuständigen Militärzensor. Ich wünsche einen angenehmen Tag.«

Uri Liebermann wartete mit dem Aussprechen seiner Wünsche, bis die Verbindung beendet war.

»Ich habe um Erleuchtung gebetet«, erklärte der alte Mönch, »um göttliche Führung. Dass ihr hierher gefunden habt, ist wie ein Zeichen …«

Sie sahen einander an. Stephen musste husten. Der intensive Geruch der Öllichter erfüllte den Raum so stark, dass einem schwindlig werden konnte. Was redete der Mann da? Von einem Zeichen? Einem Spiegel? Da war doch nur ein über und über mit Gold bedeckter Kasten, was hatte der mit einem Spiegel … Aber wenn sie eine Videokamera suchten, dann hatte der Kasten die richtigen Abmessungen. Stephen spürte plötzlich ein Kribbeln im Nacken.

»Pater«, versuchte er zu dem Mann zu reden, der ihm vorkam wie in ein Selbstgespräch versunken, »da oben sind Hubschrauber gelandet, und vor den Toren des Klosters stehen Männer, die nach diesem Spiegel suchen. Hier ist er nicht sicher …« Wenn er nur selber gewusst hätte, was sie tun konnten! Aber sie waren hier unten gefangen, und früher oder später würde man sie finden. Nämlich, sobald einer der übrigen Mönche das geheime Versteck verriet.

»Seit Jahrhunderten ist der Spiegel in unserem Besitz«, brabbelte Bruder Gregor. »Der Spiegel, der einst einem Mann aus Besara gehörte, wie es heißt. Und er hat das Antlitz von

Jesus, unserem Herrn, bewahrt – aber das Bild hat schon vor langer Zeit begonnen zu verblassen. Das ist das Tragische, das ist der große Schmerz, der unsere Bruderschaft erfüllt.«

»Es verblasst?«, fragte Stephen alarmiert.

Der Mann schien ihn nicht wirklich zu hören. »So steht es geschrieben, und so ist es Brauch, seit wir uns von Rom losgesagt haben: Nur alle hundert Jahre einmal wird der Spiegel aus dem Tabernakel genommen, und nur einer aus der Bruderschaft der Bewahrer wird ausgewählt, einen Blick hineinzuwerfen, und dieser Blick währt nur einen Lidschlag lang. Für diesen Moment ist es ihm vergönnt, unseren Herrn zu sehen, und den Rest seines Lebens verbringt er damit, Zeugnis zu geben von dem, was er geschaut hat.«

Stephen betrachtete den goldenen Kasten und verfluchte im Stillen die Männer, die sie verfolgt hatten. Das wäre jetzt der Moment gewesen, das Heiligtum der Mönche mit einem raschen Griff an sich zu bringen und kurzerhand zu entführen: Was hätten die ganzen alten Männer gegen sie drei ausrichten wollen?

»Alle hundert Jahre?« Das klang ja wie ein Märchen. »Und wann ist es wieder soweit?«

»Oh, erst in etwa fünfundsechzig Jahren«, lächelte Bruder Gregor nachsichtig. Er schien sich ihrer Gegenwart allmählich bewusst zu werden, und wie zufällig schob er sich immer mehr zwischen sie und den Altar, wie ein Verteidiger. »Keiner von uns wird das mehr erleben, und keiner von uns wird jemals hineinsehen.«

»Wie wird bestimmt, wer hineinsehen darf?«

»Die Brüder wählen einen aus ihrer Mitte. Meistens bestimmt man den Jüngsten – den, der noch ein langes Leben vor sich hat und den anderen lange Zeit ein Licht sein kann. Ihr habt Bruder Felix kennengelernt. Er war der letzte, der den Herrn geschaut hat.«

Stephen fühlte sich mehr und mehr benommen. Er glotzte das Heiligtum an, dann den Mönch, der mit gefalteten Händen auf seinem Teppich stand und auch wie nicht von dieser Welt wirkte. »Bruder Felix?«, wiederholte er. »Der ist aber ein bisschen merkwürdig, oder?«

»Der Spiegel hat ihn verwandelt.«

»Verwandelt? Der Spiegel?«

Der Mönch faltete die Hände und sah sie an mit Blicken, in denen etwas Dunkles, Schwarzes zu wogen schien, etwas wie geronnenes Blut. »Es heißt«, erklärte er, »wer hineinsieht, ist nicht mehr derselbe danach. Was immer darin zu sehen ist, es verändert einen Menschen für immer.«

Stephen musste an den offenen, warmen Blick des alten Mönchs denken. Es waren freundliche Augen gewesen, die das uralte Geheimnis kennengelernt hatten.

Der Rauch, der fadendünn von den drei Öllichtern aufstieg, schien sich zu kräuseln von diesen Worten. Stephen spürte einen schier übermächtigen Impuls, wegzurennen, sich in irgendeinem Eck zu verkriechen und nichts mehr sehen und hören zu müssen, bis alles vorbei war.

Aber es gab hier nur eine Richtung, in die man rennen konnte, nämlich die Treppe hinauf … Ihm fiel wieder ein, wer da oben zugange war, und irgendwie brachte ihn diese Erinnerung wieder in Kontakt mit der wirklichen Welt, der Realität, in der Sagen und Mythen nur Geschichten waren und in der man sich auf naturwissenschaftliche Fakten verlassen konnte. Der Brief des Zeitreisenden fiel ihm wieder ein, ein Detail daraus, dessen Bedeutung ihm blitzartig klar wurde.

»Der Erholungseffekt!« Er wandte sich zu Yehoshuah und Judith um. »In dem Brief war die Rede davon, dass sich die Batterien nach einer Weile immer wieder erholten und wieder für eine gewisse Zeit Strom gaben. Genau das haben wir hier. Inzwischen sind sie uralt, aber in hundert Jahren Ruhe sammelt sich noch gerade genug Energie an, um den Wiedergabemechanismus für ein paar Sekunden zu betreiben. Das ist der Blick in den Spiegel.«

Yehoshuah nickte verblüfft. Judith runzelte die Stirn. »Aber man müsste die Aufnahmen doch irgendwann zurückgespult haben – mit welcher Energie?«

»Die MR ist ein volldigitales System mit wahlfreiem Zugriff«, berichtigte sie Stephen. »Da wird nichts gespult, sondern die Daten werden aus einem Speicher gelesen. Wie bei einem Computer.« Er drehte sich zu dem Mönch um. »Pater, ich habe euren Spiegel noch nie gesehen, aber ich weiß, wie er aussieht. Es ist ein kastenförmiges Ding, etwa so groß« – er deutete die ungefähren Maße mit den flachen Händen an –, »und er hat ein rundes Guckloch, durch das man schauen muss. Richtig?«

Bruder Gregor nickte überrascht. »Ja.«

»Es ist kein Spiegel – es ist eine Videokamera, wie ich Ihnen schon sagte. Sie enthält Aufnahmen von Jesus, und der einzige Grund, warum Sie nur alle hundert Jahre hineinschauen können, ist, dass die Batterien völlig erschöpft sind. Wenn es uns gelänge, die Kamera – den Spiegel also – von hier fort in ein einigermaßen gut ausgestattetes Labor zu bringen, könnten wir diese Aufnahmen für alle verfügbar machen. Es ist völlig unnötig, immer hundert Jahre zu warten. Wenn wir nur ein neues Batteriepack hätten, könnten wir uns die Aufnahme jederzeit anschauen und so lange wir wollen. Die ganze Welt könnte das sehen, was in diesem Jahrhundert nur Bruder Felix gesehen hat.«

Der Mönch sah ihn an. In seinem Gesicht arbeitete es, kämpften Glauben und Wissen einen uralten Kampf miteinander. »Die ganze Welt?«, fragte er, wieder in den autistischen Singsang von vorhin zurückfallend.

»Es ist eine Videokamera«, beschwor Stephen ihn, ohne

eigentlich zu wissen, was er damit erreichen wollte. »Kein Wunder.« Er dachte an die Tage, die hinter ihnen lagen, die Zufälle, all das, was sie herausgefunden hatten, die Zeitreise, die auf irgendeine unvorstellbare Weise stattgefunden haben musste, und korrigierte sich widerwillig: »Na ja, im Grunde ist es schon ein Wunder.«

»Die ganze Welt …?« Glänzende Augen waren auf das Tabernakel gerichtet, schienen den Glanz des Goldes zu reflektieren. »Das heißt … auch *ich* …!«

Stephen nickte, mit einem Kloß im Hals. Allmählich machte er sich Sorgen, dass der alte Mönch anfangen könnte, überzuschnappen.

»Die ganze Welt! Die ganze Welt würde verwandelt?!« Bruder Gregor drehte sich zu ihnen um, doch obwohl er sich dabei vom Altar abwandte, blieb das goldene Schimmern in seinen Augen. »Ich glaube, ich verstehe jetzt. Ich glaube, dies ist die Stunde der Bewährung, die prophezeit wurde. Unsere Bruderschaft hat das Heiligtum bewahrt durch die dunklen Jahrhunderte, denn es hieß, dass eine Zeit kommen würde, in der die Mächte des Lichts und die Mächte der Finsternis streiten um den Besitz des Heiligtums, und wenn die Mächte des Lichts in diesem Kampf den Sieg davontragen, wird es das Heil über die ganze Welt bringen.«

Judith trat neben Stephen und flüsterte ihm ins Ohr: »Was soll das Ganze? Wir können ohnehin nirgendwo hin.«

»Wir haben nur die Chance, die Kamera besser zu verstecken und wiederzukommen, wenn der ganze Spuk da oben vorbei ist«, zischte Stephen zurück. »Und das können wir nur machen, wenn er uns hilft.«

»Du!«, rief Bruder Gregor plötzlich heftig aus und zeigte dabei mit dem ausgestreckten Finger auf Stephen, dass sie alle drei zusammenzuckten. »Du wirst das Heiligtum in Sicherheit bringen!«

»Wie bitte?«, fragte Stephen verblüfft.

Doch der Mönch war schon zugange. Er öffnete den goldverzierten Kasten und nahm einen ungefähr ziegelsteingroßen Gegenstand heraus, der eingewickelt war in reich verzierte Bänder und Tücher, umschlungen von golddurchwirkten, versiegelten Kordeln. Von irgendwoher förderte er einen ledernen Beutel zutage, wie ihn Wüstenreisende tragen mochten, mit langen Bändern und Schnüren, um ihn eng an den Körper binden zu können. Er legte das Heiligtum behutsam hinein und bedeutete Stephen, näherzutreten, damit er ihm den Schatz an den Leib heften konnte.

»Aber wir können nirgendwohin fliehen!«, protestierte der, ließ den Mönch aber trotzdem machen. »Das Kloster ist längst besetzt.«

»Ihr werdet durch den Brunnen fliehen«, sagte der Abt knapp. Er knotete die ledernen Riemen geschickt zusammen, bis der Beutel mit dem Heiligtum unverrückbar fest vor Stephens Brust hing. »Kommt.«

Sie folgten ihm, als er voraneilte, aus der Grotte hinaus, den Gang entlang an der Treppe vorbei, bis zu der Kaverne mit dem großen Ziehbrunnen in der Mitte. Während er das Handrad drehte, gab er hastige Erklärungen ab.

»Die Gründer unseres Ordens erbauten das Kloster an dieser Stelle, weil es hier eine unterirdische Quelle gibt, die einen dunklen See tief unter uns speist. Von diesem See aus, heißt es, führt ein Felsspalt bis an den Fuß des Berges, den sie zu einem geheimen Fluchtweg erweiterten.« Ein großer Holzeimer tauchte aus der dunklen Öffnung empor, feucht, aber nicht mit Wasser gefüllt. »Durch diesen Spalt müsst ihr fliehen und den Spiegel an einen Ort bringen, wo die Welt in ihn hineinsehen kann.«

Damit legte er einen Sperrriegel vor. Stephen starrte mit wachsendem Unbehagen auf das hölzerne Gebilde, das, groß wie ein Waschzuber, an der zu einem beeindruckenden Umfang aufgerollten Kette hing. Er hatte verstanden, dass Bruder Gregor von ihnen erwartete, sich mit diesem Schöpfeimer in unbekannte Tiefen abseilen zu lassen.

»Wie lang ist dieser Fluchtgang?«, fragte er.

»Ich weiß es nicht«, gestand der Mönch. »Ich habe ihn nie gesehen.«

Einen Herzschlag lang standen sie alle stumm. Über ihnen trommelten Füße und waren laute Stimmen zu hören, wenn auch nicht zu verstehen. Ein Schlag, Holz auf Holz, dröhnte plötzlich durch die Katakomben und ließ sie zusammenzucken. Das musste aus dem Beinhaus gekommen sein. Man war ihnen schon auf der Spur, suchte nur noch den Abstieg.

Stephen legte die Hand auf den Beutel, in dem war, was er gesucht hatte. Merkwürdig, dass er nichts dabei empfand. Er kam sich seltsam vor mit dem Ledersack vor der Brust, wie ein Känguru, das sein Junges im Beutel trug. Aber da war kein Triumph, keine Genugtuung. Vielleicht ging alles einfach zu schnell.

»Okay«, sagte er. »Ich gehe.«

»Stephen!«, mahnte Judith. »Du bist wahnsinnig. Du willst dich allen Ernstes in diesen Brunnen hinunterlassen?«

Er sah sie an, dann das unergründlich schwarze Loch im Boden. Ihm war, als habe er von Anfang an gewusst, dass ihn sein Weg dort hinabführen würde. Er tätschelte den Lederbeutel. »Wir haben es gefunden«, meinte er leise. »Wir!«

»Und dann? Selbst wenn dort ein Gang hinausführt – was dann?«

»Vielleicht komme ich an unser Auto heran.«

»Das ist Unsinn!«, flüsterte sie, und es klang wie ein Schrei.

Der Mönch sah unruhig hin und her. Ein neuer Schlag hallte durch die Gänge. »Du musst dich beeilen«, drängte er. »Sonst ist es zu spät.«

Stephen stieg in den baumelnden Zuber, hielt sich an der Kette fest. Ein Gefühl der Beklemmung stieg in ihm hoch, als er hinabsah und das lichtlose Rund sah, ein dunkles Maul, bereit, ihn zu verschlingen. Er musste sich zwingen, weiter zu atmen. *Und wenn dort unten überhaupt kein Gang ist? Dann sitzt du am Grund eines Brunnens, der wer weiß wie tief ist, und bist verloren!* Unsinn, sagte er sich, Yehoshuah und Judith blieben hier; sie würden dafür sorgen, dass man ihn im schlimmsten Fall barg. *Aber wenn irgendetwas schiefgeht, irgendetwas ...?* Atmen. Nicht aufhören zu atmen.

»Okay«, keuchte er und hatte das Gefühl, dass seine Augen groß und weit aufgerissen waren, dass Panik aus ihnen sprach, aber er konnte nichts dagegen machen. »Macht schon.«

Judith, die ihn die ganze Zeit angesehen und auf ihrer Unterlippe gekaut hatte, gab sich plötzlich einen Ruck, trat vor und stieg zu ihm in den Schöpfeimer. »Ich gehe mit«, verkündete sie. Sie umklammerte die gleiche Kette wie Stephen, der sie ungläubig ansah. Ihre Augenlider zitterten, ihre Kiefermuskeln traten hervor vor Anspannung. »Und jetzt schnell, Yehoshuah, sonst sind die da, ehe wir unten sind!«

Schnell, sonst überlege ich es mir anders!

Yehoshuah nickte, schluckend, trat neben den greisen Mönch an das Handrad. *»Ken, beseder.«*

»Und lass uns nicht fallen, hörst du?«

Statt einer Antwort klackte der Sperriegel, und sie ruckten abrupt ein Stück nach unten, verschwanden bis zu den Knien im Schwarzen. Dann hatten Yehoshuah und Bruder Gregor das Handrad im Griff, gaben nach und nach Kette, in gleichmäßigen Schritten. Es ging abwärts, unaufhaltsam. In letzter Sekunde stieg ein wilder Impuls in Stephen auf, alles aufzuhalten, hinauszuspringen, alles, nur nicht in diesem bodenlosen Schlund zu versinken! Doch es war zu spät. Der Brunnenrand reichte ihnen bis zur Schulter, dann, einen

Ruck später, waren sie darin versunken. Mit dem letzten Blick sahen sie einander in die Augen, und jeder las Furcht im Blick des anderen.

Wie schön sie ist! zuckte es durch Stephens Gedanken. Das Nachbild von Judiths Gesicht verblasste langsam, während sie tiefer und tiefer in der Schwärze versanken. Im nächsten Augenblick fühlte er, wie sie einen Arm um ihn schlang, seinen Mund mit dem ihren suchte und ihn küsste, als sei es besiegelt, dass sie am Grund des Schachtes sterben würden.

35

An dem Überfall auf das Kloster waren sowohl Männer beteiligt, die zu John Kauns ständigem Sicherheitsstab gehörten, als auch Angestellte israelischer Sicherheitsfirmen, die ursprünglich zur Bewachung der Ausgrabungsstätten engagiert worden waren. Als das Feuer auf die Klostertür begann, zögerten die Israelis zunächst, aber die meisten von ihnen beteiligten sich schließlich daran. Das Jagdfieber, in das sich die Gruppe hineingesteigert hatte, ließ sie die Grenze zur Illegalität überschreiten.

»High Noon im Negev«
von Uri Liebermann

Es ging abwärts, abwärts ohne Ende. Das Brunnenloch war längst nur noch ein kaum wahrnehmbarer Fleck hoch über ihnen in der nachtschwarzen Dunkelheit, die sie einhüllte wie ein Todestuch. Sie umklammerten einander und die Kette, die bei jeder der ruckartigen Abwärtsbewegungen bedenklich knirschte und knackte. Jeder hörte den anderen atmen. Ruck. Ruck. Ruck. Mittlerweile spürten sie in den Händen, wie das Stück der Kette über ihnen zu schwingen anfing, mit jedem Meter, den sie abwärts sanken, stärker.

Es roch zunehmend nach Feuchtigkeit, nach Wasser, und es wurde kälter, je tiefer sie in den Berg sanken. Stephen spürte die kratzige Mähne Judiths in seinem Gesicht, roch ihren Duft nach Hitze und Sand und einem Hauch Parfüm und etwas, das er nicht identifizieren konnte. Er verstand immer noch nicht, warum sie mit ihm gegangen war. Er verstand nicht einmal, warum er selbst sich darauf eingelassen hatte.

Mit angehaltenem Atem streckte er einmal eine Hand aus. Judith zuckte zusammen, als er sie losließ, und fragte mit bebender Stimme: »Was machst du?!« Er fühlte feuchten, roh behauenen Stein, rings um sie herum, keine zwei Handspannen von ihren Schultern entfernt. Es war erstaunlich, dass sie herabsanken, ohne jemals anzustoßen. Die ganze Anlage war erstaunlich.

Die Kette vibrierte immer stärker, und nun war von weit oben ein Quietschen zu vernehmen, das droben unüberhörbar sein musste. Wie tief sie inzwischen sein mochten? Stephen kam es vor, als müsste es mindestens eine halbe Meile sein, aber sicher täuschte er sich. Wie hoch war der Berg denn gewesen? Er versuchte sich zu erinnern, aber es schien in einem anderen Leben gewesen zu sein, dass sie die geröllübersäte Flanke erklommen hatten.

Dieses Quietschen ...! Es musste die Verfolger unweigerlich alarmieren. Bestimmt kamen sie jeden Moment die Treppe herunter, und dann? Wilde Bilder, wie Yehoshuah und der Mönch bei ihrer Arbeit am Hebewerk unterbrochen wurden, zuckten durch sein Hirn. Wie die beiden weggezerrt wurden und der Schöpfeimer mit ihnen haltlos vollends hinabstürzte. Wie der Sperriegel vorgelegt wurde und sie hier hängenblieben, für Stunden oder Tage oder für immer.

Sie würden sie wieder hochziehen. Bestimmt würden sie das, wenn Yehoshuah ihnen erklärte, dass er die Kamera hatte.

Das sagte er sich immer wieder, aber die Zellen seines Körpers wollten es nicht glauben.

Und es ging immer noch abwärts.

Irgendwann, als die Panik längst vorüber war und es anfing, fast langweilig zu werden, als man anfangen konnte zu glauben, sie würden nun für den Rest ihres Lebens immer tiefer und tiefer sinken, veränderte sich plötzlich der Raum um sie. Obwohl es immer noch stockfinster war, hörte das Gefühl auf, in einer engen Röhre zu stecken, und wich dem Gefühl, sich in einem großen Raum zu befinden. Es klang, als sänken sie durch das Dach einer Kathedrale herab.

»Ich mach mal Licht«, flüsterte Stephen, und ein hohles Echo seiner Worte hallte von weit entfernten Wänden wieder. Er angelte nach seiner Taschenlampe, schaltete sie ein und leuchtete damit umher. Es war ein geradezu klägliches Licht, das da an den schwarzen Wänden der Felskaverne versickerte, die sich rings um sie weitete.

»Oh, verdammt!«, entfuhr es Stephen.

»Was ist?«, wollte Judith wissen.

»Da!« Sein hektisch umherfunzelnder Lichtstrahl entriss einen schmalen Felsvorsprung dem Dunkel, der eindeutig künstlich angelegt war und der sich mindestens fünf Meter über die abgründig schwarz schimmernde Wasseroberfläche des unterirdischen Sees erhob. Von der Mitte der Terrasse aus waren entlang der sich trichterförmig nach oben verengenden Felswand eine Reihe von Metallringen eingelassen, von denen sie die obersten beiden bereits verpaßt hatten. Der nächste erreichbare war bereits mindestens zwei Meter von ihnen entfernt, und wenn sie den auch nicht zu fassen bekamen, würden sie bis auf die Mitte des Sees herabsinken, und die steinerne Brüstung, von der aus es, wenn überhaupt, nach draußen ging, würde etwa zwanzig Meter von ihnen entfernt und zudem fünf Meter über ihnen und damit unerreichbar sein. »Los, wir müssen das Ding zum Schaukeln kriegen!«

»Ich wusste, dass ich es bereuen würde«, stieß Judith hervor, fiel aber sofort in die Schaukelbewegung ein.

Der große hölzerne Eimer begann zögernd, hin und her zu pendeln wie eine riesige, seltsame Kinderschaukel – aber langsam, viel zu langsam, während sie unerbittlich tiefer sanken.

»Halt!«, schrie Stephen. »Anhalten!«

Sie hörten ihn oben nicht. Wahrscheinlich wurden ihnen inzwischen die Arme lahm; es schien sogar schneller abwärts zu gehen als vorher.

»Verdammt, verdammt ...« Stephen schob die Taschenlampe in seine Brusttasche und reckte sich, streckte die Finger aus nach dem verfluchten Metallring, der ungerührt im Fels hing, kam ihm nahe bis auf Zentimeter, dann schwang das Pendel wieder zurück. Rutschte tiefer. »Fester!« Sie mussten einen dieser Ringe zu fassen bekommen und sich dann mitsamt dem Schöpfeimer von Ring zu Ring abwärts ziehen, um schließlich auf dem Felspodest aufzusetzen. War das in Vergessenheit geraten, oder hatte Bruder Gregor vergessen, sie darauf hinzuweisen? »Noch fester!«

Sie schaukelten mit aller Energie. Der dritte Haltering war inzwischen zu hoch, um ihn noch erreichen zu können, die letzte Hoffnung war der vierte. Nur war der noch weiter weg von ihnen, schier unerreichbar. Und sie sanken immer noch. Sie mussten ihn innerhalb der nächsten zwei Pendelschwünge zu fassen bekommen, sonst war auch diese Chance dahin.

Der erste Schwung, weit ausholend. Stephen reckte die Hand, als wolle er sich den Arm aus dem Gelenk strecken, fühlte das kalte Metall für einen Augenblick an den Fingerspitzen. »Beinahe! Gleich hab ich ihn!«

Judith legte sich ins Zeug, als gelte es, auf einer Jahrmarkts-Schiffsschaukel den Überschlag in Rekordzeit zu schaffen. Aber die Schwingungsdauer eines Pendels hängt einzig und allein ab von seiner Länge, und die Kette, an der sie pendelten, war inzwischen unglaublich lang. Es schienen Minuten zu vergehen, ehe sie den Umkehrpunkt auf der anderen Seite erreichten, und dann noch einmal endlose Zeit, während sie zurückschwangen.

Stephen streckte wieder die Hand aus. Irgendwie schien

jede Zelle seines Körpers zu wissen, dass es nun darauf ankam. Die Felswand glitt näher, geradezu graziös. Der metallene Ring glänzte stumpf auf dem schwarzen Stein. Die Finger reckten sich, als könnten sie im Notfall die Zentimeter wachsen, auf die es ankam.

»Ja!« Er hatte ihn, hatte Zeige- und Mittelfinger eingehakt und schrie auf, als ihm das zurückschwingende Pendel schier den Arm abreißen wollte. Sterne tanzten vor seinen Augen, und irgendwas schien tatsächlich zu reißen in seinem Arm und seiner Hand, aber mit einem unmenschlichen, stöhnenden Laut brachte er noch weitere Finger und den Daumen in den dicken Eisenring und bekam ihn ganz und gar zu fassen.

»Du hast ihn!«, rief Judith. Sie hingen schräg an der Felswand, und ein beträchtlicher Teil ihrer beider Gewicht und des Gewichts des hölzernen Troges, in dem sie standen, zerrte nun an Stephens Arm. Judith arbeitete sich um die Kette herum, versuchte ihm die Last zu erleichtern, indem sie ebenfalls nach dem Ring langte.

Ein Rucken. Ihr Trog sank tiefer. Stephen hielt den Eisenring fest, als sei seine Hand damit verschweißt.

»Greif nach dem nächsten!«, keuchte er.

»Okay.« Sie reckte die Hand nach unten.

In diesem Moment knirschte etwas. Es war ein leises, aber bedrohliches Geräusch. Und unüberhörbar.

»Das darf nicht wahr ...«, murmelte Stephen. Der Eisenring. Der Eisenring in seiner Hand war die Quelle des knirschenden Geräusches. Hatte er sich etwa auch bewegt? Nein. Bestimmt nicht. »Fass den nächsten Ring!«, stieß er hervor. »Schnell!«

»Wir sind noch nicht tief genug!«

Es knirschte wieder, lauter diesmal, hässlicher. Und der Eisenring hatte sich bewegt.

»Verdammt!«

Die Verankerung des eisernen Rings, nach Jahrhunderten in feuchter Luft durch und durch korrodiert, gab mit einem weiteren, noch hässlicheren Geräusch nach, glitt knisternd aus dem Felsgestein, in das sie eingebettet gewesen war, zerbröselte zu rostigem Staub. Sie konnten mit Mühe verhindern, herauszufallen, als das Pendel mit ihnen zurückschwang. Gleichzeitig gab es den Ruck in die Tiefe, den sie drei Sekunden vorher hätten brauchen können, und dann noch einen, der sie endgültig aus der Reichweite der Haltegriffe brachte.

Sie hielten sich an der Kette fest und pendelten mit dem hölzernen Trog langsam tiefer, auf das schwarze, träge Wasser zu. Stephen hielt den eisernen Haltering in das Licht, das aus seiner Hemdtasche in die Höhe strahlte, und betrachtete ihn.

»Die sind wahrscheinlich alle so«, überlegte er. »Vollkommen verrostet. Hätten wir uns eigentlich denken können.«

»Und was machen wir jetzt?«, fragte Judith und sah bang nach unten.

»Keine Ahnung.« Er sah auch nach unten. Die Oberfläche des unterirdischen Sees sah aus wie schwarzer, unergründlicher Schlamm, nicht wie Wasser. Und sie kam immer näher. Bestimmt war es Wasser, aber so kalt, dass sie nach wenigen Minuten erfrieren würden, wenn sie hineinfielen. Abgesehen davon, dass es keinen Ort gab, an den sie sich schwimmend hätten retten können. Er zog die Lampe wieder hervor und leuchtete den fernen Rand des Sees ab. Tatsächlich überall glatter Fels.

»Sie müssen die Kette anhalten«, meinte er dann. »Lass es uns versuchen. Wenn wir beide zusammen so laut wie möglich schreien, hören sie uns vielleicht.«

»Okay.«

»Auf drei. Eins – zwei –«

Sie schrien gleichzeitig, was die Lungen hergaben, dass es in der Felskaverne nur so dröhnte. Halb und halb erwartete

Stephen, dass sich Steinchen lösen und ins Wasser stürzen würden, aber das geschah nicht. Die einzige Antwort war, dass sie wieder ein paar Handspannen weit herabgelassen wurden. Mittlerweile hingen sie schon tiefer als das Felsplateau, das es zu erreichen galt. Es wurde allmählich wirklich kritisch.

Moment mal. Das Felsplateau …

»Wir müssen uns direkt zu dem Vorsprung hinüberschwingen!«, rief Judith aus, die in diesem Moment auf die gleiche Idee gekommen war. »Das ist die einzige Möglichkeit.«

Sie versetzten den Holzkübel wieder in pendelnde Bewegungen, mit mächtigen, gemeinsamen Schaukelbewegungen. Das sah endlich gut aus. Sie würden es schaffen, überhaupt keine Frage.

»Wir müssen springen!«, rief Stephen. Es gab auf der glatt gehauenen Steinterrasse nichts, was so aussah, als könne man sich daran festhalten. »Du zuerst!«

»Nein, du!«, protestierte Judith. »Du hast die Kamera.«

»Scheiß auf die Kamera! Du springst zuerst! Achtung …« Der Kübel erreichte den maximalen Ausschlag, dicht über dem Plateau. »Jetzt!«

Judith sprang, landete, wie es aussah, heil auf allen vieren und war in Sicherheit.

Das Pendel trat den behäbigen Rückweg an. Stephen schob den Beutel mit der Kamera unter seinen Armen hindurch auf den Rücken. Vorsichtshalber. Dabei sah er beunruhigt die Kette hinauf, an der er sich mit der anderen Hand festhielt. Als Judith gesprungen war, hatte es einen scharfen Ruck in der Kette gegeben – einen Ruck, der sich anders angefühlt hatte als die bisherige Abwärtsbewegung. Beunruhigend anders.

Die gemächliche Rundreise durch die lichtlose Kathedrale mit dem Fußboden aus Wasser schien endlos zu dauern. Stephen hielt den Atem an. Die Kette fing allmählich an, in seiner Hand ganz ungesund zu zittern. Das war nicht gut. Er war sich sicher, dass das gar nicht gut war.

Der Rückweg. Die Kette begann zu ächzen, während der Felsvorsprung näher kam. Judith stand schon da, wartete auf ihn. Er machte sich bereit.

Die Kette riss einen Sekundenbruchteil, bevor er sprang, gerade rechtzeitig, um ihm den festen Ausgangspunkt für seinen Sprung unter den Füßen wegzuziehen. Stephen schrie auf, griff ins Nichts und schlug im nächsten Augenblick hart mit der Brust gegen einen Widerstand, der sich anfühlte wie ein Rammbock und ihm die Luft aus den Lungen trieb. Er sah nicht, was es war, denn seine Lampe war plötzlich verschwunden und alles ringsum dunkle Nacht, aber es tat weh, und er rutschte, was sich ganz schlecht anfühlte, und seine wild umhertastenden Finger bekamen nichts zu fassen, was als Halt getaugt hätte. Und er hing über einem Abgrund und rutschte.

Da fasste eine Hand zu, eine geradezu stählerne Hand, packte ihn am Handgelenk und schien entschlossen, ihn niemals wieder loszulassen. Judith. Unglaublich, wie viel Kraft sie hatte. Immer noch hatte die Luft den Weg zurück in seine Lungen nicht gefunden, deswegen konnte er nichts sagen, nichts rufen, nicht einmal stöhnen.

Hinter ihm stürzte der hölzerne Bottich donnernd in den See. Das sprichwörtliche schwächste Glied, an dem die Kette gebrochen war, musste sich ziemlich weit oben befunden haben, denn das ohrenbetäubende Rasseln der fallenden Kette wollte überhaupt kein Ende nehmen. Stephen hing an der Felskante, rang nach Luft, und hinter und über ihm rasselte und prasselte es wie der einstürzende Himmel. Eine zweite Hand krallte sich in sein Hemd, bekam den Oberarm zu fassen. Stephen versuchte, ein Bein hochzuschwingen auf den Felssims, dessen Kante irgendwo im Dunkeln neben ihm sein musste. Im Film sah das immer so leicht aus, aber er brauchte fünf Anläufe. Dann, endlich, gelang es ihm, mit Judiths Hilfe, sich in Sicherheit zu wälzen, gerade als das Ende der Kette herabfiel, mit einem letzten Platschen im Wasser versank und es still wurde.

Er tastete nach dem Lederbeutel auf seinem Rücken. Der Inhalt fühlte sich noch an wie zuvor. Dann setzte er sich auf, tastend, wo der Felsvorsprung aufhörte. Seine Taschenlampe war ins Wasser gefallen und glomm jetzt wie ein kleines gelbes Gespensterauge in der Tiefe des Sees.

»Hoffentlich gibt es diesen Geheimgang wirklich«, sagte Stephen, als sein Atem wieder normal ging. Bestimmt war seine Brust ein einziger blauer Fleck; er fühlte sich wie nach einer Prügelei.

»Es gibt ihn«, meinte Judith. Sie hielt ihn immer noch fest, als fürchte sie, er könne ohne sie wieder abstürzen. »Wir sitzen direkt davor.«

»Gut.« Er überlegte eine Weile, ob es hier noch irgendetwas zu tun gab. Wohl nicht. Ihre ganze Ausrüstung bestand aus einem Handy, das sich etwas angeknackst anfühlte, als er in die Tasche fasste, und den Kleidern, die sie am Leib trugen. Und draußen wartete die Wüste – wirklich toll. »Dann hoffen wir, dass er wirklich nach draußen führt.«

Der Gang führte wirklich nach draußen. Er war so lang, dass sie das Gefühl nicht loswurden, am Ende vielleicht in Jordanien herauszukommen, aber vielleicht lag es auch daran, dass sie sich in völliger Dunkelheit vorwärts tasten mussten, Schritt um Schritt. Es war gruselig. Ab und zu blieben sie erschrocken stehen, und irgendwo raschelte etwas, zischelte etwas, gab etwas Laute von sich. Es gab Stellen, an denen fassten sie auf etwas Weiches, Feuchtes oder Krabbelndes, und dann zuckten sie mit einem Aufschrei zurück. Mehr als einmal stießen sie sich den Kopf an einem hervorstehenden Stein, stolperten über ein unerwartetes Loch im Boden oder schlugen mit dem Schienbein gegen ein hartes Hindernis. Aber der Gang führte immer weiter, schlug ab und zu merkwürdige Haken, und irgendwann begann die Luft wärmer zu werden und anders zu riechen.

Langsam, ohne merklichen Übergang, kehrte auch wieder Licht in ihre Wahrnehmungen zurück. Zunächst war es nur eine Dämmerung, in der man nicht ausmachen konnte, woher das Licht kam oder was es eigentlich war, das man sah. Aber man sah etwas. Dann schälten sich Schatten aus dem Diffusen, sie konnten ihre eigenen Hände wieder sehen, wie sie über zerschründeten Fels tasteten, und schließlich, nach einer letzten Kurve, war am Ende ein geradezu gleißend helles Loch zu sehen: der Ausgang.

Direkt hinter der Öffnung, die beunruhigend klein aussah, lag zusammengerollt eine lange, dünne Schlange. Stephen versuchte, nicht daran zu denken, an wie vielen ähnlich gefährlichen Tieren sie bis jetzt vorbeigetapst waren, ohne es zu ahnen. Er stampfte ein paar Mal heftig mit einem Fuß auf den Boden, sodass die Schlange aufmerksam wurde, den Kopf hob und ihnen mit argwöhnisch züngelndem Kopf entgegensah. Stephen fuchtelte mit den Armen, schleuderte ein paar Steinchen und etwas Sand nach ihr, bis sie es schließlich vorzog, das Weite zu suchen.

Der Ausgang war eng wie ein Fuchsloch; Stephen musste den Beutel mit der Kamera vorausschieben, um überhaupt hindurchzupassen. Draußen traf ihn die erbarmungslose Hitze wie ein Hammerschlag, er musste sich neben dem Loch erst einmal hinsetzen, weil ihm regelrecht schwindlig wurde. Er half Judith, sich ihrerseits ins Freie zu winden, und dann saßen sie beide schnaufend da, sagten nichts, sahen sich nur um.

Die stille Leere, die sich vor ihnen erstreckte, erschreckte ihn. Er brauchte eine Weile, um zu verstehen, warum: Bis sie das Kloster erreicht hatten, waren sie Straßen gefolgt, Wegen, Spuren zumindest. Es hatte eine Struktur gegeben. Jetzt aber waren da nur noch Steine, Geröll, dehnte sich grauschwarze, sandige Einförmigkeit weglos und ohne jede Markierung, soweit das Auge reichte.

Sie fühlten es beide. Er konnte es in der Art spüren, wie Judith leise fragte: »Und jetzt? Wohin gehen wir?«

Genau. Das war die Frage.

Der irrsinnig helle Glutball der Sonne hing dicht über dem Horizont. Dort war also Westen. Das Mittelmeer lag in dieser Richtung. Ägypten und der Sinai lagen in dieser Richtung. Die Sonne würde demnächst untergehen, ihr Licht warf jetzt schon lange, bizarre Schatten. Ein steter, gleichförmiger Wind ging, der einem fortwährend Sandkörnchen gegen die Haut wehte.

»Ich wünschte, wir hätten die Karte«, meinte Stephen, während er sich den Ledersack wieder umband, weniger fest diesmal.

Judith überlegte. »Ich hab sie mir ziemlich genau angesehen. Aber auswendig gelernt habe ich sie auch nicht.« Ihr Blick wanderte in Richtung Sonne. »Es gibt eine Straße entlang der Grenze zum Sinai. Dieser ziemlich gerade Strich vom Mittelmeer zum nördlichen Ende des Roten Meers. Wenn wir die erreichen …«

»Wie weit ist das?«

»Zwanzig, dreißig Kilometer? Irgend so was, schätze ich.«

»Hmm.« Stephen spürte dem Gefühl der Erschöpfung nach, das bereits dadurch ausgelöst wurde, dass er einfach nur hier saß. Eine Straße, das hieß, dass irgendwann ein Auto kommen würde. »Klingt, als ob es zu schaffen sein müsste.« Absolut wahnsinnig, so klang es. Unter dem Feuerball, der wie ein glühendes Stück Eisen tief am Himmel hing, waren undeutlich

Bergzüge und Schluchten zu erahnen. Zwanzig Kilometer Luftlinie, das bedeutete aller Wahrscheinlichkeit einen um das Mehrfache längeren, mehrtägigen Gewaltmarsch. Und sie hatten nicht einmal Wasser dabei.

Er stand auf, musterte die nähere Umgebung, all die Steine und Bodenrisse und Sandrillen, die etwa so anheimelnd wirkten wie die Mondlandschaft. Ob sie nicht doch versuchen sollten, an das Auto heranzukommen ...?

In diesem Moment drang das Geräusch an sein Ohr. Es schien von überall und nirgends herzukommen, und es dauerte eine lange Schrecksekunde, ehe er identifiziert hatte, was es war.

Startende Hubschrauber!

Judith sprang ebenfalls auf die Füße. Wenn die Hubschrauber starteten, dann konnte das im schlimmsten Fall heißen, dass ihre Verfolger Bescheid wussten. Dass sie ausrückten, um sie zu suchen. Verdammt, als ob eine Flucht durch die Wüste nicht schlimm genug gewesen wäre!

»Wir müssen uns verstecken«, sagte Stephen, sah sich um. Es gab viel Schatten, so spät am Abend. Ein Felsspalt oder eine Höhle wäre noch besser gewesen, für den Fall, dass man an Bord der Hubschrauber Infrarotsichtgeräte hatte, obwohl Stephen über derlei Geräte nur das wusste, was man in Filmen erklärt bekam. Vielleicht musste es ja Nacht sein dafür.

»Wir könnten zurück in die Höhle«, meinte Judith lahm. Offensichtlich verspürte sie wenig Lust dazu.

»Wenn es irgendwo im Kloster einen Plan des Geheimgangs gibt, dann sitzen wir da drin in der Falle.«

Das Geräusch wurde lauter, und nun kam einer der Hubschrauber um den Berg herumgeschwebt, groß und schwarz und bedrohlich. Es sah tatsächlich aus wie eine Suchaktion.

Stephen wies auf eine dunkle, schattige Senke in einiger Entfernung. »Dorthin!«

»Nicht über den Sand!«, hielt Judith ihn plötzlich zurück, als er lossprinten wollte. »Fußspuren im Sand kann man aus der Luft hervorragend erkennen. Dort entlang, über den Felsboden.«

Sie spurtete los, und Stephen folgte ihr, bemüht, möglichst genau auf die gleichen Stellen zu treten, auf die sie ihre Füße setzte. Im Nu brach ihm der Schweiß aus, rann ihm in dicken Bächen den Rücken und die Brust hinab. Seine Kondition war nicht die beste.

Er warf einen Blick zurück. Ein heißer Schreck durchzuckte ihn, als es für einen Moment so aussah, als habe der Hubschrauber sie entdeckt und flöge auf sie los. Doch es war Zufall; gleich darauf schwenkte der große dunkle Vogel in eine andere Richtung. Stephen erreichte die Senke, die im Schatten eines größeren Felsens lag, wo Judith schon auf ihn wartete. Keuchend spähten sie hinüber zu dem Berg, auf dem das Kloster stand.

An der Suchaktion waren zwei der Hubschrauber beteiligt. Sie schwebten über der unmittelbaren Umgebung des Klosters hin und her wie zornige schwarze Hornissen, und auf eine schwer zu fassende Weise wirkten ihre Flugmanöver seltsam unentschlossen. Als glaubten sie nicht wirklich daran, dass sie jemanden finden würden. Als fühlten sie sich lediglich verpflichtet, es zu versuchen, damit man ihnen später nichts vorwerfen konnte.

Stephen schüttelte den Kopf. Es sah so unwirklich aus, wenn man es von hier aus beobachtete. Eigentlich eher so, als sehe man einen James-Bond-Film auf einer besonders großen Leinwand.

In einem besonders gut geheizten Kino.

»Ein Flüchtling, der von hier aus zu Fuß durch die Wüste flieht«, überlegte er laut, »was würde man erwarten, wohin der sich wendet?«

Judith überlegte eine Weile. Von diesem Standpunkt aus hatte sie die Frage offenbar noch nicht durchdacht. »Wahrscheinlich würde man erwarten, dass er die Wüste auf dem schnellsten Wege zu verlassen versucht.«

»Und was hieße das in unserem Fall?«

»Den Weg zurückzugehen, den wir mit dem Auto gekommen sind.«

Stephen hob nur die Augenbrauen. Diesen Weg hatten auch Kauns Leute genommen, und sie würden ihn irgendwann und irgendwie wieder in umgekehrter Richtung befahren. In einfachen Worten: Er verbot sich von selbst.

»Oder zu versuchen, auf schnellstem Weg die Sinai-Straße zu erreichen«, fuhr Judith fort. »Nach Westen.«

»Ja.« Stephen seufzte. Das alles lief auf Konsequenzen hinaus, die ihm überhaupt nicht gefielen. »Das würde man erwarten.«

Sie sahen zu, wie die Sonne unterging. Es dauerte nur Minuten, von dem Moment an, in dem die Sonne die Bergkämme berührte, bis zu dem Moment, in dem sie dahinter verschwunden war. So etwas wie Dämmerung schien es hier in der Wüste nicht zu geben: Es wurde mit einem Schlag dunkel. Und kühler, weil das direkte Sonnenlicht nicht mehr auf einen einbrannte. Stephen berührte mit der Hand sein Gesicht. Es prickelte ein wenig. Wenn er zu Hause schwimmen ging, legte er sich danach für gewöhnlich eine Runde auf eine Sonnenbank, und wenn sich nach dem Ablauf der eingestellten Zeit die UV-Röhren ringsherum abschalteten, fühlte es sich so ähnlich an.

Der Wind hatte fast gleichzeitig mit dem Sonnenuntergang aufgehört. Die Luft war noch warm, und man spürte die Hitze, die die Steine im Lauf des Tages gespeichert hatten und nun wieder abstrahlten, aber es war beinahe angenehm. Sterne wurden sichtbar, füllten in verschwenderischer Pracht nach und nach den Himmel, wie man es in bewohnten Gebieten nie zu sehen bekam. Die Sichel des zunehmenden Mondes mitten darin spendete sanftes Feenlicht.

Nacht. Sie würden die Nacht nutzen, um zu marschieren!

Die Hubschrauber gaben die Suche auf. Sie hatten Scheinwerfer eingeschaltet, doch man konnte erkennen, dass sie zum Kloster zurückflogen.

»Lass uns nach Süden gehen«, sagte Stephen.

»Du weißt nicht, was du sagst. Das ist der Negev. Das ist eine richtige Wüste!«

»Siehst du den hübschen Stern dort? Auf den lass uns zumarschieren.«

Die in Steinen und Boden gespeicherte Hitze reichte nicht für die ganze Nacht. Irgendwann hörte es auf, heiß zu sein, und wenig später wurde es kalt. Außerdem taten die Füße weh, die Muskeln, jede einzelne Zelle des Körpers. Ihre Körper schrien nach Rast, nach Schlaf.

Und nach Wasser. Der Durst wurde allmählich beunruhigend.

Sie fanden einen Spalt zwischen zwei Felsen, die noch eine angenehme Restwärme von sich gaben und die der ewige Wind glatt und rund geschliffen hatte wie zwei riesige Kiesel. Es tat gut, zu sitzen, auch wenn es nur auf Stein war. Der Mond ließ kühles, bleiches Licht auf sie herabregnen, und das Firmament voller Sterne erstrahlte wie die Diamantkollektion des größten Juweliers des Universums.

Judith ließ den Kopf nach hinten sinken, bis auf den Fels, an den sie sich lehnte, und starrte hinauf. »Jeder Lichtpunkt ist eine Sonne wie die unsere«, sagte sie nach einer Weile leise, »die vielleicht auch auf eine Wüste herabbrennt. Und wer weiß, wer dort gerade unterwegs ist.«

Stephen öffnete den ledernen Beutel und holte das weich eingepackte Bündel heraus. Er wog es nachdenklich in der Hand. Es war unglaublich leicht. Weniger als tausend Gramm bestimmt. Ob es leichter geworden war im Lauf der Zeit? »Ich glaube, ich muss jetzt nachsehen, was darin ist«, meinte er.

»Was?« Judiths Kopf fuhr hoch.

»Am Ende schleppen wir hier nur ein paar Knochen herum«, unkte Stephen und begann, die Verschnürung vorsichtig zu lösen.

Nachdem er die golddurchwirkten Schnüre aufgeknotet hatte, ging er daran, die verzierten Brokatbahnen abzuwickeln. An manchen Stellen waren die Lagen durch ein paar Stiche miteinander vernäht; diese Fäden zerriss er einfach. Es war ein erstaunlicher Ballen weichen Stoffs, der sich so abwickeln ließ.

Stephen versuchte sich vorzustellen, wie die Zeremonien wohl verlaufen waren, wenn die Mönche, einmal in hundert Jahren, ihr Heiligtum herausgenommen und von der schützenden Umhüllung befreit hatten, damit einer der ihren, der Auserwählte, einen kurzen Blick durch das Okular werfen konnte. Bestimmt hatten sie tagelang gefastet, nächtelang gebetet, bestimmt hatten sie ein prächtiges Ritual entwickelt, das genaue Anweisungen für jede einzelne Handbewegung umfasste. Wahrscheinlich trug auch die Art, wie die Stoffbahnen aneinander gelegt, ineinander verschlungen und miteinander vernäht waren, höchst symbolische Bedeutung in sich. Und er saß einfach hier und riss die Umhüllung Lage um Lage herunter.

Unter dem Brokat kam etwas zum Vorschein, das wie Sackleinen aussah und das mit einer unangenehm riechenden, harzigen Masse verklebt war. Es war ohne Hilfsmittel schier überhaupt nicht zu entfernen. Stephen tastete herum und fand einen scharfkantigen Stein, mit dem er es schaffte, das Zeug herunterzukratzen.

»Ziemlich mühsam, was?«, fragte Judith.

»Allerdings. Vielleicht haben sie es deshalb nur alle hundert Jahre aufgemacht.«

Sie betrachtete das Bündel, das in Stephens Händen immer kleiner wurde. »Und da soll jetzt noch eine Videokamera drin sein?«

»Kaum zu glauben, was?«, erwiderte Stephen. Das fragte er sich schon seit ein paar Minuten. Eigentlich hätte das Gerät längst zum Vorschein kommen müssen, und mittlerweile hätten sich schon ganz andere Umrisse abzeichnen müssen, wenn er an das Bild von der MR-01 dachte, das er im Internet gesehen hatte.

Allmählich bekam er klebrige Finger. Und er musste aufpassen, nicht in Hektik zu verfallen und womöglich etwas dabei zu beschädigen. Er rieb die Finger der einen Hand am Felsen wieder sauber, während er das seltsame Heiligtum in der anderen Hand hielt. Ganz ruhig. Sie hatten jetzt alle Zeit der Welt.

Zeit. Alles drehte sich um diesen geheimnisvollen Begriff. Die Kamera hatte zweitausend Jahre an versteckten Plätzen überdauert, aber eigentlich war sie überhaupt noch nicht hergestellt worden. Was würde geschehen, wenn sie mit dieser Kamera an die Öffentlichkeit traten, einem Gerät, das randvoll war mit einer Technik, die gerade erst in einem japanischen Labor entwickelt wurde?

Zeit. Alles war durcheinander.

Was, wenn das überhaupt nicht die Kamera war? Er versuchte, den Gedanken beiseitezuschieben.

Endlich hatte er es geschafft, ein Loch in das grobe Gewebe zu bohren. Das ließ sich jetzt erweitern. Er zerrte daran, riss Fetzen heraus, benahm sich absolut unarchäologisch. Schließlich ließ sich die Hülle, zur Hälfte aufgeschlitzt, abnehmen. Stephen nahm sich die Zeit, alles, was an abgetrennten, klebrigen

Stoffteilchen noch zu finden war, aufzusammeln und hineinzulegen.

Was er nun in der Hand hielt, war ein Stoffbeutel, der sich weich wie ein Kopfkissen anfühlte und im Mondlicht hellgrau wirkte. An einer Seite gab es einen Verschlussknoten. Stephen fragte sich, ob die Art und Weise, wie die Kamera – wenn sie es denn war – verpackt und geschützt war, auf den Zeitreisenden selber zurückging oder ob sich die Gründer des Mönchsordens das ausgedacht hatten. Irgendwie musste er die Kamera ja ursprünglich auch verpackt haben, ehe er sie dem Versteck anvertraute, in dem sie die Jahrtausende überstehen sollte.

Er löste den Knoten. Im Innern des Beutels kam zunächst einmal eine seltsam riechende, watteartige Substanz zum Vorschein, so etwas wie Baumwolle, nur dass es etwas anderes sein musste. Dieses weiche Material war um einen harten Gegenstand herumgestopft, der gut abgepolstert in der Mitte des Beutels steckte. Stephen tastete durch die Watte hindurch und fühlte – Plastik.

»Bingo«, murmelte er.

Sie sah anders aus als auf den Bildern, die er gesehen hatte, warum auch immer. Aber es war eine Kamera. Bis auf ein paar Schrammen glänzte die Plastikhülle wie neu, und auf der Seite war in schwarzen Buchstaben der Firmenname aufgedruckt: SONY. Und darunter stand, in kleineren, breitgezogenen Lettern MR–01.

Er hatte sie. Er hielt sie in Händen, und es war genau so, wie er es sich die ganze Zeit vorgestellt, wie er es die ganze Zeit über gefühlt hatte.

Zeit. Schon wieder Zeit.

Wilder Triumph erfüllte ihn.

Er sah hoch, in Judiths Augen. Ein geheimnisvoller Schimmer lag darin, oder bildete er sich das nur ein?

»Das ist sie«, sagte er, flüsterte es beinahe beschwörend.

»Die Kamera des Zeitreisenden. Die Videoaufnahme von Jesus Christus.«

Sie berührte das Gerät behutsam mit den Fingerspitzen. »Ich kann es noch gar nicht glauben ...«

Es war auch unglaublich. Es war, als hielte man den Heiligen Gral in Händen.

Alle sichtbaren Metallteile der Kamera waren empfindlich korrodiert, wenn man genauer hinsah. Das Objektiv ließ sich nicht mehr drehen, und von den Knöpfen blätterte die aufgedruckte Farbe ab, wenn man sie berührte. Er drehte das Gehäuse herum. Auch die Klappe, hinter der die Aufnahmecassette sitzen musste, ließ sich nicht öffnen. Schon der entsprechende Knopf saß fest. Er zwängte den Fingernagel in den Spalt zwischen Deckel und Gehäuse und zog das Plastikmaterial des Deckels ein paar Millimeter weit auf. Irgendetwas war darin, ja. Eine Cassette, mit einiger Fantasie. Er würde bei Tageslicht noch einmal einen Blick hineinwerfen, vielleicht sah er dann mehr.

Blieb nur noch eines zu versuchen. Stephen holte tief Luft und sah Judith an. »Er sagte, in fünfundsechzig Jahren wäre es wieder soweit gewesen. Mit anderen Worten, die Batterien haben sich fünfunddreißig Jahre lang erholt.«

Ihre Augen wurden groß. »Meinst du, das reicht?«

»Keine Ahnung. Werden wir gleich wissen.«

Er setzte das Okular ans Auge, atmete ruhig durch, legte den Finger auf den Abspielknopf. Wahrscheinlich passiert überhaupt nichts, sagte er sich, aber sein Pulsschlag schien das nicht zu glauben. Er atmete noch einmal durch und drückte auf den Knopf.

Es machte *Klick.*

Und nichts geschah.

36

Bei einem Wasserverlust von mehr als 4,5 Litern und damit über 5 % des Körpergewichts kommt es neben starkem Durstgefühl zu ersten körperlichen Behinderungen: der Speichelfluss stockt, das Schlucken wird zunehmend unmöglich, die Stimme wird rau und heiser, Mund- und Rachenschleimhäute und Augen röten sich, der Puls ist beschleunigt, Benommenheit und Desinteresse tritt auf. Es kann zu Panik kommen. Der Tod durch Verdursten tritt bei einem Flüssigkeitsverlust von mehr als 12 % des Körpergewichts ein.

Jerome K. Wilson, Überleben in der Wüste

Als er erwachte, war sein erster Gedanke: Ich *brauche Batterien!*

Erst nachdem dieser Gedanke durch sein Hirn geschossen war wie der gellende Ton des Signalhorns im Pfadfinderlager, das alle aus dem Schlaf riss, kam ihm alles andere zu Bewusstsein: wo er war, warum er hier war, und was geschehen war. Dass er Judith im Arm hielt, sie die ganze Nacht in den Armen gehalten hatte. Sie lagen immer noch zwischen den zwei großen, kalten Steinen auf sandigem Boden, und es war verdammt kalt gewesen in der Nacht.

Das hatte er natürlich immer gehört, jeder hatte ihm das erzählt: nimm dich in acht, in der Wüste kann es nachts sehr kalt werden. Er hatte es gewusst, aber er hatte es nie wirklich geglaubt. Tatsächlich hatte er es nicht fassen können, dass es in einer Wüste, die den Tag über mit Hitze und Licht auf ihn eingeprügelt hatte, durch die er lief wie durch eine gigantische Bratpfanne, dass ein solcher glühender Ofen abkühlen konnte zu Temperaturen wie im Eisschrank. Im Sommer! Kein Wunder, dass Steine zersprangen und Felsen platzten. Sie hatten sich aneinandergedrängt wie Erfrierende, hatten einander umschlungen, die kalten Nasen zusammengesteckt, und es hätte beinahe romantisch sein können, wenn es nicht so kalt gewesen wäre!

Jetzt begann es schon wieder warm zu werden. Stephen hob den Kopf, äugte in Richtung des verhalten glühenden Balls, der da mit neuer Energie am Horizont hochstieg. Auch der Wind ging wieder, pünktlich zum Beginn des Tages.

Sie mussten wohl irgendwann tatsächlich eingeschlafen sein. Judith schlief noch, das Gesicht sandig, erschöpft. Er nahm den Arm vorsichtig weg, mit dem er sie gehalten hatte, und richtete sich auf. Sein Mund fühlte sich staubtrocken an, tat richtig weh beim Schlucken. So ähnlich musste sich Dörrobst fühlen.

Sein nächster Griff galt dem Beutel. Er hatte die Kamera wieder hineingestopft und dazu die Einzelteile seines Handys, das er gestern Nacht noch zerlegt hatte in dem Versuch, mit den Batterien daraus die Kamera in Gang zu bekommen. Es war eine abenteuerliche Fummelei im Dunkeln gewesen, mit Kabeln und Haarnadeln, doch es hatte sich nichts gerührt. Jetzt, im ersten Tageslicht, besah er sich die einzelnen Teile noch einmal genauer. Es war, wie er befürchtet hatte. Die Batterien aus seinem Telefon, seit Jahren in Betrieb und mittlerweile reichlich ausgelaugt, waren nicht nur ohnehin schon fast entladen gewesen, sie hatten auch eine viel zu niedrige Spannung. Damit hatte er keine Chance. Er wog bewundernd die kleinen Batterien in der Hand, die er aus der Videokamera geholt hatte: aufladbar, stand da, und wenn man bedachte, dass sie mit einer einzigen Aufladung – sicher hatte der Zeitreisende kein Netzteil mit Aufladegerät mit in die Vergangenheit genommen, und wenn, dann hatte es ihm dort nichts genützt – zweitausend Jahre lang funktioniert hatten, dann konnte man sich nicht beschweren. *Wäre keine schlechte Werbung,* dachte er.

Er setzte das Mobiltelefon wieder zusammen, so gut es ging. Judith hatte sich Sorgen gemacht, als er darangegangen war, es auseinander zu bauen. Falls sie sich verirrten, meinte sie, war das Telefon die letzte Möglichkeit, die ihnen blieb, Hilfe herbeizurufen. Aber nicht einmal diese Möglichkeit bestand mehr; als er das Gerät wieder einschaltete, meldete es sich zwar noch mit einem Pieps, gleich darauf verlosch aber die digitale Anzeige, und nichts rührte sich mehr.

»Vielleicht, wenn wir fünfzig Jahre warten …?«, murmelte er und schob sich das nutzlose Teil in die Hemdtasche.

Judith war von dem Signalton aufgewacht. Sie schien nicht weniger zerknittert und desorientiert zu sein, als sie sich aufsetzte. Eine Weile blickte sie verschlafen umher, dann stieß sie etwas hervor, was nur ein hebräischer Kraftausdruck sein konnte.

»Ich dachte, ich hätte nur schlecht geträumt«, meinte sie dann unglücklich.

Stephen sah sie an. Selbst mit ihrem heillos zerwühlten Haar gefiel sie ihm. »Mach keine Witze«, meinte er. »Ich war mir sicher, dass das hier der schlechte Traum ist.«

»Stephen …« Sie warf ihm einen verschleierten Blick zu, den er nicht so recht zu deuten wusste, und schüttelte sacht den Kopf. »Immer cool. Egal, wie es steht.« Sie seufzte und rappelte sich hoch. »Ich habe Durst.«

Stephen zuckte nur mit den Schultern. Es konnte doch nicht so schwierig sein, aus dieser Wüste herauszufinden. Klar, das hier war der Negev, eine richtige Wüste, aber doch klein und überschaubar, handlich gewissermaßen. Soweit er sich an die Karte erinnerte, zudem von zahllosen Straßen durchzogen, Wüstenpisten zwar nur, aber klar definierte Wegmarken. Um sich zu verlaufen, war einfach nicht Platz genug.

»Lass uns den Morgen nutzen, ein Stück voranzukommen«, schlug er vor.

»Und wohin sollen wir gehen?«

»Irgendwohin«, meinte Stephen, »wo es Batterien gibt.«

Sie gingen nach Westen. Langsam, hintereinander. Eine Weile lang befiel sie ein regelrechtes Mitteilungsbedürfnis, das sie dazu brachte, sich gegenseitig zu erzählen, was sie über das Überleben in der Wüste gelernt hatten. Judith hatte in der Armee ein Überlebenstraining mitgemacht, drei Tage lang allerdings nur, und sie war damals schlecht drauf gewesen und hatte kaum etwas mitbekommen. Natürlich waren auch elende Tagesmärsche mit vollem Gepäck Teil der militärischen Ausbildung gewesen. Ihre diesbezüglichen Schilderungen verursachten Stephen einen gelinden Schauer, und so oft er sie auch verstohlen musterte, konnte er diese Erzählungen nicht so recht mit der schlanken, fast zarten Frau verbinden, die er sah.

Er hatte, abgesehen davon, dass er stets aufmerksam den Erzählungen der Veteranen der *Explorer's Society* gelauscht hatte, einmal an einem Überlebenstraining teilgenommen: zehn Tage in den endlosen Wäldern Kanadas. Die Stillung des Durstes war dabei zwar auch Tagesordnungspunkt gewesen, aber nicht wirklich ein Problem.

Natürlich kannten sie beide die gängigen Tricks, in der Wüste Wasser zu beschaffen. Der bekannteste, auf den man praktisch in jedem Buch, jedem Film und jedem Comic stieß, war der, ein trichterförmiges Loch in den Boden zu graben, eine Blechbüchse am tiefsten Punkt einzugraben und dann eine Plastikfolie darüber zu spannen, sie am Kraterrand mit Steinen oder Sand zu beschweren und abzudichten und in ihre Mitte einen Stein zu legen, sodass die Folie trichterförmig durchhängt und sich gleichzeitig strafft. Scheint die Sonne darauf, entsteht darunter eine enorme Treibhaushitze, sodass die Bodenfeuchtigkeit, die in Spuren selbst in scheinbar staubtrockenem Sand vorhanden ist, verdunstet, nach oben steigt, an der Folie kondensiert und Tropfen um Tropfen nach unten rinnt, um sich in der Büchse zu sammeln.

Tolle Theorie. Nur hatten sie weder eine Plastikfolie dabei noch eine Blechbüchse, noch die Zeit und Energie, derartige Löcher zu graben und dann stundenlang daneben auszuharren.

Einig waren sie sich darüber, dass sie vor allem verhindern mussten, mehr zu schwitzen als irgend notwendig. Das hieß: sich langsam bewegen, die Kleidung anbehalten, nach Schatten suchen. Sie würden, sobald die Sonne noch höher stieg und es anfing, wieder richtig heiß zu werden, nach einem Unterschlupf suchen, wo sie den Rest des Tages verbringen konnten, um dann in den Abendstunden und nachts weiterzumarschieren. Alles kein Problem. Außerdem mussten sie nach einigen Kilometern ohnehin auf die Sinai-Straße stoßen.

Das Mitteilungsbedürfnis ließ nach, je höher das Zentralgestirn in ihrem Rücken stieg. Die Worte schienen förmlich zu verdunsten. Und ausgerechnet jetzt trotteten sie durch eine Landschaft, die eben war, ohne den geringsten schattigen Spalt, ohne größere Felsen, ohne irgendeine Formation, die auch nur entfernt als Unterschlupf für die Tageshitze getaugt hätte.

»Soviel zum Unterschied zwischen Theorie und Praxis«, brummte Stephen mit spröden Lippen und sah sich mit einem wachsenden Gefühl der Beunruhigung um. Die Gegend sah aus wie ein gottverdammter riesiger Parkplatz. Nur dass niemand hier parkte und dass zu viel Kies herumlag.

Und die Sonne brannte herunter wie blöde.

Schritt um Schritt. Einen Fuß vor den anderen. Den Punkt am Horizont nicht aus den Augen lassen. Und der Durst. Er hatte es schließlich Judith gleichgetan und einen kleinen, glatten Kiesel in den Mund genommen, um daran zu lutschen. Man konnte sich einbilden, dass das den Durst linderte, zumindest das qualvolle Bedürfnis zu saugen.

Niemand war zu sehen. Das wunderte Stephen am meisten: dass man sie nicht verfolgte. Es hätte ein Leichtes sein müssen, hier, wo sie wie auf dem Tablett liefen. Ein simpler Hubschrauber ... Es gab kein Versteck, keinen Unterschlupf. Nur flaches Land und brennende, sengende Hitze, die kaum noch auszuhalten war.

Vor ihnen, in unvorstellbarer Entfernung, flimmerten Umrisse schroffer, schwarzgebrannter Bergzüge durch den flirrenden Sonnenglast. Jeder Schritt hätte sie eigentlich diesen Hügeln, in denen es sicher schattige Risse und Spalten, womöglich sogar Berge oder feuchte Stellen gab, näher bringen müssen. Aber jemand hatte die Berge auf Räder gesetzt, zog sie genauso schnell, wie sie sich ihnen näherten, wieder von ihnen fort.

Nur nicht stehen bleiben. Wenn er stehen blieb, das wusste er genau, würde er es nicht fertig bringen, sich wieder in Bewegung zu setzen, und das würde dann das Ende sein.

Immer wieder fühlte er nach dem Beutel, in dem gut gepolstert die Kamera ruhte. Er hatte ihn vorne im Hemd stecken, ein weiches, lästig warmes Bündel, das sich allmählich mit seinem Schweiß vollsog. Jahrhunderte hatte dieses Gerät in kühlen, feuchten Verstecken verbracht, über tausend Jahre in einem Felsquader der Tempelmauer, den Rest im Schrein des Wüstenklosters. Und nun schleppte er es durch die lodernde Hitze des Negev. Konnte das gut sein? Konnte es sein, dass irgendetwas darin Schaden nahm durch die extreme Temperaturänderung?

Judith, die gerade die Führung übernommen hatte, blieb stehen, drehte sich zu ihm um und wies mit einer kraftlosen Geste in eine Richtung, die fast senkrecht zu ihrer Marschroute lag, ungefähr im Süden. Stephen sah in die Richtung, in die sie wies, und erschrak dabei, wie hoch die Sonne schon am Himmel stand, wie grell sie flammte, als ob sie wütend sei und sich vorgenommen hatte, sie beide zu vernichten.

»Was?«, krächzte er, denn er sah nicht, was sie meinte.

Sie sah ihn an mit einem leidenden, eingefallenen Gesicht. »Da ist irgendwas«, brachte sie heraus. »Ein Auto oder so was.«

Jetzt sah er es auch – ein dunkler, rechteckiger, metallener, künstlich wirkender Gegenstand. Ein Lichtreflex, wenn man genau an der Stelle war, an der Judith stand, wie von einem Spiegel im Sonnenlicht. Ein Auto! Ein Auto würde noch Wasser im Kühler haben. Ein Auto hatte eine Batterie. Eine Batterie! Zwölf Volt Spannung, damit konnte er etwas anfangen. Er würde sehen, was auf dem Video war.

»Los!«, machte er, aber vielleicht war es auch nur ein sinnloser Laut, den er über die Lippen brachte. Er ging voran. Ein irrwitziges Kichern gluckerte durch den Hintergrund seiner Gedanken; hatte er nicht vorhin gedacht, dass dieser Teil der Wüste dalag wie ein riesiger Parkplatz von Horizont zu Horizont? Ein Parkplatz – und da stand das einzige Auto darauf! Sein Zwerchfell hüpfte ein bisschen, während er marschierte, als wolle es anfangen zu lachen, aber der restliche Körper war zu ausgemergelt für derlei Anstrengungen.

Es war tatsächlich ein Auto, ein kleiner europäischer Wagen, der, ehe die Sonne angefangen hatte, ihn zu bearbeiten, einmal weiß gewesen sein musste: Inzwischen hatte der Lack an allen Stellen, die dem Licht ausgesetzt waren, eine undefinierbare schmutzig-bräunliche Farbe angenommen. Es war ein VW, soweit Stephen das beurteilen konnte. Alles, was an dem Wagen aus Chrom gewesen war, fehlte, auch die Beschriftungen auf der Heckklappe. Der Lichtreflex war von einer halb zerbrochenen Seitenscheibe ausgegangen, die übrigen Glasscheiben waren verschwunden, ebenso die Reifen, die Sitze, das Lenkrad und alle Instrumente, der Ganghebel, überhaupt alles, was man an einem Autowrack abschrauben, herausnehmen oder sonst anderweitig verwenden konnte.

Mit einem unguten Gefühl hob Stephen die nicht ganz geschlossene Motorhaube. Auch hier hatte sich jemand ungeniert bedient. Aber der Kühler war noch vorhanden, und auch Motorblock und die Batterie schienen den Fledderern zu schwer gewesen zu sein.

Der Grund, aus dem sie den Kühler nicht mitgenommen hatten, war leider allzu offenkundig: Er war geplatzt. Judith gab einen leisen, schmerzvollen Laut von sich, als sie den Verschluss aufdrehte und feststellen musste, dass das Innere tatsächlich trocken und leer war.

Stephen schluckte mühsam, bewegte den ausgetrockneten, rissigen Mund. »Wahrscheinlich ist er deswegen liegen geblieben«, meinte er. »Kühlerschaden.«

Und die Batterie? Stephen spürte seine Finger beben, als er nach den Verschlussstopfen griff, einen davon gegen einen knirschenden Widerstand aufschraubte. Leer. Die Markierung, die die korrekte Höhe des Flüssigkeitsstandes in der Batterie anzeigte, hatte sich schon braun verfärbt. Absolut leer und vertrocknet. Er schraubte auch die restlichen Stopfen auf. Überall dasselbe.

Es war sinnlos, und Stephen wusste, dass es sinnlos war, aber er musste die Kamera hervorziehen, musste ewige Viertelstunden damit verbringen, irgendwelche übrig gebliebenen Kabel von ihrer Isolierung zu befreien, mit den Polen der Batterie zu verbinden und dann mit den entsprechenden Kontakten an der Kamera. Musste in den Sucher schauen, tief durchatmen voll der irrsinnigen Hoffnung, dass entgegen allem Augenschein, allem technischen Wissen und entgegen aller physikalischen Gesetzmäßigkeiten diese ausgetrocknete Batterie noch einmal einen Stromstoß von sich geben würde, wenigstens so viel, dass der winzige Bildschirm im Okular der Videokamera einen Moment lang aufblitzen und ihn das sehen lassen würde, was Bruder Felix vor fünfunddreißig Jahren gesehen hatte. War das zu viel verlangt in diesem Land der Wunder? War das zu viel erwartet in dieser Wüste, in der der Herr einst Manna hatte regnen lassen für die Seinen? Sie waren kaum fünfzig Meilen entfernt von demselben Roten Meer, das sich für Moses geteilt hatte. Das verlangte er ja gar nicht. Alles, was er wollte, war eine Sekunde lang Strom.

Er drückte die Abspieltaste. Das Wunder blieb aus.

Enttäuscht ließ er sich neben Judith, die sich in den schwachen Schatten des Wracks gesetzt hatte, auf den Boden sinken. Das heiße Blech brannte im Rücken. Es war nicht dasselbe wie der Schatten eines Felsens, aber es tat gut, wenigstens einen Moment lang nicht dem heißen, gnadenlosen Licht ausgesetzt zu sein. Judith sah ihn an. Er schüttelte den Kopf. Nichts.

Er hätte sich eine Auszeit gewünscht. Einfach mal für ein paar Stunden aus der sengenden Hitze verschwinden, um auszuruhen, Kräfte zu sammeln, nachzudenken. Vor allem das Nachdenken fiel ihm immer schwerer. Mehr und mehr begannen die Gedanken, durcheinander zu gehen, wie in einem fiebrigen Traum. Er wusste schon nicht mehr genau zu sagen, was wichtiger war – Batterien zu finden oder Wasser. Dunstige, wirre Bilder taumelten durcheinander, ließen ihn sich selbst sehen, wie er in der Wüste verschmachtete. Es war, als sei er schon nicht mehr richtig wach, sondern schlafe mit offenen Augen. Solche Bilder ließen ihn hochschrecken, für einen Moment klar werden, und dann spürte er eine ungeheure, fassungslose Angst, er könnte sterben, ohne das Video gesehen zu haben, das in der Kamera steckte. Das durfte nicht sein. So ungerecht konnte das Universum nicht sein. Er war so dicht dran, das durfte nicht sein, dass er so kurz vor dem Ziel scheiterte.

»Sag mal«, flüsterte er schließlich, »wir sind doch nicht wirklich in Gefahr, oder? Wir gehen die ganze Zeit nach Westen; es muss doch demnächst die Sinai-Straße kommen, oder?«

Sie reagierte erst nicht, starrte nur teilnahmslos vor sich hin. »Ich weiß nicht mehr, wo wir sind«, gab sie schließlich zurück.

»Aber wir können die Straße doch noch nicht überquert haben, ohne es zu merken, oder?« Wie lange war das Volk Israel durch die Wüste Sinai geirrt? Vierzig Jahre, wenn er sich recht erinnerte.

Aber da war nichts gewesen. Sie hatten keine Straße passiert. Nichts, was entfernt nach Straße ausgesehen hätte. Unmöglich.

Judith sah ihn an. Sie sah erschöpft aus, zu Tode erschöpft. »Geht dein Telefon wirklich nicht mehr?«

Er schüttelte den Kopf.

Sie seufzte und sah wieder geradeaus. »Wenn man's einmal wirklich brauchen könnte ...«

Sie saßen. Die Sonne stieg höher, verkleinerte den Schatten. Es schien unmöglich, sich jemals wieder von hier zu erheben. Sie würden sitzen bleiben, bis die Sonne über das Wagendach kam, um sie zu grillen. Stephen holte den Stoffbeutel mit der Kamera heraus, nahm die Kamera heraus, die so seltsam klein war, kaum größer als ein Notizbuch, und so leicht, und wog sie in der Hand.

»Glaubst du, das ist wirklich alles wahr?«, fragte Judith, die ihn beobachtet hatte.

»Wie meinst du das?«

»Sie sieht so neu aus.«

Stephen drehte sie in seinen Händen. »Ist sie ja auch. Eigentlich gibt es sie überhaupt noch nicht.«

»Und wenn wir hier heil herauskommen und sie nach Japan bringen, was geschieht dann?«

»Keine Ahnung.« Das konnte einem den Schädel sprengen, darüber nachzudenken. »Sie würden sie auseinandernehmen, herausfinden, wie sie funktioniert, und dann nachbauen. Das machen die Japaner doch immer so.«

»Und wer hat sie dann erfunden?«

Stephen wollte antworten, aber seine trägen, verdurstenden Gedanken verknoteten sich und kamen zum Stillstand. Keine Antwort. Es gab keine Antwort. Zu viele Wenn und Aber. Eine Gleichung mit überzähligen Unbekannten.

Aber wenn man die Wenns und die Abers wegließ ...

»Gute Frage«, würgte er hervor. Er sah die Kamera an in seinen Händen. Wenn alles wahr war, wenn dieses Gerät wirklich durch die Zeit gereist war und eigentlich aus einer Zukunft stammte, die noch drei oder vier Jahre entfernt war, wenn man alles, was geschehen war, als unabänderlich betrachtete ...

... dann hieße das, dass sie etwas über die Zukunft wussten. Etwas, das ihm Angst machte. Etwas, das unabwendbar geschehen würde.

Judith sprach es aus. »Die einzige Antwort ist, dass es nicht geschehen *wird*«, überlegte sie, dachte Schritt für Schritt unbefangen vor sich hin, wie jemand, der neugierig einen Weg entlangspaziert, immer wissen will, wie es hinter der nächsten Ecke aussieht, und nicht weit genug voraussehen kann, um zu ahnen, wo der Weg enden würde. »Die Möglichkeit besteht überhaupt nicht. Egal, ob wir denken, dass es geschehen könnte. Die Kamera *wird* nicht nach Japan gelangen. Das heißt...« Jetzt sah sie es. Ihre Augen wurden unnatürlich groß.

»Ja«, sagte Stephen nur.

Das war es also, was man Schicksal nannte. Er hielt es in der Hand. Mit müden Bewegungen stopfte er das kleine Gerät, dessen Plastikverkleidung so neu aussah, in den Beutel zurück, zwischen die wattigen Flocken.

»Lass uns weitergehen.«

Der Durst wurde mörderisch. Erbarmungsloses Verlangen nach Wasser, nach Flüssigkeit brannte in jeder Zelle des Körpers. Oder wenn er Batterien finden würde. Er wusste nicht genau, wieso, aber das würde das Verlangen auch stillen.

Die Beine bewegten sich von alleine. Die Lunge arbeitete wie ein Blasebalg. Die ganze Welt war längst versunken, es gab nur noch dieses flache, steinige Stück unmittelbar vor ihm.

Es würde nicht mehr lange gehen. Sie waren gezeichnet. Er hatte vergessen warum, aber ihr Schicksal stand unabänderlich fest. Sengende Todesfinger griffen schon nach ihnen, dörrten den letzten Tropfen Leben aus ihnen heraus. Sie schwitzten längst nicht mehr.

Ein Gedanke tauchte in ihm auf, seltsam drängend und zusammenhanglos.

»Wir hätten miteinander schlafen sollen«, sagte er.

»Was?«, schreckte Judith hoch.

»Wenn wir hier sterben, wird es mir leid tun, dass wir nicht miteinander geschlafen haben.« Das musste noch gesagt werden.

Sie sah ihn an mit einem Blick, in dem Verletztheit schimmerte. »Ist das alles, was du im Leben willst von einer Frau?«

Da hatte er etwas, worüber er nachdenken musste die nächsten hundert oder tausend Kilometer.

Dann war da plötzlich diese hohe Gestalt vor ihnen. Ein Mann auf einem Kamel. Ein Beduine, der aus rätselhaften Augen auf sie herabblickte. Stephen starrte ihn an, während Judith sprach. Er hörte nur das Wort »Sinai« heraus.

Der Wüstensohn nickte gelassen und wies mit einer Hand in eine ganz andere Richtung als die, in die sie marschiert waren.

Judith fragte etwas anderes, nach Wasser vielleicht. Aber der Mann neigte bedauernd den Kopf. Er hatte kein Wasser, oder vielleicht wollte er ihnen einfach keines geben. Er hatte sein Kamel, das ihn an sein Ziel bringen würde, ehe Durst ein Problem werden konnte.

»Salaam aleikum«, verabschiedete er sich schließlich, als passiere ihm das ständig, dass er verirrte Wanderer in der Wüste traf, und setzte, ehe er nach den Zügeln seines Kamels griff, wieder den dünnen Metallbügel eines Kopfhörers auf, der während der Unterhaltung lose um seinen Hals gelegen hatte.

»Da!«, entfuhr es Stephen. Er zeigte auf den Kopfhörer. »Was ist das?«

Der Beduine sah ihn irritiert an, nahm die Kopfhörer wieder ab. Er warf Judith einen fragenden Blick zu. Die sagte etwas, worauf er unter seinem Burnus einen silberglänzenden Cassettenrecorder hervorholte und ihn Stephen zeigte. »SONY Walkman«, sagte er dazu mit näselndem arabischem Akzent.

»Ein Walkman!«, krächzte Stephen. »Ein original SONY-Walkman!« Ein irrsinniges, gackerndes Lachen brach aus ihm heraus, beutelte ihn, schien seinen verschmachteten Körper zerbrechen zu wollen.

»Stephen!«, mahnte Judith. »Was soll das?«

Der stolze Sohn der Wüste, sichtlich indigniert über Stephens Lachkrampf, schob das Gerät mit steinernem Gesicht wieder zurück unter den hellen, weiten Umhang.

»Nein, halt!«, rief Stephen und streckte die Hand aus. »Entschuldigen Sie. Es tut mir leid. Judith, bitte sag ihm, dass es mir leid tut. Frag ihn, ob ich die Batterien haben kann. Bitte!«

»Was willst du denn mit den Batterien?«

Das wusste er auch nicht so genau. Batterien waren irgendwie wichtig. Und ein SONY-Walkman war irgendwie witzig. Als Kind hatte er sich immer einen gewünscht, aber nie bekommen. Von seinem ersten selbstverdienten Geld hatte er sich schließlich einen gekauft, genau so einen.

Aber wann und wo war das gewesen? Er konnte sich nicht mehr erinnern. Nur, dass er die Batterien brauchte.

»Frag ihn!«

Sie sagte etwas auf Arabisch. Er hatte nicht gewusst, dass sie Arabisch sprach. Er wusste so vieles nicht über sie, und jetzt war es zu spät.

Der Beduine musterte ihn von oben bis unten und schüttelte dann kurz den Kopf. Mit seiner stolzen Hakennase sah er aus wie eine mythologische Figur, und aus seinen Augen sprach kalte Ablehnung.

Stephen griff in seine Hosentaschen, fand einen zusammengeknüllten Geldschein, einen Fünfzigdollarschein sogar, faltete ihn hastig auseinander und streckte ihn dem Beduinen hin.

»Die Batterien, bitte! Ich zahle fünfzig Dollar!«

»Stephen, was soll das? Du fängst doch überhaupt nichts an mit den paar Batterien. Du machst dich nur lächerlich ...«

»Fünfzig Dollar!«, wiederholte Stephen hartnäckig. »Nur die Batterien!«

Der Araber faltete die Hände auf dem Knauf seines Sattels, die Zügel griffbereit haltend, und sagte etwas zu Judith. Das Kamel betrachtete derweil die beiden Wanderer mit stumpfer Gleichgültigkeit.

»Was sagt er?«

»Er sagt, wenn dir die Batterien fünfzig Dollar wert sind, dann sind sie dir sicher auch hundert Dollar wert.«

»Na klar!«, rief Stephen und fasste sich wieder in die Hosentaschen. »Hundert Dollar, ja.«

Er begann wie wild zu suchen, fand aber nichts mehr. Nichts, nicht eine Münze, geschweige denn einen Schein. Er sah zu dem Beduinen auf, der reglos abwartete. »Tut mir leid, ich habe nicht mehr. Nur fünfzig Dollar.«

Der Wüstensohn verstand offenbar doch mehr Englisch, als er zunächst zugegeben hatte. Er neigte den Kopf, verzog den Mund zu einem hochmütigen Lächeln und sagte mit leiser Schärfe: *»Then have a nice day!«* Damit fasste er die Zügel und jagte davon wie ein Sandsturm.

Stephen sah ihm verständnislos nach. Fünfzig Dollar war doch ein guter Preis für ein paar Batterien, oder?

Wo blieben die verdammten Hubschrauber? Es war doch nicht zu fassen. Vor ein paar Tagen, als sie noch nichts wussten und noch nichts hatten, hatte jeder ihrer Schritte unter Bewachung gestanden. Und jetzt, als sie alles wussten und alles hatten, suchte man nicht einmal mehr nach ihnen!

Nichts. So oft er sich auch drehte, der Himmel war klar und leer bis zum Horizont. Und der Boden ringsum flimmerte, als wären sie von Wasser umgeben.

Judith sagte mit zischender, keuchender Stimme Dinge zu ihm, über ihn, die unfreundlich klangen. Er verstand nicht, warum sie das tat. Aber sie erbrach alle diese Worte förmlich, gab sie von sich wie giftigen Ballast, als müsse sie sich davon reinigen und befreien.

Aber sie war doch all diese Wege mit ihm gegangen. Warum hatte sie das getan? Er verstand nicht, was sie wollte, wurde immer einsilbiger, hörte auf, sich zu verteidigen, schwieg.

Dann war Judith am Ende, verstummte mit einem kieksenden Laut.

Er war froh, dass es vorbei war. Er wollte nur noch einen Satz sagen, etwas, um die ganze Sache abzuschließen, abzurunden, einen Strich darunter zu ziehen, sie zu erledigen. Man konnte das ja nicht so stehen lassen.

Doch nach dem einen Satz musste er noch einen zweiten sagen, und dann noch einen und noch einen, und plötzlich war es, als bräche ein Damm in ihm, groß wie der Hoover-Staudamm, und dahinter hatte alle Wut, aller Hass, alle Verzweiflung gelagert, die er je empfunden hatte. Er hörte sich krächzend schreien, sah sich toben wie ein verrückt gewordenes Skelett, spürte all das Eklige, Verdorbene aus sich herausfluten, und es traf alles auf Judith, die ihn hilflos ansah, aber er konnte nichts dagegen tun.

Dann war es vorbei. Er war leer. Sein Mund tat weh, blutete aus ein paar eingerissenen Stellen. Judith hatte aufgehört, ihn anzusehen, ging einfach weiter, genau wie er.

Doch plötzlich sah er, wie sie in einem Bein einknickte, stolperte. Noch ehe er reagieren konnte, fiel sie in sich zusammen.

»Judith ...« Die glasige Luft schien aus Gallerte zu bestehen, nur zeitlupenhafte Bewegungen zu erlauben, die ungeheuer viel Kraft verschlangen. Er kniete neben ihr zu Boden, hob sie auf, bettete ihren Kopf auf seinen Schoß. Sie blutete aus einer Platzwunde an der Stirn, nichts Großes. Ihre Augen waren geschlossen. »Judith!«

Sie hob die Augendeckel so mühsam, als wögen sie Tonnen, und sah ihn traurig an. Ihre Augen waren gerötet. Er sah ihre Halsschlagader wie verrückt pochen.

Sie machte den Mund auf und zu, versuchte zu sprechen, aber es fiel ihr schwer. Er musste sich hinabbeugen, um sie zu verstehen.

»Ich dachte die ganze Zeit ...«

Sie brach ab, schüttelte den Kopf, schwach. Schloss die Augen wieder.

»Was?«, flüsterte er.

»Ich dachte ... du ...«

»Ich?«

»Nichts.«

Es tat gut, als der große, breite Schatten über sie fiel. Schritte, hinter ihnen, rechts und links, um sie herum. Es roch nach Benzin, nach Abgasen, nach verbranntem Gummi und heißen Bremsen, nach Rasierwasser.

Ein Mann in einem taubenblauen, zweireihigen Anzug trat vor sie. Seine Schuhe waren so blank geputzt, dass sie glänzten. Er hatte eine goldene Krawattennadel. Der Mann schien nicht einmal zu schwitzen, und er streckte die Hand aus. So hatte sein Vater die Hand ausgestreckt, als er ihn einmal aus dem Kindergarten abgeholt hatte, und er hatte auch immer solche Anzüge getragen.

»Geben Sie mir die Kamera, Stephen«, sagte der Mann. »Wir kümmern uns dann um Sie.«

Das war nicht sein Vater. Sein Vater hatte sich nie um ihn gekümmert. Er hatte immer verlangt, dass seine Kinder stark waren, stark und selbständig. Es tat gut, dass sich einmal jemand um einen kümmern wollte. So gut. Mit einem schmerzenden Gefühl in den Augenwinkeln, weil keine Tränen kommen wollten, holte er das Bündel aus seinem Hemd.

37

In der Nacht von Dienstag auf Mittwoch stellte der diensthabende Nachtwächter Samuel Rosenfeld bei seinem letzten Rundgang um 7:15 früh fest, dass das Vorhängeschloss, das seit zwei Tagen provisorisch die Tür zum Restaurationslabor sicherte, entfernt war. Das Wachprotokoll weist ansonsten keinerlei Unregelmäßigkeiten auf.

Aus dem Polizeibericht

Es war kühl, als er erwachte. Er musste geschlafen haben, ja, und es hatte gut getan. Die Kühle ringsumher schien die Hitze aufzusaugen, die immer noch in seinem Körper gespeichert war und nach allen Seiten abstrahlte. Und es war dunkel. Nein, nicht eigentlich dunkel. Er wusste nicht, wo er war. Er sah kahle, matt glänzende Metallwände, Reihen schimmernder Nieten darauf, eine Decke aus Metall. Durch schmale Luken dicht unter der Decke drang etwas Licht herein, genug.

Eine Frau beugte sich über ihn. Sie trug einen weißen Kittel und sah ihn aufmerksam an. Er war sich sicher, dass er sie noch nie gesehen hatte. Sie hängte einen durchsichtigen, mit klarer Flüssigkeit prall gefüllten Plastikbeutel an einen Metallhaken über ihn, befestigte einen Plastikschlauch daran, der unter einem Verband an der Oberseite seiner rechten Hand endete.

»Was ...?«, begann er krächzend. »Was machen Sie da?«

Die Frau sah zu ihm herunter und lächelte nur freundlich.

Er hob mühsam den Arm, betrachtete den Anschluss auf seiner Hand. Was hatte das zu bedeuten?

Die Frau verschwand. Ein anderes Gesicht erschien über ihm, das Gesicht eines alten, weißhaarigen Mannes.

Er kannte dieses Gesicht. Professor Wilford-Smith. Jetzt fiel ihm alles wieder ein. Die Wüste. Die Hitze. Judiths Zusammenbruch.

Judith!

Er drehte den Kopf zur Seite, was scheußlich weh tat, suchte nach ihr. Ja, da neben ihm lag sie, auch auf einer zusammengeklappten Liege, auch am Tropf, und schlief. Jemand hatte ihr Gesicht gewaschen.

Er erinnerte sich. Man hatte ihnen zu trinken gegeben, eine salzige Flüssigkeit, die leicht nach Orangen geschmeckt hatte. Viel davon, er hatte bestimmt einen ganzen Eimer voll getrunken. Hatte gewürgt, aber nichts erbrechen können, und noch mehr getrunken. Dann wusste er nichts mehr.

»Wo sind wir?«

Der Professor hob den Kopf und sah sich um, als frage er sich das auch schon die ganze Zeit. »Das ist ein Übertragungswagen«, sagte er.

»Und was geschieht hier mit uns?« Er blickte zu dem Infusionsbeutel hin.

Der alte Wissenschaftler lächelte traurig. »Das ist nur eine Kochsalzlösung. Flüssigkeit eben. Sie beide waren stark dehydriert, als wir Sie fanden.«

»Dehydriert?«

»Es hat nicht mehr viel gefehlt.«

Stephen Foxx schloss die Augen. Jetzt, da die Erinnerung zurückkehrte, verspürte er zu seiner eigenen Verwunderung so etwas wie Scham. Es war hochmütig gewesen, ohne jede Ausrüstung, ohne Vorbereitung durch die Wüste zu marschieren. Leichtfertig das Leben aufs Spiel zu setzen, für ein Wettrennen, um etwas zu beweisen, um zu gewinnen. Es war falsch gewesen, Judith da mit hineinzuziehen.

»Wie haben Sie uns überhaupt gefunden?«

»Das war nicht leicht. Sie waren nicht dort, wo man Sie gesucht hat. Kaun hat schließlich kurzerhand Beobachtungszeit auf russischen Spionagesatelliten gekauft, und die haben Sie ausfindig gemacht.«

»Was? Die Russen?«

»Ja.«

Stephen versuchte sich vorzustellen, was geschehen war. »Wir sind zuerst nach Süden, und dann immer nach Westen. Wir wollten zu der Straße entlang der Grenze zum Sinai.«

Der Archäologe hob die Augenbrauen. »Wie ich Kaun kenne, wird er es sich nicht nehmen lassen, Ihnen die Bilder zu zeigen. Man erkennt Sie beide gut, selbst aus dem Weltraum. Und Sie werden sich wundern, wo Sie überall gewesen sind.«

»Ah.« Auch das noch. Sie hatten sich verlaufen. Aber wieso? Sie waren doch immer auf die Berge zumarschiert ...?

»Was ist mit der Kamera?«

Professor Wilford-Smith wandte den Blick auf einen Punkt, der über Stephens Kopfende lag. Stephen verdrehte den Hals. Dort war eine Trennwand mit einer schmalen, verschließbaren Durchgangstür und einem großen Glasfenster, hinter dem ein schwarzer Vorhang zugezogen war.

»Kaun ist da drin. Schon ziemlich lange. Er hat sich ein paar Batteriepacks geben lassen und sich dann damit eingeschlossen.«

Mit einem unwillkürlichen, klagenden Laut sank Stephen zurück. Verloren! Er hatte das Rennen verloren, verdammt noch mal. Vor Enttäuschung traten ihm Tränen in die Augenwinkel. Es war so ungerecht, so verdammt ungerecht. Er hatte sich angestrengt, hatte gekämpft, hatte all seinen Mut und seine Entschlossenheit in die Waagschale geworfen – und Kaun mit seinen Millionen hatte einfach nur die Intelligenz, das Know-how und die technischen Einrichtungen der Russen, die auf jeden Cent angewiesen waren, zu kaufen brauchen, um zur richtigen Zeit an der richtigen Stelle sein und ernten zu können, was er nicht gesät hatte. Es war ein Kampf von David gegen Goliath gewesen, und diesmal hatte Goliath gesiegt. Goliath siegte immer, so war das. Die frommen alten Geschichten, die etwas anderes erzählten, waren einfach nur das – fromme alte Geschichten.

Er schloss die Augen, und im nächsten Augenblick tauchte das Gesicht von Bruder Gregor auf. Das hatte so gut geklungen – die Stunde der Bewährung. Die alte Prophezeiung von den Mächten des Lichts und den Mächten der Dunkelheit, die um den Besitz des Heiligtums streiten. Auch wenn er innerlich gelächelt hatte bei den Worten des Mönchs – etwas in ihm hatte diesen Worten geglaubt, hatte sich stark gefühlt dadurch, hatte Gott an seiner Seite gewähnt.

Und nun? Hatte er versagt? Es kam darauf an, was Kaun mit dem Video vorhatte. Sicher würde er es, in der einen oder anderen Form und sicherlich so, dass er dabei maximalen Profit abschöpfen konnte, auf seinen Fernsehkanälen zeigen. Die ganze Welt würde es sehen. Und mehr war es nicht, was er dem Abt versprochen hatte.

Und er würde es schließlich auch sehen. Es würde ein schaler Geschmack dabei sein, und wahrscheinlich würde er sich noch einige Zeit gedulden müssen und dann längst zu Hause auf der Couch sitzen, zugleich mit Millionen anderer Neugieriger, die die entsprechenden Ankündigungen verfolgt haben würden, aber er würde es sehen. Immerhin. Das hätte er zwar auch einfacher haben können, aber er würde es letztlich sehen.

Vielleicht durfte man mehr nicht erwarten.

In diesem Augenblick fuhrwerkte jemand von außen an den Verriegelungen der hinteren Ladetüren herum, einer der Türflügel öffnete sich und ließ einen blendend hellen Lichtstreifen herein. Drei Männer kamen über eine Gittertreppe hereingestiegen, zogen die Tür hinter sich zu und verriegelten sie wieder.

Stephen sah sie an und konnte erst nicht einordnen, was er sah. Er bekam mit, wie die Gestalt des Professors, der sich auf einen Stuhl gesetzt hatte, sich versteifte, als kenne er die Leute und als sei es keine Bekanntschaft, die zu vertiefen ihm angenehm war.

Es waren Priester. Zwei jüngere und ein älterer in ihrer Mitte. Jedenfalls trugen sie lange schwarze Priesterröcke und die unverkennbaren Kragen.

Die Kirche. Eisenhardt fiel ihm wieder ein, ihr Treffen in der Bibliothek. Kaun habe geplant, alle Funde für zehn Milliarden Dollar an die katholische Kirche zu verkaufen. Oh, dieser Hund! Nicht nur, dass ihm sein Reichtum geholfen hatte, den Sieg zu erringen, der Sieg würde diesen Reichtum auch noch in schier unvorstellbarer Weise vermehren. Zehn Milliarden Dollar. Das durfte nicht wahr sein.

»Guten Tag«, sagte der Mann in der Mitte der Gruppe mit gekünstelt wirkender Sanftmut. »Mein Name ist Pater Scarfaro. Ich würde gern Mister Kaun sprechen, wenn das möglich ist.«

Professor Wilford-Smith rümpfte die Nase. »Ich fürchte, er ist gerade sehr beschäftigt.«

Die Miene des Mannes, der sich Pater Scarfaro genannt hatte, verdüsterte sich in einer Weise, die deutlich machte, dass die Bitte gerade eben nur rhetorisch gemeint gewesen war. »Ist er da drin?«, fragte er und deutete auf die Tür zum vorderen Teil des Wagens.

Der Professor nickte nur.

Scarfaro trat an die Tür und klopfte überaus vernehmlich. Von drinnen kam ein unverständlicher Laut. Der Priester stellte sich wieder zwischen seine beiden Begleiter und meinte, an den alten Wissenschaftler gerichtet: »Er erwartet uns.«

Stephen fühlte endlose Enttäuschung. Es war also schon abgemachte Sache. Die Kirche würde das Video bekommen. Die würde es zeigen oder in den päpstlichen Geheimarchiven verschwinden lassen, je nachdem, wie ihr das, was darauf zu sehen war, in den Kram passte. Prima.

Die Verbindungstür wurde aufgerissen, Kaun schoss heraus, hemdsärmelig, das Haar zerzaust, auf fremdartige Weise anders, menschlicher, als Stephen ihn in Erinnerung hatte. Er hatte die Kamera in der Hand.

»Das müssen Sie sich ansehen, Professor!«, rief er. »Die ganze Welt muss sich das ansehen, die ganze ...«

Erst jetzt fiel sein Blick auf Scarfaro und seine Begleiter, und er hielt abrupt inne.

»Wie kommen Sie denn hierher?«, fragte er konsterniert.

Scarfaro neigte den Kopf. »Ich bemühe mich, mit Ihnen Schritt zu halten.«

Stephen hob den Kopf, beobachtete den Medienmagnaten. Dem war die Anwesenheit der Priester ganz offensichtlich alles andere als recht. Und schon gar nicht hatte er sie erwartet. Was ging hier vor?

Vielleicht war doch noch Hoffnung.

»Niemand weiß, dass ich hier bin«, sagte Kaun misstrauisch. »Niemand außer meinen Leuten. Wie haben Sie mich gefunden?«

»Es war nicht leicht«, erwiderte Scarfaro, die eigentliche Frage fast auffällig umschiffend. »Ich bin gekommen, um Ihnen zu sagen, dass das Geld bereitsteht. Ein Wort von mir genügt, und es fließt auf Ihre Konten.« Scarfaro neigte wieder den Kopf. »Und das sollte kein Problem sein, sobald ich die

Ware gesehen und festgestellt habe, dass sie das ist, was sie verspricht.«

Kaun wirkte unwillig. »Wir müssen noch einmal darüber reden«, meinte er schließlich. »Die Situation hat sich geändert. Das Angebot galt zum damaligen Zeitpunkt und für die Übernahme des damaligen Standes der Ausgrabungen.«

Scarfaro streckte die Hand aus. »Wie Sie wollen. Sie gestatten mir sicher trotzdem schon einmal einen Blick?«

Kaun zögerte. Er betrachtete die leicht zerschrammte Videokamera in seiner Hand, betrachtete den Gesandten des Vatikans. Stephen hielt den Atem an. Irgendetwas stimmte hier nicht.

»Bitte«, sagte Scarfaro mit einer seltsam sanften, fast hypnotischen Stimme.

Kaun reichte ihm das Gerät. Er schien sich unwohl dabei zu fühlen, aber er reichte es ihm. Es sah so falsch aus, dass alles in Stephen aufschrie dabei.

Scarfaro nahm das kleine Gerät, das kaum größer war als eine Zigarettenschachtel, und wog es nachdenklich in der Hand. »Die Kirche«, sagte er, »ist, um es in Ihrer Sprache auszudrücken, Mister Kaun, ein multinationaler Konzern, der Sinn produziert – Lebenssinn für eine Milliarde Menschen. Das ist ein wichtiges Produkt, vielleicht das wichtigste überhaupt. Und ein begehrtes, denn sonst gäbe es uns längst nicht mehr. Sie sehen ein«, fügte er mit einem freudlosen Lächeln hinzu, »dass wir nichts dulden können, das dieses Produkt gefährdet?«

An das, was im nächsten Augenblick geschah, sollte sich Stephen Foxx für den Rest seines Lebens immer nur so erinnern, als sei es in Zeitlupe passiert. In zahllosen Träumen erlebte er diese Sekunde wieder und wieder, sah immer wieder, wie der Mann aus Rom die Hand mit der Kamera anhob, dann herabfuhr, um auszuholen, das kleine Gerät aus dem

Schultergelenk heraus in einer kreisförmigen Bewegung nach hinten und nach oben schwang und es schließlich mit ungeheurer Kraft auf den Boden schmetterte, wo es in hundert Stücke zersprang.

Jemand schrie auf, Kaun. Im nächsten Sekundenbruchteil hatten die beiden Priester rechts und links von Scarfaro Revolver in der Hand und sahen überhaupt nicht mehr wie Priester aus, sondern wie zu allem entschlossene Revolvermänner in Priesterröcken. Ein Schuss bellte durch den Innenraum des Lastwagens, so laut, dass es weh tat, und Kaun prallte zurück, sich den Arm haltend, und Blut quoll zwischen seinen Fingern hindurch.

»Was tun Sie da?!«, heulte er auf. »Scarfaro, was tun Sie?!«

Der Priester mit der Hakennase gab sich noch nicht zufrieden mit dem zertrümmerten Gerät, er hob ein Bein und stampfte mit dem Schuh auf die Splitter ein. Es knirschte, als ob Knochen brächen, es splitterte und knallte, Metall kratzte heulend über Metall, Bruchstücke schossen davon und prallten von den Wänden ab. Dann bückte er sich und hob hoch, was das Herzstück der Videocassette gewesen sein mochte, eine runde, dünne Scheibe aus einem durchsichtigen, schimmernden Material – war das Silizium? –, hob sie hoch und brach sie, einen erbarmungslosen Ausdruck auf dem Gesicht, mittendurch.

»Die Heilige Schrift ist vollkommen«, sagte er. »Das haben wir die Menschen seit Jahrhunderten gelehrt, so lange, bis sie es glaubten, zu ihrem eigenen Heil und Seelenfrieden. Können wir zulassen, dass nun womöglich etwas hinzugefügt werden muss? Wir können es nicht. Dürfen wir es erlauben festzustellen, dass Jesus etwas anderes gesagt hat als das, was überliefert ist? Wir dürfen es nicht. Täten wir es, käme alles durcheinander, wäre dem Zweifel Tür und Tor geöffnet, würde der Glaube zerstört. Aber ohne Glaube gibt es keinen Seelenfrieden. Es ist unsere Pflicht, den Menschen zu ermöglichen, ihren Glauben zu bewahren – selbst um den Preis, dass wir selber ihn verlieren.«

Kaun sank langsam, mit schmerzverzerrtem Gesicht, an der Zwischenwand herab. Der Ärmel seines Hemdes färbte sich rot. Nichts erinnerte mehr an die Gestalt des mächtigen, reichen Herrschers über ein Firmenimperium.

»Sie wissen nicht, was Sie getan haben«, stöhnte er. »Sie zerstören ein Dokument, das die Geschichte der Menschheit in unabsehbare neue Bahnen hätte lenken können. Sie töten die Wahrheit. Das hat Ihre Kirche schon immer getan, nicht wahr? Die Wahrheit gejagt und getötet.«

Scarfaro zerbrach die Bruchstücke weiter, bis er schließlich lauter kleine, funkelnde Splitter aus seinen Händen zu Boden fallen ließ.

»Die Wahrheit?«, sagte er und sah den blutenden Millionär herausfordernd an. »Die Wahrheit ist, dass die Wahrheit unerheblich ist. Das Christentum hat zweitausend Jahre lang funktioniert, und was so lange funktioniert, funktioniert bis in alle Ewigkeit. Die Wahrheit ist, dass die tatsächliche Person des Stifters keine Rolle spielt. Im Gegenteil, es ist gut, dass der, auf den alles zurückgeht, so unbekannt, so ungreifbar ist – wie sonst hätte er zu diesem übermenschlichen Idol werden können? Selbst wenn Ihr Video den echten, wirklichen, den historischen Jesus von Nazareth gezeigt hat: Welches menschliche Wesen könnte es denn aufnehmen mit der Gestalt, die wir geschaffen haben? Nein, wir brauchen dieses Dokument nicht. Es kann nur Schaden anrichten.«

Kaun sank zur Seite. Die Krankenschwester eilte zu ihm. Keiner schoss auf sie, aber Stephen sah, wie der Finger des einen Mannes am Abzug zuckte.

Scarfaro nahm ihm den Revolver ab. So, wie er ihn anfasste

und hielt, war das nicht das erste Mal in seinem Leben, dass er eine Waffe führte. Er gab seinem Begleiter einen Wink mit den Augen. Der Priester ging in die Knie und zog eine kleine Schaufel hervor, mit der er eilig die Trümmer der Kamera zusammenschob und alles in einen Plastikbeutel beförderte, den er aus einer anderen Falte seines dunklen Gewandes zog.

»Sie haben Angst vor Ihm!«, keuchte Kaun fassungslos. »Sie fürchten sich vor dem, den zu verehren Sie behaupten!«

Scarfaro sah aus funkelnden Augen auf ihn herab. »Machen wir uns doch nichts vor«, sagte er schließlich. »Der echte Jesus wäre auch heute wieder ein Störenfried, Bedrohung der öffentlichen Ordnung, Staatsfeind Nummer eins.« Die Augen wurden zu schmalen Schlitzen. »Nur wären heute wir es, die ihm den Prozess machen müssten.«

38

Die dargebotenen Hypothesen und Schlussfolgerungen mögen unglaubwürdig klingen; sie sind alles, was wir anbieten können. Ob das, was geleistet wurde, letztendlich von wissenschaftlichem Wert war, wagen wir nicht zu beurteilen. Vielleicht würde dieses abschließende Urteil weniger entmutigt ausfallen, wären nicht die wichtigsten Fundstücke – das Skelett und die Anleitung – unter ungeklärt gebliebenen Umständen aus dem Restaurationslabor des Rockefeller Museum gestohlen worden. So sind die hier abgedruckten Bilder und die hinterlegten Videoaufzeichnungen der ersten Examination alles, was uns von diesem Jahrhundertfund geblieben ist.

Prof. Charles Wilford-Smith
Bericht über die Ausgrabungen bei Bet Hamesh

Niemals würde er diesen Morgen vergessen, niemals diesen Zettel, dieses unscheinbare Stück Papier, das er zusammengefaltet und versiegelt aus den Händen des Vorstehers der päpstlichen Nachrichtenzentrale in Empfang genommen hatte, um es dann eilig und eifrig durch die hohen Hallen, die langen Gänge und über die weiten Treppen zu tragen, ohne eine Minute zu säumen, genauso, wie man es ihm aufgetragen hatte, um die Nachricht direkt dem Heiligen Vater selbst zu überbringen. Niemals würde er die Ehrfurcht vergessen, die ihn erschauern ließ, als er, ein einfacher, junger Mönch, die Schwelle zu den Privatgemächern des Papstes überschritt. Der Heilige Vater saß in einem Lehnstuhl, dicht am Fenster, und betete. Oder schlief, so genau konnte man das nicht sagen. Er blieb in geziemendem Abstand stehen und wusste nicht, was er nun tun sollte. Ohne eine Minute zu säumen, hatte es geheißen. Nun, er hatte keine Minute gesäumt, war beinahe außer Atem. Aber er konnte doch nicht die Kontemplation des Papstes stören!

Er atmete auf, als der Heilige Vater ihn aus seinem Konflikt erlöste, indem er die Augen öffnete, seine Gegenwart bemerkte und ihm mit einem warmen Lächeln bedeutete, näher zu treten. »Was hast du für mich, mein Sohn?«, flüsterte er.

»Eine dringende Nachricht aus Israel, Euer Heiligkeit.«

Er reichte ihm den Zettel mit der Botschaft. Stand dann wieder abwartend, während der Papst mit schwerfälligen Fingern das Siegel entfernte und das Papier auffaltete. Sah zu, wie er las, was darauf geschrieben stand.

Es war, als beobachte er den Zerfall des Mannes, der an der Spitze der Kirche stand. Was immer der Inhalt der Botschaft sein mochte, es schien alle Lebenskraft aus seinem Körper zu saugen. Das Gesicht des Heiligen Vaters wurde grau und fahl, als griffe der Tod in diesem Augenblick nach ihm. Seine Hand umkrampfte das Papier, zerdrückte es, sank schlaff herab damit in seinen Schoß, während der Blick seiner Augen durch das nahe Fenster den Himmel suchte.

»Das habe ich nicht gewollt«, hörte der junge, entsetzte Mönch den alten, entsetzten Papst flüstern. »Das habe ich dich nicht geheißen, Baptist, das nicht …«

Sein Leben lang sollte der junge Mönch sich fragen, was diese Worte zu bedeuten hatten.

Er stand in seinem Büro, das endlich wieder das seine war, und verfolgte den Aufbruch von Scarfaro und seinen glattgesichtigen Begleitern durch das offenstehende Fenster. Um nichts in der Welt hätte er es fertig gebracht, hinaus auf den Hof zu gehen, um sie auch noch zu verabschieden.

Als sie gestern spätabends zurückgekommen waren, hatten sie alle unruhig gewirkt, aufgewühlt, von etwas unsagbar Bösem, Kaltem, Finsterem umwölkt. So, als hätten sie gerade ein unaussprechliches Verbrechen begangen.

Jedenfalls aber waren sie, was immer sie getan hatten, fertig mit ihrer Mission. Und sie hatten es mit einem Mal sehr eilig. Scarfaro teilte ihm mit, dass sie am nächsten Morgen aufzubrechen gedächten, wo eigentlich das Auto sei? Das alles in einem barschen, verächtlichen Tonfall, als spräche er mit seinem begriffsstutzigen Diener. Und Pater Lukas schluckte hinunter, was er eigentlich sagen wollte, wie er alles hinuntergeschluckt hatte, seit der Mann aus Rom über sie hereingebrochen war, und sagte nur, dass die Werkstatt mitgeteilt habe, der Wagen sei repariert und stehe zur Abholung bereit.

»Und?«, hatte Scarfaro ungehalten gebellt.

»Entschuldigen Sie, ich verstehe nicht …«

»Wenn der Wagen fertig ist«, maßregelte Scarfaro ihn, »dann holen Sie ihn ab!«

Also war er heute Morgen extra früh aufgestanden, war mit dem ersten Bus durch die ganze Stadt bis zur Werkstatt gefahren, um dort vor der Tür zu stehen, sobald sie öffnete. Hatte die Rechnung bezahlt, natürlich, und das aus den Spendengeldern, die sie von kleinen Ladenbesitzern und armen Großmüttern einsammelten! Und hatte dann den Wagen durch den erwachenden Berufsverkehr zurückgefahren bis in den Klosterhof.

Und nun sah er zu, wie die Männer aus Rom ihr weniges Gepäck in den Kofferraum luden, die Sitzplätze verteilten und den Fahrer auslosten, und hoffte, dass er sie alle zusammen niemals wieder sehen würde in seinem Leben.

So, wie er hoffte, dass er niemals würde erfahren müssen, was in der Tasche gewesen war, die sie mitgebracht hatten. Was hatten sie spät in der Nacht in der Küche zu schaffen gehabt? Seltsame, unheilvolle Geräusche hatten durch das ganze Haus gehallt. Bruder Geoffrey war beunruhigt zu ihm gekommen, hatte es nicht gewagt, nachzusehen. So war er selber gegangen. Als er den Kopf durch die Küchentür gesteckt hatte, hatte er gesehen, wie die Männer Teile aus dieser Tasche nahmen, die wie Bruchstücke eines zertrümmerten Radios aussahen, sie mit Hackmessern und Fleischhämmern bearbeiteten oder mit Salatzangen in die grell aufgedrehten Gasflammen des Herdes hielten, wo sie stinkend zerschmolzen und verbrannten. Es hatte ausgesehen, als seien sie damit beschäftigt, Spuren eines Verbrechens systematisch zu vernichten. Im nächsten Moment war auch schon einer von ihnen aufgestanden, hatte sich breit vor ihn gestellt und ihm unmissverständlich zu verstehen gegeben, dass er hier nichts zu suchen hatte.

Das Telefon klingelte. Er wollte es klingeln lassen und seinen Gedanken nachgehen, aber es hörte nicht auf zu klingeln. Also nahm er ab.

»Hallo!«

Er erkannte die Stimme. Es war der Inhaber der Werkstatt. Eine keuchende, schmierige Stimme.

»Ja?«, fragte er so knapp und abweisend wie möglich. Er hatte den Kerl heute früh ansehen müssen. Das, fand er, war eigentlich genug für einen Tag.

»Der Wagen, den Sie heute Morgen abgeholt haben«, keuchte die Stimme. »Er hat einen Defekt.«

Dieser blöde, verfressene Kerl, dachte Pater Lukas bei sich. Aber katholisch ist er, ja? Ist ja auch die Hauptsache. »Ich dachte, Sie haben ihn repariert?«, fragte er und merkte mit Genugtuung, dass seine Stimme an Schärfe zunahm. Man sollte ihn exkommunizieren. »Oder was genau habe ich heute Morgen mit Ihrer Rechnung bezahlt?«

»Nein ... Ja ... Er ist repariert, aber jemand hat vergessen, die Sicherungsschellen der Bremsleitungen wieder anzubringen! Ich war gerade in der Werkstatt unten, und da lagen sie ...«

»Die Sicherungsschellen.«

»Ja. Die Sicherungsschellen.«

»Und was heißt das?«

Die Stimme verfiel in einen jammernden Tonfall. »Wie soll ich das erklären ... Die Sicherungsschellen müssen verhindern, dass die Leitungen sich von den Anschlüssen lösen, verstehen Sie? Wenn es Vibrationen gibt, der Wagen durch ein Schlagloch fährt ... Sogar jedes Mal, wenn der Fahrer bremst, dehnen sich die Schläuche ein bisschen, lösen sich nach und nach von den Anschlüssen. Der Wagen darf keinen Meter weiterfahren, ehe wir das repariert haben, hören Sie? Ich schicke jemanden, jetzt sofort schicke ich Ihnen jemanden mit den Schellen.«

Pater Lukas sah aus dem Fenster des Büros. Einer der jungen Männer mit den toten Augen öffnete gerade das Hoftor. Die anderen saßen im Wagen. Der Motor lief.

»Einen Moment«, sagte Pater Lukas langsam. Er legte die Hand über die Hörmuschel und wartete mit kaltem Herzen. Der Wagen Scarfaros fuhr an, bog langsam aus dem Tor hinaus auf die Straße und kam außer Sicht.

»Hören Sie?«, sagte er dann zu dem Mann am anderen Ende. »Es tut mir leid, aber der Wagen ist schon abgefahren.«

»O mein Gott. Wissen Sie, wohin er fährt?«

»Nach Haifa.«

»Nach Haifa! Und Sie haben keine Möglichkeit, den Fahrer zu benachrichtigen?«

»Nein.«

Als er auflegte, sah er, die Hand auf dem Telefon, noch eine ganze Weile blicklos vor sich hin. Er stellte sich die Strecke nach Haifa vor, die über die Berge Galiläas führte. Eine Strecke voller Kurven, an steilen Abhängen entlang. Es war Gottes Wille, ganz sicher war es das. *Mein ist die Rache, spricht der Herr.*

Aber die Bremsen des Wagens versagten nicht. Noch bevor sie Jerusalem verließen, wurden Luigi Baptist Scarfaro und seine Begleiter von einem falsch abbiegenden Kleinlaster gerammt; ein Unfall, bei dem zwar niemand verletzt wurde, der jedoch aus dem Wagen einen Totalschaden machte. Er landete in der Schrottpresse, ehe die fehlenden Sicherungsklemmen an den Bremsen jemandem hätten auffallen können, während die treuen Diener der einzig wahren Kirche auf Kosten der gegnerischen Versicherung in einem Mietwagen wohlbehalten nach Haifa gelangten, von wo aus sie die Heimreise nach Rom antraten – per Schiff, weil sich einige Dinge, die sie zu transportieren hatten, auf einem Schiff unauffälliger außer Landes bringen ließen als in einem Flugzeug.

Das erfuhr Pater Lukas niemals. Eine Woche nach der Abreise Scarfaros ging er wegen seiner zunehmenden Schluckbeschwerden zum Arzt, der einen Speiseröhrenkrebs in fortgeschrittenem Stadium diagnostizierte. Das restliche halbe Jahr seines Lebens verbrachte er in einem von katholischen Schwestern geführten Krankenhaus, wo man allerlei Operationen und Behandlungen an ihm durchführte, obwohl im Grunde von vornherein feststand, dass sie ihn nicht retten würden. Die Schwester, die an seinem Sterbebett saß, verfolgte erschüttert, dass der Priester fast bis zu seinem letzten Atemzug weinte wie ein verzweifeltes Kind.

Auch George Martinez erfuhr von all dem niemals etwas.

Nach seiner Rückkehr nach Bozeman, Montana, bereitete er seiner Mutter mit den farbigen Schilderungen seiner Erlebnisse in Jerusalem so viel Freude, dass sie ihn mit einem uralten mexikanischen Zauberspruch segnete. Während seines nächsten Einsatzes, der ihn zu Ausgrabungen nach Mittelamerika führte, lernte er eine gewisse Beatriz Aznar kennen, eine vielversprechende Historikerin und zudem die schöne Tochter eines venezolanischen Ölmillionärs, die sich ebenso heftig in ihn verliebte wie er sich in sie. Sie heirateten kurz darauf und lebten hinfort auf einem prachtvollen Anwesen in der Nähe von Caracas, dessen Grundfläche etwa fünfmal so groß war wie das Gelände der Universität von Bozeman, setzten in der Folge eine regelrechte Herde von prachtvollen Kindern in die Welt und widmeten sich ansonsten dem Studium der Geschichte der Inkas, Mayas und Azteken.

Sein ehemaliger Vorgesetzter, Doktor Bob Richards, zog sich beim ersten Einsatz, den er ohne George durchführen musste, eine langwierige Hüftverletzung zu und erhielt von der Universität von Bozeman in dankbarer Anerkennung seiner Verdienste eine feste, unkündbare Dozentenstelle. Es war ein günstiger Zeitpunkt für diesen Schritt, denn im Jahr darauf brachte eine malaysische Firma einen Sonartomographen auf den Markt, der nicht nur wesentlich leistungsfähiger und handlicher war als der an der Universität entwickelte, sondern dessen Preis auch noch so niedrig war, dass seine Anschaffung sogar für die kargen Budgets historischer Institute in Frage kam, worauf die Nachfrage nach sonartomographischen Untersuchungen in sich zusammenfiel.

Der Fall der archäologischen Funde, die unter mysteriösen Umständen aus dem Rockefeller Museum verschwunden waren, sowie die Vorkommnisse am Wadi Mershamon beschäftigten die Justiz des Staates Israel. Die Untersuchungen der Staatsanwaltschaft brachten keine vollständige Klarheit darüber, was tatsächlich vorgefallen war, zumal sich die Verdächtigen, die Angeklagten und die Zeugen ziemlich widersprüchlich äußerten. Die von einigen vorgebrachte Geschichte, man sei den Hinterlassenschaften eines Zeitreisenden auf der Spur gewesen, wurde als irrwitzige Schutzbehauptung von vornherein verworfen, und man drohte ihnen an, sollten sie diese Behauptung im Prozess wiederholen, werde man sie zusätzlich wegen Missachtung des Gerichts belangen. Auf Geheiß hoher Stellen – einer der engagiertesten Beobachter der Untersuchungen und der Prozesse, der israelische Journalist Uri Liebermann, sprach von einer Einflussnahme des amerikanischen Millionärs und Medienmagnaten John Kaun über dessen vielfältige Beziehungen – wurde das Verfahren beschleunigt, sodass schließlich nur der Vorwurf übrig blieb, archäologische Funde von möglicherweise großem historischem Wert fahrlässig oder böswillig zerstört zu haben, ferner eine Reihe weiterer Vorwürfe, die von der Begehung groben Unfugs bis hin zum illegalen Waffenbesitz reichten.

Das Geschwisterpaar Judith und Yehoshuah Menez wurde von einer Mitschuld freigesprochen. Der Richter beließ es bei eingehenden Ermahnungen, künftig mehr Vorsicht walten zu lassen, wenn es darum gehe, wie mit historischen Funden zu verfahren sei, und im Zweifelsfall die staatlichen Stellen zu informieren, die für derlei Angelegenheiten zuständig waren.

Yehoshuah Menez blieb weiterhin ein geschätzter Mitarbeiter des Rockefeller Museums, wandte sich aber verstärkt der Papyrus- und Papierrestauration zu und wurde im Lauf der Zeit zu einer anerkannten Kapazität auf diesem Gebiet. Er entwickelte unter anderem ein Verfahren, das als Meneziation bekannt werden sollte.

Judith Menez entschied sich für ein Studium der vergleichenden Religionswissenschaften und trat kurz darauf zum Buddhismus über.

Der amerikanische Student Stephen Cornelius Foxx wurde vom Gericht des groben Unfugs und der Behinderung staatlicher Stellen für schuldig befunden. Der Vorwurf, in das Rockefeller Museum eingebrochen zu sein, ließ sich nicht beweisen. Foxx wurde des Landes verwiesen und mit einem fünfjährigen Einreiseverbot belegt. Er kehrte an die Universität zurück und setzte sein Studium fort. Nach heftigen internen Debatten beschloss die *Explorer's Society*, ihm die Mitgliedschaft abzuerkennen.

Der Amerikaner Keith Hegarty Ryan, der sich der Verhaftung am Wadi Mershamon durch Flucht entzogen und dem Anschein nach das Land mit unbekanntem Ziel verlassen hatte, blieb weiterhin auf der Fahndungsliste. Die Anklage gegen ihn, die unter anderem den Vorwurf des unerlaubten Waffenbesitzes, des illegalen Abhörens, der Freiheitsberaubung, der tätlichen Bedrohung und der Anstiftung zu Straftaten umfasste, wurde aufrechterhalten.

Der Amerikaner John Kaun konnte glaubhaft machen, von den kriminellen Machenschaften seines Sicherheitsberaters nichts gewusst und ihm im guten Glauben vertraut zu haben, wurde jedoch der Zerstörung archäologischer Funde sowie der Anstiftung zu einer Reihe von minder schweren Straftaten für schuldig befunden und zu fünf Jahren Gefängnis verurteilt. In einem Nachverfahren, bei dem der bereits erwähnte Journalist Uri Liebermann in einem vieldiskutierten Zeitungskommentar die Protektion einflussreicher Gönner unterstellte, wurde die Strafe zur Bewährung ausgesetzt. John Kaun durfte Israel verlassen. Er kehrte nach New York zurück und ließ sich kurz darauf von seiner Frau scheiden, was in den einschlägigen Blättern der Yellow Press ein nahezu weltweites Echo fand. In der Folge demontierte er mit grimmiger Entschlossenheit seinen Konzern und verkaufte zum Schluss sogar dessen Herzstück, den Sender N. E. W., an einen seiner größten

Konkurrenten. Danach verschwand John Kaun von der öffentlichen Bühne.

Der Engländer Professor Charles Wilford-Smith wurde von allen Anklagepunkten, die sich auf Straftaten bezogen, freigesprochen. Man legte ihm jedoch nahe, Israel zu verlassen, und gab ihm zu verstehen, dass er niemals wieder eine Ausgrabungserlaubnis erhalten würde. Vor der Presse erklärte er, dass er alle Vorfälle bedaure, aber ohnehin vorgehabt habe, sich angesichts seines vorgerückten Alters aus der aktiven Forschung zurückzuziehen. Er kehrte nach England zurück.

Sein langjähriger Assistent, der israelische Historiker Shimon Bar-Lev, wurde im darauffolgenden Jahr stellvertretender Leiter des Rockefeller Museums.

Das Mershamon-Kloster schloss seine Tore wieder und geriet erneut in Vergessenheit.

Der Journalist Uri Liebermann, während der Prozesse eine Art Hauptberichterstatter, schrieb ein Buch über die Ausgrabungen bei Bet Hamesh und die Ereignisse, die Gegenstand des Prozesses waren. Als das Buch jedoch fertig war, war der Fall längst aus dem Bewusstsein der Öffentlichkeit verschwunden, und er fand keinen Verleger dafür.

Der Schriftsteller Peter Eisenhardt, der bereits vor dem Höhepunkt der Ereignisse aus Israel abgereist war, wurde als Zeuge nach Israel bestellt, zog es aber vor, nicht zu erscheinen. Unmittelbar nach seiner Rückkehr packte er die Aufzeichnungen über seine Erlebnisse in eine Schachtel, verstaute sie ganz hinten auf dem hohen Schrank im Schlafzimmer und wandte sich einem neuen Roman zu, der mit all dem möglichst wenig, am besten überhaupt nichts zu tun hatte. Einem Rezensenten sollte später auffallen, dass Eisenhardt nie wieder eine Zeitreisegeschichte schrieb.

Der kanadische Historiker Professor Goutière wurde weder festgenommen noch angeklagt, sondern kehrte ebenso wie

Kauns angestellte Mitarbeiter ungehindert in seine Heimat zurück. Einige Jahre später erlitt er einen Schlaganfall, von dem er sich nie wieder erholen sollte.

Die Kirche vom Sämann wurde aufgegeben und säkularisiert. Die nach der Ankunft des Luigi Baptist Scarfaro eingestellte Armenspeisung war nie wieder aufgenommen worden.

39

Drei Jahre später

Draußen nieselte ein kalter, missgünstiger Regen aus einem stumpfgrauen Novemberhimmel, drinnen wollte die Heizung immer noch nicht recht anspringen, und so versuchte Stephen Foxx, die Kälte mit zahlreichen Tassen heißen Tees und einem dicken Strickpullover zu bekämpfen. Er saß gerade vor einem seiner älteren Aktenordner, beide Hände um eine dampfende Tasse gelegt, und versuchte den Inhalt und Sinn seiner alten Vorlesungsmitschriebe zu enträtseln, als das Telefon klingelte.

Es war, mal wieder, die Firma *Video World Dispatcher.* Genauer gesagt, Miss Barnett, zuständig für den Bereich Marketing. Miss Barnett zeichnete sich durch zwei Eigenschaften aus: Erstens durch die Angewohnheit, sich so grell zu schminken, als wolle sie der Leuchtreklame auf dem Dach des Firmensitzes Konkurrenz machen; zweitens durch eine tief verwurzelte Abneigung dagegen, einen Computer auch nur anzufassen.

In den drei Jahren, die hinter ihm lagen, war *Video World Dispatcher* zu seinem Hauptkunden geworden. Er hatte damals, nach seiner Rückkehr aus Israel, den Auftrag bekommen, obwohl er auf die eindringlichen Fragen von George C. Addams, dem Geschäftsführer und Hauptgesellschafter, wahrheitsgemäß erklärt hatte, dass die Firma, juristisch gesehen, nur aus ihm persönlich bestehe und dass er zusammen mit Partnern in Bangalore, Indien, etwas betrieb, was neuerdings *virtual company* zu nennen in Mode gekommen war. Mister Addams hatte beim Stichwort »Indien« nicht einmal mit der Wimper gezuckt. Von der Größenordnung her war dieser Auftrag seinem ersten Projekt vergleichbar gewesen, aber diesmal war es mehr Arbeit geworden, und es hatte weniger Geld dafür gegeben. Die Zeiten änderten sich, was ihm spätestens klar geworden war, als Amal Rangarajan ihm erklärte, dass sie aus Kostengründen Teile des Auftrags an Subunternehmer in Usbekistan weitergeben müssten, weil indische Top-Programmierer inzwischen kaum noch zu bezahlen seien.

»Mister Foxx, Sie müssen unbedingt kommen!« Es klang, als brenne mindestens die Lagerhalle.

Stephen atmete einmal aus und wieder ein, ließ den Blick über die Karteikästen, Übersichtspläne, Formelsammlungen und Notizen seines ganzen Studiums wandern und dachte an das bevorstehende Examen. »Was ist kaputt?«, fragte er dann. Nichts, wahrscheinlich. Wie immer wird sich herausstellen, dass es ein Bedienungsfehler war, weil niemand die Anleitung beachtet hat.

»In vier Wochen«, erklärte Miss Barnett aufgeregt, »beginnt die weltweite Markteinführungskampagne des neuen MR-Systems von SONY.«

»Ah«, machte Stephen.

Das MR-System. Wie lange hatte er daran nicht mehr gedacht. Blitzartig kam ihm zu Bewusstsein, dass von dem fünfjährigen Einreiseverbot nach Israel, das ihm auferlegt worden war, über die Hälfte bereits verstrichen war. Erinnerungen wurden wach, blubberten hoch wie Gasblasen aus einem trüben Sumpf. Die Anspannung der Jagd, die Verfolgung durch die Wüste, die Stunden, da er sie tatsächlich in der Hand gehalten hatte, die Kamera, die die fantastischste aller Reisen mitgemacht hatte, die Videokamera aus der Vergangenheit. Die Schmerzen, die Hitze. Die Küsse. Judith.

»Wir haben jetzt das Problem«, fuhr Miss Barnett fort – was EDV anbelangte, hatte sie nie einfach nur Aufgaben, die zu erledigen waren, sie hatte immer Probleme –, »dass wir alle Kunden, die das System vorab per Internet bestellt haben, anschreiben müssen. Die Adressen müssten ja gespeichert sein, oder ...?«

»Ja«, nickte Stephen, »selbstverständlich.«

»Und kann man nun aufgrund dieser Adressen ... irgendwie ... Briefe ausdrucken, in denen die Adresse jeweils automatisch eingefügt wird?«

»Sicher«, erklärte Stephen geduldig. »Das nennt man einen Serienbrief.«

»Können Sie das für uns machen?«

»Das können Sie selber machen. Das System enthält eine eigene Funktion, um ...«

»Es wäre mir aber wirklich lieber, wenn Sie das machen würden.«

Stephen nagte unentschlossen an seiner Lippe. Dass er mitten in den Examensvorbereitungen steckte, konnte er unmöglich anbringen. Außerdem würde das ein einfacher, gut bezahlter Job werden, und zu seinem Leidwesen war es so, dass er das Geld gut brauchen konnte. Das Abenteuer Israel – insbesondere der juristische Teil davon – hatte, zusammen mit ein paar Fehlinvestitionen, sein einstmals so vielversprechend aussehendes Finanzpolster empfindlich schrumpfen lassen.

Die Erinnerungen daran waren immer noch mit Schmerz verbunden. Dem Schmerz unwiderbringlicher Verluste. Dem Schmerz, versagt zu haben. Wenn er an Israel dachte, dann hatte er immer das Gefühl, unsichtbare Narben davongetragen zu haben, und wenn er dann in den Spiegel schaute, kam ihm sein glattes, jugendliches Gesicht fremd vor, weil er überzeugt war, man müsse eigentlich tiefe Falten sehen.

»Selbstverständlich«, erklärte Stephen also, »wie Sie wünschen. Lassen Sie mich kurz in den Terminkalender schauen …« Das konnte er sich sparen. Die nächsten zwei Wochen waren absolut terminfrei, über alle Blätter stand mit roter Tinte schräg *Lernen!* gekritzelt. »Ich könnte morgen gegen zehn bei Ihnen sein.«

»Wunderbar, Mister Foxx. Wissen Sie, bei dieser Aktion darf nichts schiefgehen.«

»Keine Sorge. Das machen wir schon.« Zuversicht ausstrahlen!

Als er den Hörer auflegte, fühlte er sich elend. Der Regen prickelte immer noch wie mit feinen Nadelstichen gegen das Fenster. Drei Jahre war das jetzt alles her. Von Yehoshuah hatte er noch ein, zwei E-Mails bekommen, belangloses Bla-bla. Judith dagegen hatte keinen seiner Briefe beantwortet. Ihre Telefonnummer besaß er nicht. Ihr Bruder hatte behauptet, sie habe tatsächlich kein Telefon.

Es war kurz vor zehn und regnete nicht mehr, als er mit seinem roten Porsche auf den Parkplatz von *Video World Dispatcher* einbog. Das Auto sah immer noch beeindruckend aus, was der Hauptgrund war, warum er es noch fuhr, aber im Grunde wäre es höchste Zeit gewesen, ein neues zu kaufen, denn unter der Motorhaube taten sich öfters hässliche, kostspielige Dinge, und er musste immer befürchten, eines Tages unterwegs liegen zu bleiben.

Aber diesmal war es wieder gut gegangen. Ben, der alte Pförtner, hielt ihm lächelnd das Gittertor auf und grüßte ihn wie einen alten Bekannten, was Stephen Foxx auf dem Gelände dieser Firma inzwischen ja auch war. Stephen zog noch einmal am Hemdkragen, der ihm nach den vergangenen Pulloverwochen ungewohnt eng war, und nahm dann den Eingang, der direkt in die große Lagerhalle führte.

Die Tür schwang schwergängig auf, und dann umfing ihn wieder die staubige Geschäftigkeit, die den Raum zwischen den haushohen Metallregalen erfüllte. Er wich einem ehemals knallgelben, inzwischen in Erfüllung seiner Pflicht zerschrammten Gabelstapler aus und nahm die Gittertreppe hinauf zum Computerraum. Vierzehn Computer verschiedenster Bauart, zu einem Netzwerk zusammengeschaltet, summten hier rund um die Uhr, um die verschiedensten Aufgaben zu erfüllen.

Miss Barnett erwartete ihn schon, einen Ausdruck des Briefes in der Hand, den sie verschicken wollte. Stephen setzte sich vor den Rechner, auf dem die Kundendatenbank untergebracht war, und rief mit ein paar Mausklicks eine tabellarische Übersicht auf den Bildschirm. Dies war die Liste aller Bestellungen, die je über die Internetseite der Firma *Video World Dispatcher* getätigt worden waren. Die Liste enthielt die Namen und Adressen der Besteller, Kreditkartennummern, Datum und Uhrzeit der Bestellung und natürlich die Bestellnummern der gewünschten Geräte oder sonstigen Artikel. Alles, was er zu tun hatte, war, aus dieser Tabelle die Adressen derjenigen herauszufiltern, die während der Subskriptionszeit ein Gerät der MR-Reihe bestellt hatten.

»Alle, die vor dem Stichtag bestellt haben, erhalten fünfzehn Prozent Rabatt«, erläuterte Miss Barnett. »Wenn wir einen vergessen, gibt das Beschwerden, und das wollen wir vermeiden.«

»Kein Problem«, meinte Stephen nur und gab die entsprechenden Abfragebefehle ein.

Der Rechner arbeitete. In der Zeit war auf dem Schirm statt des üblichen Sanduhrsymbols eine sich drehende Weltkugel mit dem Logo von *Video World Dispatcher* davor zu sehen. Stephen kratzte sich gedankenverloren am Handrücken, in Gedanken bei den Grundzügen der Wirtschaftslehre nach

Keynes, die er während des hastigen Frühstücks noch einmal überflogen hatte.

Fertig. Man hörte die Festplatte knattern, das Wartesymbol verwandelte sich in den normalen Mauszeiger zurück, und die Ergebnistabelle baute sich auf dem Schirm auf. Stephen griff nach der Maus. Prima. In spätestens einer Stunde würde er wieder draußen sein, heimfahren, eine saftige Rechnung schreiben und sich mit neuem Schwung auf die Examensvorbereitungen stürzen.

Er las den ersten Namen und erstarrte.

Dieser Name. Wie kam dieser Name in diese Liste ...?

»Das ist nicht wahr«, murmelte er. »Das ist nicht wahr ...«

Miss Barnett fragte irgendetwas, aber er hörte nur bedeutungslose Geräusche. Seine Gedanken rotierten plötzlich wie Hubschrauberflügel, eine Überlegung jagte die andere, Splitter von Erkenntnis taumelten durcheinander wie ein zerborstenes Riesenpuzzle. Er musste die Teile einfangen, aufsammeln und zusammensetzen. An ihm war es, den Splittern hinterherzujagen.

Wie kam dieser Name in diese Liste?

Er blätterte zur Seite, las Datum und Uhrzeit der Bestellung. Las, *was* bestellt worden war. In seinem Inneren dröhnte es wie Glocken. Unglaublich. Er rechnete nach. Ja, das Jahr stimmte. Und der Monat. Und der Tag, das war ... Unglaublich.

»Mister Foxx!« Sie rüttelte an seiner Schulter. »Was ist denn, Mister Foxx? Stimmt etwas nicht mit den Daten?«

Stephen sah auf. »Mit den Daten?«, echote er blöde. »Mit den Daten ist alles in Ordnung.«

»Gott sei Dank«, atmete Miss Barnett auf.

Stephen las den Namen wieder und wieder.

Die Vergangenheit war dabei, ihn einzuholen.

40

Das kleine, geduckte Landhaus, das schier erdrückt zu werden schien von seinem mächtigen grauen Dach, dem einzigen in der Nachbarschaft, auf dem keine Satellitenantenne montiert war, lag am Rand der kleinen südenglischen Ortschaft Barnford. Auf der anderen Seite der schmalen Straße erstreckten sich nur noch Felder, die bereits für den Winterfrost umgepflügt worden waren. Darüber zog sich ein konturloser, blasser Himmel. In den erdigen Brodem, der von den Äckern ausging, mischte sich ein kalter Geruch, der verriet, dass es bald Schnee geben würde.

Das Auto, das an diesem Vormittag in die Straße einbog und vor dem Haus hielt, hatte ein Londoner Kennzeichen. Zwei Männer stiegen aus, so bedächtig, wie man an einem Ziel aussteigt, das man zum ersten Mal im Leben sieht. Der eine war jung und schlank, beinahe drahtig, trug eine dünnrandige Brille und trotz der herbstlichen Kälte nur ein Jackett. In seiner Art, sich zu bewegen, war eine nur mühsam gebändigte Energie zu spüren, und sein Gesicht zeigte einen Ausdruck düsterer Entschlossenheit. Der andere, etwas älter und wesentlich fülliger um die Leibesmitte, wickelte sich beim Aussteigen fröstelnd in seinen graugrünen Parka, zu dem er einen farblich unpassenden Schal mit Schottenmuster um den Hals geschlungen hatte. In seinen Augen lag etwas Unsicheres, Staunendes, er schaute umher wie ein Kind, das sich noch unschlüssig ist, ob es etwas Angenehmes oder etwas Unangenehmes erwarten soll.

Die beiden überquerten die Straße, hielten vor dem schmalen, hellgrün lackierten Gartentürchen kurz inne, um die Beschriftung auf dem Briefkasten zu studieren, der auf der rau verputzten Einfriedungsmauer angebracht war. Sie nickten einander zu: Ja, hier waren sie richtig. Der jüngere der beiden öffnete die nachlässig geschmiedete Gartentür.

Dem Garten dahinter schien jede Art von Pflege fremd zu sein. Laub moderte auf dem Rasen rings um einen verwilderten Teich, so wie es von den herbstlich kahlen Bäumen und Büschen gefallen war. Ein Fahrrad stand gegen eine verrostete, zugedeckte Wassertonne gelehnt. Entlang der Mauern wucherte immergrünes Heckengewächs, wie es wollte.

Die beiden Männer gingen bis zur Haustür und klingelten.

Eine Weile geschah nichts, dann waren Schritte zu hören, und die Tür wurde schwungvoll aufgerissen.

Der Mann, der die Tür geöffnet hatte, war weit älter als seine beiden Besucher. Schneeweiße Haare, ungebärdig nach allen Seiten stehend, als habe er das Kämmen aufgegeben, umrahmten ein sonnenverbranntes Gesicht, aus dem leuchtend graue, lebendige Augen die Ankömmlinge hellwach ansahen. Er trug eine grüne Strickweste mit wulstigem Kragen, aus dem sein faltiger, ledriger Hals in einer Art herausragte, dass man unwillkürlich an eine uralte Riesenschildkröte denken musste.

»Was für eine Überraschung!«, entfuhr es dem alten Mann, als die Schrecksekunde überwunden war. »Mister Foxx! Mister Eisenhardt! Was machen Sie denn hier? Kommen Sie doch herein, ich bitte Sie ...« Er ruderte einladend mit den Armen. »Was für ein Glück, dass ich gerade zu Hause war! Ich bin so oft unterwegs, dass mich praktisch niemand mehr ohne telefonische Voranmeldung besucht.«

»Da ist weniger Glück im Spiel, als Sie denken«, sagte Stephen Foxx mit einem schmalen Lächeln, während sie durch die Tür traten. »Guten Tag, Professor Wilford-Smith.«

Eine halbe Stunde später saßen sie in einem geräumigen, gut geheizten Wohnzimmer, das durch breite, altmodische Terrassentüren einen romantischen Ausblick auf den Garten gewährte, und balancierten dünnwandige Porzellantassen, in denen goldgelber Tee duftete. Der Professor thronte in einem wuchtigen, ledernen Ohrensessel. Jeder Meter Wand wurde entweder von dicht bestückten Bücherregalen oder von alten Ölgemälden in klobigen Rahmen in Beschlag genommen.

»Es ist lange her«, meinte er versonnen. »Über drei Jahre. Eine lange Zeit.«

Die beiden Besucher, nebeneinander aufgereiht auf dem Sofa im Kolonialstil, nickten bestätigend.

»Sie haben mir noch nicht verraten, was Sie in diese Gegend führt.«

»Wir wollten Sie besuchen.«

»Einfach so?«

»Nein«, sagte Stephen und stellte seine Teetasse behutsam auf dem Couchtisch ab, »nicht einfach so.«

Plötzlich war es still im Raum. Draußen im Garten versammelten sich Raben im Geäst der entlaubten Bäume, als wollten sie verfolgen, was nun geschehen würde.

»Als Kind habe ich oft Puzzle gespielt«, begann Stephen Foxx. »Jedes Weihnachten kauften meine Eltern ein neues Puzzlespiel, und dann saß die ganze Familie die Weihnachtstage über stundenlang um den großen Couchtisch und versuchte, das Bild zusammenzusetzen. Je älter meine Geschwister und ich wurden, desto mehr Teile hatten die Puzzles, und irgendwann gingen unsere Eltern dazu über, Puzzles ohne Bildvorlage zu kaufen. Wir hatten also nur Tausende von kleinen Teilen und keine Ahnung, wie das Bild dazu aussah. Oft saßen wir stundenlang da und probierten nur herum, ohne irgendwelche Fortschritte zu machen. Aber irgendwann findet man ein ganz bestimmtes Teil, das zu einem anderen passt, und zusammen ergeben sie einen winzigen Bildausschnitt, der einen plötzlich ahnen lässt, wie das Ganze aussehen muss. Dann geht es manchmal rasend schnell. Die Teile scheinen sich wie von selbst zusammenzufügen, ihre richtigen Plätze zu finden, alles passt plötzlich zusammen – nur, weil man dieses eine, bedeutsame Puzzlesteinchen gefunden hat.« Stephen machte eine Pause. »Vor ein paar Wochen«, sagte er dann und sah den Professor, dessen buschige weiße Augenbrauen immer höher gewandert waren, an, »bin ich auf so ein Puzzlesteinchen gestoßen.«

Professor Wilford-Smith griff nach der Teetasse auf dem kleinen Beistelltisch neben seinem Sessel. »Das klingt spannend«, meinte er. »Allerdings auch reichlich rätselhaft, wenn Sie mir die Bemerkung gestatten.«

»Keine Sorge. Ich bin hier, um das Rätsel aufzulösen.«

»Beruhigend.«

Stephen beugte sich vor, die Unterarme auf die Oberschenkel gestützt. »Als unser Abenteuer in Israel zu Ende war, sah es so aus, als seien alle Fragen geklärt. Aber das waren sie nicht. Ein paar seltsame kleine Einzelheiten passten nicht in das Bild. Wir waren alle zu erschöpft und zu enttäuscht, um sie wahrzunehmen, doch diese winzigen, scheinbar unbedeutenden Details sind überaus bedeutsam. Darauf bin ich in den letzten Wochen gekommen, als ich das ganze Bild noch einmal zerlegt und Steinchen für Steinchen rund um dieses eine, von dem ich gerade gesprochen habe, neu aufgebaut habe. Und siehe da, auf einmal entstand ein ganz anderes Bild.«

»Faszinierend«, meinte der Professor.

»Erlauben Sie mir eine Frage?«

»Nur zu.«

»Was hat Sie eigentlich bewogen, Archäologie zu studieren?«

Professor Wilford-Smith blinzelte irritiert. »Oh ... Das ist so lange her ... Inwiefern ist das von Belang?«

»Sie waren schon über vierzig, hatten in einem einträglichen Beruf Karriere gemacht, und wenn Sie dabei geblieben wären, wären Sie heute wahrscheinlich Mitinhaber einer der bedeutendsten Tuchwarenfabriken Großbritanniens. Aber Sie warfen all das hin – warum?«

Über das Gesicht des Gelehrten huschte eine Spur von Gelangweiltsein, die ahnen ließ, wie oft er diese Frage schon hatte beantworten müssen. »Geld ist eben nicht alles im Leben.«

»Und würden Sie sagen, dass es sich gelohnt hat?«

»Selbstverständlich. Es war eine faszinierende Sache. Sonst wäre ich ja wohl kaum dabei geblieben.«

Stephen sah ihn an. »Ich habe viel recherchiert in den letzten Wochen. Ich habe mit vielen Leuten gesprochen, ehemaligen Mitarbeitern von Ihnen, anderen Archäologen. Die sagen teilweise ziemlich negative Dinge über Sie.«

»Das weiß ich. Da können Sie sehen, wie Neid die Wissenschaft beherrscht. Das sind Leute, die im Elfenbeinturm geboren und aufgewachsen sind, und der Grund, warum sie neidisch auf mich sind, ist der, dass ich aus der Wirtschaft kam und wusste, wie man mit Geldgebern und Sponsoren verhandeln muss, und sie nicht. Ich war ein Quereinsteiger, und ich konnte mit Geld umgehen. Schwer zu sagen, was sie mir mehr nachtragen.«

»Sie haben immer sehr große Ausgrabungen organisiert, mit Hunderten von Mitarbeitern. So wie die letzte, bei der ich dabei war.«

»Ja«, nickte Wilford-Smith. »Das war sogar eher eine kleinere.«

»Ich kannte Sie damals überhaupt nicht, hatte nie von Ihnen gehört. Es war Yehoshuah Menez, der mir die Stelle in

Ihrer Ausgrabung verschafft hatte. Ich glaube, das erste Mal, dass wir mehr als zwei Worte miteinander gewechselt haben, war, als ich den Fund in Areal 14 machte.« Stephen Foxx lehnte sich zurück und schlug ein Bein über das andere. »Wissen Sie, worüber ich mich in den Jahren seither immer mehr gewundert habe?«

Der weißhaarige Professor hob nur fragend die Augenbrauen.

»Sie haben praktisch sofort gewusst, um was es ging«, fuhr Stephen fort. »Sie kamen zu mir herunter, sahen die Plastikhülle und die Gebrauchsanleitung darin und waren sich sofort darüber im Klaren, dass wir es mit einer Sensation zu tun hatten. Ich meine, bei mir hat es Tage gedauert, bis ich das begriffen habe. Selbst er« – er deutete auf Eisenhardt, der schweigend neben ihm saß – »hat es nicht so schnell durchschaut. Er kam zwar relativ rasch auf die Idee, dass es das Skelett eines Zeitreisenden sein musste. Aber was es bedeutete – nämlich, dass die zugehörige Kamera immer noch irgendwo existieren musste –, darauf kam er erst, als Kaun es ihm sagte. Und der ist sicher nicht von selbst auf diese Idee gekommen.«

Wilford-Smith hob eine Hand in einer Geste, die zu besagen schien, *bitte entschuldigen Sie, dass ich so schlau bin.* »Vielleicht sollte ich auf meine alten Tage anfangen, Science-Fiction zu schreiben.«

»Und wissen Sie, was mir Mister Eisenhardt noch Merkwürdiges erzählt hat?«, fuhr Stephen fort. »Er sagte, in den endlosen Besprechungen, die abgehalten wurden, wirkten Sie von Anfang an seltsam teilnahmslos. Je länger das Ganze dauerte, desto weniger schien es Sie zu berühren. Seltsam, oder?«

Der alte Mann lehnte sich in seinem Ohrensessel zurück. »Sie wollen doch auf irgendetwas hinaus, Stephen«, stellte er ruhig fest. »Oder irre ich mich?«

»Ganz recht«, nickte Stephen grimmig. »Ich bin dabei, all die losen Enden, die die Geschichte noch hat, aufzudröseln. Da gibt es noch ein Detail, das mir Mister Eisenhardt erzählt hat. Ein scheinbar bedeutungsloses Detail, wenn man es für sich allein betrachtet. An dem Morgen nach meiner Flucht aus dem Lager sind Sie nämlich in aller Frühe in den Besprechungsraum gegangen, in dem man alle Gegenstände aus meinem Zelt zusammengetragen hatte, und haben sich auf meinem Laptop die gespeicherten Internetseiten angeschaut, auf denen die Kameras der MR-Serie beschrieben wurden. Mister Eisenhardt kam dazu, und Sie beide sprachen darüber, wie erstaunlich es sei, dass der Zeitreisende die MR–01 mit in die Vergangenheit genommen hatte und nicht die wesentlich leistungsfähigere und robustere MR–02. Erinnern Sie sich?«

»Vage«, räumte Wilford-Smith ein.

»Ich bin mir sicher, dass Sie sich noch ganz genau daran erinnern. Ich bin mir sicher, dass Sie sich an diesem Morgen die Anschrift und Telefonnummer der Firma *Video World Dispatcher*, von der diese Seiten stammten, notiert haben.« Stephens Stimme hatte einen harten Unterton bekommen. »Denn wie der Zufall es will, gehört diese Firma, die ihren Sitz nicht weit von meinem Studienort hat, inzwischen zu meinen Kunden. Ich gehe dort ein und aus, und in ihren Computern mache ich, was ich will. Und vor fünf Wochen fand ich in einer Datei von Subskriptionsbestellern Ihren Namen, Professor Wilford-Smith.«

Professor Wilford-Smith sagte nichts. Er saß nur da, starrte Stephen an, und in seinen Augen lag plötzlich ein seltsames Glitzern.

»In dieser Datei«, fuhr Stephen schonungslos fort, »sind auch Datum und Uhrzeit der Bestellung vermerkt. Ich habe mehrmals nachgerechnet und herausgefunden, dass Sie ein

Mann schneller Entschlüsse sind, Professor. Die Zeitverschiebung zwischen Israel und der amerikanischen Ostküste eingerechnet, haben Sie nach dem Zuklappen meines Laptops keine halbe Stunde gewartet, ehe Sie bei *Video World Dispatcher* anriefen. Wissen Sie, dass Sie einer der ersten waren? Und wissen Sie, dass Sie unter Tausenden von Bestellern aus aller Welt der *einzige* sind, der nur ein Abspielgerät, aber keine Kamera dazu bestellt hat?«

Die Stimme des ehemaligen Ausgrabungsleiters klang mit einem Mal belegt. »Was schließen Sie daraus?«

»Ja, das habe ich mich auch gefragt. Wochenlang fragte ich mich: *Stephen, was schließt du daraus? Was hat das zu bedeuten?* Und ich habe weiter recherchiert. Schließlich fand ich bei SONY eine hilfsbereite Seele, die mir sagen konnte, dass ein Mister Wilford-Smith aus England seit 1969 ständig auf der Versandliste für Werbematerial, Neuentwicklungen den Bereich der Videotechnik betreffend, stand. Erst vor zweieinhalb Jahren kam eine Nachricht, man möge ihn aus dem Verteiler streichen. Was man übrigens nicht getan hat, anbei bemerkt.«

Der greise Archäologe nickte nur.

»Natürlich kann man auch dieses Detail erklären«, gab Stephen zu. »Sicher. Was ist schon dabei, wenn sich ein Wissenschaftler für Videotechnik interessiert? Im Gegenteil, es liegt doch nahe. Abgesehen davon vielleicht, dass Sie niemals Videoaufzeichnungen von Grabungen gemacht oder veranlasst haben, dass welche gemacht wurden.«

»Die Technik war noch nicht robust genug dafür«, meinte der Professor lahm.

»Das mag vielleicht 1969 so gewesen sein. In den vergangenen zehn Jahren stimmte es nicht mehr.«

Wilford-Smith seufzte, ließ die faltigen Hände in den Schoß sinken und sah Stephen sinnierend an. »Was denken Sie?«, fragte er. »Sie haben doch eine Theorie, sonst wären Sie nicht hier. Heraus damit.«

»Ich würde es nicht Theorie nennen. Ich habe eine Geschichte. Eine andere Geschichte«, betonte Stephen und fühlte plötzlich wieder den Strom der Gewissheit durch seinen Körper fließen, den er so lange entbehrt hatte. Er war hierher gekommen mit der Angst, der alte Wissenschaftler könnte etwas sagen, das seine Geschichte zerstörte, irgendein Argument anbringen, das er nicht bedacht hatte und das die mühsam entschlüsselte Logik über den Haufen warf. Aber das würde nicht passieren. Nicht mehr. »Die Geschichte handelt von einem jungen britischen Soldaten, der 1947 und 1948 in Palästina stationiert ist, die ganze Zeit, während vor den Vereinten Nationen der Plan diskutiert wird, den Juden dort die Gründung eines eigenen Staates zuzugestehen. Es ist eine unruhige Zeit, aber der Soldat findet Zeit und Gelegenheit, sich in dem Land umzusehen, Eindrücke und Erinnerungsstücke zu sammeln. Dieser Soldat waren Sie, Professor.«

»Ja«, nickte der. »Ich war damals in Palästina stationiert.«

»Am 15. Mai 1948 zogen Sie mit den britischen Truppen aus dem gerade gegründeten Israel ab, kehrten nach England zurück, schieden aus der Armee aus und nahmen einen ganz normalen Beruf in der Textilindustrie auf. Sie heirateten, setzten Kinder in die Welt, machten eine beachtliche Karriere. Zwanzig Jahre lang führten Sie ein unauffälliges Leben. Doch dann muss irgendetwas geschehen sein. Die Frage ist: was?«

»Es genügte mir nicht mehr, ein unauffälliges Leben zu führen«, bot Wilford-Smith als Erklärung an. »Heutzutage würde man das eine Midlife-Crisis nennen.«

Stephen schüttelte den Kopf. »Nein. Meine Geschichte geht anders. Meine Geschichte sagt, dass unter den Souvenirs, die Sie aus dem Heiligen Land mitgebracht und in irgendeiner Schachtel oder Kiste die ganzen Jahre aufbewahrt haben, ein Gegenstand gewesen sein muss, von dem Sie nicht wussten, um was es sich dabei handelte. Was zwanzig Jahre später, in den Sechzigern, geschah, war, dass Cassettenrecorder aufkamen und in unübersehbarer Menge verkauft wurden. Als Sie die erste Musik-Cassette sahen, muss Ihnen das alte, rätselhafte Mitbringsel aus Palästina wieder eingefallen sein. Irgendwann haben Sie es hervorgekramt und festgestellt, dass eine gewisse Ähnlichkeit bestand. Mittlerweile machten auch die vier Buchstaben, die darauf eingeprägt waren, Sinn: SONY – das war die japanische Firma, die mit Macht auf die Märkte der Welt drängte. Was für ein Rätsel! Sie müssen monatelang, jahrelang darüber nachgedacht haben, was es damit auf sich haben könnte. Jemand anders wäre mit dem schwarzen, eckigen Ding zu Wissenschaftlern gegangen und hätte gesagt, untersucht das mal, aber irgendwie muss Ihnen das nicht in den Sinn gekommen sein. Sie machten das alles mit sich selbst ab. So hat Sie fast jeder beschrieben, auf den ich stieß, der Sie von früher kannte: einer, der alles mit sich selbst abmacht. Sie erwogen immer wieder alle Möglichkeiten, auch die absonderlichsten, schlossen in bester Sherlock-Holmes-Tradition die unmöglichen aus, und über die Jahre hinweg, in denen auch die ersten, grobschlächtigen Videorecorder herauskamen, entwickelten Sie Ihre Theorie. Ich stelle mir vor, dass das Material den entscheidenden Anstoß gab. Ihr Mitbringsel bestand aus Kunststoff, das war Ihnen klar, als Sie es wieder zur Hand nahmen – aber Sie erinnerten sich, dass Sie damals, 1948, nicht gewusst hatten, aus welchem Material Ihr Fund gemacht war. Denn diese Art Kunststoff hat es damals noch nicht gegeben, und das muss Sie irgendwann auf die Idee gebracht haben, es könnte eine Zeitreise im Spiel sein. Es lag nahe, zu vermuten, dass es sich bei Ihrem Fund um eine Art Aufzeichnung handeln musste, wahrscheinlich um eine Videoaufzeichnung, und da der Zeitreisende sie nicht wieder zurück in die Zukunft genommen hatte, musste man davon ausgehen, dass eine Zeitreise nur als Einbahnstraße in die Vergangenheit bewerkstelligt werden konnte. Der einzige Weg, Aufzeichnungen aus der Vergangenheit zurück in die Zukunft zu transportieren, war, sie an unentdeckten Plätzen zu deponieren, wo die einstigen Zeitgenossen sie ausgraben konnten. Wofür aber lohnt sich ein solches Opfer? Über diese Frage braucht man nur fünf Minuten nachzudenken, bis einem der biblische Jesus dazu einfällt. Der Gegenstand, den Sie gefunden hatten, musste eine Videoaufzeichnung von Jesus enthalten. Das Dumme war nur, dass es noch kein Gerät gab, um diese Aufzeichnung sichtbar zu machen, und so wie es aussah, wenn Sie die Prospekte studierten, die SONY Ihnen regelmäßig schickte, würde es so ein Gerät auch noch lange nicht geben. Doch irgendwann muss Ihnen aufgegangen sein, dass zumindest ein Gerät bereits existieren musste, wenn Ihre Theorie stimmte, seit beinahe zweitausend Jahren: die Kamera des Zeitreisenden nämlich. Mittlerweile wussten Sie, dass eine Videokamera aus technischen Gründen immer auch einen Abspielmechanismus enthalten muss, mit dem man sich ansehen kann, was man aufgenommen hat. Mit anderen Worten, wenn Sie die Kamera des Zeitreisenden fanden, würden Sie die Aufnahme sehen können, von der Sie überzeugt waren, dass sie Jesus zeigen würde. Das war der wirkliche Grund, aus dem Sie im Alter von zweiundvierzig Jahren Archäologie studierten und schließlich zurück nach Palästina gingen. Sie taten es nicht, weil Ihnen an der Archäologie gelegen war. Der einzige Grund war: Sie wollten die Kamera finden.«

Professor Wilford-Smith sagte nichts. Den Kopf auf dem faltigen Hals hoch aufgereckt, saß er da, und ein unmerkliches Lächeln umspielte seine Lippen.

»Deshalb haben Sie immer so große Ausgrabungen unternommen«, fuhr Stephen fort. »Deshalb war Ihnen immer mehr an Masse als an Qualität gelegen, und deshalb haben Sie so wenig veröffentlicht. In Wirklichkeit interessierte Sie die Archäologie nur am Rande. Was Sie interessierte, war die Kamera. Und nur aus diesem Grund konnten Sie so schnell handeln, als ich die Anleitung fand. Sie mussten nicht erst nachdenken, was das zu bedeuten hatte, denn das hatten Sie alles schon seit Jahrzehnten durchdacht. Sie wussten, es bedeutete einfach, dass ich gefunden hatte, wonach Sie suchten.«

Irgendwo knackte ein Ast. Die Raben in den Ästen stoben hoch und flatterten davon.

»Das war der wirkliche Hintergrund. John Kaun suchte das Video, Sie dagegen suchten die ganze Zeit nur nach der Kamera. Selbst zu dem Zeitpunkt, als die Ausgrabungen bei Bet Hamesh stattfanden, enthielten die Kundeninformationen von SONY noch keinen Hinweis auf das neue MR-System. Es gab nur Gerüchte in Insiderkreisen. Als Sie erfuhren, dass entsprechende Geräte in nur drei Jahren auf den Markt kommen würden, erlahmte Ihr Interesse an der Suche, und als Sie ein Abspielgerät bestellt hatten, erlosch es ganz. Während wir alle wie Fieberkranke umherrannten, brauchten Sie nur abzuwarten, denn Sie besaßen ja bereits eines der drei Jesus-Videos. Sie hatten dreißig Jahre in Israel jeden Stein herumgedreht auf der Suche nach der Kamera; Sie würden problemlos noch drei Jahre warten können.« Stephen beugte sich vor. »Ich weiß, dass Ihr Abspielgerät vorletzte Woche geliefert wurde. Ich bin gekommen, weil ich das Video sehen will.«

Stephen hatte Gegenargumente erwartet, zumindest aber ein mitleidiges Kopfschütteln oder Äußerungen wie etwa, dass er zu viel Fantasie habe oder die falschen Romane lese. Und wenn er ehrlich war, kam ihm seine Theorie in diesem Augenblick, nachdem er sie in den Raum gestellt hatte und nur noch ein gespanntes, beinahe verblüfftes Schweigen übrig war, selber reichlich überspannt vor. Eine Art archäologisches Pendant zu einer UFO-Paranoia.

Doch Professor Wilford-Smith lachte nicht, und er versuchte auch nicht, ihn lächerlich zu machen. Er saß nur eine ganze Weile da und betrachtete ihn mit dem feinen, beinahe wohlwollenden Lächeln, mit dem er ihm die ganze Zeit zugehört hatte. Dann stand er mit einiger, seinem Alter angemessener Mühe auf und sagte einfach: »Gut. Kommen Sie mit.«

Eisenhardt, dessen Englisch nach eigenem Eingeständnis in den letzten Jahren weiter eingerostet war und der deshalb die ganze Zeit nichts gesagt, wahrscheinlich sogar Mühe gehabt hatte, der Unterhaltung überhaupt zu folgen, fuhr auf wie angestochen. »Moment!«, rief er aus. »Heißt das, Stephen hat recht mit seiner Theorie?«

Der weißhaarige Archäologe nickte bedächtig. »Ja. Genau so war es.«

Sie folgten ihm in sein Arbeitszimmer wie Lämmer ihrem Hirten. Dort stand der Fernseher, ein großes, teures Modell, darüber ein gewöhnlicher Videorecorder und auf diesem ein schmaler, elegant aussehender schwarzer Kasten: der MR-SR, das Abspielgerät für das neue System. Darum herum standen Regale, vollgestopft mit Büchern, Manuskripten und Fundstücken, kleinen Tonvasen oder Statuen etwa. Zwei schmale Türfenster führten auf die Terrasse hinaus. An der Wand dazwischen hing eine – den eingedruckten Staatsgrenzen zufolge ziemlich alte – Karte von Israel, auf der farbige Aufkleber die Stellen markierten, an denen Professor Wilford-Smith Ausgrabungen unternommen hatte.

»Im Jahr 1947 sind, wie Sie vielleicht wissen, die Schriftrollen von Qumran gefunden worden«, begann er zu erzählen, während er Stühle vor den Fernseher schob. »Ich hatte davon gehört. Die Geschichte faszinierte mich – Sie sehen, eine gewisse Neigung zur Archäologie muss wohl schon damals in mir geschlummert haben –, und ich konnte es irgendwann einrichten, nach Jericho zu reisen und mir von einem beduinischen Führer die Höhle zeigen lassen, in der man die Schriftrollen entdeckt hatte. Zu meiner Entschuldigung kann ich nur sagen« – er lächelte –, »dass ich damals knapp Anfang zwanzig und entsprechend naiv war. Es gibt in den Bergen dort Hunderte von Höhlen, und die Führer hatten sie gerecht unter sich aufgeteilt. Je nachdem, an welchen Führer man geriet, erhielt man eine andere Höhle gezeigt, die einzig wahre selbstverständlich.«

Er bedeutete ihnen, sich zu setzen. »Mein Führer damals war geldgierig, aber großzügig, wenn er sich gut bezahlt fühlte. Nachdem ich ihm einen zusätzlichen Schein zugesteckt hatte, ließ er mich die Höhle auf eigene Faust durchstreifen, und während er am Eingang saß und eine stinkende Zigarette rauchte, fand ich in einer Nebenhöhle in einem Spalt eine zerbrochene, aber noch vollständige Amphore. Als ich die Scherben aufhob, lag darin ein kleines rechteckiges Paket, ein fettiges, schmieriges Bündel aus übereinandergewickelten Stoffbahnen, die ich in meiner Einfalt für Papyri hielt. Im Grunde war es recht unspektakulär – ich wühlte noch eine Weile herum, fand aber nichts weiter, wickelte dann meinen Fund in ein großes Taschentuch und steckte ihn ein, und dann gingen wir wieder.«

Wilford-Smith ging an eine Schublade, aus der er einen kleinen Blechkasten holte, eine ehemalige Keksschachtel. »Als ich zurück war und meinen Fund bei Tageslicht betrachtete, wurde mir klar, dass es sich um einfachen Leinenstoff handelte, der mit einer harzigen Substanz getränkt war. Ich verbrachte Tage damit, Lage um Lage zu entfernen, und schließlich fand ich im Inneren das hier.« Er öffnete den Deckel der Schachtel und holte eine flache schwarze MR-Cassette heraus. Als wäre es nichts Besonderes, reichte er sie Stephen. »Sie haben recht, ich wusste lange nicht, was es war. Ich hielt das Material für einen mir unbekannten Halbedelstein, und weil lateinische Buchstaben eingraviert waren, dachte ich, dass es vielleicht ein römisches Schmuckstück sein konnte.«

Stephen hatte vor drei Wochen, im Lager von *Video World Dispatcher*, zum ersten Mal eine MR-Cassette in der Hand gehalten. Diese hier sah genauso aus: ein flaches, quadratisches Gebilde aus schwarzem Kunststoff, das schwer in der Hand lag und nicht wie herkömmliche Videocassetten klapperte. An einer Seite wies es geheimnisvolle Bohrungen und rechteckige Hohlräume auf, hatte aber ringsum keine sichtbare Öffnung. Das eigentliche Speichermedium, eine speziell behandelte Siliziumscheibe, war von außen unzugänglich.

Diese Cassette war reichlich zerschrammt, und auf der Seite, auf der der Schriftzug »SONY« eingeprägt war, war ein Stück herausgebrochen und mit Klebstreifen sorgfältig wieder an Ort und Stelle eingefügt worden. Man hätte sie nicht für fabrikneu gehalten, aber man mochte auch kaum glauben, dass sie zweitausend Jahre alt sein sollte.

Er drehte sie unschlüssig in den Händen. Jetzt, da die Suche allem Anschein nach zu Ende war, fühlte er eine seltsame Leere in sich. Das war es also, was sie so brennend gesucht hatten. Oder jedenfalls so etwas Ähnliches. Jetzt, da er es in Händen hielt, schien es auf merkwürdige Weise bedeutungslos geworden zu sein. Als wäre es darauf angekommen, zu suchen, nicht darauf, zu finden.

»Ich muss Ihnen noch ein Geständnis machen«, unterbrach der Professor seine Gedanken. »Es betrifft meine vielgerühmte und noch mehr beneidete Fähigkeit, Sponsoren für meine Ausgrabungen zu gewinnen.«

Stephen sah hoch. Er ließ es zu, dass Eisenhardt ihm die Cassette aus der Hand nahm.

»Meine Erfahrungen aus der Wirtschaft waren zwar oft sehr nützlich, und wer jemals im Leben zweihundert Strickerinnen und Weberinnen zu beaufsichtigen hatte, dem kommt die Organisation einer Ausgrabung wie ein Spaziergang vor«, fuhr Wilford-Smith fort. »Aber all das war nicht entscheidend, oder jedenfalls nicht immer. Das, worauf ich in schwierigen Situationen zurückgegriffen habe, war der Splitter, der aus der Vorderseite herausgebrochen ist.«

»Wie bitte?«, fragte Eisenhardt verblüfft.

»Ich hatte gar nicht so viele Sponsoren, wie man immer behauptet. Ich hatte sehr ausdauernde, zahlungskräftige Sponsoren – zuerst vor allem die Universität von Barnford, später, nach einer Reihe von kürzeren Episoden, John Kaun. Ihm habe ich nur diesen Splitter gezeigt, ihm hoch und heilig versichert, dass ich ihn 1947 in Palästina gefunden habe, und daraus dann ungefähr die Theorie entwickelt, die uns heute ja allen geläufig ist.«

»Er wusste also, dass Sie in Israel nach einer Videokamera suchten«, sagte Stephen. »Aber er wusste nicht, dass Sie bereits die zugehörige Videocassette besaßen.«

»Genau. Mir war klar, dass jemand wie Kaun die Cassette sofort von Wissenschaftlern untersuchen lassen würde. Und das wollte ich nicht.«

»Weil Sie befürchteten, dadurch ein« – Eisenhardt suchte nach dem passenden Wort – »Zeitparadoxon auszulösen!«

Der Archäologe sah ihn mit einem überraschten Gesichtsausdruck an, der besser als alle Worte verriet, dass ihm dieser Gedanke noch nie gekommen war. »Nein«, schüttelte er den Kopf, »ich hatte Angst, die Aufnahme könnte zerstört werden.«

»Oh!«, machte der Schriftsteller.

Stephen nahm die Cassette wieder an sich und betrachtete den Splitter, der gerade so verlief, dass die Schrift mit darauf war. Mit gelindem Grusel stellte er fest, dass unterhalb des Firmenlogos in kleineren Buchstaben eingeprägt war: MR-VIDEO-SYSTEM. Auf den Cassetten, die er gesehen hatte, hatte nichts dergleichen gestanden. Und er glaubte sich auch zu erinnern, dass es bei diesen Cassetten bestimmte schmale Nuten an der Seite nicht gegeben hatte.

»Die Cassette war unbeschädigt, als ich sie fand. Ich habe den Splitter selber so herausgetrennt, einerseits weil ich sehen wollte, wie das Innere aussah – ziemlich nichtssagend für das bloße Auge –, andererseits um einen Sponsor für mein Vorhaben zu gewinnen.« Er bemerkte Stephens Blick. »Ja, die Beschriftung ist anders. Ich glaube, Cassetten dieser Bauart sind noch nicht auf dem Markt.«

»Das ist also der Beweis, dass diese hier wirklich und wahrhaftig aus der Zukunft stammt. Immer noch.«

»Ja.«

»Kann man sie dann überhaupt abspielen?«, fragte Stephen bang.

Der Professor nahm sie ihm wieder aus der Hand und ging damit an die Videowand, um sie einzulegen. »Zum Glück ja.«

»Und?«

»Lassen Sie sich überraschen«, meinte der Archäologe geheimnisvoll, während er den Fernseher einschaltete und sich dann mit der Fernbedienung auf seinen Stuhl zurückzog. »Lassen Sie sich einfach überraschen.«

41

Peter Eisenhardt, zweiundvierzig Jahre alt, verheiratet, zwei Kinder, von Beruf Schriftsteller, erlebte an diesem Nachmittag die größte Enttäuschung seines Lebens. Er war überrascht gewesen, als sich Stephen Foxx nach so langer Zeit bei ihm gemeldet hatte – wie er im Grunde immer überrascht war, wenn jemand einfach so bei ihm anrief. Zuerst hatte der junge Amerikaner einfach ein paar Fragen gehabt, das lange zurückliegende Abenteuer in Israel betreffend, und er hatte sie, so gut es sein Erinnerungsvermögen und seine Beherrschung der englischen Sprache zuließen, beantwortet. In den darauffolgenden Tagen und Wochen hatte Foxx immer wieder angerufen, höflich, niemals aufdringlich, und ihm seine Überlegungen geschildert. Mit zunehmender Faszination hatte er verfolgt, wie Stephen die kleinen, scheinbar nebensächlichen Fakten zusammengetragen und messerscharfe Schlussfolgerungen gezogen hatte. Als sich abzeichnete, dass Professor Wilford-Smith wahrscheinlich seit Jahrzehnten im Besitz einer – bisher unlesbaren – Videocassette aus dem Bestand des Zeitreisenden war, hatte etwas von ihm Besitz ergriffen, das sich wie Fieber anfühlte und ihm schlagartig verständlich machte, was die Menschen empfunden haben mussten, die einst den Verheißungen des Goldrausches gefolgt waren. Ja, auch er hatte, ohne sich dessen bewusst zu sein, an dem enttäuschenden Ausgang der Jagd nach der Kamera gelitten. Was geschehen war, *hätte nicht geschehen dürfen.* In diesen kühnen Gedankengängen nun die Möglichkeit auftauchen zu sehen, dass keineswegs alles endgültig verloren sein musste, schien wie eine Verheißung zu sein, dass letzten Endes doch die Gerechtigkeit siegte.

Er hatte dabei sein wollen. Seinem Terminkalender und seinem Bankkonto zum Trotz hatte er seinen Schreibtisch im Stich gelassen und einen Flug nach London gebucht, um sich dort mit Stephen Foxx zu treffen, der aus den USA angereist kam. Aus unerfindlichen Quellen hatte Foxx gewusst, dass Professor Wilford-Smith, der, seit er sich aus der aktiven Forschung zurückgezogen hatte, mehr als je zuvor umherreiste, an diesem Morgen zu Hause sein würde. Sie hatten ein Auto gemietet und eine Straßenkarte gekauft und waren nach Barnford gefahren. Eisenhardt hatte den Posten des Lotsen übernommen und Foxx das Steuer überlassen, der mit dem Linksverkehr erstaunlich gut zurechtkam.

Und nun – das ...!

Zuerst tanzten nur bunte Schlieren über den Schirm, die an die Farbspiele erinnerten, die man auf einer CD beobachten konnte, wenn man sie ins Licht hielt und hin und her bewegte.

»Es sind nur etwa fünfundzwanzig Minuten erhalten«, erklärte der Professor dazu. »Vielleicht sind die Aufnahmen doch nicht so haltbar, wie behauptet wird.«

Allmählich schälte sich ein Bild heraus, ein wackelndes, amateurhaftes Bild. Eine Landschaft, die Palästina sein mochte oder Griechenland, ohne besondere Merkmale. Menschen, die raue, schmucklose Kleidung trugen. Schließlich richtete sich die Kamera auf einen Mann mit langem, wallendem Haar, einem schmalen Gesicht und einer scharf geschnittenen Nase, der auch sonst den verbreiteten Jesusbildern in Kirchen und auf Heiligengemälden verblüffend ähnlich sah. Er saß mit einigen Männern an einem Tisch und aß etwas, und eine buntgemischte Volksschar stand um sie herum.

Eisenhardt runzelte unwillig die Stirn. Was sollte das denn

werden? Er hatte erwartet, die Bergpredigt zu sehen, oder die Speisung der Fünftausend, oder wie Jesus über das Wasser ging. Oder – bei diesem Gedanken lief ihm ein Schauer über den Rücken – die Kreuzigung selbst. Auf den Flug nach London hatte er seine alte, unbenutzte Konfirmationsbibel mitgenommen, noch einmal in den Evangelien gelesen und sich gefragt, was der Zeitreisende von all diesen legendären Ereignissen wohl gefilmt haben mochte. Immerhin war er der einzige gewesen, der genau gewusst hatte, was geschehen würde, und man konnte erwarten, dass er sich die zur Verfügung stehende Aufnahmezeit gut eingeteilt hatte.

Doch dieser Mensch hatte nichts Besseres zu tun gewusst, als Jesus – einen angeblichen Jesus – zu filmen, wie er aß und trank und sich mit Leuten unterhielt, die mit ihm am Tisch saßen?

Der Schriftsteller lehnte sich zurück und verschränkte die Arme vor der Brust. Das war ja lächerlich. Und dafür der ganze Aufwand? Er spürte, wie eine eklige, bleischwere Enttäuschung auf seine Schultern, seine Brust, seinen ganzen Körper herabsank; es fühlte sich fast an wie damals, als er seiner ersten wichtigeren Freundin einen Heiratsantrag gemacht und sie ihn zurückgewiesen hatte.

Das ist alles nicht wahr, dachte er. Der Professor legt uns doch schon wieder rein.

Für Stephen Cornelius Foxx, vierundzwanzig Jahre alt, unverheiratet, geboren in Maine, USA, Student der Volkswirtschaft und nebenberuflich Inhaber einer Softwarefirma, veränderte dieser Morgen in Barnford, Südengland, sein ganzes Leben.

Als der Videorecorder summend anlief, starrte er nur auf den Fernsehbildschirm und fragte sich, wieso er nichts empfand, keinen Triumph, keine gespannte Vorfreude, nichts. Er saß da und starrte, als gehöre er überhaupt nicht hierher. Alle Erwartungen und Vorstellungen, die in den letzten Wochen sein Blut hatten kochen lassen, waren plötzlich unauffindbar verschwunden, von ihm abgefallen wie die Blätter einer überreifen Blüte. Wenn er überhaupt etwas empfand, dann war das Trauer, dass die ganze Suche nun vorüber sein sollte. Nun hieß es also, sich ein neues Ziel zu suchen, das man verfolgen konnte, und danach wieder eines und wieder eines, und das würde immer so weitergehen. Es war eine seltsame, tiefe Traurigkeit, die ihn ganz passiv und schwer werden ließ. Im Grunde wollte er das Video gar nicht mehr sehen.

Die Worte des Abtes fielen ihm wieder ein, die dieser in den Katakomben des Klosters im Negev über das Heiligtum gesagt hatte, das sie den »Spiegel« genannt hatten. Es heißt, wer hineinsieht, ist nicht mehr derselbe danach. Was immer darin zu sehen ist, es verändert einen Menschen für immer. Eine wilde Panik wallte in ihm auf, als er daran dachte, und an die Flucht, die Wüste, die verzweifelten Kämpfe ... Er hatte Angst, das war es. Er hatte plötzlich unglaubliche Angst davor, die Aufnahme zu sehen.

Aber er blieb sitzen.

Als die farbigen Schlieren sich klärten und das Bild schärfer wurde, zeigte sich eine helle Landschaft, wie er sie von Israel in Erinnerung hatte, nur grüner, saftiger. Die Kamera, ungefähr in Bauchhöhe getragen, wackelte wild herum, zeigte Männer und Frauen in überwiegend graubrauner, altertümlicher Kleidung. War einer von diesen Männern nun Jesus? Und wenn ja, welcher?

Die Kamera wurde auf einem Tisch abgestellt, das schwankende Bild kam zur Ruhe. Dann ein viel zu rascher Schwenk, als sie in eine andere Richtung gedreht wurde. Krüge und Becher wurden aus dem Blickfeld genommen, sodass die Sicht frei wurde auf einen Mann, der am Ende des Tisches saß und aß. Und der in genau diesem Augenblick hochsah, zunächst auf einen Punkt über der Kamera, wohl auf denjenigen, der sie getragen und ausgerichtet hatte, dann direkt in das Kameraobjektiv, so, als wisse er ganz genau, was hier gespielt wurde.

Diese Augen ... Stephen hielt erschrocken den Atem an. Es waren große schwarze Augen, wie unendlich tiefe Brunnenschächte, wie Abgründe. Es wurde einem schwindlig, wenn man hineinsah. Auf eine unfassbare Weise war dieser Mann ganz da, völlig präsent in dem, was er gerade tat, und gleichzeitig nicht von dieser Welt. Er brach Brot, tauchte es in eine Schüssel und aß es, und jede dieser Bewegungen war von einer überwältigenden Majestät.

So etwas hatte er noch nie gesehen. Etwas ging aus von diesem Mann, selbst von seinem Fernsehbild, selbst über den Abgrund der Jahrtausende hinweg.

Was immer darin zu sehen ist ...

Und dann sprach er. Sprach mit Menschen, die mit ihm am Tisch saßen und ihn scheu ansahen, sicherlich berührt von dem Gleichen, das auch Stephen in diesem Moment fühlte und das göttliche Macht zu nennen sich etwas in ihm weigerte, obwohl es der Sache am nächsten gekommen wäre. Seine Stimme war warm und tief, und er sprach wohlmoduliert, beinahe, als hätte er eine tiefe Freude daran, die Worte zu formen und auszusprechen, als genösse er jedes einzelne Wort, das über seine Lippen ging. Es klang, als spräche die Erde selbst oder das unendliche Weltall oder der Ozean oder der brennende Dornbusch. Und wenn er zuhörte, dann ruhten seine unergründlichen Augen auf dem, der sprach, hörten jedem Wort zu mit einer Intensität, die das, was gesagt wurde, in den Fluss der Zeit selbst zu meißeln imstande zu sein schien.

Was immer darin zu sehen ist, es verändert einen Menschen für immer.

Er spürte es. Wie Hitze stieg es in ihm auf, das Rückgrat hoch, drang in alle Glieder, in jede Zelle seines Körpers, um sie auf irgendeine Weise umzupolen, zu verändern, und es ging von diesem Mann aus, den er da sah. Seine Gedanken kreisten wie wilde Strudel, verstanden nichts, schnappten schier über, tobten wie verzweifelte Tiere in Käfigen, während es ringsherum brannte, hilflos. Wie radioaktive Strahlung, dachte er immer wieder. Wie radioaktive Strahlung, nur stärker, nur gewaltiger. Keinen Schutz gab es davor, nicht vor diesem – was immer es war. Es brannte in ihm, löschte Dinge aus, brannte andere ein, unauslöschlich. Bestimmt war das keine Einbildung; hätte man ihm in diesen Minuten ein Thermometer unter die Zunge gelegt, es hätte Fieber angezeigt, ohne Zweifel.

Plötzlich wusste er, warum sie diesen Mann hatten kreuzigen müssen. Er musste ihnen abgrundtiefe Angst gemacht haben. Vor seiner Lebendigkeit mussten sie sich wie tot gefühlt haben, und sie mussten ihn gehasst haben dafür. Vor seiner natürlichen Autorität mussten sie sich lächerlich vorgekommen sein mit ihren Ämtern und Würden und Rangabzeichen, und das musste sie zutiefst verletzt haben.

Doch die Kirche, die sich auf ihn berief – Stephen glaubte, keine Luft mehr zu bekommen, so tief und gewaltig waren die Abgründe des Verstehens, die sich vor ihm auftaten, in erbarmungsloser Abfolge, Schlag auf Schlag auf Schlag –, die Kirche hatte ihm noch viel Schlimmeres angetan als die jüdischen Hohepriester. Seine Botschaft, seine Ausstrahlung, sein ganzes Wesen war Lebendigkeit gewesen, Bejahung, Fülle – doch seine Priester hatten ausgerechnet den toten Jesus zu ihrer Ikone erwählt, den Gekreuzigten, das Sinnbild dafür, dass die Menschheit ein unermessliches Geschenk zurückgewiesen hatte. Und seither predigten sie die Verneinung des Lebens, wiesen die Fülle zurück, lehrten Entsagung und Askese, verdrehten alles und jedes in das genaue Gegenteil.

Und er verstand, ja. Verstand, um wie viel einfacher es war, jemanden anzubeten, nachdem er tot war. Verstand, dass man jemanden anbeten *musste*, wenn man ihn zu Lebzeiten verpasst hatte und *spürte*, dass man ihn verpasst hatte. Verstand, dass man ihn zum Gott erhoben hatte, damit er keine Gefahr mehr war, damit die Herausforderung, die von ihm ausging – die Herausforderung an jeden Menschen: *sei!* – gebannt war. Damit in Vergessenheit geraten konnte, dass es jemals eine Herausforderung gegeben hatte. Deswegen hatte sich der ganze Schwerpunkt wegbewegt von seinem Leben, hin zu seinem Tod. Alles drehte sich um seinen Tod. In der Überlieferung war sein Leben nur Vorbereitung für seinen Tod, waren die Wunder, die man ihm andichtete – weil man die Wunder, die er tatsächlich auf Schritt und Tritt, mit jedem Wort und jeder Bewegung vollbracht hatte, nicht ertragen konnte –, nur notwendige Beweise für seine Göttlichkeit, dafür, dass er anders war als jeder andere Mensch. Denn dies musste man beweisen, sonst hätte man sich ändern müssen, anstatt sich mit Anbetung und Verehrung aus der Verantwortung stehlen zu können. In der Überlieferung, so, wie sein Leben in den Evangelien geschildert war, lief alles auf diesen Tod zu, der ein katastrophales Versagen der Menschen gewesen war, ein Akt der Feigheit, und um auch dieser Wahrheit zu entgehen, hatte man eine Mythologie darum herumstricken müssen, hatte den Mord umdichten müssen in einen Opfertod.

Und so war alles verdreht und verstümmelt worden. Stephen spürte, wie ihm heiße, salzige Tränen über die Wangen liefen, und er fühlte sich unsagbar erleichtert, mit einem Schlag befreit aus einem geistigen Gefängnis, in dem er, ohne es zu ahnen, Zeit seines Lebens eingeschlossen gewesen war.

Denn dies, erkannte er voller Trauer, war die Wahrheit: Dieser Mann hätte lange, lange leben sollen.

Und doch, allein dieses Abbild zu sehen war wie ein Segen. Zu sehen, dass es möglich war, solche Kraft und Anmut, solche Lebendigkeit und überfließende Liebe ... ja, genau, das war es: Dieser Mann war so von Liebe erfüllt, dass sie überfloss und alles und jedes in seiner Umgebung berührte, verwandelte, verzauberte, eine Liebe, die kein Objekt brauchte, eine Liebe zum Leben, zum Himmel wie zur Erde, bedingungslos, großmütig, lodernd wie Feuer. Jede Sekunde, die er ihn ansah, stillte einen Hunger in seiner Seele, an dem er zeitlebens gelitten hatte, ohne sich dessen bewusst zu werden, weil er es nie anders gekannt hatte. Dieser Hunger – wieder eine Erkenntnis, ein neuer, klaffender Abgrund – war es, der ihn angetrieben hatte mit jener verzweifelten Kraft, die hinter allem gestanden hatte, was er unternommen hatte.

Es heißt, wer hineinsieht, ist nicht mehr derselbe danach. Was immer darin zu sehen ist, es verändert einen Menschen für immer.

Ja, dachte er, ja. Bitte verändere mich. Lass mich diesen Frieden spüren, an dieser Wahrhaftigkeit teilhaben, öffne mich für diese Liebe. Bilder schossen ihm durch den Sinn, Erinnerungen an die Jagd nach der Kamera, und er schämte sich für die Haltung, mit der er diese Jagd betrieben hatte, diesen gierigen Raubzug, in dem er der Erste und Beste, der Klügste und Stärkste sein wollte, in dem es ihm letztlich nur darum gegangen war, sich zu beweisen in einem halsbrecherischen Wettbewerb mit einem Erfolgsgiganten wie John Kaun.

Kampf, immer nur Kampf. Das Leben zu leben, als führe man Krieg dagegen. Und all das ... war überhaupt nicht nötig!

Er ließ sie laufen, seine Tränen. Tränen der Erleichterung. Tränen eines ganzen Lebens.

Es geschah nichts Großartiges. Der Mann aß, unterhielt sich mit den Menschen, die ihn umgaben. Man brachte ein krankes Mädchen zu ihm, worauf er die Schüssel beiseite stellte (mit einer so wunderbaren, so grandiosen Handbewegung, dass Stephen alle Balletttänze der Welt hergegeben hätte für diese eine Bewegung) und sich dem Kind zuwandte, ihm die Hand sanft auf den Kopf legte und dann leise, kaum vernehmbar, mit ihm sprach. Es hatte etwas sehr Inniges, sehr Vertrautes, wie die beiden einander ansahen. Dann, nachdem der Mann das Kind etwas gefragt hatte, begann es zu antworten, scheu zu lächeln, und eine der Frauen unter denen, die zusahen, die Mutter vielleicht, presste fassungslos die geballten Fäuste vor den Mund, wie um einen Schrei zu unterdrücken: Vielleicht war das Mädchen bis dahin stumm gewesen und hatte nun die Sprache wiedergefunden? Unter großer Aufregung nahm man das kleine Kind wieder in Empfang, pries den Mann, der es auch in diesem Augenblick fertig brachte, zugleich Würde, Liebe und Demut auszustrahlen, die Dankbarkeit entgegenzunehmen, ohne so zu wirken, als sei er stolz auf sich; er hob leicht die Stimme und erklärte etwas, in seiner volltönenden, zugleich warmen und kraftvollen Stimme, wies zum Himmel dabei und sah schließlich hinauf, das Gesicht seinerseits so voller Dankbarkeit, dass die Umstehenden erschaudernd verstummten.

Später erhob er sich, dankte den Gastgebern innig und ging dann im Kreis seiner Begleiter davon, einen kleinen Hügel hinab, und ohne langsam oder zögerlich zu wirken, setzte er seine Füße doch so bedächtig auf, dass man meinen konnte, er liebkose den Boden damit. Jede seiner Bewegungen war so vollkommen wie die Bewegungen der Gestirne am Himmel. Jedes Wort, das er sprach, war Gesang, war ein vollkommener Klang.

Doch mit keiner seiner Gesten, mit nichts in seiner Haltung sagte er auch nur den Bruchteil einer Sekunde lang: *Ich bin Gott, und ihr seid nur Menschen.* Jede seiner Gesten, seine ganze Haltung verkündete unaufhörlich nur dieses eine: *Seht mich an! Seht, was möglich ist! Nichts an mir ist anders als an euch, auch ihr könnt dieses wunderbare Leben in seiner Vollkommenheit haben! Nichts ist für mich möglich, was nicht auch für jeden einzelnen von euch möglich wäre!*

Abseits der Menschen, die gekommen waren, um seinen Weg zu säumen, stand ein alter, kranker Bettler, der wohl nur einmal sehen wollte, von wem da die Rede war, aber er hielt sich klein und unauffällig im Hintergrund, sich seines Wertes unter den anderen wohl bewusst. Doch der, den von fern zu sehen er gekommen war, entdeckte ihn, bahnte sich einen Weg durch die Menschen, die entsetzt dreinblickten, als sie erkannten, wohin er wollte. Alles verstummte, als sie miteinander sprachen, der Gesegnete und der Bettler. Der alte Mann begann zu weinen, und in den Gesichtern ringsum zuckte es eigenartig. Doch dann, je länger der Mann zu ihm sprach, desto mehr straffte sich die gebeugte, ausgemergelte Gestalt, desto mehr begann das Gesicht zu leuchten, wieder lebendig zu werden, begannen die Augen zu strahlen, bis er überhaupt nicht mehr aussah wie ein Bettler, sondern wie einer, der sich verkleidet hatte.

Dann, plötzlich, zogen wieder farbige Schlieren über das Bild, und es verschwand.

Sie sahen hoch.

Peter Eisenhardt: gelangweilt, fast angewidert.

Stephen Foxx: verwandelt.

Glas splitterte. Laut, hässlich, gewalttätig.

42

»Darf ich fragen, meine Herren«, fragte Professor Wilford-Smith mit fester Stimme, in der ein gehöriges Maß Entrüstung mitschwang, »wer Sie sind, was Sie hier wollen und wie Sie dazu kommen, meine Fenster einzuschlagen?«

Man hätte noch ganz andere Fragen stellen können. Zum Beispiel die, wie die Männer dazu kamen, Schusswaffen auf sie zu richten. Stephen zählte bei einem kurzen Blick in die Runde insgesamt sieben von ihnen. Sie trugen allesamt schwarze Rollkragenpullover und schwarze Hosen. Als seien sie drei schwerbewaffnete Geiselgangster, die es zu überrumpeln galt, waren die schwarzen Gestalten durch beide Türfenster zugleich hereingebrochen, und offenbar verstanden sie sich auf derartige Aktionen, denn drei von ihnen, die wohl vorher schon auf wesentlich unauffälligere Weise in das Haus eingedrungen sein mussten, hatten im nächsten Augenblick in der offenen Zimmertür gestanden, sodass sie eingekreist waren.

Einer von ihnen, etwas gedrungener als die anderen und wohl so etwas wie der Anführer, trat vor. Glassplitter knirschten unter seinen schwarzen Stiefeln. Er hatte graues, kurzgeschorenes Haar und kalte, ebenfalls graue Augen.

»Wenn Sie sich ruhig verhalten, geschieht Ihnen nichts«, erklärte er.

»Den Teufel werde ich tun«, erwiderte Wilford-Smith zornig. »Ich verlange eine Erklärung!«

»Seien Sie nicht albern«, versetzte der Mann unwirsch. »Wir sind hier nicht im Kino. Geben Sie mir die Videocassette, die Sie eben abgespielt haben.« Er streckte die Hand aus.

Der Professor starrte ihn nur an wie einen Geist. Er rührte sich nicht.

»Hören Sie schlecht?«, raunzte ihn der Eindringling an. »Das Video!«

»Sie kommen im Auftrag des Vatikans.« Der alte Archäologe schien unfähig zu handeln, ehe er nicht verstanden hatte, was hier geschah. Seine Stimme klang tonlos, voll unguter Ahnung. »Ist es nicht so? Monsignore Scarfaro hat Sie geschickt. Wie sind Sie hierher gekommen? Und ausgerechnet heute. Haben Sie die beiden verfolgt? Sie seit Jahren überwacht? Haben Sie unser Gespräch vorhin mitgehört? Ja. Ich glaube, all das haben Sie getan.«

»Uns«, erklärte der Mann und stieß den Professor beiseite, »gibt es überhaupt nicht.« Er nahm die Videocassette aus dem Abspielgerät und betrachtete sie. »Und diese Cassette«, fuhr er fort, »gibt es auch nicht.« Er steckte sie in die Tasche.

Stephen verfolgte die Geschehnisse wie gelähmt. So, als läge er wieder mit einer Infusionsnadel im Arm auf einer Pritsche in einem Lastwagen, gerade dem Tod entronnen. Es geschah wieder, und es würde, das erkannte er mit kristallener Klarheit, immer wieder und wieder geschehen. Hier, in diesem Zimmer und in diesem Augenblick, wurde Jesus wieder gekreuzigt. Wann immer Menschen an der Herausforderung des Lebens scheiterten, blieb ihnen nichts anderes übrig, als Jesus zu kreuzigen. Auch das konnte den Schmerz nicht von ihnen nehmen, aber es war die einzige Erleichterung, die blieb.

Diese hier waren nur Handlanger. Stephen sah sich um, unauffällig. Je zwei Männer hielten ihre Waffen auf einen von ihnen gerichtet, sorgfältig abgesprochen, professionell trainiert. Aber sie waren nur Handlanger, ahnungslose Gehilfen. Ob römische Legionäre oder schwarzgekleidete Revolvermänner, es machte keinen Unterschied. Und sie waren eine unüberwindliche Übermacht. Auch das schien unvermeidlich und unabänderbar: dass das Böse, Dunkle immer die Übermacht hatte.

Er musste an das Kloster im Negev denken, an den Moment, in dem der Abt ihm das größte Heiligtum seines Ordens anvertraut hatte. Er hatte dieses Vertrauen bereits am nächsten Tag enttäuscht, und heute enttäuschte er es schon wieder. Die alte Prophezeiung, der der Mönch gefolgt war, sie hatte sich geirrt.

Oder gab es eine Möglichkeit?

Er sah zu Eisenhardt hinüber. Der Schriftsteller verfolgte die Ereignisse mit einer Miene, in der sich Furcht, Abscheu und Verwunderung mischten. Sieben Männer, von denen sechs die Läufe ihrer schwarzen, gedrungenen Waffen auf sie gerichtet hielten. Mit Gewalt würde sich nichts ausrichten lassen, aber vielleicht mit Köpfchen, mit einem schlauen Trick ... irgendetwas musste ihm doch einfallen, und wenn, dann schnell ...! Ihm war doch immer etwas eingefallen. Sein ganzes Leben lang hatte er immer einen Trick gewusst, immer einen Kniff auf Lager gehabt, noch einen Pfeil im Köcher, hatte um eine Ecke weiter gedacht als die anderen und hatte so erreicht, was er erreichen wollte.

Aber ihm fiel nichts ein. Seine Nerven fühlten sich an wie taub und tot, sein Hirn wie trockengelegt. Das, was er gesehen hatte, wühlte immer noch in ihm, brannte wie Feuer, kochte, brodelte. Die ganze Welt sollte dieses Video sehen, das hatte er dem alten Priester versprochen, aber er würde sein Versprechen nicht halten können.

»Sie dürfen das nicht tun!«, hörte er sich plötzlich sagen. Der Mann sah ihn an, und er wiederholte es: »Sie dürfen das nicht tun.«

»Wie bitte?«, fragte er.

»Sie wissen ja nicht, was dieses Video bedeutet«, beschwor Stephen ihn. Sein Herz raste. Immerhin hatte er ihn dazu gebracht anzuhalten, zurückzufragen, zuzuhören. Vielleicht gab es doch noch eine Chance. Vielleicht war ihm dieser Moment vom Schicksal geschenkt worden, um letztlich doch noch alles gutzumachen. »Ich bitte Sie, schauen Sie sich das Video doch erst einmal an. Es ist für alle Menschen bestimmt. Sie dürfen es ihnen nicht wegnehmen, oder Sie machen sich auf eine unvorstellbare Weise … schuldig!«

Der Mann mit den grauen, leblosen Augen, die gläsernen Kugeln glichen, sah ihn an. Stephen erwiderte den Blick. Hatte er ihn erreicht? Manche Dinge durften einfach nicht geschehen, und dies war eines davon. Er hatte einmal versagt, als er die Kamera verloren hatte. Er durfte nicht noch einmal versagen. Wenn es ihm gelang, wenigstens dieses Video zu retten, dann war er nicht ganz gescheitert.

»Ich weiß, was dieses Video bedeutet«, sagte der Mann schließlich. »Glauben Sie mir, ich weiß es besser als Sie alle.«

Damit gab er seinen Männern einen Wink, und im nächsten Moment waren sie alle verschwunden wie ein Spuk. Ein paar Schritte raschelten im Laub, in der Ferne wurde ein Motor angelassen, dann kehrten die Raben zurück, landeten auf dem Rasen vor den eingeschlagenen Fenstern und schauten aus dunklen Knopfaugen herüber.

Der Schock schien die Zeit angehalten zu haben. Eine Weile war es so still wie nach einer Explosion, und keiner wollte es wagen, zu atmen.

Der Professor stand schließlich schwerfällig auf, tappte zu den Fenstern hinüber und besah sich den Schaden.

»Beide Fenster«, brummelte er und schob unentschlossen einige der Scherben mit den Schuhen zusammen. »Als ob eines nicht gereicht hätte. So eine Übertreibung.« Er machte einen Schritt hinaus in den Garten, vorsichtig, um sich an hervorstehenden Splittern nicht zu verletzen, und sah skeptisch zum Himmel hinauf. »Es regnet heute bestimmt noch. Ärgerlich, das alles.«

Er kam wieder herein, besah sich kopfschüttelnd das Durcheinander aus geborstenem Holz und zersplittertem Glas. »Heute bekomme ich keinen Handwerker mehr her. Ich muss die Fenster anders abdichten. Mit Plastikfolie vielleicht. Ja, das müsste gehen.«

Eisenhardt hockte mit eingezogenem Nacken auf seinem Stuhl und beobachtete den Archäologen misstrauisch. »Kann mir bitte einmal jemand sagen«, begann er schließlich, »was das Ganze eigentlich sollte?«

»Sie haben das Video«, hörte Stephen sich tonlos sagen. Es war eher ein fassungsloses Flüstern.

Wilford-Smith sah ihn unter seinen buschigen weißen Augenbrauen hervor an. »Erinnern Sie sich an einen Mann namens Scarfaro, Mister Eisenhardt? Sie erinnern sich, Stephen. Scarfaro war einmal im Ausgrabungslager von Bet Hamesh, um mit Kaun zu sprechen.«

»Ja«, nickte der Schriftsteller. »Ich erinnere mich. Er kam aus Rom. Ein Inquisitor, oder so etwas in der Art.«

»Scarfaro ist so etwas wie ein dunkler Agent des Vatikans. Er war es, der die Kamera zerstört und ihre Trümmer an sich genommen hat. Er war es auch, der diese Männer geschickt hat.«

»Aber wieso ausgerechnet jetzt?«, entfuhr es Stephen. »Wieso ausgerechnet heute und hier?«

Der Professor sah ihn durchdringend an. »Ich fürchte, Sie waren es, der sie auf mich aufmerksam gemacht hat.«

»Ich?«

»Sie waren es, der die Kamera gefunden hatte. Erinnern Sie

sich? Scarfaro wusste das. Bestimmt hat er Sie überwachen lassen. Mister Eisenhardt war wohl nicht wichtig für sie, und ich war es bis heute sicher auch nicht, denn sonst wären sie viel früher da gewesen. Sie müssen Sie verfolgt haben, Stephen, müssen uns belauscht und dann sofort zugeschlagen haben.«

Stephen hörte mit steinernem Gesicht zu. Er versuchte, sich zu erinnern, aber da war nichts. Keine Verfolger, keine verdächtigen Anrufe, keine durchwühlte Wohnung, kein Knacken in der Leitung. Falls er überwacht worden war, dann hatte er jedenfalls nichts davon gemerkt.

Aber er hätte damit rechnen müssen. Es war unverzeihlich gewesen, nicht einmal daran zu denken.

»Kommen Sie, Professor!«, schüttelte Eisenhardt den Kopf. »Was soll das? Wollen Sie im Ernst behaupten, jemand sei hinter *diesem* Video hergewesen?«

»Bitte?« Wilford-Smith hob fragend die Augenbrauen.

»Wer soll dieses Machwerk wollen? Der Vatikan? Dass ich nicht lache. Sie wollen uns mit diesem ganzen Schauspiel doch für dumm verkaufen. So, wie Sie es mit uns schon in Israel und davor wahrscheinlich mit John Kaun getan haben.«

Stephen sah den Schriftsteller fassungslos an. »Peter? Was reden Sie? Sie haben das Video doch gesehen!«

»Ja, eben! In meinem ganzen Leben habe ich mir noch nie ein so dilettantisches, blutarmes Schauspiel ansehen müssen. Und das versucht der Professor uns als das Video aus der Vergangenheit anzudrehen? Lachhaft, sage ich. Absolut lachhaft.«

»Wie können Sie so etwas sagen?«, wunderte Stephen sich. »Sie haben diesen Mann gesehen, wie er ging, wie er redete ... Wer soll das gewesen sein, wenn nicht der tatsächliche, historische Jesus?«

»Das soll Jesus Christus gewesen sein? Nie im Leben. Eher bin ich der Kaiser von China.«

Stephen wollte etwas erwidern, schwieg dann aber konsterniert. Er verstand nicht, was hier vorging. Sein Blick suchte den des Professors. »Professor Wilford-Smith, was hat das zu bedeuten? Es kommt mir so vor, als hätten wir zwei verschiedene Videos gesehen.«

Aus den Augenwinkeln sah er, wie der deutsche Schriftsteller grimmig den Kopf schüttelte.

Der Professor verschränkte die Hände hinter dem Rücken und nickte bedächtig. »Ja, so wird es wohl gewesen sein. Das ist mir schon öfter begegnet. Es gibt Menschen, die von dem, was in dem Video zu sehen ist, auf eine so tiefe Weise berührt werden, wie sie es sich nie zuvor hätten vorstellen können – und andere, die absolut unbeeindruckt bleiben. Ich selbst zähle glücklicherweise zur ersten Kategorie, und Sie, Stephen, ebenfalls, wie mir scheint. Mister Eisenhardt allerdings nicht, fürchte ich.«

»Heißt das, außer Ihnen und uns haben auch andere das Video gesehen?«

»Ja. Viele.«

»Und nun endet es?«

Eisenhardt erhob sich, beugte sich vor. »Stephen, sehen Sie denn nicht, was hier gespielt wird? Das ist alles ein riesiger Schwindel. Hier soll eine Legende geschaffen werden, und Sie sind das Werkzeug dazu. Professor Wilford-Smith gehört einer Sekte an, die hier in Barnford ihren Hauptsitz hat. Ich weiß nicht genau, was mit all dem bezweckt werden soll, aber ich nehme mal an, dass wir gerade eine Neuauflage erleben von dem, was die Mormonen abgezogen haben. Kennen Sie deren Mythologie? Deren Gründer hieß Joseph Smith, und von ihm heißt es, dass ihm ein Engel erschienen sei, der ihm ein Buch aus goldenen Schrifttafeln gab und ihn anwies, den Text ins Englische zu übersetzen, weil er dieses goldene Buch danach wieder mitnehmen musste. Daraus wurde das Buch

Mormon, die Grundlage ihrer Religion. Aber so etwas kann man den Leuten heutzutage natürlich nicht mehr verkaufen. Heute muss es ein Video sein, ein Zeitreisender, eben all der Aberglaube, der heute modern ist.«

Stephen hörte die Argumente des Schriftstellers, die so logisch und plausibel klangen, aber sie stießen in seinem Inneren auf eine Barriere, die dort existierte, seit er das Video gesehen hatte, und prallten davon ab. In seinem Herzen glomm etwas, das stärker war als alle Argumente.

»Peter, ich habe diesen Mann gesehen. Egal, was Sie sagen und egal, wer er ist, er hat mich verwandelt. Genau so, wie es der alte Mönch im Negev sagte.«

»Aber das ist kein Beweis! Wenn ein und derselbe Film den einen überzeugt und den anderen nicht, dann kann die Wirkung nicht in dem Film begründet liegen, sondern nur in dem, der ihn sich ansieht. Leuchtet Ihnen das nicht ein?«

»Doch.«

Eisenhardt schüttelte den Kopf. »Dass wir das nicht eher begriffen haben. Wir hätten vorhersehen können, was passieren würde. Natürlich musste das angebliche Original verschwinden, denn sonst hätte irgendjemand feststellen können, dass es keine zweitausend Jahre alt ist, sondern nur, was weiß ich, mit einem Sandstrahler bearbeitet oder in der Waschmaschine mitgewaschen worden ist. Und wen könnte man besser zum Bösewicht stempeln als die natürliche Feindin aller christlichen Sekten und Splittergruppen, die römisch-katholische Kirche? Das schweißt die Sektenmitglieder zusammen. Ganze Weltreiche lassen sich bauen auf solche Legenden.«

Schweigen trat ein. Stephen sah von einem zum anderen. Eisenhardt saß auf seinem Stuhl, mit steinernem Gesicht. Er hatte seine Wahrheit. Der Professor stand ruhig zwischen umgestürzten Bücherstapeln und den Trümmern seiner Fenster, als hätte er überhaupt nicht verstanden, was der Schriftsteller ihm unterstellte. Was wie der Anfang eines erbitterten Streits ausgesehen hatte, verpuffte wirkungslos. Jeder hatte seine Wahrheit. Auf dieser Grundlage war kein Streit möglich.

»Gut«, meinte Eisenhardt schließlich und stand auf. »Wie auch immer, es interessiert mich nicht mehr. Stephen, ich würde gern so rasch wie möglich wieder nach Hause fliegen. Es wartet Arbeit auf mich.«

Stephen stand ebenfalls auf. »Ja, sicher.«

»Ich warte im Wagen. Professor? Leben Sie wohl.« Er nickte dem alten Mann kurz zu und ging. Man hörte ihn draußen seinen Parka von der Garderobe nehmen, dann ging die Haustür. Es klang zornig, enttäuscht. Selbst in seinen Schritten hörte man es.

Stephen und Wilford-Smith sahen einander an. Plötzlich war eine unerwartete, ungewohnte Vertrautheit zwischen ihnen.

»Tja«, meinte Stephen und reichte dem weißhaarigen alten Mann die Hand. »Dann will ich ihn mal nicht warten lassen.«

»Ja. Sicher hat er sich etwas anderes versprochen von dieser Reise.«

»Es tut mir leid, was geschehen ist. Wenn ich nicht gekommen wäre, würde das Video wahrscheinlich noch existieren.«

»Es existiert ja noch.«

»Ja sicher, nur hat es jetzt der Vatikan«, meinte Stephen. »Wenn sie es nicht vernichten, werden sie es zumindest für immer wegschließen.«

Der Professor ging hinter seinen Schreibtisch, behutsam, denn hier und da knirschte noch Glas unter seinen Schuhen. »Die Cassette ist verloren, ja«, sagte er. »Das ist schade. Aber das Video ist nicht verloren.« Er öffnete eine Schublade und nahm zwei gewöhnliche VHS-Videocassetten heraus. »Wir haben natürlich Kopien gemacht. Kopien in allen gängigen Videoformaten – VHS, Super-VHS, BetaCam, Hi-8 Digital,

MR, und so weiter. Vergessen Sie nicht, das Jesus-Video war eine digitale Aufzeichnung. Das heißt, die Kopie ist genauso gut wie das Original, und Sie können es beliebig oft kopieren, ohne dass die Qualität darunter leidet.«

Er reichte Stephen eine der Cassetten.

»Wir?«, fragte der verblüfft. »Wer ist wir?«

»Freunde«, sagte der Professor nur. »Nur für den Fall, dass auch in diesem Raum Abhörmikrophone versteckt sind und jemand mithört, sage ich Ihnen, was Sie sich auch denken können: Die Kopien sind über die ganze Welt verstreut, und es gibt Tausende davon. Es ist ein Schneeballeffekt – einer gibt eine Hand voll Kopien weiter an Freunde, die wiederum Kopien ziehen und verschenken, und immer so weiter. Eine Lawine. Scarfaro kann es nicht mehr aus der Welt schaffen. Es ist unmöglich. Egal, wie viele Kopien er findet und zerstört, er wird sich niemals sicher sein können, dass er alle gefunden hat.«

Stephen starrte die Cassette in seiner Hand an. Es war eine ganz normale Videocassette, wie er sie für ein paar Dollar im Laden kaufte, um einen Spielfilm aufzunehmen. Sie trug einen kleinen Aufkleber, auf dem einfach *Jesus Video* stand.

Er glaubte zu träumen. Er würde nach Hause gehen, diese Cassette in seinen Videorecorder einlegen, in dasselbe Gerät, das er benutzte, um die *Star Trek*-Filme oder *Bugs Bunny* anzuschauen, und würde Jesus auf seinem Fernsehschirm sehen.

»Nehmen Sie auch eine für Eisenhardt mit«, meinte Wilford-Smith und gab ihm die zweite Cassette. »Als Andenken.«

43

Weitere zweieinhalb Jahre später

Am Anfang hatte ihn die Weite und die Einsamkeit der Landschaft erschauern lassen. Dann, ganz allmählich, hatte sich die erste Panik in etwas verwandelt, das nur Ekstase sein konnte: mit einem Auto durch ungezähmte, wüstenartige Ebenen zu fahren, die nie etwas von der Zivilisation der Städte und Fabriken gehört zu haben schienen, ganz allein mit sich und dem Himmel, dem Lauf der Sonne und der Erde.

Aber das schien natürlich nur so. In beruhigend regelmäßigen Abständen tauchte, angekündigt durch ein Stakkato großer, scheußlich bunter Werbetafeln am Straßenrand, ein staubiger Ort auf oder eine Tankstelle oder ein Motel, und Peter Eisenhardt war, wie er sich eingestehen musste, im Grunde froh darum, nicht auf die Jagd gehen oder abends ein Zelt aufschlagen zu müssen. Dann genoss er es, nur die Kreditkarte zücken zu müssen, um eine warme Mahlzeit oder ein sauberes Bett zu bekommen, und kam sich dabei vor wie ein Globetrotter, frei und ungebunden. Träumereien, alles miteinander.

Den Zettel mit der Wegbeschreibung hatte er mit Klebstreifen am Armaturenbrett befestigt, schon vor langer Zeit, noch bevor er auf die Interstate 40 gekommen war, der er Tausende von Meilen und durch fünf amerikanische Bundesstaaten unbeirrt gefolgt war. Abgesehen von ein, zwei Abstechern hatte er sie erst heute Morgen verlassen.

Manchmal brauchte man stundenlang das Lenkrad nicht

zu bewegen, während rostrote Felsen an einem vorüberzogen, karges, staubbraunes Gras oder einfach gestaltlos leere Weite. Manchmal fühlte er sich in Kinofilme versetzt, kam ihm dieses Land wie ein anderer Planet vor, den er von Kinoleinwänden und Fernsehschirmen zu kennen geglaubt hatte, bis er seinen Fuß selber darauf gesetzt und da erst die andere Schwerkraft gespürt, den anderen Geruch eingesogen, den anderen Pulsschlag des Bodens vernommen hatte. Dann wieder wich das Gefühl von Fremdheit, einfach so, als zöge jemand einen Vorhang beiseite, und es kam ihm vor, als sei er schon immer hier zu Hause gewesen.

Irgendwann tauchte es dann auf: das *Great Spirit Motel.*

Der Name verhieß mehr als zu sehen war: ein ausgebleichter, flacher Gebäudekomplex, ohne großen Aufwand neben die Straße gesetzt und ohne irgendein Merkmal, an das man sich, wenn man daran vorbeigefahren wäre, erinnert hätte. Eisenhardt bog in die Einfahrt, die von zwei weißlackierten Blechtonnen voller Kakteen markiert wurde, und hielt auf dem Parkplatz, der nur aus festgefahrener mehlweißer Erde bestand. Das hier war es also.

Von dem obligatorischen Coca-Cola-Schild und Leuchtreklame für Budweiser-Bier in den Fenstern abgesehen, hielt die werbetreibende Industrie dieses Motel offensichtlich nicht für einen lohnenden Werbeträger. Ein Blechschild mit einem stilisierten Windhund darauf zeigte an, dass hier Busse der Greyhound-Linie hielten, ein anderes Schild wies auf die Tankstelle hin. Hinter dem Haupthaus lagen zwei langgestreckte Gebäude mit je acht Apartments, die aber, den unordentlich davor geparkten Fahrzeugen nach zu urteilen, bei weitem nicht belegt waren.

Das hier war es also. Kaum zu glauben.

Eisenhardt stieß die Wagentür auf und stieg aus. Wüstenhafte Hitze fiel ihn an wie der heiße Atem eines Höllentiers, und im Nu rann ihm der Schweiß in den Nacken, aus den Achselhöhlen und über Rücken und Brust. Er hatte die Klimaanlage seines Wagens schätzen gelernt, und manchmal vergaß er, was sie ihm ersparte.

Seine Schuhe waren staubig, als er betrat, was sich großspurig Restaurant nannte: Ein großer, niedriger, von summenden Klimaanlagen gekühlter und bedrückend geschmacklos eingerichteter Raum, in dem eine Handvoll Leute saßen. Durch große Fenster zur Straße flutete grelles Sonnenlicht herein, um gleich darauf im dunklen Holz der Tische und Bänke zu versickern, sodass das hintere Ende des Raums in ungewissem Halbdunkel blieb. Eine große, wuchtige Theke nahm fast die ganze linke Wand ein, begann im hellen Bereich und verlor sich im Dunkel, und auf ihr reihten sich Erdnussautomaten, Pappaufsteller mit Prospekten von Kreditkartenfirmen, Drahtkörbe voll kleiner Packungen irgendwas, Erdnüsse oder Minisalzgebäck oder Kaugummi, aufeinandergestapelte Aschenbecher. Eisenhardt wich den neugierigen Blicken der Gäste aus, suchte sich einen der freien Hocker an der Theke aus – sie waren alle frei –, setzte sich, sah den jungen Mann an, der bediente, und sagte: »Hallo, Stephen.«

Stephen Foxx, der gerade damit beschäftigt gewesen war, Gläser zu spülen, sah überrascht hoch. »Mister Eisenhardt! Na so was! So früh am Morgen hatte ich Sie noch nicht erwartet …«

»Soll ich später wiederkommen?«

Er lachte. »So habe ich das nicht gemeint. Wahrscheinlich haben Sie in Flagstaff übernachtet, oder? Waren Sie am Grand Canyon?«

»Gestern. Den wollte ich mir nicht entgehen lassen. Der Busfahrer war, glaube ich, ein richtiger Indianer, kann das sein? Er sah jedenfalls aus wie einer.« Eisenhardt spürte, dass er nervös war. Er kam in letzter Zeit immer ins Plappern, wenn er sich unsicher fühlte.

»Wahrscheinlich ein Navajo. Der Nationalpark grenzt an ihr Reservat an. Wollen Sie einen Kaffee?«

»Ist das da hinten eine Cappuccino-Maschine?«

»Ja.«

»Könnte ich dann stattdessen einen Cappuccino haben?« Allmählich tat die Klimaanlage ihre Wirkung, der Schweiß auf seiner Haut trocknete.

»Ja, klar.« Foxx machte sich an der Maschine zu schaffen, es sah ziemlich gut eingeübt aus. Und es roch gut, je weiter der Cappuccino gedieh.

»Danke«, sagte Eisenhardt, als er die Tasse hingestellt bekam.

»Wie hat er Ihnen gefallen? Der Grand Canyon, meine ich.«

Eisenhardt zögerte. »Tja, wie soll ich sagen ...? Auf Fotos sieht er überwältigend aus. Aber wenn man davor steht, ist er überwältigend. Man hat das Gefühl, man kann die Augen überhaupt nicht weit genug aufmachen, um ihn wirklich zu sehen. Ganz unglaublich.«

Foxx nickte, mit einem wissenden Lächeln um die Lippen. »Es hat mich überrascht, Ihre Nachricht zu erhalten. Was treibt Sie in diese verlassene Gegend?«

»Ja, das ist schon eine tolle Sache mit diesen E-Mails«, gab der Schriftsteller zu, während er an seinem Kaffee nippte. »Man gewöhnt sich schnell daran. Über Ihre alte Telefonnummer hätte ich Sie ja wohl kaum wieder erreicht, oder?«

»Nein, stimmt.«

»Ich war in New York, mit meinem Agenten. Ein paar Gespräche mit Leuten aus der Verlagsbranche führen«, erzählte Eisenhardt. »Eine unglaubliche Stadt. Am Schluss war ich ganz wirr im Kopf.«

»Ja, New York ist Trainingssache. Warten Sie einen Moment, ich bin gleich wieder da ...« An einem der Fenstertische hatte ein Gast die Hand gehoben, weil er zahlen wollte.

»Kein Problem.«

Er sah sich um, während Stephen sich um den Mann kümmerte. Es war wenig los, und irgendwie hatte man das Gefühl, dass hier praktisch niemals viel los war.

»Das war der letzte von denen, die nach Tucson weiterfahren«, meinte Stephen, als er wieder zurückkam. »Wahrscheinlich habe ich jetzt eine Atempause, bis der Bus kommt. In etwa ...« – er spähte auf eine Uhr – »zehn Minuten.«

»Kommen hier hauptsächlich Leute her, die per Bus unterwegs sind?«

»Um diese Tageszeit schon. Mittags kommen die Motelgäste, und abends sogar Leute aus der Gegend.«

»Ah«, machte Eisenhardt. Das musste ja eine ziemlich trostlose Gegend sein, wenn das hier schon die Attraktion war.

»Und jetzt«, meinte Foxx mit einem geheimnisvollen Lächeln, »muss ich Ihnen jemanden vorstellen.« Er drehte sich herum, schob die Klappe der Durchreiche zur Küche hoch und rief in den Raum dahinter: »Er ist da!«

Ein Ausruf, der durch den Küchenraum hallte, aber nicht zu verstehen war, war die Antwort. Gleich darauf kam eine schlanke, dunkelhaarige Schönheit aus einer Tür, eine rassige junge Frau, sich lächelnd noch die Hände an der umgebundenen Schürze abwischend, ehe sie sie ihm reichte.

Diesmal war es an Eisenhardt, verblüfft zu sein. »Ich kenne Sie!«, entfuhr es ihm. »Sie ... Sie waren dabei, bei der Ausgrabung ...«

»Judith Menez«, nickte sie. »Ich erinnere mich auch an Sie. Wir haben aber nie miteinander gesprochen, glaube ich.«

»Ja. Verrückt, oder?« Sein Blick wanderte zwischen Foxx und Judith hin und her. »Das müssen Sie mir jetzt aber erklären.«

»So viel gibt es da nicht zu erklären«, meinte sie mit einem Seitenblick auf Stephen, der Bände sprach. »Einen Tag nach dem Ende seines Einreiseverbots stand er vor meiner Tür, mit einem Blumenstrauß – und, na ja …«

Stephen nahm sie in den Arm und drückte sie an sich. »Sie will damit sagen, dass ich davor ein wenig in mich gegangen war, was meine Einstellung zum Leben und zur Liebe anbelangte.«

»Er war wie verwandelt«, betonte sie.

»So«, machte Eisenhardt, der unwillkürlich lächeln musste. Nach siebzehn Jahren Ehe und zwei Kindern sehnte er sich manchmal auch nach den heißverliebten Anfangstagen zurück.

»Und dann«, fuhr Judith fort, »holte er eine Videocassette aus der Tasche und verwandelte mich auch.« Sie küsste ihn auf die Wange. »Ich muss noch schnell alles fürs Mittagessen vorbereiten. Ich komme später zu euch, okay?«

Das Lächeln war Eisenhardt auf dem Gesicht gefroren. Die Videocassette! Also war es doch so, wie er befürchtet hatte. In den letzten Jahren hatte sich eine regelrechte Untergrundbewegung um dieses angebliche Jesus-Video gebildet, und allem Anschein nach gehörte Stephen Foxx auch dazu.

»Sie bleiben doch bis morgen? Dann können wir heute Abend ein bisschen zusammensitzen und über die alten Zeiten reden«, schlug er vor und fügte hinzu: »Sie sind natürlich unser Gast.«

»Ja. Gern. Obwohl …« Vielleicht war es am besten, sich in Toleranz zu üben. Schließlich sollte jeder nach seiner Fasson selig werden können. Eisenhardt kratzte sich am Kopf, auf dem sich das Haar zusehends gelichtet hatte seit ihrem letzten Zusammentreffen. »Ich habe das Gefühl, ich bin heute noch überhaupt nicht vorangekommen. Dabei waren es von Flagstaff aus immerhin … Keine Ahnung. Dieses Land nimmt überhaupt kein Ende. Die ganzen letzten Tage bin ich mehr oder weniger durchgehend am Steuer gehockt und gefahren und gefahren, und wenn ich abends auf die Karte gesehen habe, waren es gerade ein paar Zentimeter. Unglaublich. Deutschland kann man an einem Tag durchqueren, können Sie sich das vorstellen?«

»Sie sind aber hoffentlich nicht nur quer durch das Land gefahren, um dieses architektonische Meisterstück von einem Motel zu besuchen?«, meinte Foxx.

»Nein, eigentlich will ich an die Westküste. Es gab Tage, da kamen mir Zweifel, dass man die per Auto überhaupt erreichen kann. Ich habe einen Freund, der dort lebt und der mich eingeladen hat, ein paar Tage bei ihm zu wohnen. Er ist vor, na, fünfzehn Jahren ausgewandert, und wir haben uns vor zehn Jahren das letzte Mal gesehen. Ach, übrigens«, fiel ihm ein, »ich habe John Kaun getroffen.«

»Was?«, staunte Stephen. »Na so was. Und? Von dem hat man ja schon lange nichts mehr gehört, und davor nichts Gutes. Wie geht's ihm denn?

»Er schien sich zu freuen, als ich anrief, und lud mich ein, als ich sagte, dass ich die USA mit dem Auto durchqueren wolle. Er ist jetzt Chef einer Kartoffelchipsfabrik in Oklahoma, wohl das letzte Überbleibsel seines Konzerns, hat wieder geheiratet, hat ein Baby und sieht glücklich und zufrieden aus. Er trägt nur noch Jeans und Sweatshirts, können Sie sich das vorstellen?«

»John Kaun? Ich glaube Ihnen kein Wort.«

»Ich habe ihn auch fast nicht wiedererkannt.«

»Woher hatten Sie seine Nummer? Ich meine, ausgerechnet in Oklahoma hätte ich ihn nicht gerade gesucht ...«

»Einer der Verlage, die wir besucht haben, gehörte früher zu *Kaun Enterprises.* Irgendwie kamen wir im Gespräch darauf. Ich sagte, dass ich John Kaun kenne, und als ich fragte, ob jemand wisse, was aus ihm geworden sei, gab man mir seine Telefonnummer. Anscheinend steht sie aber auch ganz normal im Telefonbuch.« Eisenhardt zuckte mit den Schultern. »Es scheint ihm wirklich gut zu gehen. Obwohl er wieder ein ganz gewöhnlicher Mensch ist.«

»Wahrscheinlich muss man das sein, ehe es einem gut gehen kann«, meinte Stephen nachdenklich. »Wenn ich daran denke ... Ich wollte mal so werden wie er. So wie er damals war, mächtig und reich und wichtig. Einer von den ganz Großen. Am Anfang, ehe ich die Kamera gefunden hatte, wollte ich mir hauptsächlich beweisen, dass ich schlauer und schneller bin als er, all seiner Macht zum Trotz. Verrückt, was?«

»Na ja, ich weiß nicht«, meinte Eisenhardt und sah sich um. »Ein bisschen Ehrgeiz muss schon sein im Leben, finden Sie nicht?«

»Sie wundern sich, was ich hier mache.«

»Offen gestanden, ja. Als ich Sie das erste Mal getroffen habe, waren Sie eine Art Wunderknabe, ein vielversprechender Jungunternehmer mit mehr Geld auf dem Bankkonto, als ich jemals haben werde. Und jetzt führen Sie ein Motel im Niemandsland. Nicht gerade das, was man sich unter beruflichem Aufstieg vorstellt.«

Stephen Foxx lächelte, zog ein Handtuch aus einer Schublade und fing an, Gläser abzutrocknen. »Oh, meine Firma existiert nach wie vor. So virtuell wie eh und je. Nächste Woche fliege ich mal wieder an die Ostküste und besuche ein paar Kunden, aber ansonsten agiere ich übers Internet, und da ist es völlig egal, wo ich lebe. Ich mache das hier nur vorübergehend – ein paar Monate. Das Motel gehört einem guten Freund von uns, der eine schwere Operation hatte und Zeit braucht, um wieder ganz auf die Beine zu kommen.« Er zuckte mit den Schultern. »Es hat sich so ergeben. Ich komme mehr und mehr dazu, Dinge so zu nehmen, wie sie sich ergeben. Man erlebt fantastische Sachen auf diese Weise.«

»Na ja, das kann schon sein.« Eisenhardt legte die flache Hand auf die Theke. »Offen gestanden, ich dachte vorhin, dass das hier vielleicht das Hauptquartier der Video-Sekte ist.«

Stephen lächelte dünn. »Es gibt kein Hauptquartier. Das wäre viel zu gefährlich – ob Sie es glauben oder nicht, die Kirche ist noch immer hinter dem Video her.«

Plötzlich war Unruhe im Raum. Stühle scharrten über den Boden, als Leute aufstanden, nach ihren Taschen griffen und zur Tür drängten. Der Greyhound-Bus war angekommen. Man sah draußen Passagiere aussteigen und auf das Gepäck warten, das der Fahrer aus weit geöffneten Stauraumklappen verteilte.

Stephen nutzte die Gelegenheit, rasch alles schmutzige Geschirr und alle Gläser von den Tischen einzusammeln, schnell darüber zu wischen, die Speisekarten zurück in ihre Halterungen zu stecken und neue papierne Platzdecken aufzulegen. Diese Arbeiten verrichtete er, wie Eisenhardt mit Verwunderung feststellte, mit bemerkenswerter Hingabe. Als der Bus weiterfuhr und gleich darauf die ersten neuen Gäste das Restaurant betraten, sahen die verlassenen Plätze einladend frisch und neu aus, und Stephen stand schon bereit, um Bestellungen entgegenzunehmen.

Judith kam wieder aus der Küche, um einen prüfenden Blick auf seinen Bestellblock zu werfen.

»Nur Getränke«, meinte Stephen. »Komm, setz dich ein bisschen zu uns.« Zu Eisenhardt meinte er: »Die meisten steigen um in den Bus nach Los Angeles, der in zwanzig Minuten kommt.«

»Was macht denn der da?«, fragte Judith, während sie ihre Kittelschürze abnahm. Sie meinte einen schmalen Jungen mit lohblondem Haar, der in der glühenden Hitze mit einer dicken Umhängetasche und einem gewaltigen Kleidersack immer noch da stand, wo der Bus gehalten hatte. »Traut der sich nicht herein?«

»Was sagen Sie denn zu dem Artikel?«, richtete Eisenhardt die Frage, die ihn schon lange beschäftigte, an Stephen Foxx.

»Welchem Artikel?«, fragte der, während er an der Zapfanlage hantierte.

»Dem Artikel von Uri Liebermann über das Jesus-Video? Kennen Sie den etwa überhaupt nicht?«

»Ich muss zugeben, nein. Liebermann, das ist dieser israelische Journalist, mit dem Sie zu tun hatten? Der uns im Kloster die Hubschrauber auf den Hals geschickt hat?«

»Ja. In den letzten Jahren hat er sich zu einer Art Experte für die Jesus-Video-Bewegung entwickelt. Eine Zeitlang war er ständig in irgendwelchen Talkshows zu Gast. Vor einem halben Jahr hat er einen großen Artikel über die Hintergründe des Videos veröffentlicht, der praktisch überall in Europa erschienen ist. Bei uns in Deutschland war er im Stern, und Reader's Digest hat ihn auch gebracht.«

»Ich muss zugeben, das ging an mir vorüber. Was schreibt der Experte denn?«

Eisenhardt holte tief Luft. Es war keine angenehme Sache, jemandem die Illusionen zu nehmen, auf denen er sein Leben aufgebaut hatte. »Er hat eine Gruppe von Amateurschauspielern ausfindig gemacht, die ungefähr ein Jahr, ehe Professor Wilford-Smith die Ausgrabungen in Bet Hamesh begonnen hat, im Auftrag eines unbekannten Auftraggebers ein Video in Israel produziert haben«, erklärte er grimmig. »Alle Beteiligten wurden zum Stillschweigen verpflichtet, und die wichtigste Bedingung war, dass alle Schauspieler Aramäisch lernen mussten.«

»Aramäisch!?«, wunderte sich Stephen und meinte zu Judith: »Der Zapfhahn für das Cola spinnt wieder.«

»Der Techniker kommt morgen. Zumindest hat er das gesagt.«

»Aramäisch«, bekräftigte Eisenhardt. Hörten die ihm zu? Oder setzte bereits die Verdrängung ein? »Die Sprache, die Jesus aller Wahrscheinlichkeit nach gesprochen hat.«

»Ja, ist mir klar. Und was ist das für ein Video?«

»Ihres.«

Jetzt hielt er inne. »Wie bitte?«

»Es ist das Video, das Sie in alle Welt verbreiten. Das Video, das wir bei Professor Wilford-Smith gesehen haben.« Der Schriftsteller beugte sich vor, um nicht so laut reden zu müssen, weil einige der Gäste bereits zu ihnen herübersahen. »Verstehen Sie nicht? Es war alles inszeniert, von Anfang an. Ein großes Theater. Die ganze abenteuerliche Suche, die so genannten Experten, die hinzugezogen wurden, all das sollte nur die Geschichte glaubhaft machen. Ich bitte Sie, es ist doch kein Problem, ein menschliches Skelett, das eine mit modernen Mitteln verheilte Fraktur aufweist, vor einer Ausgrabung an der richtigen Stelle zu verstecken. Oder die Gebrauchsanleitung einer Kamera, die erst demnächst auf den Markt kommen soll, zu erfinden und in einem Exemplar drucken zu lassen, um sie daneben zu legen. Es ist auch machbar, eine Radiokarbonanalyse fälschen zu lassen – man braucht nur den zu bestechen, der sie durchführt. Zwar haben Sie mit Ihren Extratouren den ganzen Plan ziemlich durcheinander gebracht, aber inzwischen spielen Sie ja bestens mit. Trotzdem ist alles Lug und Trug – Liebermann weist das sehr überzeugend nach.«

Stephen sah ihn nachdenklich an. »Ich glaube, ich weiß jetzt, wovon Sie reden. Einen Moment.« Er nahm das Tablett auf und trug die Getränke an die Tische. Als er wieder zurückkam, ging er daran, die nächste Ladung zu zapfen, und meinte dabei: »Das, was Sie meinen, ist das, was wir das Anti-

Video nennen. Das ist ein Video, das ganz ähnliche Szenen zeigt wie das wirkliche, aber so stümperhaft gespielt, dass jeder merken muss, dass es Betrug ist, schlechte Schauspielerei. Wir wissen nicht, woher dieses Video kommt, wir vermuten nur, dass die römische Kirche dahinter steckt. Es ist jedenfalls in unglaublichen Stückzahlen im Umlauf.«

»Sie müssen wirklich den Artikel lesen«, meinte Eisenhardt.

»Ich glaube nicht, dass ich das muss. Das ist doch wie mit den hunderttausend anderen Verschwörungstheorien, die es gibt. Dass die Titanic überhaupt nicht gesunken ist. Dass Kennedy im Auftrag des Militärs ermordet wurde. Dass Elvis noch lebt. Alles logisch bis ins letzte Detail, und alles falsch.« Aus dem Zapfhahn für Cola kam auf einmal nur noch Schaum. Stephen holte mit einem Seufzer eine Flasche aus dem Kühlschrank und füllte die Gläser daraus auf. »Die Frage ist doch: Wer soll so etwas inszenieren – und vor allem warum?«

»Liebermann tippt auf Wilford-Smith, aber den können wir ja nicht mehr fragen.« Der Professor war im Vorjahr gestorben; ein Autofahrer hatte den Gelehrten auf seinem Fahrrad beim Abbiegen übersehen und gerammt.

»Und warum hätte er das tun sollen?«

»Das habe ich Ihnen doch schon damals gesagt. Wilford-Smith war Mitglied der True Church Of Barnford. Das ist eine exklusive kleine christliche Sekte im südlichen England, die es etwa seit den vierziger Jahren gibt. Das Video sollte die Lehren dieser Kirche transportieren und ihre Rechtmäßigkeit untermauern.«

Stephen schüttelte mit einem leicht entnervten Grinsen den Kopf. »Abgesehen davon, dass diese Theorie so große Löcher hat, dass man mit einem Greyhound-Bus hindurchfahren könnte, ohne anzustoßen«, meinte er, »abgesehen davon ist es so, dass es keine Lehren gibt.«

»Und was tun Sie dann?«, fragte Eisenhardt zurück.

»Einmal im Monat treffen wir uns« – Stephen machte eine vage Geste, die vermuten ließ, dass weiter hinten abgeschlossene Räume für eine solche Veranstaltung existierten – »und sehen uns das Video an.«

»Und?«

»Und wir lassen es auf uns wirken. Anders kann ich es nicht beschreiben. Wir sitzen ungefähr eine Stunde still da, um ganz offen und aufnahmebereit zu werden, dann sehen wir es uns an. Das ist alles.«

Eisenhardt betrachtete ihn skeptisch. »Das ist alles? Dasselbe Video immer wieder und wieder anschauen?«

Foxx lächelte leicht, beinahe verträumt. »Damit geht es mir so wie Ihnen mit dem Grand Canyon – ich habe das Gefühl, ich kann die Augen nicht weit genug aufmachen, um das alles zu sehen, was darin zu sehen ist.«

»Und was ist darin zu sehen?«

»Ich sehe darin, was sein kann. Ich sehe einen Mann, der ganz da ist, der mit jeder Faser seines Seins an diesem Ort, in diesem Augenblick existiert, der den Becher des Lebens bis zur Neige leert. Wenn ich ihn sehe, ermutigt mich das, an meinem eigenen Becher nicht nur zu nippen.«

»Man hat ihn aber gekreuzigt«, erinnerte Eisenhardt ihn. »Wenn er der ist, für den Sie ihn halten.«

Stephen nickte ernst. »Ja. Weil sie es nicht ertragen konnten. So viel Lebendigkeit – das muss viele unerträglich neidisch gemacht haben.«

»Aber ist das nicht unlogisch? Sie sagen, das Video zu sehen verwandelt Sie. Dann hätte es doch die, die ihn damals leibhaftig erlebt haben, tausendmal verwandeln müssen?«

»Wer sagt, dass es nicht so war? Manche werden berührt, und andere nicht. Das wissen Sie doch ganz gut, oder?«

Die Eingangstür wurde aufgedrückt. Sie machte ein leises, quietschendes Geräusch. Eisenhardt sah flüchtig hin. Es war der Junge, der bisher draußen am Busschild gewartet hatte und nun staubig und verschwitzt auf die Theke zusteuerte. Er wirkte unsicher, wie jemand, der zum ersten Mal allein verreist.

»Es gibt nicht den Hauch eines Beweises, dass der Mann auf dem Video tatsächlich Jesus ist«, meinte Eisenhardt halblaut zu Stephen, um das Thema vorübergehend abzuschließen, solange sie nicht unter sich waren.

Stephen nickte nur, als sei das völlig unwichtig, und wandte sich dem jungen, verschüchtert dreinblickenden Mann zu. »Was darf es sein?«

»Ähm«, machte der. Seine Augen huschten umher, suchten über der Theke oder an der Wand nach Preislisten, fanden aber keine. »Einen Kaffee, bitte.«

»Einen Kaffee. Kommt sofort.«

Eisenhardt verfolgte, wie Stephen eine Tasse, Untertasse und ein Serviettendeckchen zusammenstellte, unter den Kaffeeautomaten schob und den grün leuchtenden Knopf betätigte. Während die Maschine den Kaffee aufbrühte, legte er einen Löffel, eine Packung Sahne und ein eingepacktes Stück Würfelzucker dazu. Die Diskussion, die sie bis jetzt geführt hatten, schien ihn nicht im Mindesten zu irritieren.

»Ein Kaffee, bitte sehr. Das macht eins zwanzig.«

»Danke.« Der Junge strich sich das verschwitzte Haar aus dem Gesicht und zählte das Geld aus der Jeanstasche auf den Tresen. Stephen strich es dankend ein und tippte den Betrag in seine Registrierkasse.

»Es spielt keine Rolle, verstehen Sie?«, wandte er sich dann an Eisenhardt. Der Zuhörer schien ihn nicht sonderlich zu stören. »Ob er Jesus ist oder Buddha oder jemand, von dem wir nie etwas gehört haben – ich sehe in ihm, was das Leben sein kann. Dass es nicht darum geht, etwas zu erringen. Dass wir nicht auf dieser Welt sind, um andere zu überrunden und auszustechen und auf allen Rennbahnen zu siegen. Es macht keinen Unterschied, ob man siegt oder verliert, nicht wirklich, meine ich. Früher dachte ich, es gehe im Leben darum, einen Preis zu gewinnen. Sinnbildlich gesprochen. Mir war das nicht bewusst, aber im Rückblick weiß ich, dass ich das glaubte. Es war die Haltung, sich zu sagen, ›wenn ich erst ...‹. Wenn ich erst eine Million Dollar besitze, dann. Wenn ich erst berühmt bin, dann. Immer dann, dann, dann. Ich glaubte, wenn ich das richtige Rennen gewonnen hätte, dann würde sich mein Leben verändern in etwas anderes als das, was es war – in das richtige Leben. Dann würde das richtige Leben beginnen. Aber so viele Rennen ich auch gewann, ich kriegte nie den Preis. Das ›dann‹ passierte nie. Und deshalb rannte ich immer weiter, setzte die Ziele immer höher. Als ich den Wettlauf mit John Kaun begann, war ich in Wahrheit verzweifelt, weil ich schon so viel erreicht hatte und die große Veränderung ausgeblieben war.« Er sah ihn an. »Kennen Sie das auch? Ich stelle mir vor, dass es das sein könnte, was einen Schriftsteller antreibt – der Glaube, wenn man erst sein Meisterwerk geschrieben hat, wird alles anders.«

»Nein«, knurrte Eisenhardt. »Ich schreibe, weil es mir Spaß macht.«

Er schien das nicht zu hören. »Als ich das Video sah, begriff ich, dass das hier schon das richtige Leben ist. Dass es das schon die ganze Zeit war. Ich war nur unfähig, es wahrzunehmen, mich an dem zu erfreuen, was ich schon hatte. Das Leben, das wirkliche, richtige Leben, fand schon statt, und ich hatte es die ganze Zeit übersehen, weil ich so beschäftigt war. Aber ich musste erst sehen, wie jemand wirklich imstande ist, den Moment auszukosten, mit allen Sinnen und aller Hingabe, ehe ich das begreifen konnte.«

»Na ja«, machte Eisenhardt zurückhaltend. »Das ist ja eine alte Weisheit, wenn ich mich nicht irre.«

Stephen nahm ein Geschirrtuch und warf es sich mit einem Seufzer schwungvoll über die Schulter. »Ich kann es nicht in Worte fassen. Sie könnten es wahrscheinlich, als Schriftsteller.«

»Aber ich sehe nicht, was Sie sehen.«

»Schade.« Er und Judith nickten einander zu, zwei Wissende, die den Unwissenden bedauerten.

Diese Arroganz der Frommen hatte der Schriftsteller noch nie leiden können. Wenn nicht ein Zuhörer mit an der Theke gesessen hätte, hätte er ... Er richtete sich auf, dehnte den verspannten Rücken und überlegte, ob er wirklich über Nacht bleiben sollte. Zweifellos hieß das, einen Abend eifriger Missionsarbeit über sich ergehen lassen zu müssen.

»Stimmt was nicht mit dem Kaffee?«, erkundigte sich Stephen bei dem jungen blonden Mann, der mit hängendem Kopf vor seiner Tasse saß und sie unentwegt umrührte.

»Wie?«, schreckte er hoch. »Nein, alles bestens. Kein Problem.«

»Ich dachte, weil Sie ihn die ganze Zeit umrühren und nichts davon trinken.«

»Nein, es ist nur ... Es liegt nicht am Kaffee. Danke.« Ein schmerzlicher Ausdruck huschte über sein Gesicht. Wie um zu beweisen, dass mit dem Kaffee alles in Ordnung war, nahm er einen tiefen Schluck.

Stephen blieb stehen, sah ihn einfach nur an und sagte nichts.

»Meine Mom und mein Dad sind gestorben«, sagte der Junge schließlich, mit blinden Augen ins Leere starrend. »Bei einem Autounfall. Letztes Jahr. Und vor vier Wochen hat meine Freundin mit mir Schluss gemacht. Es, ähm ... ist nicht leicht.«

»Es tut mir leid, das zu hören.«

»Ich habe, ähm, ein bisschen mitbekommen, wie Sie über

den Sinn des Lebens und so diskutiert haben.« Er fuhr sich mit der Hand in die Haare, eine vorwitzige Strähne zurückschiebend, die ihm immer wieder ins Gesicht fiel. »Da ist mir alles wieder eingefallen.«

»Mmh.« Stephen nahm sein Geschirrtuch von der Schulter und fing an, die völlig saubere Theke zu wischen.

»Tut mir leid, dass ich gelauscht habe. Ich wollte es bestimmt nicht.«

»Ist schon in Ordnung.«

»Der Kaffee schmeckt wirklich großartig.«

»Danke.« Stephen zögerte etwas, warf Eisenhardt einen raschen Seitenblick zu und wischte weiter über alle Flächen und Leitungen. »Ich könnte Ihnen etwas zeigen. Ein Video, das Ihnen vielleicht hilft.«

So lief das also. Eisenhardt glaubte einen Anflug von Misstrauen in den Augen des jungen Mannes aufblitzen zu sehen. Gesunden Misstrauens, wie er fand.

Der Junge brachte ein tapferes Lächeln zuwege und schüttelte den Kopf. »Danke. Aber ich muss mit dem nächsten Greyhound nach L. A. weiter.«

»Heute Abend fährt noch einer.«

»Dann verpass ich mein Flugzeug.«

»Ach so.« Stephen nahm den Lappen hoch, faltete ihn auseinander und andersherum wieder zusammen, wischte weiter. »Wohin soll's denn gehen?«

»Nach Israel.«

Von diesem Wort schien eine Art Stromstoß auszugehen. Stephen hörte auf zu polieren, und Eisenhardt glaubte zu fühlen, wie sich feine Haare in seinem Nacken aufstellten. Das war ja jetzt ein Zufall, verdammt noch mal.

»Nach Israel.« Stephen machte wieder weiter. »Klingt toll. Und wohin in Israel?«

»Überallhin. Eine Besichtigungstour, vierzehn Tage quer

durch das ganze Land, alle möglichen heiligen und historischen Stätten anschauen.« Er versuchte zu lachen, aber es klang gequält, und seine blonde Strähne fiel ihm wieder ins Gesicht. »Ich weiß nicht, wie ich dazu gekommen bin – ich meine, ich war noch nie besonders religiös oder so was … Nicht mal, als Mom und Dad … Da war ein Prospekt bei uns im Supermarkt. Keine Ahnung, warum der mich so angesprungen hat, aber ich dachte mir, warum nicht?« Es schien ihm beinahe peinlich zu sein.

Stephen tauchte den Lappen zurück ins Wasser, drückte ihn beinahe andächtig aus. »Wir haben ab und zu Touristen aus Israel da, die Arizona sehen wollen. Den Grand Canyon und so.« Er hängte den Lappen auf eine verchromte Querstange. »Sie sind der erste, bei dem es andersherum ist.«

»Glauben Sie, ich haue einfach ab?«

»Nein. Ich denke, es wird Ihnen gut tun, in eine neue Umgebung zu kommen.«

Das schien ihn zu erleichtern. »Ja, ich bin wirklich mal gespannt. Ich meine, es ist verrückt, ich war noch nie irgendwo, abgesehen von Disneyland in den Ferien mit Mom und Dad. Einmal beim Skifahren, aber da habe ich mir bloß das Bein gebrochen. Und jetzt fliege ich gleich nach Israel. Aber wissen Sie was? Ich bin wirklich gespannt.«

»Das glaube ich.«

»Vor allem möchte ich wissen, wie es ist an so uralten historischen Plätzen«, fuhr der Junge fort, sich regelrecht in Begeisterung hineinzureden. »Wissen Sie, meine Mom hatte so einen Spruch. Sie sagte immer: Geschichte ist, was in Büchern steht. In Wirklichkeit spürst du es nicht, wenn der Atem der Geschichte dich anhaucht. Ich will mal sehen, ob das stimmt.«

Die Luft schien plötzlich zu prickeln wie Champagner. Als Eisenhardt Stephens Augen unnatürlich groß werden sah, wusste er, dass er sich richtig erinnerte an das, was er ihm über den Inhalt des zweiten Briefes erzählt hatte.

Die Tasse in seiner Hand fühlte sich plötzlich ganz unwirklich an, schien flüssig werden zu wollen.

»Ich habe noch was Verrücktes gemacht.« Der blonde junge Mann hievte seine Umhängetasche auf den Tresen, war gar nicht mehr zu bremsen. »Ich habe mir eine Videokamera gekauft, extra für diese Reise, nagelneu. Ich meine, ich habe noch nie im Leben irgendwas neu gekauft, jedenfalls nicht so was – immer nur gebrauchte Autos, Stereoanlage secondhand, Fernseher aus 'nem Garagenverkauf … Und jetzt lege ich viertausend Eier hin für so ein Wahnsinnsteil, eine MR–01 von SONY. Haben Sie davon schon mal gehört?«

»Ja«, machte Stephen mit einer Stimme, die plötzlich etwas kläglich klang. »Ich habe davon gehört.«

»Das Neueste vom Neuen, sagte der Verkäufer. Superqualität. Kinderleicht zu bedienen. Ich bin mal gespannt. Oh, ich glaube, der Bus kommt.«

Draußen hielt in diesem Augenblick, groß und silbern, zischend und schnaubend wie ein gelandeter Drache, der Greyhound-Bus. Leute stiegen aus, und überall im Restaurant standen andere Leute auf, packten ihre Koffer und Rucksäcke und Tragetaschen und eilten zum Ausgang. Der Junge packte seine Umhängetasche und seinen Kleidersack, nickte ihnen noch einmal grüßend zu und ging auch. Die Eingangstür schwang mit ihrem leisen Quietschen vor ihm auf und hinter ihm zu und schaukelte dann noch ein wenig in ihren Angeln.

Eisenhardt stellte seine Tasse zurück. Es gab ein klackendes Geräusch. Es war wieder eine ganz normale Tasse. So, wie es ein ganz normaler Augenblick war, wie jeder andere der Augenblicke auch, aus denen ein Leben besteht.

»Hey«, sagte Judith leise.

Sie sahen einander an, mit großen Augen. Dann, als hätten

sie es einstudiert, drehten sie sich zur Fensterfront um. Der blonde Junge hatte den Fahrschein schon griffbereit in der Hand. Er stand ganz hinten in der Schlange.

Es bedurfte keiner Worte. Sie standen auf, gingen ihm nach, nach draußen, durch die Schwingtür, die auch bei ihnen leise quietschte. Nebeneinander stapften sie über den sandigen Boden, der unter ihren Schuhen knirschte, wie es sandiger Boden eben tut. Sie gingen schneller, rannten schließlich, um den Jungen noch zu erwischen, ehe er in den Bus stieg.

»Heh!«, stieß Stephen hervor und streckte ihm die Hand hin. »Gute Reise!«

Der Junge mit der Umhängetasche sah ihn verwundert an. »Danke.«

»Ich wollte bloß sagen ... Mein Name ist Stephen Foxx. Ich wünsche Ihnen alles Gute.«

»Mein Name ist John«, erwiderte der Junge und strich sich die Strähne zum hundertsten Mal aus den Augen. »Danke.«

»John – und wie weiter?«

Ein misstrauisches Glitzern blitzte für einen Moment in seinen Augen auf. »Ist doch unwichtig«, meinte er. »Einfach nur John, okay?« Er hob noch einmal kurz die Hand zum Gruß und stieg dann ein.

Sie sahen ihn durch die dunkel getönten Scheiben des Busses nach hinten gehen, während sich die vordere Tür unter energischem Zischen schloss und der riesige, nach Diesel stinkende Bus sich mit wummernden Motoren langsam in Bewegung setzte. Sie sahen ihm nach, bis er am Horizont verschwunden war.

»Ich weiß nicht mehr, was ich denken soll«, sagte Eisenhardt.

Stephen Foxx warf ihm von der Seite einen scheuen Blick zu. »Das war er, nicht wahr?«

Der Horizont flimmerte, schien sich zu einem spöttischen

Grinsen zu verziehen. Nichts war mehr wirklich. Wenn er den Blick von dem kleinen, silbrigen Punkt in der Ferne abwandte, würde die Welt aufhören zu existieren und das Ende der Zeiten kommen.

So musste es sich anfühlen, wenn man verrückt wurde. Den Boden unter den Füßen verlor.

Oder ihn zum ersten Mal wirklich spürte.

»Ja«, nickte er. »Die Geschichte beginnt.«

Andreas Eschbach

DER JESUS-DEAL

ISBN 978-3-431-03900-9

Leseprobe

Kapitel 1

Er wusste, dass die anderen ihn als Last betrachteten. Er war nur dabei, weil sein Vater, sein mächtiger Vater, darauf bestanden hatte, dass ein Barron an der Aktion teilnahm. Und wer sonst hätte das sein sollen als er, Isaak, der Erstgeborene und designierte Erbe?

Deshalb hatten die Männer ihn auf diesen Posten hier gestellt: um unter sich zu sein. Deshalb stand er sich seit zwei Stunden an der einzigen Bushaltestelle Barnfords die Beine in den Bauch und hielt Ausschau nach einem Auto, das einfach nicht kommen wollte. Er fror. Nur noch ein paar Tage bis Weihnachten: Das merkte man. Der Himmel war eine graue Suppe, aus den Schornsteinen stiegen dünne Rauchfäden empor, und es roch klamm, feucht, kalt.

Ein fernes Brummen, das ein sich näherndes Fahrzeug verriet. Etwa das zehnte oder zwölfte, seit er hier ausharrte, und wahrscheinlich würde es wieder einfach an der Ortschaft vorbeituckern. Trotzdem trat Isaak aus dem Schutz des hölzernen Wartehäuschens und reckte den Hals. Seine Aufgabe mochte überflüssig sein, er würde sie gleichwohl erfüllen, so gut er konnte.

Oh. Ein weißer Toyota. Isaak spürte sein Herz schlagen. Das stimmte schon mal. Zwei Personen darin. Auch das stimmte.

Er duckte sich zurück in den dunklen Unterstand, wartete, bis die Autonummer zu erkennen war. Tatsächlich. Die Nummer, die Whitewaters Leute aus Heathrow durchgegeben hatten.

Isaak zog das kleine Sprechfunkgerät aus der Tasche, drückte die Sprechtaste. »Posten eins«, sagte er leise. »Sie kommen.«

Der Toyota bremste ab, bog nach Barnford ein.

»Verstanden, Posten eins«, kam es krachend aus dem Funkgerät.

Isaak steckte es wieder weg, verfolgte aus der Deckung des Wartehäuschens, was weiter geschah. Das Auto parkte vor dem bewussten Haus. Die Insassen stiegen aus. Der Jüngere der beiden, der am Steuer gesessen hatte, eine Brille trug und sich auffallend gerade hielt, wohl um seine geringe Körpergröße wettzumachen, musste Stephen Foxx sein. Den Namen des Älteren, der sich eben in eine graugrüne Jacke und einen karierten Schal wickelte, hatte Mister Whitewater ebenfalls erwähnt, aber Isaak hatte ihn wieder vergessen.

Sie schauten sich um. Isaak zog sich noch weiter ins Dunkel zurück. Es sah nicht so aus, als ahnten sie etwas. Die beiden traten auf das bewusste Haus zu, lasen das Namensschild auf dem Briefkasten, öffneten das niedrige Gartentürchen, gingen zur Haustüre, klingelten. Ein weißhaariger Mann machte auf, wirkte überrascht – anders als Mister Whitewater und seine Leute hatte er tatsächlich nicht geahnt, dass die beiden kommen würden –, bat sie herein. Die Türe schloss sich wieder.

Er sah auf die Uhr, zog noch einmal das Funkgerät heraus. »Posten eins. Zehn Uhr sieben. Sie sind drin.«

»Verstanden, Posten eins. Dann komm jetzt zurück. Aber unauffällig.«

Na klar unauffällig. Hielten die ihn für blöd?

Wahrscheinlich.

Isaak steckte das Gerät ein und setzte sich in Bewegung. Er spielte den Spaziergänger, die Hände tief in den Manteltaschen vergraben, den Kopf eingezogen. Sah beim Überqueren der Straße erst nach rechts, dann nach links, wie es ihm sein Vater, Mister Whitewater und noch ein halbes Dutzend anderer Leute eingeschärft hatten. Weil sie in England waren, wo die Autos auf der falschen Straßenseite fuhren! Bloß war diese Vorsicht hier in Barnford überflüssig, denn sie befanden sich in einer der abgelegensten Gegenden Südenglands, mitten auf dem Land, und der Verkehr war äußerst überschaubar.

Während er die Straße entlangging, schaute er von den Häusern weg, als interessierten ihn die dunkelbraunen, frisch gepflügten Felder auf der anderen Seite viel mehr. Dann riskierte er aber doch einen Blick auf das Haus, in dem die beiden Männer verschwunden waren: ein kleines, altes Landhaus mit mächtigem Reetdach, halb versteckt hinter Büschen und Bäumen, umgeben von einem Garten, der sich offenbar selbst überlassen blieb, voller Unkraut und modrigem Laub.

Er achtete darauf, nicht langsamer zu werden, sich seine Neugier nicht anmerken zu lassen. Er bog um die Ecke. Da stand der graue Lieferwagen. War jemand zu sehen, der ihn beobachten konnte? Nein. Isaak klopfte kurz. Die Seitentür wurde aufgeschoben, und er stieg schnell ein.

Im Inneren des Wagens stank es nach Schweiß, Kaugummi und Ungeduld. Kein Wunder, die fünf Männer hockten seit heute Morgen hier drinnen, aßen nichts und tranken so wenig wie möglich, damit nicht ständig jemand zum Pinkeln hinaus musste. Das hätte auffallen können, und auffallen war genau das, was sie nicht wollten.

Mister Whitewater bedeutete Isaak, sich nach vorn auf den Beifahrersitz zu setzen, der einzige Platz, der frei war. »Kalt draußen, hmm?«, meinte er knurrig. »Ich hoffe nur, der Schnee wartet noch ein paar Stunden. Sonst kriegen wir Probleme.«

»Ja, Sir«, sagte Isaak, der wie so oft nicht recht wusste, was er auf solche Äußerungen sagen sollte. Eric Whitewater war ein enger Freund seines Vaters, ein massiger, kantiger Mann, der einen aus seinen eisgrauen Augen auf eine Art anblicken konnte, dass man sich fühlte wie ein Insekt unter der Lupe.

Einer seiner Leute, Bob, saß mit Kopfhörern am Empfänger der Abhöranlage, die sie irgendwann, irgendwie in dem Haus des Professors installiert hatten. »Klingt, als ob er endlich fertig ist mit seinem verdammten Tee«, verkündete er. »Sie gehen jetzt alle ins Wohnzimmer.« Er drehte an einem Regler. »Ich glaube, es geht schon los. Foxx knallt ihm seine Theorie an den Kopf.«

Whitewater streckte die Hand aus. »Lass mich mithören.«

Bob reichte ihm einen zweiten Kopfhörer. Whitewater setzte ihn auf, dann lauschten beide andächtig. Nach einer Weile sagte er: »Okay. Zeit, dass wir uns bereit machen. Tim, sag Wagen 2 Bescheid.«

Isaak wusste nicht, was in dem Haus vorging und worauf Whitewater und seine Männer warteten. Sein Vater hatte gesagt, das brauche er nicht zu wissen; es komme nur darauf an, dass er dabei sei. Was er wusste, war, dass ihre Aktion eine lange Vorgeschichte hatte. Dass Whitewater und seine Leute diesen jungen Mann, Stephen Foxx, monatelang abgehört und beobachtet hatten. Dass sie gewusst hatten, wann und mit welchem Flug die beiden Männer heute früh in London Heathrow landen würden. Dass in einem zweiten, weißen, kleineren Lieferwagen in der Parallelstraße noch einmal vier Männer auf ihren Einsatz warteten.

Und dass das alles dazu diente, gegen das siebte Gebot zu verstoßen. Sie waren gekommen, um etwas zu stehlen.

Alle Männer bis auf Bob standen auf, überprüften ihre Waffen, steckten sich die Ohrstöpsel der Funkgeräte in die Ohren. Sie waren alle schwarz gekleidet: schwarze Hosen, schwarze Rollkragenpullover. Aber was sie wirklich gefährlich wirken ließ, war das Funkeln in ihren Augen.

Whitewater holte kleine goldene Kreuze aus einer Schachtel und verteilte sie an die Männer.

»Damit sehen wir aus wie Pfarrer«, meinte einer grinsend, während er es sich umhängte. »Die werden denken, der Vatikan schickt uns.«

»Gut«, sagte Whitewater mit einem so kalten Ton in der Stimme, dass den Männern das Grinsen in den Gesichtern gefror. »Genau das sollen sie nämlich auch denken.«

»Und dann?«

Michael sah durchaus, dass sein großer Bruder todmüde war von dem Flug und allem. Aber er musste das jetzt wissen! Er saß auf Isaaks Bett, die Arme um die aufgestellten Beine geschlungen, weil ihm kalt war, und wartete ungeduldig darauf, dass es weiterging.

Isaak gähnte, dass sein Kiefer knackte, und spähte dann nach der Uhr auf seinem Nachttisch. »Halb vier! Sag mal, wieso bist du überhaupt wach?«

»Mom hat mir verraten, dass du heute Nacht zurückkommst«, erklärte Michael. »Also hab ich mir den Wecker gestellt und bin früh ins Bett, ganz einfach.« Isaak brauchte nicht zu glauben, dass er als Einziger cool war.

Obwohl Isaak schon ziemlich cool war. Es verschlug Michael manchmal regelrecht den Atem, wenn er darüber nachdachte. Was er sich natürlich auf keinen Fall anmerken lassen durfte. Isaak war vier Jahre älter als er, schon achtzehn und ... nun, einfach vollkommen. Hatte in der Schule in den meisten Fächern beste Noten. War groß, stark und sportlich. War fromm und gottesfürchtig wie kaum jemand, den Michael kannte. Hatte in all seinen Dingen makellose Ordnung, vergaß nie zu beten, wusste alles, konnte alles, hatte keinerlei Schwächen und bot allen Versuchungen Satans unanfechtbar die Stirn. Die Mädchen an der Schule schwärmten alle für ihn. Isaak war auch zu allen freundlich, aber er ließ sich auf nichts ein, obwohl er wirklich nur mit den Fingern hätte schnippen müssen.

Dass er selber jemals so tugendhaft sein würde, daran hegte Michael schmerzhafte Zweifel. Allein, was ihm manchmal an sündigen Gedanken durch den Kopf ging, wenn er an Jennifer dachte, das neue Mädchens an der Schule, die lange, blonde Haare hatte, einen Zopf bis zum Hintern –

»Jetzt erzähl schon!«, drängte er seinen Bruder.

Isaak seufzte, richtete sich auf und hob ein Stück seiner Bettdecke an. »Deck dich wenigstens zu. Ich frier ja, wenn ich sehe, wie du da sitzt und bibberst.«

Michael schlüpfte bereitwillig unter die warme Decke, streckte die kalten Zehen aus, bis sie Isaaks Schenkel berührten. Isaak zuckte zusammen, aber er beschwerte sich nicht. Typisch Isaak. Sein Bruder hatte sich schon immer für andere eingesetzt, fast so, wie die Helden und Heiligen in den Geschichten es taten. Vor einiger Zeit zum Beispiel für seinen Kunstlehrer, Mister Lofelmaker, der aus Gründen, über die man nichts Näheres erfahren hatte, mitten im Schuljahr entlassen worden war. Isaak war in einer Versammlung zu diesem Thema aufgestanden und hatte vor dem Rektor, den Eltern und den anderen Lehrern erklärt, wie ungerecht er das fände. Und dabei war es ihm bestimmt nicht um seine Noten gegangen, denn die waren ausgerechnet bei Mister Lofelmaker nicht besonders gut gewesen!

»Also?« Michael stupste seinen Bruder mit seinen kalten

Zehen. Das hatte Isaak nun davon! »Mister Whitewater hat seinen Männer goldene Kreuze gegeben, und dann?«

»Dann sind sie los. Zackig. Tür auf, raus, Tür zu, über die Straße zu dem Grundstück, mit einem Schritt über den Zaun und rein ins Gebüsch. Und im nächsten Moment waren sie so gut wie unsichtbar.« Isaak klang jetzt so angespannt, als erlebe er alles in der Erinnerung noch einmal. »Die drei Männer aus Wagen 2 hatten den Befehl, von hinten durch die Kellertür ins Haus einzudringen und sich bereitzuhalten, um auf das Signal hin sämtliche Fluchtwege abzuschneiden. Sie hatten Nachschlüssel, mit denen das völlig lautlos gehen würde. Bob hat mich angegrinst und mir auch einen Kopfhörer gegeben, damit ich mithören konnte. Man hat sie nur atmen hören. Plötzlich sagt Whitewater: Mist. Was ist, fragt Bob. Darauf Whitewater: Matthew ist auf einen Ast getreten, das hat die Vögel von den Bäumen aufgescheucht. Gib ans Team 2 weiter, sie sollen im Keller warten.«

Michael presste die Lippen zusammen, schlotterte ein bisschen an den Schultern. Musste an der Kälte liegen. Er rutschte ein Stück tiefer unter die Decke. »Und dann?«

»Eine Weile ist alles still«, fuhr Isaak fort. »Bob hat immer zwischen zwei Hörern hin und hergewechselt, auf dem einen hat er belauscht, was die drinnen im Wohnzimmer geredet haben, auf dem anderen waren die Männer. Okay, sagt er schließlich, ich glaube, die haben nichts gemerkt. Sie gehen grade rüber ins Arbeitszimmer. Foxx hat dem Professor ganz schön zugesetzt. Nur noch eine Frage von Minuten, bis er das Zielobjekt herausholt, würde ich sagen. Gut, sagt Whitewater, sobald er das tut, schlagen wir zu.« Isaak atmete geräuschvoll aus. »In dem Moment dreh ich mich um und seh, dass gerade ein großer Lastwagen in die Straße einbiegt.«

»Puh!«, entfuhr es Michael. »Was für ein Lastwagen?«

»Riesig, weiß, mit 'nem Firmenlogo drauf. Da kommt was, sage ich zu Bob. Der guckt hoch und sagt: Mist.« Isaak grinste. »Also, in Wirklichkeit hat er natürlich nicht Mist gesagt, sondern richtiggehend geflucht.«

»Klar«, sagte Michael. Wer hätte das nicht in so einer Situation? Ihm flatterte vom bloßen Zuhören die Bauchdecke.

»Eric, sagt er, da kommt gerade ein Möbeltransporter, ihr müsst einen Moment warten. Darauf hat Mister Whitewater geflucht und gesagt, es wird doch nicht jemand umziehen. Dann hat er gemeint, okay, wir warten, bis sich die Lage klärt. Ich beobachte den Lastwagen, wie er drei, vier Häuser vor uns hält. Zwei Männer steigen aus, lassen die Klappe runter. Der Wagen steht mit dem Führerhaus zu uns, sodass wir nicht reinschauen können. Eine Frau kommt aus dem Haus, graue Haare, rosa Kittelschürze. Gleich darauf sehen wir, sie laden eine Waschmaschine aus und karren sie ins Haus. Es scheint nur eine Waschmaschine zu sein, gibt Bob durch. Okay, sagt Whitewater, wir warten noch. Wir haben Zeit, die schauen sich das Ding gerade an.«

»Was für ein Ding?«

»Keine Ahnung. Jedenfalls, wir rühren uns nicht. Nach einer Weile kommt einer von den Männern raus, zum Rauchen. Steht rum, glotzt in die Luft, zieht die Schultern ein, weil er friert, geht wieder rein. Ich hab ständig die Uhr im Blick. Eine Viertelstunde, zwanzig Minuten. Dann kommen sie wieder zum Vorschein, eine andere, alte Waschmaschine auf der Trage, laden sie auf, steigen ein und fahren davon. Bob gibt durch, als sie außer Sicht sind, und Whitewater sagt sofort: Okay. Zugriff. Und im nächsten Moment klirrt es so laut, dass mir die Ohren wehtun.«

»Was ist passiert?«

»Sie haben zwei Glastüren zum Garten eingeschlagen und

sind rein. Bob hört an der Abhöranlage mit, meint, super, genau der richtige Zeitpunkt. Sie haben alles unter Kontrolle, die drei leisten keinen Widerstand. Eric hat das Zielobjekt gesichert, nur der Junge mault ein bisschen rum, ansonsten alles unter Kontrolle. Dann sagt Bob: Okay, Abzug. Er verscheucht mich vom Beifahrersitz, meint, ich soll die Tür hinten aufmachen, setzt sich ans Steuer und lässt den Motor an. Whitewater und die anderen kommen angespurtet, springen auf, und los geht es. Wir haben vier verschiedene Fluchtwege vorbereitet, aber es verfolgt uns niemand, also bleiben wir beim ersten Plan. Wir biegen nach ein paar Meilen ab auf einen Feldweg in den Wald, auf eine Lichtung, wo der Hubschrauber steht. Wir alle rein bis auf zwei Männer, die zurückbleiben, um die beiden Autos fortzubringen und dann unterzutauchen. Der Hubschrauber hebt ab, bringt uns zu einem Flugplatz, wo ein Jet wartet, und ab geht es nach Hause.« Isaak, der zuletzt nahezu atemlos erzählt hatte, holte Luft. »Kommt mir ganz seltsam vor, dass es Nacht sein soll. Ich hab im Flugzeug geschlafen und bin jetzt irgendwie total durcheinander.«

Michael war ganz kribbelig, weil die brennendste Frage trotz allem unbeantwortet geblieben war. »Und was war das? Was war das für ein Ding, das ihr erbeutet habt?«

Sein großer Bruder schwieg in dem Dämmerlicht, das das Zimmer beherrschte.

»Ich weiß es nicht«, wisperte er schließlich kaum hörbar. »Dad hat gesagt, es sei der wichtigste Gegenstand der Welt. Sein oder Nichtsein hängt daran, hat er gesagt. Unser Seelenheil. Das Schicksal der gesamten Menschheit.«

Was, wenn die Zukunft längst begonnen hat – nur ohne uns?

Andreas Eschbach
INS FAHLE HERZ
DES SOMMERS
Roman. Ein Roman, der nachdenklich macht: Was, wenn die Zukunft schon begonnen hat - nur ohne uns?
240 Seiten
ISBN 978-3-7577-0200-7

Seit Jahren brennt die Sonne vom Himmel. Die Hitze ist unerträglich, der Süden unbewohnbar, der Staat nur noch Fassade. Wer es sich leisten konnte, ist nach Nordschottland, Grönland, Kanada oder Sibirien gezogen. Nur wenige Menschen sind in ihrer Heimat geblieben. Fausto ist einer von ihnen. In einem weitgehend aufgegebenen Dorf kämpfen er und einige wenige Nachbarn ums Überleben. Der Alltag ist hart und wenig abwechslungsreich. Bis eines Tages eine schöne, schweigsame junge Frau auftaucht, der die Hitze beneidenswert wenig auszumachen scheint. Fausto verliebt sich und schöpft Hoffnung. Er ahnt nicht, welch unerhörtes Geheimnis mit Valérie verbunden ist …

Lübbe

Lesejury